Kristy Cambron

Das Lied der Grünen Insel

Über die Autorin

Kristy Cambron liebt Geschichten aus längst vergangenen Zeiten. Die studierte Historikerin wurde bereits mehrfach für ihre Romane ausgezeichnet. Außerdem hat sie Material zum Studium der Bibel verfasst. Mit ihrer Familie lebt sie im US-Bundesstaat Indiana.

Ebenfalls auf Deutsch von ihr erschienen: *Wo die Hoffnung blüht*.

KRISTY CAMBRON

DAS LIED
der Grünen
INSEL

Roman

Aus dem Englischen von Silvia Lutz

GerthMedien

Für Jeannie und Richard.
Gute Freunde sollten eigentlich ein eigenes Schloss besitzen.

„Gott hat mit vielen Stimmen zu dir gesprochen,
aber du wolltest nicht hören."
James Joyce

EINS

Wenn du durch Wasser gehst, werde ich bei dir sein.
Ströme sollen dich nicht überfluten!
Wenn du durch Feuer gehst, wirst du nicht verbrennen;
die Flammen werden dich nicht verzehren!

Jesaja 43,2

Gegenwart
Les Trois-Moutiers
Loiretal, Frankreich

Bei Märchenhochzeiten stand Regen nicht auf der Gästeliste.

Oder Schnee.

Doch sie hatten beides.

Der November war ausgesprochen eigensinnig, und Laine Forrester betrachtete empört jeden Regentropfen, der es wagte, am Hochzeitstag ihrer besten Freundin an den Bleiglasfenstern herabzugleiten. Nebelschwaden hingen über der Herbstlandschaft vor dem Hauptgebäude des Weinguts *Domaine du Renard* und tauchten die Ecken der Gästezimmer in dunkle Schatten. Der Himmel weigerte sich entschlossen, sich aufzuhellen. Selbst als es langsam auf den Abend zuging und sie Ellie halfen, ihr Brautkleid anzuziehen, änderte sich wenig an den Lichtverhältnissen.

Während Laine Ellie über die Straße zum *Château des Doux-Rêves* begleitete – dem „Dornröschen-Schloss", wie das Schloss liebevoll genannt wurde –, überzog eine dünne, weiße Eisschicht die Äste der Wildpflaumenbäume, die die Straße zu beiden Seiten säumten. Schneeflocken schwebten herab und grüßten die beiden Frauen vor einer Kulisse aus winterlichen Grau- und Violetttönen.

Trotz der atemberaubend schönen Landschaft bereute Laine es, dass sie auf diesen Spaziergang nicht lieber verzichtet hatten. Ihr langes Brautjungfernkleid aus Satin und Spitze war für den Winter nicht besonders gut geeignet. Jeder noch so kleine Windstoß wehte die kristallenen Schneeflocken in ihren Ausschnitt und brachte ihre Vorstellung ins Wanken, dass Frankreich romantisch sei.

„Ellie, bist du sicher, dass wir uns nicht lieber mit dem Auto zum Eingang der Kapelle bringen lassen sollten? Willst du wirklich den gesamten Weg zu Fuß gehen?"

„Dann würde ich ja diese Aussicht verpassen. Niemals! Ich habe dem Fahrer gesagt, dass er kein Geld bekommt, wenn er uns bis zur Tür bringt. Und das habe ich ernst gemeint."

Laine musste neidlos anerkennen, dass ihre Freundin eine wunderschöne Braut war.

Sie strahlte übers ganze Gesicht und näherte sich mit zuversichtlichem Lächeln und anmutigen Schritten der Kapelle. Dazu das romantische Brautkleid aus den 1930er-Jahren, das sie erst vor wenigen Tagen im Schaufenster eines kleinen Ladens im Dorf Saint-Paul gefunden hatten. Diese Adresse war ein Geheimtipp, denn dort konnte man die verborgenen Schätze Pariser Modedesigner finden. Ellies Haar war an ihrem Hinterkopf zu einem locker geflochtenen Chignon hochgesteckt, aus dem ebenholzschwarze Locken über ihren Rücken fielen. Ihr Haar bildete einen deutlichen Kontrast zu Laines neuem Kurzhaarschnitt in Platinblond. Aber beide Frisuren brachten das Weinrot und Pflaumenblau in ihren Blumensträußen perfekt zur Geltung.

Die Braut legte eine lavendelfarbene Stola über ihre Schultern – „etwas Altes“ und „etwas Geliehenes“ von der Großmutter des Bräutigams. Obwohl sie genauso wie Laine vor Kälte zitterte, strahlte Ellie inneren Frieden aus, was für eine Braut völlig untypisch war.

Wenn sie genauer darüber nachdachte, war es für Ellie grundsätzlich untypisch.

Es war fast, als hätten sie ihre Persönlichkeiten getauscht, denn Laine, die normalerweise die Ruhe in Person war, war ungewohnt nervös und unruhig. Sie folgte der Braut, um diese, falls nötig, vor dem Sturz in eine Schneewehe zu bewahren.

„Ich glaube immer noch, dass Quinn nicht damit einverstanden wäre. Weiß er, dass du einen Waldspaziergang machst, bevor ihr euch das Jawort gebt?“

„Wer sollte es ihm denn verraten?“, entgegnete Ellie herausfordernd, während sie mit ihren hohen Absätzen einer kleinen vereisten Stelle auswich.

„Von mir erfährt er es bestimmt nicht. Trotzdem finde ich es nicht gerade elegant, als Braut in diesen Schuhen – und dann auch noch im Schnee! – durch den Wald zu laufen. Du wirst vor dem Traualtar vor Kälte ganz blau sein. Eine Stola ist schließlich kein Daunenanorak.“

„Ach, es sind doch nur ein paar kleine Schneeflocken.“ Ellie lächelte. Sie bedachte sie mit einem vielsagenden Grinsen, das Laine verriet, dass ihre Freundin ihr zwar zuhörte, sich aber trotzdem nicht von ihrem Plan abbringen ließe. „Du beklagst dich doch auch nicht darüber. Und wenn *du* dieses Wetter aushältst, kann ich das ebenfalls.“

„Ich kenne dich, Ellison Carver. Du bist höflich und freundlich, ganz so wie deine Oma Viola dich erzogen hat, aber dann machst du trotzdem, was du willst.“

„Und ich kenne *dich,* Laine. Dich reizt dieser Spaziergang doch genauso sehr wie mich. Gib es zu! Du hast so viele Jahre im Antiquitätenladen deines Großvaters verbracht. Deine Fantasie wird hier bestimmt angeregt. Und für einen Geschichtsfan wie dich muss ein

Schloss doch eine unbeschreibliche Versuchung darstellen. Du willst mich nur beschützen wie eine Glucke ihr Küken. Wir sind sowieso schon fast da. Siehst du?"

Laine hob den Blick. Vor dem Abendhimmel und den Bäumen erhob sich eine gespenstische Silhouette. Die junge Frau atmete tief aus, als hätte sie zu lange die Luft angehalten und könnte erst angesichts dieser atemberaubenden Schönheit wieder durchatmen.

Das Schloss erinnerte sie an den Antiquitätenladen.

An Bücher, die Geschichten erzählten. An Musikinstrumente, die Melodien spielten. Sie waren ebenso sehr Kunstwerke wie das jahrhundertealte Schloss, dessen Türme den Himmel zu berühren schienen.

Alte Steinmauern ragten vor den Wolken in die Höhe. An einigen Stellen bröckelten sie bereits ab. Die Ruine war von einem Schlossgraben mit glasklarem Wasser umgeben. Die gefrorenen Äste und Zweige knackten im Wind. Und vor den Bäumen stand eine kleine Kapelle, zu deren geöffneter Tür ein schmaler Weg aus Kopfsteinpflaster führte. Warmes, einladendes Licht drang durch die Bleikristallscheiben in das Zwielicht hinaus.

„Ich weiß, was du denkst", flüsterte Ellie. „Es ist eiskalt. Ich bin gewöhnlich zu tollpatschig und diese Absätze sind definitiv viel zu hoch. Aber ich zierliches Persönchen werde gleich neben diesem groß gewachsenen Mann stehen – und ich will ihm in die Augen sehen, wenn ich ihm das Jawort gebe."

„Nein, das hatte ich nicht gedacht. Eigentlich wollte ich dir gerade recht geben: Wie oft erlebt eine Frau schon einen so magischen Augenblick?"

Laine schwieg. Im warmen Licht der Kerzen, das durch die Bäume fiel, berührte diese Frage ihr Herz stärker, als gut für sie war. Sie setzte rasch wieder ein Lächeln auf, um nicht zu verraten, was sie so schmerzlich quälte.

„Wenn ich diesen Anblick sehe, fehlen mir die Worte."

„So geht es mir auch. Als ich es zum ersten Mal sah, hatte ich das gleiche Gefühl." Ellies merlotrote Lippen verzogen sich zu einem leichten Lächeln. Sie hakte sich bei Laine unter und lehnte sich an ihre Schulter. „Mir wird gerade bewusst, dass wir zum letzten Mal so allein zusammenstehen, bevor ich durch diese Tür trete und heirate. Hast du noch einen Rat für mich?"

Laine fand eine Hochzeit in Frankreich zwar romantisch und wunderschön, aber für sie selbst bedeutete diese Reise vor allem eine Flucht vor ihrem eigenen Leben, das in Trümmern lag.

Jetzt war nicht der richtige Zeitpunkt, um ihrer Freundin Ratschläge zu geben. Oder sie mit brutaler Ehrlichkeit zu überfallen. Die Geschichte ihrer gescheiterten Ehe und der ungewissen Zukunft musste warten. Vielleicht könnte sie Ellie ja alles erzählen, wenn sie und Quinn von ihrer Hochzeitsreise zurückkamen. Oder im Frühling, wenn sich die Wogen geglättet hatten. Bis dahin waren Laine und Cassie wieder zu Hause. In einem *neuen* Zuhause.

Sie könnte sich der Realität stellen, wenn sie nicht länger Angst davor hatte, die Scherben zusammenzufegen und neu anzufangen.

Laine drängte den Schmerz mühsam zurück. Unter Aufbietung all ihrer Willenskraft setzte sie ein Lächeln auf und trat ein wenig zurück, damit Ellie Platz hatte, ihre Schleppe auszubreiten. Das Satin und die Spitzen reflektierten den warmen Lichtschein, der durch die Kapellentür fiel. Sie blieben noch einen Moment stehen, während die zarten Schneeflocken um sie herumtanzten.

„‚Lebe bewusst jeden Augenblick'", flüsterte Laine im Zwielicht. „Das hast du zu mir gesagt, bevor ich zum Traualtar schritt, weißt du noch? Diesen Rat möchte ich dir auch geben. Halte jede Sekunde dieses Abends in deinem Herzen fest. Bewahre jeden Moment und erinnere dich oft daran."

„‚Lebe bewusst jeden Augenblick.' Ja." Ellie lachte fast, dann wanderte ihr Blick in die Ferne. Sie runzelte die Stirn. Es schien, als wäre sie einen Moment lang in Gedanken weit weg.

Das tat sie immer, bevor sie …

„O nein! Fang bloß nicht an zu weinen!"

Laine trat rasch näher und fing die Tränen mit ihrem behandschuhten kleinen Finger auf, um zu verhindern, dass Ellie ihre Hochzeitsfotos mit verlaufener Mascara verdarb. „Entschuldige bitte. Habe ich etwas Falsches gesagt?"

„Nein." Ellie blinzelte und hielt das Gesicht in den Nachthimmel, während Laine ihre Tränen abtupfte und ihrer Freundin Luft zufächerte. „Du hast nichts Falsches gesagt. Ich bin einfach nur froh, dass du hier bist. Das ist alles. Alles ging so schnell und jetzt heirate ich ohne Oma Viola. Ich muss plötzlich mit so vielem allein fertigwerden."

„Du bist nicht allein. Du hast doch Quinn. Und mich. Und du hast Cassie. Dein kleines Blumenmädchen da drinnen liebt seine Tante Ellie über alles. Und in dieser Kapelle sitzen jede Menge Gäste, die sich wahrscheinlich fragen, wo wir so lange bleiben. Du bist von so viel Liebe umgeben, dass Oma Viola in diesem Moment bestimmt irgendwie bei dir ist. Also keine Tränen! Quinn soll dich mit vollständigen Absätzen und intakter Mascara sehen."

„Du hast recht: keine Tränen. Nicht einmal Freudentränen." Ellie atmete tief ein. Als sie langsam wieder ausatmete, stieg ihr Atem in kleinen weißen Wölkchen in den Abendhimmel.

Laine bedachte ihre Freundin mit einem strengen, aber gleichzeitig besorgten Blick. „Bist du bereit? Ich will, dass dieser Tag für dich perfekt wird."

„Er ist bereits perfekt. Quinns Familie ist hier und meine auch. Und ich werde seine Frau. Was sollte ich sonst noch brauchen?" Ellie biss sich auf die Unterlippe. Das verriet Laine, dass ihre beste Freundin wahrscheinlich eine kleine Bitte nachschieben würde. „Könnte ich dich vielleicht überreden, gemeinsam mit Cassie noch ein wenig länger zu bleiben?"

„Wie lange?"

„Bis Weihnachten? Oder wenigstens noch ein paar Wochen? Du

bist extra aus den Staaten gekommen. Es wäre schade, wenn du diese weite Reise nur wegen ein paar Tagen auf dich genommen hättest. Und ich weiß, dass du noch keine neue Stelle hast. Du brauchst also keinen Urlaub zu nehmen. Du musst mir auch nicht sofort antworten. Aber denk bitte darüber nach. Das wäre dein Hochzeitsgeschenk für uns. Quinn weiß, dass ich meine beste Freundin und ihre Tochter so lange wie möglich bei mir haben möchte. Und er freut sich, dass er eine Nichte bekommt."

Ellie hatte keine Ahnung, wie sehr sie mit dieser Bemerkung ins Schwarze traf. Bis Weihnachten hierzubleiben wäre tatsächlich kein Problem. Zu Hause war niemand, der auf sie wartete. Laine und Cassie könnten so lange bleiben, wie sie wollten. Kopfzerbrechen bereitete ihr nur das, was danach käme.

„Darüber können wir später sprechen. Jetzt hast du eine Verabredung, die du nicht versäumen solltest." Sie hielt Ellie den Brautstrauß hin. „Dein Bräutigam wartet."

Laine zwinkerte Ellie aufmunternd zu, als diese die Blumen nahm und vor Aufregung leicht errötete. Sie gingen nebeneinander auf die Stufen der Kapelle zu, wo Quinns Großvater – der geheimnisvolle Winzer Titus – darauf wartete, sie zum Altar zu führen, auch wenn er nichts mehr sehen konnte. Laine blieb stehen und zupfte an Ellies Ellbogen, als eine Bewegung bei der Burgruine ihre Aufmerksamkeit erregte.

Vor der Kulisse aus silberglänzendem Schnee und grauem Stein tauchte die Silhouette eines Mannes in einem eleganten schwarzen Anzug auf. Er bahnte sich einen Weg zwischen den Bäumen und steuerte geradewegs auf sie zu. Jetzt konnte sie sein Profil klar erkennen. Er strahlte etwas Vertrautes, aber trotzdem Fremdes aus. Rabenschwarzes Haar. Groß. Breite Schultern. Es war, als hätte sie ihn schon einmal gesehen, obwohl sie genau wusste, dass sie ihn zum ersten Mal sah.

„Ellie, wer ist das? Noch ein Hochzeitsgast?"

„Wer?“

„Er.“ Laine deutete auf den Mann. „Wir beide sind zwar schon ein wenig zu spät dran, aber dieser Gast verspätet sich noch mehr. Er wirkt ganz so, als käme er zu eurer Hochzeit, hätte sich aber entschieden, lieber erst einen Spaziergang durch den Schnee zu machen.“

„Das muss Cormac sein.“

„Cormac?“

„Quinns älterer Bruder. Er gehört zu der Seite von Quinns Familie, die ich noch nicht kennengelernt habe. Bislang habe ich nur Fotos gesehen. Cormac lebt mit ihrem Vater in Dublin. Sie haben noch eine jüngere Schwester, Keira, aber ich weiß von ihr nur, dass sie in London lebt und dass sie sich nur selten sehen. Ich hätte mir nie träumen lassen, dass er nach Frankreich kommt.“

„Warum ist es denn so überraschend, dass er zur Hochzeit seines Bruders kommt?“

„Weil sie sich in den vergangenen Jahren so gut wie nie gesehen haben. Quinn und ich haben uns für eine Hochzeit im kleinen Kreis entschieden: Familie und Freunde auf dem Weingut und einige Freunde aus dem Dorf Loudun. Und du natürlich. Aber Quinn hat ihn offenbar eingeladen.“

Der Mann schlenderte durch den Schnee und betrachtete den Wald, der sie von allen Seiten umgab. Schließlich fiel sein Blick auf die beiden Frauen in ihren eleganten, dünnen Kleidern mit den Blumensträußen, die in der Kälte in ihren Händen zitterten. Er beschleunigte seine Schritte und trat auf sie zu.

Als er vor ihnen stehen blieb, fiel der Lichtschein aus der Kapelle von hinten auf seine Schultern.

Wenn man ihn aus der Nähe betrachtete, bestand kein Zweifel: Seine Augen und sein Gesicht verrieten, dass er ein Foley war, aber sein Auftreten war das genaue Gegenteil von seinem Bruder. Während Quinn der lässige Typ war – er trug ausgewaschene T-Shirts und schleppte einen verkratzten Gitarrenkoffer mit sich herum –, wirkte

Cormac steif und zugeknöpft. Schwer zu durchschauen. So starr wie die Abendluft an diesem eisigen Tag.

„Du musst Ellie sein.“ Er trat vor. Er war genauso groß wie sein Bruder, aber sein irischer Akzent war deutlicher ausgeprägt. Cormac ergriff die freie Hand der Braut. Ellie versuchte vergeblich, ihre Sprachlosigkeit zu überspielen.

„Ähm, ja. Cormac, nicht wahr?“ Sie nickte, aber ihr freundliches Lächeln ging angesichts des nervösen Zitterns ihres Kinns fast unter.

„Es freut mich, dich endlich kennenzulernen.“ Er ließ die Hand der Braut los und lächelte Laine höflich an. „Ich hoffe, es ist in Ordnung, dass ich komme, obwohl ich auf eure Einladung nicht geantwortet hatte. Es war alles sehr kurzfristig und dann hat sich der Flug wegen des Wetters auch noch verzögert. Aber so wie es aussieht, habe ich es gerade noch rechtzeitig geschafft.“

„Ja, natürlich. Quinn wird sich sehr freuen, dass du da bist.“

„Willkommen in der Familie!“, lenkte er geschickt ab, was auf Familienprobleme schließen ließ. „Wir sehen uns dann drinnen.“ Er verabschiedete sich mit einem höflichen Nicken von den beiden Frauen und betrat ohne ein weiteres Wort die Kapelle.

„Man sagt ja gern, dass das Eheleben Überraschungen mit sich bringt“, sagte Ellie mit einem Lächeln, „und so wie es aussieht, geht es jetzt schon los.“

„Du musst mir später erklären, was das gerade war.“

„Das weiß ich selbst nicht so genau.“

Einen Moment später hielt Ellie ihren Brautstrauß vor sich und hakte sich beim Großvater ihres Bräutigams unter. Die Braut war bereit. In der winzigen Kapelle flackerten die Kerzen, Laines vierjährige Tochter strahlte als Blumenmädchen übers ganze Gesicht, die Gäste hatten sich im Halbkreis erhoben und der verliebte Bräutigam stand am Altar und blickte mit einem breiten Grinsen seiner Braut entgegen. Laine verfolgte stumm, wie zwei Menschen beschlossen, gemeinsam in die Zukunft zu gehen.

Frieden und Hoffnung erfüllten die Kapelle. Laine wurde Zeuge eines Märchens, das nichts mit dem eindrucksvollen Schloss im Hintergrund zu tun hatte, sondern damit, dass sich zwei Menschen einander verpflichteten. Egal, welche Geschichten und Geheimnisse die Zukunft bereithielt, Laine wusste eines mit Gewissheit:

Sie wollte wieder an die Liebe glauben. Sie *musste* wieder an die Liebe glauben.

Im flackernden Licht der Kerzen küsste sich das frisch vermählte Paar vor den Augen seiner engsten Angehörigen und Freunde. Und in der Gegenwart des mysteriösen Bruders, der Quinns und Ellies Aussichten auf eine märchenhafte Zukunft hoffentlich nicht trüben würde.

Während sie inmitten all der Menschen stand, die den beiden so viel bedeuteten, hätte Laine schwören können, dass Cormacs Blick – die grünen Augen waren offenbar ein Markenzeichen der Foleys – mehrmals in ihre Richtung wanderte.

Was um alles in der Welt sollte sie davon halten?

ZWEI

27. Dezember 1915
26/27 Abbey Street Lower
Dublin, Irland

„Ist dieser Platz noch frei?“

Im *Abbey Theatre* fand an diesem Abend die Premiere des Stücks *A Minute's Wait* statt, daher wusste doch jeder, dass bei einer ausverkauften Veranstaltung alle Plätze besetzt waren. Aber Issy kannte diese Stimme nur zu gut. Sie versuchte, eine zimtbraune Haarsträhne, die aus den Haarnadeln in ihrem Nacken gerutscht war, zurückzuschieben, gab diesen Versuch aber bald auf und hob den Kopf.

Sean O'Connell.

Er stand im Mittelgang der u-förmigen Galerie. Die elektrischen Lampen beleuchteten die schwarze Soutane, die von den Anzügen und weißen Krawatten der anderen Männer im Theater abstach. Die Gerüchte, die sie über den älteren O'Connell-Bruder gehört hatte, waren also tatsächlich wahr. In den Monaten, die sich Sean aus der Dubliner Gesellschaft zurückgezogen hatte, war er tatsächlich Pfarrer geworden.

Das Problem war, dass diese harmlos wirkende Bekleidung irgendwie überhaupt nicht zu ihm passte.

Sein rotbraunes Haar war ordentlich aus der Stirn gekämmt, was vermuten ließ, dass er sich entschieden hatte, sein Leben ernster zu nehmen, und offenbar fing er damit bei seinen Haaren an. Seine tiefblauen Augen hatten die Farbe des Meeres – er hatte die gleiche Augenfarbe wie sein Bruder, und er blickte sie in diesem vollen Theatersaal so offen an, als wären sie allein. Die Atmosphäre im Publikum schien von Sean abzuperlen, und er ignorierte das Kichern der Damen in Abendgarderobe, die ihn aus der Reihe vor ihr musterten. Obwohl Issy befürchtet hatte, dass sie ihn womöglich niemals mehr lächeln sehen würde, lächelte er sie freundlich und offen an.

Sein gesamtes Auftreten verriet, dass er ihr vergeben hatte. Sein überraschendes Auftauchen löste ein aufgeregtes Kribbeln in ihrem Bauch aus.

„Das ist das erste Mal, dass es Lady Isolde Byrne die Sprache verschlägt."

„Ich war für dich nie ‚Lady Isolde', und ich habe nicht die Absicht, mich jetzt mit meinem Titel ansprechen zu lassen."

„Wer wagt es denn, dich allein im Theater sitzen zu lassen?"

„Es ist nicht böse gemeint, das versichere ich dir." Issy erholte sich von ihrem Schreck und berührte mit ihrem Handschuh den zurückgeklappten, mit Samt bezogenen Sitz neben sich. „Das ist Honors Platz, aber sie wurde aufgehalten. Der andere Platz war für Rory gedacht, aber die Besprechung meines Bruders dauert offenbar länger, und so stehen wir heute Abend wohl ohne männliche Begleitung da. Damit werden wir leider morgen zum Gesprächsstoff in den Damensalons werden. Was für ein Skandal."

„Diesen Skandal müssen wir natürlich unbedingt vermeiden. Ich würde mich überreden lassen, meinen Platz ganz hinten aufzugeben und mich zu euch zu setzen."

„Ja, bitte." Sie zog die Knie zurück, damit er sich an ihr vorbeischieben konnte.

Sean setzte sich auf den freien Platz neben ihr. Bevor Issy sich den Kopf zerbrechen konnte, wie sie ein höfliches Gespräch mit ihm beginnen könnte, beugte er sich zu ihr und unterhielt sich ohne die geringste Verlegenheit mit ihr. Es war, als hätten sie sich erst gestern gesehen und als läge ihre letzte Begegnung nicht mehr als ein halbes Jahr zurück.

Er rollte sein Programmheft zusammen und deutete auf einen Mann, der auf der anderen Seite der Galerie in der ersten Reihe saß. „Dort drüben sitzt er: Pádraig Pearse."

„Der Anführer der *ICA*, der *Irischen Bürgerarmee*, ist hier?"

Issy lugte um die voluminöse Hochsteckfrisur einer vor ihr sitzenden Frau herum, um den ehemaligen Lehrer besser sehen zu können. Er war jetzt Rebellenführer und sein leidenschaftlicher Ausspruch „Irland unfrei wird niemals in Frieden sein!" hatte bei seiner Rede am Grab des *Fenier*-Anführers O'Donovan Rossa im Sommer unzählige Iren mobilisiert. Seine Worte hatten im August in allen Zeitungen gestanden und im gesamten Land einen Funken entfacht. Obwohl er umstritten war, zog er in diesem Theater viele neugierige Blicke auf sich.

Pearse strahlte eine Ruhe und Selbstbeherrschung aus, die mehr an seine Vergangenheit als Lehrer an der Jungenschule *St. Enda's* erinnerte, als auf einen feurigen Anführer schließen ließ, der irische Männer und Frauen im ganzen Land begeisterte. Sein glatt rasiertes Kinn und seine breite Stirn verliehen ihm ein stoisches Aussehen. Er saß aufrecht auf seinem Platz und schenkte seine Aufmerksamkeit einer Frau, die in einem eindrucksvollen Spitzenkleid und mit einer eleganten Pompadour-Frisur neben ihm saß. Sie erzählte ihm etwas, und er nickte und blickte sich nachdenklich um, während alle darauf warteten, dass der Vorhang aufging.

„Bist du sicher, dass das Pearse ist?", flüsterte Issy fasziniert.

„Wie er leibt und lebt." Sean nickte. „Er ist Ehrengast der Gräfin Markievicz. Der ältere Mann links neben ihm ist der Sozialist James Connolly. Der Mann mit dem eindrucksvollen Schnurrbart einen Platz weiter ist Michael Mallin. Und Seán Connolly werden wir heute auf der Bühne sehen. Er ist Schauspieler der ICA-Freiheitsbühne. Ich würde sagen, heute sitzt eine ausgesprochen revolutionäre Mischung im Publikum. Die Unionisten würden sie wahrscheinlich als Rebellen bezeichnen, weil sie sich für ein freies Irland einsetzen."

„Meine Mutter würde sagen, dass es nur ein schmaler Grat zwischen Überzeugung und Rebellion ist und dass beide Seiten etwas Abstoßendes an sich haben."

„Und was sagst du?"

Während Pearses Miene recht ausdruckslos wirkte, trat der Anflug eines Lächelns auf Connollys Gesicht, als er den Kopf wandte und dem Rebellenführer etwas zuflüsterte. Pearse nickte und richtete seinen Blick auf das Publikum unter sich. Dabei tippte er mit einem Gehstock mit Elfenbeingriff auf sein Knie, als denke er über die Worte seines Begleiters nach.

„Ich muss sagen, dass ich nicht alle Fakten kenne. Noch nicht. Aber ich habe vor, mich so gut wie möglich zu informieren."

„Gerüchten zufolge hat Pearse in diesem Gehstock einen Degen versteckt. Wollen wir wetten, ob das stimmt? Wir könnten Zeitungsartikel durchsehen, bis wir ein Foto finden, das dieses Gerücht bestätigt oder widerlegt. Das würde dir bestimmt Spaß machen."

„Ich wette nicht", erklärte Issy, obwohl sie Mühe hatte, bei seinen neckischen Worten ernst zu bleiben. „Das ziemt sich für eine Dame nicht. Genauso wenig wie es sich geziemt, in einem öffentlichen Rahmen über Politik zu sprechen."

„Für alles gibt es ein erstes Mal. Ich weiß doch, dass du eine eigene Meinung hast. Und auch einen Hang zur Rebellion, wenn ich mir diese Bemerkung erlauben darf, ohne mir deinen Zorn zuzuziehen."

„Ein Pfarrer sollte über solche Dinge nicht sprechen."

„Komm schon, Issy! So sehr habe ich mich auch nicht verändert. Ich bin immer noch derselbe."

Issy schnaubte scherzhaft. Ihr Verhältnis zu Sean war fast wieder genauso zwanglos wie früher. Nur die hellrosa Spitze ihres Opernkleides engte sie ein, als wollte sie sie dafür bestrafen, dass sie es wagte, sich ein wenig zu entspannen. „Rory hat mir von Pearse erzählt. Er spricht von ihm, als wäre er eine mythische Gestalt. Ich finde, er wirkt eher wie ein Schullehrer als wie ein Rebell, wenn er so ruhig und unauffällig dort drüben sitzt. Findest du nicht?"

„Ja, das finden einige."

„Wer zum Beispiel?"

„Leute, die ihn noch nicht reden gehört haben. Man erzählt sich, dass dieser Mann eine Menschenmenge schneller mobilisieren kann als jemand, der verkündet, dass es im Pub Freibier gibt. Und er hat einen aktiven Unterstützerkreis. Mallin ist ein hochrangiger Anführer der ICA und die Gräfin unterstützt ihre Sache auch nach Kräften. Sie hat sogar die Uniformen entworfen. Schau sie dir an: Sie trägt heute Abend kein Diadem. Angeblich hat sie nach dem Dubliner Generalstreik ihren gesamten Schmuck verkauft, um die Armen mit Essen zu versorgen. Kaum zu glauben. Eine Frau, die zusammen mit Männern eine Bewegung anführt. Irland macht große Fortschritte."

„Die ICA baut eine recht eindrucksvolle Organisation auf. Ich habe erst gestern in Vaters Bibliothek einen Zeitungsartikel darüber gefunden. Du denkst nicht, dass sie Menschen zu unüberlegten Aktionen ermutigen, oder? Im *St. Stephen's Green*-Park sind in letzter Zeit so viele irische Uniformen zu sehen."

Sean blickte auf die Bühne hinab, aber sein schwaches Lächeln verriet, dass ihn im Moment etwas anderes interessierte als die Aktivitäten der ICA.

„Wonach hast du im Büro deines Vaters wirklich gesucht?"

Issy ignorierte seine Stichelei und hob leicht das Kinn. „Vielleicht habe ich ja meinen Sonntagshut gesucht."

„Und der Hut lag zweifellos zwischen den Zeitungen des Earls", schmunzelte Sean. Er versuchte, sich ein Lachen zu verkneifen, was ihm aber nicht gelang.

„Also wirklich!", fauchte sie und hätte ihn am liebsten mit ihrem Programmheft geschlagen. „Ich kann doch nicht den ganzen Tag nur in Modezeitschriften blättern. Meinen Vater stört es außerdem nicht, dass ich mich für Politik interessiere."

„Mich stört es auch nicht. Aber du weißt, dass dein Vater denkt, du stündest wie er auf der Seite der Unionisten. Wie wird er reagieren, wenn er herausfindet, dass seine Tochter mit den Nationalisten und Pearses Traum von einem freien Irland sympathisiert?"

„Wir brauchen ja nicht so ins Detail zu gehen."

„Ich werde dich bestimmt nicht zwingen, dir die Damen aus den Modezeitschriften als Vorbild zu nehmen. In ein solches Schema möchte ich dich auf keinen Fall pressen. Aber wenn du wissen willst, was in Dublin los ist, solltest du lieber Rory fragen. Im Büro deines Vaters herumzuschnüffeln bringt dich kaum weiter. Du musst einen Mann fragen, der an der Front ist."

„Du machst es schon wieder! Du tust so, als wüsstest du nicht Bescheid, obwohl du viel mehr liest als ich, Sean O'Connell. Ich weiß, dass du eine Weile nicht in Dublin warst", sagte Issy, ohne nachzudenken, und ließ ihre Blicke an seiner schwarzen Soutane hinabwandern. Doch dann riss sie sich schnell von ihm los und richtete ihre Augen auf die Bühne. „Aber wenn du mir nichts verraten willst, gut. Dann frage ich eben meinen Bruder."

Falls ich ihn finden kann!

Rory Byrne war ständig unterwegs. Sein Interesse an den Aktivitäten der ICA in Dublin schien ihn unablässig zu beschäftigen.

Die Lichter flackerten und signalisierten den Anwesenden, dass die Aufführung in wenigen Augenblicken beginnen würde.

„Issy, ich wollte dich fragen, ob ich vielleicht …" Sean räusperte sich, während die Gespräche im Publikum verstummten und die ersten Klänge des Orchesters den Raum erfüllten. „… nach der Aufführung mit dir sprechen könnte."

Issy schluckte schwer, verbarg ihr Unbehagen aber hinter einem freundlichen Lächeln. „Wir sprechen doch jetzt miteinander."

„Ich meine allein. Falls du anschließend Zeit hast."

Issy schaute ihn aus dem Augenwinkel an.

Seans Blick wanderte von der Galerie zur Bühne und weiter zu dem Programmheft, das er in seinen Händen zusammengerollt hatte. Wahrscheinlich wollte er überhaupt nicht über die Vergangenheit sprechen. Genauso wenig wie sie. Und ganz gewiss wollte sie nicht mit dem Mann reden, der jetzt neben ihr saß.

Dieser Mann war nicht länger ihr Jugendfreund. In die Stirn, die früher von Übermut gezeichnet gewesen war, hatten sich jetzt ernste Falten gegraben. Andererseits machte der Krieg jedem bewusst, was wirklich zählte. Die Frage nach Leben und Tod war ernüchternd und trieb seit dem Sommer 1914 vielen Menschen Sorgenfalten auf die Stirn. Vielleicht hatte Sean lediglich genauso seine Sorglosigkeit verloren wie die meisten anderen, die erkannt hatten, dass sie angesichts der düsteren Ereignisse den nötigen Ernst an den Tag legen mussten.

Schließlich gingen die Lichter aus und Schweigen kehrte im Publikum ein.

„Wir sollten …“ Issy deutete mit ihrem Programmheft in Richtung Bühne. „Es fängt an.“

„Dann nach der Aufführung.“

„Ich begleite Honor nach dem Theater nach Hause. Sie ist also dabei, wenn dich das nicht stört. Allerdings habe ich sie nicht mehr gesehen, seit ich hier sitze. Ich frage mich wirklich, wo sie bleibt.“

Ihre Freundin war vor einer Weile gegangen, um sich frisch zu machen. Aber als sich der Vorhang öffnete und die Scheinwerfer die Bühne beleuchteten, auf der die erste Szene begann, war der Platz neben Issy immer noch leer.

„Dort“, flüsterte Sean und deutete mit dem Kinn zur Mitteltür der Galerie, durch die gerade eine junge Dame in einem tannengrünen Kleid in den Saal huschte.

Honor schlich in der Dunkelheit den Gang entlang und setzte sich wortlos auf ihren Platz. Anders als Issy erwartet hatte, sprach Honor kein Wort und erklärte ihr nicht, was sie so lange aufgehalten hatte.

Sie wandte sich nur zur Bühne, auf der das Stück begonnen hatte, und wollte offenbar so lange wie möglich so tun, als sei nichts gewesen.

„Honor McGinn, wo in aller Welt hast du gesteckt?", flüsterte Issy und hoffte, weder Sean noch die Theaterbesucher hinter ihr könnten sie hören.

„Ich habe es dir doch gesagt: Ich wollte mich frisch machen."

„Liam war schon hier und hat nach dir gefragt. Es war nicht leicht, ihm zu erklären, wo seine Verlobte steckt, ohne ihm offen ins Gesicht zu lügen."

Honors Wangen erröteten. Statt sich gemütlich zurückzulehnen, um der Aufführung zu folgen, oder ihr eine Erklärung zu geben, spielte sie nervös mit dem Stoff ihres Kleides.

„Was ist los?"

„Nichts, Issy. Lass uns einfach das Stück genießen."

Honor wiederholte immer wieder die gleichen Gesten: Sie spielte mit dem Stoff ihres Kleides. Wand sich. Stieß einen tiefen Seufzer aus. Während Issy ihre Freundin beobachtete, kam ihr ein Gedanke. Ihr Atem stockte. Sie beugte sich so dicht zu Honor hinüber, dass sie ihr ins Ohr flüstern konnte: „Geht es um Rory? Ist er im Foyer aufgetaucht und hat dich dort abgefangen? Ich wusste, dass es keine gute Idee war, heute Abend ins Theater zu gehen."

„Also wirklich!", zischte Honor leise und blickte sie empört an. Im Schein der Bühnenbeleuchtung wirkte ihr rotblondes Haar noch heller. „Wenn du mir nicht zutraust, mich länger als fünf Minuten am Stück von deinem Bruder fernzuhalten, hast du offenbar eine genauso schlechte Meinung von mir wie mein Vater."

„Ich habe keine schlechte Meinung von dir. Aber ich glaube, dass du in einen Mann verliebt bist, der nicht dein Verlobter ist, und das kannst du nicht besonders gut verbergen. Schließlich willst du im Frühling Liam Devenish heiraten und der sitzt nur zwei Reihen hinter dir. Was ist noch nötig, damit du dich nicht länger heimlich mit meinem Bruder triffst?"

„Psst!", zischte eine erboste Stimme hinter ihnen.

Issy und Honor hörten auf zu flüstern und richteten ihre Blicke auf die Bühne.

Mit steifem Rücken verfolgte ihre Freundin den Auftritt der Schauspieler, aber Issy ahnte, was in ihrem Kopf vor sich ging. Honor McGinn tat das Gegenteil von dem, wozu man sie erzogen hatte. Es war eine Sache, mit einer Anglo-Irin wie Issy befreundet zu sein. Das konnte die Familie McGinn aufgrund des ansehnlichen Vermögens und weil die Byrnes eine angesehene Familie waren, dulden. Aber eine Irin aus reichem Haus dürfte nie einen Anglo-Iren heiraten. Eine Katholikin heiratete keinen Protestanten, der noch dazu Engländer war! So etwas tat man einfach nicht!

Für Honor und Issys Bruder gab es keine gemeinsame Zukunft.

Issy streckte ihre Hand aus, die in einem elfenbeinfarbenen Satinhandschuh steckte, und drückte die Hand ihrer Freundin, bis Honor den Kopf hob und ihren Blick erwiderte. Tränen standen in Honors kornblumenblauen Augen.

Ein rebellischer Funke loderte in Issy auf und sie traf eine Entscheidung. Sie beugte sich zu Honor hinüber. „Komm mit! Ich habe im Foyer eine Nische entdeckt. Dort können wir uns verstecken, bis die Aufführung vorüber ist. Dann verlassen wir im Gedränge das Theater. Du brauchst heute Abend nicht mit Liam zu sprechen."

Honor nickte mechanisch. Issy beugte sich zu Sean und flüsterte: „Ich muss gehen. Wir müssen unser Gespräch auf ein anderes Mal verschieben."

„Ich habe ein Automobil. Ich kann euch vor dem Eingang abholen, wenn ihr nach Hause wollt." Sean war bereits halb aufgestanden, setzte sich aber wieder, als Issy auf Honor deutete.

Sie gab ihm stumm zu verstehen: *Es tut mir leid.* Dann hob sie ihre mit Spitzen und Perlen besetzte Schleppe hoch, um Honor rasch zu folgen.

Honor eilte den Gang entlang, und Issy hatte Mühe, in ihren eng geschnürten Schuhen, die ihren Füßen stechende Schmerzen bereiteten, mit ihr Schritt zu halten. Als sie aus der Tür waren, hielt sie sich am Treppengeländer fest, bis sie im Erdgeschoss bei den Garderoben ankamen. Sobald sie allein waren, vergrub Honor ihr Gesicht in den Händen und sank in Issys Arme. Issy verlor fast das Gleichgewicht und sie mussten sich an der Wand anlehnen.

„Honor, was ist los?“

Was auch immer war, es musste sehr ernst sein, denn Honor vergoss nicht nur ein paar Tränen. Sie brach völlig zusammen.

Issy zog ihre Freundin in eine Nische hinter einem grünen Samtvorhang. Die Deckenlampen beleuchteten den schwarz-weißen Kachelboden und das Licht spiegelte sich auf der polierten Holzvertäfelung an den Wänden. Eine harte Bank war ihre Rettung. Sie ließen sich darauf sinken und Issy hielt ihre Freundin fest.

„Geht es um Rory? Wenn es nach mir ginge, würde ich mich freuen, wenn du meine Schwägerin wirst. Das weißt du doch.“ Sie zog ein Taschentuch aus ihrer mit Perlen besetzten Abendtasche und versuchte, Honors Tränen zu trocknen. „Es tut mir furchtbar leid. Ich wünschte, ich könnte mehr tun.“

Ihre Worte waren zwar ehrlich gemeint, aber trotzdem leer, und sie halfen nicht, die Tränen zu trocknen, das wusste Issy.

„Du verstehst das nicht.“

„Dann hilf mir, es zu verstehen, Honor. Sag mir, was dich beunruhigt. Devenish ist ein netter Mann, und er stammt aus einer angesehenen irisch-katholischen Familie. Er passt zu den McGinns. Dein Vater wünscht sich nur eine gute Zukunft für dich. Das siehst du doch auch so, oder?“

„Ist das ohne Liebe möglich, Issy? Sag mir die Wahrheit.“

Issy biss sich auf die Zunge, um nichts Falsches zu sagen. Sie tupfte Honors Wangen erneut mit dem Stofftaschentuch ab und zwang sich zu einem Lächeln, mit dem sie Honor hoffentlich ermutigen konnte.

„Issy, ich bin schwanger.“

Als sie diese schockierenden Worte vernahm, wich das Blut aus Issys Kopf. Ihre Hand stockte und das dünne Taschentuch erstarrte in der Luft.

„Du bist …?“ Issys Magen zog sich zusammen und sie atmete mühsam aus. Schließlich ließ sie die Hand auf ihren Schoß sinken. „Und du bist dir sicher?“

Honor nickte. Ihr Kinn zitterte.

„Deshalb war ich so lange in der Toilette. Mir ist ständig übel. Ich habe versucht, es zu verbergen, aber das wird mir nicht mehr lange gelingen, und die Saison dauert noch bis März. Ich glaube nicht, dass ich die vielen Dinnerpartys überleben werde. Und ich weiß nicht, wie mein Vater reagieren wird, wenn er es erfährt.“ Honor versuchte, ihr Schluchzen mit ihrem Handschuh zu ersticken, und hielt sich schnell die Hand vor den Mund. Sie wandte den Blick ab und lehnte sich in den Schatten zurück.

„Hast du schon mit Rory gesprochen?“

„Nein.“ Ein weiteres ersticktes Schluchzen erklang, bei dem ihr gesamter Körper zitterte.

Issy drückte Honor das Taschentuch in die Hand. Sie legte den Arm um ihre Schultern und zog sie an sich heran, während sie versuchte, die aufgewühlten Gedanken, die ihr durch den Kopf schossen, zu sortieren.

„Also gut. Eines nach dem anderen. Ich werde noch heute Abend eine Nachricht zur ICA schicken. Irgendwie muss ich meinen Bruder erreichen. Ich werde verlangen, dass er sofort nach Hause kommt.“

„Das kannst du nicht machen, Issy. Rory darf es noch nicht wissen.“

„Vielleicht kannst du ja heute Abend mit mir nach Ashford kommen? Wir verraten meinen Eltern nicht den Grund, aber wir könnten aufs Land fahren, und du kannst dort bleiben und dir alles in Ruhe überlegen. Wenn wir erst einmal in Wicklow sind, sorgen wir dafür, dass Rory kommt. Dann könnt ihr gemeinsam überlegen, wie es weitergehen soll.“

„Es ist nicht so, wie du denkst." Honor hob den Blick und schaute sie mit ihren rehbraunen Augen an. „Rory würde mir so etwas nie antun."

Issy hatte wieder einmal voreilig falsche Schlussfolgerungen gezogen. „Wer hat dir das dann angetan?"

Sofort tauchte das Gesicht von Liam Devenish vor ihrem inneren Auge auf. Issy schäumte vor Wut. Sie sprang auf und ballte die Fäuste. Sie war bereit, es mit der ganzen Welt aufzunehmen, angefangen bei diesem gut gekleideten, aber schlecht erzogenen Unhold.

„Wenn es dieser Wüstling von deinem Verlobten da drinnen war, werde ich auf der Stelle hineinmarschieren und ihn verprügeln. Mir ist gleichgültig, ob es Zeugen gibt. Ich werde es nicht dulden, wenn dieser Wüstling es gewagt hat, dir so etwas anzutun!"

„Nein, Issy. Setz dich. Bitte."

Wie hatte ihre liebste Freundin nur in eine solche Situation geraten können! Issy wünschte, sie könne es ungeschehen machen oder wenigstens dem Mann ins Gesicht schlagen. Sie würde sich besser fühlen, wenn sie ihm einen Schlag verpassen könnte, den er so schnell nicht wieder vergessen würde. Aber angesichts von Honors flehentlichem Blick beruhigte sie sich ein wenig. Sie setzte sich wieder neben ihre Freundin, saß aber weiterhin angriffslustig auf der Kante der Bank.

„Ich sage dir das nur ein einziges Mal, und du musst mir versprechen, kein Wort davon zu verraten", flehte Honor sie an. Ihre Stimme war nicht mehr als ein Hauch. „Versprich es mir."

„Natürlich verspreche ich dir das, aber Rory –"

„Es war an dem Abend im Oktober, als ich vom Treffen von *Cumann na mBan* nach Hause ging. Erinnerst du dich? Ich wurde länger aufgehalten, weil ich bei den Traktaten für die ICA half."

Issy nickte. Natürlich erinnerte sie sich daran. Ihre Freundin war an jenem Abend gestürzt. Sie hatte einen Bluterguss am Kinn und eine Schnittwunde über dem Auge gehabt und hatte noch ganz erschüttert gewirkt, als sie sich das nächste Mal gesehen hatten. Sie erinnerte sich, dass sie sich noch Tage später Sorgen um Honor gemacht hatte.

„Ich musste an jenem Abend zu Fuß durch Portobello gehen, ganz in der Nähe der Kaserne, in der die englischen Soldaten stationiert sind." Honors Kinn zitterte. Sie schloss kurz die Augen und schüttelte den Kopf.

Oh Herr! Bitte nicht!

„Honor?" Issy legte die Hand auf ihre Schultern und schaute ihr entsetzt in die Augen. „Du willst damit doch nicht sagen, dass du ...?"

„Issy? Bist du hier?"

Sie hielt einen Finger an die Lippen und drückte mit der anderen Hand Honors Schulter, um diese aufzufordern, kein Wort mehr darüber zu verlieren.

„Wir sind hier, Sean." Issy huschte durch den Vorhang und trat zu ihm. Damit wollte sie Honor ein paar kostbare Sekunden geben, um sich wieder zu fangen.

Er stand ein Stück entfernt am Rand der Garderobe. Aber von seiner gewohnten Leichtigkeit war nichts zu sehen. Kein Lächeln, bei dem Issys Herz immer höherschlug. Keine fröhlichen Scherze. Vor ihr stand ihr alter Freund. Mit den Händen in den Hosentaschen vergraben, wartete er geduldig darauf, dass sie etwas sagen würde, und war bereit, ihr fast jede Bitte zu erfüllen.

„Kann ich etwas tun?"

„Ehrlich gesagt, ja. Honor geht es nicht gut. Mir wäre es lieber, wenn sie nicht warten müsste, bis ihr Vater sie nach der Vorstellung abholt. Wenn du nichts dagegen hast, würde ich gern dein Angebot annehmen, uns nach Hause zu bringen. Ich wäre dir dafür sehr dankbar. Sie ist ziemlich erschöpft, und ich fürchte, dass sie in dem Gedränge am Ende des Stücks ohnmächtig werden könnte. Es wäre am besten, wenn wir jetzt gleich gehen könnten."

„Ich habe euch schon bei Devenish entschuldigt, obwohl ich denke, dass er irgendwann eine Erklärung verlangen wird. Meine Entschuldigung wird ihm nicht genügen."

„Er wird eine Erklärung bekommen. Aber nicht heute Abend. Könnten wir am Haus von Honors Familie am *Green* anhalten und ein paar Sachen für sie holen und dann noch heute Abend nach *Ashford Manor* fahren? Ich weiß, das ist viel verlangt ..."

Sean merkte sofort, dass etwas nicht stimmte, aber er war taktvoll genug, nichts zu sagen. Issy war nicht sicher, ob er etwas von dem mitbekommen hatte, worüber sie hinter dem Vorhang gesprochen hatten. Sein Blick wanderte zu der zitternden jungen Frau hinter Issy und er nickte nur. Er war wie immer die Diskretion in Person. „Natürlich. Wenn ihr das wollt."

„Gut. Danke. Ich kümmere mich nur kurz um Honor und dann ..." Sie wandte sich ab, aber er berührte ihre Hand und sie drehte sich wieder zu ihm um.

Er ließ sie rasch wieder los. „Bevor wir gehen, muss ich dir noch etwas sagen. Wenn sich Honor nicht gut fühlt, will ich sie während der Fahrt nicht noch zusätzlich beunruhigen."

Er sah sie eindringlich an. Auch wenn sie es nicht erklären konnte, so war sie doch gegen den Blick seiner blauen Augen wehrlos. Er hatte so lange nicht mehr ihre Hand ergriffen. Nicht so. Nicht mehr, seit sie das letzte Mal miteinander gesprochen hatten und er sie um eine Zukunft gebeten hatte, die sie ihm nicht geben konnte.

Wenn dies der Moment war, in dem er den Heiratsantrag ansprechen wollte, den sie abgelehnt hatte, sollte es eben so sein.

„Also gut, Sean. Ich höre dir zu."

„Ich muss dir gestehen, dass ich vor einigen Tagen Rory getroffen habe. Von ihm wusste ich, dass du heute Abend hier sein würdest. Du würdest es sowieso früher oder später erfahren. Deshalb sage ich es dir lieber gleich: Levi ist auf dem Weg nach Irland."

Issy hatte nicht geahnt, dass es möglich war, an einem einzigen Abend zweimal vom Blitz getroffen zu werden.

Sie grub die Fingernägel in ihr mit Perlen besetztes Abendtäschchen und hoffte, er würde nicht sehen, wie sehr diese Nachricht sie traf.

Sprich, Issy. Du musst etwas sagen.

„Verstehe. Und dein Bruder kommt bald zurück?"

Er nickte. „Anscheinend hatte er nach einem Jahr in Brooklyn die Nase voll. Er hat seine alte Heimat mehr vermisst, als er erwartet hatte. Sein Brief brauchte ziemlich lange, aber vermutlich ist Levi schon unterwegs und könnte jederzeit in Dublin eintreffen. Er hat auf einem Schiff angeheuert, um seine Überfahrt abzuarbeiten."

„Deine Mutter wird sich sicher freuen, dass er bald wieder zu Hause ist. Er wird vermutlich bei ihr wohnen."

„Levi ist nicht der Typ, der sich etwas aus der Dubliner Gesellschaft macht. Und er wird es auch nicht lange unter dem Dach unserer Mutter in Wicklow aushalten. Aber er wird bald hier sein. Ich wollte nur, dass du vorbereitet bist."

„Du meinst, für den Fall, dass wir uns auf der Straße begegnen?"

Issy nahm ihren ganzen Mut zusammen, um Seans vielsagenden Blicken auszuweichen, und beschloss, sich einfach darauf zu konzentrieren, ihrer Freundin zu helfen. Wenn sie zu Hause waren, könnten sie beide hinter geschlossenen Türen zusammenbrechen, aber nicht hier im Foyer des *Abbey Theatres*, wo sich zig Theatergäste an dieser mitleiderregenden Szene weiden würden.

„Danke, Sean, dass du daran gedacht hast, mich vorzuwarnen. Ist sonst noch etwas?"

„Nichts, das eilig wäre. Ich werde das Automobil holen und warte dann vor dem Eingang auf euch." Er wandte sich bereits zum Gehen, drehte sich aber noch einmal um. „Am besten bleibt ihr unter dem Vordach am Eingang stehen, ja? Dort seid ihr vor dem Regen geschützt. Ich habe einen Schirm und werde euch damit zum Automobil führen."

Zu Beginn des Abends hatten Issy nur wenige Probleme beschäftigt. Im Grunde war es nur um die gesellschaftlichen Verpflichtungen anlässlich von Honors bevorstehender Hochzeit gegangen. Aber nun war der Abend völlig anders verlaufen. Für Honor. Für Rory, der noch keine Ahnung hatte, was passiert war. Für Issy selbst, da Seans unerwartetes Auftauchen, Honors Neuigkeiten und Levis Rückkehr wunde Stellen bei ihr anrührten, von denen sie gedacht hatte, sie wären längst verheilt. Obwohl sich die ganze Welt im Krieg befand, schien Dublin selbst auch ein Pulverfass zu sein, das jeden Moment hochzugehen drohte.

Sie stiegen in Seans Automobil. Sanft hielt Issy ihre Freundin in den Armen und flüsterte ihr, während sie durch die Abbey Street rollten, zu, dass alles gut werden würde. Wie hatte ihr Leben nur so schnell aus den Fugen geraten können? Und warum war es trotz all der Probleme ein gutes Gefühl, dass Sean O'Connell wieder an ihrer Seite war?

DREI

24. Dezember 1797
Ashford Manor
County Wicklow, Irland

Das musste er sein! Der Dieb lag regungslos mitten auf dem schneebedeckten Feld.

„*Ai-re!* Bleib stehen, *Ai-re!*" Maeve Ashford zog an Éires Zügeln und brachte die Stute zum Stehen. Sie wandte sich im Sattel um und hob die Laterne ein Stückchen höher, um die Straße abzusuchen.

Der Schein der Laterne war schwach und beleuchtete nur einen Teil der Felswand, die an den Hang grenzte, der zu den Klippen von Castle Chryn hinaufführte. Weit und breit war außer den dichten Schneeflocken, die die Landschaft mit einem weißen Kleid überzogen, keine Bewegung zu sehen. Die Umrisse der alten Burgruine stachen wie ein stummes Gerippe vor dem düsteren Himmel ab – schaurige Bögen, die im Nebel emporragten, und moosbedeckte Mauern, die einen so starken Schneefall nicht gewohnt waren. Die gelbbraunen Steine standen als einsame Zeugen über dem Glen.

Hufspuren führten von den Ställen ihrer Familie über das felsige Gelände zur Anhöhe, was darauf hindeutete, dass die Männer von der Burgruine weggeritten waren. Die Abdrücke verblassten vor ihr auf der Straße und verschwanden dann am bewaldeten Fuß der Wicklow Mountains. In ihrer Eile hatten die Männer die zweite, schmalere Spur unregelmäßiger Abdrücke übersehen, die in den Hang hinaufführte und bei einem dunklen Haufen oben auf der Anhöhe endete.

Obwohl bereits die dunklen Schatten des Spätnachmittags über das Land glitten, bestand kein Zweifel: Dort lag ein Mann. Ohne Pferd. Ohne Hut oder andere Gegenstände. Nur der Himmel, an dem die Dämmerung aufzog, das Meer und der leise fallende Schnee waren seine Gefährten. Etwas – sein wollener Mantel? – flatterte im Wind.

„Ich habe ihn gefunden! Der Räuber ist hier!", rief Maeve den Stallknechten nach.

Ihre Rufe wurden jedoch vom Wind, den Wellen und dem wütenden Sturm über dem Meer davongetragen. Éire tänzelte mit klappernden Hufen nervös über den steinigen Boden, als hätte das Tier ebenfalls erkannt, was sich vor ihm befand, und als würde es begreifen, was auf dem Spiel stand.

Offenbar muss ich ihn allein gefangen nehmen.

Maeve glitt von ihrem Pferd und hielt die Laterne fest in der Hand. Sobald ihre Stiefel den Boden berührt hatten, schlang sie Éires Zügel um einen spitzkantigen Stein, der aus der Steinmauer ragte, und marschierte den Hang hinauf. Bei jedem ihrer Schritte knirschten die gefrorenen Grashalme unter ihren Absätzen.

„Sir?" Als ihr diese Anrede unwillkürlich über die Lippen kam, verzog sie das Gesicht und schüttelte den Kopf. Sie sagte „Sir" zu einem Dieb? Eine solch höfliche Anrede verdiente er nicht. Das verlangte nicht einmal die strenge englische Erziehung ihrer Mutter.

Nur wenige Männer konnten sich rühmen, ihren kräftigen Stallmeister, Leary Ó Flannagáin, überwältigen zu können, aber offenbar war es diesem Mann gelungen, wenn sie den Berichten vom Überfall auf das Anwesen ihrer Familie – Ashford Manor – Glauben schenkte. Maeve verstand das als Warnung und würde diesen Strolch keinen Moment aus den Augen lassen.

Sie blickte mit zusammengekniffenen Augen auf den Unbekannten und versuchte, etwas zu erkennen. Der Mann lag auf der Seite und hatte einen Arm ausgestreckt. Trug er eine Muskete oder ein Messer bei sich? Zweifellos war ihm beides zuzutrauen.

„Jeder Widerstand ist zwecklos! Ich nehme Sie in Gewahrsam, weil Sie das Pferd meines Vaters gestohlen und unseren Stallmeister angegriffen haben. Wenn der Magistrat zurückkehrt, wird Ihnen der Vertreter des königlichen Hofes einen angemessenen Prozess machen." Sie blieb vor dem Mann stehen und zog den Dolch aus ihrem Gürtel.

Ein Geruch, der sie an einen Pub erinnerte, stieg ihr in die Nase.

Nicht einmal die salzige Meeresluft über dem Hochmoor konnte den Gestank vertreiben: Hitze, Schweiß und Alkohol. Letzterer war unverkennbar auf *Guinness* zurückzuführen. Der Mann war betrunken. Er hatte offenbar im Pub dem dunklen Gebräu zu sehr zugesprochen und war dadurch auf dumme Gedanken gekommen. Und jetzt lag er hier.

Maeve trat gegen die Sohle seines Reitstiefels und wartete gespannt, ob er sich wehren würde. Aber nichts geschah. Er bewegte weder die Faust noch den Arm. Nicht einmal sein Brustkorb hob und senkte sich. Atmete er überhaupt noch? Nur der Mantel tanzte weiter im eiskalten Wind.

„Warum konnten Sie nicht einfach weiterziehen? Sie werden dafür hängen." Sie schüttelte seufzend den Kopf und ging auf der Suche nach einer möglichen Waffe um ihn herum. „Es ist eine solche Verschwendung, dass ein Mann wegen einer flüchtigen Torheit sein Leben verlieren soll."

Ohne Vorwarnung bewegte sich der Mann plötzlich und legte die Hand in einem schraubstockähnlichen Griff um ihren Knöchel.

Maeve strauchelte und sank auf die Knie. Die Laterne fiel ihr aus der Hand und landete im Schnee.

Das Glas zerbrach und der Wind löschte die Flamme. Die Kapuze ihres Umhangs wurde ihr vom Kopf geweht und Gesicht und Hals waren dem beißenden Wind ausgesetzt, der ihr kastanienbraunes Haar wie einen Vorhang um ihre Schultern peitschte.

Schwer atmend hatte Maeve den Dolch umklammert und hielt ihn warnend zwischen sich und diesen Mann. Er versuchte, die Länge der Klinge in ihrer Hand einzuschätzen. Dann wanderte sein Blick zu ihrem Gesicht. Vielleicht erkannte er, dass der Dolch echt war, denn er ließ ihren Knöchel los. „Ich wollte Sie nicht verletzen."

„Sie leben also noch", keuchte sie. Beunruhigt zog sie ihre Röcke so weit zurück, dass sie außer seiner Reichweite waren.

„Tatsächlich?" Er versuchte stöhnend, sich aufzusetzen, gab den Versuch aber schnell wieder auf und sank in den Schnee zurück. „Und ich dachte schon, Sie wären Petrus, der mich an der Himmelspforte willkommen heißt. Ich weiß noch nicht, ob ich erleichtert oder enttäuscht bin, dass Sie nicht er sind."

Denk rasch nach, Maeve!

„Wie gesagt, ich habe den Auftrag, Sie zurückzubringen."

„Ist das Ihr Ernst?"

„Ja. Das ist mein Ernst. Und wenn Sie keine Dummheiten versuchen, brauchen Sie sich auch keine Sorgen zu machen, dass Sie meinen Dolch zu spüren bekommen."

Maeve ignorierte seine unverschämte Bemerkung und setzte sich auf die Fersen zurück. Um ihren Worten Nachdruck zu verleihen, hielt sie den Dolch hoch und hoffte, es wäre noch hell genug, dass er das Aufblitzen der scharfen Klinge sehen könnte.

„Ich … kann nicht …"

„Sie haben im Pub ein paar Biere getrunken. Nicht wahr?"

Er rang um jeden Atemzug. Seine Worte drangen unzusammenhängend aus seinem Mund und sie konnte ihn kaum verstehen.

Der Mann braucht Hilfe. In dieser Verfassung konnte kein Mensch sprechen, geschweige denn allein aufstehen. Er hätte am nächsten Morgen mehr als nur einen dicken Kopf. Es musste hart sein, in einer Gefängniszelle aufzuwachen und sich nicht erinnern zu können, welche Dummheit ihn ins Gefängnis gebracht hatte. Aber so sah seine Zukunft eben aus.

Er hustete. Mit einem lauten Stöhnen versuchte er es erneut. „Ich … kann nicht …"

„Was können Sie nicht?" Maeve rückte vorsichtig näher und bemühte sich, ihn zu verstehen. Dann sah sie es: Blut.

Ein halbmondförmiger Fleck färbte den Schnee unter seinem Mantel in einem tiefen Dunkelrot. Sie vergaß, dass er vielleicht eine Bedrohung darstellte, warf den Dolch in den Schnee und beugte sich über ihn. Da ihre Reithandschuhe sich als hinderlich erwiesen, zog sie sie aus. Dann öffnete sie zitternd die Knöpfe an seinem Mantel, um ihn ein Stück zur Seite zu ziehen.

Gütiger Gott!

Blut.

So viel Blut, dass sein Leinenhemd und seine Weste getränkt waren und selbst auf einer Seite seiner Reithose deutliche Spuren davon zu erkennen waren. Sie zog auch seine Weste zurück und entdeckte das Loch: klein, aber lebensgefährlich. Offenbar hatte ihn die Kugel einer Muskete knapp unterhalb der Rippen getroffen. Die Wunde blutete so stark, dass sie ihn das Leben kosten würde, wenn sich nicht sehr bald jemand darum kümmerte.

„Versuchen Sie, sich nicht zu bewegen." Maeve machte sich an die Arbeit und riss Streifen von ihrem Unterrock ab, um den Stoff auf die Wunde zu drücken.

„Jetzt, wo Sie es sagen, werde ich natürlich keinen Widerstand leisten." Er hielt ihr die Hände hin, als würde sie ihn fesseln wollen. „Ich ergebe mich."

Sie seufzte. Ein schwaches Lächeln umspielte ihren Mund. Wie konnte er in einem solchen Moment scherzen? Diese Situation war alles andere als lustig. Sein Humor war völlig fehl am Platz. Und seine Arroganz war angesichts seines Zustandes alles andere als angebracht.

„Wie sollten Sie sich auch wehren können? Sehen Sie sich doch an: Ist Ihnen nicht bewusst, dass Sie möglicherweise schwer verletzt sind und außerdem so dumm waren, sich zu betrinken?"

„Ich habe nichts getrunken."

„Der Geruch, den Sie verströmen, sagt etwas anderes. Aber seien Sie jetzt still. Sie sollten nicht sprechen." Zum ersten Mal blickte sie in sein Gesicht.

Sonderbar, der Mann sah gar nicht aus wie ein Dieb.

Bei genauerem Hinsehen stellte Maeve fest, dass er keine zerrissenen Lumpen trug und auch keinen verwahrlosten Eindruck machte. Abgesehen von der Musketenkugel, die ihn verletzt hatte, wirkte seine Kleidung sauber. Sie war zwar nicht so modern, dass er geckenhaft wirken würde, aber sein Mantel und seine Weste wirkten kaum getragen.

War er ein feiner Herr oder nur ein Dieb in vornehmer Kleidung?

Doch ohne Licht konnte sie nicht viel erkennen. Sie sah nur, dass Locken seines dunklen Haares ihm in die Stirn hingen. Er presste die Augen zusammen, woraus sie schloss, dass ihn eine neuerliche Welle des Schmerzes überrollte.

„Nicken Sie bitte, wenn Sie mich hören können."

Er gehorchte, wenn auch mit zusammengebissenen Zähnen.

„Gut. Versuchen Sie einfach, wach zu bleiben." Es tat ihr leid, dass er ihretwegen zusammenzuckte, als sie den Stoff an seine Seite drückte. „Ich werde mich darum kümmern, dass Sie gut versorgt werden. Darauf gebe ich Ihnen mein Wort. Aber Sie müssen stillhalten und dürfen keine Dummheiten machen. Kann ich Ihnen in dieser Hinsicht vertrauen?"

Er nickte wieder, aber seine Augen waren weiterhin fest zugekniffen.

„Sie sind in Wicklow, in der Bucht von Castle Chryn. Und –"

„Ich weiß, wo ich bin", knurrte er. Sein Tonfall war schneidender, als in seiner Situation angebracht war.

„Gut. Dann wissen Sie vielleicht auch, dass wir im Moment ohne Magistrat sind. Die Männer werden Sie ins *Kilmainham*-Gefängnis bringen müssen."

Er schüttelte nachdrücklich den Kopf. „Ich gehe nicht nach Dublin."

„Diese Entscheidung liegt nicht in Ihrer Hand, Sir. Sie haben einen Stallmeister niedergeschlagen und einen wertvollen Hengst des Earls gestohlen. Diebstahl ist in Irland genauso strafbar wie in England."

„Das bedeutet, dass ich … hierbleiben muss. Danach werde ich mich ergeben."

„Nach was? Haben Sie eine dringendere Verabredung als die mit Ihrem bevorstehenden Tod?"

„Bitte!"

Nur dieses eine Wort. Er brachte seine Bitte ruhig, aber so eindringlich vor, dass sie innehielt.

Maeve schluckte schwer. Sie sollte sich auf keinen Fall von einem Mann einwickeln lassen, der vermutlich geübt darin war, andere zu belügen. Er schlug die Augen auf. Sie hatten die graue Farbe eines stürmischen Himmels und schauten sie durchdringend an. Der Unbekannte sagte nichts, sondern blickte sie nur an. Sein Zögern hatte zweifellos einen anderen Grund als seine Schmerzen.

„Aufgrund Ihrer Schmerzen bin ich zu Zugeständnissen bereit. Ich nehme an, dass Sie mit dieser Wunde den Weg nach Dublin ohnehin nicht überleben würden. Aus diesen Gründen werde ich mich dafür einsetzen, dass Sie in Wicklow bleiben, bis Sie sich zu den Vorwürfen, die gegen Sie erhoben werden, geäußert haben. Sind Sie damit einverstanden?"

„Wenn Sie mich danach ausliefern, werde ich mich nicht wehren. Aber vorher muss ich zur Burgruine", stieß er mühsam über die Lippen, während sich auf seinem Haar Schneeflocken sammelten.

„Das verstehe ich nicht. Was wollen Sie bei der Ruine?"

„Eine Laterne … im Turm auf der zum Meer gelegenen Seite." Er hob den Blick zur Anhöhe, wo die Silhouette der Ruine jetzt in gespenstische Dunkelheit gehüllt war. „Wenn ich dieses Licht nicht lösche, wird das Schiff vor Anker gehen und Boote ans Ufer senden. Die Engländer werden von Unruhen auf Ihrem Land hören und Soldaten schicken. Das wäre das Todesurteil für die Menschen auf dem Schiff."

„In der Burgruine steht eine Laterne? Woher wissen Sie das, Sir?"

„Weil es meine Aufgabe war, sie dort hinzustellen."

Jetzt presste Maeve die Augen zu.

Sie bewegten sich plötzlich am Rand eines gefährlichen Abgrunds. Die kriminellen Machenschaften dieses Mannes waren viel schwerwiegender als Pferdediebstahl.

„Sie benutzen unsere Bucht also für unerlaubten Freihandel? Hier liegt allen Ernstes ein Schmugglerschiff vor Anker und die Krone wird um die Steuereinnahmen betrogen? Und Sie wollten sich mit einem Pferd aus dem Staub machen, um einer Verhaftung zu entgehen?"

„Glauben Sie, ich lasse zu, dass Menschen sterben?" Seine Augen funkelten trotzig.

Sie sah das Entsetzen in seinem Gesicht. Schuldgefühle regten sich in ihr, weil sie vorschnell geurteilt hatte. „Nein, wenn ich Ihr Geständnis wegen der Laterne richtig verstehe, glaube ich das nicht. Aber ich weiß immer noch nicht, ob ich Ihnen trauen kann, Sir. Also lassen wir das im Moment."

Sie wischte den Schnee von ihrem Dolch und erhob sich. Dann steckte sie die Klinge wieder in die Scheide an ihrem Gürtel. „Wir müssen Sie aus diesem Sturm herausbringen. Glauben Sie, Sie können stehen?"

„Ó Flannagáin …"

„Ja, der Stallmeister. Keine Sorge. Er ist im Moment nicht hier. Aber *ich* bin hier. Wenn Sie diese Nacht überleben wollen, sollten Sie meinem Urteilsvermögen vertrauen. Ich muss Sie zu dem Pferd dort drüben bringen, bevor die Männer zurückkehren. Wir haben keine Zeit für Diskussionen. Sie sind schwer verletzt und uns läuft die Zeit davon."

„Sie verstehen nicht. Ich kann nicht mitkommen." Er schüttelte den Kopf und schob ihre Hände weg. „Ich gehöre zum Clan O'Byrne."

Dieser Name versetzte ihr den Schlag, den er offenbar erwartet hatte.

„Sie sind ein *O'Byrne!*" Maeves Atem gefror in einer Wolke und ihr blieb die Luft weg.

Die O'Byrnes waren Iren. Katholiken. Und sie waren stolz darauf. Noch schlimmer war, dass sie die Engländer – Landbesitzer und Soldaten gleichermaßen – bei jeder Gelegenheit angriffen. Die blutige Feindschaft zwischen den irischen und den englischen Familien, die das Land beherrschten, ging so tief, dass der Mann lieber sterben würde, als einen Fuß über die Schwelle eines protestantischen Herrenhauses zu setzen. Die Vorurteile auf beiden Seiten würden die Flammen des Zorns nicht ersticken, sondern sie nur weiter anfachen, auch wenn dieser Mann noch so schwer verletzt war.

Das wussten beide.

„Und Sie nehmen an, eine Engländerin wie ich würde einen Mann wegen seines Namens sterben lassen?"

Der Unbekannte widersprach ihr nicht. Er schloss nur wieder die Augen und lag still da, als wollte er sie herausfordern, ihm zu beweisen, dass er mit seiner Einschätzung falschlag.

„Nun, Sie werden später noch Gelegenheit haben, um Vergebung zu bitten. Ich bin eine Ashford, Sir, aber in meinen Augen ist das Leben eines Menschen – das Leben *jedes* Menschen – wertvoll, unabhängig von seinem Namen und seiner Religion. Es tut mir leid, wenn ich Sie enttäusche, aber ich habe nicht die Absicht, Sie dem Tod zu überlassen. Ich werde dafür sorgen, dass Sie dem Magistrat übergeben werden. Schaffen Sie es jetzt, allein aufzustehen, oder muss ich Sie tragen?"

Der Mann schlug die Augen wieder auf. Ausdruckslos blickte er die junge Frau an. Die Dunkelheit verhinderte, dass sie die Verachtung sehen konnte, die ihr vielleicht entgegenschlug. Aber wenn sie mit ihren herausfordernden Worten seinen Stolz so weit verletzt hatte, dass er aufstehen würde, hätten beide etwas davon.

Er versuchte, sich aufzurichten, doch er sackte sofort wieder zusammen und fiel in den Schnee zurück.

„Das verstehe ich als ein Nein." Maeve atmete tief aus und schob ihre Ellbogen unter seine Schultern. „Dann versuchen wir es gemeinsam. Auf drei ..."

Maeve zählte. Bei drei zog sie kräftig und hievte ihn hoch, als sei er ein schwerer Getreidesack. Er geriet bei ihren Anstrengungen ins Taumeln und hing weiterhin gekrümmt in ihren Armen, aber immerhin stand er mit den Füßen auf dem Boden.

„Das Schiff ..." Er blickte zur Burgruine hinüber, während sie seinen Arm über ihre Schultern legte. „Ich kann es nicht im Stich lassen."

Maeve antwortete ihm jedoch nicht, sondern richtete ihren Blick auf den Schnee und die Steine unter ihren Füßen und marschierte los. In ihrer Bucht gingen augenscheinlich Dinge vor sich, von denen sie keine Ahnung gehabt hatte. Sie hatte die feste Absicht, dafür zu sorgen, dass dieser Mann lange genug am Leben blieb, um sie darüber aufzuklären.

„Ich versichere Ihnen, dass Sie niemanden im Stich lassen. Ich werde das Licht löschen und die Laterne holen. Darauf gebe ich Ihnen mein Wort."

„Warum sollten Sie das tun?"

Sie schaute ihn durch das dichte Schneeflockentreiben an. „Das ist *meine* Burgruine, nicht wahr? *Meine* Bucht, in der Sie sich verstecken."

Er neigte den Kopf zur Seite und betrachtete sie. „Haben Sie keinen Vater oder Bruder, die hier die Herren sind? Warum haben nicht *die* das Sagen?"

„Bitte zwingen Sie mich nicht, es mir anders zu überlegen. Sonst ändere ich womöglich meine Meinung und lasse Sie im Schnee sterben. Unsere Familie und meine Rolle darin gehen Sie nichts an. Wir sind Feinde, die sich entschieden haben, für eine einzige Nacht Freunde zu sein. Sind Sie damit einverstanden?"

Als er ihre leidenschaftlichen Worte vernahm und ihre Entschlossenheit sah, lehnte er sich wortlos mit seinem gesamten Gewicht an sie. Er war auf ihre Gnade angewiesen. Mühsam schleppte sie ihn zu ihrem Pferd. Als sie Éire erreicht hatten, blickte er sie dankbar an.

Dann lächelte er schwach. „Wie ich schon sagte, Milady: Ich leiste keinen Widerstand."

VIER

Gegenwart
Les Trois-Moutiers
Loiretal

Als sie das leise Klirren von Kristallgläsern in der Küche des Gutshauses vernahm, blieb Laine im Schatten des Flurs stehen.

Es war schon spät und die Gäste waren inzwischen nach Hause gefahren. Sie spähte um die Ecke. Cormac stand mit dem Rücken zu ihr an der Kücheninsel in der Mitte des Raums. Er stapelte Teller und leerte Sektflöten in das kupferne Spülbecken. Seine Bewegungen strahlten ein entspanntes Selbstvertrauen aus. Wie bei einem Koch, der sich in jeder Küche wohlfühlte, auch wenn es nicht seine eigene war. Er hatte die Ärmel seines weißen Oxfordhemds hochgekrempelt, und es machte ihm offenbar nichts aus, in einem eleganten Anzug die Küche aufzuräumen.

Der große, rustikale Holztisch hinter ihm war leer. Großmutter Helenes Kuchen – Ellie hatte sich anstelle einer Hochzeitstorte echtes französisches *Pain au chocolat* gewünscht –, die überbackene Zwiebelsuppe, kleine Quiche-Lorraine-Törtchen und Feigen-Tartelettes hatten den Gästen geschmeckt und alle waren satt geworden. Von dem köstlichen Büfett waren nur leere Platten und Gläser übrig geblieben. Die Kerzen in der Mitte des Tisches verbreiteten einen warmen Schein und erfüllten die Luft mit Zimt- und Nelkenduft. Durch die deckenhohen Fenster waren winzige Schatten zu sehen, da der Winter draußen seinen Marsch durch die Weinstöcke fortsetzte.

Laine hatte Cassie ins Bett gebracht und war dann die Hintertreppe hinabgehuscht, um sich von Ellie und Quinn zu verabschieden, bevor die beiden zu ihrer Hochzeitsreise aufbrachen. Nur ein kurzer Kuss auf die Wange ihrer Freundin, eine herzliche Umarmung des glücklichen Brautpaars, und sie könnte wieder nach oben schleichen, ohne von jemandem gesehen zu werden.

Doch *er* war hier!

Sie trug zwar noch ihr Brautjungfernkleid, aber sie hatte sich bereits abgeschminkt und zwei unterschiedliche Kniestrümpfe mit Rautenmuster angezogen, um sich zu wärmen. Laine zog das tiefschwarze Leinentuch enger um ihre bloßen Schultern und drehte sich auf dem Absatz um. Ihr geräuschloser Fluchtversuch wurde vom Knarren der alten Bodendielen unter ihren Füßen vereitelt.

Mit einem leisen Seufzen presste sie die Augen zu.

Das Klappern von Cormacs Schuhen auf dem Holzboden kam näher. Schließlich blieb er mit einem Geschirrtuch und einem Teller in der Hand im Türrahmen stehen. „Es ist also doch noch jemand wach. Ich dachte, alle wären schon schlafen gegangen."

„Ich wollte nur noch Gute Nacht sagen." Als er die Brauen fragend hob, stellte sie klar: „Ellie und Quinn. Bevor sie aufbrechen. Mit dem Nachtzug nach Luzern."

„Verstehe. Dann haben Sie sich also nicht hinter der Ecke versteckt? Denn wenn Sie noch Hunger haben, ist das kein Problem. Ich würde zwar mein Leben aufs Spiel setzen, wenn ich in der Küche meiner Großmutter etwas durcheinanderbringe, aber aus dem, was heute Abend übrig geblieben ist, kann ich gern etwas machen. Ich könnte die Suppe aufwärmen. In der Speisekammer stehen auch noch Törtchen."

„O nein. Ich könnte keinen Bissen mehr herunterbringen. Die Auswahl des Kochs war wunderbar. Ich habe noch nie etwas so Köstliches gegessen."

„Danke. Das ist wirklich ein großes Lob."

Sie zog überrascht die Brauen hoch und er lächelte belustigt. Das „Was, Sie?!", das in ihrer Reaktion mitschwang, war nicht zu übersehen. Er schien also kochen zu können. Und er tauchte in letzter Minute auf, um auf der Hochzeitsfeier seines Bruders zu helfen, den er jahrelang nicht gesehen hatte. Interessant.

„Aber eigentlich habe ich hauptsächlich nur das getan, was meine Großmutter angeordnet hat. Das Lob gebührt also ihr. Alte Familienrezepte, die von einer Generation an die nächste weitergegeben werden. Sie wissen ja, wie das ist."

„Oh, ja. Familienrezepte."

Cormac schwieg einen Moment und schaute sie ein wenig zu lange an. Dann drehte er sich rasch um, als wollte er die Unsicherheit überspielen, die sich plötzlich über den Raum gelegt hatte. Er konzentrierte sich wieder darauf, die Teller abzutrocknen und sie dann in den offenen Regalen zu stapeln. „Ich habe gehört, Sie stammen aus Michigan. Das ist ein ziemlich weiter Weg, oder?"

„Ja. Ich bin mit Cassie hergekommen. Meine Tochter war das Blumenmädchen."

Er drehte sich um und bedachte sie mit einem höflichen Lächeln. Die Erwähnung von Kindern löste oft eine solche Reaktion aus.

„Sie ist ein echtes Geschenk. Die ganze Hochzeitsgesellschaft war von ihr begeistert. Sie hätte von meinem Großvater fast alles bekommen können – mit Ausnahme einer Zuckerdose und eines Schlosses vielleicht."

Laine lachte. Er hatte recht. Alle schlossen Cassie schnell ins Herz. Mit ihren fröhlich wippenden, schokoladenbraunen Locken, die hellere Spitzen hatten, und ihrem Lächeln, bei dem das Herz des alten Weinbauern dahinschmolz, auch wenn er es nicht mehr sehen konnte, strahlte sie eine unschuldige Schönheit aus.

Trotzdem meldete sich eine leise Alarmglocke in Laines Kopf. Ein spontanes Lachen war kein Problem. Aber mit einem Mann zu lachen, der freundlich lächelte, witzige Bemerkungen machte und freiwillig mitten in der Nacht Geschirr spülte – diese Kombination weckte in einer Frau den Wunsch, länger in seiner Nähe zu bleiben, und das könnte gefährlich werden.

Ich sollte wieder gehen.

„Sind Quinn und Ellie noch da?"

„Ja."

Cormac hielt inne, und Laine glaubte, ein leichtes Bedauern in seinen Augen zu entdecken, als er sich zu ihr umdrehte. Oder hatte sie es sich nur eingebildet?

„Quinn hat gesagt, dass ich Sie zu ihnen schicken soll, falls ich Sie sehe. Die beiden warten im Wohnzimmer." Bei seinen letzten Worten deutete Cormac mit dem Kopf zu dem Zimmer mit dem rustikalen Charme und dem faszinierenden offenen Kamin, das einen wunderbaren Blick auf die Weinberge bot.

Laine spähte durch den Türbogen und sah den Schein des Feuers auf den elfenbeinfarbenen Wänden am Ende des Flurs. „Oh, na gut. Danke." Sie lächelte und drehte sich rasch um. Sie wollte freundlich, aber trotzdem so schnell wie möglich nicht länger in der Gegenwart dieses Mannes sein.

„Und nur damit Sie es wissen: Diese Strümpfe werden Ihnen einen *Craic* einbringen."

Laine erstarrte. Sie hatte zwar keine Ahnung, was *Craic* bedeutete, aber sie drehte sich noch einmal zu ihm herum, fest entschlossen, lässig zu wirken. „Es ist kalt. Der Holzboden und der Steinboden im Eingang, sie …"

„… sind ziemlich kalt. Ja, ich erinnere mich noch gut. Beim Feuer ist es bestimmt wärmer." Er schwang das Geschirrtuch auf seine Schulter und nickte zum Abschied, bevor er sich wieder umdrehte und eine Sektflöte unter eines der offenen Regalfächer hängte. „Es war nett, Sie kennenzulernen, Laine."

„Ähm … ja, gleichfalls. Und gute Nacht."

Laine eilte davon. Seine Anziehungskraft löste ein Gefühlschaos in ihr aus. Bei jedem Schritt durch den Gang zwang sie sich zu vergessen, wie verwirrt ihr Herz im Moment war, und bemühte sich, wieder ein unbeschwertes Lächeln aufzusetzen. Ellie und Quinn würden bald in die Schweiz aufbrechen und sie wollte das Glück des jungen Ehepaars auf keinen Fall trüben.

Sie blieb im Türrahmen des Wohnzimmers stehen. Ellie hatte sich in einen Sessel vor dem Feuer gekuschelt und eine Decke in einem warmen Orangeton über ihren Schoß gelegt. Sie trug immer noch ihre elegante Brautfrisur, aber sie hatte sich umgezogen und jetzt eine Jeans und ein cremefarbenes, schulterfreies Shirt an. Die Flammen im Kamin tanzten und das Holz knisterte. Quinn kniete neben Ellies Sessel. Er trug ebenfalls wieder Jeans und ein ausgewaschenes T-Shirt. Sein Ehering funkelte im Schein des Feuers, da er die Finger zärtlich zwischen die seiner Frau geschoben hatte.

Sie blickten ins Feuer. Ellie beugte sich zu ihm, und er flüsterte ihr etwas zu, das ihr ein Lächeln entlockte.

„Entschuldigt die Störung. Cormac hat gesagt, dass du mit mir sprechen willst. Aber ich kann gern später wiederkommen, wenn –"

„Nein. Komm rein, Laine. Bitte." Quinn lächelte sie herzlich an. Dann drückte er einen Kuss auf die Unterseite von Ellies Handgelenk und schenkte ihr einen zärtlichen, verliebten Blick, bevor er ihre Hand wieder losließ. „Ich wollte gerade gehen." Er erhob sich.

Sollten die beiden nicht endlich aufbrechen, um den Nachtzug in die Schweiz zu erwischen? Die letzten Gäste hatten sich bereits vor einer ganzen Weile verabschiedet. Laine warf einen Blick zum Eingangsbereich des Hauses. Dort waren jedoch weder Koffer noch Reisetaschen zu sehen. Stattdessen herrschte eine ungewöhnliche Gelassenheit, als Quinn das Zimmer durchquerte und die Flammen ihren Tanz im Kamin fortsetzten.

„Ich bin oben, falls ihr mich braucht." Quinn lächelte und nickte ihnen zum Abschied zu. Diese Geste erinnerte an frühere Zeiten, als sich Herren noch verbeugt hatten, wenn sie sich von einer Dame verabschiedeten. Aber im Gegensatz zu Jane Austens Mr Darcy trug Quinn einen Pferdeschwanz und einen Dreitagebart und würde sich wahrscheinlich für kein Geld der Welt eine Krawatte umbinden.

Laine hatte Quinn bei der Hochzeit erst zum zweiten Mal persönlich getroffen, aber sein höfliches Verhalten verriet ihr, dass die Foley-Brüder mehr gemeinsam hatten, als man auf den ersten Blick vermuten würde.

„Ich will euch nicht stören …“ Laine blieb im Türrahmen stehen, nachdem Quinn die Treppe hinaufgestiegen war. „Ich hatte Cassie gerade zu Bett gebracht, als Cormac sagte, dass du mich sprechen willst. Aber du kannst mich auch einfach anrufen, wenn ihr wieder zu Hause seid. Dann haben wir Zeit, uns zu unterhalten.“

„Geht es Cassie gut?“

„Heute Abend war sie überglücklich. Sie ist sofort eingeschlafen, Gott sei Dank. Ich denke, wir müssen nach dem langen Flug immer noch Schlaf nachholen. Sie muss sich erst an die Zeitumstellung gewöhnen.“ Laine trat ins Zimmer und genoss es, sich mit ihrer Freundin ungezwungen über alltägliche Dinge zu unterhalten. Sie zog das Tuch enger um ihre Schultern. „Und ich dachte schon, die … Wie heißt das Gebäck, das es anstelle einer Hochzeitstorte gab?“

„Pain au chocolat.“

„Genau, das. Ich dachte, sie würden sie noch einige Stunden vom Schlafen abhalten. Ich hätte nicht damit gerechnet, dass der Jetlag stärker ist als französisches Gebäck.“

„Dann sollten wir Cassie helfen, sich an die Zeitumstellung zu gewöhnen. Und an das Gebäck. Großmutter Helene hat sie ins Herz geschlossen. Und ich warne dich: Sie zeigt ihre Zuneigung gern durch leckeres Essen. Es ist wirklich schade, dass Tante Claire nicht dabei sein konnte.“ Ellie lächelte, als sie an die alte Dame zurückdachte. „Ich habe Quinns Großtante erst kurz vor ihrem Tod kennengelernt. Sie war ein ganz besonderer Mensch und hätte euch beide bestimmt gemocht.“

Ellie zog mit dem Fuß einen Sessel heran, der neben ihrem eigenen stand. „Komm, setz dich."

Laine kam ihrer Aufforderung nach, setzte sich aber nur auf die Kante. Etwas verriet ihr, dass es trotz der entspannten Atmosphäre um mehr ging als nur um eine gemütliche Unterhaltung vor dem Kamin. „Ist etwas passiert? Ich dachte, du und Quinn wärt inzwischen schon zu eurer Hochzeitsreise aufgebrochen."

Ellie wickelte einige Fransen ihrer Decke um ihren Zeigefinger.

„O nein, Ellie! Mach dir um uns keine Sorgen. Cassie und ich finden auch allein zum Flughafen. Unseretwegen braucht ihr eure Pläne nicht zu ändern."

Ellie war wunderschön – ihr Make-up und ihre Frisur waren noch intakt, und die Diamantohrringe, die an ihren Ohren baumelten, funkelten im Schein des Feuers. Aber es war nicht zu übersehen, dass sie sich Sorgen machte. Tränen standen in ihren Augen und eine tiefe Falte grub sich in ihre Stirn.

„Nein, das ist es nicht. Es ist …" Ellie hielt inne und blickte verlegen durch den Raum. Es war offensichtlich, dass sie herumdruckste. „Die Hochzeitsreise werden wir später nachholen."

„Was?! Warum?"

„Weil ich zuerst mit dir sprechen wollte."

Laines Kehle war wie zugeschnürt. *Sie weiß es.*

Laine wollte unter keinen Umständen Ellies Glück trüben. Nicht in ihrer Hochzeitsnacht. Nicht an dem einzigen Tag in ihrem Leben, an dem sie wunschlos glücklich und unbekümmert sein sollte. Es sollte ein unvergesslicher Tag sein. Ellie hatte offenbar herausgefunden, dass Evan Laine verlassen hatte. Dass er vor fast einem Jahr ausgezogen war und ohne sie ein neues Leben angefangen hatte. Dass er nicht den geringsten Wunsch verspürte, sich mit ihr zu versöhnen. Dass er sich in Seattle ein neues Leben aufgebaut und die Scheidung eingereicht hatte. Diese Nachricht musste Ellie so aufgewühlt haben, dass sie darüber sprechen wollte. Jetzt und hier.

Ich kann es nicht länger verheimlichen.

„Ellie, ich weiß, dass ich –"

„Ich habe Krebs."

Beide hatten gleichzeitig zu sprechen begonnen, aber Ellies Geständnis war zuerst heraus. Mit einer solchen Wucht, dass Laine völlig erschüttert war. Ihre Sorgen wegen der Scheidung, wegen der Geheimnisse, die sie mit sich herumtrug, wurden von dem Entsetzen in den Hintergrund gedrängt, das sie jetzt überrollte.

„Du hast …?"

„Wir können das Wort ruhig aussprechen. Wenn wir es vermeiden, ändert das nichts an den Tatsachen." Ellie lachte nervös und ergriff mit beiden Händen Laines Hand. „Invasives duktales Karzinom. Ein Zungenbrecher, der eigentlich meint, dass ich Brustkrebs habe."

„Wie lange weißt du es schon?"

„Seit ein paar Wochen. Ich habe abgenommen, war ständig müde. Zuerst dachte ich, es wäre der Stress wegen Oma Violas Tod und weil ich versuchte, ein altes Schloss zu renovieren. Schließlich ist es Schwerstarbeit, Holz in Deckengewölbe einzubauen. Aber dann habe ich einen Knoten entdeckt und der Arzt hat einige Untersuchungen durchgeführt. Und gibt es einen besseren Grund, nicht zu warten? Quinn und ich fanden, dass wir sofort heiraten und dieses Leben gemeinsam bestreiten sollten. Auch wenn wir nicht gleich nach der Hochzeit in einen Zug steigen und in die Flitterwochen fahren können."

„Das ist also der Grund."

„Ja. Das ist der Grund, Laine. Deshalb habe ich heute Abend hohe Absätze getragen. Deshalb bin ich durch den Schnee gegangen und an der Kapellentür stehen geblieben. Ich wollte es … fühlen. Ich wollte es bewusst erleben. Denn es kann sein, dass ich mich in naher Zukunft immer wieder an diese guten Dinge erinnern muss, um das zu überstehen, was mich erwartet."

Der Schein des Kaminfeuers tanzte über Ellies Gesicht und tauchte den Raum in ein weiches Licht. Als sie die feste Entschlossenheit ihrer

Freundin sah, brach Laines eigene in sich zusammen. Sie schlang die Arme um sich, als wäre sie das einzige Rettungsseil, an das sie sich im Moment klammern konnte. Es fühlte sich richtig an zu weinen. Deshalb ließ sie ihren Tränen freien Lauf.

„Wie geht es jetzt weiter? Was sagen die Ärzte? Wirst du eine Chemotherapie machen oder Bestrahlung bekommen? Oder wollen sie operieren? Ich komme mir dumm vor, denn ich habe keine Ahnung."

„Du bist doch deshalb nicht dumm. Ich hatte bereits eine Lumpektomie und vergangene Woche habe ich mit der Chemo angefangen."

„Was?! Warum hast du mir denn nichts davon erzählt?" Laine sank auf den Boden und kniete neben Ellie, so wie vor wenigen Minuten Quinn.

„Ich habe es versucht. Mehrmals. Aber ich wollte dich nicht belasten. Ich dachte, wenn ich dich nach der Hochzeit anrufe und du weißt, dass ein wunderbarer Mann an meiner Seite ist, wäre es leichter. Ich weiß, dass du mit Cassie und allem anderen zu Hause voll ausgelastet bist. Du bist jetzt Mutter. Es bewegt mich so, dich mit ihr zu sehen, nachdem du und Evan so lange versucht habt, ein Kind zu bekommen." Ellie kniff bewegt die Lippen zusammen, um nicht zu weinen. „Ich freue mich so über die Adoption. Jetzt hast du endlich ein Kind." Ellie hob die Hand und strich sich über ihre Wange. An ihren Wimpern hingen Tränen. Sie wischte sie vorsichtig weg.

„Ellie, ich weiß nicht, was ich sagen soll."

„Ich bin einfach nur froh, dass du hier bist. Ich konnte nicht weiter mit dir telefonieren und Bilder in den sozialen Medien posten, ohne etwas zu sagen. Ich hatte immer das Gefühl, als würde ich die ganze Welt belügen. Vor allem dich", flüsterte sie und drückte Laines Hand. „So gehen wir nicht miteinander um. Wir haben keine Geheimnisse voreinander. Deshalb konnte ich es nicht länger für mich behalten."

Laine wurde erneut schwer ums Herz.

„Wie lange wird die Chemo dauern?"

„Soweit ich weiß, sind es mehrere Behandlungen. Danach werden wir sehen, wie es weitergeht. Es ist eine weitverbreitete Krebsform, und unser Onkologe meint, dass die Chancen gut stehen." Ellie zuckte die Schultern. Als wäre es keine große Sache, dass in ihrem Körper etwas völlig aus dem Ruder gelaufen war. „Wenigstens habe ich eine kleine Pause und kann nach Dublin fliegen, wo wir ein paar Dinge erledigen müssen. Danach kehren wir zur nächsten Chemobehandlung wieder hierher zurück."

„Wie bitte? Dublin? Ich dachte, ihr habt eure Hochzeitsreise verschoben."

„Die Hochzeitsreise holen wir später nach. Aber Cormac ist heute Abend nicht nur wegen der Hochzeitsfeier gekommen. Es hat mit ihrem Vater und einer juristischen Angelegenheit zu tun. Quinn hat versprochen, es mir später ausführlich zu erklären. Aber es ist offenbar wichtig, sonst hätte Cormac Quinn nicht gebeten, nach Hause zu kommen. Wenigstens für eine Weile, um ein paar Dinge zu regeln."

Laines Blick wanderte zu der alten Holztür im Eingangsbereich. Sie hatte sich ausgemalt, dass die beiden in einen Zug steigen würden – dass sie ihre Fahrkarten vorzeigen und sich zwei gemütliche Plätze suchen würden, um in ihr neues Leben zu reisen. Sie konnte den Gedanken nicht ertragen, dass die beiden hierbleiben und eine Chemotherapie über sich ergehen lassen mussten. Sie weigerte sich zu glauben, dass eine solche Diagnose diese Zukunft einfach zunichtemachen konnte.

„Wie konnte Cormac nur von Quinn verlangen, jetzt nach Irland zu fahren?"

„Er wusste doch nichts davon. Wir haben, ehrlich gesagt, auch nicht damit gerechnet, dass er heute auftauchen würde. Quinn hat es ihm erst nach der Hochzeit gesagt: was mit mir los ist und dass jetzt nicht der richtige Zeitpunkt ist, um nach Hause zu fahren. Dabei wollten sie es auch belassen. Cormac wollte nach Irland zurückkehren und Quinn wollte mit mir hierbleiben. Aber ich finde, dass es doch der richtige Zeitpunkt ist. Wenn man die Gelegenheit bekommt, Frieden mit anderen Menschen zu schließen – besonders mit Familienangehörigen –, sollte man sie nutzen. Deshalb habe ich Quinn überredet, nach Dublin zu fahren."

„Das verstehe ich nicht. Warum willst du so etwas allein durchstehen?"

„Ich werde doch nicht allein sein." Ellie lächelte und ihre feuchten Augen funkelten. „Quinn und ich haben uns heute in der Kapelle ein Versprechen gegeben. Wir wollen gemeinsam durchs Leben gehen. Und ich wünsche mir Frieden für unser Leben. Wir werden gemeinsam kämpfen und nicht aufgeben. Dieser Krebs wird es noch bitter bereuen, dass er sich mit Viola Carvers Enkelin angelegt hat. Aber gleichzeitig verändert dieses Wort alles. Menschen und Ehepaare. Von einer Sekunde auf die andere ist alles, was wir geplant hatten, plötzlich vom Tisch. Die Renovierung des Schlosses ist auf Eis gelegt. Nicht abgesagt, nur verschoben, bis diese schwierige Wegstrecke hinter uns liegt."

Ellie hatte recht. Worte konnten alles verändern.

Selbst wenn man sie abmilderte, um einen weiteren Tag zu überstehen. Seit über einem Jahr versetzten Worte der Brille, durch die Laine das Leben betrachtete, winzige Risse. Das Wort *Adoption* war für sie ein Segen gewesen, aber für ihren Mann nur eine *Ablenkung*. Das Wort *Scheidung* war irgendwann regelmäßiger Bestandteil ihres Wortschatzes geworden. Immobilienmakler hatten ihr Haus für *verkauft* erklärt. Und damit war ihr gesamtes bisheriges Leben vorüber gewesen. Laine hatte Kisten gepackt und auf jede *einlagern* geschrieben.

„Aber warum musst ausgerechnet *du* Krebs haben? Du hast doch schon so viel durchgemacht. Dein persönliches Märchen sollte jetzt endlich Wirklichkeit werden."

„Mein Leben ist immer noch ein Märchen. Quinn verlässt mich nicht. Und es hilft mir schon, nur mit ihm darüber zu sprechen, denn diese Krankheit ist eine Tatsache. Sie verschwindet nicht, nur weil wir sie ignorieren. Ich will die Freiheit haben, in seinen Armen zusammenzubrechen, wenn ich es nicht mehr schaffe. Oder an einem Tag dagegen anzukämpfen und am nächsten Tag aufzuwachen und den größten Teil des Tages im Bett zu verbringen, weil mir die Kraft zum Kämpfen fehlt."

„Ich will dich auch unterstützen. Wie kann ich dir helfen? Was kann ich tun?"

Ellie beugte sich vor und warf einen Blick zur Treppe, bevor sie ihre Stimme senkte. Ihr Flüstern war angesichts des knisternden Feuers kaum zu hören. „Quinn muss sich mit seinem Bruder versöhnen. Sie müssen diesen alten Familienzwist beenden. Glaube mir, er hat mir ins Gewissen geredet. Mein Mann ..."

Sie lächelte und schob dann die Unterlippe zwischen ihre Zähne. „Ich muss mich erst noch daran gewöhnen, das zu sagen: *mein Mann*. Quinn ist bereit, über alles zu sprechen – nur nicht über das, was zwischen den beiden vorgefallen ist und warum er seit Jahren keinen Kontakt mehr zu seinem Vater hat. Das ist vollkommen untypisch für ihn. Quinn behandelt seine Großeltern mit so viel Liebe. Er geht sanft mit Cassie um. Und mich behandelt er immer mit Liebe und Respekt. Deshalb kann ich nicht verstehen, warum er zur anderen Seite seiner Familie eine so hohe Mauer errichtet hat. Das sieht ihm überhaupt nicht ähnlich."

„Du weißt ja, wie das in meiner Familie ist ... Ich stimme dir also zu. Es ist gut, wenn du die beiden zusammenbringen willst. Aber bedeutet das nicht noch mehr Stress für dich?"

„Irgendwie fühle ich mich nicht gestresst. Ich bin glücklich, ich bin wütend, und ich habe Angst. Aber ich fühle mich nicht gestresst. Und auch wenn ich von Quinns Dilemma keine Ahnung hatte, fühlt sich diese Lösung richtig an. Cormac hat um Hilfe gebeten, und ich denke, wir sollten ihm helfen, soweit das möglich ist. Aber dazu muss ich dich um etwas bitten. Ich weiß, dass es viel verlangt ist. Deshalb frage ich dich auch nur unter vier Augen. Du kannst Nein sagen und ich werde kein Wort mehr darüber verlieren. Aber wenn du noch ein wenig länger bleiben könntest, wäre es schön, wenn du und Cassie mit uns kommen würdet."

„Nach Dublin?" Noch etwas Neues, das Laine nicht eingeplant hatte. So vieles war in ihrem Leben gerade ungewiss. „Er hat mit mir gesprochen. In der Küche. Cormac."

„Keine Sorge. Ich habe ihm von Evan erzählt. Außerdem gehören wir jetzt zu einer Familie. Er würde nichts tun, das unsere Beziehung gefährdet."

Laine wich Ellies durchdringendem Blick aus. Sie waren so eng befreundet, dass ihr Ellie sofort ansehen würde, wenn sie sie anlog. Und dann könnte sie die Wahrheit nicht länger für sich behalten.

„Nein, er hat nichts gesagt, das nicht in Ordnung gewesen wäre." Laine blickte nachdenklich den Gang hinab. Der Kerzenschein war erloschen und alles war in Dunkelheit getaucht. „Aber er ist nett. Er war nur deshalb so freundlich, weil er wusste, was du mir sagen wolltest, oder?"

„Ja. Er wusste, was ich dir sagen wollte ..."

„Ellie ..."

Laine fand keine Worte. Sie wusste nicht, was sie sagen sollte. Plötzlich war sie unfähig, die Freundin, die ihr seit so vielen Jahren so nahestand, zu trösten. Durch den Krebs und den Verlust hatte sich eine tiefe Kluft aufgetan. Diese war zu tief, um sie mit bloßen Worten zu überbrücken. Deshalb überbrückte sie sie mit ihren Armen. Sie umarmte ihre beste Freundin und ließ ihre Berührung für sich sprechen.

„Es tut mir so schrecklich leid", flüsterte sie in Ellies Ohr. „Aber ich bleibe hier. Okay? Ich lasse dich nicht im Stich."

Ellie biss sich auf die Unterlippe, nickte und wischte sich die Tränen aus den Augen. Dann umarmten sich die Freundinnen, als wollten sie sich nie wieder loslassen.

Schließlich richtete sich Laine auf und wischte die Tränen aus ihren Augen. „Ich werde mal gehen, damit du ein bisschen Zeit für deinen

Mann hast. Heute Nacht wird nicht mehr geweint. Wir müssen Reisevorbereitungen treffen. Nur gut, dass Cassie und ich neue Pässe haben. Unser nächstes Abenteuer führt uns also nach Irland, ja?"

„Auf nach Irland!"

Laine erhob sich und ging zur Treppe. Als sie das kühle schmiedeeiserne Geländer unter ihren Händen spürte, verlangsamte sie ihre Schritte. Ihr gingen so viele Gedanken durch den Kopf. Zu viele für den Moment. Sie fing mit dem Gedanken an, der am leichtesten war. „Ähm, Ellie?"

Ellie blickte vom Feuer auf. „Ja?"

„Was ist ein *Craic?*"

Ellie lächelte und flüsterte: „Oh, liebe Freundin. Ich fürchte, das wirst du noch früh genug herausfinden."

FÜNF

23. Januar 1916
Ashford Manor
County Wicklow

Wenn sie am Tag des Herrn Klavier spielte, brachte ihr das gewöhnlich eine strenge Rüge ihrer Mutter ein.

Aber da ihre Eltern noch im Pfarrhaus waren, hörten sie es ja nicht, fand Issy. Das, was gerade hinter der Bibliothekstür geschah, würde ihre Eltern viel mehr beunruhigen.

Das fröhliche *Tabhair dom do Lámh* – „Gib mir deine Hand" im traditionellen Gälisch – war in dieser Situation vermutlich eine schlechte Liedwahl, aber es war das einzige Lied, bei dem Issy halbwegs bei der Sache sein konnte. Sie würde es spielen, bis ihre Finger bluteten, da sie damit verhindern konnte, dass das Hauspersonal das Gespräch in der Bibliothek belauschte. Honor wollte Rory endlich gestehen, was sie nicht länger verheimlichen konnte. Außerdem wollte Issy mit der Musik die Reaktion ihres Bruders übertönen, der diese Nachricht wahrscheinlich nicht gut aufnehmen würde. Sie spielte weiter, obwohl von der anderen Seite der Tür nichts zu hören war. Kein Geräusch, kein Wort.

Issy schluckte schwer und bewegte die Finger konzentriert über die Tasten. Die Musik, die ihr gewöhnlich so viel Trost brachte, war zu einer ironischen Farce geworden. Der Text und die Melodie überrollten sie in grausamen, schmerzlichen Wellen mit Angst und Sorge. In diesem Augenblick ging die Bibliothekstür quietschend auf. Die junge Frau blickte auf und nahm die Finger vom Klavier.

Rory trat aus der Bibliothek. Er sah sehr aufgewühlt aus.

Das übliche sorglose Strahlen seiner nussbraunen Augen war einem stürmischen Toben gewichen. Das war bei ihrem Bruder, der von Natur aus fröhlich war, beängstigend. Er blieb regungslos stehen und atmete leise. Seine Ärmel waren hochgekrempelt und er hatte die Hände zu Fäusten geballt. Sein Blick wanderte durch die Fensterscheiben aus Bleikristall zur Burgruine auf den Klippen.

„Rory", flüsterte Issy, als sie seine schmerzverzerrte Miene sah.

Er presste die Augen zu und stieß zähneknirschend hervor: „Halte dich aus dieser Sache heraus, Issy. *Bitte.*"

Natürlich. Das Letzte, was ein Mann nach einer so schrecklichen Nachricht brauchte, war der Trost seiner kleinen Schwester. Issys Blick wanderte zu Honor, die im Sonnenlicht stand, das durch die hohen Rundbogenfenster der Bibliothek hereinfiel, und eine zitternde Hand an ihr Kinn gelegt hatte. Sie schauten hilflos zu, wie Rory durchs Musikzimmer schritt, vorbei an dem Klavier, an dem Issy stand, und im Jagdzimmer verschwand.

Ein leises metallenes Geräusch hallte von der Zimmerdecke wider, als er einen Revolver von der Wand nahm und zwischen dem eindrucksvollen Geweih eines Rothirschs und einem Elchgeweih eine Lücke hinterließ. Mehr konnten sie nicht sehen. Sie vernahmen nur das bedrohliche Quietschen einer Schranktür und ein metallenes Klirren, als er etwas auf den Tisch kippte.

Wortlos marschierte er an Issy vorbei durch die offene Bibliothekstür und schenkte Honor seine ganze Aufmerksamkeit. „Bleib noch eine Weile hier auf Ashford. Meine Familie wird sich um dich kümmern."

„Und wie lange soll das möglich sein?" Honor trat einen Schritt näher.

Natürlich. Die Hochzeit mit Devenish soll in nur wenigen Wochen stattfinden.

Die Familien von Devenish und Honor erwarteten bei der Hochzeit, die ein gesellschaftliches Großereignis darstellte, eine strahlende Braut. Was sollte Honor tun, wenn sie nicht wusste, wann Rory zurückkehrte und ob er überhaupt zu ihr zurückkam? Er nahm seinen Mantel, den er über einen Sessel geworfen hatte, und blieb vor Honor stehen. Er ließ sich mit der Antwort auf ihre Frage viel Zeit.

„Ich werde dir bald eine Nachricht schicken. Aber bleibe bitte hier, damit ich weiß, dass du in Sicherheit bist. Und fahre auf keinen Fall nach Dublin. Dort ist es zu gefährlich. Vergiss nicht, was ich dir gesagt habe: Wir stehen das gemeinsam durch." Er legte seine Hand sanft an ihre Wange. „Ich liebe dich. Das weißt du?"

Honor nickte. Mehr Worte waren nicht nötig. Er presste noch einen entschlossenen Kuss auf ihre Stirn. Dann stürmte Rory Byrne durch die Eingangstür von Ashford Manor, mit einem Lederkoffer und seinem Mantel in der Hand, mit Revolverkugeln in den Hosentaschen und mit so viel Wut im Bauch, dass er es mit tausend Drachen aufnehmen könnte.

Issy eilte in die Bibliothek und legte den Arm um Honor. „Was hast du ihm gesagt?"

„Alles. Ich fürchte, ich liebe ihn zu sehr, um ihm irgendetwas zu verschweigen", seufzte ihre Freundin, während sie Rory durchs Fenster nachblickten.

„Du brauchst dir keine Sorgen zu machen. Rory ist klug. Und stark. Ihm wird schon nichts passieren." Issy strich beruhigend über Honors Schultern, auch wenn sie wusste, dass ihre Worte, so freundlich und gut gemeint sie auch waren, eine Lüge sein könnten. „Du wirst schon sehen."

Honor hatte es nicht einmal geschafft, Issy zu erzählen, was genau passiert war. Issy wusste nur, welche Konsequenzen der Überfall hatte. Aber auch wenn es schmerzhaft gewesen sein musste, Rory die furchtbaren Details zu erzählen, hatte sie es getan. Und er hatte sich alles angehört, bis sein Zorn mit ihm durchgegangen war und ihn aus dem Haus getrieben hatte.

Ein Auto fuhr in die geschwungene Zufahrt und blieb schließlich vor der Haustür stehen. Issys Eltern stiegen aus. Verblüfft blickten sie ihrem Sohn nach, der ohne ein Wort der Erklärung aus dem Haus stürmte. Der jüngere Byrne-Bruder war schon immer der leidenschaftlichere gewesen, und das stellte er jetzt ein weiteres Mal unter Beweis.

Der Wind spielte mit den Federn auf dem schwarzen Samthut ihrer Mutter und bewegte den Pelzsaum ihres Mantels, als sie etwas sagte. Dann folgte sie ihrem Mann, der seinem Sohn auf der vereisten Schotterstraße nachlief.

Issy legte die Arme um die Schultern der leise weinenden Honor und beobachtete, wie tobende Rachegelüste ihren Bruder von einem Jungen zu einem Mann reifen ließen. Sie wusste, dass diese Gefühle Rory nach Dublin treiben würden. Und zu dem Ungeheuer, das sein Leben und das von Honor zerstört hatte.

Das Kameraobjektiv hielt ein Bild fest, das es so nie wieder geben würde: unten ein felsiger Strand mit runden Steinen und hohen Wellen, die gegen die Klippen rollten und sich dort brachen; darüber eine Burgruine mit Blick auf die geheimnisvolle Irische See. Es gab so viele faszinierende Perspektiven, aber Issys Filmrolle ließ nur zehn Bilder zu.

Die Ruine von Castle Chryn stand schon seit Urzeiten auf den Klippen. Die Burg war im 12. Jahrhundert als Festung eines Seefahrerclans erbaut worden, bei der Invasion der Normannen im 13. Jahrhundert dann aber zerstört worden. Seitdem erhob sie sich gespenstisch über den Klippen. Langsam verfallende Türme über gotisch geformten, spitz zulaufenden Fensterrahmen und moosbedeckten

Mauern. Vergessene Grabsteine in Form keltischer Kreuze auf einem alten Friedhof. Die Außenmauern der Burg waren durch die nebelige Januarluft ganz feucht. Der Horizont verschwamm in einer endlosen Palette aus winterlichen Blau- und Grautönen. Die Ruine, die den Namen ihres Familientitels trug, war für Issy der einzige Hort des Friedens, der ihr noch geblieben war.

Der Meereswind peitschte ihre Haarsträhnen um ihr Gesicht, obwohl sie einen Hut trug. Issy zog den Kragen ihres Mantels enger um sich. Die weinrote Wolle und ein dicker Saum aus Fuchspelz wärmten sie trotz der hartnäckigen Windstöße. Sie hielt ihre Kamera so, dass die Linse sowohl die Felsen als auch das Meer einfangen konnte, und betätigte den Auslöser.

Klick.

„Diesen Ausblick wird nie wieder jemand sehen, aber ich habe es festgehalten."

Issy hielt die Kamera ruhig vor ihrer Brust und konzentrierte sich auf die stürmische See. Aus dem Augenwinkel bemerkte sie eine Bewegung auf dem Weg zur Ruine. Ein Mann in einer schwarzen Soutane blieb auf den Felsen stehen, die der Wind mit salziger Luft umwehte.

Sie lächelte. *Sean.*

„Hallo, Herr Pfarrer. Machst du einen Winterspaziergang?"

„Ich war nach dem Gottesdienst auf Ashford. Wenn du nicht an deinem *Steinway* sitzt und auf diese Burgruine hinausschaust, bist du vermutlich hier draußen und fotografierst sie."

Issy blickte durchs Objektiv und hielt den Atem an. Sie stellte das Objektiv scharf. Fotografieren war für sie etwas Befreiendes. Sie konzentrierte sich darauf, den Anblick der Burgruine vor dem faszinierenden Januarhimmel perfekt festzuhalten.

„Ich war an Weihnachten im Fotostudio *Brook*. Aufgrund des Krieges waren die Regale monatelang leer. Mutter hatte mir Geld gegeben, mit dem ich mir bei *Clery's* ein Kleid kaufen sollte. Also ..."

„... also hast du dir das billigste Kleid gekauft, das du finden konntest, und den Rest des Geldes für diese Kamera ausgegeben. Haben sich deine Eltern aufgeregt, als sie das herausgefunden haben?"

„Sie werden sich nicht aufregen, wenn ich Mutter die Anzeigen von *Eastman Kodak* in *Harper's Bazaar* zeige. In diesen Anzeigen sind Damen der Gesellschaft mit einer Kamera in den Händen abgebildet. Wenn für die Oberschicht in London und in den USA Fotografieren ein moderner Zeitvertreib ist, erlauben sie es mir bestimmt auch."

„Aber diese Kamera ist für dich mehr als nur ein Zeitvertreib, nicht wahr?"

„Das ist nicht nur irgendeine Kamera. Es ist eine *Nr. 3A Autographic Kodak Special*. Sie hat einen Aluminiumrahmen und vernickelte Bauteile. Der Koffer ist aus Seehundleder. Sie ist kompakter, macht schärfere Bilder, und man kann bei Tageslicht bis zu zehn Aufnahmen machen. Ich klinge wahrscheinlich wie eine Werbeanzeige. Aber was hätte ich tun sollen? Hätte ich mir diese Inspiration entgehen lassen sollen?" Sie zuckte die Achseln.

„Ich kenne außer dir keine Frau, die lieber über Ledergehäuse und Aluminiumrahmen spricht als über Hüte und Schleifen."

„Das hoffe ich doch. Frauen wie Harriet Chalmers Adams inspirieren andere, die Welt durch ein Objektiv zu betrachten. Wusstest du, dass sie die einzige Fotografin ist, die in den französischen Schützengräben fotografieren darf? Ich habe in der Zeitung etwas über sie gelesen. Sie ist Kriegskorrespondentin. Wenn dieser Wunsch nicht anmaßend wäre, würde ich auch nach einem Weg suchen, selbst nach Frankreich zu reisen."

„Ich hoffe nicht, dass du dich ihr anschließt!"

„Das wollen meine Eltern wahrscheinlich auch nicht. Aber ich gestehe, dass ich mich nach dem Tag sehne, an dem ich etwas anderes fotografieren kann als nur das Meer und den Himmel und die Burgruine, auch wenn ich sie sehr liebe." Sie betätigte den Auslöser.

Klick.

„Dieses Bild habe ich auch im Kasten." Issy hatte sich mit dem Gerät schon vertraut gemacht und klappte die *Kodak* gekonnt zusammen, steckte sie wieder in den Schutzkoffer und schob den Lederriemen über ihre Schulter. „Aber das Objektiv ist feucht geworden. Ich muss ins Haus zurück."

„Darf ich dich begleiten?"

Er hielt ihr den Arm hin, den sie gern ergriff, nachdem sie ihren Rocksaum ein wenig angehoben hatte, um ihn vor Matsch und Schnee zu retten. Ohne das Wissen ihrer Mutter hatte Issy die Absätze ihrer Stiefel abgesägt, um besser gehen zu können. Aber das bedeutete auch, dass ihr Rock leichter schmutzig wurde, was ihre Mutter nie dulden würde.

Sie ging lieber auf Nummer sicher und hielt ihren Rocksaum ein wenig hoch.

„Du musst mir versprechen, dass du meiner Mutter nichts verrätst. Sie denkt, ich wäre zu Moira Dunnes Nachmittagstee gegangen. Ich hatte auch wirklich vor, zu dem Tee zu gehen, aber das Licht hat mich abgelenkt. Zum ersten Mal in diesem Winter haben wir solche Lichtverhältnisse." Sie seufzte, weil sie einem Pfarrer eine Halbwahrheit erzählte. „Das war jetzt aber keine Beichte, oder?"

Er schüttelte den Kopf und schaute sie mit einem leichten Lächeln an. „Nein. Dazu müsstest du dein Tun bereuen."

Es war eine Sache, in düsteren Umständen Ausschau nach dem Guten zu halten, aber ihm eine Halbwahrheit aufzutischen, war etwas ganz anderes. Sean kannte sie gut, und sie spürte, dass er auf eine ausführlichere Erklärung wartete. Er schwieg und richtete seinen Blick auf den von Birnbäumen gesäumten Weg vor ihnen.

„Ehrlich gesagt, wusste ich nicht, wohin ich sonst gehen sollte. Eine Teeparty in einem eleganten Salon, während Gard im Krieg ist und es zu Hause Probleme gibt? Irgendwie hielt ich es nicht für richtig, einen Hut aufzusetzen, Teekuchen zu knabbern und zu belanglosen Themen zu lächeln."

„Ich erzähle auch nichts weiter. Das weißt du. Kann ich Honor irgendwie helfen?"

Issy tat nicht so, als wüsste sie nicht, wovon er sprach.

Vielleicht hatte er damals im Theater doch etwas gehört, als er vor dem Vorhang gestanden hatte. Oder Honor hatte ihm später das Schlimmste anvertraut. Jedenfalls konnte Sean schweigen wie ein Grab. Er wusste davon, aber er sprach sie jetzt nur deshalb darauf an, weil er helfen wollte.

„Sie will nicht darüber reden. Wenigstens nicht mit mir. Aber ich vertraue darauf, dass sie sich davon erholt. Vielleicht heilen nicht alle Wunden und vielleicht heilen sie auch nicht sofort, aber Honor ist stärker, als sie sich selbst bewusst ist. Ich mache mir mehr Sorgen um Rory."

„Irgendwann musste sie es ihm erzählen."

„Ich weiß. Ihren Eltern hat sie es immer noch nicht gesagt. Und auch Devenish nicht. Er tut mir leid. Ich wollte ihren Verlobten unbedingt unsympathisch finden, weil sie ihn nicht liebt. Aber er hat nicht die geringste Ahnung, welcher Skandal in Kürze über ihn hereinbrechen wird. Nicht weil Honor irgendetwas Schlimmes getan hätte, sondern weil ihr etwas Schreckliches angetan wurde. Die Gesellschaft wird sie nicht länger akzeptieren. Wenn sich diese Geschichte herumspricht, wird man sie in keinen Salon in Irland mehr einladen. Und auch nicht in England."

„Aber sie sitzt immer noch in *eurem* Salon, und das ist doch schon einmal etwas."

„Vielleicht. Du weißt, dass ich mir nie etwas aus Salons gemacht habe, aber Honor ist das Ansehen in der Gesellschaft wichtig, und es wird sie völlig zerstören, wenn bald niemand mehr etwas mit ihr zu tun haben will. Und wenn ich an Rory denke … Ich fürchte, wir haben ihn für immer verloren."

Seans Profil verriet, dass er ihr aufmerksam zuhörte. Er war ganz Ohr. Er dachte gründlich nach und gab nur kurze Antworten. Er hatte sich angewöhnt, nach vorne zu blicken. Er sagte immer, dass er dadurch das Gute erahnen könne, das Gott in schweren Zeiten hinter den Kulissen wirkte. Er sagte, dass man das nie aus dem Blick verlieren dürfe. Diesen Blick brauchte Issy jetzt auch, denn sie konnte in der Zukunft nichts Positives erkennen.

Seans Meinung zu dieser Sache war ihr wichtiger, als ihr bis jetzt bewusst gewesen war.

„Du glaubst, dass Rory nach Dublin zurückgekehrt ist?"

„Ja. Aber etwas hat sich verändert. Ich war nicht in der Bibliothek, als Honor ihm erzählte, was passiert ist, aber du hättest sein Gesicht sehen sollen, als er aus dem Zimmer kam. So habe ich ihn noch nie gesehen. Er hatte keinen Wutausbruch. Damit hätte ich umgehen können. Stattdessen hat er kaum ein Wort gesagt. Er hat sogar das Auto stehen gelassen. Er warf nur einen Rucksack über seine Schulter und marschierte los. Etwas trieb ihn so an, dass er fast im Laufschritt davonging. Wahrscheinlich läuft er, ohne anzuhalten, bis nach Dublin."

„Dann hat er Honor endgültig hinter sich gelassen?"

„Die meisten Männer würden sich angesichts eines solchen Skandals von einer Frau distanzieren. Aber ich habe bei meinem Bruder noch nie so viel Hingabe gesehen. Offenbar hat er Honor gesagt, dass er es sowohl mit Devenish als auch mit ihrem Vater aufnimmt, falls das nötig sein sollte, um sie heiraten zu können. Jedenfalls wird ihr privates Versprechen bald ein öffentliches Versprechen werden. Dass er in dieser Situation zu ihr hält, ist für Honor zweifellos tröstlich."

Sean trat gegen einen Stein. Er flog ein Stück durch die Luft und rollte dann über den Weg. „Das ist anständig von ihm. Und richtig. Dein Bruder ist ein guter Mensch, Issy. Ich hätte von ihm nichts anderes erwartet. Aber befürchtest du, dass ihn seine Wut dazu treibt, sich freiwillig zu melden und in den Krieg zu ziehen?"

„Nein. Erinnerst du dich noch, wie er als Junge von einem Baum gefallen ist? Er verbirgt es gut, aber er zieht das Bein, das er sich damals gebrochen hat, immer noch ein wenig nach. Die Armee würde ihn nicht nehmen, selbst wenn er wollte."

„Aber die ICA wird einen Mann, der vor Hass auf die Engländer brennt, mit offenen Armen aufnehmen."

„Ja, und das macht mir Angst. Ich unterstütze die irische Sache in meinem Herzen auch, aber Rory setzt sich viel mehr ein und ist auch bereit, aktiv zu werden. Das irische Blut in ihm kämpft gegen die englische Seite seiner Herkunft. Besonders jetzt. Wenn mein Vater davon erfährt, muss ich den Mund halten und darf nicht über meine wachsenden Sympathien für die ICA sprechen, um einen gewissen Ausgleich zu schaffen."

„Kannst du das?"

„Ich muss. Ich will nicht mit meinem Vater streiten, aber sogar ich sehe, dass es in Irland nicht ewig so weitergehen kann. Das Land hat sich in der Vergangenheit schon oft erhoben. Aber seit der Hungersnot sind die Menschen dieses Landes nicht länger willens, mit den englischen Herren Frieden zu schließen. Die Kluft zwischen Arm und Reich wird immer größer. Selbst auf unserem Land verstießen Pächter absichtlich gegen Gesetze, um ins *Kilmainham*-Gefängnis gesperrt zu werden, weil sie dort wenigstens etwas zu essen bekamen. Familien mussten ihre verhungerten Säuglinge begraben. Und Felder, die früher einmal reiche Frucht gebracht hatten, lagen brach. Seit der großen Hungersnot sind zwar Jahrzehnte vergangen, aber trotzdem werden wegen des Krieges wieder viele Gräber ausgehoben. In der Zeitung steht, dass Kaiser Wilhelm wahnsinnig ist und dass das Deutsche Reich von Generälen regiert wird, die die Weltherrschaft anstreben. Es wird noch mehr Tote geben. Wann wird dieses Elend denn endlich ein Ende nehmen?"

„Ich kann dir darauf leider keine befriedigende Antwort geben, Issy. Ich weiß nur, dass Gott in unserem Leid bei uns ist. Ihm sind unsere Fragen nicht gleichgültig. Er ist uns nur dann fern, wenn wir ihm den Rücken kehren und uns von ihm abwenden."

Issy verlangsamte an der Weggabelung, die zum Haus führte, ihre Schritte und drehte sich zu ihm um. „Ist es falsch, wenn ich am liebsten hierbleiben würde?"

Ein tiefer Schmerz quälte sie und trieb ihr Tränen in die Augen. Die Gefühle, die sie seit Wochen verdrängt hatte, drohten sie zu übermannen. In der schützenden Nähe ihres alten Freundes brachen sie sich Bahn. Sie konnte ihre Verletzlichkeit nicht länger verbergen.

„Er hat Vaters *Enfield* mitgenommen, Sean. Rory hat den Revolver von der Wand gerissen und eine Schachtel Kugeln in seine Taschen gekippt. An der Wand im Jagdzimmer ist jetzt eine Lücke. Mein Vater wird sie bemerken, und was dann? Wie soll ich ihm sagen, dass Rory losgezogen ist, um den Mann zu finden und zu töten, der die Frau überfallen hat, die Rory liebt? Meine Eltern haben von der ganzen Sache keine Ahnung. Ich spreche nicht darüber, da sie vor Sorge um Gard schon ganz krank sind. Sie leben täglich mit der Angst, dass ein Telegramm mit einer furchtbaren Nachricht eintreffen könnte. Wie soll ich ihnen da sagen, dass sie ihren anderen Sohn und ihre Tochter vielleicht ebenfalls verlieren könnten?"

„Wenn ich dir irgendwie helfen kann, brauchst du es nur zu sagen. Ich tue alles für dich." Mit einer sanften Berührung wischte Sean die Tränen von ihrer Wange.

Diese Berührung versicherte ihr: *Du bist nicht allein.* Sein Daumen strich erneut über ihr Gesicht und fing eine Träne auf, die von ihren Wimpern fiel. Sanft wie der Flügelschlag eines Schmetterlings berührten seine Fingerknöchel ihr Kinn.

Bei dieser vertrauten Berührung senkte Issy den Kopf und wandte die Augen ab. Sie sah ziellos durch die Gegend, um seinem Blick auszuweichen. Er ließ die Hand sinken.

„Issy? Schau mich an. Bitte."

Sie kam seiner Bitte nach und hob den Kopf. Sie wusste, was nun kommen würde. Ihr graute davor, denn sie war noch nicht dazu bereit.

„Ich kann es nicht ungesagt zwischen uns stehen lassen. Es hat nichts mit dem Krieg oder mit dem zu tun, was Honor passiert ist, auch wenn der Himmel weiß, dass ich genauso handeln würde wie Rory. Ich habe geschworen, nie eine Waffe auf einen anderen Menschen zu richten, aber Gott vergebe mir, ich würde ebenfalls mit einer Pistole nach Dublin marschieren, wenn jemand es wagen sollte, *dir* etwas anzutun."

Die Sekunden verstrichen. Die stummen, schmerzlichen Herzschläge in ihrer Brust machten es Issy unmöglich, etwas zu denken oder zu sagen.

„Vielleicht würde ein Gentleman solche Dinge nicht offen ansprechen. Aber du sollst wissen, dass ich dich im vergangenen Sommer nicht etwa deshalb gebeten habe, mich zu heiraten, weil ich dachte, ich würde dich verlieren. Ich wusste nichts von deiner Zuneigung zu Levi. Sonst hätte ich geschwiegen und mich herausgehalten. Und ich bin auch nicht aus diesem Grund Pfarrer geworden." Er schwieg einen Moment und seine warmen Fingerspitzen berührten zart ihre Hand. „Ich habe schließlich meinen Stolz."

Issy hob den Blick. Das war das Mindeste, was sie ihm schuldig war. „Das weiß ich doch. Und es tut mir furchtbar leid. Ich wünschte, wir könnten die Zeit zurückdrehen. Ich würde alles geben, wenn ich die Zeit zurückdrehen und alles anders machen könnte."

„Ich auch. Aber das können wir nicht."

„Bist du deshalb gekommen? Um zu fragen, ob Levi hier war? Nein, er war nicht auf Ashford Manor." Sie schüttelte den Kopf, und die eisige Luft erinnerte sie daran, dass es unklug war zu weinen. „Nach allem, was passiert ist, habe ich auch nicht damit gerechnet, dass er kommt."

Früher wäre Issy in ihrer jugendlichen Verliebtheit zum Altar gelaufen, wenn Levi O'Connell dort auf sie gewartet hätte. Sie hatte sich von schönen Worten und einem verführerischen Lächeln blenden lassen. Sie hatte erst wieder klar denken können, als er mit dem Schiff nach Amerika aufgebrochen war, weil er frei sein wollte, statt sich an eine Frau zu binden. Wenn es anders gekommen wäre, stünde sie jetzt womöglich vor ihrem Schwager und nicht vor ihrem besten Freund, den sie unter keinen Umständen verlieren wollte.

„Ich kann nicht für meinen Bruder sprechen. Ich spreche nur für mich selbst." Er schluckte schwer und schaute sie an. „Ich würde alles für dich tun. Das schwöre ich dir."

„Daran habe ich nie gezweifelt."

„Wenn du das weißt, ist ja alles gut", flüsterte Sean und beugte sich zu ihr hinab. Die Wintersonne schien auf seinen Rücken, und die kalte Luft brannte auf den gefrorenen Tränen auf ihren Wangen, als sein Mund ihre Lippen sanft berührte.

Issy bewegte sich nicht. Sie schloss nur die Augen und war von dieser plötzlichen Intimität überrascht, da er bis jetzt immer nur ein Freund für sie gewesen war. Und ein Bruder. Aber jetzt unterstrich er auf die ihm eigene, stille Art, dass unter der Oberfläche sehr viel mehr in ihm brannte. Sean begegnete ihr nicht mit verletztem Stolz oder Zorn, sondern voller Zärtlichkeit. Diese Ehrlichkeit weckte etwas tief in ihrem Inneren, das lange geschlummert hatte.

Das sie vergessen hatte. Das sie aufgegeben hatte.

Es war sanft. Und süß. Und viel zu schnell vorbei.

„Sean, ich ..."

Er trat zurück und räusperte sich. Sein Blick verriet, dass er ihr seine Verletzlichkeit nur zeigte, weil er ehrlich zu ihr sein wollte. „Ich bin gekommen, um mich zu verabschieden, Issy."

„Verabschieden?"

Sie dachte sofort an das Schlimmste: *der Krieg!* Ihre Füße trugen sie einen Schritt näher zu ihm. „Du ziehst doch nicht in den Krieg?"

„Nein. Aber ich muss dorthin gehen, wo ich gebraucht werde. Ich bete, dass Gott das Böse aus den Herzen der Menschen reißt und der Krieg bald zu Ende ist. Aber falls er länger dauern sollte und ich womöglich nach Frankreich muss, wollte ich die Dinge zwischen uns klären." Seine Stimme versagte und er brach ab.

War es Bedauern? Sie selbst bedauerte sehr viel.

Er erholte sich schnell und lächelte sie an. „Erinnerst du dich noch daran, als wir auf Seamus O'Malleys Farm Eier gestohlen haben?"

„Ja, und als wir weggelaufen sind, hast du an der Steinmauer deine Hose zerrissen. Damit haben wir uns verraten."

„Und jetzt versucht der Eierdieb, ein rechtschaffener Mann zu sein."

Als sie an jene unschuldigen Tage ihrer Jugend zurückdachte, musste sie lachen. Das alles schien so weit weg zu sein. Bevor die Liebe und der Krieg sie alle gezwungen hatten, erwachsen zu werden. „Ich erinnere mich sehr gern an jene Sommertage. Aber ich fürchte, O'Malley traut mir immer noch nicht über den Weg. Und ich sage es noch einmal", Issy biss sich grinsend auf die Unterlippe, „ein Pfarrer sollte über solche Dinge nicht sprechen."

„Ich werde mich immer an dein Lächeln erinnern."

Issy atmete hörbar aus. Ihr warmer Atem bildete ein weißes Wölkchen vor ihrem Mund. Er blickte den schmalen Weg entlang, der zum Haus führte.

„Du solltest ins Haus gehen. Es ist kalt. Honor fragt sich bestimmt schon, wo du bleibst. Ich finde den Weg allein. Ich weiß inzwischen, wo das Tor ist."

„Aber du wirst uns schreiben, nicht wahr?"

„Wenn ich kann." Er machte Anstalten, loszumarschieren, doch dann drehte er sich noch einmal um und schaute sie mit einem Augenzwinkern an. „Versprich mir bitte, dass du nicht mit dieser Kamera zu Miss Adams nach Frankreich fährst, ja? Und da ich Pfarrer bin, kann ich eine ehrliche Antwort verlangen."

„Ich verspreche es dir. Keine Schützengräben." Sie musste wie immer das letzte Wort behalten und fügte deshalb hinzu: „Außer natürlich, sie sind auf irischem Boden. Dann kannst du mich nicht aufhalten."

„Gott sei mit dir, Issy." Sean lächelte und nickte leicht. Mehr sagten sie nicht, obwohl es so vieles gab, das sie ihm gern gesagt hätte.

„Und mit dir“, meinte sie leise, als er davonging.

Issy brauchte keine Kamera, um das Bild der beiden Männer festzuhalten, die ihr so am Herzen lagen. Sie marschierten beide am selben Tag auf derselben Schotterstraße davon. Sie sah zu, wie Sean O'Connells Gestalt immer kleiner wurde, bis er in sein Auto stieg und seine Reifen den Matsch und den Schnee der Winterlandschaft durchschnitten.

Keine *Kodak* der Welt konnte ein Bild so ins Gedächtnis einbrennen wie ein gebrochenes Herz.

SECHS

25. Dezember 1797
Ashford Manor
County Wicklow

„Woher wissen Sie, dass er ein Pirat ist?"

„Er hat einen verschlagenen Blick." Die Haushälterin betrachtete den auf dem Bett liegenden Mann kritisch und strich mit einem gekrümmten Finger über ihren Nasenrücken.

Maeve verdrehte seufzend die Augen. „Er schläft doch."

„Ich bin zwar alt wie rissiges Leder, Milady, aber einen Freibeuter erkenne ich auf den ersten Blick. Er hat in diesem Haus nichts zu suchen."

Mrs Finnegan stand den meisten Menschen mürrisch und säuerlich gegenüber und führte einen strengen englischen Haushalt. In solchen Dingen rückte sie keinen Millimeter von ihren Überzeugungen ab. Aber sie war der Familie Ashford treu ergeben. Aufgrund ihrer Loyalität gehörte sie zu den wenigen Bediensteten, denen Maeve bedingungslos vertrauen konnte, auch wenn die alte Frau schockiert gewesen war, als Maeve einen halb toten Piraten in ein Turmzimmer geschleppt hatte, während ihr Vater ein Stockwerk tiefer ahnungslos in seinem Bett lag und schlief.

Maeve stand am Fuß des Bettes. Ihr schwarzer Umhang und ihre Handflächen waren immer noch blutverschmiert. Sie konnte nur hoffen, dass der Mann nicht zu früh aufwachte. Dass er nicht laut schreien und das ganze Haus wecken würde. Und dass er auf keinen Fall das Schiff erwähnen würde, das sie vorsichtshalber übergangen hatte, als sie der Haushälterin mit den stahlgrauen Augen die Situation erklärt hatte.

„Die Blutung lässt nach. Aber seine Haut ist von einer beängstigenden Blässe, er ist nicht bei Bewusstsein, und ich kann ihn nicht dazu bewegen, etwas zu trinken. Er hat nur eine Chance, wenn wir die Kugel aus seiner Seite holen und die Wunde zunähen. Aber selbst dann kann ich nicht garantieren, dass er das Fieber überlebt, das dann einsetzen wird."

„Wir sollten einen Wundarzt holen. Oder gleich den Bestatter." Mrs Finnegan rümpfte die Nase, als sie den Alkoholgeruch bemerkte, den der Bewusstlose verströmte. „Vorzugsweise jemanden mit einer Badewanne und Seife."

„Das geht nicht. Wir müssen ihn selbst versorgen." Maeve öffnete die Perlknöpfe an ihrem Kragen und nahm ihren Umhang ab. Als sie ihn über einen Stuhl legte, stieg eine Staubwolke auf.

Ashford Manor hatte zahlreiche Stockwerke mit hohen Fenstern, die einen Blick auf die gepflegten Gärten boten, und an den vier Ecken des Schlosses befanden sich runde Türme. Es gab hier so viele Räumlichkeiten, dass das Turmzimmer im dritten Stockwerk nicht mehr benutzt wurde und deshalb genau das richtige Versteck war. Es hatte diesen Mann sein letztes bisschen Kraft gekostet, sich die Treppe hinaufzuschleppen. Sobald Maeve die Tür geschlossen hatte, war er aufs Bett gesunken. Seitdem lag er regungslos da und sein gleichmäßiger Atem verriet, dass er schlief.

Sie brauchten unbedingt ein Feuer. Maeve eilte auf die andere Seite des Zimmers. In einem Kästchen auf dem Kaminsims fand sie Streichhölzer. Sie hatte Brennholz aus der Holzkiste neben dem Ofen im Dienstbotenraum geholt und in den Turm geschleppt. Und auch wenn sie das nur sehr ungern tat, hatte sie Seiten aus einem alten Buch gerissen, um damit das Feuer zu entzünden. Doch vorher schloss sie die Fensterläden. Sie rollte sogar den Teppich zusammen und legte ihn an die Tür, damit niemand merkte, dass in einem Zimmer Licht brannte, welches sich in einem vergessenen Flügel des Hauses befand.

„Wer ist dieser Mann, Milady?", flüsterte Mrs Finnegan.

„Das weiß ich nicht."

„Aber was ist mit ihm passiert?"

Maeve schüttelte den Kopf. „Das weiß ich leider auch nicht. Ich habe ihn auf dem östlichen Feld gefunden. Im Glen neben der Burgruine. Er hat eine Kugel in der Seite und hat stark geblutet. Ich konnte ihn doch nicht einfach dort liegen lassen, gleichgültig, was er getan hat. Die eiskalte Nacht auf dem Feld wäre sein sicherer Tod gewesen."

„Dann ist dieser Mann der Dieb, den die Männer gerade suchen?"

Das wusste Maeve natürlich nicht mit Bestimmtheit, aber alles in ihr schrie Ja. Wer sollte er sonst sein? Er hatte für seine Anwesenheit auf ihrem Land keine Erklärung gehabt. Er hatte ein Schiff erwähnt, das irgendwo in ihrer Bucht trieb, eine Laterne, die sie in der Burgruine gelöscht hatte, und den Namen O'Byrne. Alles andere war ein Geheimnis, das er womöglich mit ins Grab nehmen würde.

„Das könnte sein." Maeve trat zu der Schüssel auf der Kommode und krempelte die Ärmel ihres Trauerkleids hoch, um sich das Blut von den Händen zu waschen. „Ich habe frisches Wasser geholt. Eine Flasche von Vaters Whiskey, um die Wunde zu reinigen. Einen Stoß Bettlaken aus der Wäschekammer. Ich dachte, wir könnten sie zerreißen und als Verbände benutzen. Da in den Kerzenhaltern an der Wand keine Kerzen mehr stecken, weil dieses Zimmer schon so lange leer steht, habe ich die Kerze aus meinem Schlafzimmer geholt. Das muss vorerst genügen."

„Master Cian würde das nicht erlauben, Milady."

Mrs Finnegan hatte recht.

„Nein, ich nehme an, dass mein Bruder etwas dagegen hätte. Aber er befindet sich gerade auf einem Schiff in Richtung England und hat deshalb in dieser Angelegenheit kein Mitspracherecht. Da mein Vater in seiner Trauer im Moment nicht in der Lage ist, Verantwortung zu übernehmen, liegt es an mir, das zu tun, was ich für richtig halte. Und ich halte es für richtig, diesem Mann zu helfen."

Maeve vermutete, dass Mrs Finnegan, die mit dem Rücken zu ihr stand, den Mann mit finsteren Blicken durchbohrte. Aber sie wusste auch, dass ihr Schweigen ein Zeichen dafür war, dass sich die Haushälterin die Sache überlegte. Dass sie vielleicht von ihrem starren Standpunkt abrücken würde. Es war ein Wagnis, an ihr Mitgefühl zu appellieren, aber vielleicht würde Mrs Finnegan Mistress Adelaide Ashfords Tochter doch helfen, auch wenn die Situation sehr prekär war.

Mrs Finnegans Loyalität war der einzige Trumpf, den Maeve in der Hand hielt, und sie musste ihn ausspielen.

„Die Iren würden ihn als *suile shifty* bezeichnen", murrte Mrs Finnegan. Die Bodendielen knarrten unter ihren Füßen, als sie näher trat. Maeve wagte es nicht, hoffnungsvoll einzuatmen, als sie sich umdrehte. Die Haushälterin hatte sich über die Matratze gebeugt und schlug die Weste des Mannes zurück. Sie deutete zur Kommode. „Das Licht. Bringen Sie es bitte her."

Maeve kam ihrer Aufforderung rasch nach. Sie holte den silbernen Kerzenständer und stellte ihn auf den Nachttisch. Dann zog sie den Dolch aus ihrem Gürtel und hielt ihn Mrs Finnegan hin. „Geht es damit?"

Mrs Finnegan nickte und durchschnitt mit der Klinge die Wollweste und das Leinenhemd an seiner Seite, bis neben ihren Füßen ein kleiner Haufen mit blutgetränkten Stoffen lag. Sie drehte den Mann auf die Seite und untersuchte die Wunde. Dabei glitt sein Arm mit der Handfläche nach oben auf die Decke. Selbst in dem schwachen Licht der Kerze war es deutlich zu sehen:

Eine Tätowierung zog sich über die gesamte Länge seines Unterarms: ein Wappen mit drei offenen Handflächen und darüber eine nackte Meerjungfrau.

Mrs Finnegans Hände erstarrten. Sie fuhr wie vom Blitz getroffen hoch und wich mit zusammengekniffenen Augen zurück. „Nein, Milady! Nur über meine Leiche!"

Instinktiv bedeckte Maeve die Tätowierung mit der Hand, als könnte sie damit die Tatsachen verbergen. „Bitte! Es geht um das Leben eines Menschen."

„Wissen Sie eigentlich, was Sie getan haben?", zischte die Haushälterin und schüttelte bei jeder Silbe missbilligend den Kopf. „Wenn die Countess noch am Leben wäre … Der Herr schenke ihrer Seele ewigen Frieden. Ihre Mutter wäre eher gestorben, als einen von *denen* unter ihr Dach zu lassen. Haben Sie vergessen, was aus Master George, Ihrem eigenen Bruder, wurde? Wir haben mit diesen Katholiken nichts zu schaffen."

„Natürlich habe ich das nicht vergessen. Aber ich glaube, ich würde meiner Familie – und mir selbst – einen schlechten Dienst erweisen, wenn ich einem Mann in diesem Zustand nicht helfe, sondern ihn einfach sterben lasse." Sie trat vom Bett zurück und folgte der Haushälterin zur Tür.

„Dann überlassen Sie ihn den Soldaten."

„Das kann ich nicht."

„Warum nicht? Dieser Mann ist ein Verbrecher. Er muss vor Gericht gestellt werden."

„Ich weiß nicht, was er ist, aber ich glaube nicht, dass wir es hier mit einem Betrunkenen zu tun haben, der bloß auf die Idee kam, ein Pferd aus unseren Ställen zu stehlen. Wenn ich ihn heute Nacht den Männern übergebe, bedeutet das seinen sicheren Tod. Gleichgültig, welches Blut durch seine Adern fließt, es ist genauso rot wie unseres, und er droht zu verbluten. Wenn ich ihn retten kann, muss ich es versuchen. Es tut mir leid, aber ich bete, dass George und Mutter das genauso sehen würden."

„Sie sprechen hier von einer *Kreatur!* Ein O'Byrne in Ashford Manor?! Er wird unser aller Tod sein."

Maeve seufzte. Mrs Finnegans Groll war nicht zu überhören. Sie konnte den Grund für ihre ablehnende Haltung gut nachvollziehen. Dass dieser Mann ein O'Byrne war, schmerzte sie selbst ebenfalls. Aber sie konnte darüber hinwegsehen. Sie konnte sogar eine Weile die tiefe Kluft zwischen ihnen vergessen, um das Leben dieses Mannes zu retten. Sie wollte ihr Gewissen nicht mit dem Tod eines Menschen belasten. Den Folgen konnte sie sich später stellen.

„Er ist keine Kreatur, sondern ein Mensch. Er ist der Sohn einer Mutter, nicht wahr? Vielleicht ist er der Mann einer Frau. Ein Vater. Mich interessieren seine Herkunft und seine Religion nicht. Und auch nicht der Hass, den diese Tätowierung auf seiner Haut für die Familie unter diesem Dach bedeutet. Sagen Sie bitte kein Wort zu Papa oder zu Cian. Bis er zurückkommt, ist das alles sowieso längst vorbei. Aber dieser Mann soll hier einen Unterschlupf bekommen. Entweder Sie helfen mir, oder ich muss Sie bitten, dieses Zimmer auf der Stelle zu verlassen und zu vergessen, dass Sie ihn je gesehen haben."

Das knisternde Feuer und der Tanz der Flammen sollten an einem verschneiten Abend Trost und Frieden verbreiten. Aber während der Wind gegen das Fenster peitschte, während der verwundete Mann mühsam nach Luft rang, blickte Maeve die alte Frau, die auf der anderen Seite des Bettes stand, unverwandt an und wartete, wie diese sich entscheiden würde.

„Ich brauche Nadel und Faden, Milady. Sie finden die Sachen im Nähkästchen Ihrer Mutter."

„Ich weiß, wo es steht." Maeve hätte vor Erleichterung weinen können. Sie eilte um das Bett herum und ergriff die Hände der Frau. „Was noch?"

„Frisches Wasser. Einen Kessel, in dem wir das Wasser über dem Feuer erhitzen können, und eine Schüssel für das Wasser. Aber nehmen Sie das beste Porzellan, damit es nicht zerbricht. Holen Sie eine Suppenterrine aus der Speisekammer. Und einen Wasserkrug. Im Regal steht ein Krug, an dessen Seite ein Granatapfel abgebildet ist, der

Lieblingskrug Ihrer Mutter. Kamillentee gegen die Schmerzen. Und einen Becher, aus dem er trinken kann. Keine Teetasse. Es kann sein, dass er um sich schlägt und sie zerbricht. Wir brauchen einen unzerbrechlichen Becher aus dem Silberschrank."

„Wo ist der Schlüssel?"

Mrs Finnegan seufzte.

Das Versteck des Schlüssels zum Silberschrank zu verraten, verstieß offenbar gegen alle Regeln. Mrs Finnegan wandte sich zur Seite, außer Hörweite des Mannes, obwohl es sehr unwahrscheinlich war, dass er sie hören und ihnen ihre weltlichen Güter stehlen konnte. „An einem Haken im Vorratskeller. Ganz oben, hinter den Fasanen, die dort hängen."

Eine tiefe Erleichterung erfüllte Maeve. In Mrs Finnegans Brust schlug ein weiches Herz, das hatte Maeve schon immer gewusst. Sie war bereit zu vergeben, und das gab ihr mehr Hoffnung als alles andere. Sie drückte erneut die Hand der Frau. „Ich werde alles holen, was Sie gesagt haben."

„Beeilen Sie sich, bevor der Pirat aufwacht. Wenn er vor Schmerzen schreit, können wir seine Anwesenheit nicht länger geheim halten. Und seien Sie auf der Treppe vorsichtig. Archibald hört alles."

Maeve nickte und eilte zur Tür. Ja, ihr Butler war viel zu neugierig. Sie mied das große Treppenhaus, das zur Eingangshalle führte, denn die untere Hälfte der Treppe knarrte so laut, dass davon Tote aufwachen würden.

„Ich werde ganz leise sein. Versprochen."

„Ein Sturm zieht auf, Milady, und ich fürchte, dass Sie geradewegs darauf zusteuern. Ich bete, dass wir keinen Fluch über dieses Haus bringen."

„Ich glaube nicht an Flüche, Mrs Finnegan." Erhobenen Hauptes legte sie die Hand auf den Türgriff und achtete darauf, dass das alte Messing keinen klagenden Ton von sich gab. „Es ist nach Mitternacht. Das heißt, es ist Weihnachten. Wenn wir wissen, dass wir dieses Mal auf Ashford Manor ein Leben gerettet haben, statt eines zu verlieren, haben wir Grund zum Feiern."

„Wasser."

Die raue Männerstimme weckte Maeve aus ihrem unruhigen Schlummer. Sie blickte sich blinzelnd um. Sie hatte für einen Moment vergessen, wo sie war, und hatte gedacht, sie wäre wieder im Sessel neben dem Bett ihrer Mutter eingeschlafen und nicht in dem Sessel neben dem Kamin im Turmzimmer.

Die Dunkelheit, die in der Nacht ihr Verbündeter gewesen war, wich dem Frieden des Morgens. Das Sonnenlicht fiel durch die Spalten zwischen den geschlossenen Fensterläden. Es zeichnete eine Linie vom Boden bis zur Gewölbedecke, über den Teppich zum Kamin, in dem das Feuer erkaltet war. Ein Tropfen Kondenswasser fiel aus dem Kamin zischend auf den Aschehaufen.

„Wasser … bitte?" Er bewegte sich benommen und öffnete mühsam seine Augenlider, um sich umzusehen.

Ja. Wasser. Er brauchte Wasser.

Maeve legte den Umhang zur Seite, mit dem sie sich zugedeckt hatte, und sprang auf. Sie schob ihre kastanienbraunen Locken über ihre Schulter. Während sie zur Kommode ging, krempelte sie die Ärmel ihres Trauerkleides nach unten und schloss die Knöpfe an ihren Handgelenken, wie es der Anstand gebot. Dann schenkte sie Wasser aus dem Krug ein – der letzte Rest frisches Wasser, den sie noch hatten – und hielt in sicherer Entfernung zum Bett inne.

Sie sah ihn zum ersten Mal mit offenen Augen bei Tageslicht. Seine stahlgrauen Augen verrieten Stärke. Und Geduld, während er auf das Wasser wartete.

„Ich werde Ihnen helfen, damit die genähte Wunde an Ihrer Seite nicht aufplatzt. Falls Sie irgendwelche Dummheiten versuchen sollten, wäre das für Sie gefährlicher als für mich. Seien Sie also vorsichtig. Haben Sie mich verstanden?"

Er nickte. Nur kurz, aber mit einer vorsichtigen Zurückhaltung, die verriet, dass das Misstrauen auf Gegenseitigkeit beruhte.

„Hier. Trinken Sie." Sie drückte ihm den Silberbecher in die Hand und schob ihre Handfläche in seinen Nacken, um ihm beim Aufsetzen zu helfen.

„Danke, Milady." Er schluckte mühsam. Dann sank er auf das Kissen zurück. Diese kleine Bewegung hatte ihn offensichtlich völlig erschöpft.

Erst jetzt starrte er zur Zimmerdecke hinauf. Dass er sich in einem Zimmer mit Erker und getäfelter Holzdecke befand statt auf einem Feld über den Klippen, irritierte ihn offenbar. Er schaute sie fragend an. „Wo bin ich?"

„Ich hätte gedacht, dass Sie das bereits wissen. Sie sind auf Ashford Manor, in der Nähe von Castle Chryn." Maeve richtete sich auf und wich einige Schritte zurück, bis sie weit genug von ihm entfernt war. „Können Sie sich noch an den gestrigen Abend erinnern, Sir? Sie scheinen sich im Pub betrunken zu haben und Sie wussten über unerlaubte Vorgänge in der Nähe unserer Burgruine – und in unserer Bucht – Bescheid. Für jemanden, der dieses Land nicht kennt, waren Sie erstaunlich gut informiert."

„Ich rühre keinen Alkohol an", widersprach er und fuhr mit der Hand über sein unrasiertes Kinn. Als er diese schnelle Bewegung machte, atmete er vor Schmerz hastig ein. Dann ließ er die Hand wieder sinken und legte sie auf die um seinen Bauch gewickelten Verbände. „Aber an zwei Dinge von gestern Abend erinnere ich mich. An den hinterhältigen Schuss erinnere ich mich am deutlichsten."

„Dann brauche ich Ihnen ja den Grund für Ihre Verletzung nicht zu erklären, auch wenn ich keine Ahnung habe, was dazu geführt hat, dass Sie sich eine Musketenkugel eingefangen haben."

„Darauf hätte ich gern verzichtet."

„Ich hatte den Eindruck, Sie hätten in *Guinness* gebadet."

„So war es auch fast", setzte er an und räusperte sich. „Ich hatte eine Meinungsverschiedenheit mit einem anderen Mann. Dabei goss er sein Bier über mich."

„Verstehe." Diese Erklärung genügte ihr nicht. Aber ihre Haltung entspannte sich und sie legte etwas mehr Wärme in ihre Stimme. Der Mann, der sich in dieser Nacht vor Schmerzen gewunden hatte, hatte sie an ihren Bruder erinnert. George hatte ähnliche entsetzliche Schmerzen erlitten.

„Sie haben die ganze Nacht vor Schmerzen um sich geschlagen, Sir. Unsere Haushälterin sagte, Sie könnten von Glück sagen, wenn Sie überhaupt aufwachen. Aber vielleicht hat es die Vorsehung gut mit Ihnen gemeint, weil heute Weihnachten ist."

„Sie waren die ganze Nacht hier?", flüsterte er und blickte zu dem sanften Licht des Morgens, das trotz der geschlossenen Fensterläden ins Zimmer drang. Dann veränderte sich seine Miene und er sah sie an.

Maeve ignorierte seine unverschämte Frage und schluckte. Sie stemmte die Hände in die Hüften und legte den Zeigefinger an den Griff des Dolchs, der in ihrem Gürtel steckte. Eine stumme Warnung, dass er sich nicht mit ihr anlegen sollte.

„Ich bin Lady Maeve Ashford, Herrin dieses Anwesens. Und es war meine Pflicht. Ja, ich habe die ganze Nacht über Sie gewacht."

„Und das Schiff?"

„Ich habe die Laterne gelöscht. In der Bucht war kein Schiff zu sehen."

Er setzte sich auf, besser gesagt, er versuchte es. Besorgnis sprach aus seiner Miene, als sein Blick von ihrem Gesicht zu der Eichentür auf der anderen Seite des Zimmers glitt. Plante er einen Fluchtversuch?

„Sie brauchen sich keine Sorgen zu machen. Die Tür ist abgeschlossen. Zu Ihrem Schutz und zu unserem. Ich mache Sie darauf aufmerksam, dass Sie sich in unserer Obhut befinden und dass der Anstand verlangt, dass Sie dies respektieren, bis Sie den Behörden übergeben werden."

„Und der Anstand verlangt nicht, dass eine Anstandsperson im Raum ist? Immerhin befinden wir uns allein in diesem Zimmer."

Sie wich zurück und stieß in ihrer plötzlichen Eile so heftig gegen die Kommode, dass der darauf angebrachte Spiegel wackelte. Maeve legte die Hand darauf und fing sich schnell wieder. Seine Belustigung war nicht zu übersehen, auch wenn er sein Lächeln zu unterdrücken versuchte.

„Nein. Wir befinden uns in einem unbenutzten Turmzimmer. Aber wenn der Anstand etwas verlangt, dann gebietet er auf jeden Fall, dass ein Dieb aufhört, ständig Fragen zu stellen. Unsere Haushälterin ist nach unten gegangen, um dem Personal seine Aufgaben für diesen Tag zuzuweisen. Wenn sie zurückkommt, bringt sie alles mit, was Sie brauchen, und kümmert sich um Sie. Bis jetzt weiß außer ihr und mir niemand, dass Sie hier sind. Das soll auch so bleiben, bis ich entschieden habe, wie ich mit Ihnen verfahren will. Können wir mit Ihrem Namen beginnen. Mit Ihrem Vornamen. Dass Sie ein O'Byrne sind, weiß ich bereits."

„Ich heiße Eoin, Milady."

„Also, Eoin O'Byrne, warum haben Sie das Land meines Vaters betreten? Ich will die Wahrheit hören! Unser Stallmeister kann zweifellos bezeugen, ob Sie der Mann sind, der aus unserem Stall ein Pferd stehlen wollte. Ich brauche ihn nur holen, falls ich befürchten muss, dass Sie wieder gewalttätig werden."

„Ich bin nicht gewalttätig, Milady!"

„Nein? Sie trinken keinen Alkohol und Sie sind nicht gewalttätig. Trotzdem deutet alles darauf hin, dass Sie unseren Stallmeister angegriffen und ein Pferd meines Vaters gestohlen haben. Und Ihre Kleidung roch unverkennbar nach *Guinness*. Ich würde sagen, die Tatsachen widersprechen Ihren Worten. Welche Erklärung können Sie mir dafür geben?"

„Ich kam aus Dublin zu der Kreuzung, an die das Land Ihres Vaters grenzt. Sie glauben zwar, Sie hätten mich letzte Nacht gerettet, aber in Wahrheit war es genau umgekehrt."

Wollte er sie provozieren? Oder glaubte er das tatsächlich? Sie musste über diese absurde Behauptung fast lachen.

„Und ich nehme an, Sie haben sich auch selbst von dem schneebedeckten Feld bei der Burgruine zwei Stockwerke hoch in dieses Zimmer geschleppt. Wie kommen Sie zu einer solchen Behauptung?"

„Der Stallmeister, Milady."

Sie wich zurück und eine gewisse Unsicherheit trat in ihre Augen.

„Er behauptet, dass ihn ein Mann von hinten niedergeschlagen hätte und dann mit dem Hengst des Grafen geflohen wäre. Um sich vermutlich der Gefangennahme zu entziehen, weil er den Freihandel in Ihrer Bucht unterstützt?"

Das fasste die blutige Angelegenheit präzise zusammen. „Ja, genau das hat unser Stallknecht Brennan O'Malley berichtet. Streiten Sie das ab?"

„Ich könnte Sie sowieso nicht von meiner Unschuld überzeugen. Aber warum sollte ein Dieb, der schnell entkommen will, ausgerechnet ein Pferd stehlen, mit dem er nicht reiten kann?"

„Wie bitte?"

„Veranlassen Sie, dass der Stallmeister zur Rede gestellt wird. Wenn er Seiner Lordschaft erklären kann, warum ein Dieb, der eilig entkommen will, ausgerechnet ein Pferd nimmt, dessen linkes Hinterbein an einem Zuckfuß leidet, können Sie gern an meinen Aussagen zweifeln. Aber wenn er diese Frage nicht glaubwürdig beantworten kann, sollten Sie auf der Hut sein."

Maeve schluckte schwer.

Sollte sie seinen Worten Glauben schenken?

Die Umstände schienen gegen ihn zu sprechen, aber etwas – vielleicht ihr Instinkt – sagte ihr, dass der Mann, der hier in diesem Zimmer lag, zwar eigensinnig war, aber in gewisser Hinsicht einen ehrlichen Eindruck machte. Wenn dieser Mann die Wahrheit sagte, bedeutete das, dass der Stallmeister, dem ihr Vater seit über zehn Jahren vertraute, eine unwahre Aussage über ein Verbrechen gemacht hatte, für das möglicherweise ein Unschuldiger an den Galgen käme.

„Wie Sie schon sagten, Sie sind ein O'Byrne. Warum sollte ich das, was Sie sagen, glauben?"

„Auf Ihrem Land treibt ein Lügner und Dieb sein Unwesen, Milady." Er schaute sie herausfordernd an. „Aber Sie werden feststellen, dass ich es nicht bin."

SIEBEN

Gegenwart
10/11 O'Connell Street
Dublin

Dublin sprühte vor Leben.

Dublin, das war Musik. Historie. Der Fluss Liffey, der zwischen den geschichtsträchtigen Straßen durch die Stadt floss. Ein Straßenkünstler, der auf seiner Geige „Danny Boy" spielte. Weihnachtsmärkte in der Henry Street und Pubs im Stadtteil Temple Bar, deren Türen auch jetzt im November offen standen …

Es war, als würden die Worte von James Joyce vor ihren Augen lebendig.

Laine stand mit Cassie an der Hand vor einem Eckhaus, in dem sich ein Pub befand.

„Wir sind da. 10/11 O'Connell Street." Quinn ließ seinen Blick an dem vierstöckigen Gebäude langsam bis ganz nach oben wandern. „Früher hieß die Straße Sackville Street, aber sonst ist seit Jahrzehnten alles beim Alten geblieben. *Jack Foley's Pub* hat sich nicht verändert."

Es sah aus wie ein typischer Pub in Dublin – zumindest dem nach zu urteilen, was Laine bei ihrer Internetsuche nach irischen Pubs gefunden hatte. Sie hob Cassie hoch und betrachtete die glänzende Holzverkleidung an dem abgerundeten Eckgebäude, auf dessen breiten Fenstern mit glänzenden, goldgrünen Buchstaben der Name stand.

Speisekarten und Plakate, die auf Livemusik hinwiesen, hingen am Fenster, eine breite Wand aus Papier zwischen dem Pub und Dublins lärmenden Straßen.

„Ihr seid ja hier mitten im Zentrum des Geschehens, Quinn! *Jack Foley's Irish House, erbaut 1796.*" Ellie hakte sich bei Quinn unter, während sie das Schild las. „Fast hätte ich es vergessen: Ich heiße jetzt ja auch Foley. Ich fühle mich schon ein kleines bisschen wie eine Irin."

„Ja. Und das steht dir gut." Er lächelte sie an und tippte mit der Fingerspitze auf das Grübchen an ihrer Wange. Dann drehte er sich zu Laine und Cassie herum. „Und was sagt ihr dazu? Gefällt euch unser Pub?"

„Was ist ein Pub?", flüsterte Cassie Laine ins Ohr.

„Ein Pub ist ein Ort, an dem sich Freunde zum Essen treffen." *Und zum Biertrinken,* fügte Laine in Gedanken hinzu und musste sich ein Lachen verkneifen.

Sie hatte Cassie während des Fluges von Frankreich nach Dublin ausführlich erzählt, wie Irland war: grün und hügelig, lange Küstenstreifen, aber auch Flughäfen und Großstädte. Und kleine Restaurants, die Pubs hießen. In den Pubs konnte man essen und trinken. Hier wurden Fremde bei einem guten Essen und einem netten Gespräch zu Freunden.

„Wollen wir hineingehen?" Laine drückte Cassies Hand. „Vielleicht gibt es hier ja *Fish and Chips.* Fischstäbchen", verbesserte sie sich, da sich Kinder dafür eher begeisterten, „und Pommes."

„Und rote Soße. Für euch Amerikaner Ketchup." Quinn zwinkerte ihnen zu und hielt die Tür auf, um den Damen den Vortritt zu lassen.

Über der Tür hing ein Glöckchen, das sie mit seinem Läuten begrüßte, genauso, wie Laine es sich in einem Dubliner Pub vorgestellt hatte. Holzvertäfelungen überzogen die Innenwände. Deckenlampen im Tiffany-Stil sorgten für ein gedämpftes Licht. Eine lange, gediegene Theke mit Barhockern, die mit braunem Leder überzogen waren, nahm eine ganze Wandbreite ein. An einer Seite grenzte sie an einen

Raum, dessen Wände halb aus Holz und halb aus Glas bestanden. Der kleine Raum war so vollgestellt, dass all die Tische und Stühle kaum Platz zu haben schienen. Aber trotzdem stand in der hinteren Ecke noch ein bemerkenswert aussehendes Klavier.

War das etwa ein echtes *Richard Lipp & Sohn*? Laine verdrehte sich den Hals, um es besser sehen zu können, und nahm sich fest vor, dieses Klavier später genauer unter die Lupe zu nehmen.

In der Mitte des Raumes gab es einen Sitzbereich unter einer getäfelten Gewölbedecke aus Messing. Einige Stufen führten im hinteren Bereich in ein weiteres Stockwerk, wo Fernsehbildschirme eine gesamte Wand einnahmen. Auf allen Bildschirmen lief Fußball, den die Gäste wie gebannt verfolgten. Das ganze Ambiente war ein Sammelsurium aus den unterschiedlichsten Flaschen, eingerahmten Fußballtrikots, verschiedenen Gegenständen in Regalen, aufgehängten Fotos und vergilbten Zeitungsausschnitten aus *Jack Foley's* großer Geschichte und lokaler Historie.

Sie blieben im vorderen Raum stehen, während Quinn allein weiter nach hinten ging. Er trat an die Theke und wartete mit in den Taschen vergrabenen Händen, während sich mehrere Gäste an ihnen vorbeidrängten.

Ellie stieß Laine leicht in die Seite und deutete zu einem Mann hinter der Theke. Er hatte stahlgraues Haar und einen Ziegenbart und zapfte gerade ein Glas randvoll mit Bier. Dann stellte er es vor einem Gast auf den Tresen. „Ich habe Fotos gesehen. Das ist Jack. Es ist wohl keine Überraschung, dass er so heißt. Quinn hat mir erzählt, dass es seit über zweihundert Jahren in jeder Generation einen Jack Foley gibt."

„Und er hat bei seinen Söhnen mit dieser Tradition gebrochen?", flüsterte Laine.

„Nein. Cormac benutzt schon immer seinen zweiten Vornamen, aber er ist der Jack Foley der nächsten Generation. Quinn hat gemeint, dass sein älterer Bruder zwar den Familiennamen trägt, aber damit hören die Gemeinsamkeiten zwischen dem Vater und seinen Söhnen auch schon auf."

Das Lächeln des Mannes verblasste, als er seinen jüngeren Sohn im Pub stehen sah. „Sieh mal einer an, was die Flut da an Land gespült hat!" Jack musterte ihn regungslos. Die Theke stand wie ein Schutzwall zwischen Vater und Sohn.

„Hallo, *Da*. Wir haben uns lange nicht gesehen."

„Wie ich sehe, hast du immer noch lange Haare."

„Sie sind jetzt ein bisschen kürzer, aber ja." Quinn blieb ruhig stehen und lächelte trotz der Kritik an seinen dunklen, kinnlangen Locken, die er im Nacken zusammengebunden hatte.

„Cormac hat schon gesagt, dass du heimkommen willst. Ich konnte es kaum glauben. Und jetzt stehst du tatsächlich da." Er trat einen kleinen Schritt zurück und holte saubere Biergläser unter der Theke hervor. Dann hielt er sie leicht geneigt unter den Zapfhahn, damit das Bier weniger schäumte, während er es mit dem dunklen Gebräu füllte. Als er beide Gläser gefüllt hatte, stellte er sie geräuschvoll auf den Tresen.

„Zwei Bier!" Jack schlug mit der Handfläche auf die Theke, woraufhin eine junge Frau die Gläser auf ihr Tablett stellte und sie den Gästen brachte. „Ich dachte, du hättest Dublin für immer den Rücken gekehrt. Gibt es einen Grund, warum du jetzt auftauchst?"

„Daran ist Cormac schuld. Er ist auf Titus' Weingut aufgetaucht und hat uns gebeten zu kommen."

Jacks Blick wanderte zu den Frauen, die an der Tür standen. Ellie trat vor und ergriff Quinns Hand.

„Das ist meine Frau Ellie. Du hast die Einladung zur Hochzeit sicher bekommen. Wir haben vergangenes Wochenende geheiratet."

„Ich konnte nicht weg. Das Pub braucht mich."

„Kein Problem. Ich dachte nur, du solltest Bescheid wissen. Und das ist eine gute Freundin, Laine, und ihre Tochter Cassie. Sie begleiten uns."

Quinn schwieg einen Moment und verlagerte sein Gewicht. So hatte Laine den selbstsicheren Quinn Foley noch nie erlebt. Er war unsicher. „Das ist meine Familie, *Da*."

„Miss." Jack nickte Ellie höflich zu, dann wandte er sich Laine und Cassie zu. „Meine Damen", begrüßte er sie ohne das geringste Lächeln. Keine freundlichen Worte, keine leutselige irische Begrüßung. Nur volle Biergläser auf der Theke und Gleichgültigkeit in der Stimme.

„Es freut mich, Sie kennenzulernen, Mr Foley", antwortete Ellie in ihrer gewohnt herzlichen Weise.

„Hier sagen alle ‚*Jack*' zu mir. Du kannst mich auch so nennen."

Laines Herz zog sich zusammen. Sie hätte ihrer Freundin einen herzlicheren Empfang gewünscht. Ellies Eltern waren beim Absturz eines Kleinflugzeugs gestorben, als sie elf war. Dass der Vater ihres Mannes, eine potenzielle Vaterfigur, eine solche Gleichgültigkeit an den Tag legte, schmerzte Laine. Am liebsten hätte sie diesem Rüpel eines seiner Biergläser ins Gesicht gekippt, um ihm die Augen dafür zu öffnen, dass er jetzt eine Schwiegertochter hatte.

Laine trat ein paar Schritte zurück und zog aus einer Halterung an der Wand eine Speisekarte. „Hast du Hunger, Schatz? Schauen wir einmal, was es gibt", flüsterte sie Cassie zu und suchte auf der Speisekarte nach den Angeboten für Kinder. Ihre Tochter hätte bestimmt bald Hunger, und sie wollte rechtzeitig wissen, ob es auf der Speisekarte etwas gab, das ihr schmecken würde.

„Warum bist du hier, Quinn? Hat es mit dem Testament dieser Dolly Byrne zu tun? Und mit dem ganzen juristischen Kram wegen des Schlosses, das sie uns vererbt hat?"

Ein Testament? Laine wurde hellhörig und blickte auf. *Und ein Schloss?*

„Ja."

„Ein Haufen Steine und reine Zeitverschwendung." Jack lachte. Es war ein eher humorloses Schnauben. Er zog ein Tuch unter der Theke hervor und wischte den polierten Tresen ab.

„Wenn Cormac uns nicht gebeten hätte, wären wir nicht hier."

„Für diesen Kram habe ich keine Zeit. Bald kommen die Leute zum Abendessen und um acht kommt die Band. Ich habe alle Hände voll zu tun. Da Cormac euch eingeladen hat, soll er sich auch um euch kümmern." Jack warf das Tuch über seine Schulter, beugte sich über die Theke und deutete nach hinten. „Geht in die Küche. Das ist sein Zuständigkeitsbereich. Er wird wissen, was er mit euch anfangen soll."

Jack Foley hielt mit seiner Grobheit nicht hinter dem Berg, aber Cormac war nicht so leicht zu durchschauen. Er kam gerade die Treppe im hinteren Bereich herunter und schien sich in seiner abgetragenen Jeans und seinem legeren blauen Hemd viel wohler zu fühlen als vor einigen Tagen in einem eleganten Anzug auf dem Weingut. Er hatte eine Kochschürze umgebunden und einen Bleistift hinterm Ohr. Er trat nicht zu ihnen, sondern nickte ihnen nur höflich zu, bevor er mit einem Kellner sprach.

Cormacs Verhalten ließ Laine hoffen, dass Ellie nicht von allen Mitgliedern ihrer neuen Familie schroff und abweisend begrüßt wurde, auch wenn er nicht gleich den roten Teppich für sie ausrollte. Vielleicht würde Cormac bei den Spannungen zwischen den Foley-Männern die Rolle des Vermittlers übernehmen.

„Dort ist Cormac." Quinn führte Ellie ins Innere des Pubs. „Ich hab mich auch gefreut, dich zu sehen, *Da*."

Das war alles. Sie bahnten sich einen Weg zu Cormac, vorbei an Tischen, an denen größere und kleinere Gruppen saßen. Familien und Freunde und Reisende, sie alle strahlten mehr gute Laune aus als die Pubbesitzer. Laine folgte ihnen mit Cassie auf dem Arm, musste aber Gästen und Kellnern mit vollen Tabletts mit Biergläsern und Tellern ausweichen, die einen verlockenden Geruch verströmten.

„Quinn! Ihr seid da. Hat mit dem Flug alles geklappt?"

„Bestens. Wir haben am Südufer geparkt und einen kleinen Spaziergang über den Fluss gemacht."

„Ja, ist ein schöner Abend für einen Spaziergang. Es ist ein wenig wärmer geworden. Aber das wird nicht lange anhalten." Cormacs Blick wanderte zu Laine und Cassie und dann wieder zu seinem Bruder. „Wo ist euer Gepäck?"

Quinn legte den Arm um Ellies Schultern. „Wir haben uns in einem Hotel gegenüber der *Christ Church Cathedral* Zimmer genommen. Da die Grafton Street und der *Green* in der Nähe sind, können sich die Frauen die Zeit vertreiben, während wir uns um diese geschäftliche Angelegenheit kümmern."

„Diese Angelegenheit ist ein einziges Chaos. Aber ihr müsst unbedingt bei uns wohnen", sagte Cormac. „Wir haben im vergangenen Jahr die Wohnung renoviert: neue Küche, Loft. Und wir haben immer noch die Zimmer im dritten Stock. Es gibt also genug Platz."

„Wir würden gern hierbleiben", mischte sich Ellie mit einem strahlenden Lächeln ein. „Laine?"

„Cassie und mir ist es überall recht." Sie lächelte ihre Tochter an, die ihr Gesicht an ihrem Hals vergrub. „Danke."

Dann war es also beschlossene Sache: Sie würden hier wohnen. Quinn wirkte nicht sonderlich begeistert. Er drehte sich zu Jack herum, der mit dem Handtuch über der Schulter am Tresen alle Hände voll zu tun hatte. Er füllte eine Reihe von Gläsern, als gäbe es nichts anderes auf der Welt. „Und was sagt er dazu?"

„Nicht viel. Du weißt ja, wie er ist. Er sagt nie viel. Das ist meine Entscheidung." Cormac blickte sich um und sah zur Küchentür. „Ich muss in die Küche zurück. Bringt eure Sachen einfach hoch und stellt sie in die Wohnung. Das Passwort für die Tür ist immer noch das Gleiche. Dann könnt ihr wieder nach unten kommen und euch einen freien Tisch suchen. Esst, was euch schmeckt. Ich empfehle den Lammeintopf. Er ist die Spezialität des Tages. Wenn der Pub schließt, komme ich zu euch. Dann können wir reden. Ja?"

„Klingt gut." Quinn nickte. „Danke."

Die Brüder gaben sich nicht die Hand und sprachen auch nicht mehr als unbedingt nötig. Sie schienen sich beide damit abgefunden zu haben, dass ihr Verhältnis seit geraumer Zeit distanziert war und wohl noch eine Weile so bleiben würde.

Ellie hatte vermutlich recht: Es wäre eine Herausforderung, diese Dickköpfe zusammenzubringen. Was auch zwischen ihnen vorgefallen war, es sah nicht so aus, als hätten die Foleys Übung darin, das Kriegsbeil zu begraben.

Bis es im Pub ein wenig leerer wurde, war es schon ziemlich spät. Mindestens elf Uhr.

Quinn war losgezogen, um ihr Gepäck aus dem Hotel zu holen, Ellie hatte Cassie in der Wohnung über dem Pub zu Bett gebracht, und Laine nutzte die ungestörten Augenblicke, um allein nach unten zu schleichen.

Sie huschte an der Wand mit den Fernsehgeräten vorbei, die verstummt waren, seit die Fußballspiele zu Ende waren. Es spielte keine Musik mehr, nur die Stimmen von angeregten Gesprächen waren zu vernehmen und in den Nischen verbreiteten Kerzen eine heimelige Atmosphäre. An der Tür zu dem Raum aus poliertem Holz und Glas blieb sie stehen. Sie fühlte sich zu dem alten, auf Hochglanz polierten Rosenholz-Klavier hingezogen.

Als Gast konnte sie nicht einfach die Klaviaturklappe öffnen, obwohl sie sich danach sehnte, denn sie wusste, dass darunter die Original-Seriennummer eingraviert war. Die junge Frau ließ die Fingerspitzen über die Klappe gleiten und strich mit dem Zeigefinger darunter, um sich zu vergewissern, dass direkt über der Klaviatur tatsächlich in goldenen Buchstaben die Insignien des deutschen Klavierbauers *Richard Lipp & Sohn* verewigt waren. Angenehme Erinnerungen wurden in ihr wach. Erinnerungen an glückliche Jahre im Antiquitätengeschäft ihrer Familie.

Alte Fotos in bunt zusammengewürfelten goldenen, schwarzen und dunkelbraunen Holzrahmen übersäten die Wand über dem Klavier. Laine betrachtete die Bilder. Ein Foto zeigte einen alten Lieferwagen mit einem Pferdegespann, gestapelten Kisten und Männern in Arbeitskleidung. An der Seite des Wagens stand in großen Lettern *Roe Distillery*. Das Foto schien aus derselben Zeit zu stammen wie das Klavier. Auf einem anderen Foto, das aus dem Beginn des 20. Jahrhunderts zu stammen schien, war ein Barkeeper mit Jacke, einem Hemd mit steifem Kragen und Krawatte zu sehen. Darüber trug er eine Schürze, die oben an seinem Jackenknopf festgesteckt war. Selbst auf der alten Aufnahme hatte er einen durchdringenden Blick, dem sich der Betrachter kaum entziehen konnte.

Ihr fiel noch ein weiteres Foto ins Auge. Es hing in einem kleineren, rechteckigen Rahmen weit oben in der Ecke. Laine musste sich auf die Klavierbank knien und nach oben recken, um es betrachten zu können. Es war ein interessantes Schwarz-weiß-Bild von einer Burgruine mit Blick auf raue Klippen und stürmische Wellen.

Fasziniert wischte sie eine platinblonde Strähne aus ihrer Stirn, strich mit den Fingerspitzen über den schwarzen Rahmen und betrachtete das Bild im Lampenlicht.

„Laine."

Als die Stimme die Stille durchbrach, zuckte sie zusammen.

Sie zog schnell die Hand von dem Bilderrahmen zurück. Sie wich so hastig zurück, dass sie sich den Kopf an der tiefhängenden Lampe anstieß.

Cormac griff rasch nach ihrem Ellbogen, damit sie nicht auf das Klavier fiel, und hielt den gläsernen Lampenschirm über ihr fest. „Alles gut?"

„Ja. Ich habe nur …"

Er ließ ihren Ellbogen los und Laine glitt von der Klavierbank. Sie bereute es jedoch sofort. Der Raum war so winzig, und das Klavier nahm einen Großteil davon ein, dass sie das Gefühl hatte, die Wände würden sie von allen Seiten einschließen. Dadurch stand sie Cormac für ihren Geschmack ein wenig zu nah.

„Kann ich dir irgendwie helfen?"

„Ich habe mich nur ein wenig umgesehen." Sie spielte wie ein Schulmädchen nervös mit ihrem Haar, beruhigte sich dann aber wieder. „Das Klavier. Es ist in einem bemerkenswert guten Zustand."

„Das stimmt. Es ist gut erhalten." Er warf einen Blick durch die Glaswand zu den Männern, die offenbar einen festen Stammplatz an der Theke hatten: eine Reihe stämmiger Männer in Strickwesten und Windjacken, mit *Guinness*-Gläsern und strengen Blicken, die allesamt in ihre Richtung sahen. „Äh ... normalerweise würde ich nichts sagen, aber heute ist Montag, und wir haben viele Stammgäste hier ..."

„Oh." Laine folgte seinem Blick und lächelte den Männern zu. „Hallo."

Cormac fuhr sich mit der Hand in den Nacken, beugte sich zu ihr hinab und flüsterte: „Sie sind besorgt."

„Besorgt? Weshalb? Wegen des Klaviers?"

Er hob den Blick und wirkte unter den wachsamen Blicken der Männer fast wie ein kleiner Junge. Ein Mann in einem Jackett mit Hahnentrittmuster deutete mit dem Kinn entschlossen in ihre Richtung, als wollte er sagen: *„Nur Mut, mein Junge!"*

„Nein. Es geht nicht um das Klavier. Das Klavier ist nur ein altes Erbstück." Er klappte den Deckel wieder zu. „Aber das hier ist ... die Männerklause."

Laine ließ ihren Blick durch den kleinen Raum wandern: über den schlichten Holztisch, die schmalen, abgenutzten Bänke und das Sammelsurium an Fotos, die wie Puzzleteile an der Wand hingen. „Ich verstehe nicht, was du meinst. Was ist eine Klause?"

„Du befindest dich darin."

„Du meinst diese kleine Besenkammer?" Mit einem Lachen schaute sie zur Theke hinüber.

Die Männer, die wie Hühner auf einer Stange saßen, fanden das offensichtlich nicht lustig. Ihr Publikum blickte todernst drein. Diesem offenbar sehr ernsten Thema angemessen. „Ist das hier ein Privatraum?“

„Nein, die Klause ist nicht direkt privat. Den Männern ist auch bewusst, dass du das als Amerikanerin nicht wissen konntest.“ Cormac klopfte auf den alten Messingtürgriff. „Diese Tür führt zur Männerseite.“ Dann deutete er zu einem sonderbaren Fenster am Ende des Raums. „Das ist die Durchreiche, durch die der Wirt die Getränke bringt. Die Damenklause befindet sich“, er deutete mit dem Finger auf einen fast identischen Raum auf der anderen Seite des Pubs, „dort drüben.“

War die Emanzipation der Frau etwa noch nicht bis in dieses Pub vorgedrungen? Laines Blick wanderte zu der anderen Klause, deren Tür halb offen stand. Darin entdeckte sie einen ähnlichen Tisch und eine eingebaute Sitzbank. Allerdings war dort das Licht heller, und vor dem breiten Fenster, das zur Straße hinausging, hing ein Vorhang. „Du machst Witze.“

„Nein, das ist kein Witz. Es tut mir leid, aber sie haben mich geschickt, damit ich dich aus diesem Raum hole.“ Cormac schüttelte zerknirscht den Kopf. Ihm war es sichtlich unangenehm, dass irgendwelche uralten Traditionen so wichtig genommen wurden.

„In welchem Jahrhundert leben wir denn?“

„Ich weiß. Ich kann es dir auch nicht richtig erklären. An jahrhundertealten Orten wie in diesem Pub gibt es einfach bestimmte Traditionen.“

Laine konnte nicht genau sagen, wo ihre Verblüffung endete und ihr Ärger begann. „Traditionen?“

„Eiserne Regeln. Damen ist der Zutritt verboten. Bis in die 1950er-Jahre hinein durften Frauen Pubs nur in ganz wenigen Ausnahmefällen betreten, geschweige denn sich an die Theke setzen. Jack duldet es zwar, dass wir hier Fernsehgeräte zum Fußballschauen und Livemusik für die Touristen haben, aber nach der Sperrstunde und tagsüber halten wir uns an die Tradition. Ein Pub ist ein Treffpunkt. Hier gibt es Bier und Gespräche und hier werden hinter geschlossenen Türen Geschäfte verhandelt."

Laine legte die Hand auf das Klavier, als wollte sie die Ehre dieser Antiquität verteidigen. „Keine Musik, sagst du?"

„Wie ich schon erwähnt habe, ist das Klavier ein altes Familienerbstück. Darauf wird nicht gespielt. Und in den Klausen herrscht strenge Geschlechtertrennung."

„Und du bist damit einverstanden?"

„Ich bin im Prinzip nicht damit einverstanden, aber ich respektiere die Tradition. Und ehrlich gesagt siehst du so gut aus, dass diese alten Gockel am Tresen erst aufhören werden, nach dir zu schielen, wenn ich dafür sorge, dass sie dich nicht länger sehen können. Diese zwei Probleme würde ich gern schnell lösen."

Laine hatte keine Lust auf einen Streit. Geschweige denn hatte sie Lust, von einer Gruppe alter Männer angeglotzt zu werden. Aber Cormac hatte gerade gesagt, dass sie schön sei … Nein, diesen Gedanken sollte sie lieber ganz schnell verdrängen.

„Dann … entschuldige ich mich." Sie spürte seinen Blick auf sich, als sie sich an dem Klavier vorbeiquetschte und unter den schweigenden Blicken der alten Männer den Raum verließ.

Die Tür wurde leise geschlossen. Cormac folgte ihr aus der Klause und die Männer an der Theke wandten sich mit einem erleichterten Lächeln wieder ihrem Bier zu. Offenbar waren sie zufrieden, solange die Klausen getrennt blieben und in ihrer Welt alles seine Ordnung hatte.

„Brauchst du oben etwas?"

„Nein. Wir haben alles, was wir brauchen. Danke." Laine warf einen Blick zu den Männern hinüber. Sie hatten sich noch nicht ganz abgewandt. Vielleicht lag es doch nicht nur an der Klause? „Ich wollte sowieso mit dir sprechen."

„Mit mir?“ Er verschränkte die Arme vor der Brust und wartete.

„Ja. Ich hatte bis jetzt keine Gelegenheit dazu, weil immer alle dabei waren. Aber ich ...“ Laine hatte das Gefühl, beobachtet zu werden, und stellte fest, dass die alten Männer an der Theke sie weiterhin viel zu interessiert im Blick behielten. Dieses Gespräch fiel ihr ohnehin schon schwer genug, und jetzt schaute Cormac sie aufmerksam an, und die Stammgäste ließen sie nicht aus den Augen und hörten jede Silbe, die sie sprachen. „Könnten wir ... einen Moment hinausgehen?“

Er nickte. „Hast du Lust auf einen Spaziergang?“

Gott sei Dank, er verstand sie. Laine warf einen besorgten Blick zur Treppe. Sie wollte Cassie nicht allein lassen. Aber ihre Tochter war bei Ellie in guten Händen. „Gern.“

„Eine Sekunde.“ Er trat hinter die Theke, nahm seine Schürze ab und flüsterte einer Kellnerin, die gerade Biergläser spülte, etwas zu. Er holte eine Windjacke von einem Garderobenständer neben der Tür, schlüpfte hinein, zog schnell den Reißverschluss zu und stellte den Kragen auf. Dann hielt er ihr die Tür auf und sie trat unter dem Klingeln der Glocke über der Tür auf den Gehweg hinaus. „Nach dir.“

Der Regen hatte aufgehört, aber ein leichter Wind hatte eingesetzt, und Laine wickelte ihre Strickweste mit Zopfmuster enger um sich, während er ihr die Stufen hinab folgte. „Wohin?“

„Du wirst bald feststellen, dass alles in Dublin zur Liffey führt.“ Cormac bog nach links, wo unter dem pechschwarzen Nachthimmel jede Menge Lichter funkelten.

„Gibt es noch etwas, das ich über Dublin wissen sollte? Muss ich darauf achten, nur auf der Frauenseite des Gehwegs zu bleiben oder so etwas? Oder muss ich noch wissen, wo wir uns alle morgen zum Protest aufstellen?“

Mit dieser Bemerkung entlockte sie ihm ein echtes Lächeln. Das überraschte sie, da sie den Eindruck hatte, dass Cormac jemand war, der nicht oft lächelte.

„Die Tradition ist nicht so schlecht, wie es scheint. Dank der Tradition ist kein Gebäude in dieser Stadt höher als fünf Stockwerke. Deshalb haben wir Denkmäler an den Straßen. Deshalb haben wir in einem relativ kleinen Radius sehr viele florierende Pubs. So ist es schon seit über zweihundert Jahren." Er zuckte die Achseln. „Irland hat tausend Vergangenheiten und birgt unzählige Geschichten. Wenn du lange genug bleibst, erfährst du sie alle."

„Ehrlich gesagt hätte ich gern mit einer anderen Geschichte angefangen."

„Das kann ich verstehen." Er ging lachend neben ihr her und vergrub die Hände in seinen Hosentaschen. „Dein erster Eindruck war wirklich ein *Craic.*"

„Jetzt hast du dieses Wort schon wieder erwähnt: *Craic.*"

„Ach so. *Craic* bedeutet, dass etwas Spaß macht. Du wirst feststellen, dass wir im Pub immer für einen *Craic* zu haben sind, aber der erste Eindruck, den wir machen, ist oft nicht sehr gut. Dubliner sind starrköpfig und stur. Aber wenn wir an etwas glauben, sind wir sehr leidenschaftlich, und das gleicht am Ende alles andere aus."

Sie gingen schweigend weiter, da sie sich kaum kannten und nicht wussten, was sie sagen sollten. Sie schlenderten an Schaufenstern und einem Zebrastreifen vorbei, während auf der Straße Busse und Taxis an ihnen vorüberrollten. Die Straßenlaternen warfen einen runden Lichtschein auf das farbenfrohe Fenster einer Bäckerei und die Schilder von Bushaltestellen, während sie eine breite, regennasse Kreuzung überquerten und vor einer Brücke ihre Schritte verlangsamten.

Cormac brach als Erster das Schweigen. „Dir geht offenbar vieles durch den Kopf."

„Ja, mich beschäftigt so einiges."

„Ellie?", fragte er mit einem leisen Seufzen.

„Ja."

„Quinn hat gesagt, dass sie dir nach der Hochzeit davon erzählen wollten. Es tut mir leid. Ich weiß, dass sie deine beste Freundin ist.

Aber soweit ich es beurteilen kann, ist Ellie stark. Sie wird es schaffen."

Auf der Mitte der Brücke blieben sie stehen und beugten sich über die steinerne Brüstung. Ein leichter Wind berührte sie und wehte Laine ihre kurz geschnittenen Locken ins Gesicht, während sie den Fluss betrachtete, der unter ihnen durch sein dunkles Bett floss.

„Ellie steht mir näher als meine eigene Schwester. Und Quinn ist dein einziger Bruder. Das heißt, dass zwei Menschen, die wir beide sehr lieben, geheiratet haben."

„Und?"

„Und ich weiß nicht, wie ich das Verhältnis zwischen deinem Vater und Quinn deuten soll. Versteh mich nicht falsch: Ich erwarte von dir keine Erklärung. Ich will mich nicht in eure Familienangelegenheiten einmischen oder so etwas. Ich bin nur für kurze Zeit hier, dann fahren Cassie und ich wieder nach Hause und lassen Ellie auf der anderen Seite der Erde zurück. Und jetzt auch noch das! Krebs! Ich muss einfach sicher sein, dass –"

„– dass Quinn für sie da ist."

Laine schloss einen Moment die Augen. Cormac musste sie für einen schrecklichen Menschen halten.

Wie konnte sie Quinn infrage stellen? Sie kannte ihn kaum. Sie hatten sich nur wenige Male unterhalten und er hatte ihrer besten Freundin erst vor wenigen Tagen in einer verschneiten französischen Kapelle das Jawort gegeben. Sie wusste kaum etwas über seine Familie. Und doch schwang in ihren Worten mehr als nur ein Zweifel mit. „Ja."

„Ich bin froh, dass du das ansprichst." Cormac seufzte und verfolgte den Fluss mit dem Blick bis zu der Stelle, an der er hinter einer Krümmung verschwand. „Ich habe mir die gleiche Frage gestellt."

Laine drehte sich abrupt zu ihm um. Seine Ehrlichkeit überraschte sie.

Er wandte sich ebenfalls zu ihr um. Sie waren fast gleich groß und konnten sich ehrlich in die Augen schauen. Nach einem kurzen Moment wich Cormac ihrem Blick wieder aus. Offenbar war seine Sorge so groß, dass er sie laut ausgesprochen hatte. Aber seine Loyalität hinderte ihn daran, diese Möglichkeit tatsächlich in Erwägung zu ziehen.

„Mein Bruder war schon immer ein unsteter Zeitgenosse. Wir haben nur beschränkt Einfluss darauf, wie sich ein anderer Mensch entwickelt. Wir akzeptieren die anderen einfach so, wie sie sind. Das Ganze ist eine alte Familiengeschichte. Mehr kann ich dazu nicht sagen."

„Für mich sah das nicht nach einer alten Geschichte aus. Es sah sehr aktuell aus."

„Das ist mir bewusst." Er schwieg einen Moment und atmete tief aus. Schließlich drehte er sich wieder zu ihr um. „Aber Quinn wird Ellie nicht verlassen. Dieses Mal geht er nicht weg."

„Er ist also schon einmal gegangen und hat einen Menschen alleingelassen?"

Laine sah ihn fragend an. Cormac Foleys grüne Augen erwiderten ihren Blick. Sein Schweigen verriet etwas über Quinns früheren Charakter, das ihr nicht gefiel. „Wie kannst du dir da so sicher sein, dass er dieses Mal bleibt?"

„Weil Quinn mich gefragt hat, ob ihr oben essen könnt, damit Ellies geschwächtes Immunsystem nicht den möglichen Ansteckungsgefahren in einem vollen Pub ausgesetzt ist. Und er hat mir – dreimal! – gesagt, dass es Plastikbesteck sein muss. Er hat gesagt, dass Metall wegen der Chemo einen bitteren Geschmack in Ellies Mund hinterlässt. Er hat sogar gefragt, ob sie mein Zimmer haben können, weil es ein eigenes Bad hat, falls sie sich nachts übergeben muss. Das zeigt mir, dass ihm das Wohl seiner Frau am Herzen liegt. Er hat um ganz konkrete Details gebeten, obwohl er mich in seinem ganzen Leben noch kein einziges Mal um etwas gebeten hat."

Während die Liffey ruhig unter ihnen dahinfloss, vergrub Cormac die Hände wieder in den Taschen. „Ja, Laine. Quinn wird bei ihr bleiben, weil er sie liebt. Und ich glaube, er wird Ellie durch diese Zeit hindurchtragen, egal, wie hart es auch werden wird."

ACHT

17. März 1916
10/11 Sackville Street
Dublin

Die Sonne kämpfte sich durch die tief hängenden Wolken. Unbeeindruckt von den drohenden Regenschauern rollten Pferdekutschen klappernd zwischen den Automobilen durch die Sackville Street. Zeitungsjungen riefen an den Straßenecken, um ihre Zeitungen an den Mann zu bringen, und ließen eine Zigarette herumgehen, während sie die Münzen der Kunden einsteckten. Die Zahl der Kunden würde im Laufe des Tages noch steigen. Das war am *St. Patrick's Day* immer so.

Issy hatte bereits Hunderte uniformierter *Irish Volunteers* gesehen, die durch die Dame Street marschierten. Durch dieses Treiben waren die Pendler gezwungen, hinter den vollgepackten Straßenbahnen und Taxis, die sich auf den Straßen stauten, stehen zu bleiben und sich in Geduld zu üben. Es dauerte doppelt so lange wie gewöhnlich, den Norden der Stadt zu erreichen. Sie verfolgte das Gedränge vom Rücksitz ihres Taxis aus und musterte während des Stillstands auf der Brücke über der Liffey die Gesichter der jungen Männer, die durch die Straße eilten. Vielleicht würde sie irgendwo Rory entdecken. Oder womöglich zufällig einen der O'Connell-Brüder.

Vor einem Gebäude, an dem das Schild *Jack Foley's Irish House, erbaut 1796* hing, stieg sie aus. Sie ließ ihren Blick durch die Straße wandern, wo sich der Verkehr langsam in Richtung Postamt, dem *General Post Office* (GPO), bewegte, obwohl sie bei diesem Anblick ein mulmiges Gefühl hatte.

Im Inneren des dreistöckigen Backsteingebäudes mit den korinthischen Säulen und großen Fenstern befand sich die irische Kommunikationszentrale für das Britische Commonwealth: das Zentrale Telegrafenamt. Das frisch renovierte Foyer mit auf Hochglanz polierten Teakholztresen und glänzenden Bodenkacheln sollte die Kunden und die Mitarbeiter freundlich begrüßen. Aber für Issy war dieses Gebäude dunkel und düster, denn es lag im Schatten einer Welt, die sich im Krieg befand. Von hier aus wurden Familien benachrichtigt, wenn ihre irischen Söhne und Männer irgendwo in den matschigen Schützengräben Frankreichs gefallen oder schwer verwundet worden waren. In diesen Wänden wurden durch kurze getippte Zettel Herzen gebrochen, Kriegskuriere machten mit einem Klopfen an Haustüren Frauen zu Witwen und zu Müttern ohne Söhne.

Issy wandte sich von dem Gebäude ab und richtete ihren Blick auf das Pub.

Ignoriere, was du siehst, Issy. Tu so, als wäre es gar nicht da.

Ein Mann stieß an der Tür vor dem Pub mit ihr zusammen und verlor fast seine Melone. „Ma'am." Er rückte seinen Hut zurecht. „Haben Sie sich verlaufen?"

„Durchaus nicht, Sir." Sie warf die Schultern zurück und zog den Lederriemen ihrer *Kodak* fester, um die Kamera unter ihrem Mantel zu verstecken. Mit einem höflichen Lächeln forderte sie ihn auf, seine Nase lieber wieder in seine eigenen Angelegenheiten zu stecken. „Was für ein herrlicher *St. Patrick's Day*!"

Er schaute sie missmutig an. „Wirklich herrlich."

Jaja, ich weiß. Ihr wollt keine Frauen in euren Pubs.

„Entschuldigen Sie bitte." Sie ging um ihn herum und trat durch die Eingangstür. Issy hatte weder Zeit noch Lust, sich mit einem missmutigen Iren anzulegen. Wenn er sich daran störte, dass Frauen in traditionelle Pubs gingen, sollte er sich lieber einen neuen Barhocker suchen.

Eine alte Messingglocke läutete über der Tür, und die Bodendielen knarrten, als sie eintrat. Mehrere Köpfe drehten sich zu ihr herum.

Dieser Raum sah so aus, wie Issy sich Pubs immer vorgestellt hatte: Dicker Zigarrenrauch hing in der Luft. Die Wände waren mit dunklen Holzpaneelen vertäfelt. An einer langen Theke saßen Männer in Arbeitskleidung auf Barhockern und tranken *Guinness*. Sie verkniff sich angesichts der Rauschschwaden ein Husten und weigerte sich zu zeigen, dass sie sich in dieser reinen Männergesellschaft unwohl fühlte. Der Wirt hinter dem Tresen nickte ihr mit seinen rötlichen Haaren und seiner hohen Stirn zu und lächelte sie freundlich an, obwohl sie sicher so aussah, als hätte sie sich verlaufen.

„Keine Angst, Männer. Diese Frau ist eine Freundin der Foleys." Er trat hinter der Theke hervor und kam auf sie zu.

Obwohl sie weiterhin die kritischen Blicke der Männer im Raum auf sich fühlte, verloren diese offenbar das Interesse an ihr, als der Wirt auf sie zutrat, und widmeten sich wieder ihren Gesprächen.

„Sind Sie Mr Foley?"

Er nickte. „Und Sie sind die Tochter des Earls? Lady Isolde Byrne?"

„Ja, Sir." Issy blickte sich um. Wie viele Gäste hatten wohl ihren Namen gehört? Und dazu noch den Adelstitel? Hoffentlich hatte keiner der Männer ihre Kamera entdeckt. „Aber auf diese Anrede können Sie gern verzichten. Sagen Sie einfach Issy zu mir."

„Wir haben Sie schon erwartet. Seit meine Nichte mir sagte, dass Sie sie vielleicht besuchen kommen, habe ich mich schon darauf gefreut, eine weitere Byrne im Haus zu haben. Man sagt, dass die Byrnes und die Foleys im County Wicklow eine lange gemeinsame Geschichte haben. Wussten Sie das?"

Als sie hörte, dass sie bereits erwartet wurde, musste Issy lächeln. „Ja, ich kenne die Geschichte. Auf unserem Land leben immer noch einige Foleys."

„Bitte hier entlang, Miss. Hier sind Sie ungestörter." Aus den Augen des Mannes sprach eine große Herzlichkeit, während er sie zu einer Klause führte, die sich gegenüber der Theke befand. „Das hier ist die Damenklause. Bitte treten Sie ein."

Sie folgte ihm in den Raum und strich ihren elfenbeinfarbenen Rock und ihren schwarzen Wollmantel unter sich glatt, bevor sie sich an einen Eckplatz setzte, der einen guten Blick auf die Sackville Street bot. Der perfekte Ort, um außer Hörweite zu sein, aber das Geschehen auf der Straße trotzdem im Blick zu behalten.

„Darf ich Ihnen etwas zu trinken bringen?"

„Nein danke."

Issys Antwort kam so prompt aus ihrem Mund, dass sie sich fast verschluckte. Ihre Mutter bekäme einen Ohnmachtsanfall, wenn sie wüsste, dass sich ihre Tochter in einem Pub aufhielt und womöglich auch noch wie die Männer ein *Guinness* trank. Sie warf Issy sowieso schon vor, sich nicht damenhaft genug zu benehmen. Sie sollte es also lieber nicht übertreiben.

„Wenn Sie etwas brauchen, läuten Sie einfach." Mr Foley deutete zu einer Schnur, die durch ein Loch in der Wand führte, neben der ein schmiedeeiserner Streichholzhalter befestigt war. „Ziehen Sie einfach an der Schnur. Ich bringe es Ihnen dann durch die Durchreiche."

„Danke, Sir."

„Ich heiße Aonghus, Miss. Oder Mr Foley, wenn Ihnen das lieber ist. Freunde meiner Nichte sind auch unsere Freunde." Er klopfte entspannt an den Türrahmen. „Ich werde sie zu Ihnen schicken."

„Danke, Aonghus."

Er schloss die Tür und ließ sie allein.

Weitere Männer in ICA-Uniformen marschierten vor den Fenstern vorüber. Viele von ihnen waren nicht älter als vierzehn oder fünfzehn. Daneben waren aber auch Männer mit grauen Schläfen und tiefen Krähenfüßen in den Augenwinkeln zu sehen. Alle, die noch hier waren, nachdem so viele Männer in den Krieg gezogen waren. Sie trugen

Revolver an den Gürteln und Gewehre in den Händen. Die Passanten wichen vor ihnen zurück.

Issy berührte die Kameratasche. Wie gern würde sie diesen Moment auf einem Foto einfangen. Sie würde gern festhalten, dass auf der Welt so viel mehr geschah als das, was sich innerhalb der engen Grenzen der Damensalons im County Wicklow abspielte.

Die Fotografie war zu ihrem Fenster geworden, durch das sie die Welt sah.

Wer hätte gedacht, dass ein Besuch im berühmten *Volta Cinematograph* von James Joyce vor einigen Jahren ihr Leben verändern würde? Sie war damals mit Gard und Rory ins Lichtspielhaus gegangen, um sich die Matinee anzusehen, obwohl ihre Mutter die Filmvorführung im ersten Kino Irlands vehement missbilligte. Sie hatte es wortreich als Untergang der darstellenden Künste bezeichnet. Issy hatte weniger der erste Kinofilm fasziniert, den sie in ihrem Leben gesehen hatte, als vielmehr die Fotoausstellung im Foyer.

Die Bilder von Opernsängerinnen, Theaterschauspielerinnen und amerikanischen Starlets wie Mary Pickford und das Mysterium weit entfernter Orte wie Indien und der Orient waren im Gegensatz zu den alten Ferrotypieaufnahmen fesselnd und lebendig. Das Stereoskop-Autochromgerät, das sie gesehen hatte, erweckte Bilder in Farbe und Licht zum Leben. Issy war davon so begeistert gewesen, dass sie ihre Mutter nach ihrer Rückkehr um ein Abonnement aller Damenzeitschriften gebeten hatte, da es sie faszinierte, wie Bilder auf Papier zum Leben erweckt wurden.

Jetzt fühlte sich die Kamera in ihren Händen lebendig an, so als flehte das Gerät sie an, das tun zu dürfen, wozu es gebaut worden war, statt versteckt zu werden und nur Bilder einer Burgruine zu fotografieren. Der Aufmarsch der Männer und die aufgestauten Gefühle in der Stadt weckten in ihr die Sehnsucht, den Kamerakasten aufzuklappen, den Auslöser zu betätigen und dieses Leben auf Bildern festzuhalten.

Die Tür ging quietschend auf und holte sie in die Gegenwart zurück.

Da war sie! *Honor.*

Ihr hübsches rotblondes Haar leuchtete im Sonnenlicht, als sie den Kopf hereinsteckte, und bildete einen krassen Gegensatz zu ihrem schlichten dunkelblauen Kleid. Sie schloss die Tür hinter sich und umarmte Issy herzlich. „Du bist gekommen!"

„Natürlich. Nachdem ich deinen Brief erhalten hatte, habe ich mich gleich auf den Weg gemacht. Warum hätte ich auch nicht kommen sollen?" Issy stellte diese Frage, als läge die Antwort auf der Hand. Ihr Hutrand streifte die Rückenlehne der Lederbank, als sie sich zurücklehnte und ihre Freundin betrachtete.

„Weil ich dir gesagt habe, dass du nicht kommen sollst."

„Ich dachte, du würdest mich besser kennen." Issy musste lachen und deutete auf ihre Kamera, während sie durchs Fenster das Treiben in der Sackville Street verfolgten. „Wie deutest du das alles? Durch den Südteil der Stadt marschieren Hunderte, wenn nicht sogar Tausende uniformierter *Irish Volunteers*. Aber die Engländer scheint das nicht im Geringsten zu beunruhigen. Sie tun so, als würden sie es überhaupt nicht bemerken."

„Ich habe keine Ahnung, wie ich das deuten soll."

„Im Fotogeschäft hat man mir gesagt, dass ich meine *Kodak* verstecken und in der Nähe von offiziellen staatlichen Gebäuden keine Fotos machen soll, um nicht in Verdacht zu geraten, für die Deutschen zu spionieren. Aber da draußen ist doch irgendetwas im Gange. Glaubst du, diese Männer sind alle in der Stadt, um sich zum Kriegsdienst zu melden?"

„Ich weiß nur, dass Liam Devenish auf einem Schiff in Richtung Frankreich unterwegs ist. Vorher hat er seine Verlobung mit einer gewissen Vivien Carmichael bekannt gegeben." Honor seufzte müde und legte eine Hand auf ihren gewölbten Bauch, den sie unter ihrem weiten Kleid und dem Tisch zu verstecken versuchte. „Die Nachricht von ihrer Verlobung füllte die Gesellschaftsseiten der Zeitungen, während *das hier* in den Dubliner Teesalons die Runde machte."

Ja, die Gerüchte waren auch bis nach Ashford Manor vorgedrungen, vor allem da Rory mit Honors Situation in Verbindung gebracht wurde. In Adelskreisen flüsterte man sich zu, dass er der Vater ihres Kindes wäre. Dadurch wurden der Name und der Titel von Lord und Lady Chryn genauso besudelt wie Honors Name. Ohne das geringste Mitgefühl dafür, was die junge Frau erlitten hatte, wurden ihre beiden Familien von der vornehmen Gesellschaft erbarmungslos geächtet.

„Vergiss es. Im Moment gibt es wichtigere Dinge, um die wir uns Gedanken machen sollten."

„Meine Eltern haben versucht, mich mit einem Cousin zu verkuppeln, der in einer Grafschaft an der Westküste lebt. Aus den Augen, aus dem Sinn. Aber ich kann nicht den Rest meiner Tage in einer Fischerhütte in Dingle verbringen. Deshalb bin ich zurückgekommen, auch wenn die Familie Devenish meinen Namen zugunsten dem einer schottischen Erbin gestrichen hat. Ich mache ihnen daraus keinen Vorwurf und zünde trotzdem jede Woche eine Kerze für Liam an und bete für ihn. Aber mehr werde ich nie wieder mit ihm zu tun haben."

„Ich bete auch für ihn. Für alle unsere Männer, die in den Krieg gezogen sind."

„Habt ihr etwas von Gard gehört?"

„Kurz vor Neujahr haben wir einen Brief von ihm bekommen. Darin schrieb er, dass er Hauptmann eines Bataillons in Frankreich ist und sich gerade an der Somme aufhält. Er erzählte von einem verlassenen alten Schloss, in dem sie eine Nacht verbracht haben. In dem Haus gab es mehrere Klaviere. Kannst du dir das vorstellen? Genauso wie in Ashford Manor. Trotz dieser Geschichte wird meine Mutter mit jedem Tag nervöser. Ich male mir immer wieder aus, dass er und Rory an Ostern nach Hause kommen und alles wieder so wird wie früher. Aber wir können die Zeit nicht zurückdrehen, nicht wahr? So vieles hat sich verändert. Ich würde alles geben, um eine Nachricht von einem der beiden zu erhalten."

„Du meinst, wenn Rory herausfindet, dass ich entgegen seinem ausdrücklichen Wunsch über einem Pub wohne, und er mich besuchen kommt?" Honor hob den Kopf und schaute sie vielsagend an. „Dann würdest du das wissen wollen?"

„Rory war hier?"

Honor biss auf ihre Unterlippe und gab ihr damit wortlos eine Antwort.

„Wir haben einen Termin festgelegt." Sie hielt ihre Hand hoch. Ein kleiner, goldener Ring mit einem smaragdgrünen Stein funkelte im Sonnenlicht. „Wirst du kommen?"

„Natürlich komme ich!" Issy drückte Honors Hand und nahm sie erneut herzlich in die Arme. „Honor, meine Schwester. Das ist wunderbar!"

Ein Ring und ein Termin in der Kirche lösten natürlich nicht alle Probleme.

So hatten die beiden ihre Beziehung gewiss nicht geplant gehabt. Aber wenn Honor irgendwann Heilung erfahren und ihr glückliches Lächeln zurückkehren sollte, wäre ein Leben mit Rory bestimmt ein guter Anfang. Aus Gründen, die sie sich selbst nicht erklären konnte, schlug Issys Herz höher, als ihr Honor aufgeregt schilderte, wie Rory um ihre Hand angehalten und ihr den Ring an den Finger gesteckt hatte. Ihr Herz verdrängte die Erinnerungen an die Zeit, die sie unter dem Bann von Levi O'Connells attraktivem Lächeln gestanden hatte, und konzentrierte sich lieber auf Sean.

Issy hatte nie darüber gesprochen, dass Sean ihr einen Antrag gemacht hatte und sie am Boden zerstört gewesen war, als er im Januar angekündigt hatte, dass er weggehen würde. Seitdem waren mehrere Wochen vergangen und sie hatte immer noch nichts von ihm gehört. Er hatte sich seitdem in keinem Teesalon und bei keinem Gartenfest blicken lassen. Auf dem Anwesen der Powerscourts hatte ein Ball stattgefunden, aber dort war er auch nicht erschienen. Seit seinem Abschiedskuss war er wie vom Erdboden verschwunden.

„Issy? Was ist los?"

„Nichts. Es ist nur …" Sie hatte gar nicht gemerkt, dass ihr Tränen in den Augen standen, und überspielte diese schnell. „Das ist so wunderbar. Ich freue mich so für euch. Wann ist es so weit?"

„Wir müssen erst das Aufgebot bestellen und natürlich müssen wir bis nach Ostern warten. Aber danach wollen wir so bald wie möglich heiraten." Honor strahlte und ihr unschuldiges, mädchenhaftes Erröten ließ Issys Herz höherschlagen.

„Und was ist mit Rory? Hat er dir verraten, was er nach jenem Tag auf Ashford gemacht hat?"

Honor schüttelte den Kopf. „Nein. Er hat nur gesagt, dass in ihm ein Feuer brennt und dass er für Irland kämpfen will. Er bewundert Pearse und er glaubt an die ICA. Leider hören die meisten das nicht gern. Selbst meine Eltern denken, wir sollten die englische Krone im Krieg unterstützen und den Kampf um unsere Unabhängigkeit auf einen späteren Zeitpunkt verschieben. Das ist ein weiterer Grund, warum wir bis irgendwann nach Ostern warten: weil sich dann alles ein wenig beruhigt hat, meint Rory."

Ein lautstarkes Hupen und aufgeregte Rufe auf der Straße lenkten ihren Blick zum Fenster.

Einige Häuser weiter war alles zum Stillstand gekommen. Automobile waren gezwungen, eine Pferdekutsche zu umfahren, die an der Bordsteinkante stand und die Straße blockierte.

„Oh, nein! Komm mit!" Honor stöhnte und zog Issy am Ellbogen mit zur Tür.

Issy nahm rasch ihre Kamera und schob den Riemen über ihre Schulter, bevor sie ihr folgte. „Was ist los?"

„Das ist der Wagen von *George Roe*. Mein Onkel hat mir gesagt, dass ich danach Ausschau halten soll. Sie kommen heute viel später als sonst. Wenn sie nicht aufpassen, lösen sie noch einen Aufstand aus."

Issy folgte ihrer Freundin und war erneut von der Energie und dem Leben fasziniert, das in der Sackville Street pulsierte.

Die junge Frau hatte schon oft Lieferwagen gesehen, die von Pferden gezogen wurden. Aber da an diesem Tag bereits so große Anspannung in der Stadt herrschte, verlieh dieses alltägliche Ereignis – dass Whiskey ausgeliefert wurde – der Stadt noch das besondere Extra. Die Frühlingssonne hatte endlich die Wolken durchbrochen und beschien die Straße. Das Licht war für einen oder zwei Schnappschüsse perfekt.

„Nein, meine Herren! Hier vorn können Sie nicht parken." Honor fuchtelte mit den Armen vor zwei Arbeitern herum, die bereits auf der Ladefläche standen und Kisten abluden.

„Und warum nicht, Fräuleinchen?" Einer der Männer schob seine flache Kappe in den Nacken und sein Tonfall spiegelte seinen Unwillen wider.

Issy klappte ihre Kamera auf. Honor ließ es sich bestimmt nicht gefallen, als „Fräuleinchen" bezeichnet zu werden.

Falls die beiden Männer nicht erkennen konnten, dass Honor rotblondes Haar hatte, würden sie bald erleben, dass ihre Freundin viel Temperament besaß. Issy achtete darauf, dass man sie vom Whiskeywagen aus nicht sehen konnte, und drehte an ihrem Objektiv. Sie stellte den Filter auf beste Lichtverhältnisse ein.

„Sie sind wohl neu bei *George Roe*", erwiderte Honor unbeeindruckt und stemmte die Hände in die Hüften.

„Ich arbeite schon seit zwei Tagen für *Roe*. Mein Name ist Killian Brent. Zusammen mit meinem Kollegen da drüben liefern wir hier Whiskey aus."

„Nun, meine Herren, da es Ihr erster Tag bei uns ist, werde ich Sie einweisen: Sehen Sie die Schienen unter Ihren Stiefeln? Das sind die Straßenbahnschienen. Wenn Sie da stehen bleiben, werden Sie beide und Ihre armen Pferde ganz schnell so platt sein wie ein Pfannkuchen. Der traurige Anblick von kaputten Whiskeyflaschen wird den ganzen Gehweg besudeln und ich muss dann alles zusammenkehren."

Issy stellte die Entfernung ein und richtete das Objektiv auf den Wagen, der am Straßenrand stand. Damit nahm sie vor allem die weißen

Buchstaben auf den Wagenseiten in den Blick – *Geo. Roe & Co., Thomas Street* – und drehte an dem Objektiv, bis das Bild gestochen scharf war.

„Was sollen wir dann machen?"

„Zu *Jack Foley's* müssen Sie hintenherum fahren. Die Lower Abbey hinab bis zur Marlborough Street. Die Gasse verbindet alle Geschäfte in dieser Straße. Der Whiskey wird durch die Hintertür geliefert. Nie auf der Sackville Street, wenn Ihnen Ihr Leben lieb ist. Und am besten fahren Sie rückwärts in die Gasse hinein, sonst kommen Sie nicht wieder raus. Es kommt immer wieder vor, dass sich Wagen querstellen, weil Lieferburschen zu dumm sind, einfache Anweisungen zu befolgen."

„Und warum sollten wir tun, was Sie sagen? Gibt es hier keinen Foley? Mit Vornamen Aonghus? Uns wurde gesagt, dass er die Lieferung normalerweise annimmt. Oder ..." Killian sprang vor Honor auf den Gehweg, schob die Hand unter seine Schürze und holte ein Blatt Papier aus seiner Tasche. „Oder ein Breandán Foley? Sein Name steht jedenfalls hier drauf."

„Breandán ist mein Cousin. Er hat die Bestellung aufgegeben. Aber er ist nicht da. Sie müssen sich also mit mir begnügen."

„Wie lange ist er denn weg?"

„Solange in Frankreich Krieg ist, schätze ich. Jetzt beeilen Sie sich bitte. Mein Onkel Aonghus wartet schon hinten auf die Lieferung."

Killian nickte seinem Kollegen zu, der das Seil wieder um die Kisten festzog, bevor sie die Lower Abbey Street hinabfuhren.

„Entschuldigen Sie die Verspätung, Miss. In der ganzen Stadt staut sich wegen der Parade der Verkehr. Am *St. Patrick's Day* schafft man es einfach nicht, pünktlich zu sein. Aber wenn die Gläser heute Abend randvoll sind und man sich lustige Geschichten erzählt, werden alle wieder fröhlich sein."

„Aber dazu müssten wir erst mal Whiskey haben", entgegnete Honor unbeeindruckt.

Klick.

Issy lächelte bei sich und drehte den Film auf der Rückseite der Kamera weiter. Die Aufnahme war perfekt. Honors schönes Profil, als sie den Männern die Leviten las, der Dubliner Alltag mit Pferden und Lieferwagen vor dem Hintergrund der Menschenmassen auf den Straßen und der Sonne, die das GPO im Hintergrund beleuchtete.

Wenn sie sich beeilte, könnte sie noch ein zweites genauso gutes Bild einfangen.

Der andere Mann sprang von der Ladefläche auf den Gehweg. Issy konzentrierte sich auf das winzige Bild auf ihrem Objektiv: die Beleuchtung, der Winkel, das Gedränge auf der Straße, alles passte.

„Entschuldigung. Könnten Sie beide bitte eine Sekunde stillstehen?"

Klick.

„Wunderbar." Issy drehte die *Kodak* um, öffnete die Klappe auf der Rückseite und zog den Stift aus ihrer Manteltasche, um schnell eine Notiz auf den Rand zwischen den Aufnahmen zu schreiben.

„Hallo, Issy."

Als sie die vertraute Stimme vernahm, stockte ihre Hand.

Sie hob den Kopf und da stand er vor ihr.

Die Sonne schien auf die Schultern seiner Arbeitsjacke. Er drehte eine Wollkappe in den Händen. Sein braunes Haar fiel in dicken Wellen über seine Stirn, konnte aber nicht die für die O'Connolls so typischen blauen Augen verbergen, die immer bis in ihre Seele zu schauen schienen. Er sah irgendwie älter aus, obwohl nicht viel mehr als ein Jahr vergangen war.

Der Anblick, nach dem sie sich früher oft gesehnt und vor dem ihr gleichzeitig gegraut hatte, war kein Produkt ihrer Fantasie. Was sie sah, war real. *Er* war real. Groß und attraktiv stand er vor ihr.

„Levi", flüsterte sie und beeilte sich schnell, ihre Kamera zu verbergen. „Du bist … wieder da."

Er setzte seine Kappe auf, während sich Killian auf den Kutschbock schwang und ihm zurief, dass er sich beeilen solle, weil sie sowieso schon so spät dran seien.

„Ja. Sean hat mir erzählt, er würde es dir sagen."

Sie schluckte schwer. „Und Sean – geht es ihm gut? Wir haben uns schon länger nicht mehr gesehen."

„Keine Ahnung. Er ist immer unterwegs, um als Seelsorger Menschen in Not beizustehen. Ich habe ihn letzte Woche nur kurz gesehen, bevor er zum Behelfslazarett *Duke of Connaught* in Bray fuhr."

Endlich konnte Issy erleichtert aufatmen. Bray lag nicht Frankreich. Wenigstens hatte sich Sean nicht zum Kriegsdienst gemeldet.

„Dann arbeitet er jetzt im Lazarett?"

„Er leistet Soldaten, die Gliedmaßen verloren haben, geistlichen Beistand. Das ist bestimmt eine brutale Aufgabe. Er zündet dort viele Kerzen an. An einigen Tagen kommt er nicht einmal zum Schlafen nach Hause. In Wicklow gibt es im Moment kaum Arbeit. Wenigstens nicht für einen anständigen Lohn, von dem man leben könnte. Ich übernehme deshalb Gelegenheitsjobs in der Stadt – Lieferdienste am Tag und Maurerarbeiten am Abend. Ich schlage mich irgendwie durch. Da weder Sean noch ich für die englische Krone in den Krieg ziehen wollen, tun wir, was wir eben können."

Killian stieß einen lauten Pfiff aus, hob die Zügel und bedachte ihn mit einem ungeduldigen Blick. „Wo bleibst du denn so lange?"

„Du musst los." Issy setzte ein Lächeln auf, auch wenn es sie viel Kraft kostete.

„Kann ich …?" Er trat zurück und blieb dann noch einmal stehen. „Kann ich dich irgendwann besuchen kommen? Rory habe ich auch lange nicht mehr gesehen. Du wohnst doch noch auf Ashford, oder?"

Keine Briefe. Ein ganzes Jahr lang kein Wort. Er geht weg … kommt zurück … und will einfach dort weitermachen, wo wir aufgehört haben?

„Ähm … wir wohnen auf Ashford Manor, ja. Aber Gard ist in Frankreich. Und Rory ist …"

Issy schaute Honor Hilfe suchend an, erhielt aber keine Unterstützung von ihr. Honor schaute sie nur verblüfft an und fragte sich augenscheinlich, warum Issy einen Lieferburschen auf das Anwesen ihrer

Eltern einlud. Aber die McGinns kamen aus Enniscorthy in der Grafschaft Wexford und kannten die Leute in Wicklow nicht so gut. Honor hatte Sean kennengelernt, nachdem Levi schon Monate weggegangen war. Den jüngeren Bruder kannte sie nur aus Issys Erzählungen von einer unerwiderten Jugendliebe.

Sobald die Männer fort waren, würde sie ihr alles erklären, aber im Moment? Im Moment wusste sie keine Antwort und bekam auch keine Hilfe.

„Rory ist zurzeit sehr beschäftigt."

Levi schwang sich wieder auf den Kutschbock. Killian ließ die Zügel laut schnalzen, und der Wagen fuhr ruckelnd an, blieb dann aber wieder stehen.

„Warte noch einen Moment, Killian." Levi strengte seine Ohren an, um Issy über den Lärm der Automobilhupen und dröhnenden Motoren auf der Straße verstehen zu können. „Kann ich zu Besuch kommen?"

„Du bist natürlich herzlich willkommen. Meine Eltern freuen sich immer, unsere alten Freunde wiederzusehen. Durch den Krieg sind unsere Bekannten in alle Himmelsrichtungen zerstreut."

Killian lenkte die Pferde um die Straßenecke, und Levi bedachte sie zum Abschied mit seinem typischen Lächeln, als der Wagen davonrollte.

„Es wird alles wieder wie früher, ja?"

„Levi …" Es war nicht damenhaft und widersprach der Erziehung ihrer Mutter, aber Issy konnte nicht anders. Ohne nachzudenken, rief sie einfach seinen Namen. „Bitte bring Sean auch mit. Wir würden uns freuen, euch beide wiederzusehen."

Issy blickte ihm nach, als er mit einem übermütigen Lächeln auf den Lippen die Abbey Street hinunterrollte.

Ja, genau das fürchtete sie am meisten: dass alles wieder so würde wie früher.

NEUN

25. Dezember 1797
Ashford Manor
County Wicklow

Die eisige Winterluft verstärkte den Geruch nach frischem Heu im Stall. Maeve klopfte mit ihren Reitstiefeln gegen den Türrahmen, um sie vom Schnee zu befreien. Dann ging sie hinein.

In den Boxen standen die Pferde – energiegeladen und hellwach – und warteten auf ihr Futter. Das Klirren von Metall – von Zaumzeug oder Striegeln – hallte aus der hinteren Reihe wider. Maeve wusste, wer dort war und was sie zu tun hatte. Hoch erhobenen Hauptes marschierte sie auf das Geräusch zu. Bei Éires Box blieb sie kurz stehen, um ihre Nüstern zu streicheln, bevor sie ihren Weg fortsetzte.

An diesem schönen Morgen gingen Maeve viele Gedanken durch den Kopf.

Noch vor einem halben Jahr hatte sie erwartet, dass sie Weihnachten wie immer feiern würden. Der würzige Duft einer Waldkiefer sollte durch die geschmückten Räume strömen. Apfelmost mit Weihnachtsgewürzen sollte in der Küche auf dem Herd stehen, während Mrs Finnegan das Festtagsfrühstück so vorbereitete, wie Issys Mutter es sich jedes Jahr gewünscht hatte: mit den letzten roten Williamsbirnen der Saison, von den Obstgärten auf ihren Ländereien in Berkshire importiert, geräucherter Lachs mit Dill und Gebäck mit süßen *Fraochán*-Beeren und

Sahne. Im Geiste hörte sie die fröhliche Weihnachtsatmosphäre widerhallen: Lachen, Feiern, Erinnerungen daran, wie sie sich alle – George, Cian und ihre Eltern – vor dem Kamin versammelten, während Maeve auf dem Pianoforte „The Wexford Carol“ spielte.

Aber jetzt weckte selbst der vertraute Stall bittersüße Erinnerungen.

George und ihre Mutter lagen in frisch ausgehobenen Gräbern hinter den Gärten im Schatten der Burgruine. Cian verbrachte diesen Weihnachtstag auf der Irischen See, da er aufgebrochen war, um ihre Besitztümer in England zu verwalten. Ihr Vater hatte sich in seine Trauer zurückgezogen. Und das Pianoforte war verstummt. Maeves Herz konnte sich nicht mehr an seine Melodien erinnern.

Ihre Welt hatte sich verändert. Und wenn sie dem kühnen Fremden im Turmzimmer von Ashford Manor Glauben schenken durfte, drohten noch weitere Veränderungen. Auf Maeves Schultern lastete jetzt die Aufgabe, Ashford Manor zu verteidigen. Dem zunehmend explosiven Klima in Wicklow zu trotzen und sich für die Pächter auf ihrem Land einzusetzen, um für Frieden und Ruhe zu sorgen.

Das begann mit einem Besuch im Stall, auch wenn heute Weihnachten war.

An der offenen Tür zur letzten Box blieb Maeve stehen. In der Box kämmte Leary Ó Flannagáin gerade Kings Mähne.

Wegen der Verletzungen, die er sich am Vorabend zugezogen hatte, trug der Stallmeister einen Verband um den Kopf, aber er arbeitete trotzdem, und das auch an Weihnachten. Er war fast zwei Jahrzehnte älter als sie mit ihren einundzwanzig Jahren. Der Mann war groß und breitschultrig und sehr unfreundlich zu den Stallknechten. Obwohl sie seinen Zorn noch nie persönlich erlebt hatte, blieb Maeve vorsichtshalber einige Schritte von dem muskulösen Mann entfernt stehen, dem sie mit ihrem zierlichen Körperbau deutlich unterlegen war. Als zusätzliche Sicherheitsmaßnahme hatte Maeve für den Fall, dass es schlecht laufen sollte, eine Steinschloss-Duellpistole zwischen den Falten ihres Trauerkleides versteckt.

„Sie sind doch verletzt. Sollte nicht lieber einer der Stallknechte diese Arbeit verrichten?“

„Milady. Ich habe Sie gar nicht kommen hören.“ Er verbeugte sich und lächelte zur Begrüßung. Mit dem Striegel in der Hand schaute er sie an. „Ich wünsche Ihnen frohe Weihnachten. Mir geht es gut. Ich wollte nach den düsteren Ereignissen von gestern Abend nur dafür sorgen, dass alles in Ordnung ist.“

„Wie geht es King?“

„Ihm geht es bestens. Er ist Gott sei Dank unverletzt. Und wohlbehalten wieder da, wo er hingehört.“

„Ich hatte mir nach allem, was passiert ist, Sorgen gemacht, dass wir ihn vielleicht überhaupt nicht zurückbekommen.“ Maeve trat vor. Ihre Stimme klang sachlich und ihr Blick wich nicht vom Gesicht des Stallmeisters. „Haben Sie den Dieb gefasst?“

„Leider nicht, Milady. Wenn Master Cian hier wäre, hätte er verlangt, dass wir die ganze Nacht suchen. Das wäre aus seiner Sicht natürlich richtig gewesen. Aber die Männer wollten zu ihren Familien, und bei dem Sturm war es ratsamer, umzukehren und es den Soldaten zu überlassen, den Dieb aus seinem Versteck zu locken. „Vermutlich ist er in die Berge geflohen.“ Er arbeitete wieder weiter. Seine Worte klangen selbstsicher, aber er wich ihrem Blick aus.

„Verstehe. King konnte dem Dieb also selbst entkommen?“

„Er war ziemlich weit weg, hinter den östlichen Wiesen. Wir haben lange die Straße nach Dublin abgesucht und das Gelände bis hinauf zu den Bäumen am Rand der Berge. Der Dieb muss King einen ziemlich großen Schrecken eingejagt haben, sonst wäre er nicht so weit gelaufen.“

„Aber das Pferd hat keine Verletzung erlitten.“

„Keinen einzigen Kratzer. Es geht ihm bestens. Ich striegle ihm nur noch das Fell.“

Eoins warnende Worte gingen ihr durch den Kopf. *„Beobachten Sie, wie King den Huf hebt. Ein Zucken oder Springen des Hinterbeins –*

besonders wenn er sich umdreht oder rückwärts aus der Box geht. Es ist nicht zu übersehen. Dieses Pferd könnte gar nicht laufen. Nicht in dieser Verfassung. Da so eine Beeinträchtigung nicht plötzlich auftritt, muss Ihr Stallmeister davon wissen."

„Ich möchte, dass Sie ihn aus der Box führen. Ich möchte ihn traben sehen."

„Milady?"

„King. Bitte bringen Sie ihn aus der Box." Maeve trat einige Schritte zurück, um ihm Raum zu geben, ihrer Aufforderung nachzukommen. „Bringen Sie ihn heraus, damit ich mich davon überzeugen kann, dass er nicht verletzt ist. King ist immerhin der wertvollste Hengst Seiner Lordschaft. Wir sollten uns vergewissern, dass er nach seiner langen Flucht über die Wiesen in guter Verfassung ist. Stimmen Sie mir nicht zu, dass man nicht gewissenhaft genug sein kann?"

Leary richtete sich auf und ließ den Striegel sinken. Das Lächeln verschwand aus seinem Gesicht. „Ich verstehe nicht, was Sie wollen. Ich habe Ihnen doch soeben gesagt, dass er –"

„Ich bin hier die Herrin und ich habe Ihnen soeben eine Anweisung gegeben." Maeve verstärkte den Griff um die Pistole in ihrer Hand. „Lassen Sie ihn heraus. Ich will mir seinen Gang ansehen. *Jetzt.*"

Leary zuckte kurz die Schultern, als wäre ihr Befehl völlig unsinnig. Trotzdem löste er die Zügel vom Haken am Futtertrog und zog daran, um King umzudrehen und durch die Tür zu führen.

„Lassen Sie ihn bitte rückwärts herauskommen."

Dieses Mal schaute er sie noch missmutiger an, aber er drehte das Pferd so, wie sie verlangte. Ohne Vorwarnung zuckte Kings Bein, knickte weg und schlug zweimal so kräftig aus, dass der Huf fast seinen Bauch traf.

„Schsch, ruhig." Leary hob die Hand an Kings Kopf und nahm den Nasenriemen, um das Pferd zu beruhigen. „Er ist immer noch aufgewühlt, Milady. Es ist nicht klug, ihn noch weiter aufzuregen. Er sollte einfach eine Weile in Ruhe gelassen werden."

Maeve hob das Kinn höher. „Noch einmal."

„Was soll das, Milady? Wollen Sie dem Pferd Ihres Vaters einfach aus einer Laune heraus Schaden zufügen? Ich bekomme meine Anweisungen von Seiner Lordschaft oder von Master Cian und –"

„Ich habe gesagt *noch einmal,* Mr Ó Flannagáin."

„Sie wollen hier Befehle erteilen?" Jetzt lachte er und funkelte sie so wütend an, dass sein Blick die Wände hätte in Brand setzen können. „Sie haben Ihr ganzes Leben lang immer ‚Leary' zu mir gesagt, Kind. Ich werde Ihre Stute satteln, wenn Sie Lust haben auszureiten. Wenn nicht, dann verschwinden Sie. Ich habe zu arbeiten."

„Ich bin kein Kind mehr, und Sie täten gut daran, das nicht zu vergessen." Maeve trat vor und riss ihm die Zügel aus den Händen. Dabei bedachte sie ihn mit einem stahlharten Blick, den er bestimmt nicht so schnell vergessen würde. „Sie sind entlassen, Sir."

„Entlassen?"

„Sie haben mich gehört." Ihr Blick wanderte zur Stalltür und dann wieder zu ihm zurück und forderte ihn mit kühlem Selbstvertrauen heraus. „Packen Sie Ihre Sachen. Ich erwarte, dass Sie vor Einbruch der Nacht das Cottage geräumt haben. Ich werde mich mit eigenen Augen davon überzeugen, dass Sie fort sind. Und jetzt gehen Sie."

„Sie können mich nicht entlassen. Nicht ohne Grund." Er trat aus der Box. Wutentbrannt und mit knirschenden Zähnen ging er auf das Regal an der anderen Wand zu. „Ich stehe seit über zehn Jahren im Dienst des Earl!"

Alles war so, wie Eoin sie gewarnt hatte: Der Stallmeister hatte eine Muskete in einem unteren Regalfach versteckt. Auch wenn Maeve keine Ahnung hatte, woher ein Fremder so genau über die Aktivitäten in ihrem Stall Bescheid wusste, war sie klug genug, auf ihn zu hören.

Ohne mit der Wimper zu zucken oder zu zittern, hob Maeve ihre Pistole auf Schulterhöhe und zielte auf seinen Rücken. So langsam und ruhig wie möglich spannte sie mit dem Daumen den Hahn. Das

Knacken des Hahns war eine unmissverständliche Aufforderung an Leary, stehen zu bleiben. Das Geräusch hallte von der hohen Decke wider. Er drehte sich um und blickte in den Lauf des kalten Metalls.

„Ihr Dienstverhältnis ist hiermit beendet. Teilen Sie uns eine Anschrift mit, damit wir Ihnen den noch zustehenden Lohn nachsenden können, Sir."

Maeve schaute ihn mit der Pistole in der Hand unverwandt an, während Learys Augen zornig funkelten.

„Und falls Sie es wagen, auch nur einen Schritt auf die Muskete in diesem Regal zuzugehen, bin ich gezwungen, abzudrücken und Ihnen eine Kugel zwischen die Augen zu jagen."

„Das können Sie nicht tun."

„Oh, doch", entgegnete sie betont und legte den Finger um den Abzug, bereit, bei der geringsten Provokation abzudrücken. „Ich verwalte bis auf Weiteres dieses Anwesen und meine Entscheidung steht fest. Entweder Sie gehen freiwillig oder ich lasse Sie gewaltsam von unserem Land vertreiben. Was ist Ihnen lieber?"

Bei dieser Drohung drehte er sich wutentbrannt um. Er knallte die Lederriemen gegen die Boxentüren und schleuderte eine Heugabel der Länge nach durch den Gang, bis sie in der Ecke gegen einen Stoß Geräte und Heu krachte.

Maeve beherrschte sich, nicht zusammenzuzucken, als er mit der Faust gegen die Tür schlug, die so schwungvoll aufging, dass sie draußen im Schnee stecken blieb. Durch die offene Tür fiel das Morgenlicht in den Stall. Sie richtete die Pistole weiterhin auf den Eingang, bis ihre Muskeln unter dem Gewicht protestierten und sie diese schließlich sinken ließ. Sie hörte nur noch das Hämmern ihres Herzes, ihren eigenen keuchenden Atem und das leise Wiehern der Pferde in ihren Boxen.

In diesem Augenblick wurde die Tür auf der anderen Seite des Stalls aufgerissen. Maeve zuckte zusammen und hob rasch die Pistole wieder.

Eoin stand im Schnee. Sein Atem ging so schnell, als wäre er den gesamten Weg aus dem Turmzimmer zum Stall gerannt. Sein Hemd hing über den Bund seiner Hose, einen Arm hatte er schützend über seinen Bauch gelegt, und in der anderen Hand hielt er Cians zweite Duellpistole.

„Meine Güte, haben Sie mich erschreckt!" Maeve atmete tief aus und schloss die Augen. „Sie kommen zu spät, Sir. Er hat den Stall bereits verlassen. Und bald wird er auch unser Land verlassen haben." Sie ließ die Pistole erneut sinken und lehnte sich zitternd an die Boxentür.

„Haben Sie Ihren Verstand verloren? Ich hatte doch gesagt, dass Seine Lordschaft den Stallmeister zur Rede stellen soll. Oder ein anderer Mann. Selbst der Butler hätte das tun können. Warum sind Sie denn selbst in den Stall gegangen?"

„Jemand musste es machen."

„Aber dieser Jemand mussten doch nicht Sie sein, oder?" Eoin ließ seinen Blick rasch durch den Stall gleiten und stellte fest, dass außer ihr tatsächlich nur Pferde hier waren. Auf dem Gang lagen einige Gegenstände herum und aufgewühlter Strohstaub flog durch die Luft. „Ist Ihnen bewusst, was Ihnen ein solcher Mann hätte antun können?"

„Solange diese Pistole auf seine Stirn gerichtet war, konnte er mir nichts tun. Allerdings sollte ich sie nächstes Mal vielleicht doch lieber laden." Sie hielt ihm die Pistole hin, die sie weiterhin fest umklammert hielt, obwohl sie den Hahn wieder gelöst hatte. „Wo haben Sie die andere Pistole gefunden?"

„Ihre Haushälterin macht keinen Hehl daraus, dass sie selbst die Luft verabscheut, die ich atme. Aber als ich zu ahnen begann, was Sie vorhaben, und ihr sagte, dass Sie in Gefahr sein könnten, hat sie mir verraten, wo die Pistole liegt."

Er atmete tief aus und seine Schultern entspannten sich. Ein unerwartetes Lächeln umspielte seine Lippen. „Sie haben ihn entlassen?"

„Warum klingen Sie so überrascht?" Maeve bückte sich zu dem unteren Regalfach und strich suchend darüber.

„Ich bin beeindruckt."

„Das ist nicht nötig. Ich muss schon eine ganze Weile Verantwortung tragen."

Als ihre Fingerspitzen kühles Metall berührten, zog Maeve den Gegenstand heraus: eine Muskete, genau wie er gesagt hatte.

„Und warum ist das so, Milady?"

Maeve drehte sich wieder um und baute sich vor dem Fremden auf, der die Kleidung ihres Bruders trug. Die Tätowierung an seinem Handgelenk war unter dem Ärmel trotzdem teilweise zu erkennen. Er war ein Feind der Familie Ashford und sie gewährte ihm Zuflucht unter ihrem Dach. Das gefiel ihr nicht, auch wenn ihr Instinkt sie in Bezug auf seinen Charakter nicht getäuscht hatte. Dennoch konnte sie die Tatsachen nicht einfach außer Acht lassen.

Sie wurde nicht ganz schlau aus ihm und mied es deshalb, sich mit der Vergangenheit auseinanderzusetzen.

„Weil ich niemanden brauche, der sich um mich kümmert. Ich war nicht sicher, ob Sie die Wahrheit gesagt haben. Aber offenbar haben Sie mich nicht angelogen."

„Könnten Sie versuchen, mir hin und wieder zu glauben, auch wenn ich ein O'Byrne bin?"

„Da bin ich mir noch nicht ganz sicher. Aber Kings linkes Hinterbein lahmt tatsächlich. Woher wussten Sie das?"

„Er belastet das Bein beim Gehen nicht. Das konnte ich auf den ersten Blick sehen."

Sie betrachtete das Pferd. Das geliebte Pferd ihres Vaters. Ihre Mutter hatte ihm dieses Tier vor nicht einmal zwei Jahren geschenkt. „Was kann man dagegen tun?"

„Man kann die Symptome lindern und ihn trainieren. Aber ein Zuckfuß ist vermutlich angeboren und man bringt ihn nie ganz weg. Das weiß eigentlich jeder Stallmeister. Ó Flannagáin hätte diese Erkrankung schon längst Seiner Lordschaft melden müssen."

„Unser Stallmeister hat diese Behinderung lieber verheimlicht. Die

Frage ist nur, warum er das getan hat.“ Maeve schaute ihn forschend an. Falls dieser Mann den Grund kannte – und sie vermutete, dass das der Fall war –, sagte er es nicht.

Der Stallmeister, dem sie jahrelang vertraut hatten, hatte einen Betrug gedeckt, obwohl Maeve eine solche Tat eher dem Mann zutrauen würde, der jetzt vor ihr stand. Eoin kannte sich mit Pferden aus. Er wusste mehr über Pferde als jemand, der nur auf ihnen ritt. Aber Maeve interessierte mehr, dass sich dieser Mann mit viel wichtigeren Dingen auskannte: Pistolen. Schmuggleraktivitäten vor der Küste. Musketenkugeln, die schreckliche Verletzungen verursachten. Auseinandersetzungen mit Soldaten. Dieser Mann strahlte etwas Draufgängerisches aus, und auch wenn er sich wie ein Kavalier benahm, konnte dieser Wagemut Folgen haben, über die Maeve lieber nicht nachdenken wollte.

Da er noch so geschwächt war, dass er sich abstützen musste, lehnte Eoin sich an die Boxenwand. Die Strahlen des Sonnenlichts fielen auf rotbraune Stellen auf dem weißen Leinenhemd. Er hatte zweifellos Schmerzen, verlor aber kein Wort darüber.

„Sie holen sich hier draußen noch den Tod.“

Er hob den Kopf und schaute sie mit einem durchdringenden Blick an. „So wie Sie beinahe, meinen Sie?“

„Nicht im Entferntesten Ich habe in meinem Stiefel einen Dolch versteckt. Und jetzt habe ich zwei Feuerwaffen statt einer. Mir wäre nichts passiert, das können Sie mir glauben. Die Stallknechte können vorerst die Pferde versorgen, und ich werde mir später überlegen, wer als neuer Stallmeister infrage kommt. Aber jetzt sollten wir lieber ins Haus gehen. Die Soldaten sind wahrscheinlich immer noch hinter Ihnen her.“

Maeve führte King in die Box zurück und band seine Zügel an die Stange über dem Futtertrog. Als sie sah, dass das Tier eine Weile mit Fressen beschäftigt war, drehte sie sich wieder zu Eoin herum. Sie verdrängte, dass er sich große Sorgen um sie gemacht hatte und ihr in seinem geschwächten Zustand zum Stall gefolgt war. Sie wollte sich auch nicht den Kopf darüber zerbrechen, warum er sich eine Waffe besorgt hatte, um sie zu verteidigen. Und warum er sich in die Angelegenheiten auf dem Anwesen ihres Vaters einmischte.

Sie beäugte die Pistole in seiner Hand, an die sie bis jetzt keinen Gedanken verschwendet hatte. Doch nun regte sich ihre Neugier. „Ist Ihre Pistole geladen?"

„Ja. Piraten sind immer auf das Schlimmste vorbereitet. Besonders die Piraten mit verschlagenen Blicken."

Maeve verkniff sich ein Lächeln. Offenbar war er in der vergangenen Nacht so weit bei Bewusstsein gewesen, dass er ihre Worte gehört hatte. Was hatte er sonst noch mitbekommen?

„Unsere Haushälterin neigt zu anschaulichen Beschreibungen."

„Das war nicht zu überhören." Eoin drehte die Pistole um und hielt ihr den Griff hin. „Ich habe getan, worum Sie mich gebeten hat. Deshalb gebe ich Ihnen diese Pistole zurück."

Maeve schaute ihn an. Statt die Pistole zu nehmen, blieb sie regungslos stehen. „Wird uns Ó Flannagáin noch mehr Schwierigkeiten bereiten?"

„Das ist gut möglich."

„Dann werde ich mich bereithalten. Aber im Moment bitte ich Sie, diese Pistole wieder dorthin zu legen, wo Sie sie gefunden haben. Und falls Sie dem Tod noch ein wenig länger ein Schnippchen schlagen wollen, sollten Sie so schnell wie möglich in den Turm zurückkehren, bevor man Sie sieht."

„Wenn Sie das wünschen."

„Ja, im Moment ist das mein Wunsch. Aber in Kürze werde ich wohl eine Erklärung von Ihnen verlangen müssen. Und ich versichere Ihnen, dass ich mich nicht scheuen werde, unangenehme Fragen zu stellen."

Er nickte. „Und ich versichere Ihnen, Milady, dass ich Ihnen nichts verschweigen werde."

ZEHN

Gegenwart
10/11 O'Connell Street
Dublin

Allmählich versiegten Cassies Tränen.

Mit einem ärmellosen T-Shirt und Yogahose bekleidet, ging Laine mit dem Kind auf den Armen auf und ab. Ihre Tochter trug ihren rosa Lieblingsschlafanzug und war in eine Vliesdecke gewickelt. Durch die Fenster des Lofts hatten sie einen Blick auf die O'Connell Street, auf die der Regen herabprasselte. Das von den Straßenlaternen hereindringende Licht sorgte dafür, dass Laine nicht gegen das Sofa und die Tische stieß.

Obwohl eigentlich eine ruhige, friedliche Atmosphäre herrschte, war es mitten in der Nacht. Sie waren übermüdet. Und ihr war schwer ums Herz.

„Alles ist gut, Liebes", flüsterte sie laut genug, um das Tapsen ihrer nackten Füße auf dem Holzboden zu übertönen. „Alles ist gut."

Dieses Mal war es schlimm gewesen.

Der Albtraum war zurückgekehrt und Cassie war mit einem herzzerreißenden Weinen aufgewacht. Laine hatte gehofft, dass ein Jahr nach der Adoption das Schlimmste hinter ihnen läge. Aber pünktlich wie ein Uhrwerk war Cassie um zwei Uhr nachts schluchzend und tränenüberströmt aufgewacht. Laine bemühte sich, ihre kleine Tochter zu trösten. Sie betete, dass sie Cassie mit der Reise in eine fremde Stadt, in der es zu viele neue Eindrücke, laute Geräusche und unbekannte Gesichter gab, nicht geschadet hatte.

Hoffentlich war es nicht zu viel für sie.

Von Schuldgefühlen geplagt, drückte sie Cassie enger an sich.

Sie summte leise eine beruhigende Melodie, während sie im offenen Loft zwischen den Schatten, den Sofas und den Backsteinwänden hin und her ging. Sie war gerade stehen geblieben und hatte ein gerahmtes Bild betrachtet, auf dem hohe Klippen über dem Meer zu sehen waren, als sie auf der Treppe Schritte vernahm.

Cormac kam in einer Jeans, einem schlichten weißen T-Shirt und einer schwarz gerahmten Brille, die er bisher nicht getragen hatte, die Treppe herab. Unten angekommen, betätigte er einen Lichtschalter und tauchte den Holzboden in ein weiches Licht.

„Ich hatte etwas gehört." Einige Schritte von ihnen entfernt blieb er stehen und betrachtete Cassies schokoladenbraunen Lockenschopf. „Ist mit ihr alles in Ordnung?"

„Ja, danke. Ihre innere Uhr spielt nur ein bisschen verrückt und manchmal kann ein neuer Ort ein wenig beängstigend wirken. Aber wir kriegen das bald wieder hin." Laine drückte Cassie liebevoll an sich. Sie wusste, dass ihre Tochter nicht schlief und noch nicht bereit war, ihren festen Griff um Laines Hals zu lockern. „Wir haben dich hoffentlich nicht geweckt?"

Er nahm seine Brille ab, klappte sie zusammen und legte sie in ein Bücherregal, das eine ganze Wand einnahm. Die darin stehenden Bücher waren nach Farben geordnet. „Nein. Ich habe leider noch nicht geschlafen." Er tat diese Bemerkung mit einem kurzen Lachen ab und fuhr mit der Hand durch sein Haar. „Ich war im Büro, als ich dich nach unten kommen hörte. Ich saß über der Buchhaltung. In letzter Zeit komme ich nur mitten in der Nacht dazu."

„Ach so." Sie nickte und warf einen fragenden Blick zur Treppe. „Ist sonst noch jemand wach?"

„Ich glaube nicht. Jack schläft wie ein Stein. Verrate ihm nicht, dass ich das gesagt habe, aber er schläft normalerweise bis zum Morgen durch. Er tut immer so, als sei er knallhart, aber ein Glas *Guinness* wirft ihn sofort um."

Darüber musste Laine lachen. Es war lustig, dass der bärbeißige Jack Foley, den sie im Pub kennengelernt hatte, schon von einem Bier genug hatte.

Cormac stand mit verschränkten Armen vor ihr und betrachtete das Kind. Ihm entging vermutlich auch nicht, wie mitgenommen Laine zu dieser nachtschlafenden Zeit aussah. Sie schob ihr zerzaustes Haar hinters Ohr und senkte den Blick. Hoffentlich merkte er nicht, dass auch sie geweint hatte.

„Ich glaube, wir gehen jetzt am besten wieder nach oben."

Er trat einen halben Schritt auf sie zu. „Habt ihr Hunger?"

„Nein, wir –"

Cassie richtete sich schnell auf und nickte. „Ich hab Hunger."

„Gut. Dagegen sollten wir unbedingt etwas tun." Zielstrebig steuerte er auf die Küche zu. Laine folgte ihm. Cassie schaute interessiert zu, wie er die Beleuchtung einschaltete und den Kühlschrank am Ende der langen Granitarbeitsplatte öffnete.

„Es wird dich schockieren, aber dafür, dass wir ein Pub betreiben, ist unser Kühlschrank sehr mager bestückt. Hier oben wohnen zwei Junggesellen, die fast alle ihre Mahlzeiten im Pub einnehmen. Aber wir haben reichlich *Guinness* im Kühlschrank. Ansonsten gibt es …" Er richtete sich mit einer dicken Brotscheibe in der Hand auf. „Grillkäse. Und wir haben Äpfel und Birnen. Reicht dir das?"

Cassie nickte zögerlich. Ja, sie würde sich möglicherweise von ihm dazu überreden lassen.

Er zog einen Hocker unter dem Tresen hervor und deutete darauf. „Hier." Er lächelte Laine an und flüsterte: „Eine Tasse Kaffee für die Mama?"

„Ja, bitte." Sie nickte dankbar. Laine hatte die Kaffeemaschine schon entdeckt und sich gewünscht, sie wüsste, wo die Kapseln aufbewahrt wurden, denn sie sehnte sich nach einer Tasse Kaffee.

Cormac machte sich gleich an die Arbeit: Er schnitt dicke Scheiben von dem Brot ab und zerlegte das Obst auf dem Holzbrett in perfekte Portionen. Es wirkte, als könnte er das im Schlaf. Er sprach langsam und leise, zwang aber Cassie nicht, etwas zu sagen. Wenn sie wollte, nickte sie; so machte sie das immer. Irgendwie verstand er es, sie zu fragen, ob sie den „eckigen, gelben" oder den „weißen, runden" Käse wollte, statt sie vor die Wahl zwischen Cheddar und Provolone zu stellen. Laine musste sich ein Schmunzeln verkneifen, als er spielerisch den Grillkäse in der Pfanne umdrehte und Cassie zum Schmunzeln brachte.

Während Laine diese Szene beobachtete, regte sich eine tief vergrabene Sehnsucht in ihr.

Früher hatte sie von solchen Nächten geträumt: dass Evan und sie um zwei Uhr nachts den Kühlschrank plünderten, sich bei einer Tasse Kaffee unterhielten und miteinander lachten. Ein paar kostbare Momente lang gab es keine Probleme, während der Regen auf die große, weite Welt vor ihren Fenstern niederging. In ihrem Traum hatte ein Mädchen zwischen ihnen gesessen, gelächelt, und vielleicht waren in dieser kleinen, friedlichen Welt sogar seine tiefen Wunden ein wenig geheilt.

Aber der Ring an Laines Finger war Geschichte und Dublin war nicht ihr Zuhause.

Mitten in der Nacht ein paar unbeschwerte Minuten mit einem Mann zu verbringen, den sie kaum kannten ... Laine fürchtete, dass Cassie zum ersten Mal sah, wie es sein könnte, einen richtigen Vater zu haben, und dass ihr das gefiel. Aber in ihrem Leben gab es keinen Vater. Dieser Traum war ausgeträumt, seit sich die Situation mit Evan verschlechtert hatte. Während er sich ein neues Leben in Seattle aufgebaut hatte, flossen in Laines und Cassies Leben immer noch viele Tränen.

Cormac warf Laine einen Blick zu und grinste über etwas, das Cassie gesagt hatte. Sie hatte nicht zugehört. Sie war in ihren Sorgen versunken gewesen, statt mit den beiden zu lachen.

„Laine?" Verwirrung stand in sein Gesicht geschrieben. „Hast du uns zugehört?"

„Entschuldigung. Was habt ihr gesagt?" Laine riss sich von ihren Gedanken los und legte beide Hände um ihre Kaffeetasse.

„Cassie will morgen mit ihrem Onkel Quinn und ihrer Tante Ellie das Prinzessinnenschloss besuchen."

„Stimmt. Sie wollen sich das Schloss ansehen, das euch eine Frau vererbt hat." Laine nippte an ihrem Kaffee und schaute zu, wie Cassie auf den Apfelstückchen und den perfekt geschnittenen Grillkäseecken herumkaute.

„Ja, genau, Dolly Byrne. Sie war Stammgast unten im Pub und kam fast jeden Tag vorbei."

„Habt ihr sie gut gekannt?"

„Das ist ja das Seltsame: Wir haben sie kaum gekannt. Sie kam zum Mittagessen und setzte sich immer auf denselben Hocker am Ende der Theke. Sie hat übrigens nie versucht, sich in die Männerklause zu schleichen." Er zog eine Braue hoch und zwinkerte Laine zu. „Sie hat meistens nur zugehört und sich nicht viel mit den anderen unterhalten. Allerdings liebte sie das Klavier. Sie ging manchmal in die Klause und strich mit der Hand darüber."

„Das *Richard Lipp*. Ich habe noch nie ein Klavier von *Richard Lipp & Sohn* gesehen, das aus dem beginnenden 20. Jahrhundert stammte und noch in einem so guten Zustand war. Ihr habt da unten einen echten Schatz."

Cormac hielt inne und schaute sie fragend an. „Woher weißt du das? Hast du das Klavier umgedreht, während ich nicht hinsah?"

Laine spielte mit ihrer Tasse. Sie wusste viel mehr, als sie verraten wollte. Sie vermutete, dass das Klavier eine Spezialanfertigung aus dem Jahr 1912 war und dass es viel zu wertvoll war, um in einem Pub zu stehen, wo die Gäste das Holz verkratzen oder beschädigen könnten. Wenn es ihr gehören würde, würde sie es hier oben im Loft aufstellen. Der Wohnraum mit Blick auf die O'Connell Street schrie nach einem solchen Blickfang, der dem Raum mehr Charakter verlieh.

„Nein, ich habe es nicht umgedreht. Antiquitäten waren das Hobby meines Großvaters. Und auch meines Vaters. Wahrscheinlich verbinde ich damit nur Erinnerungen an meine Kindheit."

„Angenehme Erinnerungen?"

Sie lächelte. „Die meisten, ja."

„Ich habe keine Ahnung, welche Erinnerungen Dolly vielleicht damit verbunden hat. Jedenfalls kamen wir sicher nicht darin vor. Anscheinend hatte sie keine Verwandten. Sie starb vor drei Monaten, und niemand wusste, dass sie überhaupt etwas besaß, geschweige denn ein großes Schloss und eine Burgruine im County Wicklow. Und das alles hat sie dem Besitzer eines Pubs hinterlassen, der sich kaum Zeit für sie nahm und ihr meistens nur ein Glas Bier hinstellte und die Rechnung über den Tresen zuschob."

„Ich hatte angenommen, dass sie es euch allen hinterlassen hätte. Soll das heißen, dass sie alles deinem *Vater* hinterlassen hat?"

„Er soll das Erbe verteilen, ja." Cormac nickte und wischte die Arbeitsplatte ab, während sie sich unterhielten. Vielleicht fiel es ihm leichter, mit seinem Gegenüber zu reden, wenn er etwas zu tun hatte und dieses nicht anblicken musste. Er war irgendwie immer beschäftigt. Er ließ niemanden zu nah an sich herankommen. Das war wahrscheinlich sicherer.

„Er würde am liebsten ein Auktionshaus damit beauftragen, alles zu verkaufen, um selbst keine Arbeit damit zu haben."

„Aber du siehst das anders?"

„Ja, allerdings. Ich würde gern mehr erfahren. Herausfinden, wer Dolly war und was wir ihrer Meinung nach mit dem Schloss machen sollen. Ich weiß auch nicht genau, warum, aber es muss irgendwie wichtig sein, sonst hätte sie es uns nicht vererbt." Cormac zuckte mit den Schultern und tauchte die gusseiserne Pfanne ins Wasser. Es zischte, als das Wasser auf die heiße Oberfläche traf. „Und? Wie sieht es aus, meine Damen? Wollt ihr mit zum Schloss fahren?"

„Du musst bestimmt arbeiten. Wir wollen dir keine Umstände machen. Aber wenn Ellie es sehen will, könnten Cassie und ich vielleicht mit ihr und Quinn hinfahren und es uns anschauen."

„Wenn eine junge Dame ein Schloss – noch dazu ein Prinzessinnenschloss – sehen will, kann ich auf keinen Fall Nein sagen. Ich will doch kein Spielverderber sein." Er zwinkerte Cassie zu, die ihn mit einem Stück Apfel im Mund anlächelte. „Dieser Pub steht seit über zweihundert Jahren. Während des Osteraufstands wurde er sogar ziemlich stark in Mitleidenschaft gezogen. Wenn er das alles überstanden hat, werden diese Mauern wahrscheinlich auch nicht zusammenfallen, wenn ich für ein paar Stunden wegfahre."

Er wischte seine Hände an einem Handtuch ab und warf es sich dann auf die gleiche Weise wie sein Vater unten im Pub über seine Schulter.

Eine Burgruine und ein Schloss, in dem es möglicherweise interessante Schätze gab? Diese Aussicht reizte Laine natürlich. Aber dass Cassie nach ihrem Albtraum und ihrem herzzerreißenden Weinen jetzt lächelte? Das grenzte an ein Wunder. Wenn es ihrem kleinen Mädchen ein Lächeln entlockte, ein paar Stunden aufs Land zu fahren und sich eine Burgruine anzusehen, sprach nichts dagegen.

„Wie ist es, Cassie: Willst du zu dem Schloss fahren?"

Cassie nickte. Sie hatte zu ihrer ruhigen, nüchternen Art zurückgefunden.

Cormac lächelte. Anscheinend lächelte er nicht sehr oft, aber es fiel ihm offenbar ein wenig leichter, seit sie sich über den Weg gelaufen waren. In zwei verschiedenen Küchen, einer Klause und in einer kleinen Kapelle, in der eine herbstliche Märchenhochzeit stattgefunden hatte.

„Na gut, du hast gewonnen. Dann gibt es wohl Grillkäse zum Frühstück und ein Schloss zum Mittagessen." Laine stellte ihre Tasse auf den Tresen und bedachte Cassie mit einem mütterlichen Blick, den sie inzwischen recht gut beherrschte. „Das bedeutet, dass kleine Prinzessinnen jetzt schlafen gehen müssen." Sie nahm Cassie auf die Arme.

„Ähm, Laine ...?" Cormac deutete mit dem Kopf zum Fenster, an dem der Regen weiterhin in Strömen herablief. „In dem Schrank in deinem Zimmer müssten noch ein Paar Stiefel stehen. Sie gehören Keira, unserer Schwester. Sie sollten dir eigentlich passen. So wie es aussieht, wirst du sie morgen brauchen."

„Stiefel. Danke." Laine drückte Cassie eng an sich und blieb am Rand des Schattens stehen, den das Küchenlicht warf. „Soll ich wiederkommen und dir beim Aufräumen helfen?"

Er schüttelte den Kopf. „Nein danke. Das ist nicht nötig."

Gab es etwas Besseres, um einem trüben Tag in Dublin entgegenzutreten, als ein Paar kirschroter Gummistiefel?

Laine fand die Stiefel im Schrank und dankte Keira im Stillen fürs Ausleihen, während sie die Schuhe über ihre enge Jeans zog und in eine Regenjacke schlüpfte. Die Stiefel machten ihren Tag gleich ein bisschen bunter. Selbst auf dem Rücksitz von Quinns Mietwagen, mit dem sie in Richtung Süden durch die Stadt und dann durch die irische Landschaft fuhren.

Die Fahrt vom Pub zum Schloss dauerte nur ungefähr vierzig Minuten, aber die Aussicht, die sich ihnen dabei bot, war atemberaubend. Sie fuhren durch eine faszinierende Mischung aus Grün- und Blautönen auf den Hügeln, am Himmel und auf dem Meer.

Cassie drückte sich ihre Nase an der Fensterscheibe platt. Laine war genauso fasziniert, als sie an kleinen Hafenstädtchen und Steinstränden vorüberfuhren und sich kurz darauf hoch über den steilen Klippen befanden, die ihnen einen faszinierenden Blick auf die endlose Irische See eröffneten.

Grüne und gelbe Hänge erstreckten sich zwischen den Klippen und den Wicklow Mountains, die sich in der Ferne erhoben. Knorrige Bäume säumten die Straße. Es sah fast so aus, als hätte Gott sich nicht entscheiden können, wie er die Grüne Insel gestalten wollte, und deshalb unendlich viele Meisterwerke gleichzeitig geschaffen.

Sie folgten Cormacs Renault, der an einer schmalen Mauer aus perfekten Steinen entlangfuhr, die ohne Zement aufeinandergesetzt waren. Das war in Irland so üblich, klärte Quinn sie auf. Die bemerkenswerten Kalksteingebilde hatten die Jahrhunderte überdauert und durchzogen die Landschaft. Hinter den Steinzäunen grasten Schafe mit einem blauen Streifen auf dem weißen Fell. Sie stellten ihre meisterhaften Kletterfähigkeiten unter Beweis und kletterten an den baumlosen Hängen hoch hinauf. Schließlich erreichten sie eine Zufahrt. Lang. Gewunden. Von endlosen Reihen alter, knorriger Bäume gesäumt, die in den braunen und gelben Farben des Herbstes leuchteten. Hinter den Bäumen erwartete sie der atemberaubende Anblick der Ruine von Castle Chryn, die hoch oben über den Klippen Wache hielt.

„Sieht so aus, als wären wir da." Quinn warf einen Blick auf das GPS auf seinem Handy. „Castle Chryn in Bray, County Wicklow."

„Seht ihr das?" Laine strich mit der Hand über die beschlagene Scheibe und deutete dann mit dem Finger hinaus. „Dort hinten, das ist die Burgruine."

„Oh, Quinn!", seufzte Ellie, als ihr Mann am Ende der Zufahrt den Motor abstellte. „Schau dir das an! Das erinnert mich an zu Hause. Ein zweites Dornröschenschloss! Und sieh nur! Das Schloss steht noch! Denk nur an die vielen Bücher, die es bestimmt darin gibt, Laine. Und an die Gemälde und die interessanten Antiquitäten!" Sie drehte sich zu ihrer Freundin um. „Das muss für dich doch wie Weihnachten sein."

„Früher bestimmt." Laine lachte. „Aber das ist lange her."

Das konnte Ellie nicht so stehen lassen. Mit einem Seufzen drehte sie sich wieder zu dem großen Schloss herum und flüsterte: „So sollte es wieder sein."

Das Schloss stand direkt neben der Zufahrt. Vier Stockwerke aus poliertem Stein und Bleiglasfenstern, schlummernd in der Senke zwischen Burgruine, Klippen und stürmischen Wogen.

Das Gelände sah vernachlässigt aus: An einigen Stellen leuchteten die Herbstfarben auf dem grünen Gras, aber an vielen anderen Stellen war alles von Gestrüpp und Dornen überwuchert, die sich entlang der Steinmauern ausgebreitet hatten. Der Herbst hatte sichtbare Spuren hinterlassen. Die Steine müssten gründlich gereinigt werden. Die doppelte Haustür war verwittert und von der salzigen Meeresluft gezeichnet. Die Ecktürmchen waren so hoch, dass sie dem Himmel über der Irischen See ihre Geheimnisse zuflüstern könnten.

Cormac war bereits ausgestiegen und marschierte den Weg zu den Eingangsstufen hinauf.

„Wenigstens gibt es hier keinen Schlossgraben." Quinn dachte zweifellos an die Kopfschmerzen, die ihnen der Sumpf bereitete, der das Schloss im Loiretal umgab. „Komm bitte auf nicht auf dumme Ideen, Schatz! Wir sind mit unseren eigenen Renovierungsarbeiten noch eine ganze Weile ausgelastet."

Quinn küsste Ellie auf die Wange, dann stieg er aus und joggte los, um seinen Bruder einzuholen.

Die Frauen blieben zurück und erkundeten den Weg, der vom Schloss zur Ruine führte. Sie schlenderten die von Bäumen gesäumte Straße entlang, die von einer Decke aus Tau und gefallenem Laub überzogen war. Eine Steinmauer säumte die Baumreihen, die im leuchtenden Rot und Rotbraun des Spätherbstes gekleidet waren.

„Weißt du, welche Baumart das ist?"

Laine behielt Cassie im Auge, die den Weg entlanghüpfte, und bewunderte dabei fasziniert die Palette aus bunten Blättern. Solche leuchtend bunten Blätter gab es vielleicht in Neuengland, aber dass sie einen Weg säumten, der zu den Klippen und zu einer Burgruine über dem Meer führte, war ungewöhnlich. „Keine Ahnung, aber sie sind schön. Vielleicht kann Cormac uns hier weiterhelfen."

Laine reckte sich und pflückte ein letztes noch hängendes Blatt von einem Ast. Sie strich mit dem Finger über die seidige Oberfläche. Ellie beugte sich über die Steinmauer und betrachtete die Erde. „In der Nähe von Oma Violas Häuschen gab es einen Obstgarten. Erinnerst du dich noch? Ich glaube, das sind Birnbäume. Aber ich sehe keine Früchte. Vielleicht wurden sie schon abgeerntet. Birnen sind hier doch irgendwie fehl am Platz, oder? Ein Obstgarten an der rauen Meeresküste? Wer ist wohl auf diese Idee gekommen?"

„Schlösser hatten oftmals Gärten, oder?", erwiderte Laine. „Vielleicht sind diese Bäume der Rest eines solchen Gartens. Aber er scheint schon ziemlich lange verwahrlost zu sein." Unkraut spross auch hier entlang der Steinmauer. Lange Grashalme und ein dichter Teppich aus gelben, stacheligen Blumen überzogen die Anhöhen. Die Farben waren mit der Landschaft verwoben und reichten bis zu den Bergen. „Sind das die Wicklow Mountains?"

„Ja, hat Quinn zumindest gesagt. Und er hatte recht: Die Aussicht hier ist wirklich atemberaubend."

Laine schoss mit ihrem Handy einige Fotos der Landschaft, dann trat sie zurück und verfolgte Cassies unschuldigen Tanz im Wind vor der Kulisse des Meeres und der Schlossmauern. „Hat er sonst noch was gesagt? Sind er und Cormac sich ein bisschen nähergekommen?"

Ellie zuckte die Achseln. „Das weiß ich nicht. Wenn es um Sachthemen geht, gibt es keine Probleme. Siehst du?" Sie deutete mit dem Kopf zum Schloss. „Die beiden können den ganzen Tag lang über Restaurierungsarbeiten sprechen, ohne sich dabei ein einziges Mal in die Augen zu sehen. Ich würde gern wissen, was passiert ist. Und warum hat Jack zu Cormac eine ganz normale Beziehung, aber mit Quinn spricht er kaum ein Wort? Und selbst wenn er mal was sagt, klingt das immer irgendwie abfällig."

„Ja, das haben wir ja erlebt." Laines Gedankengang wurde von Cassie unterbrochen, die auf einem flachen Stein balancierte, dann die Arme ausbreitete, lossprang und am Rand einer Wasserpfütze landete.

„Wenn wir nur alle so frei wären wie sie. Allerdings habe ich den Verdacht, dass diese Jeans im Müll landen wird, wenn wir wieder nach Hause kommen."

„Jeans kommen und gehen, aber dieser Anblick ist unvergesslich, findest du nicht? Schau sie dir an!" Ellie lachte. „Sie ist so glücklich."

„Du hast recht. Einen solchen Anblick bekommt man nicht oft zu sehen." Laine hakte sich bei Ellie unter, während sie Arm in Arm weiterschlenderten. Dabei behielten sie Cassie im Auge, die den Weg zum Schloss hinaufhüpfte.

Vogelgesang begleitete ihre Schritte. Das Geräusch von Gummistiefeln auf Steinen und Blättern. Das Rauschen der Wellen. Das Pfeifen des Windes, der vom Meer über die Klippen strich und einzelne Blätter von den Bäumen riss, die wie Farbfunken am Himmel tanzten. Dieser Flecken Irlands hieß sie mit seinem ganz besonderen Lied willkommen und eroberte dabei Laines Herz.

„Ich wollte dich etwas fragen, Laine."

„Was?"

„Warum hast du –?"

„Cassie! Nein, Schatz! Geh außen rum!", rief Laine und betrachtete ihre Tochter kopfschüttelnd. Ihr kleiner Kobold betrachtete gerade verzückt die Spuren, die der Regen in der vergangenen Nacht hinterlassen hatte. Dann entschied sie sich aber doch, einen Bogen um die riesige Matschpfütze zu machen und die Stufen zum Eingang des Herrenhauses hinaufzuspringen. „Entschuldige bitte. Warum habe ich was?"

Ellie blieb stehen und zog sanft an ihrem Ellbogen. Dann bedachte sie Laine mit ihrem typischen „Ich will jetzt eine ehrliche Antwort"-Blick. „Laine, warum hast du dir das Haar abgeschnitten und blond gefärbt?"

Sie musste unwillkürlich lachen. Eine so harmlose Frage hatte sie angesichts des finsteren Blicks, mit dem ihre Freundin sie bedachte, nicht erwartet. Laine berührte die platinblonden Wellen in ihrem

Nacken und schüttelte sie dann. „Soll das heißen, dass dir meine Frisur nicht gefällt?"

„Doch, sie gefällt mir sehr. Du siehst damit gut aus." Ellie verlagerte ihr Gewicht. „Aber das ist so untypisch für dich. Was hat dich denn zu einer so großen Veränderung bewogen?"

„Da fliege ich über den Atlantik und überrasche dich bei deiner Hochzeit auf einem französischen Weingut, und dann ist das keine große Sache? Aber ein neuer Haarschnitt und eine neue Haarfarbe schon?"

„Bei einigen Frauen wäre das keine große Sache. Aber bei dir schon. Und es ist eine sehr persönliche Sache. Du hast dein langes Haar immer geliebt. Solange ich zurückdenken kann, hattest du immer langes, brünettes Haar, das dein Lächeln irgendwie ... umrahmt hat. Ich frage nur, weil dieses Mädchen ... Ich weiß auch nicht ... Irgendetwas hat sich verändert. Und ich wüsste gern, warum du ausgerechnet jetzt eine solche Veränderung vorgenommen hast."

Laine blickte auf die kirschroten Spitzen ihrer Stiefel hinab und fühlte, wie ihre Wangen sich röteten. *Bitte frag nicht weiter. Ich bin noch nicht bereit, darüber zu sprechen.* „Dieses Mädchen ist erwachsen geworden. Vor einer ganzen Weile."

„Wie lange ist denn ‚eine ganze Weile'?"

Laine grub ihre Absätze in die Erde und drehte geistesabwesend ihre Stiefelspitzen. „Eine Weile ist so lang, dass ich mich nicht mehr daran erinnern kann, wie mein Leben davor aussah. Jetzt akzeptiere ich es so, wie es ist. Ich will einfach jeden Tag so leben, wie er kommt."

„Du meinst Cassie?"

„Ich meine alles. Cassie war meine Nichte, aber jetzt ist sie ein Teil von mir. Sie ist meine Tochter. Zwar nicht in biologischer Hinsicht, aber in meinem Herzen. Daran würde ich um nichts auf der Welt etwas ändern wollen. Ich zerbreche mir nicht länger den Kopf darüber, dass ich mir mein Leben eigentlich anders vorgestellt hatte: perfekt und planbar, mit einem großen Haus im Grünen und einem weißen

Zaun drumherum. Aber wer sagt schon, dass immer alles perfekt sein muss? Ich lerne immer mehr, dass reale Dinge viel wichtiger sind. Etwas, worum es sich zu kämpfen lohnt. Verstehst du, was ich meine?“

„Ich verstehe dich sehr gut.“ Ellies Blick wanderte an dem Schloss hinauf. „Wer hätte schon gedacht, dass ich zwischen all meinen Chemos ein französisches Märchenschloss restaurieren würde?“

„Oh, Ellie, so habe ich es nicht gemeint.“

„Ich weiß. Aber es stimmt trotzdem.“ Sie tat Laines Einwände mit einem sanften Lächeln ab. „Mir geht es gut. Mach dir um mich keine Sorgen. Ich bin eine Kämpferin und werde mich nicht unterkriegen lassen.“

Laine umarmte sie traurig. „Zu spät. Ich werde mir immer Sorgen machen. Das ist das Herrliche an Freundschaften. Freunde sind die Familie, die wir uns selbst aussuchen. Und vielleicht verlangt Gott von uns, dass wir hin und wieder Altes loslassen, um Platz für etwas Besseres zu schaffen. Er hat gute Absichten für uns, auch wenn wir diese Absichten noch nicht durchschauen können. Noch vor zwei Wochen waren Cassie und ich zu Hause. Und jetzt sind wir hier und gehen mit dir vor diesem märchenhaften Schloss spazieren. Ich glaube nicht, dass das ein Zufall ist. Ich denke, hier ist Gott am Werk.“

„So habe ich dich noch nie reden hören.“

„Vielleicht hätte ich schon früher so reden sollen. Die Dinge verändern sich. Wir fangen an, das Leben durch eine neue Brille zu betrachten. Die Hoffnung kann uns an ganz gewöhnliche Orte führen – auf einen von Birnbäumen gesäumten Weg oder in einen Friseursalon –, um uns etwas Neues zu zeigen. Vielleicht sind ein paar Bäume oder eine Schere im richtigen Moment genau die Dinge, die wir brauchen, um nicht aufzugeben.“

Laine blickte zu dem Haus und zu ihrer Tochter, die jetzt auf die oberste Stufe sprang und hinter den Foley-Brüdern stehen blieb. Ein Schauer, der nichts mit dem Wetter zu tun hatte, lief über ihren Rücken, als Cassie innehielt.

Dann machte ihre Tochter einen Schritt. Dann einen zweiten.

Bleib stehen.

Laine sah zu, wie das kleine Mädchen, das verletzt und vergessen worden war, die Gelegenheit ergriff. Wortlos und ohne Vorwarnung schob sie langsam ihre kleine Hand in die von Cormac. Falls er überrascht war, zeigte er es nicht. Er drehte sich nur zur Straße um und schaute nach, wo Laine war.

Ein leichter Wind wehte zwischen ihnen über das raue Land, als Cormac sie entdeckte und mit seinem Blick stumm um die Erlaubnis bat, den heiligen Raum der Zuneigung eines kleinen Mädchens zu betreten.

Und obwohl ihr Herz sie anflehte, ihm eine Antwort zu geben, war sie nicht in der Lage, sich zu rühren. Sie vermochte weder zu nicken noch ein Wort zu sagen. Sie konnte nicht einmal lächeln. Denn sie hielt es für richtig, sich nicht einzumischen und ihm die Entscheidung zu überlassen.

Cormac schaute ihr einen Moment in die Augen, dann unterbrach er den Blickkontakt und drehte sich wieder um. Er zog mehrere Schlüssel aus seiner Tasche. Ohne Cassies Hand loszulassen, steckte er einen Schlüssel ins Schloss und schob die Doppeltüren weit auf.

Die Türen ließen sich ohne Probleme öffnen. Nur ein leichter Wind spielte mit den dünnen Vorhängen an den Seitenfenstern. Cormac trat ein und blieb mit dem Rücken zu ihnen stehen. Cassie konnte so lange seine Hand halten, wie sie wollte.

Quinn rief Ellies Namen und bedeutete den beiden, näher zu kommen.

„Nun, es sieht ganz so aus, als dürften wir die heiligen Hallen auch betreten." Ellie hakte sich bei Laine unter und führte sie zur Treppe. „Dann wollen wir mal nachsehen, welche Geheimnisse dieses Schloss birgt."

ELF

23. April 1916
Ashford Manor
County Wicklow

Seit dem Krieg wurde die Mode von gedeckten Farben bestimmt.

Das *Maison Paul Poiret* war früher das Vorzeigehaus der Pariser Mode gewesen, doch die luxuriösen Stoffe und kühnen Muster hätten jetzt frivol gewirkt, da nicht einmal zweihundert Kilometer entfernt Soldaten in Schützengräben starben. Die Farben in Issys Modezeitschriften wurden von Stahlgrau, Dunkelblau und dem erdigen Militärgrün dominiert, die auch in die Garderobe der irischen Frauen Einzug gehalten hatten. Aus diesem Grund hätte es Issy nicht gestört, zum Gottesdienst am Ostermorgen ihr graues Gabardinekostüm zu tragen. Oder den langen, praktischen, königsblauen Rock und die elfenbeinfarbene Bluse, die sie in der vergangenen Saison so gern angehabt hatte. Selbst Schwarz wäre angesichts der Situation angemessen gewesen.

Als ein luxuriöser, rosafarbener Karton von einer Schneiderei in der Temple Street geliefert wurde, stellte Issy zu ihrem Entsetzen fest, dass er an sie adressiert war. Das Kleid hatte einen völlig falschen Stil – es passte überhaupt nicht zu ihr und war alles andere als praktisch. Stufige Lagen von altrosafarbenem Stoff mit Seidenspitze an Mieder und Saum. Den importierten Damenhut von *Lanvin* ließ sie in dem rosa Seidenpapier liegen und nahm ihn gar nicht erst aus der Hutschachtel.

Deprimiert betrachtete sie sich in dem bodentiefen, vergoldeten Spiegel in ihrem Schlafzimmer. Sie sah nur, dass das Kleid viel zu luxuriös war, und stellte ganz praktische Überlegungen an, dass sich der Mechanismus ihrer Kamera höchstwahrscheinlich in den Unmengen an Stoff verheddern würde. Aber da sie das bereits angegriffene Gemüt ihrer Mutter nicht noch weiter strapazieren wollte, hatte Issy dieses Kleid angezogen, ohne sich zu beklagen, auch wenn in ihrem Herzen der Wunsch immer größer wurde, sich auf sinnvollere Weise in die Kriegsanstrengungen einzubringen.

Und in dieser Welt hatten rosa Seidenkleider und Hüte von *Lanvin* keinen Platz.

Seit dem Krieg blieben viele Frauen nicht länger zu Hause, sondern arbeiteten in Büros. Oder als Krankenschwestern in Kriegslazaretten. Sie schufteten genauso wie die Männer in Munitionsfabriken. Einige trugen sogar freiwillig Hosen und flache Kappen. Unionistinnen und Nationalistinnen krempelten gleichermaßen die Ärmel hoch und unterstützten die Kriegsbemühungen. Issy hegte insgeheim den leidenschaftlichen Wunsch, ihrem Beispiel zu folgen.

Die junge Frau stieg in dem zarten rosafarbenen Stoff die Treppe hinunter und betrat das Wohnzimmer. In der Hand hatte sie die Morgenausgabe des *Sunday Independent*, die sie auf dem Schreibtisch in der Bibliothek gefunden hatte. „Vater, hast du das gesehen? Das ist interessant."

„Ah! Hier kommt sie ja!", rief ihre Mutter erfreut, während der Butler die Tür hinter ihr schloss. „Liebste Issy, wir haben eine Überraschung für dich."

Issy ließ die Zeitung so weit sinken, dass sie Rory entdeckte. In einem eleganten Anzug trat er auf sie zu und umarmte sie herzlich. Als er sie wieder losließ, schüttelte er leicht den Kopf. Eine unmissverständliche Aufforderung, ihm keine Fragen über die ICA oder Honor zu stellen. Oder wo er die vergangenen Wochen gewesen war.

„Ich dachte, ich könnte an Ostern nach Hause kommen, Schwesterherz. Und ich habe einen alten Freund mitgebracht.“ Rory bemühte sich hörbar, seiner Stimme einen fröhlichen Klang zu geben.

Ihr Blick fiel auf Levi, der sie von der anderen Seite des Raums mit seinen blauen Augen anlächelte.

„Mr O'Connell.“ Issy schluckte mühsam, erholte sich aber rasch wieder. „Was für eine Überraschung, Sie zu sehen.“

„Guten Tag, Lady Isolde.“ Levi verbeugte sich. Dass er sie mit ihrem Titel ansprach, geschah natürlich nur um ihrer Eltern willen. *„Cásca sásta.“*

Ja, frohe Ostern.

Trotz Levis höflicher Anrede versprühte er seinen ganz besonderen Charme. Er hatte so viel Ähnlichkeit mit Sean, dass Issy sich sehnsüchtig im Wohnzimmer umblickte, weil sie hoffte, er wäre ebenfalls hier. Ihre Mutter verfolgte die Begrüßung mit perfekter Körperhaltung von ihrem blauen Brokatsofa aus, während ihr Vater neben dem Kaminsims stand und ahnungslos lächelte.

Aber Sean war nicht hier.

„Mr O'Connell hat erzählt, dass ihr euch in Dublin getroffen habt?“ Ihre Mutter – die in diesem Moment in ihre Rolle als die erlauchte Lady Mildred Chryn geschlüpft war – hatte die Mischung aus Arroganz und unmissverständlicher Direktheit perfektioniert.

„Ähm, ja, Mama. Das stimmt. Vor einigen Wochen, als ich einkaufen war. Wir sind uns in der Innenstadt zufällig über den Weg gelaufen.“

Das war keine Lüge. Sie war am *St. Patrick's Day* im Fotogeschäft gewesen, um sich einen Film zu kaufen. Dass sie vorher zu *Jack Foley's* gefahren war, um Honor zu besuchen, brauchten ihre Eltern ja nicht zu wissen.

Sie warf einen schnellen Blick auf Levi. Falls er sich bei ihren Worten unwohl fühlte, verbarg er das meisterhaft.

In seinem steifen, schwarzen Nadelstreifenanzug sah er elegant und charismatisch aus. Er tat, als sei es völlig in Ordnung, dass er Issy vor

Wochen seinen Besuch angekündigt hatte, sich bis jetzt aber nicht hatte blicken lassen. Dass er ausgerechnet am Ostersonntag aus heiterem Himmel hier auftauchte, ärgerte sie. Falls er es wagen sollte, sie noch einmal anzulügen, könnte es leicht passieren, dass sie sich vergaß. Besonders wenn er das tat, bevor sie ihn wegen seiner unreifen Sprunghaftigkeit zur Rede stellen konnte.

„Du hättest uns erzählen sollen, dass ihr euch getroffen habt, Tochter." Der Tadel ihres Vaters war wie immer verhalten. „Wir haben Gard vor zwei Tagen einen Brief geschickt und hätten seinen alten Bekannten erwähnen können. Es hätte ihn bestimmt gefreut zu hören, dass einige seiner Freunde aus Kindertagen noch auf der Insel sind. Aber was steht in der Zeitung, über das du mit mir sprechen wolltest? Hoffentlich nichts, das uns an diesem schönen Feiertag beunruhigen könnte. Ich hatte vor, die Zeitung erst nach dem köstlichen Festessen deiner Mutter und dem Pferderennen in *Fairyhouse* zu lesen."

Als plötzlich aller Augen auf sie gerichtet waren, ließ Issy die Zeitung rasch sinken. „Ach, es war nicht so wichtig." Sie trat zurück, als wäre das, was sie gelesen hatte, so bedeutungslos, dass man die Zeitung ins Feuer werfen könnte.

Ihr Vater trat vor und seine Fröhlichkeit verblasste. Die Lippen unter seinem weißen Schnurrbart wurden schmaler. Mit sichtlicher Besorgnis nahm er ihr die Zeitung aus der Hand. „Sag schon. Was gibt es?"

„Es sind doch hoffentlich keine schlimmen Nachrichten, Hugh?" Ihre Mutter verstärkte ihren Griff um die Armlehne des Sofas. Es war für alle deutlich zu sehen, dass sie sich Sorgen um das Wohlergehen ihres ältesten Sohnes machte. „Bitte sag, dass es nichts mit dem Krieg zu tun hat."

„Nein, Mama. Nicht direkt."

Ihr Vater überflog den Artikel und seufzte. Etwas anderes hatte sie auch nicht erwartet. Das Einzige, das ihm am Feiertag die Stimmung verderben konnte, waren die Aktivitäten der *Irish Volunteers* und der

ICA, da seiner Auffassung nach alle guten Iren Englands Kriegsbemühungen unterstützen sollten.

Er reichte Rory die Zeitung. Issy hielt den Atem an, da sie unwillkürlich daran denken musste, dass ihr Bruder in die Sache der Nationalisten verwickelt war. Auch ihre eigenen Sympathien dafür wuchsen immer mehr. Aber ihr Vater hatte von alledem bis jetzt keine Ahnung. Wenn Rory den Artikel las, würde sie ihm sofort ansehen, ob er mit MacNeills Anweisungen einverstanden war. Wenn der Zorn, der Rorys Sympathien für die Sache der Nationalisten schürte, und die unerschütterliche Treue ihres Vaters zur englischen Krone aufeinanderprallten, war ein Eklat zu befürchten.

Die gegensätzlichen Ansichten von Vater und Sohn waren ein Pulverfass, das schon ein kleiner Funke zur Explosion bringen könnte.

„Es ist nichts." Ihr Blick wanderte zwischen den einzelnen Personen im Raum hin und her.

Schweigend überflog Rory den Artikel. Plötzlich funkelten seine Augen. Vermutlich hatte er den entscheidenden Absatz gelesen. Am Vorabend war eine Anordnung des Stabschefs der *Irish Volunteers*, Eóin MacNeill persönlich, an die Presse gegeben worden. Darin sprach dieser die strikte Anweisung aus, dass alles, was für Ostern geplant worden war, abgesagt wurde. Punkt.

„Das kann doch nicht sein!" Rory fluchte leise und las weiter.

„Rory, mein Lieber. Bitte achte auf deine Worte. Heute ist der Tag des Herrn", tadelte ihn seine Mutter mit einem leisen Lachen.

Rorys Hände verkrampften sich um die Zeitung, während er laut las: „‚Alle Befehle, die den *Irish Volunteers* für morgen, Ostersonntag, erteilt wurden, werden hiermit zurückgezogen ... Jeder einzelne Anhänger der *Volunteers* hat diesen Befehl strengstens zu befolgen.' Das kann MacNeill doch nicht machen! Wenn die *Volunteers* keine Präsenz zeigen, sind wir erledigt!"

Levi legte beruhigend eine Hand auf Rorys Arm und flüsterte leise: „Dafür ist jetzt nicht der richtige Zeitpunkt. Wir sollten lieber das köstliche Essen deiner Mutter genießen, findest du nicht? Wir können uns später damit befassen, wenn wir Gelegenheit hatten, uns zu beruhigen."

„Wofür ist jetzt nicht der richtige Zeitpunkt?", fragte ihre Mutter fröhlich und völlig ahnungslos.

„Levi hat recht, Rory", mischte Issy sich ein. Sie bemühte sich, sich so unschuldig wie möglich zu geben, um die Stimmung im Raum zu besänftigen. „Wir sollten Mutters Essen genießen: Lauchsuppe und Lammbraten mit Kohl wie jedes Jahr zu Ostern. Dein Lieblingsessen. Wir können nach dem Essen über dieses kleine Ärgernis sprechen."

„Tut mir leid, Issy, aber das geht nicht." Rory faltete die Zeitung zusammen und ließ die Hände sinken. Dann baute er sich vor seinem Vater auf. „Du wirst sagen, dass es der Kampf der Katholiken ist, Vater. Und für viele mag das so sein. Ich weiß, dass du das nicht hören willst, aber der Zeitpunkt ist gekommen, Irland zu einem freien Land zu machen."

„Was willst du damit sagen, mein Sohn?"

Issy schloss die Augen. Ihr graute vor dem, was jetzt kommen würde.

„Ich bin in die *ICA* eingetreten."

Mutters entsetztes Keuchen hallte von der Decke wider.

Issy öffnete die Augen: Ihre Mutter war vor Schock fast vom Sofa gefallen. Aus ihrem Gesicht war alle Farbe gewichen und sie sank keuchend an die Lehne zurück. Im Gegensatz zu ihr stand ihr Vater steif da, atmete schwer und starrte seinen jüngeren Sohn mit einem eisigen Blick an, den sie noch nie in seinen Augen gesehen hatte. „Das hast du nicht getan."

„Doch." Rory deutete mit dem Kopf auf Levi. „Wir beide sind in die *ICA* eingetreten. Wir haben der *ICA* schon vor Monaten die Treue geschworen, Levi in Brooklyn und ich in Dublin. Aus diesem Grund ist er auch nach Irland zurückgekehrt: um gegen die englischen Unterdrücker zu kämpfen."

Vaters Gesichtszüge wurden hart, und sein Körper spannte sich so sehr an, dass die Knöpfe an seinem weißen Leinenhemd abzuspringen drohten. Ab diesem Augenblick ignorierte er Levi und tat, als wäre dieser überhaupt nicht anwesend.

„Du wagst es, dich gegen dein eigenes Blut zu stellen?"

„Das englische Blut in mir ist tot."

„Wir tragen einen englischen Titel!"

„Das ist der Titel meines *Bruders*. Ich bin Ire. Wenn du wirklich verstehen könntest, worum es geht, würdest du mir keine Vorwürfe machen. Du würdest deine Waffen von den Wänden des Jagdzimmers nehmen und noch heute mit mir nach Dublin ziehen."

„Ich mache dir aber Vorwürfe. Ich weiß, dass du schon vor Wochen den Revolver genommen hast. Das war feige. Du denkst, da dein Bruder für seinen König kämpft, würde mir das nicht auffallen? Oder ich hätte die Gerüchte nicht gehört, dass du gesehen wurdest, wie du in einer grünen Uniform der McGinn-Dirne nachgestiegen bist?"

Rory ballte die Fäuste an den Seiten und trat wütend auf ihn zu. „Nenne sie nicht so. Du weißt nicht, was passiert ist."

„Ich weiß, dass die Gerüchte vor unserer Familie nicht haltmachen und unseren guten Namen in jedem Haus der vornehmen Gesellschaft in den Dreck ziehen. Denkst du denn überhaupt nicht daran, was deine Mutter deshalb alles ertragen muss? Seit Monaten ist dieses Gerücht das beherrschende Thema in Dublin."

„Wenn diese Häuser so vornehm sind, warum erzählen sie dann solche Lügen? Du tust so, als würdest du Honor nicht kennen. War sie nicht noch vor wenigen Wochen Gast in diesem Haus?"

„Ja, aber ich kann nicht zulassen, dass deine Schwester weiterhin Umgang mit *so einer* hat", schaltete sich jetzt ihre Mutter in das Gespräch ein. Ihre schneidende Stimme verriet, dass Honor in diesem Haus nie wieder willkommen wäre. „Issy hat immer noch die Gelegenheit, eine gute Partie zu machen. In eine Familie einzuheiraten, die in der Dubliner Gesellschaft akzeptiert wird. Oder vielleicht sogar in London. Willst du denn ihre Hoffnungen durch eine so schlechte Gesellschaft zunichtemachen?"

„Mama, ich will wirklich nicht –"

„Schweig, Issy. Wir sprechen mit deinem Bruder."

Issy warf einen schnellen Blick auf Rory und dann auf Levi. Was ging den beiden wohl durch den Kopf, wenn ihre Mutter so unverblümt davon sprach, sie zu verheiraten? Der Status der Familie O'Connell war zumindest so annehmbar, dass die O'Connell-Söhne in ihrer Jugend Freunde der Byrne-Brüder hatten sein dürfen, aber als mögliche Heiratskandidaten für Issy kamen sie auf keinen Fall infrage.

In diesem Moment wurde der jungen Frau schmerzhaft bewusst, dass ihre Eltern sie überhaupt nicht kannten. Einerseits waren ihre Sorgen wegen des Krieges gerechtfertigt, andererseits benahmen sie sich, als sollte Issy nichts anderes interessieren als die Farbe und der Schnitt eines neuen Kleides und ihre Tanzkarte beim nächsten Ball. Sie hatten keine Ahnung von Issys jugendlicher Sommerromanze mit Levi, von ihrer wachsenden Zuneigung zu Sean und natürlich auch nicht von ihrem Wunsch, mitzuerleben, dass Irland frei war von der Unterdrückung der Engländer – und dass sie dies durch das Objektiv ihrer Kamera sehen wollte, wohin auch immer sie das führen würde. Ihre Eltern hatten keine Ahnung, wie es in ihren Kindern aussah.

Sie kannten Rory und Issy überhaupt nicht.

Allerdings konnte man ihnen daraus auch keinen Vorwurf machen, da beide Geschwister ihre Geheimnisse gut hüteten.

Issy beobachtete, wie der Earl keinen Millimeter von seinem Standpunkt abwich. Ihr Herz raste wie wild angesichts der Spannungen, die diesen Raum in Brand zu setzen drohten. Unausgesprochene Warnungen. Zorn. Bittere Verachtung. Das alles trat auf beiden Seiten zutage.

„Du beleidigst eine Frau, die sich nichts zuschulden kommen lassen hat", flüsterte Rory viel zu leise. „Und du besudelst deinen eigenen Charakter, wenn du solchen Lügengeschichten Glauben schenkst."

„Du wagst es, von ‚Charakter' zu sprechen, während Gard in den Krieg gezogen ist, um unser Erbe, unser Land, unseren Titel zu verteidigen, weil du nicht dazu in der Lage warst? Du tust nichts anderes, als alles in den Dreck zu ziehen, wofür er steht. Der Erbe von Ashford setzt sein Leben in einem französischen Schützengraben aufs Spiel, während du einem Haufen nichtsnutziger *Fenier* nachläufst."

Issy atmete schwer aus und hielt sich an der Rückenlehne eines Sessels fest, um angesichts der schneidenden Worte ihres Vaters nicht das Gleichgewicht zu verlieren.

Levi richtete sich auf, schwieg jedoch. Aber Rory – leidenschaftlich, unverblümt und direkt wie immer – wich keinen Millimeter von seinem Standpunkt ab. Seine tiefen Überzeugungen ließen ihn zusehends reifen. „Dann soll es so sein?"

„So war es schon immer und so wird es immer sein. Rebellion ist kein Zeichen für Mut. Rebellion ist ein Akt gegen Gott. Und du beleidigst mit diesem Schmutz gerade an einem Tag wie heute deinen Schöpfer. Geh, wenn du gehen musst. Wenn es dein Wunsch ist, dann verlasse dieses Haus. Aber solange ich lebe, wirst du keinen Fuß mehr über diese Schwelle setzen."

Rory nickte und schaute seinen Vater unnachgiebig an.

„Leb wohl, Mutter. Falls du mich brauchst, Issy weiß, wie sie mich erreichen kann."

Ihre Mutter keuchte laut, als Rory sich zur Tür wandte. Er riss diese so schwungvoll auf, dass sie gegen den eisernen Türstopper krachte, dann stürmte er ohne ein weiteres Wort aus dem Raum.

„Ich werde ihm nachgehen, Mama." Issy eilte hinter ihm her und lief durch den Gang zur großen Eingangshalle.

Sie warf einen Blick ins Jagdzimmer, da sie sich erinnerte, dass Rory bei seinem letzten Besuch im Namen der Rache eine Waffe von der Wand genommen hatte. Er plante einen kaltblütigen Mord, und sie wusste, dass er den Abzug drücken würde, wenn sich ihm eine Gelegenheit bot.

Issy holte ihn ein und zog an seinem Ellbogen. „Rory …"

„Ich habe es schon einmal gesagt, Issy: Halte dich da heraus. Du kannst mich nicht umstimmen."

„Das will ich doch gar nicht." Sie schluckte schwer. „Wenn du nach Dublin gehst, werde ich mitkommen."

Rory versuchte gar nicht erst, seinen Schock zu verbergen.

„Nie im Leben, Issy! Glaubst du, ich würde dir erlauben, unsere Eltern allein zu lassen? Sie brauchen dich hier."

„*Du* erlaubst mir nicht, von hier wegzugehen?"

„Ich weiß, dass du eine Freidenkerin bist. Aber hier geht es nicht ums Teetrinken in einem Salon. Hier geht es um einen Aufstand. Und wenn es auch nur annähernd so wird wie das, was Gard in Frankreich erlebt, bedeutet es Maschengewehre und Artilleriefeuer und Tod auf beiden Seiten. Männer, die für die Freiheit kämpfen, müssen bereit sein, dafür zu sterben. Ich bin dazu bereit. Du kannst mir nicht weismachen, dass du nicht beim ersten Blutvergießen in Ohnmacht fällst oder dich verkriechst, sobald die Kugeln über deinen Kopf fliegen."

„Ich werde dir beweisen, dass das nicht stimmt."

Es war zweifellos ein sonderbarer Anblick, als seine Schwester in ihrem zartrosa Kleid erklärte, dass sie bereit sei, in den Krieg zu ziehen. Issy wusste nur, dass in ihrem Herzen genauso tiefe Überzeugungen Wurzeln geschlagen hatten wie bei Rory. Sie wollte mit ihrer Kamera und dem Daumen am Auslöser durch Dublins Straßen gehen.

Über die Konsequenzen würde sie sich später Gedanken machen. Im Moment ging es einfach nur darum, ihrem Herzen zu folgen.

„Du bist mein Bruder, und ich weiß, was in deinem Kopf vorgeht. Du liebst Honor mehr als alles andere." Er wandte den Blick ab. „Eine solche Liebe kann uns auf eine Weise anspornen, die wir vorher nicht für möglich gehalten hätten. Wenn es auf irischem Boden zu einem Kampf kommt und du dich berufen fühlst, in diesen Kampf zu ziehen, dann bin ich das auch. Ich bin volljährig und du kannst mich nicht daran hindern."

„Warum musst du immer so verdammt eigensinnig sein?“

„Lass sie mitkommen, Rory“, unterbrach Levi die angespannte Situation und brachte beide für einen Moment zum Schweigen.

„Du hast hier nichts zu sagen, Levi. Das ist eine Familienangelegenheit.“

„Du hast hier auch nichts zu sagen, Rory“, fauchte die junge Frau ihren Bruder an.

Levi trat in den Lichtschein der Gaslampen. Auf dem Marmorboden unter ihren Füßen zeichneten sich bizarre Linien ab, als ihre Schatten und die an der Wand hängender Geweihe darauf fielen.

Falls Rory ihr keine Antwort geben würde, wusste Issy, dass sie von Levi eine bekäme.

„Wohin geht ihr, Levi?“

Er warf einen schnellen Blick auf Rory und antwortete dann kurz angebunden: „Wir treffen uns heute um halb drei vor der *Liberty Hall*. Eden Quay, North City.“

„Ich bringe dich um, Levi. Falls ihr irgendetwas zustößt …“

„Du hegst viel zu viele Mordgedanken, Rory. Gott bewahre, dass du auch nur einen davon in die Tat umsetzt. Du kannst Issy nicht hier einsperren. Das weißt du genauso gut wie ich. Ihre Kamera wartet regelrecht darauf, eingesetzt zu werden. Issy hat ihre eigenen Gründe, aus denen sie mitkommen möchte. Wer sind wir, dass wir einen Mann – oder eine Frau – daran hindern, nach seinen oder ihren Überzeugungen zu handeln? Wenn sie bei *Cumann na mBan* wäre, wäre das nicht anders. Du hast deine Gründe, dich dem Kampf anzuschließen, und Issy hat ihre. Wenn wir sie daran hindern würden, wäre alles, was wir anstreben, nur eine Lüge.“

Rory musterte sie und runzelte fragend die Stirn.

In diesem Moment wusste Issy, dass sich ihr Herz nicht danach sehnte, ihm nachzulaufen oder für politische Ziele zu kämpfen. Ihr ging es um etwas völlig anderes, das sie sich selbst bis jetzt nicht eingestanden hatte. Rory hatte recht: Dieser Kampf würde kein Gartenfest werden. Der Krieg war real. Und brutal. Und er erschütterte ihre Welt.

War sie bereit, diese Bilder zu sehen?

„Hat Levi recht? Du würdest sowieso nach Dublin gehen?“

Issy ließ alle Sicherheiten hinter sich und nickte.

Nur ein einziges Mal.

„Ich schwöre euch: Wenn ihr mich nicht mitnehmt, werde ich euch spätestens eine Viertelstunde später folgen.“

Da Levi direkt neben ihnen stand, konnte sie ihm jetzt die Gründe nicht erklären. Sie musste ihre Gefühle ordnen – die Gefühle, die dafür gesorgt hatten, dass sie in ihren Jugendjahren so sehr für Levi O'Connell gebrannt hatten, ihre wachsende Liebe zu seinem Bruder, der ihr seine Liebe gestanden und vergebens um ihre Hand angehalten hatte, und ihre Liebe zu den Geschichten, die sie mit ihrer Kamera festhalten wollte und die ihr zum ersten Mal in ihrem Leben das Gefühl gaben, lebendig zu sein.

Falls Gott Irland die Freiheit schenken würde, wollte Issy daran teilhaben.

„Mutter und Vater werden denken, ich hätte dich dazu überredet.“

„Niemals. Ich hinterlasse ihnen eine Nachricht, in der ich meine Gründe erkläre. Und ich werde nicht für immer fortbleiben. Aber für den Fall, dass in Dublin etwas passiert, will ich dabei sein, Rory. Wenn du willst, werde ich zu Honor ins Pub ihres Onkels gehen und bleibe bei ihr in der Sackville Street.“

„Meine Schwester in einem Pub?“

„Ich war schon einmal dort. Wenigstens sind wir dort außer Gefahr. Das ist vielleicht nicht der beste Plan, aber ich muss es tun.“

Rory fuhr mit der Hand durch sein zimtbraunes Haar – eine Geste, die für alle drei Byrne-Geschwister so typisch war, dass Issy manchmal das Gefühl hatte, in den Spiegel zu blicken. Sie schaute Levi an. Der O'Connell-Bruder stand mit den Händen in den Taschen schweigend neben ihnen und wartete auf eine Entscheidung.

Mit einem Seufzen warf Rory einen Blick zur angelehnten Wohnzimmertür.

„Verabschiede dich und hol deine Sachen. Wir warten zehn Minuten. Keine Sekunde länger.“

Issy drückte seine Hand und flüsterte: „Danke.“ Dann stürmte sie eilig die Treppe hinauf in ihr Zimmer.

Sie schlüpfte in ihre Bluse, einen praktischen Rock und in ihre Stiefel mit den abgesägten Absätzen. Dann warf sie schnell einige Habseligkeiten in eine Tasche: ihr Tagebuch, die Bibel, Stifte, um das Belichtungspapier zu beschriften, und ein Taschenmesser, um die Stifte zu spitzen, eine Ersatzbluse, Strümpfe und Unterwäsche und für den Fall, dass es zu einem Aufstand käme, den Lederkoffer und die *Kodak*, mit der sie die Bilder einfangen wollte.

Issy zog die oberste Schublade ihrer Kommode auf, in der sich ihr Schmuck befand, aus dem sie sich nie etwas gemacht hatte. Hinter dem Schmuck, den Schals und Abendhandschuhen hatte sie ihren eigentlichen Schatz versteckt. Sie schob die Hand in die Schublade und tastete den Boden eilig ab. Sie geriet fast in Panik, doch dann berührten ihre Fingerspitzen einen kleinen Karton.

Sie hatte nur noch einen einzigen unbelichteten Film übrig.

Die junge Frau öffnete ihre Kamera und nahm den noch nicht entwickelten Film aus ihrer *Kodak*, auch wenn sie dadurch schöne Landschaftsaufnahmen verlor. Sie legte den neuen Film ein, klappte die Kamera zu und zog den Lederriemen über ihre Schulter.

Eine einzige Filmrolle bedeutete, dass sie nur zehn Bilder fotografieren konnte. Zehn Aufnahmen, um Szenen festzuhalten, die in einer wunderbaren Geburt oder in einem schmerzhaften Tod enden würden.

Irland befand sich wieder im Krieg. Und dieses Mal würde Blut fließen.

ZWÖLF

1. Januar 1798
Ashford Manor
County Wicklow

Wilfrith Ashford, der siebte Earl of Chryn, saß allein vor dem Kamin.

Seit Wochen verbrachte er die meiste Zeit des Tages in seinem einsamen Sessel im Schatten des Porträts seiner Frau. Die schweren Brokatvorhänge waren Tag und Nacht zugezogen. Der Raum lag im Halbdunkeln, aber das Feuer gab genug Licht ab, dass Maeve sein ergrautes Haar und die tiefen Falten auf seiner Stirn sehen konnte. Er sah viel älter aus als seine vierundfünfzig Jahre.

Maeve balancierte das Tablett mit dem Essen auf einer Hand und klopfte an den Türrahmen. Gewöhnlich wandte er sich bei dem leisen Klopfen um, aber dieses Mal beobachtete er weiter den Tanz der Flammen. Er hatte die Beine ausgestreckt und trug hohe Stiefel und seinen Gehrock, obwohl er das Schloss seit Tagen nicht mehr verlassen hatte. Der Mantel war aufgeknöpft und sein Kragen hing schief um seinen Hals.

„Papa?" Die quietschenden Türangeln sangen ein müdes Lied, als sie die Tür weiter aufdrückte und eintrat.

„Maeve." Beim Klang ihrer Stimme drehte er sich leicht zu ihr herum, wandte aber dann den Blick wieder ab. Auf einer Flasche *Jameson* spiegelte sich der flackernde Schein des Feuers. Sie stand auf einem Seitentisch und war fast leer.

„Ich bringe dir etwas zu essen, Papa. Du hast bestimmt Hunger.“ Im goldenen Licht des Kaminfeuers trat sie an seinen Schreibtisch.

„Ich habe gesagt, dass ich nichts will.“

„Du hast gesagt, dass du unser gewohntes Festtagsessen nicht willst. Deshalb habe ich ein bescheidenes Essen mitgebracht, das wir zu zweit essen können. Eine Art Picknick zum Jahresanfang. Wenn du möchtest, könnten wir über das Anwesen sprechen, sozusagen ein Gespräch unter zwei besorgten Gutsverwaltern. Wir könnten über einen neuen Stallmeister sprechen. Und vielleicht über einen neuen Verwalter, da Cian möglicherweise für längere Zeit in England bleibt.“

Der Schreibtisch, hinter dem ihr Vater, ihr Großvater und mehrere Generationen vor ihnen gesessen hatten, strahlte etwas Erhabenes aus, aber er war seit Wochen unbenutzt. Auf der Schreibtischplatte stapelten sich Briefe. Im gesamten Raum waren Bücherstapel gewissermaßen aus dem Boden gewachsen, und die Regale wiesen leere Stellen auf, aus denen die Bücher geholt, aber nie zurückgeräumt worden waren. Papa saß neben dem Regal. Das scharfkantige Kristallglas in einer Hand und das zarte, weiße Tuch – ein Tuch ihrer Mutter, das mit ihrem Lieblingsmuster, Rosenblüten, bestickt war – in der anderen bildeten einen deutlichen Gegensatz.

„Ich habe Mrs Finnegan gesagt, dass sich das Personal die Arbeit sparen kann, im Esszimmer ein Festessen vorzubereiten. Damit sollten wir bis zu Cians Rückkehr warten. Vielleicht könnten wir im Frühling ja einige Pächter zu einem Pflanzfest einladen? Wie wir es früher getan haben.“

Maeve machte auf dem Schreibtisch Platz und schob ungeöffnete Briefe und Stapel eingestaubter Bücher zur Seite, um das Tablett abstellen zu können. „Heute Abend gibt es Mrs Finnegans überbackene Wachteln und Plumpudding. Das ist beides dein Lieblingsessen. Tee. Und …“ Maeve nahm eine rote Birne, ging zu seinem Sessel und kniete nieder, um ihm sanft das Glas aus der Hand zu nehmen, bevor sie ihm die Birne gab. „Schau. Das wird uns aufmuntern.“

Als er das Gewicht der Birne fühlte, schienen die Erinnerungen zurückzukehren. Er senkte den Blick und drehte die dunkelrote Frucht in seiner Hand. „Die *Bon Chrétien*-Birnen."

„Ja, die Ladung mit den ‚guten christlichen Birnen' ist gestern eingetroffen. Dieses Jahr kamen sie ziemlich spät, aber gerade noch rechtzeitig. Wir können sie morgen an die Pächter verteilen."

„Deine Mutter hat sie bestellt, bevor …"

Maeves Traurigkeit schnürte ihr die Kehle zu, als er die Worte nicht aussprechen konnte. Seine Tränen lösten in ihrer Brust einen tiefen Schmerz aus. Aber sie schluckte ihre Trauer mühsam hinunter. Ihre Mutter hatte die Birnen bestellt, bevor sie krank geworden war. Bevor George getötet worden war. Und jetzt konnten sie nicht einmal darüber sprechen. Maeve verbarg ihre Gefühle hinter einem mitfühlenden Lächeln.

„Weil sie wusste, dass es ohne die Birnen kein richtiges Neujahrsfest wäre."

„Nein, das wäre es nicht", flüsterte er und hielt die Birne in seiner schlaffen Hand. Doch wenige Sekunden später verkrampfte er sie. Seine Fingerknöchel drückten fest zu und seine Fingerspitzen zerquetschten die Birnenhaut, als steckten diese in einem Schraubstock.

Maeve beugte sich entsetzt vor und schaute ihn an. Statt sie an seiner Trauer teilhaben zu lassen, presste er die Augen fest zu. „Bring sie weg!"

„Aber du hast sie doch immer geliebt. Ich dachte, die Erinnerungen würden uns helfen. Mutter wollte, dass die Pächter wie üblich Birnen bekommen. Um ein weiteres neues Jahr auf Ashford einzuläuten. Vielleicht heilen dann die Wunden ein wenig."

Er schüttelte den Kopf und schob ihr mit weiß vortretenden Handknöcheln die Birne hin.

Maeve nahm sie. Ihre Fingerspitzen strichen sanft über die Kerben, die seine Fingernägel ins Fruchtfleisch gegraben hatten.

„Ich habe gesagt, dass du sie wegbringen sollst. *Alle!*"

„Aber im Lagerhaus stehen mehrere Kisten mit Birnen. Es sind die letzten Birnen der Saison. Wir können sie nicht einfach wegwerfen. Papa, die Pächter erwarten, dass wir sie einbeziehen, wie wir es immer getan haben. Das ist die Aufgabe des Gutsherrn."

Noch während sie das sagte, fragte Maeve sich, wer eigentlich der Gutsherr war. Ashford war schon eine ganze Weile ohne Oberhaupt.

„Hast du mich nicht gehört, Mädchen?" Er schlug mit der Handfläche so kräftig auf die lederne Armlehne, dass sie zusammenzuckte. „Diese Birnen landen im Feuer oder verfaulen auf dem Misthaufen, aber sie verschwinden. Sofort."

Maeve trat zurück, während er seinen verkrampften Griff um das Tuch verstärkte. Er strich mit dem Daumen über die Rosenblüten und hinterließ auf dem zarten Stoff Flecken von Birnensaft.

„Dann iss wenigstens etwas. Bitte."

„Geh!", befahl er mit rauer Stimme. „Und nimm das Tablett mit!"

Ihre Mutter schien sie aus ihrem Porträt anzublicken. Die Szene zu beobachten. Mitleid zu haben.

Maeve wünschte sich still, ihre Mutter wäre hier und könnte ihr helfen. Aber sie sah nur einen Engel in einem himmelblauen Seidenkleid mit einem Korb leuchtend gelber Ginsterblüten – Irlands *Aiteanns* – in der Hand. Maeve befürchtete, dass dieses Bild eines Tages auch verschwunden wäre. Dass eine weitere Erinnerung aus ihrem Leben herausgeschnitten würde.

Lord Chryn würde Ashford Manor beschneiden und aushöhlen, bis nichts mehr übrig wäre.

„Natürlich. Wenn es dein Wunsch ist, werde ich gehen." Maeve gefiel der schroffe Klang ihrer Stimme nicht, aber sie würde nicht betteln.

Vielleicht würde sie es morgen wieder versuchen. Und übermorgen. Jeden Tag, bis Cian zurückkam. Aber mit Betteln erreichte man nichts, Betteln machte einen Menschen nur schwach. Und wenn man schwach war, konnte man nicht in die Stiefel von Männern schlüpfen.

Wenn es nötig sein sollte, würde Maeve diese Stiefel anziehen, selbst wenn es nur für eine gewisse Zeit war.

Einige Entscheidungen konnten nicht länger aufgeschoben werden.

Sie nahm das Tablett und ließ die Berge von Briefen und die Bücherstapel liegen, wo sie weiter einstauben konnten. „Gute Nacht, Papa."

Maeve schritt durch den Flur und balancierte das Tablett so, dass die Birnen nicht über die Kante rollten. Aber statt in die Küche zu gehen, wie ihr Vater befohlen hatte, blieb sie an der Treppe stehen.

Ihr kam eine Idee. Ein winziger Hoffnungsfunke glomm in ihrem Herzen auf.

Sie musste Cian einen Brief nach England schicken. Ihr Bruder musste von der Niedergeschlagenheit ihres Vaters erfahren. Aber bis der Brief auf ihren Ländereien in England ankäme, würde einige Zeit vergehen – falls er überhaupt ankam.

So lange konnte sie nicht warten. Auf Ashford musste jetzt etwas geschehen.

Die polierte Wendeltreppe führte nach oben zum Flur im zweiten Stockwerk und einem Flügel des Herrenhauses, der seit längerer Zeit nicht mehr benutzt wurde. Maeve blickte zum oberen Stockwerk hinauf und dann wieder zu den Birnen auf ihrem Tablett. Die Birnen waren ein traditionelles Friedenssymbol.

Wenn Ashford Manor überleben sollte, blieb ihr nichts anderes übrig, als ihr Vertrauen auf den einzigen Verbündeten zu setzen, der ihr geblieben war.

Während der Earl of Chryn zerbrach und seinen Schmerz mit Alkohol betäubte, war Eoin das genaue Gegenteil.

Während er wie der Mann zwei Stockwerke tiefer in einem Sessel vor dem Kamin saß, stand die Karaffe, mit deren Inhalt sie seine Wunde gereinigt hatten, unberührt auf der Kommode. Er hatte sein dunkles Haar im Nacken zusammengebunden und war sauber rasiert. Er trug ein Hemd und eine marineblaue Weste von Cian und hatte seine Stiefel angezogen, als wollte er jeden Moment aufbrechen, obwohl er nirgendwohin gehen konnte.

Er las im Licht einer einzelnen Kerze, die auf dem Beistelltisch brannte.

„Milady." Eoin nahm seine Stiefel vom Fußschemel, erhob sich und klappte das Buch zu. „Ich hatte Sie nicht erwartet."

Maeve schloss langsam und vorsichtig die Tür hinter sich, damit die alten Türangeln kein Geräusch von sich gaben, das man in den unteren Stockwerken hören könnte. „Geht es Ihnen wieder gut?"

„Ja. Es geht mir schon deutlich besser. Danke."

Ihr Blick wanderte zum Kamin. „Sie haben kein Feuer angemacht?"

„Ich wollte nicht das Risiko eingehen, dass Rauch aus dem Kamin aufsteigt. Das wäre vom Glen aus viel zu leicht zu sehen."

„Aber Sie können doch nicht hier oben in einem eiskalten Zimmer sitzen. Das ist unmenschlich."

Er trat an den Kaminsims. „Habe ich eine andere Wahl?"

Erst jetzt bemerkte Maeve die Bücher, die auf dem Kaminsims aufgereiht standen. Offenbar konnte er lesen und beherrschte auch Latein und Griechisch. Bücher über Wirtschaft und Landwirtschaft waren ebenfalls darunter. Stapelweise Romane. Shakespeare. Sie entdeckte sogar ein oder zwei Bücher mit deutschen Gedichten. Sie sprach ihn nicht darauf an, obwohl sie das gern getan hätte. Selbst wenn er kein Adeliger war, war er augenscheinlich gebildet. Nur ein vermögender Mann konnte eine solche Bildung besitzen.

Eoin stellte das Buch ans Ende der Reihe und drehte sich dann zu ihr herum. Sie konnte das Buch in der Dunkelheit nicht erkennen. Worin hatte er gerade gelesen?

„Ich würde sagen, dass Sie sehr wohl eine Wahl haben. Da Ó Flanagáin fort ist, dürfte die Gefahr vorüber sein." Maeve stellte das

Tablett auf die Kommode, blieb aber neben der Tür stehen. „Deshalb möchte ich Ihnen einen Vorschlag unterbreiten.“

„Einen Vorschlag?“

„Ich plane, Mr O’Malley zum Stallmeister zu befördern. Als oberster Stallknecht dürfte er für diese Aufgabe ausreichend qualifiziert sein. Aber da mein Bruder fort ist, ist es dringlicher, die Stelle des Gutsverwalters zu besetzen. Der Verwalter würde zusammen mit mir die täglichen Abläufe auf dem Anwesen überwachen und leiten. Falls Sie meine Fragen zu den Geschehnissen am Abend vor Weihnachten zu meiner Zufriedenheit beantworten, würde ich Ihnen diese Stelle gern anbieten.“

Er zuckte fast unmerklich zusammen und seine Mundwinkel zogen sich zu einem leichten Lächeln nach oben. Schmeichelte dieser Vorschlag seiner Arroganz? Das war Maeve gleichgültig. Sie waren beide an jenem Tag im Stall gewesen und wussten, was passiert war.

„Ich habe gesehen, dass Sie sich mit dem letzten Stallmeister am liebsten duelliert hätten. Bedeutet das, dass Sie auch mit einer geladenen Pistole vor mir stehen, wenn ich etwas falsch mache? Es könnte sein, dass mir solche Arbeitsbedingungen zu gefährlich sind.“

Sie räusperte sich.

Ernst bleiben. Und auf keinen Fall Vertraulichkeiten zulassen.

„Seien Sie versichert, dass Ihnen von mir keine Gefahr droht. Ich zahle einen fairen Lohn, und Sie können im Stallmeister-Cottage wohnen, da O’Malley bereits als Pächter auf einer nahegelegenen Farm wohnt. Wenn Sie wollen, können Sie schon heute Abend in das Cottage einziehen. Dort gibt es Feuerholz und das Haus steht leer. Ihre Stelle umfasst verschiedene Aufgaben auf dem Anwesen, außerdem hätten Sie die Aufsicht über den Stallmeister und die Stallknechte. Natürlich nur, wenn Sie bereit sind, von einer Frau Anweisungen entgegenzunehmen.“

„Und diese Frau wären Sie?“

„Ganz bestimmt nicht Mrs Finnegan, worüber Sie bestimmt

erleichtert sind." Sie bemühte sich, nicht zu lächeln, als sie hinzufügte: „Wenigstens brauchen Sie sich dann keine Sorgen mehr zu machen, dass Ihre Mahlzeiten mit Arsen gewürzt sein könnten."

„Das ist tatsächlich eine Erleichterung. Aber eigentlich wollen Sie damit doch sagen, dass Sie mich um meine Hilfe bitten."

„Ich biete Ihnen lediglich eine Anstellung an, Mr O'Byrne. Mir fehlt die Zeit, einen Mann zu suchen, der in die Fußstapfen meines Bruders treten kann. Es sei denn, Sie haben eine Familie oder ... jemand wartet jenseits der Graftschaft auf Sie und kann es nicht erwarten, dass Sie zurückkommen."

Er tat die Frage, ob eine Frau oder jemand anderer auf ihn wartete, mit einem Achselzucken ab. „Ich habe Verwandte in Belfast."

„Kommen Sie aus Belfast?"

„Und aus einigen anderen Orten. Aber auf mich wartet niemand. Wenigstens im Moment nicht."

Dass er keine Familie hatte, weckte ein gewisses Mitgefühl in ihr. Maeve wusste aus eigener Erfahrung, dass der Verlust von nahen Angehörigen eine schwere Last war. Doch trotz des Mitgefühls konnte sie ihm nur das anbieten, was ein Gutsherr anbieten konnte. Keine Freundschaft, nur harte Arbeit gegen einen fairen Lohn.

„Mrs Finnegan sagt, dass Sie gesund genug sind, um weiterzuziehen. Sie könnten mein Angebot also annehmen. Aber wenn Sie dieses Anwesen lieber verlassen möchten, steht Ihnen das selbstverständlich frei. Ich warne Sie jedoch: Ich werde die Burgruine höchstpersönlich im Auge behalten. Jeder neuerliche Versuch, in meiner Bucht mit Schmugglerware anzulegen, wird streng bestraft. Ich bin vielleicht gnädig, Sir, aber nur ein einziges Mal. Ein zweites Mal bleibe ich hart, schließlich habe ich inzwischen gelernt, eine Duellpistole zu laden."

„Das sollte ich mir lieber merken. Haben Sie mir etwas zu essen gebracht, um mich zu überreden?" Sein Blick wanderte zur Kommode, dann trat er näher und hob den silbernen Deckel vom Teller hoch. „Ein verlockender Bestechungsversuch. Williamsbirnen."

„Ja, das sind Williams Christbirnen." Maeves Stimmung hellte sich spürbar auf. „Vom Anwesen meiner Mutter in Berkshire. Sie hat sie jedes Jahr nach Ashford liefern lassen."

„Die Birnen werden nicht hier angebaut?"

„Das haben wir meines Wissens nie in Erwägung gezogen, nein." Maeve warf die Schultern zurück und verschränkte die Arme vor dem schlichten Mieder ihres Trauerkleides. „Aber das spielt keine Rolle. Wenn Sie meine Fragen nicht zu meiner Zufriedenheit beantworten, brauchen Sie sich darüber keine Gedanken zu machen. Dann können Sie einfach Ihres Weges gehen."

Er legte den Deckel wieder auf den Teller. „Ich habe versprochen, Ihre Fragen zu beantworten, Milady."

„Warum waren Sie am Heiligen Abend auf diesem Anwesen?" Maeve setzte ihren strengsten, finstersten Blick auf, aber insgeheim quälten sie große Sorgen. Gleichzeitig keimte eine gewisse Hoffnung in ihr auf. Sie brauchte einen Menschen, dem sie vertrauen konnte. Könnte er dieser Mensch sein?

„An jenem Abend fand in der Eckklause eines Pubs in Dublin – dem *Foley's* – ein Treffen der *United Irishmen* statt. Wir beschlossen, französische Waffen in eine Bucht im County Wicklow zu schmuggeln, die in der Nähe von Dublin liegt. Und der nächstgelegene Punkt war zufällig Ihre Burgruine. Ich sollte mich mit dem Anführer der Gruppe vor Ort – Ihrem früheren Stallmeister – treffen, um die Waffen von ihm in Empfang zu nehmen und sie dann zu einer Gruppe zu bringen, die in den Bergen wartete."

„Und was war der Zweck dieser Aktivität?"

Er erwiderte ihren Blick und stand dabei so dicht vor ihr, dass sie sich nicht ganz wohlfühlte.

„Einen Aufstand gegen die englischen Unterdrücker zu organisieren, Milady."

„Verstehe." Maeve wich ein wenig zurück und ihr Magen zog sich besorgt zusammen. „Und gehören Sie zu … diesen *United Irishmen*?"

„Ja."

„Aber wie ist das möglich? Wurde diese Vereinigung nicht vom englischen König geächtet?"

„Weil wir uns von der brutalen Unterdrückung durch die Strafgesetze in diesem Land befreien und für jeden Mann und jede Frau auf diesem Boden eine unabhängige Irische Republik errichten wollen! Und weil wir verhindern wollen, dass noch mehr unschuldiges katholisches Blut unter den Händen von englischen Soldaten und ihren protestantischen Schergen vergossen wird, die Kirchen, in denen sich die Gläubigen aufhalten, in Brand setzen, Bauernhöfe niederbrennen und Dörfer dem Erdboden gleichmachen! Ja, wenn das ein Beweis für unsere Gesetzlosigkeit ist, sind wir Gesetzlose. Bis zu unserem letzten Atemzug, so wahr uns Gott helfe."

Bei diesen Worten zuckte Maeve leicht zusammen.

Ihr Vater und ihr Bruder hatten die *United Irishmen* als blutrünstige Rebellen beschrieben, die in ihrem Zorn gegen die Krone die Güter unschuldiger englischer Landbesitzer überfielen. Nicht als leidenschaftliche Revolutionäre, die für das Leben unschuldiger Menschen wie die Pächter auf ihrem Land und die Familien im Dorf eintraten, die ihr ans Herz gewachsen waren.

Seine Worte klangen wahr. Seine Haltung klang viel weniger wie ein Irrtum als die ihres Vaters und ihres Bruders.

„Was ist dann passiert? Wie kam es dazu, dass Sie mit einer Musketenkugel in der Seite auf dem Feld lagen?"

„Ich erfuhr von einem Komplott und einem Plan, die englischen Soldaten von den französischen Schiffen abzulenken, die hier anlegen würden. Der Plan sah vor, Ashford Manor in Brand zu setzen und alle Anglo-Iren auf diesem Anwesen zu ermorden. Und Ihr Stallmeister hatte den Auftrag, dieses Ablenkungsmanöver auszuführen."

Eoin enthüllte ihr die brutale Wahrheit. Er stand vor ihr, sein Brustkorb hob und senkte sich bei jedem Atemzug, und sein offener Blick verriet ihr, dass er sie nicht anlog.

„Leary? Das hätte er nie getan. Er hätte er nicht gekonnt."

„Oh, doch, er hätte es gekonnt, Milady. Das versichere ich Ihnen. Und er hätte es getan, ohne mit der Wimper zu zucken. Ich hatte mich nur bereit erklärt, mich darum zu kümmern, dass Waffen an Land gebracht werden. Aber ich wollte nicht, dass die Gutsbesitzer getötet werden. Nach dem Treffen kam ich direkt zu Ihrem Stall, um mit Ihrem Stallknecht, O'Malley, zu sprechen. Ich habe ihn zum Haus geschickt, um die Bewohner zu warnen. Ich blieb währenddessen zurück, um Ó Flannagáin auszuschalten. Er hatte King freigelassen, da er genau wusste, dass er das wertvollste Pferd im Stall ist und ich an den Galgen käme, wenn man mich fassen würde. Er hatte jedoch nicht erwartet, dass ich Kings Beeinträchtigung bemerken und ihn damit überrumpeln würde." Eoin legte eine Hand an seine schmerzenden Rippen. „Allerdings sah ich die Muskete, die er in der Sattelkammer im Regal versteckt hatte, zu spät, obwohl ich ihm selbst auch einen Schlag verpassen konnte."

„Und was war mit der Laterne in der Burgruine? Schließlich habe ich da Ihr Signallicht gelöscht."

„Ja. Da dort keine Laterne brannte, wussten die Männer auf dem Schiff, dass sie hier nicht an Land gehen durften, sondern in der nächsten Bucht weiter unten an der Küste ankern mussten. In Arklow."

„Und ging die Ladung dort an Land?"

Ein Lächeln umspielte seine Mundwinkel. „Das weiß ich leider nicht, Milady, da ich seither in diesem Turm eingesperrt bin."

„Sie scherzen, haben aber Ihr Leben riskiert, um unseres zu retten?"

„Das würde ich nicht sagen. Es war einfach Pech. Und ich kannte Sie nicht." Dann flüsterte er: „Aber jetzt kenne ich Sie, und ich muss sagen: Eine Musketenkugel ist ein kleiner Preis, um Ihnen meine Dankbarkeit für das zu zeigen, was Sie für mich getan haben."

Noch nie hatte jemand Maeve so sehr als Ebenbürtige behandelt und ihr so ehrlich und offen die Wahrheit gesagt. Ihr bisheriges Leben war vor der Realität abgeschirmt gewesen, mit der gewöhnliche

Menschen Tag für Tag konfrontiert wurden. Sie hatte sich erst im vergangenen Jahr mit den Pächterfamilien auf ihrem Land angefreundet. Jetzt stand sie vor ihrer wichtigsten Entscheidung und erkannte gleichzeitig, was sie am meisten brauchte. Ihr Bauchgefühl sagte ihr, dass sie Eoin O'Byrne vertrauen konnte.

Er vertrat zwar rebellische Überzeugungen, aber er war kein Mörder. Das zählte mehr als alles andere.

Maeve nickte kurz. „Werden Sie meine Befehle auch nicht infrage stellen, wenn Sie bei uns bleiben?"

„Nein." Seine Worte klangen ein wenig überrascht.

„Und Sie schwören, dass Sie auf diesem Anwesen sowohl auf Gewalt als auch auf Alkohol verzichten?"

Eoin sah aus, als wollte er gegen die Andeutung, er würde trinken, vehement protestieren – was er bereits entschieden abgestritten hatte –, und sie hob beschwichtigend die Hand. „Ich weiß, dass Sie nicht trinken, aber ich muss es trotzdem ausdrücklich klarstellen. Keine Gewalt. Kein Alkohol. Und keine Rebellion. Sonst übergebe ich Sie persönlich den Soldaten."

Er räusperte sich lauter als nötig, um zu zeigen, dass dies ein Streitpunkt sein könnte. „Einverstanden. Keine Gewalt, kein Alkohol. Und ich werde immer ehrlich zu Ihnen sein."

„Gut. Dann sind wir uns einig." Als sie diese Entscheidung getroffen hatte, nahm sie einen Teller, eine Stoffserviette und eine Silbergabel vom Tablett und hielt ihm diese hin. „Können Sie fahren, Mr O'Byrne?"

„Fahren, Milady?" Er trat vor und nahm ihr die Sachen aus der Hand.

„Ja, einen vollbeladenen Wagen über holprige Dorfstraßen. Denken Sie, das könnte Ihnen wegen Ihrer Verletzung Schmerzen bereiten? Ich will nicht, dass Sie noch mehr darunter leiden als nötig."

„Ich denke, ich kann fahren, Milady."

„Gut."

Sie wandte sich zum Gehen. Eoin trat einen halben Schritt vor und schaute sie fragend an. Sein Blick verriet, dass er sie falsch verstanden und gedacht hatte, sie hätte die Absicht, zu bleiben und gemeinsam mit ihm das Neujahrsessen einzunehmen. Es schien nicht oft vorzukommen, dass er das Handeln oder die Absichten seines Gegenübers falsch deutete.

Eine Birne als Friedensangebot war im Moment alles, was Maeve ihm bieten konnte.

Sie nahm die unversehrte Birne und hielt sie ihm hin. Eoin trat vor und nahm sie. Dabei streiften seine Fingerspitzen ihre Hand.

„Morgen bei Sonnenaufgang brechen wir auf." Maeve nickte zum Abschied, hielt dann aber noch einmal inne und nahm die zweite Birne vom Tablett. Mit der Birne in der Hand öffnete sie die Tür. „Es wird Zeit, dass Sie das Dorf kennenlernen. Besser gesagt, dass das Dorf Sie kennenlernt."

DREIZEHN

GEGENWART
ASHFORD MANOR
COUNTY WICKLOW

Ashford Manor war wie eine Zeitkapsel, die man in einer irischen Landschaft verborgen hatte.

Laine folgte Ellie durch die offenen Eingangstüren in eine Welt, die sie bis jetzt nur aus Jane-Austen-Verfilmungen kannte. Eine großzügige Eingangshalle mit einer hohen Gewölbedecke, Fenster, die so hoch hinaufreichten, dass man das Gefühl hatte, der Irischen See ganz nah zu sein, und Möbel aus kunstvoll geschnitztem Holz mit edlen Brokatbezügen. Sie verfiel auf Anhieb dem Reiz dieses jahrhundertealten Schlosses.

Cassie spähte bereits um die Türrahmen in einige Zimmer und lugte in die Ecken. Sie hatte Cormac losgelassen und lief jetzt auf Laine zu, ergriff deren Hand und hielt sie fest. Eine Frau Mitte fünfzig mit einer zierlichen Figur, einem blonden Kurzhaarschnitt und einem zögerlichen Lächeln blickte auf, als ihre Schatten das Sonnenlicht verdeckten, das durch die offenen Eingangstüren in die Halle schien.

„Willkommen auf Ashford Manor", begrüßte Cormac Laine und Ellie in der Halle. „Das ist Deborah Rooney. Sie ist Historikerin und wohnt hier im Haus."

„Studierte Haushälterin trifft es wohl eher." Deborah tat seine

Bemerkung mit einer lässigen Handbewegung ab. „Aber ich kann Ihnen nach allem, was mir Miss Dolly erzählt hat, einiges über die Geschichte dieses Hauses sagen."

„Leider hat auch Deborah keine Ahnung, warum Miss Dolly ausgerechnet uns als ihre Erben ausgewählt hat", bemerkte Cormac. „Abgesehen davon, dass sie Stammgast in *Foley's Pub* war."

„Miss Dolly war eine Eigenbrötlerin. Sie hatte nicht viele Bekannte, aber sie nahm die Rolle als Verwalterin dieses Schlosses ebenso ernst wie ihre Vorgänger. Ihren Worten zufolge reicht die Geschichte des Gemäuers bis zum ersten großen Aufstand von 1798 zurück. Damals gab es einen Anführer, der unter dem Namen ‚Der O'Byrne' bekannt war. Dieser O'Byrne forderte durch die Übernahme die englischen Unterdrücker heraus, als in der Gegend ein gewalttätiger Aufstand wütete. Beim Osteraufstand 1916 gab es erneut Verbindungen zu einem Familienmitglied, das sich der *ICA* anschloss. Aber zu diesem Zeitpunkt hatte man das O' längst weggelassen und die Familie nannte sich nur noch Byrne, auch wenn sie weiterhin einen Titel trug. Danach lag das Anwesen brach."

„Was ist die *ICA*?", wollte Laine wissen.

„*ICA* ist die Abkürzung für *Irish Citizen Army*, Irische Bürgerarmee. Diese Organisation kämpfte dafür, dass Irland zu einer freien Republik wurde." Deborah führte sie aus der Eingangshalle in einen großen Raum mit Kassettendecke und einer eindrucksvollen Sammlung von Jagdgewehren und Jagdtrophäen an den Wänden. „Passen Sie auf, wohin Sie treten. In diesem Flügel gibt es keinen Strom."

„Verraten Sie ihnen bitte den Grund, warum es hier keinen Strom gibt", mischte sich Cormac mit einem Lächeln ein, das verriet, dass ihn die Antwort faszinierte.

„Miss Dolly war Puristin. Das kann man hier überall deutlich sehen. Sie hat nur die Wohnung im hinteren Teil modernisiert, lediglich die Zimmer, in denen sie wohnte. Den Rest des Schlosses hat sie in seinem ursprünglichen Zustand belassen. Wir befinden uns hier im

Jagdzimmer. Von der Decke hängen immer noch Gaslampen. Es heißt, dass die Byrnes leidenschaftliche Jäger waren. Ich kenne nicht alle Geschichten und weiß nur, dass man in den Hügeln am Fuße der Berge früher sehr viel Rotwild finden konnte." Sie deutete zu den zwei riesigen Hirschgeweihen über dem Kamin. „Das ist die einzige Hirschart, die wir in Irland haben. Hier im County Wicklow sind sie ausgerottet. Im *Killarney*-Nationalpark im Westen gibt es noch einige Tiere, die aber unter Naturschutz stehen."

Ellie drückte Laines Arm und flüsterte ihr mit einem breiten Lächeln zu: „Findest du nicht, dass wir in unserem Schloss auch ein Jagdzimmer brauchen? Als Erinnerung an den Jäger bei *Schneewittchen*?"

„Äh, nein. Woher bekommt man denn tote Tierköpfe, um sie dekorativ aufzuhängen, wenn man sie nicht zufällig erbt? Ich finde das ein wenig gruselig." Laine biss sich auf die Unterlippe, um nicht laut zu lachen.

Quinn hatte ja keine Ahnung, worauf er sich eingelassen hatte! Seine Frau war nicht zu bremsen, wenn es darum ging, einen alten Prachtbau zu renovieren und ein richtiges Märchenschloss daraus zu machen. Ihm standen noch einige Überraschungen bevor. Wenn Ellie glaubte, dass ihr Schloss ein Jagdzimmer bräuchte, damit es authentisch war, würde er, ehe er sich versah, bei Onlineauktionen auf Hirschgeweihe bieten.

Ihre kleine Führung führte sie weiter in die Bibliothek. Durch hohe Erkerfenster strömte das Sonnenlicht ungehindert ins Zimmer und schien auf riesige Bücherregale, die vom Boden bis zur Decke reichten. Abgenutzte und abgegriffene Buchrücken füllten die Regale, und in einer Ecke lehnte eine altmodische, schmiedeeiserne Rollleiter. Laine fühlte sich plötzlich selbst wie in einem Märchen.

Ellie hat recht: Wenn ich nicht aufpasse, verliebe ich mich tatsächlich noch in dieses Schloss.

„Das ist die offizielle Bibliothek mit den Erkerfenstern, die von der Vorderseite des Hauses zu sehen sind. Das, was von den Ställen erhalten ist, befindet sich dort unten in der Senke, die zum Glen hinabführt." Deborah öffnete die Doppeltüren. „Diese Türen verbinden die Bibliothek mit einem Raum, durch dessen Fenster man die Ruine von Castle Chryn sehen kann."

Während Laine Cassie durch die Bibliothek führte, atmete sie tief ein. Versteckt und vergessen befand sich hinter der Bibliothek ein faszinierender Raum: polierter Holzfußboden, hohe Kassettendecke mit einem Kristallkronleuchter, in dem sich das Sonnenlicht brach und im gesamten Zimmer verteilt wurde, sowie ein makelloser *Steinway*-Flügel aus Rosenholz, der vor einer Fensterfront stand, die vom Boden bis zur Decke reichte.

„Das ist das Musikzimmer."

Laine atmete hörbar aus und ihr Herz überschlug sich fast.

„Oder besser gesagt, *eines* der Musikzimmer."

Cormac trat mit einem geheimnisvollen Lächeln neben Deborah. „Erzählen Sie uns bitte, was es mit den Klavieren auf sich hat."

„Das ist hier auf Ashford eine Besonderheit: Wir haben im Haus sechs Klaviere gefunden. Aber es wurde nie Inventur gemacht, da Miss Dolly niemanden ins Haus ließ. Nicht einmal die Historiker vom *Irischen Nationalmuseum*. Bei einer zurückgezogen lebenden Erbin, die die Türen zu Räumen verschlossen hielt, die voller Geschichte stecken, lässt sich nicht sagen, was hier noch alles zu finden ist."

Ellie warf Laine einen aufgeregten Blick zu und hielt sechs Finger hoch, als wollte sie sagen: *Wir brauchen auch sechs Klaviere, oder?*

Als Laine Quinns besorgte Miene sah, bekam sie Mitleid mit ihm und schüttelte zu dieser Idee vehement den Kopf.

„Cormac hat noch nicht alles gesehen, aber Miss Dolly hat zwei Klaviere im ersten Stockwerk hinterlassen. Eines steht in einem Wohnzimmer, das andere in einem privaten Schlafzimmer. Dazu kommt ein Pianino in einem früheren Dienstbotenraum im Untergeschoss. Ein Klavier steht im Salon, aber es ist kaputt. Ein weiteres befindet sich in einem kleineren Wohnzimmer hier im Erdgeschoss, und dann gibt es natürlich noch den Konzertflügel in diesem Musikzimmer. Sie hat von einem siebten Klavier erzählt, aber es ging wohl irgendwann verloren. Diese Gemäuer scheinen früher einmal von Musik erfüllt gewesen zu sein."

„Warum so viele?" Laine trat ein und strich mit den Fingerspitzen über die Klaviaturklappe des *Steinways*. „Hat ein Komponist oder Musiker in diesem Haus gelebt?"

Cormac trat neben sie an den Flügel und erklärte: „Darüber können wir nichts finden. Ich habe nachgeforscht: Ashford Manor hat Ähnlichkeit mit einem französischen Schloss an der Somme, das *Château de Pont-Rémy*. In dem verlassenen Schloss wurden mehrere Klaviere gefunden, und niemand weiß, warum sie dort waren. Von dem Schloss ist jetzt nicht mehr viel übrig, aber man erzählt sich nach wie vor Geschichten über das Schloss, genauso wie hier."

„Aber hier wurden alle Geschichten unter Verschluss gehalten. Miss Dolly hat niemanden ins Haus gelassen. Deshalb ist vieles nach wie vor ein Rätsel. Das bedeutet, die neuen Eigentümer, die Herren Foley", Deborah deutete mit dem Kopf auf Cormac, „haben einige Arbeit vor sich."

„Sie sagten, dass es einen Salon gibt. Können wir ihn sehen?", fragte Ellie und schlenderte mit Deborah wieder in die Bibliothek zurück. „Wir restaurieren gerade selbst ein Château und ich würde mir gern einige Anregungen holen ..."

„Oh, nein!", seufzte Quinn und wurde ganz grün im Gesicht. „Auf keinen Fall."

In Ellies Gesicht war zum ersten Mal seit längerer Zeit Begeisterung aufgeflackert. Auch wenn Quinn meist sehr zurückhaltend wirkte, schien er dieses Aufflackern in Euros umzurechnen, während er den beiden Frauen durch die Bibliothek zurück in den Flur folgte.

Laine strich mit den Fingerspitzen über das Notenpult des *Steinways*. Die fließenden Schnitzarbeiten in dem Rosenholz, die Birnen und Blätter, die sich ineinander verflochten, bildeten ein filigranes

Muster, das sie nie zuvor gesehen hatte. Cormac stand einige Schritte entfernt. Er hatte die Hände in den Taschen seiner Jeans vergraben und sah in dem Raum genauso verloren aus, wie sie sich fühlte. Cassie hüpfte unbeschwert auf die Klavierbank und fühlte sich in diesem fremden, geheimnisvollen Schloss sichtlich wie zu Hause.

Laine blickte den Schatten nach, die sich durch das Jagdzimmer entfernten, bevor sie sich Cormac zuwandte und flüsterte: „Meinst du, das ist in Ordnung?“

„Wenn sie sich auf die Bank setzt?“ Er beugte sich vor und flüsterte zurück: „Ja, da uns das Haus gehört, denke ich, ist das in Ordnung.“

Das Lachen tat so gut.

„Das hatte ich einen Moment lang ganz vergessen: Das Haus gehört ja dir oder vielmehr Jack. Was sagt er dazu? Wenn er fest entschlossen ist, alles zu versteigern, würde ich sagen, dass dieser Flügel ein gutes erstes Versteigerungsobjekt wäre.“

„Er hat es nie gesehen.“

„Das Musikzimmer mit dem Flügel?“

Cormac zuckte die Achseln. „Das Schloss.“ Er sagte das ganz sachlich und nüchtern. Als wären für Jack ein altes Schloss und die Dinge, die sich darin befanden, nichts weiter als Überbleibsel aus der Vergangenheit, die in einer modernen Welt keinen Platz hatten.

„Ich kann nicht glauben, dass jemand ein solches Anwesen besitzt und es sich nicht einmal ansehen will.“ Laine schlenderte durch den Raum und betrachtete die pfauenblauen Wände, die an die weißen Vertäfelungen stießen und an die Verzierungen, die sich zu den Kassetten an der Decke hinzogen. Der Kronleuchter funkelte, da sich darin die Sonnenstrahlen fingen, die durch die Fenster in den Raum fielen. Stühle waren an die Wände gestellt. Gemälde hingen zwischen den Bleiglasfenstern. Der gekachelte Kamin hatte ein breites Marmorsims. Nirgends war auch nur das kleinste Staubkorn zu entdecken.

„Ich kann mir vorstellen, was du denkst: ‚Der Flügel ist viel wert. Gibt es hier noch mehr, das man verkaufen kann?‘“

„Nein, das habe ich nicht gedacht.“ Laine kniete vor Cassie nieder, um ihrer Tochter zu zeigen, dass sie sie nicht vergessen hatte, und tippte mit dem Finger auf Cassies Nasenspitze. „Ich habe gedacht, dass ich dir zustimme. Ihr habt hier etwas ganz Besonderes. Vielleicht solltet ihr euch die Mühe machen, herauszufinden, warum Miss Dolly es ausgerechnet euch vererbt hat. Die Eigentümerin eines so gut erhaltenen Schlosses muss eine bemerkenswerte Frau gewesen sein.“

„Ich kann mich nicht erinnern, je mehr als zwei Sätze mit ihr gewechselt zu haben. Dabei kam sie fast jeden Tag ins Pub.“

„Darüber solltest du dir jetzt nicht länger den Kopf zerbrechen. Sie hat dieses Anwesen deiner Familie hinterlassen. Das bedeutet doch, dass sie eine hohe Meinung von euch hatte, auch wenn du nicht viel mit ihr gesprochen hast.“

Cormac stand mit dem Rücken zu den Fenstern und die Sonne beschien ihn von hinten. Laine spürte seinen Blick auf sich und schaute schnell weg, bevor diese grünen Foley-Augen in ihr Gedanken weckten, die nicht gut waren. Eine Burgruine war weniger gefährlich. Beständig und sicher nicht attraktiv genug, um sie aus ihrem Schneckenhaus zu locken. Deshalb richtete Laine ihren Blick lieber auf das verfallene Gemäuer.

Sie kniete sich mit einem Bein auf die gepolsterte Fensterbank und blickte zu der Burgruine hinauf. „Und was ist mit der Ruine? Habt ihr vor, alles zu verkaufen, oder wollt ihr es lieber der Öffentlichkeit zugänglich machen? Wenn Jack auf Geld aus ist, könnte er mit amerikanischen Touristen viel Geld machen. Eine Führung durch das Schloss und über dieses Gelände wäre ihnen viel wert. Und dieser Blick ist unbezahlbar.“

„Bis jetzt sieht Jack hier nur eines: einen riesigen teuren Steinhaufen und viel Unkraut.“

„Das ist nur von außen so“, erwiderte sie hastig und musste lächeln, als sie allein an das Musikzimmer dachte.

„Wir müssten ihm beweisen, dass es hier etwas Besonderes gibt, das dieses Schloss so wertvoll und interessant macht, dass man Eintritt verlangen und Führungen für Touristen anbieten könnte. Die Unterhaltskosten allein machen mich ganz schwindelig. Das alles ist mit viel Arbeit verbunden und darauf hat Jack keine Lust. Ihn interessiert nur die Geschichte des Pubs. Mehr will er nicht wissen."

Laine ließ sich auf der Fensterbank nieder und zog ein Bein unter sich. Cassie kletterte neben sie. Unter dem Polster knarrte das Holz, als Cassie zum Fenster krabbelte und einen Finger auf die Scheibe drückte, durch die sie draußen einen Schmetterling sah, der zwischen gelben Blütenblättern herumflatterte.

„Vielleicht kannst du ihn auf diese Weise überzeugen: Finde die Verbindung zum Pub, und dein Vater wird nicht Nein sagen."

„Ja, hatte ich mir auch überlegt."

„Du dachtest, wenn du dafür sorgst, dass Quinn nach Hause kommt, würde Jack vielleicht auf ihn hören, obwohl er auf dich *nicht* hört?"

Cormac nickte und blickte gedankenversunken auf die Räume und Flure, die sich vor ihnen erstreckten. „An die Menschen, die immer bei uns sind, gewöhnen wir uns leicht. Jack hört meine Stimme so oft, dass er nicht mehr merkt, wie sie klingt, wenn meine Meinung von seiner abweicht. Vielleicht überlegt er es sich anders, wenn der Sohn, der so lange fort war, zurückkommt und ihm die Augen öffnet. Ich will nicht jammern – aber ich will dieses Schloss einfach behalten. Irgendwie weiß ich, dass es sich lohnt. Wir müssen im Leben immer wieder entscheiden, was uns wichtig ist, worum wir kämpfen wollen – und welche Dinge wir einfach loslassen müssen. Verstehst du, was ich meine?"

Natürlich verstand sie ihn. Besser, als er ahnte.

Er strahlte eine Ruhe aus, die ihr Trost und Frieden geschenkt hatte, als sie am wenigsten damit gerechnet hatte. Seine stille Art war für sie eine Wohltat. Und auch, wie er mit ihrer Tochter umging.

Plötzlich sprang Cassie auf und eilte los, um sich etwas anzusehen, das sie durch das Fenster der Bibliothek entdeckt hatte. Cassie war hier in ihrem Element. Cormacs Blick glitt zu dem frei gewordenen Platz des kleinen Mädchens. Er schaute Laine fragend an.

Er verstand ihren Blick offenbar als Einladung und setzte sich zu ihr, auch wenn er darauf achtete, nicht zu dicht bei ihr zu sitzen.

„Hat Ellie dir gesagt, dass sie nach Frankreich zurückfliegen?"

Sie blickte Cormac überrascht an. Ellie und sie waren vor wenigen Minuten gemeinsam spazieren gegangen und hatten ein offenes Gespräch unter Freundinnen geführt, aber diese Neuigkeit hatte Ellie mit keinem Wort erwähnt. „Nein. Wir sind doch noch gar nicht lange hier. Ich dachte, sie wollten eine Weile bleiben."

„Kurz bevor ihr ins Haus gekommen seid, hat Quinn mir gesagt, dass Ellie einen Arzttermin hat, den sie nicht verschieben wollen."

„Dann fliegen wir wohl alle am Freitag. Die beiden nach Frankreich und Cassie und ich … nach Hause."

„Ehrlich gesagt hatte ich einen Hintergedanken, als ich dir anbot, dir das Schloss zu zeigen." Er deutete mit dem Kopf zu dem *Steinway*, der in der Sonne glänzte. „Und den Flügel. Ich brauche mehr Hilfe, als Quinn mir im Moment geben kann. Ich kann ihn nicht darum bitten – Ellie braucht ihn nötiger."

„Das sehe ich auch so. Ihre Krankheit belastet Quinn mehr, als er zugibt."

„Ja. Und auch wenn Mrs Rooney einiges über dieses Anwesen weiß, ist das trotzdem nur ein Bruchteil. Wir haben eine Bibliothek voll mit Büchern, die seit Ewigkeiten nicht mehr sortiert wurden, unzählige Räume mit Möbeln. Ich habe keine Ahnung, welche Möbel wir behalten und welche wir verkaufen oder sogar wegwerfen sollten. Und ich habe nicht den leisesten Schimmer, was wir mit sechs, vielleicht sogar sieben Klavieren anfangen sollen." Er stützte die Ellbogen auf seine Knie und seufzte laut. „Ellie hat gemeint, dass du vielleicht Interesse haben könntest."

„Ich verstehe nicht, worauf du hinauswillst. Woran könnte ich Interesse haben?"

„Daran, mir zu helfen, hier Inventur zu machen. Noch ein wenig länger in Irland zu bleiben, nur eine oder zwei Wochen. Sie hat erzählt, dass deine Familie jahrelang ein Antiquitätengeschäft besaß und dass dein Vater immer noch ein Auktionshaus in New York hat, das auf Antiquitäten spezialisiert ist. Stimmt das?"

Der Raum, der vor einem Moment noch riesengroß gewesen war, schrumpfte schlagartig zusammen, und der Abstand zwischen ihnen wurde immer kleiner. „Ja, aber ich würde nicht mit der Hilfe meines Vaters rechnen. Er ist … nun ja, wir haben uns zerstritten. Es ist keine schöne Sache. Mehr kann ich auf die Schnelle nicht dazu sagen."

„Dann ist es ja gut, dass du gerade mit jemandem sprichst, der so etwas auch kennt."

Es war eine Sache, sich mit ihrer besten Freundin Irland anzusehen. Aber mit dem Schwager ihrer besten Freundin ein altes Schloss zu erforschen? Mit einem gut aussehenden Schwager, der nicht die geringste Ahnung hatte, wie anziehend sein irischer Akzent klang?

Auf keinen Fall! Unter gar keinen Umständen würde sie sich in eine solche Situation hineinmanövrieren.

„Cormac, das klingt wirklich wunderbar, aber –"

„Natürlich gegen Bezahlung."

„Darum geht es nicht. Du brauchst hier Experten."

„Aus welchem Jahr stammt dieser Flügel?" Er verschränkte die Arme vor der Brust und betrachtete sie prüfend. Unter seinem forschenden Blick musste Laine schlucken.

„Ich habe dich beobachtet, Laine. Ich habe dein Gesicht gesehen, als du diesen Raum betreten hast. Und dein Interesse an dem Klavier in Jacks Pub. Ich finde, du solltest dein Licht nicht unter den Scheffel stellen."

„Ich muss auch an Cassie denken. Ich glaube nicht, dass sie sich an einem fremden Ort wohlfühlt."

„Du meinst das kleine Mädchen, das da auf dem Boden sitzt und in den Büchern blättert?"

„Was?!" Laine blickte auf. Cassie hatte tatsächlich einen Stapel alter Bücher aus einem Regal gezogen und blätterte eifrig darin. Sie schlug die Seiten um und schaute sie interessiert an. Laines Herz schlug höher, als ihre Tochter über etwas kicherte, das sie darin sah.

Cormac lachte. „Offenbar hat sie ein Buch von Beatrix Potter gefunden, das ihr gefällt."

„Entschuldige bitte. Sie sollte nicht …"

Cormac hob eine Hand und berührte mit den Fingerspitzen leicht Laines Schulter, um sie daran zu hindern, Cassie die Bücher abzunehmen, die möglicherweise kostbare Einzelstücke waren, und sie wieder zurückzustellen.

„Alles ist gut. Findest du nicht, dass sie glücklich wirkt? Und sie macht schon nichts kaputt."

Er hatte recht. Cassie weinte nicht. Ihre kleinen Gesichtszüge waren nicht vor Angst verzerrt. Sonnenlicht fiel durch die Fenster der Bibliothek und warf einen hellen Schein auf das kleine Mädchen. Ihr lockiges Haar, so hübsch und so voll, umrahmte das Schönste, was es für Laine geben konnte: ein zufriedenes Lächeln. Seit der Adoption hatte sie es nicht oft zu sehen bekommen.

Laine sank auf die Bank zurück. „Du hast recht. Sie sieht wirklich glücklich aus. Es ist …" Tränen drohten ihr die Luft abzuschnüren. „Es ist lange her, seit sie so glücklich ausgesehen hat."

Gerichtssäle. Kaputte Beziehungen. Keinerlei Stabilität in der Vergangenheit und jetzt eine ungewisse Zukunft … Das Gegenteil von dem, was Laine für Cassie wollte. Jedes kleine Mädchen verdiente ein Zuhause. Eine Familie, die es liebte, und Sicherheit, auf die es sich verlassen konnte.

Sie wischte eine Träne weg, die ihr über die Wange laufen wollte. „Es tut mir leid."

„Was tut dir leid? Dass du sie liebst?" Cormac schaute Laine verständnisvoll an. „Deshalb brauchst du dich doch nicht zu schämen. Sie spürt deine Liebe, und das hilft ihr sehr."

Eine ungewohnte Saite in ihrem Inneren begann zu schwingen. Vielleicht könnte dieses Schloss Cassie und ihr irgendwie helfen, sich frei zu fühlen. Es war nicht nur Cassies Lächeln oder dieses irische Schloss. Es waren auch nicht Cormacs tröstende Worte, die ihr guttaten. Vielleicht war es alles zusammen. Vielleicht war es das hartnäckige Flüstern in ihrem Inneren, das ihr sagte, dass es in Ordnung sei, einen Weg einzuschlagen, den sie nie hatte gehen wollen. Dass angesichts ihrer ungewissen Zukunft einiges dafürsprach, ihren ganzen Mut zusammenzunehmen.

Vielleicht musste sie nicht erst alles klären und verarbeiten, um sich auf etwas Neues einlassen zu können. Vielleicht bedeutete Mut einfach nur, dass man Ja sagte, obwohl man Angst hatte.

„Wenn Ellie zu ihrem Arzttermin fliegt und in einigen Tagen zurückkommt, können wir definitiv noch ein wenig länger bleiben. Aber ich warne dich: Ich kann einen Rothirsch nicht von einem Elch unterscheiden, und ich kann definitiv auf keinem deiner sechs Klaviere spielen. Eine Entdeckungsreise durch diese Räume ist schon genug *Craic.*"

„Damit kann ich leben", sagte er lächelnd und stand auf. „Miss Cassie? Willst du jetzt mitkommen und dir unser Schloss anschauen?"

Das Mädchen blickte auf und grinste ihn an. Cassie hatte es so eilig, dass sie fast über den Bücherstapel stolperte. Laine erhob sich ebenfalls. Sie biss sich auf die Unterlippe und versuchte, sich ein Lachen zu verkneifen, als das kleine Mädchen aufgeregt durch den Gang hüpfte und in die elegante Eingangshalle stürmte.

„Cormac?"

„Ja?" Er drehte sich wieder zu ihr um.

„Der Flügel? Er wurde Anfang der 1870er-Jahre gebaut. Es ist ein *Steinway Centennial Grand*-Konzertflügel mit maßangefertigten Holzarbeiten. Ich wusste es in dem Augenblick, in dem wir das Musikzimmer betreten haben."

Cormac zögerte kurz, dann hielt er ihr die Rechte hin. „Du bist engagiert.“ Er nahm ihre Hand und drückte sie kräftig. „Ich denke, du und Cassie seid genau die Richtigen für diesen Job.“

VIERZEHN

24. April 1916, 12:35 Uhr
10/11 Sackville Street
Dublin

Uniformierte *ICA*-Männer traten mit riesigen Papierrollen aus den Eingangstüren der Druckerei der *Irish Times*. Issy betätigte den Auslöser ihrer Kamera und hielt dieses bizarre Motiv auf ihrem ersten Foto fest.

Klick.

Dann holte sie den Stift aus ihrer Jackeninnentasche, öffnete den Federverschluss auf der Rückseite ihrer Kamera und notierte das Datum neben dem belichteten Bild, während die Männer die Abbey Street hinaufmarschierten. Genau wie Honor gesagt hatte, überquerten sie die Sackville Street und eilten durch die Eingangstüren *des Hauptpostamtes.*

Issy drehte den Film auf der Rückseite der *Kodak* weiter und machte das Gerät aufnahmebereit, bevor sie es wieder sicher unter ihrer Jacke verstaute.

Honor hatte Issy Kleidung ihres Cousins geliehen, der in den Krieg gezogen war: eine dicke Wollhose, ein Leinenhemd, schwarze Hosenträger und eine kaffeebraune Kappe mit Fischgrätmuster, unter dem Issy ihr langes Haar versteckt hatte. Was sie hier tat, widersprach den Maßstäben ihrer Eltern. Und auch dem Versprechen, das sie Rory gegeben hatte: sich aus allem herauszuhalten. Eine adelige junge Frau sollte sich nicht in einer derartig aufgeheizten Situation wiederfinden. Die *ICA* und die *Irish Volunteers* nahmen in der gesamten Stadt strategische Stützpunkte ein: *Boland's Mill* und die Bäckerei am *Grand Canal*-Dock, Stellungen entlang der Sackville Street und der Abbey Street, die *Irish Times*, *Clery's*-Warenhaus und das *Imperial Hotel* gegenüber von *Foley's Pub*.

Und jetzt sogar das *GPO*.

Das war Rebellion. Diese Erkenntnis trieb sie an und jagte ihr gleichzeitig riesige Angst ein.

Die Dubliner Straßen waren ruhig, die Geschäfte hatten wegen des Feiertags geschlossen. Nur wenige Stadtbewohner waren noch unterwegs. Die Leute wirkten neugierig, schienen aber nicht beunruhigt zu sein. Einige blieben sogar stehen und betrachteten die Auslagen in den Schaufenstern von *Clery & Co.* Sie unterhielten sich über die für diese Jahreszeit ungewöhnlich warmen Temperaturen, aber dass Männer riesige Papierrollen über die Straßenbahnschienen trugen und eine junge Frau in Männerkleidung fotografierte, fand kaum Beachtung.

Issy ging zu den Eingangstüren des *GPO* und war nicht überrascht, als sie mit erhobenen Fäusten und angelegten Gewehren empfangen wurde. Damit sollte sie eingeschüchtert und zur Umkehr bewegt werden.

„Verschwinde!", befahl ein uniformierter *Irish Volunteer*. „Ich habe dich aus dem Pub kommen sehen. Geh weiter. Zivilisten haben hier keinen Zutritt."

Issy hatte ihr Haar unter der Kappe hochgesteckt und ihre sommersprossige Nase und ihre zarten weiblichen Gesichtszüge unter der Krempe verborgen. Offenbar hielt er sie für einen jungen Mann, der aus reiner Neugier vor der Tür stand. Aber sie war nicht bereit, sich so leicht abwimmeln zu lassen.

„Ich muss mit Pádraig Pearse sprechen."

„Was du nicht sagst! So wie du redest, bist du auch noch Engländer. Und da glaubst du allen Ernstes, wir würden dich reinlassen?!" Er lachte schallend und lehnte sich mit dem Gewehr in der Hand an eine Säule. „Womöglich bist du sogar ein hinterhältiger Spion."

„Ein Spion würde keine Nachricht von Michael Mallin bringen." Sie hob den Kopf und schaute ihn hoffentlich finster genug an, dass man ihr Einlass gewährte. „Die Nachricht kommt direkt aus dem *St. Stephen's Green.*"

Er erblasste. „Woher weißt du, dass Mallin im *Green* ist?"

Honors Informationen stimmen also. Gut.

„Wie gesagt, ich habe eine Nachricht für Pearse. Du solltest mich also nicht länger aufhalten, damit ich sie ihm geben kann."

Stirnrunzelnd schaute er einen etwas älteren Rebellen an, der die gesamte Sackville Street im Blick zu haben schien. Es war, als könnte er im Geiste schon sehen, wie die englischen Soldaten aufmarschierten.

„Wenn er reinwill, dann lass ihn doch rein. Wir können hier draußen keine Menschenansammlung gebrauchen."

Das Foyer war völlig unversehrt, stellte Issy zu ihrer Überraschung fest, als sie eingelassen wurde. Sie wusste nicht genau, was sie bei einem Rebellenaufstand erwartet hatte. Vielleicht Glasscherben oder Geiseln, die bibbernd in einer Ecke kauerten. Aber der Fliesenboden war sauber und das große Foyer leer. Die Büros, die sich hinter einer Holzwand mit Glasscheiben verbargen, wirkten verlassen. Von einem Aschenbecher auf einem Schreibtisch hinter dem Schalter stieg Zigarettenrauch auf. Uniformierte Männer liefen eilig an ihr vorbei. Andere Männer brachten noch mehr Papierrollen herein und verließen das Gebäude dann wieder. Alles lief halbwegs geordnet ab, obwohl die Aufständischen die Fenster und Türen verbarrikadierten, um für das, was kommen würde, gewappnet zu sein.

Der Soldat führte sie hinein. Vor dem Schalter forderte er sie auf, stehen zu bleiben. Dann ging er nach hinten, um einer anderen uniformierten Person, die an einem Schreibtisch saß, flüsternd etwas mitzuteilen.

Steh gerade. Kopf hoch. Tu so, als würdest du hierhergehören.

Eine Frau, die ihr brünettes Haar im Nacken zu einem Chignon hochgesteckt hatte, blickte von einer Schreibmaschine hinter dem Fenster auf, über dem *Postdienst* stand. Sie warf den uniformierten Männern, die am Schalter miteinander flüsterten, einen finsteren Blick zu.

Die Frau zog einen Bleistift aus ihrem Haar, stand auf und verschränkte die Arme vor ihrer dunklen Bluse. „Was gibt es?"

Was für eine Frechheit! Der uniformierte Mann zuckte nicht einmal mit der Wimper. „Und Sie sind?"

„James Connollys Adjutantin. Glaub mir, mein Rang ist viel höher als deiner, mein Kleiner", erwiderte sie und stemmte die Hände in die Hüften ihres Militärrocks. In dem Ledergürtel, den sie um die Hüften trug, steckte ein *Webley*-Revolver. „Und lass diese Frau in Ruhe."

„Frau?" Er starrte Issy an, um nachzusehen, ob das stimmte.

„Ganz richtig. Eine *Frau*."

„Sie hat hier drinnen nichts verloren, auch wenn sie behauptet, sie hätte eine Nachricht für Pearse."

Die Frau senkte leicht den Kopf. „Und woher willst du wissen, dass das nicht stimmt? Du weißt doch, dass Frauen vom *Cumann na mBan* für uns Nachrichten überbringen. Mir bleiben keine vierundzwanzig Stunden mehr, um eine Ausgabe der *Irish War News* herauszubringen. Das ist eine Anweisung von Pearse. Wer soll mir denn dabei helfen, wenn ihr alle Kuriere wegschickt, die mir Nachrichten bringen?"

„Sie ist eine …" Er schaute sie kritisch an und hatte Mühe, sich vorzustellen, dass eine Frau Journalistin sein konnte. Besonders eine Frau, die Männerkleidung trug.

„So ist es, du Genie. Siehst du denn die Kamera unter ihrer Jacke nicht? Nur ein Journalist ist mit einer Kamera auf der Straße unterwegs, obwohl er genau weiß, dass er damit das Risiko eingeht, von den Engländern verhaftet zu werden."

Die Frau sprach nun Issy direkt an und erhob die Stimme, ohne zu schreien. „Zeigen Sie ihm Ihre Kamera."

Issy zog den Arm aus ihrem Jackenärmel, schob dann den Riemen über ihren Kopf und hielt die *Kodak* so, dass sie gut zu sehen war.

„Und jetzt solltest du dich wieder um deine eigenen Angelegenheiten kümmern. Wenn du nichts zu tun hast, kannst du helfen, die restlichen Möbel auf die Straße zu tragen. Die Engländer werden das Gebäude zwar nicht bombardieren, aber wir brauchen vor allen Fenstern Barrikaden. So dick wie möglich. Nimm Stühle, Schreibtische, was du finden kannst. Heb dir deine Kampfbereitschaft für die englischen Soldaten auf."

Der Mann nahm der Frau diesen Befehl offenbar nicht übel und nickte. Die anderen wandten sich wieder ihrer Arbeit zu und stopften reihenweise Papierstapel vor die Fenster.

Issy konnte endlich durchatmen.

„Ich nehme an, Sie haben nicht wirklich eine Nachricht für Pearse." Die Frau blieb stehen und schaute Issy mit einem gewissen Respekt an.

Die junge Frau schüttelte den Kopf und trat zu ihr hinter den Schalter.

„Ihr Name, Soldat?"

„Issy Byrne."

„Also, Issy Byrne. Ihnen ist bewusst, dass Sie auf der Stelle verhaftet werden, wernn die Engländer Sie mit dieser Kamera erwischen?"

„Ja." Sie hob das Kinn.

„Eine Frau, die in Männerkleidung auf die Straße geht und eine *Kodak* wie ihren Augapfel hütet, kann ich immer gebrauchen." Sie gab Issy lächelnd die Hand. „Winnie Carney. Was führt Sie hierher? Abgesehen von der Sache, die hier läuft. Deshalb hat Pearse auch im Moment keine Zeit, um Ihre angebliche Nachricht in Empfang zu nehmen."

„Die *Kodak* ist meine Nachricht. Ich habe zwar keinen Ersatzfilm, aber ich bin hier, um zu arbeiten."

Winnie steckte den Bleistift wieder in ihren Haarknoten und warf einen Blick auf ihre Armbanduhr. „Ich hatte nicht damit gerechnet, dass ich einen Fotografen finden würde, der bereit ist, uns zu unterstützen."

Issy atmete tief ein. „Ich bin dazu bereit. Wenn Sie wollen, arbeite ich für Sie."

„Und woher soll ich wissen, dass Sie nicht von den Engländern geschickt wurden, um sich bei uns einzuschleichen?"

„Weil ich allein schon dadurch, dass ich hier stehe, mein Leben riskiere."

„Nun, Issy, wenn Sie dazu bereit sind, würde ich sagen, dass Sie die Minimalanforderungen für diese Aufgabe erfüllen. Aber Sie arbeiten hier nicht *für* mich, sondern *mit* mir – wir sind hier alle gleichberechtigt." Sie klopfte auf das Ziffernblatt ihrer Uhr. „Ich schicke jemanden zu *Campbell's*-Fotogeschäft, der Ersatzfilme besorgen soll."

„Danke. Ich habe Grund zu der Annahme, dass mein Bruder irgendwo hier in Dublin bei der *ICA* ist. Rory Byrne? Ich würde ihn gern finden, nur damit er weiß, wo ich bin."

„Und ich habe Grund zu der Annahme, dass Sie Ihren Bruder bald sehen werden und ihm das selbst sagen können. Es ist Zeit hinauszugehen."

„Hinausgehen?"

Winnie deutete mit dem Kopf durch das Foyer, in dem laute Schritte widerhallten.

Er war da. Pearse.

Der rebellische Dichter, Anführer des Aufstands und leidenschaftlicher Redner. Der Mann, den Sean ihr erst vor wenigen Monaten im *Abbey Theatre* gezeigt hatte, marschierte durch die Eingangshalle, gefolgt von Connolly und einer Gruppe weiterer Männer. Er hatte ein Stück Papier in der Hand und schritt auf die Eingangstüren zu.

„Kommen Sie, Byrne!“, rief Winnie und steuerte auf die Tür zu. „Und halten Sie die Kamera bereit!“

In der Anwesenheit von Mitgliedern der *Irischen Republikanischen Bruderschaft*, der militärischen Organisationen *Irish Volunteers* und *Irische Bürgerarmee* und einem nicht besonders zahlreichen Publikum aus neugierigen Passanten begann Pádraig Pearse, eine aufsehenerregende Proklamation vorzulesen: Irland sei jetzt *frei.*

„Iren und Irinnen: Im Namen Gottes und der toten Generationen, von denen sie ihre alte Tradition der Nationalität erhält, ruft Irland durch uns ihre Kinder zu ihrer Flagge und strebt nach ihrer Freiheit …“

Pearse erklärte, dass das Volk von Irland das Recht habe, sein Land selbst zu besitzen. Dass religiöse und bürgerliche Freiheit herrschen würden. Und dass in einer provisorischen Regierung kein Platz für Sektierertum sei. Vielmehr seien die Iren und Irinnen ab sofort frei. Und gleichberechtigt. Irland würde sich in erster Linie auf Gottes Stärke verlassen und erst danach auf seine eigene Stärke, um diese Gleichberechtigung durchzusetzen. Und das galt für alle Seelen, die auf Irlands Boden arbeiteten und lebten und starben.

„Wir erklären, dass das Recht des irischen Volkes auf das Eigentum Irlands und auf die uneingeschränkte Kontrolle der irischen Geschicke souverän und unantastbar ist …“

Von Pearses kräftiger Stimme, die durch die Sackville Street hallte, fasziniert, verfolgte Issy, wie er diese Proklamation an eine Säule nagelte, während Rebellenflaggen geschwenkt wurden.

Im Wind flatterten eine dreifarbige Flagge vor dem bewölkten Himmel und eine andere in leuchtendem Grün, auf der die Worte *Irische Republik* standen. Mitten im Dunst und Nieselregen entdeckte Issy ein bekanntes Gesicht: Rory. Er stand in einer Gruppe Aufständischer auf einer Wagenbarrikade in der Sackville Street.

„… Die Irische Republik hat das Recht auf die Loyalität aller Iren und Irinnen und erhebt hiermit Anspruch darauf …“

Rory nickte ihr zu, und sie verstand, was er meinte. Auch wenn sie es vorher vielleicht nicht in vollem Umfang verstanden hatte.

Das war ihre Chance. Der entscheidende Moment. Der Augenblick der Freiheit.

Issy blickte nach oben und entdeckte in einem Fenster über *Jack Foley's Pub* einen Schatten. Konnte Honor das alles sehen und vergoss auch sie Tränen? Genauso wie die Männer, die Schulter an Schulter neben Rory standen. Genauso wie Winnie und alle anderen.

Genauso wie Issy.

In diesem Moment gab es keinen Unterschied mehr zwischen Protestanten und Katholiken, Nationalisten und Unionisten, Männern und Frauen. Es spielte keine Rolle, wie viele sie waren – sie waren Iren. Sie waren frei und das war wunderschön.

„… In dieser höchsten Stunde muss sich die irische Nation durch ihren Mut und ihre Disziplin und die Bereitschaft ihrer Kinder, sich für das Gemeinwohl zu opfern, als würdig erweisen für das erhabene Schicksal, zu dem sie berufen ist …"

Was würde in den folgenden Tagen auf sie zukommen? Issy drückte auf den Auslöser, als Irland in diesem fulminanten, leidenschaftlichen Augenblick seinen ersten Atemzug tat.

Klick.

Foto Nummer zwei.

FÜNFZEHN

2. Januar 1798
Ashford Manor
County Wicklow

Für die Fahrt ins Dorf musste sie sich warm anziehen.

Maeve war aufgewacht und hatte sich im Dunkeln angekleidet und eine Tasse Frühstückstee getrunken. Über ihr schwarzes Reitkostüm hatte sie einen dunkelroten Umhang gezogen. Es war das wärmste Kleidungsstück, das sie besaß, deshalb blieb ihr keine andere Wahl, als es anzuziehen, auch wenn es vielleicht keine angemessene Trauerfarbe war.

Die Sonne hatte den Horizont noch nicht ganz erreicht, und die Welt wachte erst langsam auf, aber Éire stand schon gesattelt in ihrer Box. Eoin war also bereits hier gewesen. Sie führte ihr Pferd aus dem Stall und entdeckte ihn sofort. Er lehnte an einem beladenen Heuwagen, hatte ein Bein über das andere gelegt und wartete auf sie.

„Sie sind pünktlich", sagte sie. „Ich hoffe, Sie fühlen sich im Stallmeisterhaus wohl?"

Eoin richtete sich auf und verbeugte sich leicht. „Ja, Milady. Danke."

„Sie haben meine Anweisung bekommen, was Sie in den Wagen laden sollen?"

Ohne auf eine Antwort zu warten, ließ sie ihren Blick über das Wagenbett wandern, in dem Birnenkisten gestapelt und an den Seiten gesichert waren.

„So ist es. So sollten sich Verwalter gegenüber ihren Herren verhalten. Sie sollten pünktlich sein und ihre Aufgaben ordnungsgemäß ausführen."

„Ich habe noch eine letzte Anweisung: Mein Vater würde nie dulden, dass ein O'Byrne hier als Verwalter arbeitet. Und da ich ihn im Moment noch nicht mit dem belasten kann, was sich ereignet hat, und ihm auch meine Gründe für Ihre Anwesenheit nicht zufriedenstellend erklären kann, sollten wir Ihren Namen ändern, solange Sie auf diesem Anwesen arbeiten. Wie lautet Ihr vollständiger Name?"

„Eoin Brádach, Milady."

„Im County Wicklow gibt es viele Byrnes. Es wird also niemand nachfragen, woher ein weiterer Mann dieses Namens kommt, schon gar nicht, wenn ich Sie als unseren neuen Verwalter vorstelle, der den Platz meines Bruders einnimmt. Wären Sie mit Brádach Byrne einverstanden?"

„Ich habe nichts dagegen einzuwenden. Und schon gar nicht gegenüber einer Herrin, die einen Dolch in ihrem Stiefel und eine Pistole in ihrer Tasche hat."

Hoffentlich vergisst er das nicht.

„Dann ist es ja gut", erwiderte sie und erlaubte sich endlich ein Lächeln. „‚Mr Byrne' also. Können wir aufbrechen?"

Eoin kletterte auf den Kutschbock und wartete auf ihre Anweisungen. Sie gab Éire die Fersen, damit ihre Stute lostrabte, und er ließ die Zügel schnalzen, um die Pferde in Bewegung zu setzen.

Während sie die Auffahrt hinabritt, ließ Maeve ihren Blick zum Horizont gleiten. Die Schneewehen lagen wellenförmig um die Baumstämme und die Zweige und Äste waren von einer dünnen Schneeschicht bestäubt. Castle Chryn thronte auf den Klippen. Ein steinernes Gerippe, das aus der Erde emporragte und Ausschau hielt, als warte es auf Schiffe, die ihre Bucht ansteuerten. Steinzäune durchzogen die friedliche Landschaft und bildeten klare Linien aus aufgeschichteten

Steinen, die sich zu beiden Seiten neben ihnen erhoben und die Straße in einen weißen Tunnel verwandelten.

„Ich nehme an, in den Kisten mit dem Stroh befinden sich Birnen, die Sie in der Stadt verkaufen wollen."

„Wir verschenken die Birnen, Mr Byrne."

„Tatsächlich?" Eoins Stimme übertönte das Knarren des Holzwagens und das Quietschen der Wagenräder. „Das sind wertvolle Geschenke für Pächter. Gewöhnliche Menschen sehen Luxusgüter wie importierte Birnen nicht oft in ihrem Leben, wenn überhaupt."

„Vielleicht, aber hier bekommen sie sie jedes Jahr."

Bei diesem Gespräch ging es nicht um Luxusgüter oder geschenktes Obst. Das wusste Maeve. Es ging um die jahrhundertealten Spaltungen zwischen Reich und Arm, zwischen Protestanten und Katholiken, zwischen Engländern und Iren, zwischen Freien und Unterdrückten. Die Wurzeln dieser Spaltungen reichten tief, und sie musste sich entscheiden, ob sie daran festhalten oder versuchen wollte, die Einstellung der Menschen zu ändern.

Er wirkte belustigt, und das gefiel ihr überhaupt nicht. „Sie lachen über mich?"

„Ganz im Gegenteil, Milady. Ich wollte Sie nicht beleidigen. Ich verstehe, dass es eine schwere Aufgabe ist, die Menschen dazu zu bringen, das dritte Kind des Lords zu respektieren, noch dazu eine Tochter, die versucht, die Leitung eines großen Anwesens zu übernehmen. Falls das Ihre Absicht ist."

Maeve brachte Éire zum Stehen und atmete tief ein. Sie war nicht sicher, ob sie ihm verraten sollte, wer und was sie gern werden wollte. Eoin hielt den Wagen neben ihr an und blieb schweigend sitzen. Er wartete darauf, dass sie etwas sagen würde.

„Mein Bruder zieht unsere Ländereien in England vor. Daraus hat er nie einen Hehl gemacht. Da mein Vater nicht in der Lage ist, seine Rolle als Gutsherr wieder auszufüllen, fällt diese Aufgabe mir zu."

Eoin richtete seinen Blick nach vorn und ließ die Zügel leicht schnalzen, damit die Pferde sich wieder in Bewegung setzten. „Ich werde Ihnen helfen. Das hatte ich doch schon gesagt."

„Gut." Ihr Blick wanderte zum Horizont. „Unsere Geschichte ist vielleicht voller Mythen und Legenden, aber die Überlieferungen reichen bis ins 13. Jahrhundert zurück. Der Titel meines Vaters stammt aus jener Zeit. Und die Überlieferungen und Traditionen, die wir weitertragen, verbinden uns trotz unserer Unterschiede miteinander und mit dem Land. Die erste Farm hinter diesem Hügel gehört Mr Brennan O'Malley, den Sie bereits kennen. Er und seine Frau Brigid haben zwei Töchter: Eilís und die kleine Madailéin. Auf dem Land, das vom Höhenzug entlang der Klippen bis zum Glen unter der Burgruine reicht, betreiben sie Schafzucht. Dort." Sie deutete über die Wiesen rechts von ihnen. „Und bis zu der Felsmauer hier auf der östlichen Wiese."

Er schaute sie an. „Dort haben Sie mich in jener Nacht gefunden."

„Ja. Dort habe ich Sie gefunden."

Eoin war einfühlsam, aber mutig, von niederer Geburt, wie Cian ihn zweifellos eiskalt abstempeln würde. Trotzdem erweckte er den Eindruck, ein gebildeter Mann zu sein. Ein Mann, dem sie gern vollständig vertrauen würde, auch wenn das gefährlich sein könnte.

Maeve wandte den Blick von seinen Augen ab, die so oft verrieten, was er wirklich dachte, und ließ Éire langsam weitergehen.

„Zu Beginn jedes neuen Jahres besuchten der Herr und die Herrin von Castle Chryn mit ihren Kindern die Pächter auf ihren Ländereien. Cian, George und ich ritten immer hinter dem Wagen her. Vor jedem Haus hielten wir an. Wir hörten uns ihre Sorgen an und wünschten ihnen für das neue Jahr alles Gute. Und in der Dorfmitte begrüßten wir die Leute und schenkten jedem das Symbol für Frieden und Wohlstand, bis alle Birnen verteilt waren." Der Gedanke schmerzte Maeve, aber sie fügte hinzu: „Und die Herrin hat immer die Dorfkinder begrüßt und jedem ein Geschenk gegeben. Die Pächter sind nicht einfach irgendwelche Menschen. Wenigstens nicht für mich. Ich habe die Absicht, mir den Namen jedes Einzelnen zu merken."

„Das ist eindeutig viel mehr als nur Tradition."

„Das könnte man vielleicht so sagen, ja. Aber ich halte es für richtig und für ehrlich. Und es wird mir eine Ehre sein, mit diesen Menschen die Tage bis zu Epiphanias zu feiern."

„Ja, um *Nollaig na mBan* zu feiern."

Eoin schien gewöhnlich nicht viel Wert auf Feste zu legen. Maeve warf einen kurzen Blick auf ihn und stellte fest, dass er sich ein Lächeln verkneifen musste.

„Schauen Sie mich nicht so überrascht an. Wir O'Byrnes sind für unseren Sinn für Humor bekannt. Einige Dinge sind in diesem schönen Land überall gleich, selbst oben im Norden in Belfast."

Sie lächelte ihn offen an. „Es ist doch eine schöne Tradition, dass sich die Frauen an Epiphanias ausruhen dürfen, während die Männer kochen und die Hausarbeit erledigen. Ich ahne, was Sie denken: Die einzigen Frauen in Ashford Manor, die Hausarbeiten erledigen, sind Bedienstete, und sie arbeiten ohnehin Tag für Tag. Aber vielleicht würde ich das gern ändern. Würde Sie das schockieren?"

„Nein." Er drehte sich um und ließ seinen Blick über die Felder und die winzigen Häuser am Horizont wandern, aus deren Kaminen der Rauch aufstieg. „Ich habe nur überlegt, dass sich Ihre Pächter wahrscheinlich fragen, warum ein Fremder einen Wagen mit Birnen durchs Dorf fährt und nicht Seine Lordschaft."

„Wenn ich Sie als unseren neuen Verwalter vorstelle, wird es keine solchen Fragen geben."

„Entschuldigen Sie, aber dem kann ich nicht zustimmen, Milady."

„Warum nicht?" Sie drehte sich um und schaute ihn herausfordernd an. „So ist das hier üblich."

Eoin schüttelte den Kopf und schaute sie an, während er den Wagen vor einem Cottage mit Reetdach zum Stehen brachte, das hinter der Steinmauer stand, die die Grenze zur Straße bildete.

„Weil *ich* nicht der Gutsherr bin. Entweder Sie sitzen hier vorne und begrüßen Ihre Pächter als neue Herrin, oder wir sitzen nebeneinander und machen es gemeinsam. Aber ich übernehme nicht für Sie das Reden. Dort, wo ich herkomme, wird das so gemacht: Der Anführer führt an, ohne sich dafür zu schämen."

Er sprach ungewohnt direkt, aber weise. Wenn sie seinen Vorschlag befolgte, würde ihr das helfen, ihr Ziel zu erreichen. Aber falls Eoin O'Byrne meinte, er könnte ihr vorschreiben, was sie zu tun hatte, würde er sie noch kennenlernen.

Maeve glitt aus dem Sattel und ihre Stiefel landeten im Schnee.

Der Wind hatte die Haare unter dem Kragen ihres Umhangs gelöst und wehte sie ihr ums Gesicht. Sie strich sie zurück, so gut sie konnte, ging zur Rückseite des Wagens und öffnete die Ladeklappe. Sie schob ihren Rock zur Seite und kletterte hinauf, ohne sich darum zu kümmern, dass eine kultivierte Dame nicht selbst Kisten schleppte und Waren verteilte. Und schon gar nicht in einem Wollumhang mit Satinborte, an dem der gesamte Strohstaub aus dem Wagen kleben blieb.

Eoin sprang vom Wagen und eilte zu ihr nach hinten. „Was machen Sie da?"

„Wir machen das gemeinsam, nicht wahr? Das waren doch Ihre Worte, Sir." Sie hob eine Kiste hoch, die schwerer war, als sie erwartet hatte, und überreichte sie ihm. „Hier."

„Aber Sie haben keine Handschuhe an."

„Ich muss sie wohl nach einem Vorfall auf einem Feld am Heiligen Abend verlegt haben." Sie sprang wieder hinab. „Aber das spielt keine Rolle. Wenn ich Zäune reparieren und Schafe hüten will, stört sich hoffentlich niemand daran, wenn meine Hände Spuren dieser Arbeit aufweisen."

„Aber Sie werden sehr schnell Blasen bekommen. Überlassen Sie mir diese Arbeit, Milady."

Die Tür des Häuschens ging auf und die Bewohner strömten heraus. O'Malley kam auf dem schneebedeckten Weg auf sie zu. Seine Frau steckte lose Haarsträhnen unter ihr hellblaues Kopftuch und folgte ihm. Die kleinen Mädchen standen mit neugierigen Augen und einem hoffnungsvollen Lächeln im Türrahmen.

Maeve trat mit einem freundlichen Winken auf sie zu, während Eoin mit der Kiste einen halben Schritt hinter ihr folgte.

„Milady", sagte Brennan lächelnd und verbeugte sich vor ihr. „Wir hatten Sie dieses Jahr nicht erwartet. Aber Ihr Besuch ist uns natürlich eine Ehre."

„Wir wollten uns diese Gelegenheit auf keinen Fall entgehen lassen, Mr O'Malley."

Seine Frau trat näher und begrüßte sie mit einem so perfekten Knicks, als hätte sie ihn am Königshof gelernt.

„Milady, wir freuen uns sehr, Sie heute Morgen zu sehen."

„Uns ist es auch eine Freude", antwortete Maeve.

Brigid verbeugte sich mit einem Lächeln. Ihr Herz war so freundlich und so ehrlich, dass Maeve sich mit Wehmut an Zeiten erinnerte, als sie sich über das Glen hinweg angesehen hatten. Fast als wären sie Freundinnen. Wenn sie in einer anderen Welt leben würden, wären sie bestimmt Freundinnen.

Erst jetzt bemerkte O'Malley, dass Eoin O'Byrne hinter Maeve stand. Sein Gesicht wurde so weiß wie die Gischt in der nahe gelegenen Bucht.

„Ähm … Wir hatten eigentlich Seine Lordschaft erwartet, aber wir freuen uns natürlich sehr, Sie zu begrüßen, Milady", sagte Brennan und rief dann seinen Töchtern über die Schulter zu: „Kommt, Mädchen. Begrüßt eure Herrin." Er nahm Eoin die Kiste mit den Birnen aus der Hand. „Und es gibt auch einen neuen Stallmeister, nehme ich an?"

„Da Mr Ó Flannagáin seit Weihnachten nicht mehr für uns arbeitet, darf ich Ihnen Mr Brádach Byrne vorstellen, unseren neuen Verwalter. Er möchte mit Ihnen über die Stelle des Stallmeisters sprechen. Aber ich glaube, Sie beide sind sich schon begegnet? Sie haben zweifellos in naher Zukunft viel miteinander zu besprechen."

„Ganz gewiss." Brennan wirkte verblüfft, dass Eoin ihr anvertraut hatte, dass sie sich kannten. „Selbstverständlich, Milady."

„Gut. Ich überlasse es Ihnen beiden, den besten Weg zu finden, um das Anwesen vor Gefahren und Bedrohungen zu bewahren." Maeve schaute Eoin aus dem Augenwinkel an, um seine Reaktion zu beobachten.

Als könne er ihre Gedanken lesen, trat er vor. Er gab Brennan unter der Birnenkiste die Hand und nickte dann Brigid zu, die neben ihrem Mann stand.

Maeve unterhielt sich mit ihnen über Schafe und die Landwirtschaft und erkundigte sich nach ihrer Arbeit. Sie erzählte Brennan, dass die Steinmauer unterhalb des Schlosses eingefallen war und dass sie planten, sie zu reparieren, sobald es das Wetter zuließ. Sie beugte sich zu den Mädchen hinab, unterhielt sich freundlich mit ihnen und gab jedem ein kleines Geschenk, bevor sie zur nächsten Pächterfamilie weiterfuhren.

Genauso verfuhren sie bei den anderen Bauern. Bei jedem Haus. Und mit jedem Pächter.

Sie bemühte sich, sich ihre Namen zu merken, und Eoin schien das auch zu versuchen. Er begrüßte die Menschen höflich und drückte Birnenkisten in dankbare Hände. Sie unterhielten sich beide mit den Leuten über das Anwesen und die Arbeit und wiederholten Formulierungen, die den Leuten klarmachten, dass Maeve die neue Gutsherrin war. Jedes Mal, wenn sie sich verabschiedeten, schienen die Pächter vergessen zu haben, dass sie die Tochter des Gutsherrn war. Sie hatten eher das Gefühl, mit einer alten Vertrauten gesprochen zu haben, die schon immer auf ihrer Seite gestanden hatte.

Als sie im Dorf ankamen, öffnete Eoin die Kisten, und Maeve füllte Marktkörbe mit Birnen, bis der Wagen fast leer war. Seit ihr Eoin geschildert hatte, wie sehr die Katholiken unterdrückt wurden, hörte sie die Sorgen der Dorfbewohner mit völlig anderen Ohren. Während Maeve niederkniete und jedem der Kinder eine Birne und ein Geschenk in die Hand drückte, über die Zöpfe der Mädchen strich und

Wangen tätschelte, hob sie instinktiv den Blick und stellte fest, dass Eoin sie aufmerksam beobachtete.

Sie richtete sich auf und trat neben ihn hinter den Wagen.

Sie standen zusammen da, beobachteten schweigend die Kinder und lächelten, von einem gewissen Stolz auf das erfüllt, was sie hier gemeinsam machten.

„Ich sollte Ihnen wahrscheinlich sagen, dass Ihre Überzeugungen an revolutionäres Gedankengut grenzen, Mr Byrne."

„Das hoffe ich, Milady. Ihre übrigens auch."

Er sah sie nicht an, sondern beobachtete die Kinder, die mit Kieselsteinen Murmeln spielten. Einige kleinere Kinder liefen lachend herum und hielten das Geschenk, das ihnen Maeve gegeben hatte, fest in der Hand. Eine Kleinigkeit, die nichts kostete, die aber für sie unbezahlbar war.

„Was haben Sie den Kindern geschenkt?"

Maeve lächelte und dachte an die polierten, perfekten Steine, die sie in der Bucht von Castle Chryn gesammelt hatte.

„Nicht viel. Nur einen runden Stein vom Strand."

„Ein Hoffnungszeichen. Es sieht so aus, als würden die Kinder das Geschenk sehr schätzen." Er schob das Stroh zusammen und schloss die Wagenklappe. „Wir haben noch eine Kiste übrig. Für wen ist die gedacht?"

„Das werde ich Ihnen gleich zeigen." Maeve unterdrückte ihre Zweifel, als sie zur Kreuzung weiterfuhren.

Es war ein einmalig schöner Morgen gewesen. Nach den Erfahrungen der vergangenen Tage hatte dieser endlich Freude statt Traurigkeit gebracht. Und sie sehnte sich nach mehr von diesem Schatz und von diesem Frieden. Als sie sich dem Rand des Anwesens und der Kreuzung näherten, die zu seinem Cottage führte, brachte Maeve Éire zum Stehen.

Sie richtete ihren Blick auf die Straße nach Dublin, während der Wind eine Haarlocke über ihre Wange wehte. „Hier."

Eoin schaute sie mit einem Stirnrunzeln an und verbarg seine Überraschung nicht. Vor ihnen stand sein Cottage. „Für mich, Milady?"

„Ja. Für Sie." Maeve saß aufrecht in ihrem Sattel. Ihre Entscheidung stand fest. „Ich werde nicht länger im Schatten der Trauer leben. Und auch nicht im Banne des Misstrauens. Wer auch immer Sie sind, Mr O'Byrne, Sie haben Ihre Tapferkeit und Ihre Großzügigkeit unter Beweis gestellt. Sie haben uns verteidigt und Sie sind geblieben, um uns weiterhin zu beschützen. Das werde ich nicht vergessen. Ich glaube, meine Mutter würde mir zustimmen, wenn ich sage, dass wir die Vergangenheit hinter uns lassen und nach vorn blicken sollen. Irland braucht Frieden. Mit Gottes Hilfe wollen wir hier damit beginnen. Auf diesem Anwesen. Mit seiner Gutsherrin."

„Deshalb haben Sie den Kindern einen Stein von Ihrem Land gegeben."

Sie nickte. „Die Kinder werden mit der Erinnerung aufwachsen, dass sie niemanden hassen sollen. Weder Katholiken noch Protestanten. Weder Engländer noch Iren. Niemanden. Gleichgültig, ob Irland für seine Freiheit kämpft oder nicht: Wir können frei sein, wenn wir uns dafür entscheiden. Die Freiheit fängt bei jedem Einzelnen an."

„Ist das der Grund –" Er brach ab und schaute sie mitfühlend an. „– warum Sie Trauerkleidung tragen, Milady?"

„Das könnte man so sagen, ja. Meine Mutter ist vor Kurzem an einer Krankheit gestorben. Aber ich entscheide mich, einen O'Byrne nicht zu hassen, obwohl es dafür einen Grund gäbe: Ein Mann, der die gleiche Tätowierung hatte wie Sie, hat meinen Bruder vor sechs Monaten mit einer Muskete erschossen und sterbend auf der Straße nach Dublin liegen gelassen."

SECHZEHN

GEGENWART
16 HIGH STREET
MERCHANTS QUAY
DUBLIN

Auf dem Schild stand in großen Lettern „SHORN".

„Hier wollen sie uns treffen." Cormac steckte sein Smartphone wieder in seine Jackentasche. „High Street Nummer 16."

Eine weiße Fassade mit schwarz-weiß gestreifter Markise stach von den anderen Häusern in der Geschäftsstraße ab, durch die der lärmende Großstadtverkehr rollte. Laine hielt Cassie fest an der Hand, und sie blickten zu dritt ins Schaufenster des Friseursalons, während sich Passanten im Regen an ihnen vorbeischoben.

Quinn, der auf einem Stuhl im Eingangsbereich saß, entdeckte sie sofort. Er trommelte mit den Fingerspitzen auf sein Knie, hörte aber auf, als er sie entdeckte, und bedeutete ihnen einzutreten.

„Komm, Cassie. Schau, da drinnen ist Ellie."

Sie betraten einen der trendigsten Läden in Dublin. Die alten Holzwände waren freigelegt worden und eine Tür führte in eine angrenzende Espressobar. Weiße Friseurstühle, schwarzgerahmte bodentiefe Spiegel und senfgelbe Minikronleuchter, die in gleichmäßigen Abständen bis zur Rückwand von der Decke hingen.

Ellie umarmte Laine und Cassie. „Schön, dass ihr es geschafft habt."

Sie schenkte den beiden ein Lächeln und schaute dann Cormac an. „Danke, dass du die beiden gebracht hast. Ich weiß, dass du im Schloss viel Arbeit hast."

„Kein Problem. Das habe ich gern getan." Cormac lächelte freundlich. Er vergrub wie so oft die Hände in seinen Jeanstaschen, trat einen Schritt zurück und blieb neben der Eingangstür stehen.

„Wir beide müssen morgen zum Flughafen und ihr drei müsst zum Schloss zurück. Aber vorher …" Ellie zupfte an einer platinblonden Locke ihrer Freundin, die über den Kragen ihrer Regenjacke hing. „… ist die Schere dran. Manchmal brauchen wir eine Schere, um weiterzumachen."

„Das habe ich mir fast gedacht", seufzte Laine traurig. „Bist du sicher, dass du das wirklich tun willst?"

„Komm schon! Die Haare müssen sowieso weg. Auf diese Weise entscheide ich wenigstens selbst darüber. Und ich bin dabei nicht allein. Das ist doch ein guter Grund, es einfach hinter mich zu bringen." Ellie nickte einer Friseurin hinter dem Tresen zu.

Alles geschah so schnell, dass ihrer Freundin nur wenige Sekunden für einen Rückzieher blieben, falls sie es sich anders überlegen sollte. Die Friseurin führte Ellie zu einem Stuhl in der Ecke, legte einen elfenbeinfarbenen Umhang über ihre Schultern, schloss ihn an ihrem Hals und berührte Ellies seidige, ebenholzschwarze Locken.

Dann steckte sie ihre Haare hoch.

Ellie atmete tief und zitternd aus, als ihr der summende Haarschneider in die Hand gelegt wurde. „Es ist so weit."

Laine hatte schon vorher geahnt, was passieren würde. Aber es war ein riesiger Unterschied, ob man es rein verstandesgemäß wusste oder ob man tatsächlich die ersten Haare abschneiden musste. Das brutale Geräusch der Metallzacken, der Schaden, den sie anrichten würden, und die Veränderungen, die damit verbunden waren, lösten in Laine etwas aus, zu dem sie nicht bereit war.

Ihre Freundin hatte den Kopf hoch erhoben. Stille Tränen traten in ihre Augen, ihre Hände umklammerten das Gerät, aber nichts geschah.

„Du musst das nicht machen, Ellie." Quinn drückte von hinten die Schultern seiner Frau. „Wir können wieder gehen, wenn du willst."

Zuzusehen, wie ein Mensch, den sie von Herzen liebte, von Schmerz und Verlust und tiefer Trauer erdrückt wurde, war für Laine unerträglich. Aus Gründen, die sie selbst nicht benennen konnte, traten die Erinnerungen an ihre eigene Zerbrechlichkeit in den Hintergrund und wurden von etwas – oder jemand – anderem abgelöst.

Ihr Blick wanderte durch den Friseursalon, bis sie ihn fand. Cormac erwiderte ihren Blick offen und ehrlich. Ihr Entschluss war gefasst. Sie nahm Cassie an der Hand und ging mit ihr zum Eingangsbereich zurück. „Würdest du bitte?", flüsterte sie Cormac zu. „Ähm ... nur für einen Moment?"

„Selbstverständlich."

Laine legte Cassies Hand in seine, drückte ihrer Tochter einen schnellen Kuss auf die Wange und drehte sich wieder um. Sie ging durch den Friseursalon zurück, bis sie hinter dem Stuhl ihrer Freundin stand. „Ellie?"

Ellie blickte im Spiegel zu ihrer Freundin auf, und Laines Herz zog sich angesichts des tiefen Schmerzes, den sie in ihren Augen sah, zusammen.

Laine konnte ihre Gefühle nicht länger beherrschen. Sie wollte etwas zu Ellie sagen, brachte aber kein Wort heraus. Sie drängte ihre Tränen zurück und erinnerte sich an das Gespräch auf der Straße zur Burgruine. „Soll ich ...?" Sie weinte leise und bekam kaum Luft. „Wenn du willst, mache ich es."

„Bitte." Ellie biss sich auf die Unterlippe und schüttelte mit geschlossenen Augen den Kopf. „Ich schaffe es nicht ..."

Laine beugte sich hinab, löste Ellies verkrampfte Finger von dem Haarschneider und nahm ihn ihr aus der Hand. Sie strich mit der Hand über die Stirn ihrer Freundin, hielt die schwarzen Locken zurück und setzte das Gerät an. Die seidigen Strähnen berührten ihre Haut und rutschten dann an dem Umhang hinab und sammelten sich auf dem Boden in kleinen Häufchen. Stumme Tränen und ein zitterndes Lächeln wechselten sich in Ellies Gesicht ab.

Quinn kniete neben ihr nieder und flüsterte: „Ich bin bei dir." Er hielt ihre Hand, während Laine ihren Kopf von vorn nach hinten, von der Stirn bis zum Nacken kahl rasierte.

Es war Schönheit und Schmerz zugleich. Ein Sich-Aufbäumen. Ein gemeinsamer Kampf. Ein faszinierendes Sinnbild.

Liebe und Verlust und Ehe.

Laine sah, wie all diese Dinge miteinander verschmolzen und ein Ehepaar reifen ließen, das sich erst vor wenigen Tagen das Jawort gegeben hatte. Evan und Laine waren zehn Jahre verheiratet gewesen. *Zehn Jahre.* Und sie hatten nie die Art von Verbindung gehabt, die Ellie und Quinn schon in den ersten Wochen ihres gemeinsamen Lebens entwickelt hatten.

Der Augenblick schien zu verfliegen. Dann betätigte Laine den Schalter und der Haarschneider verstummte. Ellie starrte ihr Spiegelbild an. Plötzlich sah sie ganz anders aus. Entblößt.

Shorn – kahl geschoren –, wie es schon im Namen des Friseursalons hieß.

Auf dem Boden lag gewissermaßen das, was sie vor dem Krebs gewesen war. Der Damm kollabierte. Ellie brach in Quinns Armen zusammen. Er legte sanft eine Hand an ihren kahlen Nacken, hielt sie fest und weinte mit ihr, während ihre Haare an seinem T-Shirt hinabrutschen und über seine Jeans glitten.

Laine schaute stumm zu, wie sie in ihrem Schmerz zusammenhielten. So etwas hatte sie selbst nie erlebt. Sie vertraute darauf, dass Quinn ihre Freundin liebte, und brauchte nach diesen herzzerreißenden Augenblicken keinen weiteren Beweis für seine tiefe Hingabe. Bevor die Wände um sie herum immer enger zusammenrückten und die Panik siegte, musste sie fort von hier.

Sie trat langsam Schritt für Schritt zurück, dann drehte sie sich um und lief eilig zur Tür. Sie floh aus dem Friseursalon und blieb erst auf dem Gehweg stehen.

Tief atmen. Einatmen. Ausatmen.

Im kalten Nieselregen atmete Laine mehrmals tief durch und war für die kühle, beruhigende Brise dankbar, die ihr entgegenwehte. Sie hörte, wie die Tür aufging und wieder geschlossen wurde. Cormac kam mit Cassie in den Armen zu ihr und blieb neben ihr stehen.

„Entschuldige bitte …“ Sie brach ab und rang um Luft. „Ich …“

„Es ist in Ordnung. Ich habe uns von den beiden verabschiedet. Euch geht es hier draußen gleich wieder besser.“ Er lächelte Cassie an. „Wir sehen Tante Ellie und Onkel Quinn morgen, bevor sie zum Flughafen fahren. Und nach ein paar Tagen sind sie wieder da, ja? Der Regen wäscht alle Sorgen weg. Apropos Regen, ich kann uns ein Taxi rufen. Das Wetter in Dublin kann manchmal ziemlich launisch sein.“

„Nein. Wir sind tapfere Mädchen, nicht wahr, Cassie?“ Laine nahm ihre Tochter wieder in die Arme. „Wir gehen gern durch den Regen.“

„Stimmt“, sagte Cassie und klatschte Cormac ab.

Sie schlenderten eine Weile schweigend die Straße entlang. Cassie wurde in Laines Armen schläfrig und lehnte ihren Lockenschopf, der von der Kapuze ihrer Regenjacke geschützt wurde, müde an ihre Schulter. Cormac ging still neben ihr her und war in seine eigenen Gedanken versunken. Laine bemühte sich zu verarbeiten, was soeben passiert war. Warum hatte sie der Schmerz eines anderen Paares so tief getroffen?

„Hatten sie es dir vorher gesagt?“

„Als ich die Adresse las, hatte ich vermutet, dass es sich dabei um einen Friseursalon handelt. Ich glaube, sie haben es uns nicht absichtlich verschwiegen. Vielleicht befürchteten sie, dass wir nicht kommen würden, wenn wir von ihrem Plan wüssten. Ellie hat dadrinnen eine harte Entscheidung getroffen.“ Cormac blieb stehen und betrachtete die tropfenden Äste, die über den Gehweg ragten. „Und du auch.“

„Wenn ich nicht vorgewarnt gewesen wäre, hätte ich es vielleicht nicht ausgehalten. Ich habe versucht, mich herauszuhalten, aber dann dachte ich, wenn ich an Ellies Stelle wäre, könnte ich es nicht machen. Eine andere Frau versteht das vielleicht. Nicht besser als ein Ehemann, aber anders."

Er führte sie um eine Menschenschlange herum, die an einer Bushaltestelle anstand. „Ich glaube, sie hat es verstanden. Ich bin aus einem ähnlichen Grund an der Tür stehen geblieben."

„Aus welchem Grund?"

„Quinn. Vielleicht hat er dir mal erzählt, dass er sozusagen an der Tür stehen geblieben ist, als unsere Mutter starb. Ich mache ihm daraus keinen Vorwurf. Aber wenn man vor etwas kneift, bereut man es später vielleicht. Ellie ist seine Frau. Sie ist jetzt seine Familie. Wenn ich eine Familie hätte, würde ich mich danach sehnen, die Chance zu bekommen, bei ihr zu sein und für sie stark zu sein. Ich war es Quinn schuldig, dass er dieses Mal bei seiner Familie sein kann, um für sie da zu sein."

Cormac schien mehr Erfahrung mit Reue zu haben, als sie gedacht hatte.

Vor einer großen Kirche mit Säulen und einer mittelalterlichen Fassade, die eher in eine griechische Tragödie zu gehören schien, blieb Laine stehen. „Wie heißt diese Kirche?"

Er blieb neben ihr stehen und blickte nach oben, wo die Spitze des Gebäudes die tief hängenden Wolken zu berühren schien. „*St. Audoen's Church*. Sie steht schon ewig. Sie wurde über einer Ruine aus dem 12. Jahrhundert errichtet und man feiert immer noch jeden Tag eine Messe darin."

„Gibt es nachmittags eine Messe?"

„Ich gehöre nicht zu dieser Gemeinde, aber auf dem Schild heißt es, dass dienstags um 13:15 Uhr eine stattfindet."

„Heute ist Donnerstag", seufzte sie. „Können wir trotzdem hineingehen?"

„Ja. Dublin ist für Reisende immer offen. Hier ist man überall willkommen, sowohl in den Pubs als auch bei Gott."

„Ich würde gern für die beiden beten." Laine schluckte schwer. Sie wusste nicht einmal, wie. Sie wusste nur, dass ihr pochendes Herz sie aufforderte, dieser inneren Stimme zu gehorchen. „Wäre es in Ordnung, wenn wir für ein paar Minuten hineingehen?"

„Natürlich. Komm."

In den wenigen Momenten, in denen Laine Ellie und Quinn im Friseursalon beobachtet hatte, war ihr bewusst geworden, dass sie in den zehn Jahren ihrer Ehe nicht verstanden hatte, was Liebe und Opfer bedeuteten. Laine wusste nur, dass es richtig war, in eine alte Kirche wie *St. Audoen's* zu gehen. In eine Kirchenbank zu rutschen, sich in die Bank zu knien und zu etwas aufzublicken, das so viel größer und mächtiger war als die Menschen.

In den langen Holzbänken saßen vereinzelt Leute. Jeder von ihnen trug eine Last und betete unter dem gewölbten Dach der Kathedrale für seine Nöte. Cassie war nicht mit Kirchen vertraut, aber als sie unter den hohen Bögen und der endlos hohen Decke erwachte, lehnte sie sich zurück und betrachtete staunend das weiße und hellgrüne Rosettenmuster über dem Altar.

Cormac schloss die Augen. Vielleicht betete er. Oder er verhielt sich einfach nur respektvoll, weil er in einer Kirche war.

Laine wartete, bis er die Augen wieder aufschlug. Dann flüsterte sie: „Du warst schon öfter hier?"

„Ja. Es ist aber immer wieder schön."

„Was führt dich immer wieder hierher?"

Er sah sie mit einer Offenheit an, die es ihr unmöglich machte, in seiner Nähe keinen Trost zu suchen.

„Was mich in eine Kirchenbank führt oder zu Gott? Das ist ein Unterschied."

„Wahrscheinlich frage ich mich, ob Gott in diesem Friseursalon gegenwärtig war. Ob er in allem, was Ellie und Quinn durchmachen, bei ihnen ist. Oder ist er nur bei den Menschen, die in der Kirche knien? Mich interessiert, ob Gott uns sieht, wenn wir die schlimmsten Momente unseres Lebens durchmachen. Denn ich kann mir beim besten Willen nicht vorstellen, dass es einen Schmerz wie den dort in dem Friseursalon gibt, ohne dass Gott dabei ist."

„Nach dieser Antwort suchen Menschen, seit diese Kirche steht. Ich kann dir keine befriedigende theologische Antwort geben. Aber wenn du einen Mann fragst, der immer wieder Schuld auf sich lädt und manchmal keinen Glauben hat, der nicht weiß, warum eine Kirchenbank einen solchen Frieden bringt, aber trotzdem zurückkommt, lautet meine Antwort: Ja, Gott ist da."

„Wo?"

„Überall."

Wenn das stimmte, war Gott dann auch in den Nächten bei ihr gewesen, in denen sich Laine im vergangenen Jahr in den Schlaf geweint hatte? Oder wenn Cassie Angstattacken hatte und nicht verstand, warum ihre Mutter sie weggegeben hatte? Als Evan seine Sachen gepackt hatte und ausgezogen war? Als vor ihrem Haus das Schild „Zu verkaufen" aufgestellt worden war? Als sie im Pflegeheim *Maple Ridge* ihren Schreibtisch hatte räumen müssen? Laine schloss die Augen.

„Heute ist mein Hochzeitstag", platzte sie heraus.

Als Cormac nichts sagte, schlug Laine die Augen auf. Sein Blick war nicht länger auf die Jesusstatue über dem Altar gerichtet, sondern auf sie. Er wartete geduldig, ob sie ihm mehr anvertrauen wollte.

„Bei allem, was los ist, hat Ellie bestimmt nicht daran gedacht. Außerdem weiß sie ja nicht, dass wir geschieden sind: Mein Mann hat mich verlassen und ich konnte nichts dagegen tun. Ich hatte ein ganzes Jahr Zeit, mich damit abzufinden, deshalb weiß ich nicht, warum es mich so sehr trifft. Aber als ich heute in diesem Friseursalon stand und zusehen musste, wie die beiden etwas so Furchtbares durchmachen müssen – das alles macht diesen Tag noch schmerzhafter, als ich erwartet hätte."

Cormac beugte sich vor und stützte die Ellbogen auf seine Knie. Er schaute Cassie an, die in der uralten Kirchenbank friedlich eingeschlafen war. Dann seufzte er. „Das tut mir leid, Laine."

„Das musst du nicht sagen."

„Vielleicht doch. Du sollst wissen, dass du in diesem Friseursalon auch nicht allein warst", flüsterte er und schenkte ihr wieder seine ganze Aufmerksamkeit. „Das Seltsame an Dublin ist: Der Regen hört *immer* irgendwann auf, nur nicht zu dem Zeitpunkt, an dem wir das vielleicht wollen. Und Gott ist genauso – seine Absichten für uns, sein Timing, auch das ist unvorhersehbar."

Danach sprachen sie nicht mehr viel. Vielleicht waren beide in ihre eigenen Gedanken versunken, dachten über all das nach, was sie bereuten, was ihnen Schmerz bereitete und in den Stürmen des Lebens Halt gab. Sie zündeten eine Kerze an, dann gingen sie wieder auf die High Street hinaus und setzten ihren Weg in Richtung Liffey und *Jack Foley's Pub* fort.

Cormacs Ehrlichkeit hatte etwas in Laine angerührt. Glaube war nie etwas Vorgefertigtes. Er war manchmal chaotisch. Und schmerzhaft. Aber er war da, auch wenn der Regen nicht aufhörte. Cassie, die wieder aufgewacht war, hüpfte zwischen ihnen den Gehweg entlang und blickte mit geöffnetem Mund in den Himmel, um mit der Zunge Regentropfen aufzufangen. Wie kam es, dass ihr kleines Mädchen mit seinen vier Jahren viel mutiger war als sie selbst?

Laine hätte auch gern den Mut besessen, Cormacs Hand zu nehmen.

SIEBZEHN

25. April 1916, 7:00 Uhr
Sackville Street
Dublin

Finsternis war über Dublin hereingebrochen. Daran änderte sich auch kaum etwas, als der Morgen dämmerte.

Als der Uhrzeiger auf sieben Uhr zuging, waren das Gebiet zwischen *O'Connell Bridge und* den verbarrikadierten Türen des GPO sowie zwischen Sackwell Street und dem Hauptpostamt in der Hand der Aufständischen, die damit strategische Punkte gesichert hatten. Gleichzeitig ging über dem Norden der Stadt ein heftiger Regen nieder.

In der Nacht war die Nachricht durchgesickert, dass englische Truppen aus der Grafschaft Kildare auf Zügen im Osten der Stadt eingetroffen waren. Alle zwanzig Minuten drang ein endloser Strom an Soldaten aus dem *Curragh Camp* in die südlichen Regionen von Kingsbridge und Dame Street, um sich dann im Gebiet um die *City Hall* heftige Auseinandersetzungen mit den Aufständischen zu liefern. Und dann folgten die Plünderungen. Sie hatten zu beiden Seiten der Liffey begonnen und breiteten sich dann aus. An mehreren Stellen kam es zu Bränden, die den Nachthimmel erhellten.

Issy und die anderen Frauen hatten sich in einem geräumigen Büro im Erdgeschoss verschanzt. Ihr einziges Fenster, das zur Ecke der

Prince's Street hinausging, war verbarrikadiert. Dort sichteten sie Informationen und Winnie schrieb gemeinsam mit der Krankenschwester Elizabeth O'Farrell und der Depeschenbotin Julia Grenan – beide Mitglieder von *Cumann na mBan* – Nachrichten für Connolly. Winnie hatte Issy überzeugt, dass ihre Kamera nachts nicht zu gebrauchen war, und sie gebeten, ihnen bis zum Morgen zu helfen, die eintreffenden Berichte zu sichten. Mit schöner Regelmäßigkeit wurden sie vom Krachen zerberstenden Glases, von lauten Rufen und von den Kugeln aufgeschreckt, deren Knall von den Gebäuden widerhallte. Auch jetzt ertönte wieder lauter Lärm und Issy fuhr aus dem Schlaf hoch. Sie blinzelte, und es dauerte einen Moment, bis sie sich erinnerte, wo sie war.

„Sind das noch mehr Plünderungen oder marschieren jetzt die Truppen ein?" Issy schaute zum Fenster, obwohl sie wegen der dicken Papierstapel, die davor aufgeschichtet waren, nicht viel sehen konnte.

Winnie überflog ein Blatt Papier, das oben aus ihrer Schreibmaschine ragte, und antwortete ihr, ohne von dem Geschriebenen aufzublicken.

„Man sollte doch meinen, dass die Dubliner unsere Sache unterstützen würden. Aber stattdessen nehmen sie Steine und werfen damit Schaufenster ein. Zweifellos wird man uns die Schuld dafür geben, obwohl Stadtbewohner, die die Situation einfach nur ausnutzen, hinter dem größten Teil der blutigen Übergriffe stecken. Aber darüber können wir uns jetzt nicht den Kopf zerbrechen. Auf der Liffey ist ein englisches Schiff unterwegs, das verschiedene Stellen zu beiden Seiten bombardiert. Angeblich hat es die *Dublin Bread Co.* schwer getroffen. Ich musste ein paar von unseren Jungs losschicken, damit sie die Feuer in den Gebäuden in Schach halten, die zur Sackville Street führen."

Honor.

Issy rutschte auf ihrem Stuhl vor und war bereit, wenn nötig, sofort aufzuspringen. „Gibt es hier in der Nähe irgendwelche Brände?"

„Nein. Das Gebiet um das *GPO* und *Clery's* bis hinab zur Abbey

Street ist sicher." Winnie zog den Papierbogen aus der Schreibmaschine. „Lies das bitte."

Sie schob Issy das Blatt über den Schreibtisch zu. Dann trat sie an eine Anrichte an der hinteren Wand, die sie als provisorische Küche nutzten, und goss heißes Wasser in eine Teetasse.

Issy las: *„Wenn die Deutschen England erobern."* Sie hob fragend den Blick. „Was ist das?"

„Der Leitartikel auf der Titelseite der *Irish War News*. Pearse lässt uns bei der Redaktion viel Freiraum. Ich will diesen Artikel auf der Titelseite haben, seit ich vor einigen Wochen eine gute Satire in einer Londoner Zeitung gelesen habe. Wir schicken den Artikel in ein paar Minuten über die Straße. Das Gebäude der *Irish Times* soll für etwas Sinnvolles genutzt werden. Deshalb drucken wir dort unsere Zeitung."

„‚Der Verfasser zeichnet ein Bild von England unter deutscher Herrschaft. Fast jedes Detail beschreibt im Grunde Irlands aktuelle Situation …' Du glaubst, die Leute lesen das?"

„Hoffentlich. Uns fehlt die breite Unterstützung der Iren. Wenn diese Sache gut ausgehen soll, brauchen wir mehr Rückhalt in der Bevölkerung."

Sie legte das Blatt wieder auf den Schreibtisch, während Winnie ihr eine Tasse Tee hinschob. Issy trank einen Schluck. Der Tee war heiß und bitter, aber die Wärme tat gut. Sie dachte lieber nicht darüber nach, dass er mit ein wenig Honig noch viel besser schmecken würde.

Der Tee machte sie innerhalb weniger Sekunden hellwach. „Irgendetwas Neues über die City Hall?"

Winnie schüttelte den Kopf. „Wir haben sie verloren. Am frühen Morgen wurden die Männer auf dem Dach abgeriegelt und alle verhaftet. Seán Connolly war ihr Anführer. Er wurde erschossen. Ein großer Verlust. Wir wissen auch, dass Männer das Gaswerk in der South Lotts Road gestürmt haben. Sie haben die Maschinen zerstört und die armen Leute im Süden der Stadt müssen die ganze Nacht in völliger Dunkelheit ausharren."

„Das heißt, dass die Straßen am *St. Stephen's Green* auch im Dunkeln liegen?"

„Vielleicht, aber der *Green* hat andere Probleme."

„Und die wären?"

„Schwere Verluste. Die Straßenbahnen stecken fest. Die Straßen wurden abgeriegelt und stehen jetzt unter Maschinengewehrbeschuss. Weil die Engländer nicht sehen können, wer ein Aufständischer ist und wer nicht, schießen sie auf jeden, der in ihre Schusslinie gerät. Hier ist es nicht viel besser. Hier wird auch seit Stunden geschossen. Aber Julia hat es geschafft, eine Nachricht zur *Boland's Mill* zu bringen. Elizabeth hat versucht, zu den Verletzten in der Sackville durchzudringen, aber das ist zu riskant. Sie müssen die Verletzten durch die Hintertüren zu ihr ins Gebäude bringen. Pearse hat sogar eine Nachricht an die Kirche in der Marlborough Street geschickt und darum gebeten, dass ein Priester den Verwundeten die Beichte abnimmt. Ein Pater Flanagan ist heute Morgen gekommen und nimmt Briefe an die Familien der *Volunteers* mit."

„Weil sie denken, dass sie sie nie wiedersehen werden?"

Hatte Rory auch einen solchen Brief geschrieben?

Sollte *sie* einen schreiben?

Issy trat ans Fenster, vor dem ein wilder Kampf tobte, und spähte durch den schmalen Spalt, der ihnen noch eine freie Sicht ermöglichte.

„Ich war im vergangenen Monat in der *St. Enda's School*, als Pearse sagte, dass für Irlands Freiheit Blut vergossen werden müsse." Winnies Augen verdunkelten sich. „Er hat es von Anfang an gewusst. Sie alle haben es gewusst. Connolly, Clarke, MacDiarmada und auch Plunkett. Alle Anführer, die sich in diesen vier Wänden befinden, wissen es, aber trotzdem sind sie bereit, diesen Preis zu zahlen."

Issy wandte sich wieder zum Fenster und sah, wie der Regen das Glas mit zu vielen Tränen überzog. „Was wissen sie?"

„Dass wir diesen Kampf nicht gewinnen können."

Obwohl der Tag schon angebrochen war, war der Himmel bewölkt, und der Regen versuchte, den schwarzen Ruß von den Straßen zu spülen. In der Prince's Street schien es ruhig zu sein, obwohl Issy vor den Schaufenstern von *Clery's* schemenhafte Gestalten hin und her huschen sah. Die Schaufenster waren verwüstet. Zersplittertes Glas, zerrissene Stoffe und andere Auslagen des Warenhauses lagen auf dem Gehweg verstreut.

Die Ecke von *Foley's* war durch den Nebel und den Regen nur als ferne Silhouette zu erkennen. Holzpaletten sicherten die zugenagelten Fenster. An den Nachbargebäuden und in den oberen Stockwerken waren keine Flammen zu sehen. Dass das Haus zugenagelt und verbarrikadiert war, war ein gutes Zeichen. Issy hoffte, dass Honor, ihre Tante und ihr Onkel unversehrt waren.

„Das dicke Papier schützt nicht vor Gewehrkugeln. Geh lieber vom Fenster weg, Byrne." Winnie stellte ihre Tasse neben die Schreibmaschine und rollte auf ihrem Stuhl zum Schreibtisch zurück. „Außer natürlich, du hast die Absicht hinauszugehen."

Issy dachte tatsächlich darüber nach. Aber wahrscheinlich sollte sie es lieber lassen.

Andererseits trug sie extra eine Hose, um sich flinker bewegen zu können. Sie hatte die ganze Nacht auf einem Stuhl gesessen und Berichte gesichtet. Außerdem hatte sie eine einsatzbereite Kamera, aber das war bedeutungslos, wenn sie sich von ihrer Angst leiten ließ und hoffte, in den Berichten, die sie überflog, nirgends die Namen O'Connell oder Byrne zu entdecken. Sollte sie hinausgehen, mit eigenen Augen sehen und auf Fotografien festhalten, was da draußen geschah, oder wollte sie lieber im Nachhinein lesen, was passiert war? Doch konnte sie Honor wirklich zurücklassen?

„*Campbell's Camera Shop* wurde niedergebrannt. Dort gibt es keine Filmrollen mehr. Aber dich interessiert vielleicht, dass mehrere Einheiten unserer Männer zur Liffey beordert wurden, um die Brücke zu verteidigen und die Versorgung zum *Green* zu gewährleisten."

Rory war zweifellos unter diesen Männern. Und da ihn nicht nur seine Überzeugungen antrieben, sondern auch der Hass auf die Engländer, die die Frau angegriffen hatten, die er liebte, tat er alles, um sie zu töten. Er war vermutlich einer der Ersten gewesen, die sich freiwillig gemeldet hatten. Und Winnie wusste das.

„Und mein Bruder ist dabei."

Winnie nickte.

„Connolly hat seine Einheit vor Tagesanbruch losgeschickt. Du fragst dich jetzt bestimmt, warum du noch hier stehst, obwohl du am liebsten auch dort draußen wärst."

Issy starrte aus dem Fenster und versuchte, sich einzureden, das unablässige Knallen der Schüsse und das Krachen von Artilleriefeuer wären nur ein Frühlingsgewitter. Sie musste eine Entscheidung fällen: War sie mutig, oder würde sie sich verkriechen, wie Rory vorhergesagt hatte?

„Reporter sind die Hüter der Geschichte, Byrne. Wir dokumentieren, wie Menschen für eine Sache leben und sterben. Aber selbst wenn wir noch so gute Absichten verfolgen: Aus unseren Worten werden immer auch unsere Überzeugungen sprechen. An diesem Punkt kommst du ins Spiel." Sie richtete ihren Blick auf Issys Kameratasche und tippte mit ihrem Bleistift darauf. „Dieses Objektiv lügt nicht. Es erzählt die ungeschminkte Wahrheit. Und ich bin sicher, diese Wahrheit gilt auch in hundert Jahren noch. Ich schreibe die Artikel, aber du bist diejenige, die hier wirklich die Wahrheit weitergibt. *Geh los.* Erzähle unsere Geschichte."

Jedes Wort, das Winnie gesagt hatte, strömte durch Issys Ohren direkt in ihr Herz. Sie hatte recht.

„Hier." Winnie nahm ein Blatt Papier von einem Stapel, faltete es und hielt es Issy hin. „Dieses Mal mache ich es sogar offiziell: Wir setzen Frauen von *Cumann na mBan* als Boten zwischen dem GPO und Standorten im Süden ein. Ich sollte eigentlich damit warten, bis Julia zurück ist, aber ich denke, du hast genug Mut, um diese Nachricht zu unseren Männern zu bringen. Kennst du dich in den Straßen auf der anderen Seite des Flusses aus?“

„Ich würde mich dort mit verbundenen Augen zurechtfinden.“

„Dann lauf, so schnell du kannst. Wenn du es schaffst, musst du das hier Major Mallin im *Green* geben. Dein Weg führt dich an mehreren Fotogeschäften vorbei – falls sie noch stehen. Du kannst dir also auch einen Film besorgen. Aber fang dir keine Kugel ein!“

Issys Entscheidung stand fest. Sie nahm ihre Jacke von der Stuhllehne, steckte die Nachricht in ihre Brusttasche ihrer Jacke und schlüpfte dann hinein. Ihr langes Haar war im strömenden Regen eher hinderlich, daher griff sie nach ihrer Kappe, die mit ihren Sachen auf einem Schrank in der Ecke lag. Sie begann, ihr Haar unter den Hut zu stopfen. „Muss ich sonst noch etwas wissen?“

„Ein Hauptmann namens John Bowen-Colthurst schickt englische Soldaten, die in der *Richmond*-Kaserne stationiert sind, los, in der ganzen Gegend schwere Geschütze aufzufahren. Da im nächsten Monat in Portobello ein Krankenhaus eröffnet werden soll, wurden Ärzte und Pflegekräfte bereits dorthin gebracht. Vielleicht haben sich einige von ihnen dem Kampf angeschlossen, da viele am Sonntag vom Behelfslazarett *Duke of Connaught* in Bray nach Dublin gekommen sind. Selbst Pfarrer aus dem Lazarett sind als Seelsorger mitgekommen. Es heißt, dass es hohe Verluste gibt, aber Mallin und die Gräfin Markievicz brauchen im *Green* Verstärkung und diese Depesche könnte den vielen Verwundeten Hilfe bringen.“

Issy erstarrte. Sie wandte sich um und ließ die Hände sinken, die ihre Haare bereits zur Hälfte unter die Kappe gesteckt hatten. Ihr Herz überschlug sich fast.

„Pfarrer? Vom Behelfslazarett *Duke of Connaught* in Bray? Sie halten sich auf der Südseite auf, die unter Beschuss steht?“

„Genau. Sie halten sich gegenüber der *Richmond*-Kaserne auf der anderen Kanalseite in der *Portobello Church* auf. Im Moment eines der am härtesten umkämpften Gebiete, da unsere Männer von englischen

Truppen überrannt werden. Aber wir brauchen die Ärzte und das Pflegepersonal im *Green*. Falls sie überhaupt bis dorthin durchkommen."

Issys Herz flüsterte qualvoll: *Sean*.

Sie hatte die ganze Zeit gedacht, er wäre in Sicherheit. Er würde im Schutz eines Militärkrankenhauses im County Wicklow als Pfarrer arbeiten. Weit entfernt von englischen Schützen. Aber offenbar musste sie die Möglichkeit in Betracht ziehen, dass sich Sean in einem noch viel gefährlicheren Kriegsgebiet befand als sie hier im *GPO*.

„Du bist sicher, dass die Pfarrer auch dort sind? In der *Portobello Church*?"

„Ja, ich bin mir sicher." Winnie stemmte die Hände in die Hüften. „Was ist?"

„Nichts", erwiderte Issy, obwohl der Brief in ihrer Tasche sie drängte, endlich ihre Beine in die Hand zu nehmen. Sie ergriff ihre Kamera, hängte sie sich über die Schulter und eilte zur Tür. „Ich muss los. Sofort."

Winnie zog sie zurück und drückte Issys Arm.

Die junge Frau fuhr atemlos herum und befürchtete, dass Winnie die Angst in ihren Augen sehen könnte. Dass sie eine Erklärung verlangen würde, warum sich Issy plötzlich so sonderbar benahm. Sie musste ihren ganzen Mut zusammennehmen, um ruhig durch die Eingangstüren zu gehen und nicht völlig die Nerven zu verlieren.

„Liebe, nicht wahr?", fragte Winnie.

Issy hatte keine Zeit für Erklärungen. Ihr lief die Zeit davon. „Welcher Weg ist der beste?"

„Diese Nachricht wurde von Connolly persönlich unterschrieben. Zeig sie, wenn nötig, her, damit die Aufständischen dich durchlassen. Du hast wahrscheinlich Deckung bis zur *O'Connell Bridge*, aber auch das ist nicht sicher. Geh auf keinen Fall in Richtung *Dublin Castle*, wenn du drüben bist. Gestern am großen irischen Nationalfeiertag waren dort vielleicht nicht viele Engländer, aber heute ist das ganz anders. Wir haben erst gar nicht versucht, das *Trinity College* einzunehmen. Es ist uneinnehmbar. Die besten Chancen hast du in den Seitenstraßen. Betritt den Park am besten beim *Fusilier's Arch*. Aber geh nicht bis zum *Shelbourne*. Wir haben die Nachricht bekommen, dass die Engländer von den oberen Stockwerken des Hotels aus die Straße mit Maschinengewehren beschießen."

Maschinengewehre?

Issys Herz überschlug sich fast.

„Also, Byrne. Wiederhole noch einmal den Weg."

„Ich habe vermutlich Deckung bis zur *O'Connell Bridge*. Nehme die Seitenstraßen zwischen *Dublin Castle* und *Trinity*. Durch den Triumphbogen. Mallin suchen." Sie atmete tief ein. „Und keine Kugel einfangen."

Winnie zog den Revolver, den sie immer bei sich trug, aus ihrem Gürtel und hielt ihn ihr hin. „Brauchst du den?"

Issy schüttelte den Kopf. „Nein. Wenn ich um mein Leben laufen muss, schieße ich unterwegs lieber ein Foto."

Winnie nickte und steckte den Revolver wieder ein, bevor sie zwei Finger in den Mund steckte und einen durchdringenden Pfiff ausstieß. Eine Gruppe *Volunteers*, die die Eingangstüren bewachten, blickte auf. „Jungs! Lasst diese Frau durch. Sie ist eine *Cumann na mBan* und hat eine Nachricht für Major Mallin. Gebt ihr Deckung bis zur Brücke."

Issy schaute sie fragend an. „Seit wann bin ich eine *Cumann na mBan*?"

„Seit jetzt."

Während Issy aus der Eingangshalle ins Freie lief, fragte sie sich, was ein echtes Mitglied der *Cumann na mBan* tun würde: auf dem schnellsten Weg zum *Green* laufen, wie ihr aufgetragen worden war, oder ihrem Herzen nach Portobello folgen?

25. April 1916, 7:20 Uhr
20 Sackville Street
Dublin

Mit dem Pferd würde sie die Nachricht sicher schneller überbringen, aber das Klappern der Hufe wäre kilometerweit zu hören und sie wäre dann eine viel bessere Zielscheibe für die englischen Soldaten. Besonders jetzt bei Tage.

Wenn Issy sich zwischen den Gebäuden hindurchschleichen könnte, immer wieder kurze Strecken laufen und sich dann in Seitengassen verstecken würde, könnte sie mehrere Rebellenaußenposten ansteuern, bis sie den *Green* erreichte. Das war der Idealfall. Aber wie sah es in Wirklichkeit aus? Der Anblick des schwarzen Rauches, der zum Himmel aufstieg, und das beängstigende Knallen und Krachen der Kugeln, die in die Fassaden der Gebäude einschlugen, zwang sie, sich zu beeilen.

Ihr erster Sprint führte sie um die Ecke der Prince's Street und über die freie Fläche der Sackville Street.

„Überquer sie lieber hier, wo du noch in Deckung bist, als weiter unten in der Nähe der Brücke. Sie ist inzwischen vielleicht unpassierbar. Geh weiter zu Clery's. *Lauf in das geplünderte Gebäude hinein, innen den Häuserblock entlang und von dort aus so schnell weiter, als wäre der Teufel hinter dir her"*, hatte ihr einer der *Volunteers* geraten. Dann hob er seine Waffe und wartete darauf, dass sie die Straße und die Bahnschienen überquerte.

Issy nickte ihm zu.

Einatmen. Ausatmen.

Los!

Die Kamera schaukelte unter ihrer Jacke, und ihre Stiefel klapperten auf der regennassen Straße, während Issy den Blick auf die Ecke des Warenhauses *Clery & Co.* richtete und über die weite Fläche von einem Gehweg zum anderen rannte. Sie sprang über die Ziegelsteine, die auf der Straße verstreut lagen, und vernahm das Knallen des Gewehrbeschusses, der irgendwo in der Nähe widerhallte.

Nicht hinsehen! Issy sprintete an einem Mann vorüber, der mit dem Gesicht nach unten am Fuß der riesigen Nelsonsäule, die die Sackville Street teilte, auf der Straße zusammengesackt war.

Lauf einfach weiter!

An der Ecke rannte sie an Geschäften mit zerstörten Mauern und abgebröckelten Steinen vorbei und blieb nur kurz stehen, um mit ihrem Stiefel eine Glasscherbe aus dem Weg zu schieben, die wie ein riesiges Messer in einem Schaufenster hochragte. Dann sprang sie in den Laden hinein.

Sie achtete darauf, nicht in den riesigen Haufen aus Osterhüten zu purzeln, der am Boden lag, da sie davon ausging, dass diese wahrscheinlich von rasierklingenscharfen Glassplittern übersät waren. Vorsichtig richtete sie sich auf. Sie müsste das riesige Kaufhaus durchqueren, über Glasscherben laufen, vorbei an demolierten Verkaufstheken, verschmutzten Kleidern und zersplittertem Holz. Der gesamte Boden hinter der Straßenfront des berühmten Warenhauses war ein einziges Minenfeld.

Ein langer Tisch, auf dem Rasierzubehör für Männer ausgestellt worden war, war umgestoßen worden. Rasierklingen und Bürsten, Scheren und Kämme waren über dem Boden verteilt. Sie bückte sich und hob eine gerade Klinge mit Elfenbeingriff auf. Eine Waffe könnte vielleicht irgendwann von Vorteil sein. Issy steckte die Klinge in ihre Hosentasche und lief weiter.

Sie lief zwischen den eleganten Waren hindurch, die auf dem Boden verstreut lagen, und bemühte sich, so geräuschlos wie möglich zu sein, da sie nicht wusste, ob sich in dem Gebäude Rebellen oder Plünderer – oder noch schlimmer: englische Soldaten – aufhielten.

Obwohl die Bogenfenster am hinteren Ende des Geschäfts verbarrikadiert waren, hatte Issy dank der *Volunteers* noch ein Stück weiter Deckung. Sie müsste aus dem Schaufenster klettern und würde an der Ecke der Abbey Street herauskommen. Sie könnte einen kurzen Blick auf *Jack Foley's* werfen, bevor sie in Richtung Fluss weiterlaufen müsste.

Issy versuchte, ihre Nerven zu beruhigen, und nahm ihre Kamera heraus.

Sie öffnete die Tasche, klappte das Objektiv auf und stellte es binnen weniger Sekunden scharf.

Einatmen!

Issy drehte am Objektiv und richtete es auf die verschmutzten Vorhänge, die schief hängenden Gaskronleuchter und auf die Berge von Fässern und Möbelstücken, die vor dem Gebäude die Mitte der Sackville Street abriegelten. Männer versteckten sich dahinter, hatten ihre Gewehre auf ein Sofa mit geschnitzter Holzlehne gelegt und zielten in Richtung Süden der Stadt.

Sie legte den Daumen auf den Auslöser.

Klick.

Foto Nummer drei.

In diesem Moment bemerkte sie aus dem Augenwinkel eine Bewegung.

Issy bückte sich und verbarg sich unter dem offenen Fenster. Sie schob ihre *Kodak* wieder geräuschlos zusammen und steckte sie in den Lederkoffer unter ihrer Jacke.

Jetzt hieß es den Kopf einziehen und loslaufen.

Sie atmete tief ein und machte einen großen Satz auf den Gehweg. Einen Moment später war sie draußen und lehnte sich rasch mit dem Rücken an die Außenwand des Warenhauses. Ein Stück weiter unten an der Straße, wo sie vor wenigen Wochen noch zugesehen hatte, wie ein Lieferwagen mit Whiskey zwischen den Gebäuden verschwunden war, lagen umgekippte Fässer und ein Berg Kisten mit zerbrochenen Whiskeyflaschen, deren Inhalt sich auf die Abbey Street ergossen hatte.

Dahinter saß eine junge Frau mit kornblumenblauen Augen und rotblondem Haar und hielt einen toten Mann auf dem Schoß.

ACHTZEHN

4. März 1798
Ashford Manor
County Wicklow

Maeve hatte gerade ihre Feder zur Seite gelegt und wollte das Wirtschaftsbuch zuklappen, als draußen die Alarmglocke erklang. Sie drehte sich schnell um. Der Holzstuhl kratzte über den Boden, als sie eilig zu den Fenstern der Bibliothek trat.

Die Dämmerung war über den Klippen aufgezogen und malte rote und graue Farben an den Himmel. Sie drückte die Fingerspitzen an das Bleiglas und blickte suchend über die Wiesen zu ihren Ställen, aber es war nichts zu erkennen. Ein Schauer lief über ihren Rücken, als die Glocke erneut erklang. Dieses Mal wanderte ihr Blick zum Horizont, wo der unheilvolle Anblick von schwarzem Rauch den friedlichen Frühlingshimmel trübte.

Maeve stürmte hinter ihrem Schreibtisch hervor und riss die Tür auf. Eilig hob sie ihren Rocksaum und lief den langen Flur entlang.

„Feuer!", rief sie und läutete die Glocke in der Eingangshalle, um die Bediensteten zusammenzutrommeln. „Feuer! Alle hinaus!"

Sie riss die Eingangstüren auf und ließ sie weit offen stehen, während sie die Stufen des Schlosses hinabeilte. Die Glocke hing zwar bei ihren Ställen, aber je näher sie diesen kam, umso deutlicher konnte sie erkennen, dass der Alarm nicht wegen eines Brands in einem Gebäude auf dem Gutsgelände ausgelöst worden war. Zu ihrem Entsetzen stiegen in der Ferne hinter den langen Steinmauern dicke Rauchwolken auf. Feuer und Rauch und Asche. Wütende Flammen verschlangen eine ganze Seite des Hauses der Familie O'Malley.

Vielleicht wäre es besser gewesen, mit dem Pferd die Straße hinabzureiten, aber Maeves Herz trug sie zu Fuß über die Wiese. Ihre Stiefel polterten über die Steine und das Gras. Sie eilte zu einem Tor aus verwittertem Holz, das von dichtem Gestrüpp überwuchert war. Sie stieß das Tor mit dem Stiefelabsatz auf, ohne sich zu fragen, ob die Schafe ausbrechen und auf die Straße laufen würden. Die Tiere könnten sie später wieder einfangen. In diesem Moment zählte nur die Sicherheit der O'Malleys.

Maeve hatte sich schon vor Wochen angewöhnt, ein eng anliegendes Oberteil aus Leder zu tragen. Dies war viel praktischer als ein Musselinkleid oder ein Reitkostüm aus Brokat. Während sie über die Wiese lief, dachte sie dankbar daran, dass ihre Arme durch das dickere Kleidungsstück wenigstens zum Teil geschützt waren, falls sie ins Haus laufen musste, um die Mädchen zu retten.

Vielleicht bestand noch Hoffnung. Sie musste sich beeilen.

Als Maeve die Farm erreichte, entdeckte sie, dass nur eine einzige Person das Feuer bekämpfte: ein rußverschmierter Junge, der höchstens fünfzehn war. Er hievte Eimer voll Wasser hoch und kippte dieses auf die Flammen. Der vom Meer herüberwehende Wind fachte zu allem Unglück die Flammen weiter an und ließ diese noch höherlodern. Sie stiegen an der Haustür hinauf und erfassten den Türsturz. Dadurch wurden die Bemühungen des Jungen beinahe zunichtegemacht.

„Ich helfe dir", rief sie. Dann lief sie rasch zu ihm und nahm ihm den Eimer ab. „Hol einen zweiten Eimer!"

Als sie das Wasser auf die lodernden Flammen kippte, zischte es und verdunstete.

„Was ist denn mit den Kindern? Guter Gott, lass sie nicht im Haus sein!“, rief sie aus, da das Dach auf einer Seite schon völlig in Flammen stand.

In diesem Augenblick flog ein Fenster heraus und das Glas zerbarst. Maeve zog schützend den Kopf ein und wich vor der glühenden Hitze zurück. Sie hielt ihre Unterarme vor ihr Gesicht und versuchte, durch die Öffnung ins Haus zu blicken. Sie betete, dass keine der kostbaren Seelen darin gefangen war.

„Sie sind draußen, Milady! Alle sind in Sicherheit“, rief der Junge ihr zu. „Außer Mr O'Malley habe ich alle gesehen!“

„Draußen? Wo?“ Schnell blickte Maeve suchend durch das Tal und über die Klippen. Doch auch auf dem Pfad, der zur Bucht hinabführte, konnte sie niemanden sehen. Nur ein paar Schafe und dahinter das tosende Meer.

„Sie sind dort oben, Milady!“ Er deutete zur Burgruine hinauf, die über dem Glen Wache stand.

Hinter dem Fenster mit dem gotischen Spitzbogen stand Brigid O'Malley, sie wurde von den Steinen fast verdeckt. Die Nacht zog so schnell auf, dass Maeve nicht sagen konnte, ob Brigid verletzt war, aber sie wirkte unversehrt und hielt eine Tochter in ihren Armen. Die andere drückte sich an ihre Seite und vergrub das Gesicht in ihrem Rock.

Sie leben!

„Sie sind zur Burgruine hinaufgelaufen.“

Du musst atmen, forderte Maeve sich auf. Ein paar tiefe Atemzüge würden ihr guttun.

„Und Mr O'Malley?“

Der Junge schüttelte den Kopf.

„Keine Ahnung. Ich habe ihn nicht gesehen. Er hat mit Mr Byrne auf der anderen Seite des Hügels gearbeitet. Er hat mir heute Morgen gesagt, dass sie die Steinmauer an der Straße reparieren wollen.“

„Wir brauchen mehr Wasser!“, forderte Maeve ihn auf.

Doch das Cottage war nicht mehr zu retten. Falls O'Malley tatsächlich darin gewesen war … Sie betete, dass er nicht im Haus war. Sie konnten jetzt nichts weiter tun, als zu verhindern, dass die Flammen weiter um sich griffen.

Der Stall hatte bislang kein Feuer gefangen, aber ein einziger Funken könnte das schnell ändern. Mit dem Wasser aus dem Trog konnten sie zwar das Haus nicht retten, aber sie konnten wenigstens weiteren Schaden abwenden, indem sie das Stalldach durchnässten. Sie mussten verhindern, dass das Feld Feuer fing, falls es überhaupt brennen würde. Mit Gottes Hilfe würden die Funken nicht bis Ashford Manor fliegen.

„Sieh nach dem Vieh! Falls noch Tiere im Stall sind, müssen sie herausgetrieben werden!"

Die Luft war so mit Rauch erfüllt, dass jeder Atemzug brannte und einen Hustenanfall auslöste. Maeve riss das dünne Tuch von ihrem Mieder und band es sich eilig vor den Mund. Sie hievte einen vollen Eimer hoch und begann, über eine Leiter auf das schräge Dach des Viehpferches hinaufzuklettern.

Rauchwolken bedeckten den Himmel und glühende Funken flogen durch die Luft.

Maeve hielt sich mit einer Hand am Dach fest und kippte mit der anderen den Eimer aus. Sie versuchte, das Wasser auf einer größeren Fläche zu verteilen. Dann versuchte sie, so schnell wie möglich mehrere Sprossen hinabzuklettern, musste aber darauf achten, nicht über ihre Röcke zu stolpern, während die Luft in ein tödliches Schwarz getaucht wurde.

In diesem Augenblick brach das Hausdach mit einem lauten Krachen ein.

Rauch und Flammen stiegen auf und vernichteten, was noch übriggeblieben war. Glühende Funken stoben durch die Luft. Die Flammen breiteten sich aus. Sie leuchteten am dunklen Himmel und sprangen vom Haus auf den Stall über. Auf dem Boden begann das Stroh zu brennen. Dicht, zu dicht am Tierpferch. Maeve füllte einen Eimer mit Wasser, kippte es auf das Feuer und trat die Flammen mit ihrem Stiefel aus. Der Stoff rutschte von ihrem Mund und wehte wie eine Halskette um ihren Hals.

„Lady Maeve!"

Als sie ihren Namen hörte, merkte sie, wie erschöpft sie schon war.

Sie drehte sich zu der Stimme um und rang keuchend nach Luft, während der Wind vom Meer ihre kastanienbraunen Locken um ihr Gesicht wehte. Der Eimer fühlte sich plötzlich auch ohne Wasser so schwer an, dass sie ihn nicht mehr heben konnte. Maeve sank auf das matschige Feld.

Eoin kam von der Steinmauer an der Straße auf sie zugelaufen. Er schob schnell die Arme um ihre Taille und zog sie von der sengenden Hitze weg, die das Gerippe des Hauses ausstrahlte. „Gott im Himmel! Was machen Sie denn da?"

Sie taumelte zurück und ihre Füße verhedderten sich in ihrem Rock.

„Die Alarmglocke bei den Ställen hat geläutet. Und die Kinder … Ich musste sicherstellen, dass sie …"

Der Wind wehte Maeve den Rauch ins Gesicht, und ihre Lunge brannte so sehr, dass sie nicht weitersprechen konnte.

Brennan O'Malley war Eoin gefolgt und lief erschrocken auf sein Haus zu. Der Anblick seines brennenden Hauses versetzte ihn in eine solche Panik, dass er fast ins Feuer hineingelaufen wäre. Als er an ihnen vorbeistürmen wollte, packte Eoin ihn und hielt ihn mit eisernem Griff am Hemd fest.

„Nein, O'Malley! Schauen Sie zu den Klippen hinauf!" Maeve hustete und rang mühsam nach Luft, während Eoin zu ihr zurückkam und sie stützte. Sie deutete mit dem Kopf zu den Klippen. „Ihre Familie ist dort oben. Sehen Sie sie? Sie sind … in Sicherheit. In der Burgruine. Dort kann ihnen nichts passieren."

O'Malley lief so schnell er konnte durch das Glen auf seine Familie zu.

Während der Himmel mit heranbrechender Dämmerung immer dunkler wurde, schien das Feuer in Eoins Gesicht, und sie sah seine Angst und wie aufgewühlt er war.

„Milady? Sind Sie verletzt?“ Eoin musterte sie durchdringend und nahm ihr Gesicht in die Hände. „Schauen Sie mich an.“ Er tätschelte ihre Wange und strich die klebrigen, ruß- und matschverschmierten Haarsträhnen aus ihrem Gesicht. „Sind Sie verletzt?“

Maeve konnte ihn nicht mehr deutlich sehen, so sehr sie sich auch anstrengte.

Die Dunkelheit, der Rauch, die Angst. Sie war wie gelähmt. Ihre Knie gaben erneut unter ihr nach und vor ihren Augen wurde alles schwarz.

Sie sank ohnmächtig zu Boden.

Oder wurde sie aufgefangen? Ihre Stirn stieß an die Unterseite von Eoins Kinn, als er sie auf einen Sattel schob und sich hinter ihr auf das Pferd schwang. Er brachte sie durch das Tor und die Straße hinauf in Richtung Schloss. Sie ließen die letzten Flammen, die das Cottage in einen Haufen aus Schutt und Asche verwandelten, hinter sich.

Endlich war sie in Sicherheit. In seinen Armen war sie sicher.

„Sie brauchen einen Arzt.“

„Sie sind schon wieder zu spät gekommen“, flüsterte sie. „Erinnern Sie sich? Am Weihnachtsmorgen im Stall?“

„Ja, offenbar komme ich immer zu spät, wenn Sie mal wieder versuchen, sich umzubringen. Könnten Sie solche Pläne in Zukunft vorher mit mir absprechen, damit ich rechtzeitig da bin?“

„Ich brauche kein Kindermädchen.“

„Das haben Sie schon einmal gesagt. Aber da Sie so eigensinnig sind, würde ich vorschlagen, dass immer Menschen in Ihrer Nähe sind, die Ihnen wohlgesonnen sind. Ich würde mich viel wohler fühlen, wenn ich wüsste, dass Sie das Schicksal nicht täglich herausfordern.“

Maeve schluckte mühsam. Ihr Hals schmerzte, als würde ein Feuerstrom durch ihre Kehle fließen. Sie lehnte den Kopf zurück und die Angst wich.

„Sind wir das jetzt? Einander wohlgesonnen?“

Eoin lächelte nicht oft. Meistens ließ er nicht einmal sehen, wenn ihn etwas amüsierte. Das hatte Maeve in den Wochen beobachtet, seit er auf dem Anwesen arbeitete. Sie arbeiteten zusammen. Er schuftete genauso unermüdlich wie sie, aber sie hatte ihn fast nie lächeln sehen. Er war zwar nicht missmutig, aber er lebte zurückgezogen in seinem Cottage an der Kreuzung und blieb bis auf die wenigen Begegnungen, bei denen es um die Arbeit auf dem Anwesen ging, auf Distanz. Aber jetzt spielte das alles keine Rolle.

Er lockerte seinen Griff und lächelte sie mit einer Zärtlichkeit an, nach der sie sich unbewusst gesehnt hatte.

„Ja. Ich schätze, wir sind jetzt Freunde." Doch dann verschwand die Zärtlichkeit aus seiner Miene. Er runzelte die Stirn und richtete seinen durchdringenden Blick nach vorn.

„Was ist?"

„Schauen Sie", flüsterte er und senkte das Kinn so weit, dass es ihre Wange streifte. Sie richtete sich auf. Ihr Herz stockte, als sie sah, dass Flammen am hinteren Ende des Schlosses aufflackerten.

„Das wusste ich nicht. Es muss bereits auf der anderen Seite gebrannt haben, als ich zu den O'Malleys lief."

„Deshalb waren auch nur so wenige da, um das Feuer auf der Farm zu bekämpfen. Es sind mehrere Brände gleichzeitig ausgebrochen."

Maeve hatte nie erwartet, das zu sehen, was sie nun erwartete: Ihr Vater hatte die Depressionen abgeschüttelt und war wieder in die Rolle des Gutsherrn geschlüpft.

Der Earl of Chryn bekämpfte zusammen mit den anderen, die sich vor dem Schloss eingefunden hatten, gegen die Flammen. Seine Weste stand offen und die Ärmel seines Leinenhemdes waren rußverschmiert und wehten im Wind. Neben ihm stand Mrs Finnegan, die mit einem nassen Bettlaken versuchte, die Flammen auszuschlagen. Archibald, der Butler, hatte seinen Frack ausgezogen und versuchte, mit dem Wasser aus den Eimern, die ein Diener anschleppte, ebenfalls die Flammen zu löschen.

Nicht nur die Gutsangestellten halfen mit, sondern auch die Pächter. Sie entdeckte unter ihnen sogar Brennan O'Malley, obwohl dieser gerade sein eigenes Haus verloren hatte. Sie alle kämpften Seite an Seite darum, das Feuer zu löschen.

„Wir müssen ihnen helfen." Maeve versuchte, sich in Eoins Armen aufzurichten, aber sie legte sogleich die Hand an ihre Stirn, da sich in ihrem Kopf wieder alles zu drehen begann.

„Das werde ich tun, sobald ich Sie in Sicherheit gebracht habe." Eoin brachte sie zur Burgruine hinauf und half ihr vom Pferd. Vorsichtig untersuchte er ihr Gesicht und ihre Arme, dann rief er Brigid zu sich.

„Ich kann keine Verbrennungen entdecken. Aber ich lasse sofort den Arzt aus dem Dorf holen. Kümmern Sie sich hier um sie, bis ich zurückkomme?"

„Natürlich, Mr Byrne. Wir kümmern uns um Milady."

Er kniete nieder und flüsterte: „Ich muss los. Aber ich denke, wir haben später etwas zu bereden." Er strich eine Haarsträhne aus Maeves Stirn. Sie spürte seine Fingerspitzen kaum, als er sie zurückzog und davonritt.

Eine starke Erschöpfung erfasste sie. Sie lehnte sich mit dem Rücken an die Mauer der Ruine. „Was ist passiert, Brigid?"

„Das weiß ich nicht genau, Milady." Brigid ging neben ihr in die Hocke und die Mädchen drückten sich eng an ihre Mutter. Ängstlich verfolgten sie die Bemühungen der Menschen bei den Ställen. „Wir haben gerade das Brot aus dem Ofen geholt, dann haben die Mädchen sich gewaschen. Plötzlich flog ohne Vorwarnung ein Stein durchs Fenster und im nächsten Moment brannte es. Wir konnten uns gerade noch aus dem Haus retten."

Da Maeve den Mädchen keine Angst einjagen wollte und ihr Hals schmerzte, flüsterte sie: „Aber das ergibt doch keinen Sinn. Es gibt vielleicht Leute, die das Schloss abfackeln wollen. Aber warum sollte jemand Ihnen Schaden zufügen wollen?"

Es sei denn, jemand will Zeugen zum Schweigen bringen, die gesehen haben, wie Waffen in die Bucht geschmuggelt wurden.

„Das kann ich Ihnen nicht sagen, Milady."

„Machen Sie sich keine Sorgen. Ich werde mit Mr Byrne sprechen. Sie können im Schloss wohnen, bis er ein anderes Cottage für Sie findet. Wir lassen Sie nicht im Stich."

Sie blickte zum Schloss. Inmitten der vielen Helfer, die Wassereimer über den Hof schleppten, entdeckte sie außer Eoin, der die Männer anwies, das Schloss von allen Seiten mit Wasser zu bedecken, und ihrer unverwüstlichen alten Haushälterin, die mit aller Kraft die Flammen bekämpfte, auch den Jungen. Er holte die Eimer von den Dorfbewohnern, die in der Bucht Wasser schöpften.

„Wer ist dieser junge Mann?"

„Das ist der neue Stallknecht. Er kommt aus Dublin. Mr Byrne hat ihn erst heute eingestellt. Das war eine gute Entscheidung. Er war ein Engel in der Not", sagte Brigid und nahm Madailéin in die Arme. Sie wiegte ihre Tochter sanft, während sie zuschauten, wie sich die Mühen der Leute auszahlten und die letzten Flammen gelöscht wurden. „Er tauchte auf, kurz nachdem das Haus Feuer gefangen hatte. Er hat uns aus dem Haus geholfen. Ich glaube, Gott hat ihn geschickt, um uns vor dem sicheren Tod zu retten."

„Er ist aufgetaucht, kurz nachdem das Haus Feuer fing?" Maeve betrachtete den jungen Mann. Er hatte einen sicheren Gang, starke Arme und einen zähen Körper und befolgte gehorsam Eoins Anweisungen. Er wirkte kräftig und fleißig, aber konnte man ihm trauen?

„Wie heißt er?"

„Sein Vater hat in Dublin ein Pub. Ich glaube, er heißt Foley, Milady. Jack Foley."

12. März 1798
Ashford Manor
County Wicklow

Obwohl sie immer noch keinen Zeugen gefunden hatten, der gesehen hatte, wer hinter den Bränden steckte, ließ Eoin alle wissen, dass es sich um Brandstiftung handelte. Nun waren alle auf der Hut. Der Verwalter hatte auch Maeves Pflichten auf dem Anwesen übernommen, bis sich ihre Lunge von dem vielen Rauch erholt hatte.

Heute konnte Maeve endlich wieder aufstehen und ihren Aufgaben nachgehen. Sie hielt gerade einen Eilbrief in der Hand, der an den Gutsherrn von Ashford Manor adressiert war.

Aus Angst, dass der Brief aus England schlechte Nachrichten von Cian enthalten könnte, hatte Maeve ihn geöffnet und gelesen. Der Brief enthielt zwar keine Hiobsbotschaft von ihrem Bruder, aber ihre Erleichterung war nur von kurzer Dauer. Die Nachricht war so bestürzend, dass sie nur mit ihrem Vater darüber sprechen konnte.

Sie war gerade auf dem Weg zu ihm, als aus der Bibliothek ein Geräusch drang, das sie im vergangenen Jahr schmerzlich vermisst hatte – Gelächter. Sprachlos hielt Maeve inne.

Sie spähte in das Zimmer und stellte fest, dass ihr Vater gerade mit einem Mann Schach spielte. Allerdings konnte sie von diesem nur eine indigoblaue Jacke und eine Manschette sehen, da er mit dem Rücken zu ihr saß. Zwei Whiskeygläser standen auf dem Tisch und im Kamin brannte ein knisterndes Feuer. Das Glas ihres Vaters war fast leer, während das Glas des Fremden noch ganz voll war.

„Maeve, meine Liebe. Komm herein." Die Stimme ihres Vaters klang völlig unbeschwert. „Du brauchst doch nicht an der Tür stehen zu bleiben."

Als sie gesehen hatte, dass er nicht allein war, hatte sie wieder gehen wollen, doch es war zu spät. Er hatte sie bereits bemerkt. Sie schob die

Tür auf, verbarg aber einen zweiten Brief, der ebenfalls eingetroffen war, in den Falten ihres gelben Kleides.

„Komm herein, Tochter. Wir haben an diesem trüben Abend einen Gast, der uns beim Essen Gesellschaft leisten wird.“

Als sie eintrat, erhoben sich die beiden Männer. Maeve erkannte sofort das dunkle Haar, das im Nacken zusammengebunden war, die breiten Schultern und den muskulösen Körperbau, da sie viele Stunden mit ihm zusammengearbeitet hatte.

In diesem Augenblick drehte Eoin sich um und verbeugte sich. Ihr Vater wandte sich bereits wieder dem Schachbrett zu und konzentrierte sich auf das Spiel.

„Lady Maeve.“

Sie schluckte schwer und machte einen höflichen, aber distanzierten Knicks.

„Guten Abend, Sir.“ Aus welchem Grund war Eoin als Gast hier und spielte mit ihrem Vater Schach?

„Mr Byrne war seit dem Feuer jeden Tag hier, um über die Arbeit auf dem Anwesen zu sprechen. Und um zu fragen, wann du deinen Pflichten wieder nachkommen kannst.“

„Tatsächlich?“

„Er hat sich natürlich auch nach deinem Gesundheitszustand erkundigt. Ich habe ihm gesagt, dass du seit heute wieder auf den Beinen bist. Ist es nicht freundlich von ihm, als unser Verwalter zu arbeiten? Vielleicht können wir ihn überreden, diese Aufgabe auch nach Cians Rückkehr weiterzuführen?“

„Wenn Cian damit einverstanden ist, Vater. Das wissen wir jedoch noch nicht.“

Dass das Lob ihres Vaters Eoin nicht sonderlich interessierte, entging ihr nicht. Ebenso wenig entging ihr sein leichtes Stirnrunzeln, das verriet, dass er den Zweifel in ihrer Stimme bemerkt hatte. „Sind Sie wieder wohlauf, Milady?“

„Ja, danke.“ Sie räusperte sich.

„War es nicht ein Glücksfall, dass Mr Byrne als Verwalter einspringen konnte, nachdem Cian abgereist war und Ó Flannagáin uns verlassen hatte?“

„Ein Glücksfall, ja. Das kann man wohl so sagen.“

Eoin reagierte mit einem fragenden Blick auf diese Bemerkung. Sie hielt ihrem Vater den ersten Brief hin.

„Ich will nicht stören, Vater, aber heute ist ein Brief eingetroffen. Ich hatte Angst, dass es eine schlechte Nachricht von Cian sein könnte, und habe ihn deshalb sofort gelesen. Bitte verzeih mir.“

Er nahm den Brief und las ihn rasch. Dann reichte er ihn Eoin. „Was halten Sie davon?“

Dieser trat vor, nahm den Brief und überflog den Inhalt. Dann hob er abrupt den Kopf und schaute Maeve an. Sie schob das Kinn herausfordernd vor.

„Wir werden vom Gerichtshof in Dublin davon in Kenntnis gesetzt, dass wir auf der Hut sein sollen. Wie Sie gelesen haben, Mr Byrne, hat das Gericht einen Mann namens Oliver Bond verhaftet. Und vierzehn Verbündete, die offenbar Gewalttaten gegen die Anglo-Iren in Dublin und in den umliegenden Grafschaften planten. In dem Brief rät man uns, die Schutzmaßnahmen auf unseren Ländereien zu erhöhen und die Augen offen zu halten, ob in unserer Bucht verräterische Aktivitäten vor sich gehen. Wozu würden Sie uns als Gutsverwalter raten?“

„Ich würde raten, Milady, dass wir die Augen offen halten. Besonders nach den Bränden.“ Eoin gab ihrem Vater den Brief zurück. „Entschuldigen Sie bitte, Lord Chryn. Das ist zwar keine Hiobsbotschaft, aber ich muss trotzdem unverzüglich einiges erledigen.“ Er neigte zum Abschied den Kopf und ging zur Tür.

Maeve wandte sich nach ihm um, bevor der den Raum verlassen konnte. Das zweite Blatt des Briefes brannte fast ein Loch in ihre Tasche. „Und wenn wir den Verdacht hätten, dass die Brände auf diesem Anwesen zu den Angriffen auf Anglo-Iren gehören könnten, die von den *Vereinigten Iren* verübt wurden? Dann könnten wir doch nicht völlig ausschließen, dass sich die Verantwortlichen auf unserem Anwesen aufhalten?"

Ihr Vater gluckste. „*Vereinigte Iren?* In unserer Grafschaft? Also wirklich, Maeve."

Aber Eoin hielt angesichts ihrer versteckten Anschuldigung inne und schaute sie jetzt deutlich weniger entspannt an.

Aufgrund ihrer gesundheitlichen Probleme nach dem Brand waren Tage vergangen, seit Maeve Eoin das letzte Mal gesehen hatte. Bevor sie diesen Brief gelesen hatte, hatte sie sich eingestanden: Sie hatte es vermisst, das Anwesen zu leiten.

Sie hatte die Zusammenarbeit mit Eoin vermisst.

Sie hatte *ihn* vermisst.

Der Blick, mit dem er sie jetzt bedachte, war stahlhart und entschlossen. Es sah ganz so aus, als hätte sie ihn verletzt.

„Falls Sie einen Verdacht haben, Milady, möchte ich Sie bitten, sich keine Sorgen zu machen. Jeder Mann auf diesem Anwesen würde zweifellos sein Leben geben, um Sie zu beschützen." Er verbeugte sich noch einmal und verließ mit einem respektvollen „Gute Nacht, Lord Chryn" den Raum.

„Das ist wirklich sonderbar", sagte ihr Vater von seinem Sessel aus. „Ich habe Mr Byrne gebeten, in Zukunft die Post entgegenzunehmen, da die Postkutsche direkt an seinem Haus vorbeikommt."

„Warum hast du das getan?"

„Er ist schließlich unser Verwalter." Er schaute sie fragend an. „Warum sollte er das nicht machen? Es ist üblich, dass der Verwalter Geschäftspost entgegennimmt. Und du hast ihm doch angeboten, dass er im Cottage unten an der Kreuzung wohnen kann, oder?"

„Ja, allerdings." Maeve schluckte schwer und drängte ihre Tränen zurück, da sie ihre Geheimnisse nicht preisgeben wollte. „Aber er war heute Abend hier und konnte diese dringende Nachricht nicht in Empfang nehmen. Daher wurde sie hier im Schloss abgegeben."

Ihr Vater sah darin natürlich kein Problem.

Er trank einen Schluck aus dem Whiskeyglas, das sein Schachpartner nicht angerührt hatte, und stellte seinen Sessel ans Feuer. Das Lachen war verstummt und das Abendessen mit seinem Gast offensichtlich verschoben.

„Auch gut", murmelte er und lockerte seine Krawatte, während er das Schachbrett betrachtete. „Er hätte sowieso gewonnen. Er ist ein gewiefter Spieler. Schlauer, als man auf den ersten Blick meinen könnte, selbst für einen Katholiken."

„Oh, Papa. Was redest du denn da?"

Er lehnte sich zurück und wirkte überrascht, dass sie es wagte, ihn so anzusprechen. „Ich habe das nicht despektierlich gemeint. Willst du mich etwa tadeln, Tochter? Immerhin bin ich bereit, die Vergangenheit hinter mir zu lassen und einem Katholiken zu erlauben, dieses Anwesen zu verwalten. Wenn Cian das so arrangiert hat, sollten wir seine Entscheidung nicht infrage stellen, nicht wahr? Angesichts des Briefes, den wir heute bekommen haben, sollten wir vielleicht versuchen, mit diesem Menschenschlag auszukommen."

„Ich tadle doch niemanden. Aber siehst du das denn nicht: Die Menschen auf diesem Anwesen ... die Familien, deine Pächter, sie sind einfach nur Menschen. Kein Menschenschlag. Keine ... Kreaturen. Sie leben hier in unserer Mitte. Und nur weil jemand George ..."

„Sprich seinen Namen nicht aus!"

„Doch, jemand muss es tun, sonst gerät er in Vergessenheit." Maeve wischte eine Träne aus ihrem Auge, die sie nicht zurückhalten konnte.

Der Tag im Dorf wurde in ihrem Herzen wieder lebendig. Als sie gemeinsam Birnen verteilt hatten. Die Farben des Winterhimmels und die Kleider der Pächterfrauen. Das Lachen der Kinder. Sie hatte so sehr wieder an etwas – an *jemanden* – glauben wollen! Und der Blick, mit dem Eoin sie angesehen hatte.

Hatte sie sich die Zärtlichkeit in seinem Gesicht an dem Abend, als es gebrannt hatte, nur eingebildet?

Ihre plötzlich auftretenden Zweifel an ihm brachen ihr fast das Herz. Die Erkenntnis, dass die Kluft zwischen ihnen nicht wirklich überbrückt war und dass er sein Denken nicht geändert hatte, versetzte ihr einen Schlag.

„Ich erinnere mich noch daran, dass der von allen geliebte Gutsherr von Ashford Manor mit seiner Frau und seinen Kindern jedes Jahr am Neujahrstag zu den Menschen fuhr, die auf seinem Land lebten. Dass er sich die Sorgen der Pächter anhörte. Dass er mit ihnen zusammengearbeitet hat. Dass er ihre Sorgen ernst nahm. Er sah nur Nachbarn in ihnen. Wertvolle Wesen und keine Feinde, weil einige wenige andere Überzeugungen vertraten. Erinnerst du dich an diesen Mann, Papa? Bevor George starb und bevor Mama krank wurde. Warst du wirklich dieser Mann oder hattest du deine Vorurteile nur hinter einem falschen Mitgefühl verborgen? Wer hat denn erst vor wenigen Tagen gemeinsam mit den Männern und Frauen auf diesem Anwesen ein Feuer bekämpft und die Flammen gelöscht, die unseren gesamten Besitz hätten vernichten können? Ich erinnere mich nicht, dass du gefragt hättest, ob dir ein Katholik oder ein Protestant den nächsten Eimer reicht!"

Maeve konnte nicht länger hierbleiben. Deshalb murmelte sie: „Entschuldige mich bitte", und verließ die Bibliothek. Sie huschte in das angrenzende Musikzimmer, von dem sie die Bucht überblicken konnte.

Der zweite Brief, der zusammen mit dem ersten eingetroffen war, brach ihr das Herz. Dieser zweite Brief war an sie persönlich adressiert; ein Absender stand nicht darauf.

Und es war dieser Brief, den sie in ihrer Tasche versteckt hatte.

Darin befand sich ein Artikel aus dem *Freeman's Journal* von 1796, in dem von einer Flotte französischer Schiffe berichtet wurde, deren Invasionsversuch gescheitert war. Viele waren in dem stürmischen Meer vor der irischen Küste gesunken. Es gab Gerüchte, dass der Anführer der *Vereinigten Iren*, Theobald Wolfe Tone, bei dieser

Katastrophe einen Cousin verloren hatte. Einen hochrangigen Clanführer, der unter dem Namen „Der O'Byrne" bekannt war. Dieser O'Byrne war dem Bericht zufolge mit dem Rest seiner Männer beim Untergang des Schiffs vor der Bantry Bay in der Grafschaft Cork ums Leben gekommen.

„Ich gebe dir recht, Vater", flüsterte Maeve bei sich und beobachtete durchs Fenster, wie Eoin zu den Ställen eilte. „Unser Verwalter ist viel schlauer, als man auf den ersten Blick meinen könnte."

Wenn tatsächlich ein gewisser Eoin Brádach O'Byrne vor fast zwei Jahren gestorben war, wer war dann der Mann, der in ihrer Bibliothek gestanden hatte und seinen Namen benutzte? Und wer wollte, dass sie davon wusste?

NEUNZEHN

GEGENWART
ASHFORD MANOR
COUNTY WICKLOW

„Laine?"

Das Rascheln in der Eingangshalle verriet Laine, dass Cormac seine Regenkleidung auszog. Wie jeden Tag. Die Straße zur Burgruine hatte sich in den vergangenen Tagen in einen matschigen Morast verwandelt und war sowohl für Reifen als auch für Schuhe nur noch schwer zu bewältigen.

„Wir sind hier drinnen", rief sie und legte ein weiteres Buch auf einen der vielen Stapel, die sich auf dem Schreibtisch in der Bibliothek häuften.

Die Fensterläden waren weit geöffnet, aber es war schon später Nachmittag, und draußen goss es in Strömen, weshalb es in der Bibliothek relativ dunkel war. Sie hatten mehrere Sturmlampen gefunden und auf dem Schreibtisch Kerzen angezündet. Trotzdem wäre es in einer Stunde zu dunkel, um in diesem Raum weiterzuarbeiten. Cormac hatte angeboten, ihnen LED-Leuchten zu besorgen, aber irgendwie erschien es ihr falsch, in Dollys geheimnisvollem alten Schloss eine so moderne Technik zu verwenden. Sie müssten also entweder in die Wohnung gehen, in der sie Strom hatten, oder einfach Feierabend machen.

„Tut mir leid, dass ich erst so spät komme. Diese Woche findet das Musikfestival statt. Die O'Connell Street ist voller Touristen und *Buskers*."

„*Buskers?*"

„Straßenmusikanten. Der Verkehr war der reinste Albtraum und im Pub war es bis zum Nachmittag brechend voll. Es hat eine halbe Ewigkeit gedauert, aus der Stadt zu kommen."

„Kein Problem. Wir haben die Zeit gut genutzt."

Er bückte sich. „Geht es dir gut, Cassie?"

„Ich baue ein Schloss. So wie deines. Siehst du?" Cassie krabbelte durch ein imaginäres Tor in eine Spielecke, in der eine Puppe saß. Daneben hatte sie auf dem Hartholzboden Kissen ausgebreitet.

„Nicht schlecht, Cassie." Er nickte ihr begeistert zu.

Laine lächelte Cormac an, für den Cassies Türme aus blaugrünen Buchrücken genauso wichtig waren wie ihre Stapel, auf denen sie Bücher aus dem 19. und 20. Jahrhundert sortiert hatte. Er trat neben sie und nahm ein Buch von einem Stapel mit deutschen Gedichten.

„Also, Frau Expertin, was haben wir hier?"

„Auf jeden Fall viel mehr, als man in ein paar Tagen katalogisieren kann. In dieser Bibliothek stehen vor allem Bücher aus den Bereichen Wirtschaft, Philosophie, Lyrik. Solche Dinge. Und viele sind auf Deutsch und Französisch verfasst. Einige kenne ich noch aus meinem Studium. Ein paar der Titel habe ich sogar nachgeschlagen. Darunter befinden sich auch einige wirklich sehr frühe Ausgaben. Wir sprechen hier vom Ende des 18. Jahrhunderts. Diese Bücher habe ich in die Kiste neben der Tür geräumt, denn ich denke, dass du ihren Wert von einem Gutachter schätzen lassen solltest. Ich habe es kaum gewagt, sie anzufassen, aus Angst, dass sie in meinen Händen auseinanderfallen."

„Verbirgt sich in diesen Regalen zufällig eine Erstausgabe von James Joyce? Mit so einem Buch könnten wir Jack von unserem Plan überzeugen."

„Du machst Witze, aber vielleicht liegst du da gar nicht so falsch. Im ersten Stock gibt es ein Arbeitszimmer, das direkt mit einem der größeren Schlafzimmer verbunden ist. Deborah und ich hatten heute noch keine Gelegenheit, es uns genauer anzusehen. Aber dort gibt es doppelt so viele Bücher wie hier in der Bibliothek."

„Ah ja, Bücher. Aber kein siebtes Klavier?"

Laine schüttelte den Kopf.

Deborah hatte sie durch alle Räume geführt, sodass sie nun einen ersten Eindruck vom Erdgeschoss, von den oberen Stockwerken und vom Dachboden hatte. Dennoch standen sie weiterhin vor einem Rätsel. Die Räume waren lange nicht benutzt worden. Fast in jedem Zimmer stießen sie auf mit Laken bedeckte Möbelstücke und Antiquitäten.

Ein Traum für jeden Antiquitätensammler, aber ein Albtraum für einen Immobilienbesitzer.

„Ehrlich gesagt denke ich, dass es ziemlich viel Zeit in Anspruch nehmen wird, alles zu sichten. Jedes Zimmer stellt uns vor ein weiteres Rätsel. Mein Herz schlägt zwar jedes Mal ein wenig höher, wenn Deborah eine neue Tür aufsperrt, aber ich glaube nicht, dass es eine leichte Aufgabe sein wird. Du brauchst für fast alles Gutachter. Das fängt bei den Klavieren an, gilt aber auch für die Bücher, Möbel und Gemälde. Ganz zu schweigen vom Gebäude und dem Grundstück selbst. Falls sich in diesem Haus noch ein weiteres Klavier befindet, wird es uns einige Mühe kosten, es zu finden."

„In Bezug auf die Immobilie habe ich schon alles Nötige in die Wege geleitet. Ich habe für Anfang des neuen Jahres einen Termin mit einem Gutachter vereinbart. Ich wollte nur vorher alles durchsehen und einen Überblick bekommen, was wir hier überhaupt haben, bevor wir die Türen öffnen und Gutachter mit Taschenrechnern hereinlassen. Irgendwie glaube ich, dass Miss Dolly das gewollt hätte."

„Das klingt vernünftig." Laine holte zwei weitere Schätze aus der Schreibtischschublade. „Das haben wir heute gefunden – in einer Schuhschachtel hinten in ihrem Schrank."

Cormac griff nach den Fotos, auf denen eine junge Frau zu sehen war, die Kleider mit Wespentaille und Sonntagshüte trug. Auf einigen Fotos waren weitere Personen abgebildet, auf anderen war sie allein zu sehen. Er drehte die Bilder um und las das Datum auf der Rückseite.

„Das hier gefällt mir besonders. Es ist anders als die übrigen Bilder." Laine deutete auf ihr Lieblingsfoto. „Oktober 1968."

Eine junge Dolly in Arbeitskleidung und einem Kopftuch über dem Haar posierte vor einem Traktor aus den Sechzigerjahren, der mit Birnenkisten beladen war.

Er hielt das Bild ins Licht. „Wow. Sie war ein heißer Feger."

„Finde ich auch." Laine lächelte. „Aber ich wusste gar nicht, dass das heute noch jemand sagt."

„Es passt doch: alte Fotos, widerwillige Erbin einer Burgruine. Das Wort ‚hübsch' ist dafür einfach zu schwach."

„Sehe ich auch so."

Cormac legte die Fotos wieder auf den Schreibtisch. „Zurück zu diesem Schloss hier: Miss Dolly mag zwar auf den alten Fotos ganz nett aussehen, aber in ihren Büchern herrscht das reinste Chaos. Und ich meine damit nicht die Bücher, die du hier durchgehst. Soweit ich sehen kann, hat Jack in einem recht: Sie hat uns einen Haufen Probleme hinterlassen."

„Aber du siehst nicht nur das Negative, sondern auch das Gute, ja?"

Cormac nickte und betrachtete sie nachdenklich. „Ja."

Laine lächelte und biss sich auf die Unterlippe. Das Kribbeln in ihrem Bauch zwang sie, den Blick abzuwenden.

Seit dem Tag im Friseursalon und den Geständnissen in der *St. Audoen's Church* hatte sich etwas verändert. Die Mauern zwischen ihnen waren eingerissen worden. Sie krempelten die Ärmel hoch und arbeiteten zusammen. Er brachte Essen aus dem Pub mit und die drei veranstalteten auf dem Teppich im Musikzimmer Picknicks bei Kerzenschein. Sie saßen auf dem Boden, lachten und sprachen über Kindheitserinnerungen und Prinzessinnenschlösser.

Es waren humorvolle Erlebnisse, aber gleichzeitig war es auch sehr viel mehr.

Er war der perfekte Gentleman. Vielleicht zu perfekt, denn eigentlich hatten sie eine rein geschäftliche Beziehung. Aber wenn Cormac so dicht neben ihr stand und sie sich entspannt unterhielten, als würden sie sich seit Jahren kennen, während Cassie auf dem Boden einen Bücherturm baute und die Kerzen brannten und der Regen an den Bleiglasfenstern hinablief, fühlte sie sich unbeschreiblich wohl und wollte nicht, dass ihre gemeinsame Zeit endete.

„Was gibt's sonst noch?" Laine blickte sich suchend um. Sie musste an etwas anderes denken als daran, wie es sich anfühlte, wenn er sie so intensiv anblickte. „Du hast in der Küche noch einige eindrucksvolle Stücke. Zum Beispiel eine alte Anrichte. Sie war zwar fast leer, aber einige Dinge könnten bei einer Auktion einen guten Preis einbringen: Vorlegebesteck von *Thomas Furnival & Sons,* ein Krug mit Bechern von *Doulton Burslem*. Mit einem einzigartigen Granatapfelmuster, das ich erst ein Mal gesehen habe. Und dann das hier." Sie ging an ihm vorbei zur Tür.

Dort kniete sie sich neben die Kiste mit den möglicherweise wertvollen Büchern und deutete auf den verblassten Stempel an der Seite der Holzkiste. „Wenn dir das Foto gefallen hat, ist das hier noch besser. Deborah sagt, dass im ehemaligen Aufenthaltsraum der Bediensteten, der sich natürlich im Untergeschoss befindet, stapelweise solche leeren Kisten stehen. Kannst du den Aufdruck entziffern?"

Cormac kniete sich neben sie auf den Boden. „Ashford-Birnen."

Sie nickte triumphierend. „Offenbar hat Miss Dolly die Birnen jedes Jahr im Obstgarten an der Straße geerntet. Das hat Deborah mir bestätigt. Und auch wenn wir aufgrund des Fotos wissen, dass die Birnenernte mindestens bis ins Jahr 1968 zurückreicht, hast du bei einem recht: Die Bücher sind das reinste Chaos. Ich habe versucht, aus den Zahlen in den Wirtschaftsbüchern schlau zu werden. Aber eines ergibt für mich einfach keinen Sinn: Einerseits hat Dolly offenbar kaum jemanden in dieses Schloss gelassen und es wie ein Geheimnis gehütet, aber trotzdem hat sie dafür gesorgt, dass in den Räumen alles in Ordnung gehalten wurde. Das verrät mir, dass die Geschichte dieses Hauses nicht verloren gegangen sein kann. Sonst hätte sie sich nicht so sehr bemüht, dafür zu sorgen, dass sich alles so weit wie möglich im Originalzustand befindet. Ich glaube, die Antwort ist irgendwo innerhalb dieser Mauern versteckt."

„Ist das eine Expertenmeinung?"

„Nein. Nur die Meinung der Enkelin eines Experten. Mein Großvater hätte gesagt, dass jedes Buch eine Geschichte hat. Man muss es nur auf der richtigen Seite aufschlagen. In unserem Fall bedeutet das vielleicht, dass wir nur die richtige Tür öffnen müssen. Dolly hat nicht viele Menschen in ihr Leben gelassen. Deshalb sollten wir mit den wenigen Menschen anfangen, zu denen sie Kontakt hatte."

„Und die wären?"

„Ich habe den Namen eines Käufers in Cork gefunden. Dolly hat einem Thom Cullen Birnen verkauft. Ich habe diesen Mann schon angerufen. Sein irischer Akzent ist zwar sehr ausgeprägt, aber soweit ich es verstanden habe, befindet er sich morgen im *Englischen Markt* in Cork. Dort könnten wir mit ihm sprechen. Morgen kommen zwar auch Quinn und Ellie zurück, aber sie werden sicher verstehen, wenn wir ein paar Stunden fort sind, um mit diesem Mann zu sprechen."

Cormac neigte den Kopf zur Seite. „Du willst also damit sagen, dass wir nach Cork fahren sollen?"

„Wenn du willst, ja." Laine zuckte die Schultern, obwohl sie sich ein Grinsen verkneifen musste.

Laine versuchte die kleine ängstliche Stimme in sich zum Schweigen zu bringen, was es wohl für ihre kleine zweiköpfige Familie bedeuten würde, wenn sie eine Beziehung zu diesem Mann eingingen, die dann wieder zerbrach, weil sie in die Staaten zurückkehrten. Sie wollte lieber die Picknicks im Musikzimmer noch ein paar Tage länger genießen und nicht an die Zukunft denken.

Und solange sie nicht wussten, wer Miss Dolly gewesen war, konnten sie noch eine Weile hierbleiben.

„Dann auf nach Cork!"

Gegenwart
Princes Street
Cork

„Das ist er? Der *Englische Markt*?"

Laine blickte an dem dreistöckigen Gebäude hinauf. Es sah von außen völlig unscheinbar aus, aber hinter diesen Mauern befand sich seit dem 18. Jahrhundert eine Markthalle. Das Haus stach mit seinen roten Backsteinen, den schwarz-weiß gestreiften Markisen über den Schaufenstern und dem großen Eingang, über dem in stolzen Lettern *English Market Cork* stand, von den umliegenden Gebäuden ab. Sie warf einen Blick hinein und entdeckte einen großen Springbrunnen, eine hohe Decke und bunte Verkaufsstände.

„Bei diesem Tagesausflug bekommst du etwas ganz Besonderes zu sehen." Cormac blickte ebenfalls an dem Haus hinauf. „Du stehst vor einem echten irischen Original."

„Warst du früher schon mal hier?"

„In meiner Jugend ein- oder zweimal. Wie gesagt, das Pub lässt mir nicht viel Freizeit."

„Daran hast du ja offenbar schon etwas geändert", stellte sie mit einem Lächeln fest. „Ein paar Tage Nachforschungen im Schloss, und schon fahren wir über die Landstraßen in den Süden der Insel."

„Ich schiebe ungern etwas vor mir her. Wenn etwas erledigt werden muss, packe ich es gleich an. Du hilfst mir, das Inventar des Schlosses zu katalogisieren. Und du willst auch mehr über Dolly erfahren. Eigentlich ist es deine Schuld, dass wir hier sind."

„Ich hatte gedacht, dass wir wegen der Klaviere in den Musikgeschäften in Dublin mehr Glück hätten. Aber jetzt sind wir hier in Cork und verfolgen unsere erste richtige Spur."

„Hier gibt es wahrscheinlich keine Klaviere, aber im *Englischen Markt* findest du fast alles, was du dir vorstellen kannst. Komm mit." Cormac führte sie in das Gebäude und eine ganz neue Welt tat sich vor ihnen auf.

Die Princes Street unterschied sich kaum von den modernen Einkaufsbezirken in Dublins Grafton Street oder St. Stephen's, aber die alte Markthalle bildete nach wie vor das Herz der Stadt Cork. An den Verkaufsständen wurden sowohl Delikatessen als auch Gegenstände des täglichen Gebrauchs angeboten. Touristen mischten sich unter die Einheimischen, die bei ihrem Wocheneinkauf ihre Körbe randvoll füllten.

Als sie an einem Bäckereistand vorbeikamen, musste Laine daran denken, wie begeistert Cassie davon wäre. Sie hätte bestimmt gern die bunten Macarons oder die Apfelkuchen probiert, die aussahen, als wären sie mit flüssigem Zucker überzogen. „Cassie würde das hier lieben!"

„Hätten wir sie vielleicht doch lieber mitnehmen sollen?"

„Nein, so ist es besser. Ellie hat angeboten, sie nach ihrer Ankunft in Irland gleich bei Deborah abzuholen. Ehrlich gesagt kann ich mir nicht vorstellen, dass eine Vierjährige sich lieber Metzger- und Gemüsestände anschauen würde, wenn auch ein Nachmittagsausflug in den Dubliner Zoo zur Debatte steht. Na ja, die Macarons könnten sie vielleicht umstimmen. Aber davon kann ich ihr ja ein paar mitbringen."

„Außerdem machen wir ja keinen Vergnügungsausflug, sondern sind in offizieller Mission unterwegs. Und auch wenn hier keine Klaviere verkauft werden, finden wir vielleicht trotzdem ein paar Antworten. Deborah hat mir erzählt, dass wir Cullens Stand im hinteren Bereich des Marktes finden. Er hat schon seit ewigen Zeiten einen Stand in dieser Markthalle. Vielleicht gibt's ja irgendwo ein Schild. Sonst müssen wir uns durchfragen."

„Ein Schild mit Cullens Namen. Verstanden." Laine betrachtete die Auslagen an den verschiedenen Ständen, während sie sich durch die Menschenmassen schoben und die Namen auf den Schildern lasen.

In einer Ecke entdeckte sie einen Stand mit italienischen Spezialitäten. Er verströmte einen himmlischen Duft. Schüsseln aus Olivenholz waren randvoll mit Kalamata-Oliven, sonnengereiften Tomaten, frischem Mozzarella und Honigfeigen gefüllt. Sie kamen an Glasschränken mit Bauernkäse vorbei. An Ständen mit Honigwaben in Gläsern und unzähligen Teesorten. Tische mit Shortbread. Körbe mit frisch gebackenem Brot. Wein. Auslagen mit Grillhähnchen und Speckscheiben ...

Es war laut und voll und bunt. Laine konnte bei dem fröhlichen Stimmengewirr kaum klar denken, aber die Atmosphäre fühlte sich so lebendig an. Eigentlich fehlte ihr nur ein Korb, dann könnten sie wie die Einheimischen durch die Gänge schlendern.

„Cormac!" Sie zupfte an seinem Ärmel und deutete einen Gang hinab. „Cullen. Dort drüben."

Jetzt sah er es auch: ein Schriftzug über einem breiten Stand. Vorn waren kleine irische Flaggen angebracht, im Hintergrund konnten sie türkisfarbene Regale mit Schinken und verschiedenen Marmeladensorten sehen, und auf den Tischen hatte der Mann ein buntes Angebot an Irlands besten Produkten ausgebreitet.

„Du hast gute Augen." Cormac lächelte. Er berührte kurz ihre Hand und forderte sie auf, ihm zu folgen.

Ein Mann von mindestens siebzig – groß gebaut, blaue Latzhose und Fischerpullover – schleppte gerade volle Kisten nach vorn und füllte die leeren Stellen auf dem Tisch mit neuen Waren auf.

Cormac klopfte an den Holzrahmen des Eingangs. „Entschuldigen Sie ..."

Der Mann hob den Blick und verzog die Lippen unter seinem dichten grauen Schnurrbart zu einem Lächeln. „Hallo. Kann ich Ihnen helfen?"

„Ja, das wäre nett. Wir suchen einen Thom Cullen. Sind Sie das?"

„Wie er leibt und lebt. Bei mir bekommen Sie die besten Waren von ganz Irland."

„Das freut mich. Ich bin Cormac Foley und das hier ist Laine Forrester. Wir haben gestern telefoniert."

„Richtig. Die Leute von Ashford Manor. Schön, Sie zu sehen." Thom stellte einen Korb mit Kohlköpfen ab und lehnte sich an einen hohen Kistenstapel. „Wir haben seit Wochen keine Williamsbirnen mehr."

„Wenn ich richtig informiert bin, haben Sie früher Birnen von Ashford bezogen?"

„Soll das ein Witz sein? Früher?" Er lachte, als sei es allgemein bekannt, woher er seine Birnen bezog. „Ich verkaufe diese Birnen seit 1967 jedes Jahr, mein Junge. Ich freue mich wirklich sehr, Sie endlich zu sehen. Ich weiß gar nicht mehr, was ich unseren Stammkunden sagen soll. Sie werfen mir vor, ich wolle den Preis in die Höhe treiben oder würde die besten Birnen für mich behalten. Und die Gläser mit Birnenaufstrich sind schon seit September ausverkauft. Ich weiß, dass sie krank ist, und ich hatte die Hoffnung schon aufgegeben, dass wir in diesem Jahr noch etwas von Ashford bekommen. Aber jetzt sind Sie ja da. Ashford hat die besten Williamsbirnen auf der ganzen Insel. Alle wollen sie für Weihnachten. Und für Neujahr."

Laine schaute Cormac an.

„Es tut mir leid, Ihnen das mitteilen zu müssen, Mr Cullen, aber Miss Dolly ist leider gestorben. Vor einigen Monaten ist sie friedlich entschlafen."

Seine Schultern sackten nach unten und der Mund unter seinem Schnurrbart stand offen. „Ach nein! Das tut mir sehr leid. Diese Frau war ein *Craic*."

Laine lächelte. Was für ein kurzes und liebevolles Lob.

„Sie hat das Anwesen meiner Familie vererbt, und ich hatte gehofft, dass Sie uns vielleicht etwas darüber erzählen können, da Sie Miss Dolly kannten."

„Was soll ich Ihnen denn erzählen?"

„Wir wissen nicht viel über Miss Dollys Familie. Deshalb versuchen wir, mögliche Angehörige zu finden, um sie über ihren Tod in Kenntnis zu setzen. Oder wenn Sie uns irgendetwas anderes über sie erzählen könnten, wären wir sehr dankbar."

Cullen versteifte sich sichtlich. Sein Blick wanderte von Cormac zu Laine und wieder zurück. „Also gibt's keine Williamsbirnen? Wollen Sie das damit sagen?"

„Genau. Es tut mir leid, aber wir haben keine Birnen für Sie."

„Und ich dachte, Sie wären aus Wicklow gekommen, um mir eine Ladung Birnen zu bringen."

„Auf dem Land stehen Birnbäume, aber wir denken darüber nach, das Land zu verkaufen. Der Obstgarten wurde in diesem Jahr bereits abgeerntet, und ich rechne nicht damit, dass wir Sie mit Birnen beliefern können. Deshalb …"

Sekunden verstrichen. Sie warteten. Thom Cullen nickte, als denke er angestrengt nach. Dann schaute er sie finster an. „Sie haben also einen anderen Käufer?"

„Wie bitte?"

Der alte Mann zog eine Braue hoch. „Oder wollen Sie einen höheren Preis? Geht es darum?"

„Was?! Nein!"

Cormac war so schockiert, dass Laine hustete, um ihr Lachen zu verbergen. Ihr argloser Versuch, etwas über eine eigenbrötlerische alte Dame zu erfahren, machte diesen Mann offenbar misstrauisch, und er sah den Fortbestand seines jahrzehntealten Unternehmens bedroht.

„Ich zahle einen fairen Preis. Wie mein Vater und sein Vater vor ihm. Wir beziehen unsere Waren von den besten Lieferanten und Produzenten im ganzen Land!"

„Hören Sie, Cullen …"

„Ähm, Thom, nicht wahr?" Laine trat vor und legte eine Hand auf Cormacs Arm, um ihn zu beschwichtigen. „Was Mr Foley sagen will:

Was würden Sie davon halten, wenn wir uns fürs nächste Jahr auf Miss Dollys üblichen Preis einigen würden plus fünf Prozent Rendite?"

„Fünf Prozent?" Thom nickte und sein Lächeln kehrte zurück. „Woher der Sinneswandel?"

„Ja, Laine, woher der Sinneswandel?" Cormacs Blick forderte sie auf, ihm zu erklären, wie er für die Ernte des nächsten Jahres zusätzliche fünf Prozent verlangen sollte, da er doch überhaupt nicht plante, eine Ernte einzufahren.

„Wir brauchen nur ein wenig Zeit, bis Mr Foley geklärt hat, wie es mit dem Anwesen weitergehen soll. Wenn er einen neuen Eigentümer gefunden hat, sorgen wir dafür, dass der Ihnen bei der nächsten Ernte ein Vorkaufsrecht einräumt. Schicken Sie uns die Informationen zu Ihrer üblichen Bestellung, und wir sorgen dafür, dass Sie alles bekommen, einschließlich Birnenaufstrich und so weiter. Dann beliefern wir Sie gern wieder. Die Bedingungen, die Sie mit Miss Dolly ausgehandelt hatten, können wir darüber hinaus gern übernehmen."

Thom schaute Cormac an. Zwischen den beiden gab es jedoch keinen *Craic*. Die Männer blickten sich lediglich über die Marmeladengläser mit dekorativen Spitzentüchern hinweg an und versuchten, den anderen einzuschätzen.

„Vielleicht könnten wir beide das doch genauer besprechen, während Mr Foley ein Glas Honig für mich aussucht?" Laine sah Cormac bittend an und deutete mit dem Kopf auf die goldgelben Gläser.

„Wir haben dort drüben guten *Wexford*-Efeuhonig. Aus dem Spätherbst."

„Wunderbar!" Laine lächelte. „Dann nehmen wir etwas von dem *Wexford*. Cormac?"

Es dauerte einige Minuten, bis sie alle Informationen beisammenhatte, die sie brauchte. Und ein kleines Glas Honig zu einem exorbitanten Preis von acht Euro, die Cormac dem Mann nur sehr widerstrebend zahlte.

„Also gut, Miss. Abgemacht." Thom gab Laine die Hand und schaute Cormac mit zusammengekniffenen Augen an. „Ich weiß nicht viel über Miss Dolly. Sie lebte sehr zurückgezogen. Ich weiß nur, dass sie die besten Birnen hatte, die auf dieser Insel geerntet werden, und dass sie knallhart verhandelt hat. Sie war genauso *hatchet* wie Sie."

„Das verstehe ich als großes Kompliment, Mr Cullen." Laine lächelte, obwohl sie nur die Hälfte von dem verstand, was er sagte. Cormac zog sie bereits weiter. „Dann sehen wir uns hoffentlich im nächsten Herbst."

Als sie um die Ecke gebogen waren, schob Cormac Laine in einen lang gezogenen Käsestand, in dem die verschiedensten Käsesorten angepriesen wurden. „Diesem Mann verkaufe ich meine Birnen bestimmt nicht", platzte er knurrend heraus.

„Machst du Witze?" Sie lachte herzlich. „Cormac, dir ist hoffentlich bewusst, dass du nur dann Birnen verkaufst, wenn du das auch wirklich willst. Oder?"

„Allerdings." Seine steifen Schultern entspannten sich ein wenig.

„Du wirst diesen Mann wahrscheinlich in deinem ganzen Leben nie wiedersehen. Vor allem nicht, falls ihr das Anwesen tatsächlich verkauft. Die fünf Prozent waren nur ein kleiner Anreiz, um ihn dazu zu bringen, mit uns zu reden."

„Für meinen Geschmack nimmt er seinen Stand ein wenig zu ernst."

„Ach, und Dubliner Pubbesitzer, die Amerikanerinnen aus ihren Klausen werfen, nehmen die Tradition weniger ernst?" Laine hielt eine Visitenkarte hoch und drückte sie ihm in die Hand. „Mir ging es um das hier. Miss Dolly war über neunzig, als sie starb. Sie kann diese ganzen Kisten unmöglich allein nach Cork transportiert haben. Sie muss Hilfe gehabt haben. Ich habe darüber hinaus schon alle Musikgeschäfte in Dublin und Wicklow abgeklappert. Niemand hat je etwas von den Klavieren in einem Schloss namens *Ashford Manor* gehört. Aber der *Steinway* ist in einem so guten Zustand, dass er regelmäßig gewartet worden sein muss. Wenn Miss Dolly ihre Birnen ihr ganzes Leben lang immer nur an einen einzigen Händler verkauft hat, liegt doch die Vermutung nahe, dass sie auch eine ähnlich feste Geschäftsbeziehung mit jemandem hatte, der mindestens einmal im Jahr die Klaviere gestimmt hat."

Cormac lächelte. „Und wenn sie bis nach Cork fuhr, um ihre Birnen zu verkaufen –"

„– könnte es doch genauso gut sein, dass sie hier auch ein Musikgeschäft ihres Vertrauens hatte? Auf dem Notenhalter des *Steinways* befinden sich Schnitzereien von Birnen, Cormac. Er muss also eine Sonderanfertigung sein. Ich denke, ein Besuch im ältesten Musikgeschäft von Cork könnte sich lohnen. Dieses Geschäft befindet sich zufälligerweise ganz in der Nähe des *Englischen Markts*. Da ich Mr Cullen mit den Birnen ein wenig entgegengekommen bin, hat er mir den Namen verraten."

Cormacs Lächeln wurde breiter. „In einem Punkt hatte Cullen recht: Du bist *hatchet*."

Wieder so ein irisches Wort. Sie müsste sich endlich ein Wörterbuch zulegen. „Und was bedeutet das?"

„Großartig."

ZWANZIG

25. April 1916, 8:00 Uhr
10/11 Sackville Street
Dublin

Issy blickte in den Lauf eines Gewehrs.

Und es war Honor, die die Waffe auf sie richtete. Sie hatte es über dem toten Mann erhoben, dessen Kopf und Schultern in ihrem Schoß lagen. Issy ging mit erhobenen Händen langsam auf sie zu und betete, dass sie sich keine Kugel einfing, während sie die Abbey Street überquerte.

„Honor."

Ihre Freundin senkte das Gewehr ein wenig.

Die Krempe von Issys Hut warf einen Schatten auf ihr Gesicht, deshalb erkannte ihre Freundin sie nicht.

„Ich bin es, Honor. Issy." Sie nahm langsam ihren Hut ab und ihr Haar fiel in dicken Wellen über ihre Schultern. Rasch schob sie sich das regennasse Haar aus dem Gesicht.

„Issy?" Honor ließ das Gewehr sinken und brach schluchzend über ihrem toten Onkel zusammen. Issy legte die restlichen Meter so schnell wie möglich zurück und ging neben Honor hinter den Kisten in Deckung.

So viel Blut. Und Whiskey. Der strömende Regen machte alles noch schlimmer.

„Bist du verletzt?“

„Nein.“ Honor schluchzte so heftig, dass ihre Stimme kaum zu verstehen war. „Aber Onkel Aonghus.“ Honor presste die Hand auf eine Wunde in seiner Brust, auch wenn diese längst aufgehört hatte zu bluten. Wie lange saß sie schon hier, mit ihrem geliebten Onkel auf dem Schoß, der eine Schusswunde in der Brust hatte? Und alles, was sie vor den Kugeln schützte, die ihnen von Heckenschützen drohten, waren die umgestürzten Kisten.

„Oh, Honor!“

„Ich wollte meinen Onkel überreden, wieder zurück ins Haus zu gehen. Aber da die Brände immer näher kamen und wir wussten, dass Plünderer *bereits über Clery's* herfielen, wollte er unsere Straßenecke verteidigen.“

Issy vergaß, dass sie bis zu diesem Tag noch keinen Toten gesehen hatte und innerhalb einer Minute über einen leblosen Körper gesprungen war und jetzt vor einer blutgetränkten zweiten Leiche stand. Sie zog Honors Hände von der Brust ihres Onkels. „Er ist tot. Verstehst du mich?“

Honor starrte sie weinend und gleichzeitig völlig benommen an. Ihr Gesicht war von schwarzem Ruß und Tränen verschmiert. Ihr Rock und ihr vorgewölbter Bauch boten einen entsetzlichen Anblick. Alles war voll Blut und verströmte den beißenden Geruch von Whiskey und Regen.

„Du kannst nicht hierbleiben.“

„Doch! Onkel Aonghus ist nur rausgegangen, um das Feuer zu bekämpfen. Und um die Plünderer abzuwehren. Wie hätte er denn wissen sollen, dass die Kugeln diese Kisten durchlöchern?“

Issy hob das Gewehr auf und hängte es über ihre Schulter. Dann nahm sie Honors Finger sanft in ihre zitternden Hände. „Lass uns gehen, ja? Bitte, Honor, komm! Ich werde dafür sorgen, dass er hineingebracht wird. Aber vorher muss ich dich und das Baby in Sicherheit bringen, ja?“

„Ich kann das Pub nicht verlassen. In der Nähe brennt es schon. Das Feuer wütet hinten in der Marlborough Street. Wenn es das Alkohollager erreicht, ist es aus."

„Ich bringe dich jetzt zum GPO. Bis dorthin haben wir Deckung."

Honor spannte sich an und sie vergrub ihre Hände wieder im Hemd ihres Onkels. Issy erkannte, dass sie sehr behutsam vorgehen musste. Sie suchte nach Worten, mit denen sie Honor beruhigen könnte. Irgendetwas, Hauptsache, sie bekäme Honor von der Straße.

„Wo ist deine Tante?"

„Die ist hinten und versucht, das Feuer zu löschen. Mit nassen Tischdecken."

„Ihr beide könnt im GPO Schutz finden. Es befindet sich gleich auf der anderen Seite der Straße, weißt du noch? Ich habe dort drüben Freunde. Sie werden sich um euch kümmern, bis ich zurückkomme. Und wir schicken *Volunteers* hierher, um das Feuer zu löschen. Ihr werdet das *Jack Foley's* nicht verlieren."

Plötzlich erwachte Honor wieder zum Leben. Sie klammerte sich an Issys Schultern, als liefen beide Gefahr, jeden Moment in einen Abgrund zu stürzen. „Und wohin gehst du? Du kannst doch nicht weggehen!"

„Ich muss etwas erledigen, aber ich werde Rory zu dir schicken", versprach Issy.

Sie ließe sich auch von dem Maschinengewehrbeschuss nicht aufhalten, denn als sie jetzt in die Augen ihrer Freundin blickte, stand ihr Entschluss fest. „Hörst du mich? Ich werde Rory zu dir schicken. Versprochen."

Honor nickte nur leicht. Diese kurze Bewegung verriet, dass sie vor Erschöpfung und Schock wie gelähmt war.

Honor konnte nicht rennen. Nicht in dieser Verfassung.

Issy blickte sich zu den Barrikaden um, hinter denen sich Männer mit geladenen Gewehren befanden. Zweifellos beobachteten die *Volunteers* sie noch. Es kam ihr so vor, als sei bereits eine halbe Ewigkeit vergangen, aber wahrscheinlich waren es nur wenige Sekunden. Die *Irish Volunteers* im Umkreis des *GPO* behielten sie sicher im Auge, um ihr bis zur Brücke Deckung zu geben. Oder zumindest, um zu sehen, ob sie von einer Kugel getroffen wurde. Sie würden auf jeden Fall mitbekommen, wenn sie sich vorsichtig aufrichtete.

Sie erhob sich und bedeutete den Männern herüberzukommen.

Kurz darauf kamen zwei Männer angerannt. Einer trug Straßenkleidung mit Hemd, Mantel und einem Loch in der Hose, der andere eine *ICA*-Uniform.

„Gehen Sie, Miss." Der uniformierte Mann schaute sie eindringlich an. „Sie müssen eine Nachricht überbringen. Das ist wichtiger als alles andere. Wir werden Ihre Freundin in Sicherheit bringen."

Issy trat einen Schritt zurück und machte den Männern Platz. Der Mann in Straßenkleidung zog seinen Mantel aus und legte ihn Honor über die Schultern. Hatte er gesehen, in welcher Verfassung sie war? Vorsichtig half er der jungen Frau, vom Boden aufzustehen.

„Was machen Sie noch hier?", blaffte der Uniformierte Issy ungeduldig an, während er Honors Ellbogen ergriff. „Wir kümmern uns um sie. Gehen Sie jetzt!"

„Selbstverständlich. Ich bin gleich weg." Issy nickte und versuchte atemlos, ihm noch eine kurze Erklärung zu geben. „Dieser Mann war der Eigentümer von *Jack Foley's*. Seine Frau versucht gerade, das Feuer hinter dem Haus in der Marlborough Street zu bekämpfen. Sie müssen sie ebenfalls in Sicherheit bringen. Geben Sie Winnie Bescheid. Und hier." Issy nahm das Gewehr von ihrer Schulter und reichte es dem uniformierten Mann. Dann stopfte sie ihr Haar wieder unter ihre Kappe. „Mit dem Gewehr würde ich nur unnötig auffallen."

Er nahm die Waffe entgegen und schob hastig Honor durch den Regen zu den Barrikaden.

Issy war wieder allein.

Allein, während von allen Seiten Gefahr drohte. Issy lief die Straße hinab zur *Dublin Bread Co.* am *Eden Quay*. In der Straße, die an der Liffey entlangführte, waren ebenfalls Barrikaden errichtet worden: Wagen, Fässer und Möbel zwischen der O'Connell-Statue über die Sackville Street bis zum fünfstöckigen Backsteingebäude auf der anderen Straßenseite, in dem sich *M. Kelly & Son befand*, ein Geschäft mit Anglerzubehör.

Obwohl die Rebellen die Sackville Street bis zum GPO-Gebäude beherrschten, musste sie immer wieder mit rasendem Herzen stehen bleiben, da auf dem gesamten Weg über die *O'Connell Bridge* Kugeln flogen. Issy bückte sich und sprintete, bis ihre Lunge brannte. Bis das Knallen und Pfeifen der Kugeln irgendwann genauso selbstverständlich war wie das Summen der Bienen im Sommer.

Entsetzt stellte sie fest, dass immer noch einige Zivilisten auf den Straßen unterwegs waren.

Die zerstörten Schaufensterscheiben zwischen Westmoreland und Grafton Street waren traurige Beweise für die Plünderungen. Es hatte den Anschein, als wäre es ein gewöhnlicher Einkaufstag – wenn man sich das Ersehnte auch umsonst nehmen konnte – und als befände sich die Stadt nicht im Ausnahmezustand. Die verriegelten Geschäftstüren stellten dabei kein Hindernis dar – die Plünderer stiegen einfach durchs Fenster. Auch die Schaufenster des Blumengeschäfts *Knowles & Sons Florists* im Herzen der Grafton Street waren eingeworfen worden. Überall lagen Steine, die Blumen waren verstreut und niedergetrampelt, Rosen und Veilchen lagen wie ein Teppich auf dem Gehweg ausgebreitet.

Issy blendete die Zerstörung aus und zwang sich weiterzulaufen. Einen Schritt nach dem anderen zu gehen. Sie durfte unter keinen Umständen auffallen und versuchte, ungehindert weiterzukommen. Erst als sie das Ende der Grafton Street erreichte und *St. Stephen's Green sah*, den schönen Park aus viktorianischer Zeit, verließ sie der Mut.

Um den Eingang am *Fusilier's Arch* herum war Erde aufgehäuft worden. Man hatte entlang des Eisenzauns Gräben ausgehoben.

Grasbüschel und Matsch vermischten sich auf den Gehwegen mit dem Regen. Das unverkennbare Rattern von Maschinengewehren hallte durch die Straßen. Winnies Vermutung, dass die Engländer das *Shelborne* auf der Südseite des Parks eingenommen hatten, traf also zu. Und sie schienen mit der gleichen Regelmäßigkeit Kugeln auf die Rebellen abzuschießen, mit der der Regen vom Himmel prasselte.

Als Issy ihre Schritte an der Straßenecke verlangsamte, bestätigten sich ihr schlimmsten Befürchtungen: Die Rebellen befanden sich auf dem Rückzug.

Es war ein schmerzlicher Anblick: Männer und kämpfende Frauen flohen mit angelegten Waffen aus dem *Green*. Einige schleppten Tragen mit Verwundeten und Sterbenden, andere Eimer und Waffen über die Straße, die mit allem möglichen Unrat übersät war. Issy kauerte im Türrahmen eines Geschäfts und verfolgte das Geschehen. Sie erkannte erst, wo sie war, als sie die letzten Buchstaben auf einer Bleiglasscherbe las und feststellte, dass sie sich vor dem *Brook Camera Studio* befand. Dieses Fotogeschäft hatte sie häufig aufgesucht.

Rauch stieg auf, während die Rebellen ihre Ausrüstung über die Straße brachten.

Welche Rolle spielte es da noch, wenn Issy mit einer Kamera erwischt wurde? Eine Verhaftung wäre besser, als von einer Kugel getroffen zu werden. Sie musste mit beidem rechnen.

Die *Kodak* lag geschützt in ihrem Koffer, der immer noch über ihre Schulter hing. Issy nahm sie heraus, öffnete den Verschluss und fing das ein, was die Welt vielleicht nie wieder zu sehen bekäme. Sie klappte die Kamera auf und stellte das Objektiv scharf. Sie zog und drehte und suchte den perfekten Winkel, um den Graben, den Park und die Rebellen auf der Straße aufs Bild zu bekommen.

Klick.

Als sie das vierte Foto festgehalten hatte, drehte sie den Film rasch weiter.

„Issy Byrne!“

Sie hatte sich gerade umgedreht, um nachzusehen, ob in der Schaufensterauslage zufällig noch eine Filmschachtel lag, als eine laute Stimme den Dauerbeschuss übertönte.

Jemand warf sie zu Boden und schirmte sie vor dem Lärm und den Kugeln ab, die im selben Moment im Mauerwerk und in dem zerstörten Schaufenster über ihren Köpfen einschlugen. Winzige Glassplitter schnitten durch die Hose in ihre Knie und fügten ihr leichte Verletzungen an den Händen zu, als Issy zu Boden ging und die Kamera schützend festhielt.

Arme legten sich um sie und Schultern schützten sie, während noch mehr Glasscherben und Steinchen auf sie herabrieselten. Sie blickte nach oben und erkannte das Profil des Mannes, der auf ihr lag.

„Eines weiß ich genau." Levi lugte über ihren Kopf hinweg zur Straße. „Du oder diese Kamera werden irgendwann noch jemanden das Leben kosten. Und ich hoffe sehr, dass es keinen von uns trifft. Bist du verletzt?"

Issy schaute sich prüfend an. Sie blutete am Handgelenk. Auch ihr Arm brannte wie Feuer, aber darüber hinaus war sie unverletzt. Levi schien ebenfalls unversehrt zu sein. Matsch und Regen überzogen seine Kleidung von den Schultern bis hinab zu den Gamaschen seiner *ICA*-Uniform, aber sonst schien er nichts abbekommen zu haben. Und sie waren beide am Leben, was angesichts des Dauerbeschusses nicht selbstverständlich war.

„Ich bin nicht verletzt", keuchte sie und wischte die Glasscherben und Steinchen von sich ab. Sie blies auf das Kameraobjektiv, um es vom Staub zu befreien. „Gott sei Dank ist die Kamera auch heil geblieben."

„Mir ist dieses Ding im Moment völlig schnuppe. Mir wäre fast lieber, wenn es kaputt ginge, dann würdest du endlich mit diesem Unsinn aufhören. Was machst du hier draußen? Außer dein Leben aufs Spiel zu setzen?"

„Ich habe eine offizielle Depesche für Major Mallin und die Gräfin", platzte sie heraus. Sie war gleichzeitig atemlos und erleichtert, ihn zu sehen. „Von Connolly im *GPO*."

Etwas flackerte in seinen Augen auf. „Du überbringst Nachrichten für die Rebellen?"

„Sieht so aus. Ich mache keine halben Sachen. Die Informationen, die ich überbringen soll, sind dringend. Die Sackville Street wird belagert. Die Engländer haben die Linien noch nicht durchbrochen, aber im Gebiet um das *GPO* herum sind mehrere Brände ausgebrochen." Sie brach ab und rang nach Luft, bevor sie weitersprach. „Honors Onkel ist tot. Ich muss unbedingt Rory finden und es ihm sagen. Ist er hier?"

„Ja, ist er." Levi nickte und half ihr auf die Beine. „Kannst du laufen?"

„Schneller als du."

„Gut. Lauf so schnell du kannst zum Gebäude des *Royal College of Surgeons*. Ich bin direkt hinter dir. Lauf unbedingt weiter, egal, was passiert."

Issy drückte die Kamera schützend an ihre Brust, während sie so rasch wie möglich lossprinteten, um in dem weißen, mehrstöckigen Gebäude mit den hohen Säulen Schutz zu suchen. Sie warf kurz einen Blick zurück und sah die Filmschachteln, die auf dem Gehweg verstreut lagen. Wie so vieles in Dublin waren sie den Gewehrkugeln und dem Regen zum Opfer gefallen.

Vor dem College ging es genauso chaotisch zu.

Rebellen schleppten Möbel heraus, um die Fenster zu verbarrikadieren. Andere hasteten hinein. Matschverschmiert brachten sie ihre verwundeten Kameraden halb tragend und halb schleppend in das Gebäude. Issy sah nur Blut und Dreck und Verletzte. Sie atmete tief durch und zwang ihre Hände, nicht zu zittern, da sie nicht zeigen wollte, wie nah ihr diese sinnlose Gewalt ging.

Gewehre wurden geladen, Material und Verwundete durch die Türen geschleppt. Mitten in diesem hektischen Getümmel entdeckte sie

Michael Mallin, den Rebellenführer mit dem eindrucksvollen Schnurrbart, den Sean ihr damals im *Abbey Theatre* gezeigt hatte. Er stand über einen Schreibtisch gebeugt, rollte Stadtpläne aus und erteilte den bei ihm stehenden Männern Befehle. Gräfin Markievicz war ebenfalls bei ihm und kommentierte seine Ausführungen. Sie trug eine *ICA*-Uniform und Militärgamaschen; in ihrem Gürtel steckte ein Revolver. An ihren Händen und in ihrem Gesicht befanden sich Spuren von Blut.

Issy öffnete einen Knopf an ihrer Jacke, doch als sie versuchte, die Nachricht herauszuziehen, schoss ein brennender Schmerz durch ihren rechten Arm.

Ein Stuhl, der einsam und vergessen in der Eingangshalle lag, war ihre Rettung. Sie stellte ihn auf und ließ sich darauf sinken. Ihre Hände zitterten, und die Erschöpfung zwang sie, den Kopf an die Wand zu lehnen, als wäre diese ein weiches Kissen.

„Sie ist da", sagte jemand.

Dann vernahm sie Stimmen. Spürte, wie eine Hand ihr Gesicht berührte und ihre Augenlider hochzog. Warum ließ man sie denn nicht in Ruhe?

„Issy?"

Rory kniete vor ihr und zog ihr die Jacke aus.

„Ich habe eine Nachricht." Sie versuchte erneut, den Zettel aus der Tasche zu holen, aber ein schweres Gewicht schien ihren Arm nach unten zu ziehen. „In der Innentasche."

„O nein!" Rory riss ihren Ärmel bis zu ihrer Schulter auf. „Die Nachricht kann warten. Bleib hier sitzen. Ich muss diese Blutung stoppen."

„Blutung?"

„Levi? Die Nachricht für den Major ist in der Brusttasche", rief er und warf seinem Freund die Jacke zu. „Ich brauche Verbände. Schnell! Und eine Krankenschwester!"

„Rory … Hinter *Foley's Pub* brennt es. Honors Onkel ist tot." Sie schluckte schwer. Ihre Zunge wollte ihr nicht gehorchen. Warum war sie so müde? „Ich habe Honor gesagt, dass ich dich holen werde. Sie ist im *GPO*. Sie ... braucht dich."

Jemand versuchte, ihr die Kamera abzunehmen. Aber Issy wehrte sich mit aller Kraft dagegen und drückte die *Kodak* fest an ihre Brust.

„Keine Angst, Issy", flüsterte Rory mit einer ungewöhnlichen Mischung aus Stolz und Sorge in der Stimme. „Du hast dich heute wacker geschlagen. Der Major hat die Nachricht bekommen. Aber jetzt müssen wir dich erst einmal versorgen."

„Warum muss ich versorgt werden? Wir haben keine Zeit, wir müssen los."

„Du gehst nirgendwohin, Issy." Levi tauchte wieder in ihrem Blickfeld auf und kniete neben ihr nieder. „Du wurdest angeschossen."

EINUNDZWANZIG

28. April 1798
Ashford Manor
County Wicklow

Maeve behielt die Bucht im Auge. Jeden Tag hielt sie am Horizont nach den Segeln französischer Schiffe Ausschau.

Die Ruine von Castle Chryn war zu ihrem heimlichen Wachturm geworden. Sie ging häufig zu dem Bogenfenster, in dem sie am Tag vor Weihnachten eine Laterne gefunden und gelöscht hatte.

Sie legte die Hände an den Fensterrahmen, als gäbe es immer noch ein Dach und Fenster und als würde der Wind nicht ungehindert hereinpfeifen. Sie war allein. Allein mit dem Meer und dem Himmel. Früher hatte sie diesen Anblick geliebt, aber jetzt erschien ihr das Meer fast wie ein Feind, der sich gegen *Ashford Manor* verschworen hatte.

Hinter ihr näherten sich die Schritte von Stiefeln.

Sie fuhr herum und zog den Dolch aus ihrem Gürtel. Mit stockendem Atem schaute sie Eoin an. Den Verwalter von *Ashford*. Ihr Vater hatte keine Ahnung, dass sie einen Verräter in ihrer Mitte hatten.

„Ich bin es nur." Eoin hob die Hände. „Könnten Sie den Dolch bitte wieder wegstecken?"

„Und wenn sich hier Lügner und Diebe herumschleichen?" Sie hob den Dolch ein wenig höher, um ihn zu provozieren.

„Sie sollten nicht hier sein, Milady. Hier ist es nicht sicher."

„*Ich* sollte nicht hier sein? Wenn ich nicht hier bin, wer verhindert dann, dass ein Schiff in unserer Bucht vor Anker geht? Sind Sie etwa wieder hier, um den Rebellen zu signalisieren, wann ein günstiger Zeitpunkt ist, um an Land zu kommen?"

„Rebellen?" Er ließ seinen Blick über das Meer gleiten und sah das gleiche Bild wie sie in den letzten Wochen. Der salzige Wind wehte sein Haar zurück und spielte mit seinem Kragen. „Ich sehe keine Rebellen."

„Vielleicht sehe *ich* ja einen."

Langsam trat Eoin einen Schritt zurück, bis er mit dem Rücken an einer Steinmauer lehnte. Er verschränkte die Arme in aller Seelenruhe vor der Brust, als stünden sie kurz vor einem Geschäftsabschluss und er hätte kein Problem, die Sache auszusitzen.

Aus seiner Haltung sprach nicht Schwäche; das würde er nie zulassen. Aber er trat so weit zurück, dass sie ihre verkrampften Finger ein wenig löste.

„Verraten Sie mir den Grund für Ihre plötzliche Feindseligkeit? Sie haben in den vergangenen Wochen keine zwei Worte mit mir gesprochen."

Als sie sich weigerte, ihm zu antworten, sprach er weiter. „Jemand will, dass Sie mir misstrauen, Milady."

„Sollte ich das etwa nicht?"

„Aus welchem Grund sollten Sie mir denn misstrauen?"

Er strahlte eine unvergleichliche Mischung aus Wagemut und Ruhe aus. Doch damit hatte er sie schon einmal getäuscht. Außerdem musste sie zugeben, dass er mit seiner Art und mit der Geschichte, die er ihr aufgetischt hatte, ihre Zuneigung gewonnen hatte. Das war kindisch und dumm von ihr gewesen. Sie würde kein zweites Mal darauf hereinfallen.

Maeve wich zu einer Öffnung in der Mauer zurück, um, wenn nötig, fliehen zu können. „Haben Sie etwa nicht versucht, sich auf unser Anwesen einzuschleichen?"

Seine Stirn runzelte sich leicht, ein Zeichen, dass ihre Worte ihn trafen.

Gut.

„Ich habe mich bemüht, Ihr Leben zu retten. Sie haben mich mit einer erfundenen Geschichte vorgeführt und mich die ganze Zeit angelogen, was Ihre Absichten angeht. Und jetzt, da Sie geholfen haben, einen Brand zu löschen, und mit meinem Vater einige Partien Schach gespielt haben, mag er sie so sehr, dass Sie auf diesem Land viel zu sagen haben. Bis die Schiffe eintreffen. Und dann ist es zu spät. *Ashford Manor* wird zweifellos ins Kreuzfeuer eines Aufstands geraten."

Einen Moment lang sprach er kein Wort. Er blickte sie nur forschend an. „Ich habe Sie nie angelogen. Erinnern Sie sich: keine Gewalt, kein Alkohol, und ich sage Ihnen immer die Wahrheit."

„Sie haben nie gelogen? Wer ist Eoin Brádach O'Byrne? Und warum benutzen Sie seinen Namen?"

Eoin ließ seine Arme sinken und richtete sich auf, als er ihre Anschuldigung vernahm.

„An dem Abend, als ich Sie in der Bibliothek meines Vaters antraf, hatte der Kurier *zwei* Briefe gebracht. Sie konnten diese Post nicht in Ihrem Cottage abfangen, was Sie vermutlich in letzter Zeit häufiger getan haben. Ich habe Ihnen nur einen Brief gezeigt. Darin wurde uns mitgeteilt, dass die Aufständischen durch die Verhaftung von Anführern der *Vereinigten Iren* in Dublin einen herben Rückschlag erlitten haben. Sie haben versprochen, mir keine Pläne vorzuenthalten. Besonders dann nicht, wenn sie das Leben der Menschen auf diesem Anwesen oder im Dorf gefährden könnten."

Kurz flackerte Wut in seinen Augen auf und sein Kinn zuckte. „Und als Folge der Verhaftung wurden alle Männer in der Provinz Leinster, die verdächtigt wurden, Verbündete dieser Rebellen zu sein – egal, ob zu Recht oder zu Unrecht –, ausgepeitscht und gefoltert. Sie glauben allen Ernstes, die englischen Soldaten würden keine Häuser abfackeln, keine Menschen foltern und hinrichten? Ich versichere Ihnen: Das tun die Engländer sehr wohl. Und da spielt es keine Rolle, ob ich an einem Aufstand beteiligt bin oder nicht."

„Vielleicht wurde der zweite Brief deshalb nur an mich adressiert. Jemand wollte mich vor dem Cousin eines bekannten Anführers der *Vereinigten Iren* warnen. ‚Der O'Byrne' wurde er genannt. Er starb angeblich beim Untergang eines Schiffes, und sein Name klingt verdächtig wie der, den Sie mir genannt haben. Und auch seine Geschichte ist ähnlich." Sie hob den Dolch erneut. „Haben Sie ihn getötet?"

„Ja. Ich habe ihn getötet", flüsterte er. „Denn dieser Mann bin ich."

„Sie?"

Er seufzte laut. „Wolfe Tone ist ein Cousin aus Belfast."

„Sie sagten, Sie hätten keine Familie!"

„Ich habe gesagt, dass keine Familie auf mich wartet. Das ist ein Unterschied. Fast alle meine Verwandten halten mich für tot."

„Das ist doch Haarspalterei", entgegnete sie kopfschüttelnd.

„Ich habe nicht gelogen. Ich habe jede Frage, die Sie mir gestellt haben, ehrlich beantwortet. Dass die Engländer glauben, ich wäre im Meer ertrunken, ist für alle besser."

Als sie dieses Geständnis vernahm, zitterten Maeves Hände so sehr, dass ihr der Dolch entglitt.

Er landete klirrend auf den Felsen und fiel dann weiter in die Tiefe.

Sie versuchte, ihn aufzuheben, und bückte sich, aber er war den Hang hinabgerutscht und in einem Gestrüpp aus Seegras am Rand der Klippen hängen geblieben. Eoin nutzte diese Gelegenheit, um näher zu kommen. Er berührte sie zwar immer noch nicht, aber er war so nah, dass er es hätte tun können.

Sie wich zurück, bis sie mit dem Rücken an die Ruine stieß. Er kniete nieder, steckte die Hand in das Seegras und hielt ihr dann den Dolch mit dem Griff voraus hin.

Maeve hob das Kinn und gab sich selbstsicher und mutig, auch wenn sie spürte, dass sie innerlich ganz weich wurde. Sie nahm den Dolch. Da Eoin keine Bedrohung darzustellen schien, steckte sie ihn wieder in die Scheide an ihrem Gürtel. „Warum haben hier in den Monaten seit Ihrer Ankunft keine Schiffe mit Waffen mehr angelegt?“

„Weil ich eine entsprechende Nachricht geschickt habe.“ Seine Augen bestätigten die Wahrheit dieser Worte.

Natürlich! Deshalb lebte er so zurückgezogen in seinem Cottage. Es war der ideale Ort: Er konnte etwaigen Aufständischen von der Kreuzung aus jederzeit eine Nachricht schicken und nach ihnen Ausschau halten, ohne dass Maeve oder ihr Vater je etwas davon erfuhren.

„Warum sollte ich Ihnen das glauben?“

„Ich habe es Ihnen doch gesagt: Ich habe jede Form der Gewalt gegen die englischen Ländereien abgelehnt, und ich lehne sie noch immer ab. Aber Hass kann tiefe Wurzeln haben und lange weiterschwelen. Vor über hundert Jahren wurde in der Melancholy Lane eine Dorfkapelle niedergebrannt, in die man den Priester und seine Gemeinde eingesperrt hatte. Und die Iren haben das nicht vergessen. Das Gleiche gilt für die Kapelle in Monkton Row, die vor einigen Jahren in Brand gesteckt wurde. Oder für die Gesetze, durch die die Katholiken seit den Jakobiteraufständen benachteiligt werden. Es geht gar nicht so sehr darum, dass den Katholiken ein Sitz im Parlament oder der Eintritt in die Armee des Königs verwehrt bleibt. Es geht darum, dass die Menschen seit Generationen unterdrückt und gegängelt werden. Die Menschen können sich nicht wehren, aber sie vergessen auch das erlittene Unrecht nicht.“

Maeve wich langsam an der Schlossmauer zurück und stieg vorsichtig über die abgebröckelten Steine. Sie wünschte, die Last der Verantwortung läge nicht länger auf ihren Schultern. Was sollte sie tun? George und ihre Mutter waren tot. Cian war fort. Und das Leben der Menschen auf *Ashford* war in Gefahr.

Sie sah sich erneut gezwungen, diesem Mann trotz ihrer Zweifel zu vertrauen.

„Aber Sie sprechen von einem Aufstand auf *diesem* Land! Von einem Krieg gegen England. In einer Provinz, die friedlich, ja sogar reich ist. Und Sie sagen, Sie wollen nicht, dass noch jemand stirbt. Aber würde ein Krieg nicht noch mehr Tod bringen?"

Eoin trat zu ihr und ergriff flehentlich ihre Hände. „Ich will keine Gewalt. Das habe ich Ihnen doch gesagt. Aber ich werde tun, was nötig ist, um zu verhindern, dass englische Waffen unschuldige Katholiken ermorden und den Landbesitzern das Recht über Leben und Tod einräumen. Ich werde alles tun, um zu verhindern, dass die Menschen in Irland auch nur eine Sekunde länger als nötig unterdrückt werden. Doch ich würde nie zulassen, dass Ihnen jemand Schaden zufügt. Oder irgendeinem anderen Menschen auf diesem Anwesen oder im Dorf. Deshalb habe ich damals im Stall eingegriffen."

„Aber Sie hätten trotzdem zugelassen, dass unser Land zerstört wird."

„Ich schwöre Ihnen: Kein einziger Stein sollte zerstört werden. Deshalb bin ich hiergeblieben. Die Berichte über meinen Tod haben sich bereits herumgesprochen. Deshalb suchen die Engländer nicht länger nach mir. Und alle Verwandten, die ich noch habe, glauben, ihr Anführer wäre längst tot." Er schaute ihr durchdringend und flehend in die Augen. Sein Blick drang bis in die tiefsten Stellen ihres Herzens vor. „In Süd-Wicklow gibt es so viele Byrnes, dass niemand eine Verbindung zwischen mir und dem gesuchten Anführer herstellt. Nicht bei einem so gängigen Namen wie Brádach. Es sei denn, jemand wusste schon vorher, wer ich bin, und wollte mich unschädlich machen. Durch *Sie*."

Maeve wollte ihm nicht glauben. Sie wollte ihn nicht für seine Kühnheit bewundern. Aber ihr Herz war stärker. „Sie müssen sofort von *Ashford Manor* verschwinden. Wenn Sie versprechen, nie zurückzukommen, werde ich niemandem von Ihren Plänen verraten."

„Ich konnte nach jener ersten Nacht nicht weggehen. Und das kann ich jetzt auch nicht."

„Aber Sie *müssen*! Wenn die Engländer herausfinden, dass der O'Byrne hier ist, werden sie nicht so nachsichtig sein wie ich und Sie gehen lassen."

„Ich habe Ihnen doch gesagt, dass ich mich an zwei Dinge in der Nacht vor Weihnachten erinnere." Er legte einen Arm auf ihren Rücken und senkte die Stirn, bis er ihren Kopf berührte. Er war so nah, dass sein Flüstern die Haut in ihrem Nacken erwärmte. „Das andere, an das ich mich erinnere, sind Sie. Eine Erscheinung mit feuerroten Haaren, die mich mitten in einem eisigen Sturm schier geblendet hat. Als ich auf dieser Wiese im Sterben lag, kamen Sie und haben für mich gekämpft. Das werde ich nie vergessen."

„Eoin, ich …" Sie schüttelte den Kopf.

„Sag mir, dass ich mich irre und dass ich bleiben soll. In der Nacht, als es brannte und ich dachte, du wärst verletzt …" Eoin presste einen Moment lang die Augen zu und kämpfte mit seinen Erinnerungen. Zum ersten Mal wurde er wütend. „Warum, Maeve? Wenn du all diese Dinge über mich geglaubt hast, warum hast du mich dann nicht verraten, als dieser Brief eintraf?"

„Ich vermochte es nicht." Sie konnte diese Worte nur flüstern. Mehr Mut brachte sie im Moment nicht auf.

„Warum?"

Verzweifelt wandte sie den Blick ab. „Wenn ich dich verraten hätte, hätten sie dich mitgenommen. Ich wollte nicht, dass du weggehst."

Ein Kuss sollte sie eigentlich in die Flucht jagen, aber er hatte eine völlig gegenteilige Wirkung: Maeve versank in diesem Moment. Eoin bewegte seinen Mund zu ihren Lippen und sie kam ihm entgegen. Sie schob die Fingerspitzen in seinen Nacken. So tief, wie das Meer unter der Ruine lag, so tief ließ sie sich in seine Umarmung fallen. Es war, als gäbe es für beide kein Morgen.

Leidenschaftliche Kapitulation. Vollständig. Glücklich. *Verloren.*

Plötzlich drang das unverkennbare Knacken einer Steinschlosspistole an Maeves Ohren. Sie wich entsetzt aus Eoins Armen zurück. Ihre Lippen waren nur einen Hauch breit von Eoin entfernt, als ihr Blick an ihm vorbeiglitt.

Auf dem Weg zwischen der Burgruine und dem Schloss stand ihr

Bruder und richtete eine Duellpistole auf sie. „Lass meine Schwester los, du diebischer, mörderischer Verbrecher!"

„Cian!" Maeve baute sich rasch schützend vor Eoin auf. „Nein. Ich habe es ihm erlaubt!"

Cian schaute die beiden über seine Falkennase an und trat wütend einen Schritt vor. Seine Brust hob und senkte sich kräftig unter seinem grauen Mantel. Sein Zorn war unübersehbar.

„Ich habe es ihm erlaubt", wiederholte sie atemlos.

Jetzt reagierte Eoin ebenfalls. Sein Auftreten war wesentlich entschiedener als das von Cian. Eoin trat so vor Maeve, dass sie geschützt war und sein Körper jeden Schuss abfangen würde. „Ihre Schwester hat nichts Unrechtes getan, Sir."

„Dann sind die Gerüchte, die ich gehört habe, also nicht wahr? Das, was ich soeben gesehen habe, legt einen anderen Schluss nahe."

Maeve blickte über Eoins Schulter und sah, dass Cian die Waffe immer noch erhoben hatte. Er hatte nicht einmal seinen Reisemantel und seinen Hut abgelegt. Vermutlich hatte er von den Unruhen auf dem Anwesen erfahren, als er in England an Land gegangen war. Oder noch schlimmer: Er war eilends umgekehrt, weil er gehört hatte, dass jemand versuchen wollte, mit Schiffen Waffen in ihre Bucht zu bringen. Vielleicht wollte er den O'Byrne töten und einen möglichen Aufstand im Keim ersticken.

„Und welche Gerüchte wären das?"

Cian schaute Maeve über Eoins Schulter hinweg an und richtete seine Worte an sie. „Ist es wahr, Schwester, dass seit meiner Abreise Unsittlichkeit in unser Haus Einzug gehalten hat? Dass du die ganze Nacht im Zimmer dieses Mannes warst?"

Ihr verschlug es die Sprache.

„Oh!" Auf diesen Vorwurf war sie nicht vorbereitet. Jene Nacht war völlig harmlos gewesen. Wer zog sie damit in den Schmutz? Wer tat so etwas? „Cian, ich weiß nicht, wer dir das erzählt hat. Aber es ist nicht so, wie du denkst."

Cian wandte sich an Eoin. „Was sagen Sie, Mr Byrne? Entspricht es der Wahrheit?“

„Ja, es ist wahr.“ Eoin sagte dies ohne die geringste Scham und ohne zu zögern.

Ihr Bruder nickte entschlossen. „Aus diesem Grund wartet im Glen eine Pistole auf Sie.“

„Cian! Ich werde nicht zulassen, dass du unseren Verwalter zum Duell forderst. In der Nacht nach deiner Abreise kam es zu einem Zwischenfall auf dem Anwesen. Mr Byrne wurde angeschossen und wir haben ihn gepflegt. Wir haben ihm das Leben gerettet. Frag Mrs Finnegan, wenn du mir nicht glaubst!“

„Aufgrund von Mrs Finnegans Aussage bin ich hier, um diesen Vagabunden zum Duell zu fordern und deine Ehre zu verteidigen. Unsere Bediensteten zerreißen sich das Maul darüber und die Leute im Dorf sicher auch. Es wundert mich, dass dir noch nichts davon zu Ohren gekommen ist.“

Maeve schluckte schwer. „Ich habe nichts dergleichen gehört. Und Mrs Finnegan würde keine so bösartigen Gerüchte verbreiten. Sie war in jener Nacht fast die ganze Zeit mit im Zimmer.“

„Aber nicht die gesamte Nacht.“

„Er war bewusstlos! Wir hatten keine Zeit, einen Arzt zu holen. Wir haben seine Wunde genäht und dann das Fieber bekämpft“, erklärte Maeve mit flehentlicher Stimme. „Es gibt eine Erklärung für alles. Bitte hör mich an und tu nichts Überstürztes. Ich lasse nicht zu, dass auch mein zweiter Bruder einen grausamen und viel zu frühen Tod erleidet! Das würde unser Vater nicht überleben. Und ich werde nicht tatenlos zusehen, wie sich zwei Männer, die ich liebe, gegenseitig töten. Wenn du mir nicht glaubst, dann hör dir bitte an, was er dazu zu sagen hat.“

Sie drehte sich um und warf Eoin einen wütenden Blick zu. Aus irgendeinem Grund war sein Kampfgeist plötzlich wie weggeblasen. Er schaute sie nur mit großen Augen an. Wahrscheinlich, weil er über die Anschuldigungen, was in jener ersten Nacht angeblich geschehen war, genauso entsetzt war wie sie.

„Eoin! Sag es ihm!"

„Eoin?", knurrte Cian und richtete seine Pistole unverwandt auf den Mann.

„Ich meinte natürlich ‚Mr Byrne'." Sie strich über ihre Stirn, dann baute sie sich vor Eoin auf und sprach ihn direkt an. Sie betete, dass es nicht zu spät war, eine Krise abzuwenden. „Ich schwöre bei allem, was mir heilig ist: Wenn Sie diese Sache nicht auf der Stelle klarstellen, werde ich diese Pistole nehmen und Sie eigenhändig erschießen. Jetzt sagen Sie es ihm doch! Diese Nacht war völlig harmlos. Stellen Sie die Sache bitte richtig, und sagen Sie jetzt laut und deutlich, dass diese Vorwürfe vollkommen haltlos sind."

Cian zog eine Braue hoch und schaute Eoin herausfordernd an. „Und?"

„Ja. Sie sagt die Wahrheit. Und ich werde die Sache wieder in Ordnung bringen."

Maeve hatte gar nicht bemerkt, dass sie die Luft angehalten hatte, aber jetzt atmete sie erleichtert aus. Sie presste eine Hand auf ihren zitternden Bauch und konnte endlich wieder atmen.

„Und wie stellen Sie sich das vor, Sir?"

Eoins Entscheidung stand offenbar fest. Er nickte. „Ich werde Ihre Schwester heiraten."

ZWEIUNDZWANZIG

GEGENWART
WANDESFORD QUAY
CORK

Freeny's Violin Shop befand sich zwischen einem Buchladen und einer Fußgängerbrücke, die den Lee überspannte.

Sie traten durch die alte Holztür mit einem Fenster aus Strukturglas. Cormac blickte sich auf der Suche nach der Verkaufstheke kurz um und trat dann auf den jungen Mann zu, der dahinter stand. Währenddessen schlenderte Laine an den unzähligen Regalen vorbei.

In Irland gab es so vieles, das eine lange Geschichte erzählte: Schlösser, Herrenhäuser und Städte, die auf jahrhundertealten Fundamenten errichtet worden waren. Dieser kleine Laden mit seinen alten Büchern und gediegenen Regalen barg ebenfalls viele dieser Geschichten. Die Nostalgie, die man hier spüren konnte, erinnerte Laine an längst vergangene glückliche Zeiten, als sie hinter einer Verkaufstheke aus dem 19. Jahrhundert gestanden und begeisterte Antiquitätenliebhaber begrüßt hatte.

Jetzt standen Cormac und sie als Suchende in einem solch alten Geschäft.

Laine schlenderte langsam an den Reihen vorbei und schaute die Vinylschallplatten durch. Plattencover von irischen Rockgruppen mit Namen wie *Horslips* und *Thin Lizzy*. Regale mit Musikbüchern, vergilbten Romanen und Biografien mit gebrochenen Buchrücken. Eine Rückwand wurde von Akustikgitarren gesäumt. In einem Glasschrank glänzte das polierte, cognacfarbene Holz der Geigen. Tische mit Notenblättern. Ein ganzer Schrank war Kabeln und Zubehörteilen für moderne Akustikanlagen gewidmet, obwohl sie nicht hätte sagen können, was das alles war.

„Laine?"

Als sie Cormacs Stimme vernahm, drehte sie sich um. Sein Blick wanderte an dem Buchregal entlang, bis er sie entdeckte.

„Der junge Mann holt den Eigentümer. Er wohnt in der Wohnung über dem Laden." Er runzelte die Stirn. „Ist alles in Ordnung?"

Sie nickte, konnte ihm aber nicht erklären, warum Tränen in ihren Augen standen. Die Erinnerungen waren schön, aber manchmal auch schmerzhaft. So schmerzhaft, dass sie nicht darüber sprechen wollte. „Ja. Alles ist gut."

„Wir werden gleich mit einem gewissen Martin O'Brien sprechen. Ihm gehört dieses Geschäft erst seit dem Ende der Neunzigerjahre, aber den Laden selbst gibt es schon seit Ewigkeiten. Wenn Miss Dolly seine Kundin war, hat er ihren *Steinway* wohl kaum vergessen. Ein solches Klavier in einem Schloss mit einer Ruine auf den Klippen vergisst man nicht so schnell."

„Mr Foley?"

Cormac und Laine drehten sich um.

Ein Mann in einer Strickweste mit Lederflecken an den Ellbogen und schütterem grauen Haar trat lächelnd auf sie zu. „Es freut mich, Sie zu sehen. Wie geht es dem *Richard Lipp*?"

„Kennst du ihn?", flüsterte Laine Cormac erstaunt zu.

Er schüttelte den Kopf. „Nein."

„Aber er glaubt, dich zu kennen. Und das Klavier im Pub."

O'Brien war nicht besonders groß und hatte freundliche Augen. Er war das genaue Gegenteil des hitzigen Cullen und begrüßte sie mit einem herzlichen Händedruck.

„Als Conor nach oben kam und sagte, ein Mr Foley sei unten und wolle mit mir über ein Klavier sprechen, ging ich davon aus, dass Jack aus Dublin gekommen wäre. Sie müssen Cormac sein, nicht wahr? Sein älterer Sohn. Der Sohn, der noch in Irland lebt."

Cormac gab dem Mann die Hand, aber Laine meinte in seinen Augen etwas Ungewohntes zu lesen. Schock? Oder Ärger? Das konnte sie im Moment nicht sagen, aber sie war sich ziemlich sicher, dass Jack Foley seinem Sohn einiges zu erklären hätte.

„Ja. Ich bin Cormac, und das ist eine Bekannte von mir, Laine. Entschuldigung, äh, Mr O'Brien. Sie kennen meinen Vater, Jack Foley? Ihm gehört ein Pub in der O'Connell Street."

„Ja, ich kenne ihn. Er hat ein schönes *Richard Lipp* von 1912 in seiner Klause. Ich habe mehrmals versucht, ihn zu überreden, es zu verkaufen, aber er will es um keinen Preis hergeben. Er sagt, das Klavier bleibe dort stehen, solange das Pub Mauern habe."

O'Brien hatte eindeutig mit dem Jack Foley gesprochen, der sein Pub im Herzen von Dublin über alles liebte. Cormac war seine Überraschung deutlich anzusehen. Laine wusste nicht genau, warum er so verblüfft war, aber sie trat näher und berührte ihn leicht mit der Schulter, um ihm ihre Solidarität zu bekunden.

„Mein Vater hat Sie nie erwähnt. Ich wusste auch nicht, dass er bis nach Cork gefahren ist, um hier in ein Musikgeschäft zu gehen."

„Nein? Hm. Das ist schon viele Jahre her, aber ich erinnere mich an das *Richard Lipp*. Das Klavier ist wirklich eine echte Schönheit. Jack hat uns damals beauftragt, es von London nach Dublin zu transportieren. Wie Sie sich denken können, war das ein größeres Unterfangen. Aber er hat gesagt, dass er uns jeden Preis zahlen würde. Seitdem war er nicht mehr oft hier. Er kam nur manchmal vorbei, um einen Termin für eine Bekannte zu machen, deren Klavier ich dann immer gestimmt habe."

Cormac schluckte schwer. Laine wusste, dass sie warten musste und ihn erst auf der Heimfahrt fragen konnte, was mit ihm los war. Seit sie durch diese Tür getreten waren, verstand sie gar nichts mehr. Hatte Jack Dolly doch besser gekannt und das vor allen geheim gehalten?

„Wir sind eigentlich wegen eines Klaviers hier, Mr O'Brien. Aber vielleicht sprechen wir ja von derselben Frau. War der Name dieser Bekannten meines Vaters vielleicht Dolly Byrne?"

„Das kann ich nicht sagen. Jack kam in den Laden, legte das Geld bar auf den Tisch und schickte mich zu einer Adresse. Das war alles. Allerdings störte mich das wenig, denn man bekommt schließlich nicht jeden Tag die Gelegenheit, einen so seltenen *Steinway* zu stimmen. Und dazu die fantastische Aussicht aufs Meer! Für diesen Auftrag bin ich gern zweimal im Jahr nach Wicklow gefahren."

„Haben Sie die Besitzerin des Flügels mal kennengelernt, Mr O'Brien?", erkundigte sich Laine, als sie aus dem Augenwinkel sah, dass Cormacs Kiefer sich anspannte.

„Nein, leider nicht. Aber ich kann Ihnen gern die Adresse geben."

„Danke, das würde uns sehr weiterhelfen."

O'Brien kehrte in den vorderen Teil des Ladens zurück, wo er hinter den Tresen trat und ein altmodisches, in Leder gebundenes Auftragsbuch aufschlug. Er blätterte ein wenig darin. Als er das Gesuchte gefunden hatte, schrieb er etwas auf einen Zettel.

„Cormac, ich verstehe das nicht. Soll das heißen, dass Jack Dolly doch besser kannte?"

„Wir brauchen die Adresse eigentlich nicht, die uns der Mann da aufschreibt. Sie wird uns wieder nach Hause führen."

„Bist du sicher?", flüsterte sie und sah, dass O'Brien wieder zu ihnen zurückkam.

Cormac dankte ihm und steckte den Zettel in seine Jackentasche. Danach führte er Laine aus dem Laden, und sie schlenderten gedankenversunken durch die verwinkelten Straßen der Innenstadt von Cork, bis sie wieder bei ihrem Auto ankamen.

Die grauen Wolken begleiteten sie während der schweigenden Rückfahrt und es regnete auf dem ganzen Weg bis nach Wicklow.

Laines nostalgische Gefühle für alte Geschichten verblassten. Die Fragen, die sie Cormac auf der Rückfahrt hatte stellen wollen, waren im Moment nicht so wichtig.

Warum beschäftigte ihn dieses Erlebnis und die Offenbarung über seinen Vater so sehr?

Der Regen hatte aufgehört, aber die Irische See war immer noch stürmisch.

Cormac lehnte mit dem Rücken an den rauen Steinen der Burgruine. Laine trat zu ihm. Ihre Schritte waren wegen der Wellen, die gegen die Klippen krachten, nicht zu hören. Er drehte den Kopf, als sie neben ihn trat und ihre Strickweste enger um sich wickelte, um sich ein wenig vor dem Wind zu schützen.

„Können wir nach Dublin zurückfahren?"

„Ja." Sie lehnte sich an den Rahmen eines gotischen Fensterbogens und betrachtete ebenfalls das stürmische Meer. „Ich habe Ellie angerufen. Sie hat erzählt, dass sie im Zoo waren. Und im *Phoenix Park*. Und sie haben in einer kleinen Bäckerei in der Henry Street Kekse gegessen. Jetzt schaut sich Cassie gerade in der Wohnung einen Zeichentrickfilm an und isst *Fish and Chips* aus eurer Pub-Küche. Sie ist im Moment rundum glücklich."

„Das ist schön. Es freut mich, dass du dir ihretwegen keine Sorgen machen musstest."

Sorgen um Cassie? Er ahnte nicht, wie sehr er mit diesen Worten ins Schwarze traf.

Laine beobachtete, wie das Sonnenlicht die Wolken zu durchdringen versuchte. Einige Sonnenstrahlen fielen auf Cormacs Gesicht, sein Haar und seine Schultern, während er weiterhin aufs Meer hinausblickte.

Cormac war zuverlässig und stark. Sie hatte noch nie jemanden wie ihn kennengelernt. Er war immer höflich und zuvorkommend, stellte interessierte, sachliche Fragen. Während andere vorschnell ein Urteil fällten, behielt er immer einen klaren Kopf. Es war nicht zu übersehen, dass es zwischen Jack und seinen Söhnen Unstimmigkeiten gab. Wegen einiger sehr wichtiger Fragen, auf die sie immer noch keine Antworten hatten. Aber Cormac reagierte nicht mit Ärger und Wut darauf. Stattdessen lag ihm ihr Wohlergehen am Herzen. Ihm war wichtig, dass sie sich einen Nachmittag lang keine Sorgen um ihre Tochter machte.

Cormac Foley war vielleicht der einzige Mensch in ihrer Welt, der verstehen konnte, was ihr kleines Mädchen durchgemacht hatte.

„Cassie war nicht immer meine Tochter, falls du dich das fragst."

Er wandte seinen Blick vom weiten Ozean ab und sah zu ihr. „Das habe ich mich nicht gefragt. Aber jetzt ist sie deine Tochter. Das ist alles, was zählt, oder?"

„So habe ich das nicht gemeint. Sie ist nicht meine leibliche Tochter, sondern meine Nichte. Ich habe sie adoptiert, nachdem meine Schwester Bethany ins Gefängnis kam. Wir wissen nicht, wer ihr Vater ist, und das werden wir wahrscheinlich auch nie erfahren. Aber Cassie und ich sind jetzt eine Familie."

Er schaute sie an, rührte sich aber nicht. Er stand nur mit den Händen in den Hosentaschen im tief stehenden Licht der Abendsonne vor ihr. So ruhig und zuverlässig, dass sie ihm mehr erzählen wollte. „Was ist passiert?"

„Vor einiger Zeit ist irgendwie alles zusammengebrochen. Unser Großvater starb, und wir mussten den Antiquitätenladen schließen, den unsere Familie eine gefühlte Ewigkeit betrieben hatte. Einige Jahre später ließen sich meine Eltern scheiden. Meine Mutter heiratete wieder und zog nach Florida, und unser Vater ging nach New York. Das war's. Unser behütetes Leben war zu Ende. Aber wir waren erwachsen, da hätte es doch nicht so schwer sein dürfen, oder?"

„Ich kann gut nachvollziehen, dass das schwer war. Quinn und ich können uns wenigstens daran erinnern, wie es war, als unsere Eltern noch zusammen waren. Keira hat solche Erinnerungen leider nicht."

„Manchmal bringen Erinnerungen mehr Schmerz als Heilung. Ich hatte eine Weile das Gefühl, ich hätte Bethany im Stich gelassen, weil ich heiratete. Und als Evan mich dann verlassen hat, machte ich mir noch mehr Vorwürfe, weil ich seinetwegen meine Schwester im Stich gelassen hatte.

Sie traf einige sehr schlechte Entscheidungen, deren Konsequenzen sie tragen musste. Sie probierte auf Partys Drogen und wurde abhängig. Sie verlor ihre Arbeitsstelle. Sie versuchte nicht länger, aufs College zu gehen. Bekam Schwierigkeiten mit der Polizei – und dann habe ich sie verloren, Cormac. Die Bethany, die ich gekannt hatte, die kleine Schwester, mit der ich mir samstagmorgens Zeichentrickfilme angesehen hatte und deren Haar ich zu ihrem Abschlussball hochgesteckt hatte, war nicht länger da. Sie *ist* nicht mehr da. Sie kam wegen einiger Drogendelikte ins Gefängnis. Sie stritt die Vorwürfe nicht ab, denn sie entsprachen der Wahrheit. Und ich kann nichts tun, um ihr zu helfen."

„Und Cassie? Wie wurde sie mit diesem Albtraum fertig?"

„Sie war damals noch keine drei. Bethany ließ sie in ihrer Wohnung zurück und ging auf eine Party. Sie ging davon aus, dass Cassie die Nacht durchschlafen würde. Aber das Apartmentgebäude fing Feuer, weil ein Hausbewohner beim Kochen einen Brand ausgelöst hatte. Als die Polizei eintraf, fanden sie Cassie allein in einem von Rauch erfüllten Apartment. Ich wurde mitten am Tag auf der Arbeit angerufen: Kommen Sie schnell, Ihre Nichte stirbt."

„Aber sie ist nicht gestorben."

„Nein. Ich weiß immer noch nicht, was sie alles durchgemacht hat, bevor jemand vom Jugendamt sie zu mir brachte. Aber an dem Abend, als wir in der *St. Audoen's Church* waren und sie zwischen uns auf der Kirchenbank saß, habe ich mich gefragt, ob dieser Anruf nicht der größte Segen meines Lebens war. Denn dieser schlimme Tag war der Beginn von etwas, das uns beiden Heilung brachte, obwohl wir damals noch gar nicht wussten, dass wir Heilung brauchten. Nein, ich mache mir keine Sorgen um Cassie. Sie ist genau dort, wo sie sein soll. Und das ist gut so. Um das Morgen kümmern wir uns morgen."

Es wäre für Cormac ein Leichtes gewesen, die wenigen Zentimeter zwischen ihnen zu überbrücken, die Arme um sie zu legen und ihr Herz einzuladen, sich noch einmal für einen Mann zu öffnen. Er schien dies auch zu fühlen, aber er rührte sich nicht. Nur der Wind spielte mit den blonden Locken in ihrem Nacken.

Er räusperte sich und schob sich von der Ruine weg. „Ich bringe dich jetzt zurück. Die anderen fragen sich bestimmt schon, wo wir bleiben."

„Ja. Jack braucht dich heute Abend vermutlich im Pub."

„Vermutlich."

Sie stiegen den Hang hinab. Laine trat über die widerspenstigen gelben Blumen, die sich weigerten, sich der eisigen Novemberkälte zu beugen. Cormac ging neben ihr her und hatte den Kopf ein wenig gesenkt. Er öffnete die Beifahrertür und wartete, bis sie eingestiegen war. Eine höfliche Geste, die einen schmerzlichen, nüchtern-distanzierten Schlusspunkt hinter diesen wunderbaren Tag setzte. Er schloss die Tür hinter ihr und glitt dann auf den Fahrersitz.

Bevor er den Gang einlegte, schaute er sie noch einmal an. „Cassies Vergangenheit lässt sich nicht mehr ändern. Aber du kannst ihr eine bessere Zukunft schenken. Du kannst ihr Leben verbessern. Vergiss nicht, wie wertvoll das ist, auch wenn du andere Pläne hattest."

„Das erinnert mich an deine Worte in der Kirche. Der Regen hört immer irgendwann auf, nur nicht zu dem Zeitpunkt, an dem wir das vielleicht wollen. Unser Leben verläuft selten nach Plan, nicht wahr?"

Laine betrachtete die Burgruine, die hinter ihnen immer kleiner wurde, dann wanderte ihr Blick hinaus aufs tosende Meer und zum Abendhimmel, der sich am Horizont blutrot färbte. Zum ersten Mal wünschte sie, ihre Zeit in *Ashford Manor* wäre nicht bald vorüber. Aber sie würden wieder nach Michigan zurückfliegen. Und Cormac lebte in Irland – auf der anderen Seite der Erde. Sie konnten nicht ewig Picknicks bei Kerzenschein auf dem Teppich veranstalten – irgendwann würde einer von ihnen verletzt werden.

Wie schön wäre es doch, wenn ein Sonnenuntergang über dem Meer etwas daran ändern könnte!

DREIUNDZWANZIG

25. April 1916, 19:00 Uhr
123 St. Stephen's Green
Dublin

Issy schlug mühsam die Augen auf und brauchte einen Moment, bis sie deutlich sehen konnte.

Auf dem Rücken liegend und benommen, blickte sie sich im Halbdunkel um und stellte fest, dass sie auf einer Liege lag, die an der Wand eines Büros stand, das offenbar zu einem Krankenzimmer umfunktioniert worden war.

Regen prasselte gegen die Scheibe eines runden Fensters. Es befand sich hoch oben, was es ihr unmöglich machte, nach draußen zu blicken. Sie erkannte nur, dass die Nacht hereingebrochen war, während sie geschlafen hatte. Eine Explosion erschütterte das Gebäude und Staub und winzige Steinchen schwebten von der Decke herab. Schlagartig war sie hellwach und wusste wieder, wo sie war und was passiert war. Da ertönte draußen rasches Gewehrfeuer. Issy stellte fest, dass sie noch dasselbe Hemd wie vorher trug, aber ein Ärmel fehlte, und das Hemd war blutgetränkt. Ihr Arm war mit einem festen Verband von der Schulter bis zum Ellbogen umwickelt. Als sie sich leicht bewegte, schoss ein glühender Schmerz bis in ihre Fingerspitzen hinab.

Langsam. Das solltest du lieber lassen, Issy.

Sie blickte sich in dem winzigen Raum um. Sie wusste nicht, ob sie das Rory zu verdanken hatte, aber wer auch immer sie verarztet und hierhergelegt hatte, musste gewusst haben, dass sie ihre Kamera bei sich haben wollte. Die *Kodak* stand auf einem Schreibtisch neben ihr.

Jemand klopfte an die Tür. Augenblicke später ging diese auf und dann trat Rory ein. Er ließ die Tür einen Spaltbreit offen, wodurch sie den Lärm draußen auf dem Gang hören konnte. Er stellte eine Lampe auf einen Schreibtisch neben ihrer Liege. Die flackernde Flamme warf einen schwachen Lichtschein zwischen sie.

„Du bist wach. Das ist gut." Er hockte sich vor sie. Rory hatte Ringe unter den Augen und Bartstoppeln im Gesicht. Seine Erschöpfung war ihm deutlich anzusehen.

„Wo sind wir?"

„Immer noch im *Royal College of Surgeons*." Er hielt ihr eine dampfende Blechtasse hin. „Hier, eine Tasse Tee tut dir bestimmt gut. Die Lebensmittelvorräte gehen zur Neige, aber wir haben noch Bohnen. Und Brot. Ich werde dafür sorgen, dass man dir etwas bringt, solange noch etwas da ist."

„Ich weiß nicht, ob ich im Moment etwas essen kann."

Er stützte ihren unverletzten Arm, damit sie sich aufsetzen und ihre Beine auf den Boden schwingen konnte. Ihr verletzter Arm schmerzte und fühlte sich schwer an. Issy legte ihn vorsichtig auf ihren Schoß. „Danke."

„Du hattest Glück. Es war nur eine Fleischwunde. Aber es wird eine Weile dauern, bis du den Arm wieder voll gebrauchen kannst."

Issy schüttelte den Kopf, griff sich aber sofort an die Stirn, da vor ihren Augen alles verschwamm. „Ist mir deshalb so schwindelig? Ich kann mich nicht an viel erinnern."

„Das hängt zum Teil mit dem Blutverlust zusammen. Vielleicht auch mit dem Schock. Aber ich denke, der Hauptgrund ist der, dass du nicht viel geschlafen und gegessen hast und in dieser Verfassung um dein Leben gerannt bist. Es hat dir gehörig Respekt eingebracht, dass du das geschafft hast."

Eine weitere Explosion erschütterte das Gebäude so sehr, dass die Wände wackelten.

„Die Engländer rücken näher?"

„Ja, aber mach dir keine Sorgen. Das Gebäude ist stabil und dieses Zimmer führt zur Gasse hinaus. Hier hinten werden wir nicht beschossen. Wir wehren uns nach Kräften."

Wenn der Kampf weiterging, musste sie schnell wieder auf die Beine kommen.

Issy trank einen letzten Schluck, leerte die Tasse und stellte sie dann auf den Schreibtisch, um sie gegen ihre Kamera einzutauschen. Sie zog sie auf ihren Schoss und stellte fest, dass das Gehäuse einen kleinen Kratzer hatte. Aber als sie das Innere untersuchte, den Mechanismus ausklappte und das Objektiv so gut drehte, wie es mit einer Hand möglich war, musste sie zu ihrer Erleichterung feststellen, dass die Kamera vor größerem Schaden verschont geblieben war.

Sie strich sich ihr langes Haar, das ihr ins Gesicht hing, über die Schulter zurück. „Wo ist mein Hut?"

„Im Müll. Genauso wie deine Jacke. Und diese Hose und dieses Hemd sollten wir eigentlich auch lieber verbrennen. Im Gebäude gibt es einige Frauen. Lily Kempson und Mary Hyland haben hier das Kommando. Ich habe die Krankenschwestern gebeten, ein Kleid für dich aufzutreiben. Es könnte allerdings auch sein, dass du eine Uniform bekommst, aber das ist besser als nichts."

Sie schaute ihn ungläubig an. Hatte er denn gar nichts begriffen? Der *Green* stand nach wie vor unter Dauerbeschuss! Wie sollte sie denn laufen können, wenn sie bei jedem Schritt über einen langen Rock stolperte?

„Rory, du hast doch selbst gesagt, dass ein Aufstand kein Nachmittagstee ist. Oder hast du das vergessen? Was in aller Welt soll ich da mit einem Kleid?"

„Es schickt sich nicht, in Männerkleidung herumzulaufen, Issy. Wenigstens nicht für dich."

„Gräfin Markievicz ist eine Adelige und ihr steht ihre *ICA*-Uniform besser als den meisten Männern. Und schau dir bitte Connollys Adjutantin an, wenn du zum *GPO* zurückkehrst. Winnie Carney kleidet sich so, wie sie will, und sie hat einen Revolver im Gürtel, während sie Männern Befehle erteilt. Wenn diese Frauen das können, kann ich das auch."

„Du hast deinen Beitrag geleistet. Du hast Honor versprochen, mir auszurichten, dass ich zum Postamt kommen soll. Und das werde ich auch tun. Ich schaue nur kurz bei dir vorbei, um dir mitzuteilen, dass ich zum *GPO* aufbreche. Im Südteil der Stadt ist die Gasversorgung weiterhin zum Erliegen gekommen. Bei Nacht habe ich also bessere Chancen, unbemerkt durchzukommen. Du hast deine Nachricht überbracht. Aber jetzt solltest du lieber hierbleiben. Verhalte dich ruhig und begib dich nicht in Gefahr. Levi hat gesagt, dass er sich um dich kümmert."

Trotzig schob Issy so vorsichtig wie möglich die Kamera über ihre Schulter. „Bitte danke ihm für dieses Angebot, aber ich kann nicht hierbleiben, Rory."

„Was soll das heißen? Wohin willst du denn? Wir befinden uns mitten in einem Aufstand!"

„Zum Portobello Quay."

Als Rory laut lachte, schaute sie ihn finster an. Sie musste sich zwar auf dem Schreibtisch abstützen, aber es gelang ihr dennoch aufzustehen. „Das ist mein Ernst. Die Depesche für den General und Honors Nachricht an dich sind nicht der einzige Grund, warum ich hier bin. Diese Aufgaben habe ich erledigt und jetzt hält mich hier nichts mehr. Ich habe es auch ohne Levi O'Connells Hilfe so weit geschafft und bringe hoffentlich den Mut auf, einen weiteren Tag ohne ihn zu überstehen."

Ihre Worte klangen unfreundlich, aber sie bargen auch eine tiefe Wahrheit: Jugendliche Verliebtheit war eine Sache, aber jetzt ging es um mehr. Jetzt trieb die Hoffnung sie an, Sean wiederzusehen.

„Was um Himmels willen willst du denn in Portobello? Dort wimmelt es vor Soldaten, die dir wahrscheinlich eine Kugel verpassen und nicht nur einen Streifschuss!"

Issy ging langsam durch den Raum. Jeder Schritt, den sie schaffte, stärkte ihr Selbstvertrauen.

„In Mallins Nachricht hieß es, dass ein Team bestehend aus medizinischem Personal und Seelsorgern als Vorhut in ein Militärlazarett geschickt wurde, das im nächsten Monat in Portobello eröffnet werden sollte. In der Nähe der Portobello-Kaserne. Vielleicht können sie bei den schweren Verlusten, die ihr hier am *Green* erleidet, helfen. Falls diese Arbeitsgruppe immer noch dort ist, muss ihnen jemand Bescheid geben, dass sie hier gebraucht werden."

„Du hast stundenlang geschlafen. Vielleicht wurde ja schon längst jemand dorthin geschickt. Du bist nicht einmal ein eingetragenes Mitglied der *ICA*! Warum willst du das machen?"

Issy baute sich vor ihm auf und blickte ihm trotzig in die Augen. „Ich habe die Mitgliedschaft sozusagen mit meinem Blut unterschrieben, Rory. Ich werde gehen. Mir ist klar, dass man mich sofort für eine Aufständische halten wird, wenn ich in dieser blutgetränkten Kleidung auf die Straße gehe. Wenn du mir helfen willst, dann besorg mir bitte etwas anderes als ein Abendkleid. Eine Hose zum Beispiel. Und mir ist egal, ob sie sauber ist. Wenn sie zu groß ist, benutze ich eben Hosenträger. Ein Hemd brauche ich auch noch. Und einen Hut, unter dem ich meine Haare verstecken kann. Eine Jacke, damit man meine Kamera nicht sieht. Das reicht mir, um mich nach Portobello durchzuschlagen. Wenn du mir die Sachen nicht besorgst, werde ich so lange durch diesen Gang da draußen gehen, bis ich jemanden finde, der mir hilft."

„Issy, das ist doch Wahnsinn!"

„Was würdest du denn für Honor tun?", rief sie verzweifelt. Das war das einzige Argument, das ihn umstimmen könnte. „Sag es mir, Rory! Was hat dich dazu bewogen, Vaters Revolver von der Wand zu nehmen und Kugeln einzustecken? Du warst bereit, für die Frau, die du liebst, alles zu tun! Und jetzt willst du mir sagen, dass ich untätig hier herumsitzen soll?"

Liebe.

Es war Issy nicht bewusst gewesen. Und sie hatte es ganz bestimmt nicht laut aussprechen wollen.

„Wer ist in Portobello?", gab Rory leise zurück.

Sie presste kurz die Augen zu und zwang sich, ihre Gefühle wieder in den Griff zu bekommen. „Sean."

Rory seufzte. Der Schreibtisch knarrte, als er sich daran lehnte. „Ich bereue meine Freundschaft mit den O'Connell-Brüdern immer mehr."

„Ich nicht." Issy ergriff sein Handgelenk und warf einen Blick auf seine Armbanduhr. „Es ist schon nach sieben."

„Und wenn dich die *ICA* nicht aus dem Haus lässt?"

„Ich biete an, eine weitere Depesche zu überbringen. Sie haben bestimmt nicht genug verrückte Rebellen, die bereit sind, sich dem Beschuss der Scharfschützen auszusetzen."

„Und auch keine verrückte Schwester."

Issy nahm seine Hand und drückte sie. „Bitte! Lauf zum *GPO*. Halte das Versprechen, das ich Honor gegeben habe. In der Zwischenzeit gehe ich nach Portobello, und ich verspreche dir, dass ich dortbleibe, sobald ich Sean gefunden habe. Es heißt, dass sich die englischen Soldaten unter Hauptmann Bowen-Colthurst noch in der Portobello-Kaserne aufhalten. Vielleicht sind die Straßen ja passierbar und die Truppen sind noch nicht in Richtung Norden unterwegs."

Ein Schatten von etwas, das sie nicht einordnen konnte, huschte über Rorys Züge. Er entzog ihr seine Hand und stieß mit einem kaum hörbaren Flüstern aus: „Was hast du gerade gesagt?"

„Dass die Straßen passierbar sein könnten."

„Nein. Wie war der Name?"

„Bowen-Colthurst? Er ist ein Hauptmann und hat das Kommando über die englischen Truppen in der Portobello-Kaserne. Warum? Kennst du ihn?"

Im gleichen Augenblick stürmte ihr Bruder aus dem Büro und verschwand ohne eine Erklärung auf dem Flur. Issy blickte Rory verwirrt und hilflos nach.

Die Dunkelheit in dem riesigen Gebäude, vor dessen Fenstern lautes Artilleriefeuer zu hören war, war erdrückend. Plötzlich war sie ganz allein. Sie nahm die Lampe vom Schreibtisch und folgte Rory. Hektische Rufe ertönten im Foyer. Überall lagen Männer auf Stühlen und Tragen und schrien vor Schmerzen. Die Schmerzensschreie vermischten sich mit dem Knallen der Schüsse und lauten Stimmen, die Befehle erteilten.

Issy presste sich mit dem Rücken an die vertäfelte Wand und hatte plötzlich das Gefühl, keine Luft mehr zu bekommen. Es war, als befänden sie sich im Bauch eines sinkenden Schiffs. Finger zupften an ihrem Hosenbein. Sie blickte nach unten und entdeckte einen jungen Mann, der schmerzverzerrt die Augen zudrückte und nach Luft rang.

Issy stellte die Lampe auf den Boden und kniete neben ihm nieder. Sie hielt seine Hand, bis sich seine Haut abkühlte. Sie konnte nichts anderes tun, als die Hand dieses Fremden zu halten, bis ihn der Tod von seinen Schmerzen erlöste.

Rory kam raschen Schrittes durch den Flur zu ihr zurück. Er trug jetzt Zivilkleidung und hatte sich ein Gewehr über die Schulter gehängt. In den Händen trug er ein Bündel Kleidung. Levi war dicht hinter ihm. „Willst du immer noch nach Portobello?"

Sie hob das Kinn. Dann sprach sie rasch ein Gebet und legte die schlaffe Hand des Mannes auf die Trage.

Keine Angst.

„Ja."

Rory nahm ihr die Lampe ab und drückte ihr stattdessen das Kleiderbündel in die Hand. Levi trat an ihr vorbei und stellte ein Paar Schnürstiefel in das kleine Büro. Dann kehrte er auf den Gang zurück, als wollte er hier draußen Wache stehen. Er stellte sein Gewehr mit dem Lauf nach unten auf den Boden, stützte sich darauf wie auf einen Stock und behielt die Treppe im Auge.

„Zieh dich um“, forderte Rory sie auf. „Wenn du fertig bist, brechen wir auf.“

25. April 1916, 20:00 Uhr
Portobello Bridge
Dublin

Der größte Teil der südlichen Stadtteile war wegen der Angriffe auf die Gaswerke immer noch in Dunkelheit gehüllt. Die Laternen auf der Brücke verbreiteten genug Licht, um ein Foto zu schießen. Issy hielt die Kamera mit ihrem guten Arm und drückte den Auslöser.

Klick.

Foto Nummer fünf.

Zu dritt versteckten sie sich im Schatten einer Gasse mit Blick auf den Kanal und die Rathmines Road und sahen zu, wie englische Truppen durch Portobello marschierten. Rory und Levi hatten sie in ihre Mitte genommen und blickten angespannt nach beiden Seiten, um frühzeitig eine mögliche Bedrohung von hinten zu erkennen.

Sie hatten nicht damit gerechnet, dass sie bereits so weit von der Kirche entfernt festsitzen würden. Aber drei Männer, die zu Fuß die Brücke überquerten, hatten die Aufmerksamkeit der Soldaten erregt, und sie mussten jetzt warten, bevor sie die wenigen Straßen zum Portobello Quay zurücklegen konnten.

Issy kniff im Schatten die Augen zusammen und versuchte, den Film auf der Rückseite ihrer Kamera weiterzudrehen. Obwohl die Stoffschlinge, in der ihr Arm lag, hinderlich war, musste sie sich beeilen, um jederzeit weiterlaufen zu können.

„Ist das eine Leutnantsuniform? Der Engländer da vorn?“, wollte Rory in diesem Augenblick wissen.

Issy hatte keine Ahnung, aber Levi nickte leicht.

„O nein!", keuchte Rory plötzlich und schüttelte den Kopf, als sich einer der Männer umdrehte und das Licht auf sein Gesicht fiel. „Sie haben Skeffy. Der Mann mit dem Bart ist Skeffy."

Skeffy war schlank, trug einen eleganten Anzug und hatte eine Drahtbrille auf der Nase. Die anderen beiden Männer trugen ebenfalls Anzüge. Sie waren stehen geblieben und hielten die Hände hoch. Vor ihnen standen Soldaten mit angelegten Gewehren und Bajonetten, die im Licht funkelten.

„Wer ist Skeffy?", fragte Issy.

„Francis Sheehy-Skeffington. Der Redakteur des *Irish Citizen*. Bei der Dubliner Ausgangssperre vor drei Jahren war er Mitglied des Friedenskomitees. Er hätte in der *ICA* eine einflussreiche Position einnehmen können, aber er hat sich gegen den Einsatz von Waffen ausgesprochen. Er hält nichts von der Gewalt, die laut Pearse für einen erfolgreichen Aufstand nötig ist. Deshalb hält er sich heraus."

„Warum haben sie ihn angehalten?" Issy beobachtete aus dem Schatten, wie die Soldaten ihre Befragung fortsetzten. „Vielleicht überbringen sie den Rebellen Nachrichten?"

„Nein, Skeffy lehnt Gewalt strikt ab. Er würde sich nie freiwillig an einem gewaltsamen Aufstand beteiligen. Er würde weder zu den Waffen greifen noch den gewaltbereiten Gruppen Informationen zukommen lassen. Hier geht es um etwas anderes."

Ein Soldat schlug einem der beiden Männer, die bei Skeffington waren, seinen Gewehrgriff so heftig gegen die Schläfe, dass dieser in die Knie ging. Issy wandte sich ab. Beim Anblick dieser brutalen Gewalt wurde ihr übel. Wenn sie etwas gegessen hätte, hätte sie sich jetzt bestimmt übergeben müssen.

„Können wir denn nichts machen?", schluchzte sie und biss sich auf die Unterlippe.

„Diese Männer sind unbewaffnet, Rory." Levi stützte sich mit der Schulter an die Ecke des Backsteingebäudes und legte sein Gewehr an.

„Wir dürfen nicht verraten, dass wir hier sind. Wenn du schießt, werden die Soldaten uns angreifen. Schau! Sie verhaften sie." Er deutete mit dem Kopf zur Brücke, wo den Männern Handschellen angelegt wurden. „Sie bringen sie wahrscheinlich in die Kaserne. Man wird sie einsperren, aber wenigstens sind sie am Leben. Wenn wir eingreifen, könnte das ihren Tod bedeuten. Und unseren auch."

Issy steckte die Kamera hastig unter ihre Jacke und legte ihren steifen Arm in der Schlinge schützend darüber.

„Sie gehen weiter", flüsterte Levi, der den Soldaten mit angelegtem Gewehr nachschaute, bis sie auf der anderen Seite des Kanals ankamen und nicht mehr zu sehen waren.

„Sobald wir sicher sind, dass sie fort sind, laufen wir los. Bis zum Portobello Quay. Was wir wegen der Soldaten machen, entscheiden wir später."

Rory schaute Levi und Issy ernst an, dann fragte er: „Bist du bereit?"

Sie nickte. „Ja."

Es war beunruhigend, wie schnell sie sich daran gewöhnt hatte, dem Beschuss durch Scharfschützen ausweichen zu müssen. Issy war an diesem Tag schon einmal quer durch die Stadt gelaufen. Sie war gerannt, bis ihre Lungen gebrannt hatten, und hatte immer wieder Deckung suchen müssen. Sie hatte sogar einen Streifschuss abbekommen. Eigentlich fehlte ihr die Kraft, dies noch einmal zu schaffen. Außerdem lagen ihre Nerven blank. Aber Rory gab das Kommando, Levi stürmte los, und Issy folgte ihm.

Sie rannten an zerstörten Schaufensterscheiben vorüber. Am traurigen Anblick eines Pubs, der geplündert worden war und jetzt in gespenstische Stille in völliger Dunkelheit dalag. Eigentlich sollte es anders sein. Eigentlich sollte er von Gaslampen beleuchtet und mit Gästen gefüllt sein, die sich bei einem Glas Bier Geschichten erzählten.

Sie liefen Gehwege entlang, huschten durch Gassen und überquerten Straßen, die Issy allesamt fremd waren. Zum Glück schien Levi sich hier wie in seiner Westentasche auszukennen. Sie folgten ihm von einer Hausecke an den Gebäuden entlang zu einem eisernen Zaun, hinter dem ein Friedhof lag. Bäume mit zarten Frühlingsknospen stachen gespenstisch von der Dunkelheit ab. Eine Kirche mit einem hohen Turm schien bis in die Wolken hinaufzuragen.

Levi versuchte, ein Metalltor zu öffnen, aber es war abgesperrt. Statt einen anderen Eingang zu suchen, lehnte er sein Gewehr an den Eisenzaun und hielt ihr die Hände hin, um ihr darüberzuhelfen. „Sei vorsichtig! Pass auf deinen Arm auf. Wenn du auf dem Weg da drüben weiterläufst, kommst du zu einer Tür an der Rückseite der Kirche. Du kletterst über den Zaun und läufst, bis du dort bist. Bleib nicht stehen, egal, was aus uns wird. Hörst du?"

„Das schaffe ich." Sie stellte ihren Stiefel in seine Hände, die er ihr als Räuberleiter hinhielt.

Levi schwang sie hinüber und hielt ihre Schulter fest, als sie fast gestürzt wäre, weil sie sich nur mit einer Hand nicht richtig festhalten konnte, und beinahe mit dem Gesicht voraus in den Eisenstäben gelandet wäre. Levis Schwung half ihr über den Zaun, und sie glitt an den Metallstäben hinab, bis ihre Füße den Boden berührten. Sie fand sich auf einem gepflasterten Gehweg wieder, der sich, genau wie Levi gesagt hatte, zwischen den Sträuchern und Büschen hindurch zur Kirche schlängelte.

Ohne auf Levi und Rory zu warten, lief Issy los, als wäre die gesamte englische Armee hinter ihr her.

Die Hintertür war oben abgerundet und nur halb zu sehen, weil man erst ein paar Stufen hinuntergehen musste, um zu ihr zu gelangen. Buntglasfenster mit kunstvollen Verzierungen befanden sich zu beiden Seiten der Tür. Die Fenster waren noch intakt und strahlten eine stille Schönheit aus. Ganz Dublin war von der Rebellion überschattet, aber dieser kleine Winkel der Stadt war scheinbar davon verschont geblieben.

Issy rüttelte verzweifelt am Türgriff, aber er gab nicht nach. Die Tür war abgeschlossen. Sie drückte dagegen und hätte am liebsten geweint.

Dann hämmerte sie mit der Faust gegen das Holz und betete, dass Sean hinter dieser Tür wäre und sie hören würde, bevor die Soldaten sie entdeckten.

„Issy, nein!“, flüsterte Rory laut, aber es war zu spät.

Jemand hatte sie gehört.

Ein Metallriegel wurde bewegt.

Das Quietschen der Tür durchdrang die Nacht. Levi stellte sich vor Issy und schob sie so weit zurück, dass er genug Platz hatte, um sein Gewehr anzulegen. Rory gab ihr von hinten Deckung.

Ein Licht drang durch die einen Spaltbreit geöffnete Tür und beleuchtete den Weg zu ihren Füßen. Weiche, flackernde Reihen von Bienenwachskerzen brannten in einer Nische. Ein Mann trat mit erhobenen Händen heraus. Er hatte seine Soutane abgelegt, die Ärmel seines Hemds hochgekrempelt und trug eine aufgeknöpfte, schwarze Weste. „Mit dem Gewehr kann ich dich nicht reinlassen, Bruder.“

Levi ließ seine Waffe sinken. „Sean! Gott sei Dank!“

Als Issy ihn sah, konnte sie endlich aufatmen.

Er war müde und erschöpft und sah im Kerzenlicht aus, als hätte er im Inneren dieser Kirche genauso gekämpft wie die Rebellen draußen. Aber er war unversehrt. Sie hatte ihn so vermisst. Nachdem sie wochenlang nichts von ihm gehört hatte, konnte sie kaum glauben, dass sie jetzt bei ihm war.

„Ohne die Uniform hätte ich dich fast nicht erkannt. Komm schnell rein, bevor dich die Kugel eines Scharfschützen trifft. Sie sind überall da draußen.“

„Man muss nicht immer eine Uniform tragen, um angeschossen zu werden.“ Levi trat zur Seite, um seinem Bruder zu zeigen, wer hinter ihm stand. „Unsere Kleine hier hat es auch ohne *ICA*-Uniform geschafft.“

„Issy!“ Sean machte besorgt einen Schritt auf sie zu und fragte: „Wie kommst du hierher?“

Sie stand in ihrer schmutzverschmierten Männerhose mit einem verwundeten Arm vor Sean, aber das war ihr im Moment völlig gleichgültig. Er musterte sie hastig von Kopf bis Fuß. Als sein Blick an ihrer Armschlinge hängen blieb, verzog er besorgt das Gesicht.

Ohne nachzudenken, drängte Issy sich an Levi vorbei und warf sich in die Arme seines Bruders.

Sie legte ihren unverletzten Arm auf seinen Rücken und vergrub das Gesicht an seiner Schulter. Ihre flache Kappe glitt von ihrem Kopf und ihr langes Haar fiel über ihre Schultern. Sie schmiegte sich noch enger an ihn, als er die Hand an ihren Hinterkopf legte und sie festhielt, als würde dadurch in einer Welt, die völlig aus den Fugen geraten war, alles wieder gut werden.

„Komm rein", flüsterte er an ihrem Ohr. „Jetzt bist du in Sicherheit."

VIERUNDZWANZIG

24. Mai 1798
Ashford Manor
County Wicklow

Das Feuer im Kamin war längst erloschen.

Maeve band ihren Morgenmantel zu, trat ans große Fenster des Turmzimmers und zog die Vorhänge zurück, um in den dichten Morgennebel hinauszublicken, der über dem Glen lag. Auf den grünen Hügeln grasten bereits die Schafe und bei der Burgruine über den Klippen hing noch geisterhafter Nebel.

Der Sommer stand vor der Tür, aber trotzdem legte sie fröstelnd die Arme um sich.

„Du bist früh aufgewacht", sagte Eoin in der Dunkelheit hinter ihr.

„Ich konnte nicht schlafen."

Er schlüpfte in sein Hemd und trat zu ihr ans Fenster. Er schob seine warmen Arme von hinten um sie. Mit einer federleichten Berührung legte er sein Kinn auf ihren Kopf. „Warum, Milady? Machst du dir Sorgen?"

„Vielleicht." Gedankenversunken strich sie mit dem Finger über seinen Unterarm. „Du musst aufhören, ‚Milady' zu mir zu sagen. Das klingt, als würde es dir nicht gefallen, dass wir verheiratet sind."

„Wie könnte ein Mann etwas dagegen haben, mit dir verheiratet zu sein? Aber es ist immer noch sehr neu, nicht wahr?"

Sie legte die Arme enger um sich. Maeve war erleichtert, dass er sie so gut verstand, ohne dass sie in Worte fassen musste, was sie beschäftigte. Drei Wochen auf die Trauung zu warten und dann plötzlich in einem blauen Musselinkleid und mit Ginsterblüten im Haar vor dem Altar zu stehen, war ein wenig beängstigend gewesen. Das Eheleben war noch sehr ungewohnt, dazu kamen die unverhohlene Verachtung ihres Bruders und die Tage, an denen sie auf die Irische See hinausblickte und mit Grauen und Hoffnung zugleich nach Schiffen Ausschau hielt. Maeve musste diese Gefühle, die in ihrem Herzen tobten, erst verarbeiten. Wie sollte sie bei alledem lernen, was es hieß, eine Ehefrau zu sein?

„Ja. Es ist neu."

„Aber du bereust es nicht?"

„Nein, ich bereue es nicht. Aber ich frage mich, was aus uns wird, wenn dein Clan erfährt, dass du noch lebst und dich im Turm eines protestantischen Schlosses versteckst."

„Ich bin gern hier oben im Turm. Dadurch muss ich nicht ständig die finsteren Blicke deines Bruders ertragen. Da ich seine Schwester geheiratet habe, kann er mich nicht als Verwalter entlassen. Aber er will trotzdem nichts mit mir zu tun haben. Er hasst es immer noch, dass jetzt auch ein katholischer Name in der Familienbibel steht."

„Aber er hat sich genauso wie mein Vater damit abgefunden. Irgendwann wird er dich in der Familie akzeptieren. Wäre es für deine Verwandten ein Schock, wenn sie wüssten, dass du mit einer Engländerin verheiratet bist?"

„Mich interessiert nicht, was andere denken. Ich bezweifle allerdings, dass in dieser Grafschaft ein Katholik in einem protestantischen Salon willkommen wäre. Ich hatte nicht daran gedacht, dass es dich verletzen könnte, wenn wir keine Einladung zum Ball in Powerscourt bekommen und dass meine Familie dich vielleicht nicht akzeptiert."

„Du weißt, dass ich mir aus solchen Einladungen nichts mache. Es hat seine Gründe, warum ich mit den Familien unserer Pächter zusammenarbeite und mich oft im Dorf aufhalte. Nachdem wir George verloren hatten, wollte ich das, was kaputt gegangen ist, so gut ich konnte, wieder in Ordnung bringen. Ich habe keinen Gedanken an gesellschaftliche Veranstaltungen verschwendet oder an eine Heirat, um mir einen Platz in der Gesellschaft zu sichern."

„Da du mit mir vor den Altar getreten bist, wäre dieser Plan jetzt sowieso hinfällig. Du hättest mal das Gesicht deines Bruders sehen sollen, als ich mir für die Trauung seinen Gehrock ausleihen musste. Der Streithahn wurde ganz blass. Entschuldige, aber das hat mir eine gewisse Schadenfreude bereitet."

„Ich habe es ernst gemeint."

„Ich auch." Aber er wirkte alles andere als ernst. Die Belustigung in seiner Stimme war nicht zu überhören. Ihre gegenwärtigen Umstände schienen ihm nicht das geringste Kopfzerbrechen zu bereiten. „Cian hat sich damit abgefunden, dass er sich seinen Schwager nicht aussuchen konnte. Aber mach dir keine Sorgen: Ich habe mit meinem richtigen Namen unterschrieben. Unsere Ehe ist also bindend."

„Das weiß ich." Sie lehnte sich an ihn zurück. „Welchen Weg das Leben uns auch führt, wir gehen ihn gemeinsam."

„Willst du damit sagen, dass du nach Belfast ziehen möchtest? Oder in den Süden der Grafschaft, wo an jeder zweiten Straßenecke ein O'Byrne wohnt?"

Maeve blickte zur Burgruine hinauf. Castle Chryn ragte stolz aus dem Nebel empor, als würde ihm der Hügel gehören, auf dem es stand. Das Meer darunter war ruhig. Blau und grau und so weit, dass sie es auch mit geschlossenen Augen sehen konnte. Das Lied dieses Landes ließ sie nicht los. Könnte sie an einem anderen Ort glücklich sein?

„Ich habe nie mit dem Gedanken gespielt, von hier wegzugehen. Für mich kam es auch nicht infrage, nach dem Tod meiner Mutter und meines Bruders nach England zurückzukehren. Aber Cian zeigt sehr deutlich, dass er dieses Anwesen und alle Probleme hier in Irland hasst. Ich glaube, er würde am liebsten mit Vater nach England gehen und uns hier zurücklassen und vergessen."

„Wenn es ihm in Irland nicht gefällt, warum ist er dann zurückgekommen?"

„Das weiß ich nicht. Wahrscheinlich aus Pflichtgefühl, weil ich ihm geschrieben hatte, dass unser Vater in seiner Trauer versinkt. Vielleicht bleibt er ja auch nicht." Maeve schloss die Augen und drehte sich um. Sie schmiegte sich an ihn. „Was machen wir, wenn es zu kriegerischen Auseinandersetzungen kommt und dein Cousin will, dass du an seiner Seite kämpfst? Wirst du uns verteidigen oder zusammen mit deiner Familie gegen uns zu den Waffen greifen?"

„Die Antwort auf diese Frage ist nicht leicht, da ein O'Byrne deinen Bruder getötet hat."

„Ja. Ein Raubüberfall, der tödlich endete. Der Mann war leider Katholik, was den Hass weiter geschürt hat. Er wurde zwar von den Soldaten des Königs gefasst und hingerichtet, aber das macht George nicht wieder lebendig. Und ich frage mich, ob meine Mutter an einem gebrochenen Herzen starb. Ich glaube …" Sie schluckte schwer. „Ich glaube, mein Vater kann nicht einmal Georges Namen aussprechen, ohne von einer abgrundtiefen Trauer übermannt zu werden. Ist dir aufgefallen, dass er sich immer abwendet, wenn ich einen der beiden erwähne?"

Eoin seufzte und blickte ebenfalls zur Burgruine. „Die Bücher in diesem Zimmer gehörten George?"

„Ja."

„Deshalb konntest du dich also nicht von ihnen trennen."

„Mein Bruder war ein ganz besonderer Mensch. Freundlich und großzügig. Cian ist hart und abweisend, aber George lagen die Pächter und die Menschen im Dorf am Herzen. Er hatte seine Bücher und die Musik. Das Pianoforte, das mein Vater nach seinem Tod aus dem Haus bringen ließ. Seitdem gibt es keine Lieder mehr in diesem Haus. Kein Lachen. Solche Gedanken klingen jetzt vielleicht albern, aber ich habe die Musik und die Bücher geliebt. Ich hätte nicht gedacht, dass Georges Bücher je wieder einen Besitzer bekämen oder dass ich je wieder Musik hören würde. Aber seit du hier bist, glaube ich irgendwie wieder daran."

Maeve hielt den Atem an, als er die Hände von ihr nahm. Die Hoffnung, die in ihren Worten mitschwang, stand im Raum zwischen ihnen. Sie rang die Hände, als er ihr in die Augen schaute.

„Ein Pirat und eine Adelige, zwischen denen eine tiefe Kluft stand, haben geheiratet. Die Frage ist, ob sie sich irgendwo in der Mitte treffen können? Ich habe den Eindruck, dass wir beide in Bezug auf Vertrauen noch viel lernen müssen. Ich bin dazu bereit."

„Mir fällt Vertrauen nicht leicht, Eoin. Nicht mehr."

„Du hast an jenem Abend bei der Burgruine gesagt, dass du mich liebst. War das die Wahrheit?"

„Ja, das habe ich gesagt", flüsterte sie leise. „Und ja, es war die Wahrheit."

„Dann bitte ich dich, ab heute nicht länger zu glauben, dass andere Menschen über dir stünden. Weder dein Vater noch dein Bruder. Du hast die Zügel in die Hand genommen und dich um das Land und die Menschen gekümmert. Ein Gutsherr hätte das nicht besser vermocht. Damit machst du mehr wieder gut, als von dir gefordert wird. Und falls irgendein Mann es wagen sollte, ein Wort gegen dich zu sagen – ob auf diesem Anwesen oder im Dorf –, wird er erleben, wozu ein O'Byrne-Ehemann fähig ist."

Mit sanften Fingerspitzen löste Eoin ihre verkrampften Hände, hob sie an seinen Mund und drückte die Lippen auf ihre Fingerknöchel.

„Muss ich dich wirklich mit anderen teilen?"

„Ich glaube, Milady, wenn wir dieses Anwesen verlassen sollten, käme ein O'Byrne zum Vorschein, der ein viel fähigerer Anführer ist als der Mann, den meine Verwandten in Erinnerung haben. Ich bin nicht sicher, ob sie eine Frau akzeptieren könnten, die so stark ist wie du. Und die jungen Männer würden bei deinem Anblick bestimmt ins Straucheln geraten."

„Danke, dass du mir so viel zutraust." Sie blickte sich in ihrem Turmzimmer um. Trotz allem, was auf sie zukommen könnte, wagte sie, auf Frieden zu hoffen. „Aber vielleicht können wir noch eine Weile hierbleiben? Im Schloss. In diesem Turm. Vielleicht müssen wir ja nicht sofort eine Entscheidung treffen. Es wäre schön, wenn wir einfach da bleiben könnten, wo wir sind."

„Aber *eine* Entscheidung müssen wir treffen."

Seine Antwort rührte etwas in ihr an und sie schaute ihn spielerisch-finster an. „Und welche Entscheidung wäre das?"

„Ich habe ein Hochzeitsgeschenk für dich bestellt, aber es wird eine Weile dauern, bis es den Weg über die Irische See zurückgelegt hat. Deshalb habe ich eine weitere Überraschung, um dir das Warten zu erleichtern."

„Ich brauche kein Geschenk. Mein größtes Geschenk wäre es, wenn die Familien auf unserem Land in Sicherheit und Frieden leben könnten."

Er beugte sich nach unten und drückte einen Kuss auf ihre Lippen. Er tat das so selbstverständlich, als hätten sie es schon immer gemacht, obwohl es genauso neu war wie alles andere. Aber es war wunderbar und sie fühlte sich bei ihm geborgen.

Eoin nahm ihre Hand und zog sie vom Fenster weg. „Die Überraschung wartet auf der anderen Seite des Anwesens auf dich. Komm mit. Lass uns zuschauen, wie die Welt erwacht."

Die Wicklow Mountains sangen die Lieder des Spätfrühlings. Lebendig und berührend. Die Höhen leuchteten in kräftigen Grün-, Grau- und Rottönen. Sie sattelten ihre Pferde und ritten durch das Glen. Éires Beine strotzten vor Energie, als sie den Weg entlanggaloppierte.

Wildblumen blühten golden und violett entlang der Straße und vermischten sich auf der Anhöhe zu einem farbenfrohen Blütenteppich. Ihre Pferde überquerten eine Brücke, die das sprudelnde Wasser überspannte. Eoin lachte, als Maeve ihn überholte und ihr kleines Wettreiten gewann.

Atemlos zog sie an den Zügeln. Mit einem Zwinkern ritt er an ihr vorbei und sie sah den vertrauten Anblick des Stallmeisterhäuschens. Die Straße nach Dublin, die früher so schmerzhafte Gefühle in ihr ausgelöst hatte, begrüßte sie jetzt mit neuer Hoffnung.

Eoin brachte sein Pferd vor dem Tor in der Steinmauer zum Stehen und glitt aus dem Sattel.

„Was für eine Überraschung? Das Cottage kenne ich doch schon."

Er schüttelte den Kopf. „Ich meine nicht das Haus. Ich will dir beweisen, dass ich das, was ich bei unserer Hochzeit gesagt habe, ernst gemeint habe. Ich werde nicht zulassen, dass du wieder verletzt wirst. Du hast mir einmal ein Friedensgeschenk gemacht. Und ich habe die Absicht, dir dieses Geschenk zurückzugeben."

Er führte sie durch das Tor zu einer verborgenen grünen Welt.

Setzlinge.

Zarte Blätter, die sich Richtung Sonne reckten. Töpfe über Töpfe mit Setzlingen säumten die Rückseite der Steinmauer. Es war ein herrliches Versprechen auf künftige *Willams' bon Chrétiens.* Jung und schön warteten sie darauf, in der irischen Erde Wurzeln zu schlagen.

In ihrem rostfarbenen Reitkostüm kniete Maeve nieder, um die Setzlinge zu bewundern. Sie strich über die weichen Blätter. Sie drückte die kräftige, dunkle Erde in mehreren Töpfen fest und spürte das Leben unter ihren Fingerspitzen. Die Setzlinge waren erstaunlich gut gewachsen und hungerten jetzt nach Sonne und einem festen Platz in der Erde.

„Woher kommen diese Pflanzen?"

„Aus der Kiste, die du mir geschenkt hast."

Gerührt blickte sie zu ihm hinauf. „Du hast Birnbäume gezüchtet?"

„Für dich." Eoin nickte. „Es hat monatelang gedauert, bis die Kerne keimten und kleine Pflanzen wuchsen. Und jetzt müssen wir entscheiden, wo sie wachsen sollen. Damit der Frieden nicht länger jedes Jahr mit dem Schiff übers Meer kommen muss, sondern wir ihn hier wachsen lassen können. Wir fangen auf diesem Land an, bei den Ashfords und den O'Byrnes von Castle Chryn. Und ich bleibe mit dir hier, wenn du auf Ashford Manor bleiben willst."

Maeve sprang auf. An ihrem Rock und ihren Händen klebte Erde, und sie vergaß, dass sich eine Dame nie so verhalten würde. Doch sie warf sich in Eoins Arme und nahm dieses Geschenk mit ganzem Herzen an, denn sie wusste, dass es mehr bedeutete als alles, was sie je zuvor in ihrem Leben bekommen hatte. Eoin wusste, wie viel es ihr bedeutete, hierzubleiben. Das hieß nicht, dass sie vergessen hätten, wer sie früher gewesen waren und welche Differenzen sie auseinanderreißen könnten. Sie hatten trotz der tiefen Kluft zusammengefunden und würden gemeinsam etwas Neues erschaffen.

Mit Respekt und Liebe, obwohl die Welt sie auseinanderzureißen drohte.

„Ich werde nie zulassen, dass ihnen etwas zustößt. Oder uns", flüsterte er an ihrem Ohr. „Hörst du, Liebste?"

„Ja." Sie wischte sich die Tränen von den Wangen.

Dann drückte sie ihn ein letztes Mal und ließ ihn los. „Entlang der Straße. Das soll ihr Platz sein. Hinter der Steinmauer. Wir verlängern die Straße so weit, wie diese ersten Bäume reichen. Und jedes Jahr pflanzen wir neue nach. Birnbäume bis zu den Wicklow Mountains. Hier soll für jede Generation, die nach uns kommt, der Frieden wachsen. Was meinst du?"

„Ich meine, dass du Erde im Gesicht hast." Er lachte leise und wischte mit dem Daumen ihr Gesicht sauber. „Das ist eine großartige Idee."

„Finde ich auch." Sie küsste ihn kühn und verwegen. Es war immer noch so neu und aufregend, ihn jederzeit küssen zu können, wenn ihr danach zumute war.

Das Klappern der Hufe eines galoppierenden Pferdes näherte sich und zerstörte diesen zauberhaften Moment. Sie drehten sich um und entdeckten einen Reiter, der immer noch so weit entfernt war, dass sie ihn nicht erkennen konnten.

Maeve kniff die Augen zusammen und starrte angestrengt durch den Frühnebel. Sie trat neben Eoin und wischte ihre Hände an ihrem Rock ab. „Was hat das zu bedeuten, Eoin?"

„Ein Reiter, der es so eilig hat, ist nie ein gutes Zeichen." Er holte eine Pistole aus seinem Sattel und baute sich schützend vor ihr auf.

Sie stellte keine Fragen, sondern blieb im Schutz seiner breiten Schultern stehen. Der Reiter kam näher, und sie sah den Schmutz auf seinem Leinenhemd und seine offene Jacke, die im Wind flatterte.

„Ist das nicht der junge Foley?", fragte sie und verstand nicht, was mit ihrem Stallknecht los war. Offenbar gab es Probleme.

Jack Foley kam auf der Straße von Dublin eilig angeritten. Die Hufe seines Pferdes gruben sich in die weiche Feldstraße, rissen Grasbüschel aus und schleuderten sie hinter sich. Als er sie erblickte, steuerte er auf sie zu und blieb an der Kreuzung stehen. „Sir."

„Was ist los, Foley?"

„Ich habe eine dringende Nachricht für den O'Byrne." Mit unsicherer Miene warf Jack einen Blick auf Maeve.

„Du kannst offen sprechen. Ich habe vor meiner Frau keine Geheimnisse. Und du bist immer noch Stallknecht hier. Sie ist also deine Herrin."

„Verzeihen Sie, Milady. Das war ein Befehl. Ich musste fragen", sagte Jack mit einer höflichen Verbeugung. Dann kam er mit seinem Pferd einige Schritte näher. Er senkte die Stimme. „Ich wurde vom Pub meines Vaters losgeschickt, um zu melden: Die Engländer haben von dem Plan Wind bekommen, dass heute Dubliner Postkutschen aufgehalten werden sollen. Und Fitzgerald wurde schwer verletzt, Sir. Er wurde verletzt, als die Soldaten kamen, um ihn zu verhaften."

„Wer ist Fitzgerald?" Diesen Namen hatte Maeve noch nie gehört.

„Edward Fitzgerald, Milady. Ein Anführer der *Vereinigten Iren*. Einer der letzten, die wir noch haben."

Maeve atmete langsam ein und versuchte, sich zu beruhigen. Tödliche Verletzungen und die Verhaftung von bekannten Rebellenführern ließen nichts Gutes ahnen, falls jemand erfahren sollte, wer und was Eoin war.

Sie ergriff von hinten seine Hand und drückte sie.

„Wir sind aufgeflogen. Dublin ist vielleicht verloren, aber ich soll die ganze Provinz informieren, dass wir wie geplant in Wicklow und Wexford weitermachen. Ich soll durch die ganze Provinz reiten und die Leute zu den Waffen rufen. Wir schlagen am Fuß der Berge ein Lager auf. Da wir nur noch sehr wenige Anführer haben, könnten wir Sie gebrauchen, Sir."

Eoin drehte den Kopf so weit zur Seite, dass er Maeve ansehen konnte.

Das war ein Risiko. Ein größeres Risiko, als sie erwartet hatte.

„Es tut mir leid, aber ich werde hier gebraucht." Er wandte den Blick nicht von ihr ab. „Was ist mit der Bucht unter der Burgruine?"

„Heute Nacht, Sir."

Jetzt wandte Eoin den Kopf wieder von ihr ab, starrte zu Boden und stemmte seine freie Hand in die Hüfte. Obwohl sein Widerstreben unübersehbar war, nickte er nach einigen Sekunden. „Melde, dass wir für die Schiffe bereit sind, wenn sie kommen."

„Gut, Sir." Jack zog seine Kappe vor ihr. „Milady."

Während sie Jack nachschauten, der eilig auf der Straße weiterritt, lehnte Maeve sich an Eoins Seite und verschränkte ihre Finger mit den seinen. Es konnte doch nicht sein, dass sie nur wenige Tage nach ihrer Hochzeit schon in eine solch unmögliche Situation gedrängt wurden. Würden sie zusammen kämpfen? Wäre Maeve gezwungen, sich zwischen ihrem Mann und ihrem Zuhause zu entscheiden?

Eoins Augen verrieten ihn. Zum ersten Mal sahen sie Maeve nicht offen und zärtlich an, wie sie es bei ihm gewohnt war. Es waren die harten Augen eines Anführers. Eines Rebellen, der bereit war, zu kämpfen und sich zur Wehr zu setzen, ja, selbst zu sterben, falls es nötig sein sollte. Wenn bald Schiffe in ihrer Bucht vor Anker gingen, würden die Engländer nicht mit Zurückhaltung darauf reagieren.

Und ihr Vater und Cian würden nach Kräften für die Gegenseite kämpfen.

Maeve betete, dass sie mit ihrer Vermutung falsch läge, und fragte: „Was bedeutet das?“

„Rebellion.“ Eoin schaute sie an und Traurigkeit trat in seine Augen. „Wir haben bis zum Morgengrauen.“

FÜNFUNDZWANZIG

GEGENWART
ASHFORD MANOR
COUNTY WICKLOW

Musik drang die Treppe herauf.

Seit sie im Schloss arbeitete, hatte Laine gehört, wie die alten Mauern und das Dachgebälk unter dem hartnäckigen Wind ächzten, der unablässig vom Meer über das Land wehte. Sie hatte vernommen, wie der Regen gegen die Fenster prasselte. Deborahs Lachen und Cassies hüpfende Schritte. Hin und wieder hatte sogar ein Handy geklingelt und der Klingelton war von den hohen Decken widergehallt.

Aber sie hatte bis jetzt nie den Klang eines Klaviers gehört.

Die Melodie war so leise, dass sie sie vielleicht überhört hätte, wenn sie nicht gerade eine Pause eingelegt hätte. Laine klappte Cormacs Laptop auf dem Schreibtisch in einem Büro in der ersten Etage zu und folgte den Klängen durch den Flur zu der breiten, geschwungenen Treppe.

Ein schwaches, dämmriges Licht beleuchtete Eingangshalle und Jagdzimmer, als sie langsam die uralten Stufen hinabstieg, die ausnahmsweise keinen Ton von sich gaben. Warme, goldene Sonnenstrahlen fielen durch die Fenster. Das Tageslicht würde bald den immer länger werdenden Schatten weichen.

Laine näherte sich geräuschlos dem Musikzimmer und blieb an der Tür stehen. Sie lehnte sich an den Türrahmen und lauschte der

Melodie, die Cormac spielte. Seine Finger flogen gekonnt über die schwarz-weiße Klaviatur des *Steinways*.

Ähnlich zwanglos gekleidet wie sein Bruder – in Jeans und einem T-Shirt mit dem Aufdruck *Jack Foley's* –, saß Cormac am Flügel. Sein schwarzes Haar war leicht zerzaust und er hatte seine Brille abgenommen. Als er aufblickte, bemerkte er ihr Spiegelbild in der Fensterscheibe. Die Musik verstummte und er drehte sich zu ihr herum.

„Du lässt mich die ganze Zeit von Klavieren und Musikgeschäften reden und sagst kein Wort? Du hast nie verraten, dass du Klavier spielst." In Laine erklangen Warnglocken. Sie durfte nicht schwach werden.

„Du hast nie gefragt."

„Dann frage ich dich jetzt. Was war das für eine Melodie?"

Mit einem leisen Lächeln ließ er seine Fingerspitzen ein letztes Mal über die Klaviatur gleiten. „*Tabhair dom Dolly Lámh*. Ein traditionelles irisches Lied."

„Du hast es auswendig gespielt?"

„Ja." Er klappte den Deckel wieder über die Klaviatur, als wäre ihm das fast peinlich. „Ich hatte ab meinem achten Lebensjahr Klavierunterricht. Da er der jüngere ist, durfte Quinn auf seiner Gitarre Rockmusik spielen. Ich wurde zu einer traditionelleren Musik gezwungen."

Cormac stand auf und trat von dem Flügel zurück, warf aber noch einen letzten Blick darauf, als wäre der *Steinway* plötzlich ein vertrauter Freund. „Der *Steinway* hat einen herrlichen Klang." Er deutete mit dem Kopf zur Burgruine vor dem Fenster. „Und bietet eine wunderbare Aussicht."

Sie standen einen Moment schweigend da. Cormac steckte die Hände wieder in die Taschen seiner Jeans. Laine blickte sich im Raum um, als würde sie noch Inventur machen, obwohl sie jeden Winkel schon hundertmal gesehen hatte.

Sie waren zwei Menschen, die etwas zu sagen hatten, es aber nicht aussprachen.

„Du fährst nach Dublin zurück?"

„Ja, bald. Ich warte nur darauf, dass Ellie und Quinn uns abholen. Deshalb habe ich versucht, noch ein paar Dinge fertigzustellen. Cassie sieht gerade mit Deborah in Miss Dollys Wohnung fern. Jack wird dich bestimmt heute Abend hinter der Theke brauchen."

„Ich glaube, ich bleibe noch ein wenig hier. Mindestens einen oder zwei Tage."

Die Strahlen der Abendsonne tauchten den Boden hinter seinen Füßen in ein goldenes Licht.

„Cormac, willst du nicht versuchen, mit Jack über das alles zu sprechen?"

„Wir stehen seit Jahren gemeinsam hinter der Theke, und er hat es nicht einmal für nötig gehalten, mir zu verraten, dass er Dolly kennt? Hier geht es um ein Stück Geschichte, Laine. Ich erwarte nicht, dass du das verstehst. Aber ich brauche ein wenig Abstand. Wenigstens für eine Weile."

Laine versuchte, es nicht an sich heranzulassen, dass er unter der Situation litt. Dass sie sich etwas aus ihm machte. Dass sie sich so sehr bemühte, das Kribbeln in ihrem Bauch zu verdrängen, was immer schwerer wurde, je mehr Zeit sie mit ihm verbrachte. Er strahlte eine so ruhige Freundlichkeit aus, er brachte Cassie so viel ehrliche Aufmerksamkeit entgegen. Und jetzt spielte er auch noch Klavier? Und das alles nach ihrem aufwühlenden Gespräch an dem Abend, als sie aus Cork zurückgekommen waren.

Alles ging so schnell, dass Laine es erst einmal verarbeiten musste.

Sie schob einige widerspenstige blonde Haarsträhnen hinter ihr Ohr und trat mit der Liste in der Hand zu ihm. „Deborah hat mir eine Inventarliste der oberen Räumlichkeiten gegeben. In den meisten Räumen befinden sich wie erwartet Möbel und Gemälde. Und auch einige Klaviere. Das weißt du ja selbst. Ich habe Mr O'Brien angerufen. Er ist bereit, sie sich anzusehen. Du brauchst nur einen Termin mit ihm auszumachen. Ich habe ihm gesagt, dass du dich wahrscheinlich erst im neuen Jahr melden wirst, wenn du das Gutachten für das Haus hast. Aber da wusste ich noch nicht, dass du Klavier spielst. Du weißt also viel besser als ich, wann der *Steinway* gestimmt werden muss."

„Bei einem maßangefertigten Einzelstück ist es immer gut, eine zweite Meinung einzuholen, nicht wahr?"

„Ja." Laine lächelte leicht, obwohl er das in der aufziehenden Dämmerung wahrscheinlich gar nicht sehen konnte. „Ich habe auch wegen der Bücher herumtelefoniert. Einige Geschäfte in Dublin wären bereit, Gutachter zu schicken. Hier ist eine Liste mit den Namen und Kontaktdaten. Und ich habe wegen eines Gemäldes eine E-Mail an das Geschäft meines Vaters geschickt. Da warte ich aber noch auf eine Antwort."

„Danke. Damit ist alles in die Wege geleitet. Wir müssen uns jetzt nur noch entscheiden, ob es sich lohnt, all diese Gutachter kommen zu lassen, oder ob einfach alles versteigert werden soll."

„Ich habe auch noch etwas gefunden, bei dem ich nicht ganz sicher bin, wie ich damit umgehen soll." Sie trat zu ihm und reichte ihm die Liste, die Deborah mit Bleistift geschrieben hatte.

„Ich glaube, im dritten Stockwerk befindet sich noch ein Turmzimmer. Hinter einem Kistenstapel ist zumindest eine versteckte Tür, weshalb ich sie fast übersehen hätte. Ich wollte das Zimmer gern von meiner Liste abhaken, aber es ist abgeschlossen. Hast du vielleicht einen Schlüssel dafür?"

„Dort oben war ich noch nie." Er überflog die Liste. „Ich wusste nichts von einem Turmzimmer."

„Okay, kein Problem. Ich frage einfach Deborah, ob sie weiß, wo sich der Schlüssel befindet. Oder wir lassen einen Schlüsseldienst kommen, falls es hier im Ort einen gibt. Das Zimmer ist wahrscheinlich genauso leer wie die meisten anderen oberen Räume, aber ich würde trotzdem gern nachsehen."

Es war ein Fehler, sich die Liste wieder von ihm geben zu lassen.

Als ihre Fingerspitzen sich berührten, geschah etwas. Sie spürten es beide, aber keiner sagte etwas.

„Könnten wir morgen vielleicht im Untergeschoss weitermachen? Auch wenn ich vermute, dass sich dort nur die alte Küche und Schränke befinden …“, fügte Laine hinzu, obwohl sie plötzlich nicht mehr klar denken konnte.

Eine Haarsträhne fiel ihr in die Stirn, als sie versuchte, den Kopf abzuwenden. Sie strich sie aus dem Gesicht und schob sie hinter ihr Ohr. „Wahrscheinlich sind im Keller nur alte Möbel und sonst nichts. Und Birnenkisten. Aber wenn du noch nicht dort unten warst, sollten wir trotzdem nachsehen. Deborah hat gesagt, dass der Keller jetzt hauptsächlich als Lagerraum genutzt wird. Es müsste also schnell gehen.“

Sie hätte am liebsten die Flucht ergriffen und wandte sich schwungvoll um. Dabei stieß sie versehentlich gegen seine Schulter. Sie trat einen Schritt zurück und murmelte eine Entschuldigung, aber sie konnte ihm beim besten Willen nicht ins Gesicht schauen. Stattdessen starrte sie auf das Pub-Logo, das auf seiner Brust prangte.

Schau. Nicht. Nach. Oben.

„Laine?“

Sie schluckte schwer, doch es wollte ihr einfach nicht gelingen, in seine Augen zu blicken. Laine wusste, dass sie darin viel mehr lesen würde als nur die Aufforderung: „Komm, erkunden wir ein altes Schloss!“

Cormac bewegte sich nur wenige Zentimeter.

Ihr Atem stockte, als sein Kinn ihre Schläfe streifte. Er hatte sich nicht rasiert. Sie spürte nichts außer der schmetterlingsleichten Berührung seines Atems, der ihre Wange wärmte. Sie standen leise atmend in den letzten Strahlen der Abendsonne und versuchten, etwas auszuweichen, von dem sie beide wussten, dass es da war. Sie zwang sich, die Augen zu schließen.

Sie spürte die sanfte Berührung seiner Handfläche und ihr gesamter Unterarm stand unter Strom.

„Laine“, sagte er noch einmal. Sein leises Flüstern machte sie ganz nervös.

Es würde nicht geschehen. Laine respektierte Cormac zu sehr, um ihm zu erlauben, eine Grenze zu überschreiten. Sie war frei. Das hatte sie ihm gesagt. Auf den unterschriebenen Scheidungspapieren stand es schwarz auf weiß. Aber in den Augen der anderen und vielleicht auch in ihren eigenen war sie nicht frei.

Noch nicht.

Sie hatte noch nicht die Freiheit, einen so großen Schritt zu wagen.

Außerdem konnten Ellie und Quinn jeden Moment vor der Tür stehen. Dieser Gedanke genügte, um dem, was sich hier anbahnte, ein Ende zu setzen.

„Was ich dir über die Scheidung gesagt habe …" Sie konnte nicht weitersprechen und schluckte schwer. „Ellie könnte jeden Moment hereinkommen. Ich bin einfach noch nicht bereit, ihr alles zu erklären. Und sie denkt, ich wäre … wir wären …"

Er versteifte sich. Es war kaum merklich, aber sie spürte es. „Wenn ich etwas falsch gedeutet habe, Laine, dann entschuldige bitte."

Sie blickte auf ihre Schuhspitzen hinab und ärgerte sich über sich selbst. Sie war ein Angsthase.

„Es ist alles ein bisschen sehr viel in sehr kurzer Zeit, Cormac. Und wir wissen nicht einmal, ob Ellie …" Sie legte die Hand auf ihren Mund und konnte nicht weitersprechen. „Wir fahren bald nach Hause."

Dieses Mal gab sie ihrem Fluchtinstinkt nach. Mit der Liste in der Hand trat sie um ihn herum, auch wenn es ihr fast das Herz brach. „Ich hole Cassie, damit wir zurückfahren können. Morgen können wir ja im Untergeschoss anfangen."

Die Sonne ging bereits unter. Lange Schatten legten sich über das Musikzimmer, aus dem sie eilig floh und Cormac und die Möglichkeit auf einen Neubeginn zurückließ.

Sie konnte ihm immer noch nicht in die Augen blicken.

SECHSUNDZWANZIG

26. April 1916, 10:15 Uhr
Portobello Church
Dublin

„Issy? Du musst aufwachen.“ Sean beugte sich über sie und tätschelte ihre Wange.

Er nahm seine Jacke, mit der er sie zugedeckt hatte, und legte sie hinter sich. Dann hielt er vorsichtig ihren Arm und half ihr, sich aufzusetzen. Sie war nach der Nacht auf der hölzernen Kirchenbank ganz steif, aber sie war dankbar, dass die Schmerzen in ihrem Arm ein wenig nachgelassen hatten.

Sie befanden sich hinter verbarrikadierten Türen im Altarraum der Kirche. War es noch mitten in der Nacht? Nein, das Tageslicht, das durch die Buntglasfenster schien, verriet ihr, dass der Tag schon längst angebrochen war. „Wie spät ist es?“

Er legte einen Finger an seine Lippen und bedeutete ihr, leiser zu sprechen. „Zehn Uhr. Kannst du aufstehen?“ Er ergriff ihre Hand, um ihr auf die Beine zu helfen. „Ich wollte dich eigentlich noch länger schlafen lassen, aber es ist etwas passiert.“

„Sind Rory und Levi schon fort?“ Issy blickte sich in der Kirche um. Einige Kerzen brannten immer noch, aber die Kirchenbänke waren leer, und vor den Wänden mit den Buntglasfenstern herrschte eine gespenstische Stille.

„Ja, sie sind fort."

„Was ist dann los?"

Sean führte sie hinter eine Steinsäule im Schatten des Kirchenschiffs und deutete zu einer Tür im hinteren Bereich der Kirche. Er senkte seine Stimme zu einem kaum hörbaren Flüstern: „Draußen sind englische Soldaten."

„Soldaten?"

Ihr Fluchtinstinkt setzte sofort ein. Das hatte Sean offenbar geahnt, denn er hielt sie mit einer Hand fest und hob die andere, um sie zur Vorsicht zu mahnen.

„Leise, Issy. Es heißt, dass ein Hauptmann Maurer sucht. Genaueres weiß ich auch nicht. Nur, dass es gestern Abend einen Vorfall auf der Brücke gab. Dem Hauptmann ist wohl eingefallen, dass in dieser Kirche schon mal Handwerker untergebracht wurden. Er hat sie aufgefordert, sofort zu kommen. Soldaten warten darauf, die Männer in die Portobello-Kaserne zu bringen, wo sie dringende Arbeiten erledigen sollen. Sie brechen gleich auf."

Schlagartig erinnerte sie sich an das, was sie auf der Brücke gesehen hatte. „Der Vorfall auf der Brücke hat nicht zufällig mit drei irischen Journalisten zu tun, die dort verhaftet wurden?"

„Das weiß ich nicht. Aber irgendetwas stimmt nicht. Ich bin gekommen, weil du dich sofort verstecken musst."

„Warum? Wissen sie, dass ich hier bin?"

Er senkte den Blick und starrte auf den Boden vor seinen Füßen. Panik erfasste sie. So etwas tat Sean nie. Er war stets entschlossen. Und er hielt nie mit Antworten hinter dem Berg. Es sei denn …

„Nein, aber sie haben Rory und Levi."

„Was?! Wie?"

„Rory hatte beschlossen, nach Portobello zu gehen, statt auf dem schnellsten Weg zum *GPO* zurückzukehren. Ich konnte die beiden nicht aufhalten. Deshalb haben wir uns als Vorsichtsmaßnahme eine Geschichte ausgedacht: Die Soldaten haben sie nachts auf der Straße aufgegriffen und sie haben ihnen etwas von Bauarbeiten in Portobello erzählt. Ihre Aussagen deckten sich mit meiner Version, deshalb hat man sie zumindest nicht als Rebellen festgenommen. Bitte glaube mir, dass ich alles versucht habe. Aber Rory bat mich, dich bis zum Morgen schlafen zu lassen und es dir erst dann zu sagen. Du musst dich hier in der Kirche verstecken und warten, bis wir zurückkommen."

„*Wir?* Moment mal! Du gehst mit ihnen? Und von *wo* wollt ihr zurückkommen?"

„Die Mauerer werden in die Kaserne gebracht. Ich begleite sie als geistlicher Beistand."

Issy bückte sich, um unter seinem Arm hindurchzuschlüpfen, und suchte eilig ihren Hut und ihre Kamera. Beides lag in der Ecke der Kirchenbank. Mühsam schob sie den Lederriemen der Kamera über ihre Schulter. Sie hatte vor, sich zu verstecken, bis die Soldaten fort waren, und würde dann den Rebellen beim *Green* die Nachricht überbringen, dass einige ihrer Männer mitgenommen worden waren.

Es war gefährlich, aber sie wollte es wenigstens versuchen.

„Issy ..."

„Ich habe Honor versprochen, dass wir in diesem Kampf nicht noch jemanden verlieren werden. Und jetzt sagst du, dass da draußen Soldaten sind, die euch alle wegbringen wollen?"

„Du kannst nicht allein auf die Straße hinausgehen."

„Aber ich hätte Rory überreden können zurückzukommen."

„Du hättest ihn dazu genauso wenig überreden können wie ich", flüsterte er und ergriff ihre Hand. „Rory weiß, wenn Hauptmann John Bowen-Colthurst der ranghöchste englische Offizier in der Portobello-Kaserne ist, dann befinden sich zweifellos auch seine Leutnants dort."

„Ich verstehe nicht, was du meinst. Welche Rolle spielt das?"

„Leutnant Malcom Corley ist der Mann, der Honor überfallen hat. Rory ist bereit, sein Leben zu riskieren, um sie zu rächen."

Wie hatte Issy das nur vergessen können?

Warum war ihr nicht bewusst gewesen, woher sie den Namen des Hauptmanns kannte! Die ganze Zeit hatte sie gedacht, ihr Bruder würde ihr lediglich helfen, zu Sean zu gelangen. Doch stattdessen hatte Rory seine Rache geplant. Er setzte sein Leben aufs Spiel.

„Das ist alles meine Schuld. Ich habe ihm erzählt, dass der Hauptmann dort ist."

„Mach dir deshalb keine Vorwürfe."

„Levi wusste es also auch?"

„Ja."

Beide hatten es die ganze Zeit gewusst, sie aber nicht in ihre Pläne eingeweiht. Entschlossenheit regte sich in ihr.

„Warum haben sie mich dann mitgenommen? Wenn sie sich an einer Kompanie Soldaten rächen wollten, warum sind sie dann das Risiko eingegangen, eine verletzte Fotografin mitzunehmen?"

„Weil sie wollten, dass sich jemand um dich kümmert, Issy. Und sie wussten, dass du hier in Sicherheit bist ..." Er schwieg einen kurzen Moment und sie sah die tiefe Zärtlichkeit in seinen Augen. „... bei mir."

„Weil sie damit rechnen, dass sie nicht zurückkommen."

Sean nickte traurig.

„Dann werde ich auch gehen. Als Maurer", erklärte sie und wischte eine Träne aus ihrem Gesicht. „Ich kann mich doch nicht einfach hier verstecken und zulassen, dass alle Menschen, die ich liebe, gehen." Sie schüttelte den Kopf, bevor sie Dinge sagte, die im Augenblick nicht wichtig waren.

Im Moment stand zu viel auf dem Spiel, das viel wichtiger war.

„Ich werde mit dir kommen."

„Nein", flüsterte er. „Das machst du nicht."

„Du hast selbst gesagt, dass gleich eine Gruppe Arbeiter aufbricht. Sie werden mich gar nicht bemerken. In einer gesichtslosen Masse fällt ein Maurer mehr oder weniger gar nicht auf."

Ein Gewicht in ihrer Hosentasche erinnerte Issy an etwas, das es ihr erlauben würde, sich unbemerkt unter die Arbeiter zu mischen. Sie nahm ihren verwundeten Arm aus der Schlinge. Dann zog sie das Rasiermesser aus der Tasche, das sie bei sich trug, seit sie durch das Warenhaus *Clery's* gelaufen war. Sie drückte ihm die Klinge mit dem Elfenbeingriff in die Hand.

„Sean, wir haben keine Zeit. Wenn ich ein Maurer bin, muss ich auch wie einer aussehen. Bitte! Ich kann nicht ohne dich in dieser Kirche bleiben. Verlang das bitte nicht von mir“, flüsterte sie flehentlich und legte seine Finger um das Rasiermesser. „Ich brauche deine Hilfe.“

Issy legte ihren Zopf über ihre Schulter, löste mit ihrem verwundeten Arm vorsichtig das Band und strich mit den Fingern durch ihre langen Locken. Dann drehte sie sich mit dem Rücken zu ihm und ließ ihre Haare ungehindert über ihrem Rücken nach unten fallen.

Im flackernden Licht der Gebetskerzen und in den tiefen Schatten der Nische schloss sie die Augen und wartete. Sie bat ihn stumm, ihre Haare zu berühren. Eine so intime Berührung hatte sie noch nie zuvor einem Mann erlaubt. Mehrere Sekunden lang geschah gar nichts. Sean rang sichtlich mit seiner Entscheidung. Sie hielt den Atem an, aber dann spürte sie seine Hand.

Mit einer sanften Berührung, die zuerst ihren Nacken streifte, zog er ihr Haar liebevoll nach hinten und strich mit den Händen über ihre weichen Locken. Dann schnitt er es ab. Die erste Locke schwebte auf den Boden und zeichnete ein Muster auf den Fliesen zu ihren Füßen. Dann noch eine. Und noch eine. Und noch eine weitere. Vertrauen, Schneiden, Loslassen, bis ihre Haare ab waren und ihr Hals die Kühle des Raumes spürte.

Sean trat vor sie, strich ihr das Haar aus der Stirn und schnitt sanft weiter, bis auch die letzte Locke zu Boden fiel und sich ihr kurz geschnittenes Haar um ihr Kinn lockte.

„Ich finde, du hast dich in den Monaten, seit du fort bist, verändert.“ Issy betrachtete ihn im Schein der Kerzen.

„Ich habe dir doch gesagt, dass ich immer noch derselbe Mann bin. Mit den gleichen Überzeugungen. Mit den gleichen Schwächen. Glaubst du nicht, dass vielleicht eher du diejenige bist, die sich verändert hat?“ Er schob eine Haarsträhne aus ihrem Gesicht, die hinter ihrem Ohr liegen blieb. „Ich weiß, dass ich dich nicht aufhalten kann, Issy. Das würde ich auch nie versuchen.“

26. April 1916, 12:15 Uhr
Portobello-Kaserne
Dublin

Die drei Journalisten waren tot.

Ob aus Arroganz, aus Angst, dass die Hinrichtung dieser unschuldigen Männer ans Licht kommen könnte, oder aus reiner Dummheit, war nicht klar, aber Hauptmann Bowen-Colthurst schaute sich die Maurer nicht genauer an. Sie wurden zum Glück auch nicht durchsucht. Es wurde nur überprüft, ob sie unter ihren Jacken Waffen bei sich trugen. Die Soldaten waren dabei so nachlässig vorgegangen, dass sie nicht gemerkt hatten, dass sich eine Frau in die Reihen ihrer Arbeiter geschlichen hatte. Ein großer Leutnant mit missmutiger Miene führte sie in den Kasernenhof und wies ihnen ihre Arbeit zu. Dabei wurden sie die ganze Zeit von Soldaten mit Gewehren bewacht.

Issy hielt den Kopf gesenkt, während Leutnant Corley eine Zigarette rauchte. Während sie die blutgetränkten Pflastersteine unter ihren Füßen reinigten, hatte die junge Frau Mühe, nicht an das flachsblonde Ungeheuer zu denken, das nur wenige Schritte von ihr entfernt stand und über irgendeinen Scherz lachte. Sie hatte noch nie im Leben einen Maurerhammer in der Hand gehalten. Levi war ein guter Lehrer und zeigte ihr, wie sie die Steine ausgraben musste, die rot gefärbt waren und in denen die Kugeln steckten, die die drei Männer durchbohrt hatten.

Sie bewegte sich zwischen der Schubkarre und dem Werkzeug, von der Mauer zu den Steinen und wieder zurück und tat so, als würde sie arbeiten und Mörtel anrühren, um das Pflaster auszubessern. Obwohl ihre Nerven zum Zerreißen gespannt waren, weil Corley ständig in der Nähe war, arbeitete Rory gewissenhaft und ruhig weiter, während sie die Blutspuren eimerweise mit Wasser wegspülten.

Sie arbeiteten eine oder zwei Stunden schweigend weiter, als wären die Gewehre nicht da.

Als die blutverklebten Steine aufgehäuft waren, das Werkzeug weggeräumt und ihr Leben zum x-ten Mal bedroht worden war, führten Soldaten die stoischen Maurer mit angelegten Bajonetten wieder vom Hof. Die anderen Maurer, die den dreien Deckung gegeben hatten, verschwanden hastig, sobald das Kasernentor hinter ihnen lag. Nur Rory und Levi blieben zurück und marschierten mit Issy langsam weiter.

Sean stand in seiner Soutane am Kasernentor. Es kostete Issy viel Selbstbeherrschung, sich nicht in seine Arme zu werfen. Das durfte sie nicht, da Corley und seine Männer sie mit wachsamen Blicken verfolgten, während sie zur Military Road marschierten.

Sean legte den Arm auf ihren Rücken und führte sie eilig den Gehweg hinab. Rory und Levi folgten ihnen. „Issy, du zitterst ja am ganzen Körper“, flüsterte er und warf einen Blick hinter sich auf Rory und Levi. „Was ist passiert?“

„Sie haben Skeffy getötet.“ Issy zog ihre Jacke eng um sich und rang mühsam nach Luft. „Alle drei. Wir haben gesehen, wie ihre Leichen weggebracht wurden!“

„Getötet?“ Er warf wieder einen kurzen Blick über die Schulter.

„Wir können jetzt nicht darüber sprechen“, erwiderte Rory. „Sobald wir wieder in der Kirche sind, erklären wir dir alles.“

„Wenigstens haben sie nichts bemerkt.“ Sean legte den Arm fester um Issy. „Gott sei Dank haben sie dich wieder gehen lassen.“

Er trieb sie zur Eile an. Issy hatte das Gefühl, sich wie durch einen

Nebel zu bewegen, und nahm kaum wahr, dass sie durch die Rathmines Road zur *Portobello Bridge* eilten.

„Und Leutnant Corley? Was ist mit ihm, Rory?“, fragte Sean, der die kleine Gruppe zu einer schmalen Straße führte, die vom *Grove Park* abzweigte, entlang der Ladenpassagen bis zur Brücke.

„Ich weiß jetzt, wie er aussieht.“

Sein Unheil verkündender Tonfall war nicht unerwartet. Rory war zornig, übte sich aber noch in Geduld.

Issy betete, dass sie mit ihm sprechen könnte, wenn sie wieder im Schutz der *Portobello Church* waren. Sie wollte ihn überzeugen, die Rache Gott zu überlassen und keinen kaltblütigen Mord zu begehen. Während sie den Kanal überquerten und weiter zur Brücke eilten, konnte sie kaum an etwas anderes denken.

Bald wären sie wieder in der Kirche. Dort wären sie in Sicherheit. Und eines Tages wäre alles vorüber. Vielleicht könnte Rory dann seine Zukunft mit Honor klarer sehen.

Ohne Vorwarnung rollte ein Militärfahrzeug heran und machte diese Pläne zunichte.

Das gepanzerte Ungeheuer blieb vor ihnen stehen. Sie verlangsamten ihre Schritte und blickten über den Kanal zu dem rettenden Kirchturm hinüber. Jetzt hatten sie keine Chance mehr, ihn zu erreichen. Als zwei Soldaten von der Ladefläche sprangen und das Ende der Brücke an der Rathmines Road versperrten, mussten sie mit dem Schlimmsten rechnen.

Levis Worte vom Vorabend gingen Issy durch den Kopf. Genauso wie die drei Journalisten standen auch sie jetzt auf der Brücke, unbewaffnet und den Soldaten wehrlos ausgeliefert. Wussten die Soldaten, dass sie nicht ganz so unschuldig waren wie die Männer, die erst vor wenigen Stunden in der Kaserne hingerichtet worden waren?

Sie waren Aufständische.

Sean baute sich unauffällig vor Issy auf und drückte sie beide gegen eine Gaslaterne und das steinerne Geländer. Rory und Levi wechselten einen kurzen Blick und blieben breitbeinig vor den Soldaten stehen.

Der Panzerwagen stand wie ein Ungeheuer vor ihnen und wartete … Dann ging eine Tür auf und der schlaksige, arrogante Leutnant Corley stieg aus. In seiner Hand glänzte eine Pistole.

O nein!

Das war kein offizieller Einsatz. Weit und breit war keine Truppeneinheit zu sehen, die einen offiziellen Befehl ausführte. Sie sahen nur den Teufel in Menschengestalt und zwei Soldaten, die ihn begleiteten. Corley hatte offenbar seine Meinung geändert und beschlossen, alle Zeugen aus dem Weg zu räumen.

Rory strahlte eine unheimliche Ruhe aus. Levi ebenfalls. Die beiden Männer standen schweigend und regungslos da. Sie blickten die Soldaten, die ihnen den Weg versperrten, nur stumm an. Issy ergriff von hinten Seans Hand. Er drückte beruhigend ihre Finger, warf die Schultern zurück und ließ sie dann los.

„Guten Tag, Leutnant. Kann ich als Pfarrer irgendwie helfen?"

„Der Hauptmann hat mich beauftragt, dafür zu sorgen, dass Ihre Arbeiter sicher an ihr Ziel gelangen, Herr Pfarrer. Auch auf der Brücke zur *Portobello Church* ist man vor Aufständischen nicht sicher. Und natürlich kann ich ohne Begleitung nicht für Ihren Schutz garantieren."

„Sehr freundlich, Sir." Sean faltete die Hände vor sich und verbeugte sich leicht. „Aber wir sind hier in Sicherheit. Danke."

Corley hob seine Pistole und richtete diese auf Sean. Issy hätte beinahe laut gekeucht, als diese Situation schlagartig umschlug.

„Dann bitte ich Sie freundlich, Herr Pfarrer, uns mit Ihren Leuten zur Portobello-Kaserne zu begleiten. Unverzüglich."

„Wozu, Sir? Diese Maurer haben ihre Pflicht gegenüber der Krone erfüllt. Sie würden gern so schnell wie möglich zu ihren Familien zurückkehren. Und ich zum Gottesdienst."

„Der Hauptmann sagt, dass jemand den Jungen dort wiedererkannt hat." Corley deutete mit dem Kopf in Issys Richtung.

Ihre Kehle schnürte sich zusammen. Man konnte sie unmöglich erkannt haben. Sie trug jetzt andere Kleidung und kurzes Haar.

„Ein Soldat hat drüben in der Gegend um den *Green* jemanden gesehen, der so ähnlich aussieht. Wenn Sie nichts dagegen haben, würden wir ihn gern von einem Arzt untersuchen lassen, um festzustellen, ob er nicht eine bedauerliche Verletzung am Arm hat. Und ob seine Kamera vielleicht beschädigt wurde, als er sich in eine Rebellenfestung flüchtete."

Ein kalter Wind wehte über die Brücke und einige Papierschnipsel tanzten über den Boden zu ihren Füßen.

Sie warteten wie erstarrt und überlegten, was sie jetzt tun könnten.

Issys Blick glitt von den Soldaten zurück zu Levi und Rory, die immer noch wie angewurzelt vor dem gepanzerten Ungeheuer standen. Sie konnte an nichts anderes denken als an ihr Versprechen, dass niemand ihretwegen verletzt werden sollte. Wenn Rory nicht zurückkäme oder wenn Sean oder Levi bei dem Versuch, sie zu verteidigen, ihr Leben ließen, könnte sie nicht damit leben.

Issys Entscheidung stand fest. Sie umklammerte ihre Kamera und zwang sich, vorzutreten und mit den Männern zu gehen. Wenn auch nur, damit sonst niemand starb. Sean schien zu ahnen, was sie vorhatte, und streckte den Arm hinter sich, um sie aufzuhalten.

„Gott vergebe mir, aber das kann ich nicht zulassen, Sir."

Die Soldaten hatten die Gewehre angelegt, obwohl sie die Maurer nicht als ernste Bedrohung ansahen. Sie wussten, dass die vier unbewaffnet waren. Warum sonst sollte Corley seine Waffe auf einen Pfarrer richten? Als Pfarrer hatte er sich zur Gewaltlosigkeit verpflichtet. Darauf stützte sich Corleys Einschüchterungsversuch.

Ohne Vorwarnung zog Sean eine Pistole unter seiner Soutine hervor. Er stieß Issy zu Boden. Ihre Knie landeten auf dem Pflaster, was ihr einen Schmerzenslaut entlockte. Dann krachten über ihr Schüsse.

Als der Rauch sich gelegt hatte, lagen zwei Männer auf dem Boden.

SIEBENUNDZWANZIG

24. Mai 1798
Ashford Manor
County Wicklow

Ein Sturm wütete über der Irischen See.

Blitze zuckten über den Himmel. Maeve blickte aus dem Turmfenster und kaute an ihrem Daumennagel, während helle Blitze die Umrisse der Burgruine beleuchteten.

Eoin war irgendwo da draußen, um für das gewappnet zu sein, was bis zum Morgen passieren könnte. Würden Aufständische kommen, um die protestantischen Gutshäuser zu überfallen und Loyalisten zu töten? Oder englische Soldaten, die irische Rebellen zur Strecke bringen wollten? Während sie nach irgendeiner ungewöhnlichen Bewegung auf dem Wasser Ausschau hielt, betete sie, dass sie von Angriffen verschont bleiben würden. In der Burgruine brannte keine Laterne. Alles war ruhig, nur das Gewitter tobte über dem Meer.

Maeve wandte den Kopf zum Kamin, in dem ein Feuer knisterte.

Ihr Blick glitt über die Bücher, die auf dem Kaminsims standen. Sie waren früher ein Symbol für die Wissbegierde ihres Bruders George gewesen und für ihr früheres Leben. Aber sie standen auch für einen Mann, der in seinen politischen Überzeugungen und seiner Religion das genaue Gegenteil ihres Bruders war. Doch genauso wie George besaß auch er Charakterstärke.

Eoins Überzeugungen ließen sich nicht verbergen wie Bücher in einem Regal oder die vergessene Musik eines Pianofortes. Er hatte gesagt, dass er ihretwegen gern im Turm eines protestantischen Herrenhauses bliebe. Aber das entsprach nicht seinem Charakter.

Sie würde nie von ihm verlangen, etwas anderes zu sein als der Mann, der er war.

Obwohl sie sich seinen Anweisungen widersetzte, wenn sie das Haus verließ, musste auch sie sich treu bleiben. Sie holte ihr ledernes Oberteil aus dem Schrank und zog es über ihr dunkelgrünes Kleid, dann schloss sie eilig die Knöpfe und schlüpfte in ihre Reitstiefel. Sie hatte sich nicht die Zeit genommen, ihr Haar zu frisieren, sondern hatte es nur mit einer Schleife zu einem losen Zopf gebunden.

Sie blies die Kerzen auf der Kommode aus. Nach einem letzten Blick auf die Burgruine öffnete sie leise die Tür.

Cian und ihr Vater waren so früh am Morgen bestimmt noch nicht wach. Trotzdem bemühte sie sich, mit ihren Stiefeln kein Geräusch auf der Treppe zu verursachen, um unbemerkt aus dem Haus huschen zu können.

„Brauchen Sie etwas, Milady?“ Mrs Finnegan trat aus dem Schatten am Fuß der Treppe.

„Oh!“ Sie zuckte zusammen und legte die Hand auf ihr rasendes Herz. „Nein danke.“

„Wollen Sie so früh am Morgen ausreiten?“

„Nein, im Moment nicht“, antwortete sie flüsternd, obwohl sie die neugierige Frage störte. „Ich wünsche Ihnen einen guten Morgen, Mrs Finnegan.“

Maeve ging hoch erhobenen Hauptes weiter, aber die Haushälterin folgte ihr.

„Mr O’Byrne hat angewiesen, dass wir zu unserem Schutz bis zum Tagesanbruch im Haus bleiben sollen.“

Maeve wünschte sich, draußen wäre alles ruhig und friedlich, dann wäre ihre Absicht, das Haus zu verlassen, leichter zu begründen. Aber solange die Fenster im stürmischen Wind klapperten und der Regen gegen die Scheiben prasselte, gab es dafür keine zufriedenstellende Erklärung.

Vielleicht würde ihr die Wahrheit weiterhelfen.

Sie blieb im Schatten vor der großen Fensterfront stehen. „Wovor sollen wir uns schützen?"

„Heute weht draußen ein starker Wind, Milady."

„Hier an der Küste sind wir den Wind gewohnt. Und ich frage mich, welche Gefahr mich auf meinem eigenen Anwesen heimsuchen könnte? Abgesehen von der Gefahr, dass widerwärtige Gerüchte verbreitet werden, ohne dass ihnen die loyalen Bediensteten der Familie Ashford widersprechen. Mrs Finnegan, ich bitte Sie, mich nicht daran zu hindern, dieses Haus zu verlassen. Mein Platz ist an der Seite meines Mannes."

„Ich wollte Ihnen nicht zu nahetreten." Ein schwaches Lächeln umspielte Mrs Finnegans Lippen. „Und es freut mich sehr zu hören, was Sie vorhaben."

Die Haushälterin ergriff Maeves Hand, wie eine Mutter es tun würde, und tätschelte sie liebevoll. Maeve konnte sich diese Veränderung im Tonfall und im Verhalten der Frau nicht erklären. Mrs Finnegan benahm sich fast, als wäre sie stolz auf sie. Wie konnte das sein, da sie allein schon bei der Erwähnung von Eoin O'Byrnes Namen von Freibeutern sprach und sofort den Schrank mit dem Familiensilber verschloss?

„Wenn Sie so empfinden, warum haben Sie dann zu der Angelegenheit geschwiegen, die zu dieser überstürzten Ehe geführt hat? Sind Sie nicht für uns eingetreten, weil Ihnen die Wahrheit gleichgültig ist? Wir haben ihm gemeinsam das Leben gerettet. Sie und ich. Haben Sie das vergessen?"

„Ich konnte dem, was in jener Nacht geschehen ist, nicht widersprechen, weil ich Ihre Ehe nicht für überstürzt halte. Mr O'Byrne ist für einen Gentleman ziemlich direkt und ungehobelt, aber der Prunk und

Reichtum und auch der Titel bedeuten nichts im Vergleich zu dem, was er mitbringt. Ich muss leider sagen, dass Ihre Mutter genau wusste, wie es in Master Cians Herz aussieht. Sie war sehr betrübt über die Kälte, die sie bei ihrem älteren Sohn feststellen musste. Bevor sie von uns ging, bat sie mich nicht, mich um ihn oder um Seine Lordschaft oder um dieses Anwesen zu kümmern. Sie bat mich, mich um *Sie* zu kümmern. Denn sie wusste, dass Mr Georges Tod Sie schwer getroffen hat."

Maeve wandte den Blick ab und kniff die Augen zu.

„Aber der Tod Ihres Bruders war nicht Ihre Schuld. Sie müssen dafür keine Wiedergutmachung leisten. Erst mit diesem Piraten da draußen kam jemand in dieses Schloss, der würdig ist", flüsterte sie, „aufrecht und stolz und tapfer an Ihrer Seite zu stehen, meine Liebe."

Maeve fühlte eine mütterliche Berührung, als Mrs Finnegan ihr Kinn in die Hände nahm, und schaute sie fragend an.

„Aber er ist ein O'Byrne. Ein Katholik. Stört es Sie nicht, dass er gegen England zu den Waffen greifen könnte?"

„Dann wäre es doch weise, den Gerüchten über jene erste Nacht nicht zu widersprechen. Sie brauchen jemanden, der für Sie kämpft, Milady. Dieser junge Pirat weiß es vielleicht noch nicht, aber er braucht so jemanden auch."

„Und wenn ich sage, dass ich ihn liebe? Trotz seiner Überzeugungen, die im klaren Widerspruch zu unseren Überzeugungen stehen. Was sagen Sie dann?"

„Nun, vielleicht sollten wir unsere Überzeugungen ändern? Vielleicht ist es nötig, unsere Überzeugungen infrage zu stellen." Mrs Finnegan wirkte unbekümmert. Sie trat in den Schatten am Treppenabsatz, der nach oben führte, und kam mit einer Schiffslaterne zurück. Groß, aus Blech, mit dünnen Hornplatten statt aus Glas und einem dicken Haken als Griff.

„Sie haben also die Laterne im Silberschrank gefunden?"

„Wo sonst sollten Sie sie verstecken, damit niemand sie sieht und erfährt, was Mr O'Byrne vorhatte? Er hält sich für raffiniert und schlau.

Aber ich fürchte, dieser Junge ist noch keiner englischen Haushälterin begegnet. Wir wissen über alles Bescheid, was im Haushalt unserer Herrschaft vor sich geht. Das sollte er sich lieber merken."

Der Wind rüttelte an den Bleiglasfenstern. Das Gewitter kam näher. Und auch die Schiffe, die übers Meer herübersegelten.

„Mrs Finnegan, ist Ihnen bewusst, wozu Sie mich hier auffordern?"

„Sie sind jetzt eine Irin, Milady. Und das sind Ihre Leute. Wenn Sie den Krieg zwischen den verschiedenen Lagern beenden wollen, müssen Sie bei sich selbst anfangen. Gehen Sie. Zünden Sie die Laterne an. Rufen Sie die Schiffe ans Ufer. Frieden ist erst möglich, wenn er durchs Feuer geläutert wurde. Und falls noch mehr Feuer über dieses Anwesen kommt, sind wir bereit."

Die Frau ergriff Maeves Hand, legte ihre Fingerspitzen um den kühlen Metallgriff und gab ihr die Laterne.

„Und nur um eines klarzustellen: Ich habe nie gesagt, dass ich Piraten nicht mag. Ich habe nur gesagt, dass ich ihn für einen Piraten halte."

Der Ginster wäre für den Sturm dankbar, auch wenn die Menschen es nicht wären. Regen fiel sanft vom Himmel und lag jetzt wie Tau auf den gelben Wiesen. Maeve durchquerte das Glen, eilte durch das Steintor und stapfte zielstrebig den Hang hinauf.

Eoin stand am Fenster von Castle Chryn, hatte ein Gewehr über seiner Schulter hängen und blickte aufs Meer hinaus. Er schien zu wissen, dass sie es war, denn als sie näher kam, entspannte er sich sichtlich.

„Ich hatte dich freundlich gebeten, im Haus zu bleiben." Nun drehte er sich um. Von seinem Dreispitz tropfte der Regen. „Aber ich warte schon seit einer Stunde darauf, dass du meinen Anweisungen trotzt."

Maeve war nicht bewusst gewesen, dass sie so leicht zu durchschauen war. Sie betrat die Ruine und ging zu der Stelle, an der sie auch vor einigen Wochen gestanden hatten. An dem Fenster, an dem sie ihm ihr Herz geöffnet hatte.

Sie hielt ihm die Laterne hin, die so schwer war, dass sie beide Arme brauchte, um sie hochzuheben.

„Mrs Finnegan hat mich aufgefordert, Feuerstahl und einen Feuerstein mitzubringen, falls du das vergessen haben solltest", lächelte sie. Eoin war anzusehen, dass er das nicht erwartet hatte. „Sie wusste die ganze Zeit, dass ich die Laterne im Silberschrank versteckt hatte. Sie hatte sie weggesperrt und hat niemandem verraten, was damals in jener ersten Nacht geschah. Aber jetzt hat sie die Laterne herausgeholt, weil sie wieder gebraucht wird."

„Ich muss zugeben, dass ich nicht damit gerechnet hätte, dass eine Engländerin, die zweifellos dafür betet, dass sich der Boden unter meinen Füßen auftut und mich verschluckt, einen Aufstand auf diesem Land unterstützen würde."

Maeve stellte die Laterne vor seine Füße. „Du irrst dich. Sie mag dich sehr. Allerdings würde sie das niemals zugeben."

„Das weiß ich sehr zu schätzen." Er ließ das Gewehr sinken und hielt ihr eine Hand hin. „Komm."

Sie trat über die Steine und die Ginsterblüten in der Ruine und er zog sie an seine Seite. Bevor sie Luft holen oder ein Wort sagen konnte, wusste sie schon, was er durchs Fenster beobachtete.

Schiffe.

Mindestens ein halbes Dutzend Schiffe, die mit prall gefüllten Segeln wie Phantome übers Wasser glitten. Wenn sie schon so nah waren, würde das Licht der Laterne sie ans Ufer führen. Die tosende Brandung an den Klippen und das Gewitter würden das Geräusch der Ruder übertönen, die durchs Wasser schnitten, und auch das der Männer, die an Land gingen.

„Sind das Franzosen?"

„Französische Schiffe und Waffen, aber die Mannschaft besteht aus Iren. Sie wollen diese Rebellion wie geplant durchführen." Eoin deutete mit seinem Gewehr zur Schlucht hinab. „Wir brauchen die Laterne nicht mehr."

Jetzt sah Maeve es auch: Männer mit Kisten auf den Schultern marschierten wie Geister stumm aus dem Meer durch die Schlucht. Ein vorausgehender Mann in einer eindrucksvollen Kapitänsjacke und mit einem Dreispitz auf dem Kopf war augenscheinlich der Anführer.

Er blickte zu den Klippen hinauf und nickte Eoin zu, der sie mit angelegtem Gewehr von der Ruine aus beobachtete. Dann ging er mit seinen Männern weiter.

„Wer ist das?"

„General Holt."

Maeve starrte Eoin an. „Du kennst ihn?"

„Joseph. Ja." Er ließ die Männer und die Waffen, die das kleine Tal passierten, nicht aus den Augen. „Wie sagt man noch: Der Feind meines Feindes ist mein Freund? Frankreich ist mit England im Krieg, was der Grund dafür ist, dass sie die Iren unterstützen. Als die Engländer Unruhen niederschlugen, nachdem sie die Iren gezwungen hatten, in ihrer Armee zu dienen, wurden Hunderte Katholiken getötet. Dann nahm die Krone die Gesellschaft der *Vereinigten Iren* ins Visier, um deren Anführer auszuschalten. Um sie aus ihren Verstecken zu locken, griffen sie zu so blutigen Gewalttaten, dass niemand sie je vergessen wird."

„Was für Gewalttaten?"

Eoin verstand es gut, seine Gefühle im Zaum zu halten, aber Maeve sah seinem Gesicht an, wie sehr es ihn mitnahm. Er richtete das Gewehr auf die Männer und ließ sie passieren. Sie hatte seine Miene noch nie so unerbittlich und ernst gesehen.

„Was für Gewalttaten, Eoin?"

„Es war noch vor der Hoche-Invasion. Die Engländer sperrten damals Männer, Frauen und Kinder in eine Kirche in Monkton Row. Sie verriegelten die Türen und setzten das Gebäude mitsamt der Menschen darin in Brand."

Maeve biss sich angesichts solcher Gräueltaten entsetzt auf die Unterlippe. Eoins Augen blieben auf die Männer gerichtet, die er über seinen Gewehrlauf im Blick behielt.

„Und du hast das mit angesehen?"

Nun wandte er sich ihr langsam zu. Es waren keine Worte nötig, um ihr zu verraten, was er gesehen hatte. Und was er gefühlt hatte. Und was zweifellos noch immer in sein Gedächtnis eingebrannt war.

„Ich hielt mich an diesem Abend in einem Pub auf, in dem die Invasion geplant wurde. Da mein Vater bereits gestorben war, lag es in meiner Verantwortung, mich um meine Mutter und um meine zwei Schwestern zu kümmern. Ich verließ an diesem Abend auf Wolfes Befehl hin das Haus."

„Ich nahm an, deine gesamte Familie wäre gestorben, als du gesagt hast, keiner würde auf dich warten. Wo sind sie jetzt?"

„Sie waren unter den Toten. Allesamt Katholiken. Selbst von den Türen, die immer noch von außen mit Ketten verschlossen waren, blieb nicht viel übrig. Damit sollte einer der Anführer aus seinem Versteck gelockt werden. Ich schwor an jenem Tag, dass nie wieder ein Mensch für mich sterben wird, wenn ich das irgendwie verhindern kann."

„Trinkst du deshalb keinen Alkohol?"

„Ja. Deshalb trinke ich keinen Tropfen Alkohol. Ich will nie wieder Schwäche zeigen, wenn ich meine Familie beschützen muss."

Das Tageslicht verbarg sich immer noch hinter den Gewitterwolken. An dem Tag, an dem die Rebellion begann, war es lange dunkel. Trotzdem war es hell genug, dass Maeve eine kräftige, stämmige Gestalt am Ende des Zuges erkannte.

Sie keuchte, als Leary Ó Flannagáin durch die morgendlichen Schatten marschierte. „Siehst du –?"

„Er weiß, was ihn erwartet, solange ich hier bin. Die Rebellen würden es jetzt nicht wagen, Ashford zu überfallen."

„Aber du gehst nicht mit ihnen?"

„Nein", flüsterte er und richtete das Gewehr auf den Anführer, der sich mit seinen Männern durch die gelben Wiesen bewegte. „Aber ich werde sie auch nicht verraten. Wenn sie friedlich sind, lassen wir sie ungehindert in die Berge gehen. Leary weiß, dass am Schloss eine Grenze verläuft und dass sie den Menschen hier kein Haar krümmen dürfen."

„Aber was ist mit den Bränden? Warum erlaubst du ihm, seinen Fuß wieder auf dieses Land zu setzen, obwohl du weißt, dass höchstwahrscheinlich er die Brände gelegt hat?"

„Er ist kein Mörder und würde auch nie das Haus eines Mannes in Brand setzen, der von Holt Waffenlieferungen und Befehle entgegennimmt."

„O'Malley ist auch einer der Anführer der Rebellen?"

Eoin nickte. „Von Anfang an. Und Ó Flannagáin würde sich eher den Arm abhacken, als jetzt ein Feuer auf dem Anwesen zu legen. Schließlich weiß er, dass er damit die Aufmerksamkeit der Soldaten auf sie ziehen und den Aufstand gefährden würde. Er würde mich zwar wahrscheinlich am liebsten tot sehen, aber er würde nie etwas tun, das ihr Vorhaben gefährden würde, die englische Herrschaft zu stürzen. Es muss noch etwas anderes dahinterstecken. Und ich habe vor, herauszufinden, was das ist."

„Was sollen wir jetzt tun?"

Da die Männer unter den Bäumen, die zu den Wicklow Mountains führten, verschwunden waren, ließ Eoin das Gewehr sinken.

„Wir halten die Augen offen und warten."

ACHTUNDZWANZIG

Gegenwart
Ashford Manor
County Wicklow

Cassie hüpfte um die Steine herum und freute sich über den Klang der Schneeflocken, die über den Klippen tanzten.

Es gab wohl keine angenehmere Art, ihre letzten Tage unter dem Himmel des irischen Spätherbstes zu verbringen. Sie hatten gemeinsam gelacht und gesungen und die Burgruine erkundet. Laine hatte während dieser Verschnaufpause im Freien mit ihrem Handy Fotos gemacht. Als sie das Geräusch von Reifen hörte, die knirschend über den Schotter fuhren, blickte sie zu den Birnbäumen hinüber, die die Steinmauer säumten.

Ein schwarzes Auto bog von der Straße ab. Es rollte langsam die Auffahrt herauf und blieb vor dem Schloss stehen. Das Auto war Laine unbekannt. Vermutlich war ein Tourist falsch abgebogen.

Sie rief Cassie zu, dass sie in der Burgruine bleiben sollte, und wollte dem verirrten Touristen entgegengehen. Aber der Mann in diesem Auto hatte sich überhaupt nicht verfahren. Als die Fahrertür geöffnet wurde, stieg Jack Foley aus. Er trat auf Laine zu.

„Hallo, Jack." Laine lächelte und hoffte, sie sähe nicht so unsicher aus, wie sie sich in diesem Moment fühlte. „Soll ich Cormac holen? Er ist im Haus, aber ich kann –"

„Nein, ist nicht nötig. Er ist nicht ins Pub gekommen, und das verrät mir, dass er etwas Freiraum braucht." Er vergrub die Hände in den Taschen und betrachtete die Schlucht, die Burgruine und das Schloss. Er schien das Gelände aus einem bestimmten Grund zu mustern.

„Es ist nett hier, nicht wahr? Eine solche Aussicht gibt es kein zweites Mal auf dieser Erde."

Cassie legte den Kopf in den Nacken und versuchte, mit dem Mund Schneeflocken auf ihrer Zunge zu fangen.

„Sie waren sicher ziemlich überrascht, als Miss Dolly Ihnen das alles hinterlassen hat."

„Das kann man wohl sagen. Eigentlich hätte ich es ahnen können, dass sie so etwas vorhat. Wenn sie jetzt hier wäre, würde ich ihr kräftig die Meinung geigen. Aber Dolly hätte mich wahrscheinlich nur ausgelacht. So war sie eben. Es interessierte sie nicht im Geringsten, was andere dachten. Sie machte einfach, was sie wollte. Deshalb hat sie auch nie geheiratet. Und deshalb saß sie auch jeden Tag an der Theke und trank ihr Glas Bier. Ich glaube, sie wollte den Stammgästen einfach zeigen, dass sie sich nichts vorschreiben lässt. Sie war eine ungewöhnliche Frau."

„Sie kannten sie aber?"

„Miss Dolly und ich haben immer nur über ein einziges Thema gesprochen: über dieses Schloss. Sie behauptete, dass es zwischen den Byrnes und den Foleys Verbindungen gäbe, die bis zu den Anfängen des Schlosses zurückreichten. Und sie hat mir die unglaubliche Geschichte ihrer Großeltern erzählt, die den Osteraufstand erlebt haben, und dass eine Foley einen Byrne aus diesem Haus geheiratet hat. Ich habe ihr damals nicht geglaubt. Hier in der Gegend heißt schließlich jeder dritte Foley oder Byrne. Für mich war sie bloß eine einsame alte Seele am Ende des Tresens. Aber ihr gefiel unser Klavier, und ich habe ihr einmal den Namen eines Musikgeschäfts in Cork gegeben, das ich kenne. Sie hatte nämlich gesagt, dass sie keine Leute aus Dublin hier haben wollte, die bloß neugierig in ihrem Schloss herumlaufen. Ich habe sie nie nach dem Grund gefragt."

„Aber das haben Sie Cormac nicht erzählt?"

„Nein. Das hielt ich nicht für nötig. Es ging schließlich nur darum, ein- oder zweimal im Jahr Birnen zum Markt zu bringen. Und einer Frau zu helfen, sich um ihren kostbaren Besitz zu kümmern. Ich wollte nie etwas dafür haben. Wenigstens nicht das alles hier."

„Der *Steinway* ist zwar wirklich kostbar, aber er ist nicht das einzige Musikinstrument im Schloss. In jedem Stockwerk dieses Hauses stehen Klaviere."

Jack seufzte und atmete lang und tief aus. „Das ist also der Grund."

„Wofür?"

„Na, Cormac und das Schloss. Ich dachte, er hätte sich von Ihrem Interesse an Antiquitäten anstecken lassen, aber jetzt verstehe ich, was wirklich dahintersteckt. Er weigert sich wegen der Klaviere, das alles hier aufzugeben und wieder zu unserem normalen Leben zurückzukehren."

„Ich fürchte, ich verstehe Sie nicht. Ich weiß, dass er Klavier spielt beziehungsweise dass er früher gespielt hat. Aber warum sollte Cormac deshalb dieses Schloss behalten wollen?"

„Weil in einer Eckklause des Pubs auch ein Klavier steht, das er aber nie anrührt. Es weckt bei ihm schmerzhafte Erinnerungen. Aus demselben Grund hat mein jüngerer Sohn eines Tages seine Sachen gepackt und ist weggegangen. Nicht einmal, als seine Mutter starb, ist er zurückgekommen. Aus diesem Grund sehen beide ihre Schwester nur sehr selten. Diese Familie wird von ihrer Vergangenheit heimgesucht. Unsere Beziehungen sind kaputt. Zu kaputt, als dass ein paar Wochen in einem Schloss die Dinge wieder in Ordnung bringen könnten. Aber wenn Cormac hierbleiben will, weil er denkt, dass das sie wieder zurückbringt, irrt er sich."

Das waren ziemlich viele Gedanken auf einmal. Was er mit den zerrütteten Beziehungen meinte, konnte Laine besser nachvollziehen, als ihr lieb war. Sie schluckte schwer, spürte den kalten Wind, der über die Klippen wehte, und schaute zu, wie er mit der Kapuze an Cassies Jacke spielte.

Mütter und Kinder! „Sie? Sprechen Sie von Cormacs Mutter?"

Jack nickte. „Ja. Juliette." Er blickte aufs Meer hinaus. „Sie ist vor fast zehn Jahren gestorben. An Krebs. Wir waren geschieden. Quinn war damals auf Weltreise und sah nicht ein, warum er zurückkehren sollte, um sich von ihr zu verabschieden. Er hat sich nie von uns aufhalten lassen. Und Keira war zu jung, um zu begreifen, warum ihre Familie zerbrach. Also ist Cormac in die Bresche gesprungen. Er gab sein Studium auf und ist nach London gegangen. Hat er Ihnen das nicht erzählt?"

„Nein."

„Natürlich nicht. Er denkt nicht an sich selbst. Das hat er noch nie getan. Er hat seine eigenen Pläne an den Nagel gehängt, um sich um seine kleine Schwester zu kümmern. Er brachte sie jeden Morgen zur Schule. Er fuhr seine Mutter zu ihren Arztterminen. Als sie zu krank war, um Treppen steigen zu können, und Keira zu traurig war, um sie zu verlassen, hat er für die beiden Klavier gespielt. Auf dem *Richard Lipp*. Nach ihrem Tod habe ich das Klavier nach Dublin bringen lassen. Für ihn. Er hat nie gefragt, wie es ins Pub kam. Oder warum. Er hat es nur in die Ecke geschoben und ihm den Rücken gekehrt."

„Das wusste ich nicht. Er hat mir zwar erzählt, dass er eine Schwester hat, aber von dem Rest wusste ich nichts."

„Er war schon immer sehr fleißig, aber er ist nicht der Typ, der viel redet oder sein Leben in vollen Zügen genießt." Jack richtete sich auf und räusperte sich. „Er hat es einmal versucht. Aber als er nach Dublin zurückkehrte, war das Mädchen, das ihm etwas bedeutet hatte, nicht mehr da. Das habe ich nie verstanden."

Laines Herz wurde noch schwerer. Cormac hatte gesagt, dass er verstand, wie schwer es gewesen sein musste, als Laine Cassie adoptiert hatte. Er hatte seine Zukunftspläne auf ähnliche Weise aufgeben müssen. Er hatte seine Verlobte nie erwähnt. Auch nicht, dass er geholfen hatte, seine Schwester großzuziehen.

Laine blickte zum Schloss. Vermutlich brachte Cormac in dem Haus Dinge in Ordnung. Durchsuchte Schachteln. Versuchte, einer Frau gerecht zu werden, die seine Familie kaum gekannt hatte. Diese Ausdauer und Kraft waren ihr unbegreiflich. Was brachte einen Menschen dazu, an einem Ort zu bleiben, während ein anderer, der dasselbe durchlitten hatte, ihm den Rücken kehrte?

„Und deshalb kommt Quinn nicht nach Hause? Weil er damals nicht kam, als er hätte kommen müssen?"

„Ich mache Quinn deshalb keine Vorwürfe. Dieser Junge ist schon immer seinen eigenen Weg gegangen. Schließlich ist er starrköpfig wie sein Vater. Ich hätte ihn genauso wenig aufhalten können wie seine Mutter."

„Ich denke, er versucht das jetzt bei Ellie wiedergutzumachen."

„Das sehe ich auch so. Wir werden uns irgendwann aussprechen. Bei Cormac ist das nicht nötig. Er ist bereit, das Vergangene zu vergeben. So ist er eben. Er ist geblieben, als zuerst sein Bruder und dann sein Vater es nicht länger ausgehalten haben und gingen. Dieser Junge saß im Krankenhaus am Bett seiner kranken Mutter und hat Juliettes Hand gehalten. Jeden Tag, bis sie starb. Das Problem ist, dass ich nicht weiß, ob er jetzt bereit ist loszulassen."

„Mami, mir ist kalt." Cassie kam mit geröteten Wangen zu ihnen gerannt und zog an ihrer Hand.

„Ja, Schatz." Laine wischte die Tränen aus ihren Augen und versuchte, sich wieder zu fangen. „Es tut mir leid, Mr Foley. Ich muss sie ins Haus bringen. Wollen Sie mit hineinkommen?"

Er schüttelte den Kopf. „Jetzt nicht. Wir sollten die Sache lieber ruhen lassen."

Natürlich. Väter und Söhne ... Die beiden verband ebenfalls eine komplizierte Dynamik und eine Vergangenheit, die sich nicht mit einem einzigen Besuch in einer Burgruine auslöschen ließ. Vielleicht reichte Jack dieser Ausflug in die Vergangenheit, denn er nickte zum Abschied und kehrte zu seinem Auto zurück.

Laine ging davon aus, dass er wieder fahren würde. Sie nahm Cassie auf ihre Arme und schlenderte auf das Schloss zu.

„Miss?“

Sie blieb stehen und drehte sich um. Jacks tiefgrüne Augen schauten sie mit überraschend viel Mitgefühl an.

„Ich habe nicht vor, mich in das Liebesleben meiner Söhne einzumischen. Sie entscheiden selbst, was sie machen. Es sieht Quinn ähnlich, aus einer Laune heraus zu heiraten.“

„Mr Foley, meine beste Freundin ist für ihn keine bloße Laune. Für mich nicht und ganz gewiss nicht für Ihren Sohn. Was alles andere betrifft …“

Er hob eine Hand. „Ich habe das nicht abwertend gemeint. Ich wollte nur sagen, dass ich die Schuld an vielen ihrer Probleme trage. Und wenn ich kann, möchte ich es in Zukunft besser machen. Während Quinn genauso wie sein alter Herr davonläuft, ist Cormac wie seine Mutter: Er bleibt, bis der letzte Ton verklungen ist. Deshalb hat Dolly ihn auch so gemocht, denke ich.“ Jack setzte sich hinters Lenkrad. „Wenn ihm dieses Schloss so wichtig ist, werde ich ihm nicht im Weg stehen.“

„Wollen Sie Cormac das nicht selbst sagen?“ Ein so wichtiges Eingeständnis sollte der Vater seinem Sohn selbst mitteilen und nicht sie. „Kommen Sie doch mit rein. Trinken Sie eine Tasse Tee und wärmen Sie sich auf.“

„Vielleicht ein anderes Mal. Ich wünsche Ihnen alles Gute. Und Sie können Cormac ausrichten, dass er im Pub schmerzlich vermisst und gebraucht wird. Ich bin eigentlich nur hergekommen, um ihm zu sagen, dass hier im Vorratskeller an einem Haken hoch oben ein Schlüssel hängt. Dort, wo die Birnenkisten stehen. Ich weiß nicht genau, was das bedeutet, aber Miss Dolly war es wichtig, mir das zu sagen. Vielleicht öffnet dieser Schlüssel ja eine Tür, von der Sie beide dachten, sie wäre verschlossen."

„Warst du schon im Vorratskeller?"

Cormac, der gerade mehrere Kisten in einer Regalwand durchsuchte, drehte sich zu ihr um. „Ähm, ein großer, gespenstischer Keller, der benutzt wurde, als es noch keine Kühlschränke gab? Nein. Damit hatte ich es nicht besonders eilig."

„Ich habe Cassie oben bei Deborah gelassen, damit wir uns den Raum gemeinsam ansehen können", erwiderte Laine und blickte sich in dem Kellerraum um, in den durch die Fenster, die dicht unter der Decke angebracht waren, nur wenig Licht fiel. „Wo geht es lang?"

„Das muss doch nicht jetzt sein. Wir haben noch ein wenig Zeit, bevor wir losmüssen. Wir können auch einfach für heute Feierabend machen und uns den Raum morgen vorknöpfen."

„Nein, es kann nicht warten. Wenigstens glaube ich nicht, dass du damit warten möchtest."

Damit hatte sie sein Interesse geweckt. Er hob leicht das Kinn und seine Augen funkelten. Dann legte er sein Tablet ins Regal und deutete auf einen Gang mit kariertem Fliesenboden, von dem mehrere Türen abgingen.

„Ich habe zwar keine Ahnung, worum es geht, aber der einzige gespenstische Keller hier unten befindet sich hinter den alten Büros des Hauspersonals. Hier entlang. Ganz am Ende."

Sie marschierten los und waren dankbar, dass die schmalen Fenster wenigstens ein bisschen Licht hereinließen. Ohne diese Fenster wäre es hier unten völlig dunkel gewesen. Als sie das Ende des Ganges erreicht hatten, betätigte Laine den alten Messinggriff und hoffte, dass die Tür nicht verschlossen war. Sie ließ sich erstaunlich leicht öffnen.

Laine zog an einer dünnen Schnur, die mit einer Glühbirne verbunden war, die wiederum von der Decke baumelte. Sie tauchte den Raum in ein helles Licht. Als sie sich umblickten, entdeckten sie einige ausrangierte Körbe, alte Gartengeräte, stapelweise leere Birnenkisten und einen Eimer mit Putzzubehör. Aber abgesehen davon waren die Regale leer.

Falls hier drinnen irgendetwas versteckt war, würden sie es finden.

„Wenigstens hat Miss Dolly in diesem Raum Strom verlegen lassen. Sonst würden wir uns hier blaue Flecken holen."

„Es muss irgendwo weiter oben sein …" Laine blickte sich in den dunklen Ecken um.

Cormac schaltete die Taschenlampe an seinem Handy ein und suchte die andere Seite des Vorratsraumes ab. „Es wäre hilfreich, wenn ich wüsste, wonach ich eigentlich suchen soll, Laine. Abgesehen von Spinnweben."

„Wir suchen einen Schlüssel. Er muss alt sein. Aus Schmiedeeisen oder Messing. Angeblich hängt er an einem Haken weit oben."

„Du meinst so einen Schlüssel?" Cormac nahm einen Schlüssel herab und drehte ihn in der Hand. Das dicke Schmiedeeisen war verrostet und abgegriffen. „Woher wusstest du, dass der Schlüssel hier ist? Deborah hat gesagt, dass sie schon zigmal hier unten war. Sie hat ihn aber nie erwähnt."

„Wahrscheinlich wusste sie nichts davon."

„Wer wusste dann von dem Schlüssel?"

Sie atmete tief ein. „Jack war gerade hier."

„Was?! Was wollte er denn?"

„Er meinte, du seist schon seit Tagen nicht mehr im Pub gewesen, Cormac. Ich habe ihn eingeladen zu bleiben, aber er meinte, dass er das vielleicht ein anderes Mal machen würde. Bevor er wieder fuhr, hat er mir eine Nachricht von Dolly für dich ausgerichtet."

„Für mich?"

„Ja. Offenbar mochte sie dich."

Er zog eine Braue hoch, als wäre es höchste Zeit, dass endlich einmal jemand bemerkte, dass er ein netter Kerl war.

„Ich hoffe, dass dir dieses Lob nicht zu Kopf steigt." Laine grinste. „Dolly war es wichtig, Jack zu sagen, dass hier unten an einem Haken ein Schlüssel hängt. Es muss damit also eine besondere Bewandtnis haben." Sie schwieg einige Sekunden. „Ich denke übrigens, das ist seine Art, sich bei dir zu entschuldigen."

„Das weiß ich." Cormac lächelte und drehte den Schlüssel in seiner Hand. „Wir werden uns schon noch aussprechen. Oder auch nicht. Aber jetzt will ich erst mal sehen, was dieser Schlüssel öffnet."

Sie versuchten aufgeregt, das kleine Rätsel zu lösen, und probierten den Schlüssel an den Türen im Flur aus, doch er passte nicht. Dann stiegen sie die Treppe hinauf. Zuerst ins Obergeschoss und durch einen Flur mit einer Fensterfront. Sie probierten erneut jede Tür. Ihr Lächeln wurde mit jedem Fehlversuch breiter. Dann führte Cormac sie die nächste Treppe hinauf, die Wendeltreppe zum Turm. Keuchend und aufgeregt blieben sie schließlich vor einer bogenförmigen Holztür stehen.

„Und? Jetzt haben wir es schon so weit geschafft. Ich bin gespannt, ob der Schlüssel passt." Sie strich sich die Haare aus dem Gesicht.

Cormac steckte den Schlüssel ins Schloss. Dann holte er tief Luft und warf Laine einen kurzen Blick zu. Er drehte den Schlüssel. Mit einem lauten Kratzen des alten Metalls bewegte er sich.

Klick.

Die Türangeln quietschten laut, als er die Tür aufschob. Cormac ließ die Hand sinken und blieb erwartungsvoll stehen. „Nach dir."

Die Tür gab den Blick in ein Turmzimmer frei. Runde Steinmauern, eine hohe Gewölbedecke aus Holz. Durch die Fensterläden vor dem einzigen Fenster des Zimmers drang ein wenig Licht.

Cormac lugte in die Dunkelheit hinein. „Es wäre wirklich nicht schlecht, hier Strom zu verlegen."

„Ja. Und ich garantiere dir, dass sich in diesem Zimmer die eine oder andere Spinne häuslich eingerichtet hat. Ich gehe hier erst rein, wenn du deine Taschenlampe anschaltest. Oder eine Dose Insektenspray auspackst, falls ihr irischen Männer schon davon gehört habt. Es wäre vielleicht nicht schlecht, in Zukunft so etwas immer griffbereit zu haben."

Cormac lächelte auf seine stille Art, mit der er oft auf ihre witzigen Bemerkungen reagierte. „Dann ist es ja gut, dass wir irischen Männer jederzeit Mut griffbereit haben." Er richtete den Schein der Taschenlampe auf seine Füße und trat ein.

Er durchquerte den Raum ungehindert. Auf dem Boden standen weder Kisten noch irgendwelche verstreuten Sachen. Es gab auch keine nennenswerten Möbel – bis auf etwas, das im Schatten stand und wie ein sehr langer Schreibtisch aussah.

„Noch mehr Bücher." Er ließ den Schein der Taschenlampe über einige verstaubte Buchrücken gleiten, die auf dem Kaminsims lagen. „Und ein kleiner Lederkoffer." Dann richtete er den Lichtschein auf das bemerkenswerte Gemälde einer Frau, das über dem Kamin hing. Wenn Laine dies richtig beurteilte, dann trug sie ein blaues Kleid aus dem 18. Jahrhundert. Im Arm hielt sie einen Korb mit gelben Blumen und ihre freundlichen Augen wachten über den Schatten in diesem Turm.

Laine trat einen halben Schritt zurück. Warum war das Bildnis dieser Frau in einem Zimmer versteckt, das so weit von allen anderen Räumlichkeiten des Hauses entfernt war? Außer dem Gemälde gab es nur noch einen weiteren größeren Gegenstand im Zimmer. Es war fast, als wäre es hier aufgehängt worden, um diesen Gegenstand zu beschützen. Auch wenn Laine diesen Gedanken selbst ein wenig albern fand.

„Wir haben hier also noch ein Gemälde, Bücher und einen Schreibtisch. Nicht schlecht für einen Tag."

„Einen Schreibtisch …" Laine betrachtete das Gemälde über dem Kamin und dann den Schreibtisch, der an der gegenüberliegenden Wand stand. Sie trat darauf zu und strich mit den Fingern über die Staubschicht. Ihr Herzschlag beschleunigte sich.

„Cormac, ich brauche mehr Licht."

„Wozu gibt es hier eigentlich ein Fenster?" Er schob den Riegel vor den Fensterläden zurück und drückte sie weit auf. Sonnenlicht durchflutete den Raum. Goldene Strahlen schienen auf die Blumenintarsien an den Holzbeinen des Schreibtischs. Der Tisch hatte eine scharfkantige, rechteckige Form, und vorn befand sich eine geschwungene Inschrift, die allerdings unter einer Staubschicht verborgen war.

„Was steht hier?" Er kniete neben ihr nieder.

„Für meine geliebte Maeve. Dein Eoin", flüsterte sie und fuhr mit der Fingerspitze die Worte nach.

„Wir haben also noch einen Schreibtisch. Einen ausgesprochen schönen Schreibtisch. Ein Geschenk für eine geliebte Maeve. Wer sie wohl war?"

„Cormac, das ist kein Schreibtisch." Atemlos versuchte Laine, die Abdeckung zu öffnen. Das Holz knarrte, daher hob sie die Abdeckung ganz vorsichtig und langsam an, bis das Licht auf eine schwarz-weiße Klaviatur fiel, die sich im Laufe der Zeit gelblich verfärbt hatte. Zwei perfekt gestaltete Birnen waren zu beiden Seiten der Klaviatur ins Holz geschnitzt, kunstvolle Verschnörkelungen zierten die Unterseite der Klaviaturklappe.

„Erinnerst du dich, dass Deborah sagte, sie wüsste nicht, wo das siebte Klavier ist?", flüsterte Laine atemlos und war wie verzaubert. Wer hätte denn ahnen können, dass das, was sie für einen alten Schreibtisch gehalten hatten, ein solches Geheimnis barg?

Cormac fuhr sich mit der Hand durchs Haar und atmete mit einem breiten Lächeln aus. „Ja."

„Ich denke, wir haben es gefunden."

NEUNUNDZWANZIG

27. April 1916, 7:15 Uhr
Merchants Quay
Dublin

Verzweiflung hatte sich auf der Südseite der Stadt breitgemacht, als sie sich der Liffey näherten.

Issy musst mit ansehen, wie das Feuer unzählige Wohnhäuser vernichtete und Unmengen von Zivilisten vor dem Rauch und den Flammen flohen und ihr Heil in den verwüsteten Straßen suchten. Es gab Gerüchte, dass englische Soldaten auf beiden Seiten des Flusses vorgedrungen waren, um gegen die Rebellenhochburgen in der North King Street zu ziehen.

Der Aufstand hatte nie so sinnlos und leidvoll gewirkt wie in diesem Augenblick.

Sean hielt Issys Hand und zog sie an ihrem unverletzten Arm weiter. Levi folgte ihnen und hatte den Arm des verwundeten Rory über seine Schulter gelegt. Sie waren durch Portobello gelaufen, hatten in einem verlassenen Lebensmittelgeschäft in Warrenmount geschlafen und näherten sich jetzt langsam, aber sicher dem Fluss, auch wenn es an Wahnsinn grenzte, noch weiterzulaufen.

Sie mussten sich immer wieder vor Soldaten verstecken, aber irgendwann würde ihnen das wahrscheinlich nicht länger gelingen.

„Wir müssen bald Rast machen. Er blutet schon wieder", keuchte

Levi atemlos. Seine Schritte verlangsamten sich, da Rorys Füße wie die einer leblosen Puppe über den Boden schleiften.

Sean blieb stehen, riss einen Stoffstreifen von seinem Hemd und presste ihn auf die Wunde an Rorys Schlüsselbein. Rory atmete vor Schmerz scharf und keuchend ein.

„Versuch, den Stoff auf die blutende Stelle zu drücken."

Levi nahm den Stoff. „Das kann ich ihm nicht antun."

Sean blieb neben einem Steinzaun und einem Hof mit Bäumen stehen. Issy erkannte die mittelalterliche Fassade der *St. Audoen's Church*, die sich wie ein stummer Beschützer aufrichtete, als sie in ihrem Schatten Schutz suchten.

Rory biss die Zähne zusammen, um nicht zu laut zu stöhnen, als Levi seinen gesunden Arm wieder über seine Schulter legte. Das Blut aus der Wunde an seinem Schlüsselbein hatte inzwischen die Hemden beider Männer rot gefärbt.

Levi schaute seinen Bruder kopfschüttelnd an. „Es geht nicht mehr. Ich weiß, dass Rory weiterlaufen will, aber er kann nicht weiter. Wenn wir es versuchen, stirbt er."

Sean nickte. „Ich bleibe bei ihm."

„Auf keinen Fall, Bruder."

Issy wurde schwer ums Herz. Sie hatte Honor versprochen, dass sie Rory zu ihr bringen würde. Dieses Versprechen konnte sie nicht halten, da die Situation viel zu gefährlich war. Sie konnten nicht zurück, aber sie konnten auch nicht weiter. Was sollten sie jetzt machen?

„Vielleicht können wir ja in die Kirche gehen? Darin wird man uns doch sicher verstecken, oder?", fragte Issy, aber ihre Hoffnung schwand, als sie den Blick sah, den die O'Connell-Brüder miteinander wechselten. „Wie dumm von mir!"

„Die Engländer sind uns auf den Fersen. Wenn sie uns erwischen, werden wir entweder gleich erschossen oder vor ein Kriegsgericht gestellt", stellte Levi seufzend klar. Er lehnte eine Schulter an die Steinmauer, um Rory dabei zu helfen, auf den Beinen zu bleiben. „Ihr müsst euch auf die Nordseite durchkämpfen. Zu zweit könnt ihr es schaffen, zu viert haben wir keine Chance."

„Meinst du, es könnte klappen, wenn wir durch *Four Courts* laufen?" Sean blickte sich fragend auf der Straße um.

„Die *Ha'penny Bridge* wurde überrannt. Und um *Four Courts* herum toben heftige Kämpfe, aber die *ICA* dürfte die *Richmond Bridge* immer noch halten. Killian Brent ist mit einer Einheit dorthin unterwegs. Sag ihm, dass du mein Bruder bist. Issy soll ihm ihre Kamera zeigen. Er wird sich an sie erinnern. Er meinte, dass sie ein hübsches Gesicht hat." Bei dieser unüberlegten Bemerkung wandte Levi schnell den Blick von ihr ab. „Es ist ein Risiko, aber ihr könnt es schaffen."

Seans Kinn spannte sich an. Er wog das Risiko der weiteren Flucht gegen den Schmerz ab, die beiden zurückzulassen. Einen Moment später nickte er. Offenbar hatte er seine Entscheidung gefällt, doch dann sah er Issy fragend an. „Was willst du machen?"

Sie waren schon die ganze Nacht auf der Flucht, aber als er Issy aufforderte, die endgültige Entscheidung zu treffen, war sie plötzlich wie gelähmt.

„Du hast gesagt, dass du zum *GPO* zurückmusst, um Honor zu helfen. Es ist deine Entscheidung, ob wir versuchen, uns zu ihr durchzuschlagen. Wenn du es wirklich willst, werden wir gehen."

„Aber du könntest getötet werden, Sean. Wir beide könnten sterben."

„Weder die Soldaten noch die Rebellen werden einen Pfarrer erschießen. Die Sonne geht bald auf. Es ist hell genug, dass sie meine Soutane erkennen und uns in Ruhe lassen. Also, gehen wir weiter oder bleiben wir hier? Egal, was du sagst, ich werde deine Entscheidung akzeptieren."

Etwas verriet ihr, dass er mit diesen Worten mehr meinte als die Frage, ob sie über eine Brücke laufen wollten. Wollte sie ihm vertrauen – auch mit ihrem Herzen –, während die Welt um sie herum in Schutt und Asche lag? Oder blieb sie zurück, wo das Risiko überschaubar und sein Bruder Levi war?

Der Tod könnte sie überall treffen, aber ihr Herz konnte nur an einem einzigen Ort glücklich sein.

Sean schaute sie fragend an. Trotz der langen Schatten an diesem frühen Morgen sah sie das durchdringende Blau seiner Augen. Er wartete. Mit schmerzlicher Geduld, wie er es immer tat, wenn etwas sein Herz beschäftigte.

„Du kommst zurecht?", fragte sie Rory und wünschte, es gäbe einen anderen Weg.

„Es ist wie mit dem Streifschuss an deinem Arm: für einen Rebellen nur eine lästige Sache", keuchte Rory, der mit schmerzverzerrtem Gesicht wieder gegen die Steinmauer sank. „Sag Honor, dass ich nur wenige Schritte hinter dir bin."

Issy nahm die Hand ihres Bruders und drückte sie fest. „Und Mutter und Vater? Was soll ich ihnen sagen?"

„Dass es mir leidtut", flüsterte er. „Ich hoffe von ganzem Herzen, dass Gard unversehrt nach Hause kommt."

Tränen liefen ihr übers Gesicht, aber sie nickte.

„Wir werden alle nach Hause kommen. Das habe ich Honor versprochen. Du wirst nur wenige Schritte hinter uns sein."

Als er ihre trotzigen Worte vernahm, lächelte Rory. Die Byrnes weigerten sich wie immer aufzugeben. Sie drückte ihm einen sanften Kuss auf die Wange.

Dann setzte Issy eine tapfere Miene auf und nickte Sean zu, auch wenn das bedeutete, dass sie Rory vielleicht zum letzten Mal lebend sah. Aber sie weigerte sich, das zu glauben.

„Wir gehen." Mit diesen Worten besiegelte sie ihr Schicksal.

„Wollt ihr die mitnehmen?" Levi hielt ihnen eine Pistole hin. „Ich weiß, dass ihr sie nicht benutzt, aber ich fühle mich besser, wenn ihr sie zur Abschreckung habt."

„Ich habe bereits gestern eine Pistole auf einen Mann gerichtet."

„Aber du hast nicht abgedrückt, Sean. Das ist ein Unterschied. Wir wissen beide, wer den Schuss auf Corley abgegeben hat."

„So viel Blutvergießen!“, seufzte Sean. „Wartet bitte einen Moment. Ich werde versuchen, euch hier unterzubringen. Vielleicht öffnen sie ja einem Pfarrer die Tür. Betet, dass in dieser Kirche ein Arzt ist. Ich will mich noch nützlich machen, bevor ich euch hier zurücklasse.“

Issy erwartete, dass Sean für den Weg zu den Kirchentüren die Waffe mitnehmen würde, da man ihn von innen nicht sehen konnte. Aber dann schalt sie sich im Stillen. Sie wusste genau, was für eine Art Mann er war. Niemand konnte von ihm verlangen, weniger zu sein als der Mann, als den Gott ihn geschaffen hatte.

Sie wussten genau, dass er nie wieder eine Pistole anrühren würde.

„Warte bitte noch eine Minute. Dann brechen wir auf.“ Sean drückte ihre Hand. „Gemeinsam.“

Sie schauten ihm nach, wie er um den Steinzaun herumhuschte und in den Kirchengarten verschwand.

Der Regen hatte aufgehört. In der Nähe wütete ein Feuer. Asche und Ruß erfüllten die Luft mit einem erstickenden Rauch. Issy deckte Rorys ungeschützte Seite mit ihrer Jacke zu, damit er diese Luft nicht einatmen musste.

„Es tut mir leid, Issy“, flüsterte Levi in der kühlen Morgenluft, während das ferne Krachen des Artilleriefeuers durch das Stadtgebiet hallte.

Sie schützte Rorys Gesicht, so gut sie konnte, und blickte auf. „Was?“

„Es ist ein miserabler Zeitpunkt, aber ich bin es dir schuldig. Ich hätte nicht sagen sollen, dass ich dich liebe, denn das war nicht die Wahrheit. Und ich hätte dich auch nicht so sitzen lassen dürfen. Ich war egoistisch und unreif. Und ich habe dich verletzt. Sean hat dich die ganze Zeit mehr geliebt als sein Leben. Wenn wir aus diesem ganzen Wahnsinn irgendetwas lernen, dann hoffentlich, dass wir für unsere tiefsten Überzeugungen kämpfen müssen. Sean ist bereit, das für dich auf eine Weise zu tun, wie ich es nie könnte.“

Issy hatte immer gedacht, ihr hätte an Levi O’Connell sein furchtloses, wagemutiges Lächeln am besten gefallen, aber jetzt erkannte sie, dass ihr sein einfaches „Es tut mir leid“ viel mehr bedeutete. Seine Worte bestätigten ihre Hoffnung, dass Sean immer noch das Gleiche für sie empfand, was er ihr einmal gestanden hatte, denn sie selbst konnte ihre Gefühle für ihn nicht länger unterdrücken.

„Das, was auf der Brücke geschehen ist, hat alles verändert. Ich habe im *Green* oft auf Soldaten geschossen. Aber ich habe noch nie erlebt, dass ein Mensch direkt vor meinen Augen zu Boden ging.“

„Es hat uns alle verändert. Du hättest es nicht verhindern können, Levi. Niemand hätte das gekonnt. Wir haben es versucht. Ich werde ewig in deiner Schuld stehen, weil du uns das Leben gerettet hast.“

Ein tiefer Schmerz breitete sich in Issys Brust aus, als sie an jene wenigen Sekunden auf der Brücke zurückdachte, in denen es so ausgesehen hatte, als würde keiner von ihnen mit dem Leben davonkommen.

„Verrate ihm nicht, dass ich das gesagt habe.“ Levi lächelte sie herzlich an, während Sean wieder um die Ecke des Mauerzauns zurücktrabte. „Aber er war schon immer der bessere O'Connell. Er wird dich heil von hier wegbringen. Rory und ich geben euch Deckung, damit ihr es über die Brücke schafft, selbst wenn es das Letzte sein sollte, was wir tun.“

Sean blieb keuchend vor ihnen stehen. „Sie nehmen euch auf. Sie können nicht versprechen, dass nicht irgendwann Soldaten auftauchen, aber ihr könnt euch auf jeden Fall in der Kirche verstecken.“

„Diese Gelegenheit werden wir gern nutzen. Danke.“ Levi drückte die Hand seines Bruders. „Aber erst wenn wir euch Deckung gegeben haben und ihr über diese Brücke seid.“

Issy konnte nicht zurückblicken … nicht, als die Brände ihre Welt in Schutt und Asche verwandelten … Kugeln durch die Luft flogen … sie Rory und Levi zurückließen.

Sean schirmte sie mit seinem Rücken ab, während sie von Straßenecken zu Barrikaden rannten und die Brücke überquerten. Die *ICA* hatte schwere Verluste erlitten, und die Soldaten drangen schonungslos weiter vor, aber Killian Brent und die immer dünner werdenden

Reihen der Rebellen hielten *Four Courts* – wenigstens im Moment noch – und ließen sie passieren.

Und während der ganzen Zeit verbarg Issy die *Kodak* unter ihrer Jacke.

Selbst als Sean sie Richtung Norden führte und sie die verheerende Lage in der Sackville Street sahen. Selbst als das Warenhaus *Clery's* von so heißen Flammen verschlungen wurde, dass die Glasscheiben schmolzen und wie Wasser an den brennenden Mauern herabliefen. Selbst als die Leichen von Männern in *ICA*-Uniformen und von englischen Soldaten auf den Straßen kreuz und quer durcheinanderlagen.

Issy schaute entsetzt zu, wie der Häuserblock, in dem sich auch das *Jack Foley's* befand, von hohen Flammenwänden verschlungen wurde. Die Kamera blieb geschlossen, während sie zu den Hintertüren des *GPO* liefen.

Keine Fotos. Keine Erinnerungen.

Sie wollte das Bild von Dublins Feuertod nicht in Erinnerung behalten.

28. April 1916, 1:00 Uhr
10/11 Sackville Street
Dublin

Schreibtische wackelten und Putz fiel von der Decke. Artilleriebeschuss erschütterte die Außenmauern des *GPO*-Gebäudes. Eine beißende Mischung aus Rauch und Sprengstoff hing in der Luft. Stimmen drangen aus dem ersten Stockwerk zu ihnen herab. Was sie riefen, war nicht zu verstehen, aber sie klangen hektisch, obwohl nur noch wenige Personen in den Büros zurückgeblieben waren.

„Ich glaube nicht, dass das Gebäude noch lange stehen bleibt." Sie kauerten in einem hinteren Büro auf dem Boden und Sean blickte nach oben. „Es sieht so aus, als müssten wir bald wieder loslaufen."

„Vom Gebäude der *Irish Times* ist nichts mehr übrig. Genauso wie vom *Clery's* und vom *Imperial Hotel.* Winnie hat gesagt, dass alle bis Mittag in die Moore Street evakuiert werden. Die feindlichen Truppen kommen auf der Henry Street zu schnell voran. Deshalb will Pearse, dass alle draußen sind, falls das Feuer sich bis hierher ausbreitet."

„Wir haben es geschafft, hier reinzukommen, und jetzt wollen alle raus."

„Willst du los? Connolly wurde von einer Kugel am Knöchel getroffen. Er ist zu schwer verletzt und nicht mehr transportfähig. Winnie weigert sich, ihn zurückzulassen. Ich kann mir vorstellen, dass sie genauso lange bleibt wie Pearse. Wir gehen dann wahrscheinlich auch erst, wenn sie gehen. Oder wir schließen uns den Leuten an, die bei Tagesanbruch evakuiert werden."

Issys Magen krampfte sich vor Angst zusammen, während der Artilleriebeschuss die Straße von allen Seiten erschütterte.

„Glaubst du, dass die Soldaten uns verhaften werden, wenn wir das Gebäude verlassen – nach dem, was auf der Brücke passiert ist?"

„Das kann ich nicht sagen. Aber ein Offizier ist tot. Das bedeutet, dass sie eine Erklärung verlangen werden. Und falls sie deinen Bruder und meinen erwischen, nun, ich befürchte, dass sie dann kommen werden. Und dann werde ich die Wahrheit sagen, egal, wie die Sache ausgeht."

Die an den Wänden hängenden Bilder wackelten und die Mauern an ihrem Rücken erzitterten. Sean legte einen Arm um sie, während weitere Schüsse die Nacht erschütterten. Er hielt sie fest, bis das Schlimmste vorüber war.

„Wer hätte gedacht, dass es hier schlimmer sein könnte als auf den Straßen um *St. Audoen's*? Oder dass Honor wieder in die Sackville zurückgelaufen ist und dabei mithilft, das Feuer hinter dem *Jack Foley's* zu bekämpfen? Und wir kommen nicht einmal über die Straßenbahnschienen, um ihr zu helfen!"

„Ich vertraue darauf, dass Gott über uns wacht. Und auch über Honor und unsere Brüder." Seans Stimme durchbrach entschlossen und ermutigend die Dunkelheit. „Besonders jetzt, da es so aussieht, als würde Dublin fallen."

„Der Anführer dieses Aufstands, der selbst keine einzige Kugel abgefeuert hat, wird nicht nachgeben. Aber das sollte mich eigentlich nicht überraschen. Winnie hat an meinem ersten Tag im *GPO* gesagt, dass es so kommen wird: Pearse und die anderen Anführer wussten, dass sie diesen Kampf nicht gewinnen können, aber sie haben diesen Aufstand trotzdem angezettelt. Was bedeutet es wohl, wenn ein Mensch so sehr von etwas überzeugt ist, dass er bereit ist, alles dafür zu riskieren, selbst das Leben von Unschuldigen?"

„Wenn das Ziel dieses Aufstands die Freiheit ist, genügt es vielleicht schon, einen Vorgeschmack auf sie zu bekommen."

„Ist das bei Pearse so? Hältst du ihn für einen rücksichtslosen Mann, der für dieses Ziel über Leichen geht? Oder empfindet er Mitgefühl für die Menschen, die auf den Straßen sterben?"

„Ich glaube, im Krieg gibt es nie nur Schwarz und Weiß. Und ich glaube nicht, dass er den Tod von Menschen wollte. Es ist ein großer Unterschied, ob man bereit ist, *selbst* zu sterben, oder ob man zusehen muss, wie ein anderer Mensch sein Leben lässt. Aber er ist noch da, nicht wahr? Obwohl er befohlen hat, dass alle anderen evakuiert werden sollen. Das sagt viel über ihn aus. Und mehr wissen wir im Moment nicht."

Issy verdrängte den Gedanken an die grausamen Schicksale. Sie lehnte sich an Seans Schulter und er legte wieder die Arme um sie. Sie saßen lange schweigend auf dem Boden und lauschten, wie außerhalb des Gebäudes ein Krieg wütete.

„Levi hat erzählt, dass du mich immer noch liebst." Issy hielt den Atem an, als sie spürte, wie er sich anspannte. „Stimmt das?"

„Es ist, wie du gesagt hast: Manche Überzeugungen sind ausgesprochen hartnäckig", gestand er in die Dunkelheit hinein.

Issy drehte sich um und hob den Blick. Sein Gesicht war so nah, dass sie seinen Atem auf ihren Lippen fühlen konnte. Sie hob die Hand und berührte sein Kinn. Ein überraschtes Lächeln umspielte ihren Mund, als sie sein unrasiertes Kinn an ihrer Handfläche spürte. „Wo ist das Rasiermesser, das ich dir geliehen hatte?"

Er gestand ihr diese Freiheit zu und erwiderte ihren Blick. Er wartete, hielt sich aber nach wie vor zurück. „In meiner Tasche."

„Du könntest es ja irgendwann mal benutzen."

„So wie du? Wer macht dir eigentlich die Haare? Du solltest dir vielleicht mal eine andere Zofe suchen." Sean schob eine Strähne aus ihrem Gesicht und lächelte ebenfalls. Es war ein schönes, schmerzerfülltes Lächeln. Es verriet ihr, dass er nicht vor der Wahrheit zurückschrecken würde, selbst wenn ihnen nicht viel Zeit blieb.

„Ich habe dich immer geliebt, Issy", flüsterte er langsam und ruhig. „Du bist *meine* Überzeugung."

Bis jetzt hatte sie das Gefühl gehabt, die Wochen, die seit jenem Tag in der Burgruine vergangen waren, vergeudet zu haben. Aber in diesem Moment gab es nichts mehr zu sagen. Keine Entschuldigungen oder Erklärungen. Nur das Hämmern von Issys Herz, als ihr bester Freund die kurze Entfernung zwischen ihnen überbrückte und seine Lippen auf ihren Mund drückte. Sie hielten sich fest, klammerten sich aneinander und genossen die Zeit, während draußen ihre Welt vom Feuer vernichtet wurde.

„Herr Pfarrer?"

Issy zuckte zusammen und fuhr zurück, als eine Krankenschwester an der Tür erschien.

„Entschuldigen Sie. Aber hinten liegt ein *Volunteer*, der nach einem Priester fragt. Die anderen haben alle schon vor Einbruch der Nacht das Gebäude verlassen." Sie wandte entschuldigend den Blick ab. „Er wird nicht mehr lange leben und er braucht Gebet."

Sean drückte einen Kuss auf Issys Stirn und schaute sie dann vielsagend an. „Du bleibst hier unten?"

Sie nickte.

„Ich bin bald zurück." Er stand auf und eilte durch den Flur zu den hinteren Büros, in denen immer noch schwer verletzte Rebellen lagen.

Issy schloss die Augen und strich mit den Fingern leicht über die Stelle, an der Seans Lippen gelegen hatten. Sie lächelte. Und sie betete, dass sie am Leben bleiben würden. Das Schicksal konnte doch nicht so grausam sein und sie auseinanderreißen, nachdem sie sich endlich gefunden hatten.

Ein Rascheln in einem der Büros lenkte ihren Blick auf die andere Seite des Flurs. Sie schaute sich neugierig um, denn im hinteren Teil dieses verwüsteten Gebäudes war kaum noch jemand.

Ein Mann entfachte ein Streichholz und zündete den Docht einer Laterne an, bevor er das Windlicht über die Flamme schob. Er zog einen Stuhl heran und ließ sich langsam, müde und ausgelaugt darauf sinken. Der Schein der Laterne fiel auf sein Gesicht: ein sauber rasiertes Gesicht. Eine ausgeprägte Stirn. Aus seinen Augen sprach immer noch die Leidenschaft. Sein Hemdkragen stand offen und seine Krawatte hing schief um seinen Hals. Das Gewicht von ganz Irland lag auf seinen Schultern.

Pádraig Pearse beugte sich über den Schreibtisch, auf dem ein aufgeschlagenes Buch lag.

Issy atmete ein, als sie dieses Buch erkannte. Es war das Buch, das sie im *GPO* gelassen hatte: die Bibel, die sie von zu Hause mitgenommen hatte. Seit sie durch die Stadt gelaufen war, um eine Nachricht zu überbringen, und gesehen hatte, wie Dublin um sie herum in Flammen aufging, hatte sie völlig vergessen, dass sie die Bibel hier liegen gelassen hatte.

Er musste sie gefunden haben. Es war, als hätte er Issys und Seans Gespräch vor wenigen Momenten mit angehört – denn nun stand der Rebellenführer im schmerzlichen Kampf zwischen Überzeugung und Opferbereitschaft, zwischen Hoffnung und Verzweiflung, wie sie es nie zuvor bei einem Menschen gesehen hatte.

War es falsch, Zeuge eines so persönlichen Kampfes zu sein? Sollte sie den Blick von dem Mann abwenden, der so hin- und hergerissen war und die Finger zu einem so inbrünstigen Gebet gefaltet hatte, dass seine Fingerknöchel weiß hervortraten, als er die Stirn darauflegte?

Was immer hier gerade geschah – Issy hatte nicht das Recht, darüber zu urteilen. Sie würde sich später Gedanken über Fotos, die Geschichte und die Gerechtigkeit machen. In diesem Augenblick meldete sich eine leise Stimme in ihrem Herzen und gab ihr die Freiheit, den Moment festzuhalten. Die Stimme flüsterte nur drei Worte:

„Erzähl die Wahrheit.“

Sie schob sich auf die Knie und nahm ihre *Kodak* vom Schreibtisch. Issy klappte das Objektiv aus. Drehte es geräuschlos. Stellte es ein. Richtete die Kamera auf die reale, nackte Qual des Mannes, der an dem Schreibtisch saß. Bevor ihre Welt erneut erschüttert wurde, legte sie den Daumen auf den Auslöser.

Klick.

Ein weiteres Foto.

Ein weiterer Moment, den die Geschichte nie wieder erleben würde.

DREISSIG

22. Juni 1798
Ashford Manor
County Wicklow

Das laute Poltern von Schritten auf der Treppe riss Maeve aus dem Schlaf.

Als ihre Schlafzimmertür aufging und wieder geschlossen wurde, hatte sie sich bereits aufgesetzt.

Sie schliefen seit Wochen nicht gut, da es auf der Straße nach Dublin Auseinandersetzungen zwischen Rebellen und Soldaten gab, die die Aufständischen bis in die Berge verfolgten. Und angesichts der entsetzlichen Gerüchte, dass Loyalisten von aufgebrachten Mobs mit Spießen und Fackeln getötet wurden, war man in allen Schlössern nervös. Wenn ihnen ein paar wenige kostbare Stunden Schlaf vergönnt waren, schliefen sie trotzdem nur unruhig, weil sie wussten, dass sie jeden Moment brutal aus dem Schlaf gerissen werden könnten.

Eoin bewegte sich eilig durchs Zimmer und steckte verschiedene Gegenstände in seine Hosentaschen. Er trug bereits ein Hemd und eine Hose, jetzt zog er noch eine Weste darüber.

Maeves Blick wanderte schnell zum Fenster. Aus dem schwachen Licht, das hinter den Fensterläden zu sehen war, schloss sie, dass der Tag gerade erst anbrach.

„Eoin? Was ist los?“

Er eilte zum Kleiderschrank, zog ihre lederne Jacke und ein weinrotes Leinenkleid heraus und warf beides aufs Bett. „Zieh dich schnell an, Liebste." Er holte eine Pistole aus der obersten Schublade des Sekretärs und kontrollierte, ob sie geladen war. „Ich habe Éire schon gesattelt. Wir müssen los."

Maeve gehorchte, da sie wusste, dass sie keine Fragen stellen sollte, wenn er eine so dringliche Bitte aussprach. Sie verließ sich auf sein Urteil und spürte, dass es um Leben und Tod ging. Rasch zog sie sich an. Sie verzichtete auf ein Mieder und zog ihr Kleid direkt über ihr Hemd.

Eoin trat ans Fenster und schob den Fensterladen ein Stück weit auf, sodass er durch einen schmalen Spalt beobachten konnte, was draußen vor sich ging. Sein Kinn war angespannt und sein Blick konzentriert, als sähe er eine Bedrohung durch das Glen kommen.

Seine stumme Wachsamkeit trieb sie an, sich noch mehr zu beeilen. „Was ist los?"

„Die Farmen der Pächter hinter der Kreuzung wurden niedergebrannt. Von den Häusern ist bis zur Grenze hinter dem östlichen Feld nichts mehr übrig. Und auch vom Dorf nicht."

„Ein Überfall?" Maeve kämpfte zitternd mit den Haken an ihrem Mieder.

„Die Rebellen wurden gestern am *Vinegar Hill* besiegt. Offenbar befand sich dort eine letzte Stellung der *Vereinigten Iren*. Es dauerte eine Weile, die Neuigkeiten von Enniscorthy in den Norden zu bringen. Als sie ankamen, war es zu spät. Ganz Wexford war bereits umzingelt. Es heißt, dass die Engländer zu Tausenden da waren."

„Oh, nein! Man sollte doch meinen, dass sie im Moment ihre Soldaten in den Krieg gegen Frankreich schicken. Wie konnten sie da so viele Männer auf die Insel bringen, um eine Rebellion niederzuschlagen?"

„Das ist leider noch nicht alles. Es heißt, dass die Dorfbewohner in Wicklow Rebellen aus der Stellung in Wexford versteckt hatten, die auf dem Rückzug waren, um in den Bergen zu Holt zu stoßen. Die Soldaten haben am ganzen Dorf brutal Vergeltung geübt."

„Wie viele wurden getötet? Bitte sag, dass keine Kinder zu Schaden kamen!" Sie knöpfte ihre Jacke nur halb zu und wartete mit angehaltenem Atem auf das Grauen, von dem er ihr gleich berichten würde.

„Das kann ich nicht sagen. Aber unzählige Iren sind dem Musketen- und Artilleriebeschuss zum Opfer gefallen. Getreidelager wurden in Brand gesteckt und Dorfbewohner wurden unter den Stiefeln von Soldaten niedergetrampelt. Es heißt, dass selbst jetzt noch Häuser brennen. Bis wir dort sind, ist vielleicht nichts mehr von ihnen übrig. Aber wir können wenigstens versuchen, so viele wie möglich zu retten. Sie haben in der Wicklow-Kapelle an der Hauptstraße Zuflucht gesucht."

Schweren Herzens zog sie Strümpfe und Stiefel an. Ihre hübsche kleine Kapelle mit Blick aufs Meer. Erst vor wenigen Wochen war sie der Schauplatz ihrer Hochzeit gewesen und mit so viel Hoffnung auf eine friedliche Zukunft erfüllt gewesen. Jetzt drängten sich die angsterfüllten Dorfbewohner in den Mauern des Gotteshauses, während ganz Wicklow niedergebrannt wurde.

Maeve erhob sich von der Bettkante. Sie wusste, was diese Nachricht für Eoin bedeutete, und trat zu ihm. Sein Blick war auf einen Punkt in der Ferne gerichtet. Er war so in Gedanken versunken, dass er sie erst bemerkte, als sie zärtlich eine Hand auf seinen Arm legte. „Eoin?"

Er bewegte sich. Dann schaute er sie an.

Sie konnte die schmerzlichen Erinnerungen in seinem gequälten Blick sehen. Maeve wusste, dass ihm der Schmerz und die Trauer seit jenen Vorfällen pausenlos zusetzten. Er sah sie mit durchdringenden Augen und bedrohlich gerunzelter Stirn an. Sein Blick war finster und tödlich. In diesem Moment war er nicht länger der Mann, den sie in ihren gemeinsamen Monaten in Ashford kennengelernt hatte. Was auch immer er vorhatte, etwas hatte seinen leidenschaftlichen Hass auf die Engländer entfacht, und sie fürchtete, dass dieser Hass nie abebben würde.

„Eoin? Was ist?“

Er öffnete den Mund, doch dann schloss er ihn wieder. Er schluckte schwer und setzte erneut an. „Ich liebe dich. Das sollst du wissen. Ich habe dich nur aus diesem einen Grund geheiratet. Du bist der Grund, warum ich nach der ersten Nacht hiergeblieben bin.“

„Niemand könnte dich zwingen, etwas zu tun, das du nicht willst, mein Liebster. Davon bin ich überzeugt.“ Sie legte die Arme um ihn und hielt ihn fest. „Als ich dich auf dem Feld fand, hatte ich den Halt verloren. Du hast einmal gesagt, dass du mich in jener Nacht gerettet hast, und das ist die Wahrheit. Du hast in mir den Glauben geweckt, dass die Menschen auf dem Land von Castle Chryn – und ganz Irland – nicht vergeblich ihr Blut lassen. Und dass das Blutvergießen einmal enden wird. Ich hoffe und bete, dass wir eines Tages an diesem Ort Frieden schaffen können.“

In Eoins Blick lag eine große Zärtlichkeit. Er war freundlich, aber gerecht. Stark, aber in vielerlei Hinsicht verwegen. Und das alles stand in diesem Moment in sein Gesicht geschrieben, als er sie mit einem seiner seltenen Lächeln bedachte, nach denen sie sich so gesehnt hatte.

„Es tut mir nur leid, dass wir nicht in diesem Turm bleiben können, wie du es dir gewünscht hast. Die Welt ist fest entschlossen, Krieg zu führen, und wir können nichts dagegen tun.“

„Der Turm ist mir nicht wichtig. *Du* bist mir wichtig. Gleichgültig, ob wir nach Belfast gehen oder in den Süden von Wicklow fliehen müssen: Wenn das alles vorbei ist, gehe ich mit dir. Es quält dich, dass deine Leute in Gefahr sind. Deshalb gehen wir heute zu unseren Freunden und Pächtern. Wir werden das Neujahrsversprechen halten, das du und ich ihnen gegeben haben. Erleichtert das dein Herz ein wenig?“

Er nickte, aber die tiefe Verletzlichkeit in seinem Blick sagte: *„Es ist genug!“*

Es sind genug Frauen und Kinder Opfer der Kämpfe geworden. Es sind genug unschuldige Menschen ums Leben gekommen. Es war, als strahlte jede Faser seines Körpers Zorn aus. Gerechten Zorn wegen der sinnlosen Ermordung von Menschen. Seit vor mehreren Wochen die Auseinandersetzungen begonnen hatten, wurden Häuser niedergebrannt und Menschenleben zerstört. Die Erde war an vielen Orten rund um Ashford Manor vom Blut getränkt.

Jetzt hatte der Kampf auch sie erreicht.

Maeve legte die Handflächen an Eoins Kinn und schaute ihm tief in die Augen. Sie küsste ihn. Mit diesem zärtlichen Beweis ihrer Verbundenheit wollte sie ihm deutlich machen, dass sie zusammenhalten würden, gleichgültig, was geschah.

Sie trat zurück und atmete zitternd ein. „Und was ist mit Ashford? Bitte sag mir die Wahrheit. Werden Rebellen in dieses Haus kommen und die englandtreuen Gutsherren töten?"

„Jack Foley hat die Nachricht aus Wexford in den Norden gebracht. Cian hat sie an der Kreuzung entgegengenommen. Die Engländer gehen davon aus, dass es auf diesem Anwesen keine Rebellen gibt. Und da die Rebellenarmeen wiederum wissen, dass ich die Herrin von Ashford geheiratet habe, haben wir nicht zu befürchten, dass dieses Haus angegriffen wird. Cian bleibt mit Seiner Lordschaft im Schloss, während wir zu den Pächtern reiten."

Maeve begab sich auf die andere Seite des Zimmers, zog die Nachttischschublade auf und steckte ihren Dolch in ihren Reitstiefel. Sie baute sich vor ihm auf und stemmte die Hände in die Hüften. „Ich bin bereit. Wir werden ihnen zeigen, dass der O'Byrne und die O'Byrne alles tun werden, um Menschenleben zu retten."

Maeve hatte die Zügel in der Hand, während Eoin eine Pistole hielt. Sie ritten auf den schwarzen Rauch zu, der unheilvoll in den Himmel aufstieg.

Es war sicherer, nur auf einem Pferd zu reiten. Deshalb saß Maeve vor ihm, und er hielt sie von hinten fest. Sein Dreispitz stieß immer wieder gegen ihren Kopf, während Éire sie auf der Straße hinab ins Dorf brachte.

Sie ritten an den Überresten von Häusern vorüber, von denen nur noch Schutt und Asche übrig war. Trotz des Regens stieg weiterhin Rauch von den verbrannten Balken auf. Die Hügel hatten ihr farbenfrohes Leuchten verloren. Jetzt war die Erde von brutalen Furchen durchzogen. Wagenräder und Geschosse hatten das Gelände mit Löchern und Gräben übersät. Sie ritten an toten Schafen vorbei, die überall auf der Straße verstreut lagen. An umgekippten Wagen. Sie ritten über die Felder, vorbei an Ställen, Bäumen und niedergerissenen Steinmauern. Alles war den vorrückenden Soldaten zum Opfer gefallen, die zu Tausenden hier durchgezogen waren und eine Schneise der Verwüstung hinterlassen hatten.

Obwohl der Wind wehte und der Himmel weinte, hing der Rauch wie Nebel über dem Land, als sie sich dem Dorf näherten.

„Halte die Augen offen. Hier könnten sich noch Uniformierte aufhalten", flüsterte Eoin in ihr Ohr.

Maeve konnte ihn zwar nicht ansehen, aber seine harte Brust an ihrem Rücken und sein Arm um ihre Taille verrieten, dass er die Umgebung angespannt im Auge behielt – jederzeit bereit, einen Schuss abzugeben. Er schwieg, als sie sich dem Anstieg näherten, der zum Dorf führte. Die Pistole lag auf seinem Oberschenkel, als könne sie es nicht erwarten, benutzt zu werden.

Als sie oben ankamen, sahen sie die Verwüstung und das Gemetzel.

Der Geruch von verbranntem Holz und der erstickende Rauch lagen schwer in der Luft.

Von dem Getreidelager war nichts übrig geblieben, ganz wie Eoin gesagt hatte. Alle Gebäude waren zerstört, die Geschäfte und Pubs bis auf die Grundmauern niedergebrannt worden. Auf den mit Kopfsteinpflaster bedeckten Straßen lagen die verschiedensten Gegenstände verstreut: Eimer, Leitern, Rechen – als hätten die Bewohner versucht, mit schlichten Gerätschaften die Brandschatzung und Verwüstung zu bekämpfen.

Und dann die Toten.

Durch den Rauch konnten sie die Leichen von Männern und Frauen sehen. Sie lagen mit dem Gesicht nach unten entstellt im Matsch. Ihre Kleidung war mit Blut getränkt, rußverschmiert und vom Regen durchnässt.

„Sieh nicht hin", flüsterte er ihr ins Ohr. „Schau immer geradeaus."

Eoin wollte sie vom Tod und der Zerstörung abschirmen, aber was Maeve am meisten entsetzte, war nicht dieser Anblick, sondern die Tatsache, dass sich außer einem einsamen Pferd, das reiterlos über eine Anhöhe in der Ferne lief, und einer Schar Hühner, die das Massaker überlebt hatten, in dem Dorf, das früher vor Leben gesprüht hatte, keine Seele mehr übrig war.

Ein ganzes Dorf war einfach ausgelöscht worden.

Sie ritten durch die Ortschaft und folgten den tiefen Furchen der Wagenräder. Dabei machten sie einen Bogen um die Toten und liegengebliebenen Kanonenwagen, bis sie schließlich die Straßenbiegung erreichten, die sich an der Küste entlangwand. In der Senke zwischen Himmel und Klippen und Meer stand ihre kleine Kapelle. Sie war unversehrt und kein Rauch stieg von ihr auf.

Der einzige Feuerschein kam von einer Kerze, die die Buntglasfenster beleuchtete.

Weit und breit keine Uniformen in Sicht. Soweit Maeve es beurteilen konnte, waren keine Soldaten in der Nähe. Aber von den Dorfbewohnern, die vielleicht hierher geflohen waren, war auch keine Spur zu sehen. Wenn sich in der Kapelle schutzsuchende Dorfbewohner befanden, warum waren dann hier draußen nirgends Pferde oder Wagen zu sehen?

Maeve zog an den Zügeln und ließ Éire langsam weitergehen.

Ein dünner Nebel legte sich über den Weg und zog dann mit dem nächsten Windhauch weiter, als wollte er spielen. Sie ritten durch die

Nebelschwaden und unter den schmiedeeisernen Friedhofstoren hindurch. Das Sommergras stand hoch und die Äste der Bäume krümmten sich im Regen und bildeten ein grünes Dach über ihren Köpfen. Blaugraue Buchfinken flogen zwischen den Bäumen und zwitscherten im Dunst des Morgens. Zu beiden Seiten war die Landschaft von Grabsteinen übersät – einige schlichte Steine, andere kunstvoll verziert mit Engelsflügeln oder mit einer Nachbildung von Christus.

Doch bis auf den Regen und die Vögel und das leise Klappern von Éires Hufen war alles still. Als hielte auch die Landschaft den Atem an.

Angesichts dieser unheilverkündenden Stimmung musste sie schlucken. „Vielleicht sollten wir lieber zurückreiten."

„Nein, hier sind wir richtig. Wir sind fast da." Eoin zog wie sie den Kopf ein, als sie unter einem tief hängenden Zweig hindurchritten.

Als sie vor der Seitentür stehen blieben, sprang er ab und hob wartend die Hände, um ihr vom Pferd zu helfen. Er hielt Maeve fest, bis ihre Stiefel den Boden berührten. Eoin blickte sie wortlos an. Er wollte keine Zeit vergeuden, aber er war auch nicht bereit, sie loszulassen. Sie verstand es als Zeichen der Solidarität, als er schließlich mit dem Kopf nickte und ihr rasch einen Kuss auf die Lippen gab. „Bleib hinter mir."

Sie nickte und Eoin hob seine Pistole. Zielstrebig, aber vorsichtig gingen sie zur Seitentür, die in den Innenraum der Kapelle führte – schwere Eiche, oben gewölbt und mit dicken Eisenangeln besetzt.

Eoin legte die Hand auf den Türgriff und schob sie auf.

Maeve atmete erleichtert auf, als die Tür mühelos aufging. Im schwachen Lichtschein in der Kapelle entdeckte sie die Dorfbewohner.

Brigid saß mit ihren Töchtern in einer Kirchenbank. Maeve entdeckte auch den jungen Jack Foley, rußverschmiert und mit völlig verklebtem Haar, aber unverletzt. Als ein Gesicht nach dem anderen auftauchte, war Maeve erleichtert, dass so viele Kinder am Leben und unverletzt waren. Sie hatte nicht zu hoffen gewagt, dass sie den brutalen Überfall auf das Dorf überlebt haben könnten.

Maeve lief zu den Kindern, kniete vor ihnen nieder, um ihre Gesichter zu streicheln und ihre kleinen Hände zu küssen. Sie umarmte Brigid und die Mädchen und versicherte ihnen, dass sie sich um sie kümmern würde, bis Brennan zurückkäme. Sie würden jedes einzelne Haus wiederaufbauen. Eoin würde dafür sorgen, dass neue Getreidelager errichtet wurden. Sie würden neu anfangen und das, was sie verloren hatten, zurückbekommen. Und keiner der geliebten Menschen, die ihr Leben gelassen hatten, würde in ein namenloses Grab gelegt werden.

Diese Versprechen machte sie einem Dorfbewohner nach dem anderen, bis sie plötzlich etwas Rotes aufleuchten sah. Hinter den Menschen in den verschmierten Leinenhemden war alles rot! Ihr Atem stockte, als der Stahl eines Bajonetts aufblitzte. Aus dem einen Bajonett wurden ganz viele, und im gleichen Augenblick wurden die Gänge um die Kirchenbänke von englischen Uniformen überflutet.

Und von Gewehren.

Sie waren ihnen wehrlos ausgeliefert.

Ihr Magen zog sich schmerzhaft zusammen und sie wich zurück. Maeve drehte sich zu der Stelle um, an der Eoin stehen geblieben war. Er stand regungslos im Türrahmen. Das Tageslicht beschien ihn von hinten, und es sah aus, als trüge er einen Heiligenschein.

„Was soll das?"

Eoins Blick gab ihr zu verstehen, dass es ihm leidtat. Sie verstand nicht, was er damit meinte.

„Hiermit ergebe ich mich." Er drehte seine Pistole um und reichte sie einem Offizier, der durch den Gang auf ihn zutrat. Die Dorfbewohner blieben stumm. Nur das verängstigte Wimmern der kleinen Kinder und das erstickte Weinen der Frauen im hinteren Teil der Kapelle waren zu hören.

„Eoin?", flüsterte sie, während in ihrem Inneren eine entsetzliche Angst wütete.

Das Klirren von Metall auf Metall hallte laut in der Kapelle wider, als der Offizier Eisen hochhielt und ein Soldat das Gewicht der Eisenschellen um Eoins Handgelenke legte.

„Nein! Bitte nicht!“, schrie Maeve, als die Soldaten Eoin umringten und ihn mit angelegten Bajonetten aus der Kapelle führten.

In diesem Augenblick nackter Angst, als sie dachte, sie wären den Soldaten völlig hilflos ausgeliefert, kam ein Pferd angaloppiert. Tiefe Erleichterung erfasste sie, als sie ihren Bruder an den Friedhofstoren absteigen sah. Er würde sich für sie einsetzen.

Maeve lief auf ihn zu, so schnell sie konnte. „Cian! Du bist Magistrat“, rief sie. Sie umklammerte seinen Unterarm und blickte von ihm zu den Soldaten. „Bitte sag es ihnen! Eoin hat nie zu den Waffen gegriffen. Das schwöre ich. Er hat sich geweigert zu kämpfen. Er ist nur hier, um den Pächtern zu helfen.“

„Das ist nicht der einzige Grund, aus dem er hier ist. Dieser Mann wurde gesehen, wie er dafür gesorgt hat, dass Waffenlieferungen in der Bucht von Castle Chryn eintrafen. Und er hat am Abend vor Weihnachten einen gescheiterten Angriff auf Ashford Manor durchgeführt. Wegen dieser Verbrechen gegen die Krone – und wegen seiner Beteiligung an der Hoche-Affäre – wird der O’Byrne jetzt verhaftet.“

Maeve zog die Hand zurück, als hätte sie sich verbrannt. Sie drehte sich wieder zu den Dorfbewohnern herum, die zum Teil aus der Kapelle getreten waren und jetzt auf dem Kopfsteinpflaster standen.

„Keiner von ihnen würde es wagen, gegen den Mann auszusagen, der sie vor dem Ruin bewahrt hat. Der Verräter soll vortreten und sich zeigen“, verlangte sie von dem Offizier. „Welcher Zeuge hat diese Anschuldigung ausgesprochen?“

Der Offizier blickte kurz zu Cian und schaute dann wieder Maeve an. „Master Cian Ashford, Milady.“ Er neigte höflich den Kopf. Diese Geste war angesichts der Gräueltaten, mit denen er gerade ein ganzes Dorf verwüstet hatte, widerlich und abstoßend. „Der Angeklagte wird ins *Provost Prison* gebracht, bis ihm der Prozess gemacht wird. Sie können sich dort nach seinem Schicksal erkundigen. Guten Tag, Milady.“

Entsetzliche Todesangst erfasste Maeve, als ihr bewusst wurde, was soeben geschehen war.

Die letzten Momente im Turmzimmer. Der gequälte Blick und die Umarmung. Ihr Mann war nicht von schmerzlichen Erinnerungen gequält worden. Er hatte gewusst, was auf ihn zukäme, und hatte sich von ihr verabschiedet.

Soldaten standen mit angelegten Bajonetten bereit. Sie ging zu Eoin und blieb vor ihm stehen. Am liebsten hätte sie ihn gescholten, weil er so schrecklich viel Ehrgefühl hatte. Aber sie fand keine Worte. Nur Tränen.

„Erinnerst du dich noch, was ich dir an dem Tag gesagt habe, an dem wir zusammen im Turm standen?"

Ihr Gespräch, bevor er ihr die Birnen gezeigt hatte. Seine Worte der Ermutigung.

Sie nickte. „Ja, das tue ich."

„Dann weißt du, welche Aufgabe auf deinen Schultern liegt. Das Anwesen gehört dir. Zeige ihnen, dass du ihre Herrin bist. Du kannst es."

Maeve stellte sich auf die Zehenspitzen, flüsterte ihm einige letzte Worte ins Ohr und presste einen Kuss auf seine Lippen. Dann ließ sie ihn gehen.

Eoin blickte sich bei den ersten Schritten nach ihr um und sie nickte ihm zu. Sie war allein, hilflos und am Boden zerstört, aber sie wollte nicht, dass er dies sah. Benommen schaute sie zu, wie die Soldaten ihn durch die Friedhofstore zu einem Kreis berittener Soldaten führten, die ihn wegbringen würden.

Wenig später verschwanden die Rotröcke über die Anhöhe. Reglos stand sie da, während nur das Zwitschern der Vögel in den Bäumen und das gleichmäßige Prasseln des Regens auf das Kopfsteinpflaster zu vernehmen war. Zorn loderte in ihr.

Das Blut kochte in Maeves Adern, als sie sich zu ihrem Bruder umwandte. „Hast du denn kein Ehrgefühl? Wie konntest du das tun?"

„Ich habe gar nichts getan, Schwester. Es war *seine* Entscheidung."

Er war völlig ungerührt. Kalt. Genauso gefühllos, wie Mrs Finnegan ihr warnend gesagt hatte.

Das Leben eines Mannes war in Gefahr, und er tat, als ginge es nur um einen Geschäftsabschluss. Warum hatte sie das nicht schon früher gesehen?

„Der O'Byrne war der Preis, den die Engländer verlangten, um diese Leute zu verschonen. Um *dich* zu verschonen. Ich habe ihm die Entscheidung überlassen: Er konnte wegreiten und sein Leben retten oder es für dein Leben und das dieser Menschen opfern. Dass er sich ergeben hat, war das einzig Anständige, das dieses Stück Dreck je getan hat. Jetzt steig auf dein Pferd, Schwester. Wir reiten nach Hause. Unser Vater braucht von diesen Unannehmlichkeiten nichts zu wissen. Wir werden nach England zurückkehren und vergessen, dass es diese gottverlassene Insel überhaupt gibt."

Maeve drehte sich um und stellte fest, dass aller Augen auf sie und Cian gerichtet waren.

Die Dorfbewohner blickten sie schweigend an, obwohl sie glaubte, in ihren Augen auch Trotz zu lesen. Der junge Jack Foley war vorgetreten, als wäre er bereit, jederzeit einzugreifen.

„Und was ist mit ihnen?" Sie drehte sich wieder zu Cian herum.

„Sie bekommen, was sie verdienen."

Da wusste sie es: Wenn es nach Cian ginge, würden diese Menschen in die Kapelle gesperrt und man würde diese brutal niederbrennen.

„Wenn du wusstest, wer Eoin ist, warum hast du mich dann zu einer Heirat gezwungen? Um meinen Ruf ging es dir dabei sicher nicht."

„Man hat George wie einen Hund auf der Straße niedergeschossen. Mutter hat sich bei dieser schmutzigen Brut ein tödliches Fieber zugezogen. Auf dem Anwesen wurde ein Feuer gelegt. Und das alles hat dir und Vater nicht die Augen dafür geöffnet, wie abscheulich dieses Land ist!"

Tiefes Grauen erfasste sie. „Du hast das getan?"

„Tu nicht so, als wäre ein schlimmes Verbrechen begangen worden. Unser früherer Stallmeister sollte euch am Abend vor Weihnachten nur ein wenig Angst einjagen. Und dann ein oder zwei kleinere Brände legen – nur so viele, dass unser Vater für immer nach England zurückkehrt. Aber Ó Flannagáin hat es ein wenig übertrieben und auf dem Anwesen tatsächlich Brände gelegt, um unliebsame Zeugen auszuschalten. Als ich deinen Brief bekam und umkehrte, ließ ich Ó Flannagáin verhaften und musste erfahren, dass sich ein echter Aufständischer in das Haus meines Vaters eingeschlichen hatte. Ich wusste, wenn der O'Byrne dich heiratet, dann wird er auch hierbleiben. Dadurch konnte ich die Bedingungen für seine Kapitulation als Beweis unserer Loyalität zur Krone aushandeln."

„Unser früherer Stallmeister wird bestätigen, dass es *sein* Plan war, deine Schwester und deinen Vater an Weihnachten ins Grab zu bringen?"

„Das ist jetzt ohne Belang."

„Warum?"

„Weil er wegen Hochverrats gegen die Krone hingerichtet wurde. Aber ich habe jetzt genug von deiner Aufmüpfigkeit! Du bist in Sicherheit und wir können diese verdammte Insel endlich verlassen. Möge sie verrotten!"

Cian schaute mit unerträglicher Arroganz über seine Hakennase auf sie herab. Er wollte sie zwingen, sich ihm unterzuordnen, und zog sie unsanft am Handgelenk. „Fordere mich nicht heraus, Maeve! Steig auf dein Pferd! Sofort!"

Maeve riss sich wütend von ihm los. Dabei verlor sie das Gleichgewicht und fiel zu Boden. Cian beugte sich verärgert zu ihr hinab und zerrte an ihren Armen. Dieser Fehler kam ihn teuer zu stehen. Sie zog den Dolch aus der Scheide in ihrem Stiefel und fügte ihm einen tiefen Schnitt zu.

„Du kannst nach England zurückkehren, wenn du willst, Bruder. Aber sei gewarnt: Wage es nie wieder, einen Fuß auf Ashford-Land zu setzen." Sie hielt den Dolch trotzig erhoben, während sie sich vom Boden aufrappelte. „Oder ich werde das zu Ende führen, was die Rebellen angefangen haben."

„Hast du denn völlig den Verstand verloren?", fauchte er und drückte die Hand auf seine Fleischwunde. „Du würdest diese … diese *Iren* tatsächlich verteidigen? Es würde Mutter das Herz brechen, wenn sie sähe, wie tief du gesunken bist!"

„Es ist mir ein Trost, dass ich nie so tief sinken kann wie du. Ich bin Irin. Ich bin eine O'Byrne. Und ich werde hierbleiben."

Maeve atmete tief aus und erwiderte unnachgiebig den ungläubigen Blick ihres Bruders. Selbst als er in seinem blutverschmierten Mantel auf das Pferd stieg und auf der Straße zum Meer davongaloppierte, blieb sie eisern stehen. Er sollte sehen, dass sich eine O'Byrne nicht von ihm unterkriegen ließ.

Jack trat neben sie und steckte eine Pistole in seinen Gürtel. Sie schaute ihn an. Der Mann strahlte trotz seiner Jugend viel Stärke und Reife aus.

„Kommen Sie, Milady." Er bot ihr seinen Arm an. „Wir haben dem O'Byrne versprochen, dass wir Sie sicher nach Hause bringen."

Maeve steckte den Dolch wieder in die Scheide in ihrem Stiefel und stieg in Éires Sattel. Sie legten den Weg ganz langsam zurück, Schritt für Schritt bis hinauf zur Burgruine, denn das ganze Dorf folgte ihnen.

EINUNDDREISSIG

GEGENWART
ASHFORD MANOR
COUNTY WICKLOW

„Das ist eine ganz besondere Rarität, Cormac."

„Wie besonders?" Er fuhr mit der Hand über seinen Nacken und schien es kaum glauben zu können.

„Es ist kein modernes Klavier." Sie strich über die Klaviatur. „Dann hätte es achtundachtzig Tasten, nicht wahr?"

Cormac nickte. „Richtig."

„Und diese Reihe ist viel kürzer, das heißt, es ist älter. Ich glaube, es ist ein Pianoforte, das gebaut wurde, bevor es die modernen Klaviere gab." Laine nahm die Hände von der unerwarteten Entdeckung. „Damit stammt dieses Instrument, keine Ahnung, vielleicht aus dem Ende des 18. Jahrhunderts. Und in Anbetracht der Intarsien, der Schnitzereien und der persönlichen Widmung sollte es wahrscheinlich eher in einem Museum stehen als in dem Turmzimmer eines alten Schlosses am Meer."

„Wie würde es wohl klingen, wenn wir darauf spielen?", zog er sie auf.

„Darauf spielen? Ich werde mich hüten, es anzurühren. Das werde ich erst tun, wenn es von einem Fachmann begutachtet wurde. Dieses Instrument könnte mehr wert sein als das gesamte Gebäude!" Laine rutschte auf Knien zur Seite des Instruments, ließ ihren Blick dabei langsam über die Intarsien gleiten und blies den Staub vom Holz. Schließlich lehnte sie sich zurück, stemmte die Hände in die Hüften und überlegte kurz.

„Wir haben uns das gesamte Gebäude angesehen, doch dieses Zimmer ist mit keinem anderen Raum im Schloss zu vergleichen. Hier wird nichts gelagert. Hier finden sich keine beschädigten Möbel, nur einige sorgfältig angeordnete Gegenstände. Das Pianoforte wurde nicht einmal von der Wand weggerückt, um es zuzudecken und vor Staub zu schützen, obwohl es fast unbezahlbar ist. Warum?"

„Wir haben hier auch eine Reihe von Büchern gefunden, was aber in diesem Schloss keine große Überraschung ist", sagte Cormac hinter ihr und strich mit dem Finger über die Buchrücken. Er zog ein Buch heraus und schlug es vorn auf. „George Ashford. Wer das war, müssen wir wahrscheinlich erst noch herausfinden."

Laine trat neben ihn. „Das Buch am Ende der Reihe sieht wie eine Bibel aus. Dann haben wir hier noch mehr deutsche Gedichte. Romane. Aber sie sind älter als die anderen Bücher, die wir gefunden haben. Cormac, ich weiß nicht, wie ich das alles einordnen soll. Auch die Sache mit dem Gemälde. Ich glaube, ich muss meinen Vater anrufen. Es könnte sein, dass uns diese Angelegenheit hier allmählich über den Kopf wächst."

Er beugte sich über ihre Schulter, legte das Buch zurück und griff stattdessen nach einem Lederkoffer, der auf dem Kamin lag. „Und was ist das?"

„Eine frühe *Kodak*, schätze ich. Diese Kameras sind nicht übermäßig wertvoll, aber sie sind interessant. In amerikanischen Antiquitätenläden sieht man sie oft."

Er stellte die Kamera wieder auf den Kamin und kehrte zum Pianoforte zurück. „Wir haben da also eine alte Kamera, die nicht wirklich viel wert ist. Einen weiteren Stapel Bücher, die wir in die Kiste räumen können, die bereits in der Bibliothek steht. Ein bemerkenswertes

Gemälde und Miss Dollys verschollenes Pianoforte, das eigentlich in ein Museum gehört. Das ergibt alles nicht viel Sinn."

„Eigentlich war es ja gar nicht wirklich verschollen. Schließlich hat sie Jack von dem Schlüssel erzählt."

„Warum dann die ganze Geheimniskrämerei? Warum hat Miss Dolly ein Kunstwerk in einem Turm gebunkert und es jahrzehntelang niemandem gezeigt? Wozu? Wollte sie es bloß besitzen?"

„Mr O'Brien wusste jedenfalls nichts davon, und er ist jahrelang nach Ashford gekommen, um den *Steinway* zu stimmen. Vielleicht wollte Dolly nichts hergeben und hat deshalb alles geheim gehalten. Könnte der Grund dafür wirklich so einfach sein?"

Cormac schaute ihr in die Augen und seine Stimme klang plötzlich sanfter. „Ja, diese Erklärung wäre denkbar. Manchmal fällt es uns ja allen schwer, etwas loszulassen. Ich frage mich, was bei uns geschehen muss, damit wir etwas loslassen können."

Viel! Zu viel? Warum kann ich dir nicht sagen, was ich wirklich will?

Laine trat einen Schritt zurück und prallte versehentlich gegen das Pianoforte. Sie stieß einen Schreckensschrei aus, als etwas krachend auf den Boden fiel, und schloss entsetzt die Augen. Hoffentlich hatte sie nicht soeben eine unbezahlbare Antiquität zerstört! „Es tut mir so leid, das wollte ich nicht!"

„Keine Sorge" – Cormac bückte sich –, „dem Pianoforte ist nichts passiert. Offenbar hat etwas dahintergesteckt und ist jetzt rausgerutscht."

Unter den geschnitzten Beinen des Musikinstruments lag ein Stein, der in ein vergilbtes Leinentuch gewickelt war. Daneben ein Umschlag, aus dem mehrere Postkarten gerutscht waren und sich fächerförmig auf dem Holzboden ausgebreitet hatten. Es handelte sich dabei um Schwarz-Weiß-Bilder mit Sepia-Färbung. So alt, dass sie auf den ersten Blick kaum erkennen konnten, was darauf abgebildet war.

Cormac setzte sich auf den Boden und griff danach. Laine hockte sich hinter ihn und blickte über seine Schulter. Auf einem Bild waren

Männer abgebildet, die Gegenstände über eine Straße trugen, die wie dicke Rohre aussahen. Auf einem anderen stand ein Mann vor einer Menschenmenge und las etwas von einem Blatt vor, das er in Händen hielt. Der Stil der Kleidung ließ auf den Anfang des 20. Jahrhunderts schließen. Die Frauen hatten Hüte und Pompadour-Frisuren und die Männer trugen Uniformen und Gewehre. Auf dem nächsten Foto war eine sonderbare Szenerie abgebildet – ein völlig zerstörtes Geschäft. Alle möglichen Möbelstücke bildeten eine Straßenbarrikade.

Cormac schaute den kleinen Stoß durch. Als er auf das Foto eines Mannes stieß, der an einem Schreibtisch saß und den Kopf über ein aufgeschlagenes Buch gebeugt hatte, spannte er sich sichtlich an. „Laine, vielleicht sollten wir diese Bilder lieber auch nicht anrühren", flüsterte er mit belegter Stimme und hielt die Bilder auf seiner Handfläche, um auf den Aufnahmen keine Fingerabdrücke zu hinterlassen. „Wenn diese Bilder das sind, was ich vermute, dann … ähm … sollten wir deinen Vater anrufen. Noch heute, wenn es geht."

„In Ordnung." Sie nickte.

„Wir brauchen vielleicht bald Hilfe. Und, äh, kein Wort nach draußen. Noch nicht. Behalten wir die Sache vorerst für uns, ja?"

Es war der sonderbarste und gleichzeitig schönste Moment, den Laine sich vorstellen konnte. Sie saßen zu zweit auf dem Boden in einem staubigen Turmzimmer und wagten kaum zu atmen, während sie alte Fotos auf dem Boden ausbreiteten. Sie hätten nie geahnt, dass die zurückgezogen lebende Dolly Byrne in ihrem Zuhause Schätze versteckt hatte, die kostbarer waren als ein ganzes Schloss.

Wenn sie mit ihrer Vermutung richtig lagen, dann gehörte das, was sie hier gefunden hatten, Irland.

Cormac nahm ihre Hand. Sanft und ruhig. Und persönlich. Dieser unvergessliche Moment gehörte nur ihnen beiden. Seine Fingerspitzen zitterten leicht.

„Das kann doch nicht Pearse sein, der Anführer des Osteraufstands von 1916, oder?"

„Du kennst dich in irischer Geschichte aber gut aus."

„Ich habe einiges darüber gelesen. Und Ellie und ich haben das *GPO* besichtigt. Geschichte fasziniert mich nun einmal. Vielleicht sind das Erinnerungskarten oder etwas Ähnliches anlässlich des hundertjährigen Jubiläums?"

„Aber diese Karten wurden nicht maschinell gedruckt."

„Nein. Das stimmt."

„Laine, ich denke, diese beiden Fotos könnten im Inneren des *GPO* aufgenommen worden sein. Und das hier? Ich habe die geschönten Fotos von der Kapitulation gesehen, auf denen Elizabeth O'Farrell wegretuschiert wurde. So etwas lernt man hier in der Schule. Aber dieses Foto wurde von der anderen Seite aufgenommen und man kann ihr Gesicht deutlich sehen. Falls diese Bilder echt sind, könnten sie zu den wenigen Bildern von Pearse gehören, die es aus dem *GPO* gibt. Die einzigen Fotos dieser Art, die die Welt vielleicht je zu sehen bekommen wird. Das ist überwältigend. Es verschlägt mir echt die Sprache."

Laine drückte seine Hand. Dann richtete sie ihre Aufmerksamkeit auf den Stoff und den Stein, die auf dem Boden lagen. „Und was ist damit? Das ist doch bloß ein Stein. Nein, ein Ziegelstein. Steckt da etwas drin?"

Cormac beugte sich darüber und entdeckte darin plötzlich ein längliches, geschmolzenes Stück Metall. „Ich glaube, das ist eine Kugel." Er holte tief Luft und setzte sich auf seine Fersen zurück. „Gütiger Himmel, Laine, was hast du bloß da gefunden?"

ZWEIUNDDREISSIG

29. April 1916, 15:30 Uhr
Moore Street
Dublin

Ganz Dublin hielt den Atem an.

Sean und Issy standen hinter einem eisernen Gartentor und warteten, ob das Gerücht stimmte, das aus dem neuen Hauptquartier der Anführer in 16 Moore Street nach außen gedrungen war: Pádraig Pearses bedingungslose Kapitulation stand angeblich unmittelbar bevor.

Da englische Soldaten die glühenden Überreste der Sackville Street barrikadiert hatten, war eine Gruppe von ungefähr dreihundert Rebellen gezwungen gewesen, im Schutz der Nacht aus dem *GPO* zu fliehen. Michael O'Rahilly hatte einen Ablenkungsangriff in der Moore Street durchgeführt, die jetzt ein einziger Albtraum war. Rebellen und Zivilisten waren gleichermaßen dem Beschuss von Maschinengewehren zum Opfer gefallen. Man hatte die Toten in der Nacht einfach auf den Straßen liegen gelassen. An beiden Enden der Straße machten die Barrikaden einen Rückzug unmöglich. Dadurch war den Rebellen keine andere Wahl geblieben, als sich einen Weg durch die Innenräume der Reihenhäuser zu bahnen.

Sean und Issy hatten sich vor dem unablässigen Beschuss in einen ummauerten Garten geflüchtet und kauerten jetzt dort unter einer

Veranda. Am Morgen hatten sie in einem Lebensmittelgeschäft in der Nähe Kartoffeln und Zwiebeln gefunden, mit denen sie ihren knurrenden Magen beruhigt hatten. Es war nach Mittag, als sich der letzte Rauch verzog und der Himmel aufklarte. Die Rebellen hatten ungläubig zugesehen, wie die Krankenschwester Elizabeth O'Farrell mit einer weißen Fahne durch die Moore Street marschiert war.

Jetzt sollte sie angeblich auf demselben Weg zurückkehren und dann Pádraig Pearse zu General Lowe begleiten. Dieser hatte mit seinen englischen Truppen in der Nacht eine Ecke der Parnell Street eingenommen.

„Behalte *Plunkett's*-Geflügelladen im Blick. Falls Pearse sich tatsächlich ergibt, kommt er dort heraus." Sean stand direkt hinter ihr.

„Winnie ist mit Connolly immer noch in dem Gebäude, aber im Haus nebenan ist zu hören, dass es stimmt: Die Anführer handeln eine Kapitulation aus. Offenbar musste Pearse mit ansehen, wie gestern Nacht in dem Wahnsinn drei unschuldige ältere Stadtbewohner niedergeschossen wurden. Sie sackten vor seinen Füßen tot zu Boden. Offenbar hat ihn das zu der Entscheidung bewogen, dass keine unschuldigen Iren mehr für diese Sache sterben sollen."

„Und wir müssen beten, dass die Kapitulation keine weiteren Todesfälle nach sich ziehen wird. Dass alles einfach hier endet."

Issy umfasste die Kamera, die sie vor ihrem Oberkörper festhielt, und stellte das Objektiv ein. Die Rebellen beobachteten die Straße und warteten. Der leichte Wind wehte ein verknittertes Blatt Papier, das an den Rändern schwarze Brandspuren aufwies, über den Gehweg.

„Schau, Issy! Dort!" Mit einem tiefen Seufzen deutete Sean in die Moore Street. „Pádraig Pearse. Wer hätte das gedacht! Er hat tatsächlich einen Degen."

Als Issy an Seans scherzhafte Bemerkung im *Abbey Theatre* zurückdachte, dass sich in Pearses Stock vermutlich ein Degen befand, hätte die junge Frau am liebsten gelächelt. Aber in diesem düsteren Augenblick, als der Präsident der provisorischen Regierung der Irischen

Republik auf den Gehweg trat, war niemandem nach Lächeln zumute. Mit Elizabeth O'Farrell an seiner Seite ging Pearse aufrecht und selbstsicher in voller militärischer Montur und dem Degen an seiner Seite durch die Straße.

An der Ecke ging es dann sehr schnell: Pearse übergab seinen Degen, seine Pistole und die Munition in die wartenden Hände von General Lowe.

Klick.

Issy atmete resigniert aus, als sie den Daumen vom Auslöser nahm. Sie wusste, was jetzt kommen würde.

Die Kamera war inzwischen zu einer guten Freundin geworden. Sie erzählte die Geschichte der vergangenen Tage. Issy konnte es kaum ertragen, sich von ihr zu trennen. Trotzdem klappte sie die Kamera mit vorsichtigen Händen zusammen und verstaute sie im Schutz des Lederkoffers.

Sie strich liebevoll mit den Fingerspitzen darüber, während Pearse abgeführt wurde und sich eine tiefe Resignation bei den Rebellen breitmachte, die die Straße säumten. Soldaten marschierten den Gehweg entlang und die Rebellen hoben die Hände. Ihr zerbrochener Traum lag in Trümmern auf der blutgetränkten Straße.

„Hier." Sie wandte sich von dem Geschehen auf der Straße ab und schaute Sean an. „Nimm sie!"

„Was?"

„Die Engländer werden jetzt schnellen Prozess machen. Sie werden jeden verhaften, der sich hier in der Gegend aufhält. Und bevor du jetzt behauptest, dass sie es nicht wagen würden, eine Frau zu verhaften: Sie werden davor nicht zurückschrecken, wenn diese Frau für die Rebellen Nachrichten überbracht hat und am Arm von der Kugel eines Scharfschützen getroffen wurde. Ich werde versuchen, mich herauszureden, aber ich sehe wenig Hoffnung auf Erfolg. Als Pfarrer hast du bessere Chancen, ungeschoren davonzukommen. Bei dir hat diese Kamera eine Überlebenschance. Bei mir nicht."

„Ich werde dich nicht allein hier zurücklassen! Wenn du das allen Ernstes glaubst, hast du den Verstand verloren."

„Aber du *musst* gehen! Du weißt genauso gut wie ich, dass sie mir nie erlauben werden, sie zu behalten. Sobald sie diese Kamera in die Hände bekommen, werden sie alles zerstören, was ich darauf festgehalten habe. Das kann ich nicht zulassen." Issy drückte ihm den Lederkoffer, der jetzt Kratzer und Kampfspuren aufwies, in die Hände. Sie berührte seine Finger. „Geh! Nimm die Kamera und versteck sie. Du weißt, wo. An meinem zweitliebsten Ort. Ich werde sie dann finden."

„Issy, das kann ich nicht. Bitte verlang das nicht von mir."

„Du hast einmal gesagt, dass ich alles von dir verlangen könnte. Erinnerst du dich?", flüsterte Issy. „Ich liebe dich. Du bist *meine* Überzeugung, das, wofür *ich* kämpfen würde. Wir werden uns wiedersehen. Versprochen."

Soldaten rissen fast das Tor aus den Angeln, als sie den Garten stürmten und in das Haus eindrangen. Issy verzog schmerzverzerrt das Gesicht, als sie ihren Arm packten, und forderte Sean mit einem durchdringenden Blick auf, sich herauszuhalten, während ihr Handschellen angelegt wurden. Ihre Augen flehten ihn an, den Schatz unter seiner Soutane zu beschützen.

Noch nie hatte sich ein sonniger Nachmittag so kalt angefühlt wie an dem Tag, an dem Issy gezwungen wurde, zusammen mit anderen Rebellen zu den Überresten der Sackville Street hinauszutreten und alles zurückzulassen, was ihr etwas bedeutete.

8. Mai 1916
Kilmainham-Gefängnis
Dublin

Der Morgen warf sein dämmriges Licht durch das Gitterfenster von Issys Zelle und zeichnete ein Kreuzmuster auf den Boden. Auch an diesem Tag wurde sie wieder vom Tod geweckt.

In den vergangenen drei Tagen hatten die Waffen des Erschießungskommandos geschwiegen, und sie hatte schon gehofft, es wäre vorüber. Aber jetzt wurde sie erneut von einem ohrenbetäubenden Knallen aus dem Schlaf gerissen. Sie lief zum Fenster, durch das sie wieder nur die Gefängnismauer sah, die ihr den Blick auf den *Stonebreakers Yard* versperrte. Das schmutzige Leinenhemd und die Wollhose mit Fischgrätmuster, die sie seit ihrer Verhaftung vor zehn Tagen trug, boten in der feuchten Luft nur wenig Wärme. Die junge Frau ging auf und ab, um sich durch die Bewegung ein wenig aufzuwärmen. Mit angewinkelten Armen marschierte sie in ihrer Zelle von einer Steinmauer zur anderen und wieder zurück.

Das metallene Knirschen eines Riegels, der zurückgeschoben wurde, schreckte sie auf.

Eilig drehte sie sich zur Zellentür herum, die quietschend geöffnet wurde. Ihr Herz hämmerte, als die Tür aufging und Sonnenlicht in ihre Zelle fiel. Auf der Türschwelle stand eine schwarz gekleidete Gestalt. Sie musste zweimal blinzeln, bis sie begriff, dass nicht der Tod vor ihr stand, um sie zu holen, sondern Sean O'Connell.

Er trat über die Schwelle und flüsterte einem Soldaten, der hinter ihm in den Schatten postiert war, etwas zu, das sie nicht verstehen konnte.

Was auch immer er dem Wachhabenden sagte, dieser verriegelte die Tür und gönnte ihnen einige kostbare Momente zu zweit.

„Lady Isolde Byrne." Er neigte höflich den Kopf. „Ich bin gekommen, um Ihnen seelsorgerlichen Beistand zu leisten."

Nur Sean konnte in dieser Situation an solche Förmlichkeiten denken.

Obwohl sein braunes Haar zerzaust war, als hätte er sie sich nervös gerauft, und obwohl seine Augen verrieten, dass er seit Tagen kaum geschlafen hatte, empfand Issy seinen Besuch als unbeschreiblich tröstlich. Sie warf sich Schutz suchend in seine Arme.

„Wage es ja nicht, mir je wieder mit ‚Lady Isolde' zu kommen", flüsterte Issy und klammerte sich an seine Schultern, obwohl ihr Arm noch immer schmerzte. „Ich würde dich am liebsten küssen, weil du mich hier drinnen nicht allein lässt."

„Psst, wir müssen aufpassen, was wir sagen, Issy." Obwohl Seans Stimme ganz rau klang, als er diese Worte in ihr Ohr flüsterte, wirkte er genauso erleichtert wie sie.

Sean trat zurück und ließ seinen Blick langsam und mit ernster Miene durch die Zelle gleiten. Außer den schmutzigen Backsteinmauern gab es nicht viel zu sehen. Eine Pritsche mit einer modrigen, durchgelegenen Matratze. Und ein vergittertes Fenster, durch das mehr Kälte als Licht hereindrang. Issys Wangen glühten beschämt, als Seans Blick auf einen stinkenden Toiletteneimer in der Ecke fiel. Er wandte den Blick ab und tat, als hätte er ihn nicht bemerkt, um ihre Würde zu wahren, obwohl beide wussten, dass er ihn gesehen hatte.

„Hier ist es ja auch nicht besser als in einem matschigen Graben im *Green*. Ich hatte gehofft, dass sie die Frauen besser behandeln würden. Du und deine verdammte Kamera steckt echt in der Klemme."

„Seit Ostern stecken wir alle in der Klemme, Sean."

„Ich weiß. Aber ich spreche von *dir*, Issy."

„In der Klemme? Bezeichnen wir Gefängnisse jetzt als Klemme? Wie zivilisiert! Das klingt fast, als wäre ich im Urlaub." Ihr Humor und ihre Schlagfertigkeit halfen ihr, in dieser Situation den Verstand nicht zu verlieren. „Bist du deshalb gekommen? Um mir zu sagen, dass ich mich an einem unangenehmen Ort befinde?"

„Das war mir schon vorher klar. Ich gebe mein Bestes, um dich irgendwie hier rauszuholen."

Issy schob sich eine lose Haarsträhne hinters Ohr und verdrängte den Gedanken, wie sie wohl mit ihrem abgeschnittenen Haar, dem schwarzen Schießpulver unter den Fingernägeln und ihrer blutgetränkten Kleidung aussah. Sie sank auf die Pritsche und rutschte ein Stück zur Seite, um ihm Platz zu machen. Sean verstand ihre stumme Einladung und setzte sich. Er nahm ihre Hand und hielt sie fest.

„Die Schüsse heute Morgen, Sean – will ich wissen, wer erschossen wurde?"

„Éamonn Ceannt, Seán Heuston, Con Colbert." Sean starrte auf den Steinboden. „Und Michael."

„Mallin?"

Er nickte kurz und schloss bedauernd die Augen.

„Wenn das nur aufhören würde! Es ist so furchtbar. So viele haben einen lieben Menschen verloren und …" Issy konnte ihren Gedanken nicht aussprechen.

„Ich weiß, was du denkst. Keine Sorge. Sie leben. Ich habe Levi gestern gesehen." Sean beugte sich zu ihr, und sein Flüstern verriet, wie gut er sie verstand. Er hatte sie schon immer gut verstanden.

Levi lebte. Im Moment genügte es, dass sie wenigstens einen Namen von ihrer Sorgenliste streichen konnte. Sie richtete sich steif auf. „Und mein Bruder?"

„Er liegt zusammen mit den meisten anderen in der Sporthalle der Richmond-Kaserne. Rory laboriert immer noch an dieser Schusswunde, aber er wird es schaffen."

Sie atmete dankbar aus. „Weiß Honor Bescheid?"

„Dass ihr Verlobter in einem provisorischen englischen Gefängnis schmachtet? Ja, das weiß sie. Aber die Soldaten verhaften keine schwangere Frau. Sie ist im Moment eine bescheidene Irin, die ihrer Familie hilft, den Bereich um ihren Pub herum wiederaufzubauen. Abgesehen davon verhält sie sich völlig unauffällig."

„Und was ist mit Francis Skeffington? Wenn unschuldige Journalisten kaltblütig niedergeschossen werden und das Leben von Maurern bedroht wird, um diese Tat zu vertuschen, muss das doch Konsequenzen haben."

„Ja, aber die Engländer haben unzählige Anhänger von *Sinn Féin* verhaftet. Selbst solche, die nur in Verdacht stehen, zu ihnen zu gehören. Auch wenn die meisten mit den unheilvollen Ereignissen an Ostern überhaupt nichts zu tun hatten. Neben dir sitzen noch zig andere Frauen in diesem Gefängnis, auch wenn die Engländer nicht als barbarisch gelten wollen und deshalb keine Frauen hinrichten. Deine Winnie und die Gräfin Markievicz stellen sie bestimmt vor ein großes Problem. Ihr adeligen Frauen könnt ganz schön aufmüpfig sein."

Bei der Anspielung auf Issys Stammbaum versuchte Sean, sich zu einem Lächeln zu zwingen, aber es gelang ihm nicht wirklich. Er runzelte die Stirn und die Schatten in seinem Gesicht vertieften sich.

„Die öffentliche Meinung hält Blackader nicht davon ab, die Anführer vors Kriegsgericht zu stellen. Die Angeklagten bekommen nicht einmal eine Chance, sich zu verteidigen, bevor das Urteil vollzogen wird." Er schüttelte den Kopf. Eine so furchtbare Vergeudung von Menschenleben war undenkbar. Es war eine riesengroße Schande, dass Menschen einander solche Gräueltaten antun konnten. „Die Krone will das hier alles schnell hinter sich bringen, damit sie sich wieder auf ihre eigentliche Aufgabe konzentrieren kann."

„Der Krieg ist also nur eine Aufgabe? Welche Rolle spielt es schon, ob Männer in einem Schützengraben in Frankreich oder hier vor diesen Mauern verbluten? Ich sehe da keinen Unterschied."

„Für Irland ist es jedenfalls vorbei. Wenigstens im Moment. Pearse ist tot. Plunkett, MacDonagh und Clarke ebenfalls. Und auch wenn er schwer verletzt ist, wird Connolly nicht verschont werden. Er steht im *Dublin Castle* unter Bewachung, aber angeblich ist er als Nächster an der Reihe. Jeder, der die Proklamation unterschrieben hat, hat damit zugleich sein Todesurteil unterzeichnet. Die Krone zieht sie dafür jetzt zur Rechenschaft."

Issy atmete resigniert aus. „Ich habe es zwar gehört, aber bis jetzt konnte ich es kaum glauben."

„Man erzählt sich, dass Pearse gepfiffen hat, als er aus seiner Zelle geführt wurde. Als hätte er von Anfang an gewusst, dass es so enden würde. Trotzdem hat er den Aufstand durchgezogen, ganz wie du gesagt hast."

Issy beschloss, weder zu bestätigen noch abzustreiten, dass seine Bemerkung den Tatsachen entsprach. Sie erzählte Sean nicht, was sie in jener Nacht im *GPO*-Gebäude mit eigenen Augen gesehen hatte. Das Bild, das ihre Kamera in der letzten Nacht von dem rätselhaften Rebellenführer festgehalten hatte, bevor sie gezwungen worden waren, den Rebellenposten zu verlassen.

„Und meine Kamera?"

„Sie befindet sich in Sicherheit und ist dort, wo du gesagt hast."

„Danke, dass du zu mir gekommen bist. Diese Informationen sind schrecklich, aber es ist besser, als nichts zu wissen. Wenigstens kann ich jetzt wieder atmen."

„Das ist nicht der einzige Grund, aus dem ich hier bin." In Seans Stimme schwang nicht die geringste Wärme mit. Das war völlig untypisch für ihn. „Rory und Levi werden heute vors Kriegsgericht gestellt."

„Vors Kriegsgericht?" Issy blickte ihn entsetzt an.

Er machte keinen Hehl aus der tiefen Traurigkeit, die tiefe Falten in seine Stirn grub. Wenn sie verurteilt und ins *Kilmainham Gaol* gebracht wurden, bedeutete das, dass sie die Hinrichtung erwartete. Allerdings war es auch möglich, dass sie als Zwangsarbeiter in eine walisische Strafkolonie kämen, was eine genauso tödliche Strafe sein konnte.

„Es gibt einen Zeugen, der behauptet, gesehen zu haben, wie einer von ihnen einen Offizier – Corley – erschossen hat. Aber keiner der beiden verrät den anderen. Es spielt also keine Rolle, dass sie die Proklamation nicht unterzeichnet haben. Solange wir keinen Zeugen vorbringen können, der das Gegenteil aussagt – was keiner tun wird, da es sich bei den Opfern um englische Soldaten handelt –, werden sie zweifellos für schuldig erklärt."

„Aber bei alldem geht es in Wirklichkeit doch um das, was wir gesehen haben, nicht wahr? In der Nacht, als Skeffington getötet wurde? Die Engländer wollen unliebsame Zeugen zum Schweigen bringen."

Sean warf einen schnellen Blick über seine Schulter und betrachtete die geschlossene Tür, bevor er seine Stimme noch weiter senkte. „Ich kann jetzt nichts dazu sagen. Aber ich darf vor dem Prozess mit ihnen sprechen. Wenn ich ihnen also irgendetwas von dir ausrichten soll ..." Er schluckte schwer und schaute sie durchdringend an. „Egal, was, ich verspreche, dass ich es ihnen sage."

Tausend Worte lagen ihr auf der Zunge.

Ein schmerzliches Schweigen kehrte in der Zelle ein und verstärkte das Geräusch des Wassers, das in der Ecke von der Decke tropfte.

„Ich weiß nicht, was ich sagen soll, Sean. Soll Honor Rory ausgerechnet jetzt verlieren? Er hätte Rache üben können, hat es aber nicht getan! Und Levi? Er hat uns alle auf dieser Brücke gerettet! Das kann doch nicht das Ende sein, oder?"

„Ich bete, dass es nicht das Ende ist. Ich habe versprochen, dass ich alles für dich tun würde. Vielleicht kann ich dieses Versprechen jetzt einlösen." Er schob seinen Zeigefinger unter eine Haarsträhne, die ihr ins Gesicht hing. Langsam und zärtlich schob er ihr Haar zurück, wie er es schon einmal getan hatte. Damals in der leeren Kirche.

Das Quietschen eines Riegels, der zurückgeschoben wurde, riss beide aus ihren Erinnerungen. Die Tür knarrte, als sie geöffnet wurde.

„Herr Pfarrer?", knurrte der Wachmann. „Kommen Sie."

Sean erhob sich. Die Leere, die er neben ihr hinterließ, war kalt wie der Tod. Sie hatte sich noch nicht verabschiedet. Nicht richtig. Nicht so, wie sie es wollte, falls dies das letzte Mal gewesen sein sollte ...

„Nein, einen Moment noch!", rief Issy, die ihn nicht gehen lassen konnte.

„Halte dich daran fest." Er drückte ihr eine Bibel in die Hand. Die junge Frau hatte gar nicht gemerkt, dass er das abgegriffene, schwarze Lederbuch bei sich trug. Sie hatte keine Ahnung, wie es ihm gelungen war, es aus dem *GPO* zu retten. „Ich komme wieder. Versprochen."

Das Schießpulver, das immer noch unter ihren Fingernägeln klebte, stach unangenehm von dem Buch ab. Aber sie nahm die Bibel dennoch. Behutsam. Demütig. Als strahlte sie eine Reinheit aus, die nicht einmal ihre schmutzigen Hände beflecken konnten.

Issy sah zu, wie Sean im Sonnenlicht auf dem Gang verschwand, während in ihrer Zelle wieder Dunkelheit einkehrte, als die Tür krachend ins Schloss fiel und der Riegel quietschend vorgeschoben wurde. Das Poltern von Stiefelschritten hallte durch den Gang und wurde immer leiser. Dann war sie wieder allein.

Sie umklammerte die Bibel in ihren Händen: Papier und Tinte und gebrochenes Leder waren ihr Rettungsanker. Mit zitternden Händen und einem verkrampften Magen fasste sie langsam neuen Mut und fuhr mit den Fingerspitzen über die Seiten.

Ein kleiner Zettel steckte an einer Stelle in dem Buch. Issy schlug die Bibel an der markierten Stelle auf und fand eine liebevolle Erinnerung, dass sie nicht allein war. In ein kleines, gefaltetes Blatt Papier hatte Sean eine zimtfarbene Locke gelegt, die er ohne ihr Wissen aufgehoben hatte. Auf den Zettel hatte er auf Gälisch geschrieben: *Tá súil.*

Hoffnung.

In diesem Augenblick wurde der Riegel vor der Tür wieder zurückgeschoben. Mit Tränen in den Augen blickte sie auf.

Zu ihrer Überraschung stand Sean in der offenen Zellentür und das Sonnenlicht vertrieb die dunklen Schatten.

„Gott meint es gut mit dir, Issy. Du kannst gehen", sagte er mit einem triumphierenden Lächeln. „Allerdings muss ich noch in *Kilmainham* bleiben, wenn wir unseren Brüdern helfen wollen."

„Und wie willst du ihnen helfen?“

„Offenbar hat sich ein Zeuge gemeldet, der bereit ist, die Wahrheit zu sagen.“

DREIUNDDREISSIG

4. August 1798
Ashford Manor
County Wicklow

Es war ein frischer Morgen. Der Frühnebel hing noch über den Hügeln und Tälern, obwohl ihn die Morgensonne auf den Wiesen und Feldern schnell vertreiben würde.

Maeve blickte von ihrer Pflanzarbeit auf, als sie hörte, dass sich ein Reiter näherte.

Sie ließ den Spaten in der Erde stecken, richtete sich auf und wischte die Erde von ihren Händen. Es ziemte sich nicht, dass eine Gutsherrin Spuren von Schmutz im Gesicht und zerzaustes Haar hatte, das der Wind unter ihrem Kopftuch hervorwehte, aber das spielte keine Rolle. Maeve verwaltete jetzt das Anwesen. Dazu gehörte ihrer Meinung nach auch, dass sie die Erde umgrub, wenn die Situation es erforderte.

Sie hielt sich die Hand schützend an die Stirn und blickte mit zusammengekniffenen Augen gegen die Sonne, als Jack Foley vor ihr stehen blieb.

„Na, was sagst du?“ Sie stemmte die Hände in die Hüften und trat zur Seite, damit er die Pflanzenreihen hinter der Steinmauer bewundern konnte. „Sind wir nicht schon weit gekommen?“

Maeve lächelte den jungen Mann an und war dankbar, dass Ashford Manor einen so treuen und fleißigen Stallknecht gefunden hatte. In den Wochen seit Eoins Verhaftung war er ihr eine unbeschreibliche Hilfe geworden.

„Zweifellos, Milady.“

„Schickt dich mein Vater mit dem Auftrag, mich zu überreden, keine Birnbäume auf diesem Land anzupflanzen? Falls er das schon wieder gesagt hat, muss ich ihn ernsthaft ermahnen, sich nicht dauernd einzumischen. Auf Ashford-Land werden bald unsere eigenen Birnen wachsen.“

„Ich bin nicht im Auftrag Seiner Lordschaft hier.“

„Oh?“ Sie spürte seine vorsichtige Zurückhaltung.

Ihr Herzschlag erhöhte sich sofort.

„Gibt es einen anderen Grund?“ Maeve ließ das Gartenwerkzeug in der Erde stecken und ging zu einem Durchbruch im Zaun zu ihm auf die Straße. Jack glitt aus dem Sattel und nahm seinen Dreispitz ab, den er mit den Zügeln in der Hand hielt. Er trat auf sie zu. Dann blieb er stehen, zog einen versiegelten Brief aus der Innentasche seiner Jacke und reichte ihn ihr.

Auf der Vorderseite stand in geschwungener Handschrift *Maeve.*

„Aus dem *Provost*-Gefängnis, Milady.“

Nein! Nicht Provost*!*

Die letzten Neuigkeiten, die sie erhalten hatte, besagten, dass Eoin wegen Hochverrats angeklagt werden sollte. Seitdem warteten sie täglich auf eine Nachricht mit dem Prozesstermin. Das Warten war schrecklich, aber vermutlich war es jetzt so weit. Sie würden nach Dublin reisen und für seine Freilassung kämpfen.

„Ja. Das ist die Antwort vom O’Byrne. Er sagte, es gehe um das, was Sie ihm damals vor der Wicklow-Kapelle gesagt haben.“

Sie nickte und nahm den Brief mit zitternder Hand entgegen. Dann schob sie einen Fingernagel unter das Siegel und brach es. Sie faltete den Brief auseinander und las:

Wenn es ein Junge ist, nenne ihn George.
Ich werde dich immer lieben.
Eoin

Maeve fuhr entsetzt herum. Ihre tiefen Gefühle wurden mit einem durchbohrenden Schmerz bestraft, der ihr die Luft abschnürte.

„Er hat mir aufgetragen, Ihnen das persönlich zu geben, Milady. *Danach.* Er hat gesagt, ich darf nicht zulassen, dass Sie kommen. Ich soll Sie unter allen Umständen von Dublin fernhalten. Das war sein ausdrücklicher Wunsch, weil er Ihnen den Schmerz ersparen wollte, es mit anzusehen."

„Was mit anzusehen?", schrie sie, da sie den Schmerz kaum ertragen konnte. „Was, Mr Foley?"

Maeve hielt sich mit zitternder Hand den Mund zu und nickte. Ihr Kopf hatte es gewusst, auch wenn ihr Herz es nicht verstehen wollte. Es nicht verstehen konnte. Sie wankte zu der Steinmauer und hielt sich daran fest, während sie auf die umgegrabene Erde zu sinken drohte.

Jack war im gleichen Augenblick bei ihr und versuchte, sie auf den Beinen zu halten.

Sie hatte wochenlang versucht, es zu leugnen. Ihr Mann war verurteilt und hingerichtet worden. Es schien ihr, als wäre auch ihr Leben damit zu Ende gegangen. Eoin bekäme im Frühling einen Sohn oder eine Tochter. Doch wie sollte ihr Kind ohne seinen Vater aufwachsen?

„Wann?", schluchzte sie.

„Das Urteil wurde gestern ausgesprochen. Und das andere ... Es geschah heute bei Tagesanbruch, Milady."

„Warst du dort?"

Er nickte. Die Tränen, die in seinen Augen glänzten, verrieten, dass er ihren Schmerz teilte, denn auch er hatte diesen Ehrenmann geschätzt.

Die Erkenntnis, dass sie an der Steinmauer lehnte, erinnerte Maeve an die kostbaren Setzlinge. An ihren gemeinsamen Traum, den er mit eigenen Händen zum Keimen gebracht hatte und den sie entlang der Straße gepflanzt hatte. Sie richtete sich auf und ging zu den kleinen Bäumen, die ihr unerwartet ein Gefühl des Friedens schenkten.

Das Land war von blühendem Ginster bedeckt. Die Blumen leuchteten so hell, dass es schien, als wäre der Hang zur Burgruine auf einem Goldhügel errichtet, der sich mit Gottes Grün vermischte. Das Land brachte nicht den Tod. Es brachte Leben und Schönheit hervor und etwas, das die Macht hatte, sie alle zu überdauern.

Sie faltete den Brief sorgsam zusammen und steckte ihn in ihre Kleidtasche. Dann strich sie mit einer Hand über den sich langsam wölbenden Bauch und bemühte sich, ihren Atem zu beruhigen.

„Mr Foley, darf ich Sie um einen Gefallen bitten?" Maeve wandte sich ab und wischte mit dem Handrücken die Tränen aus ihrem Gesicht.

Er schaute sie mitfühlend an. „Einen Gefallen, Milady? Jederzeit."

„Seine Lordschaft und ich finden, dass wir einen verantwortlichen Gärtner auf unserem Anwesen brauchen. Mr O'Malley wird in den kommenden Monaten viele meiner Pflichten übernehmen müssen. Aber ich weiß, dass Mr O'Byrne sehr betrübt gewesen wäre, wenn seine Frau in ihrem Eigensinn darauf beharren würde, aus eigener Kraft Birnbäume zu pflanzen. Wenn Sie also damit einverstanden wären, mit einer protestantischen Herrin zusammenzuarbeiten, wäre ich für Ihre Hilfe dankbar. Denn ich möchte ein Versprechen halten, das ich meinem Mann gegeben habe."

„Selbstverständlich. Es wäre mir eine Ehre, Milady." Ein schwaches Lächeln überzog sein Gesicht. „Eine große Ehre." Er band sein Pferd fest und trat zu ihr. Maeve reichte ihm eine Schaufel, die an der Steinmauer lehnte.

„Irgendwie glaube ich, Milady, dass die Foleys und die O'Byrnes immer Freunde sein werden. Solange es dieses Schloss mit seinen Ländereien gibt, wird unsere Familie immer mit der Gutsherrin zusammenarbeiten."

Von den Tränen des Winters, die auf dieses Feld geflossen waren, bis zum Anblick des blühenden Ginsters und der Sommersonne, die die Hügel jetzt golden färbten – Maeve wollte jeden Moment bewusst erleben, den sie an diesem Ort verbrachte. Sie nahm ihre Hacke, stieß sie an der Stelle, an der sie und Eoin sich das erste Mal begegnet waren, in die Erde und dankte Gott, dass der Tod nicht das letzte Wort haben würde, solange die Gottesfürchtigen lebten und ein gerechtes Leben führten.

„Dann komm, Jack. Wenn wir dazu beitragen wollen, dass der Frieden wächst, liegt noch viel Arbeit vor uns."

27. März 1799
Ashford Manor
County Wicklow

Draußen am Horizont war das Meer friedlich und still, aber an den Klippen war es unruhig, und die hohen Wellen brandeten mit weißer Gischt gegen die Felsen. Der Wind blähte Maeves Rock um ihre Beine auf und peitschte ihr Haar um ihre Schultern, während sie auf den Klippen stand und ihren Blick schweifen ließ.

Man erzählte sich, dass das irische Parlament als Strafe für den Aufstand aufgelöst werden sollte. Aber selbst wenn sie in Zukunft direkt von London regiert werden sollten, glaubte Maeve nach wie vor, dass *Ashford Manor* weiterbestehen würde.

An diese Hoffnung wurde sie jedes Mal erinnert, wenn sie an dem Cottage an der Kreuzung vorbeiritt. Oder wenn sie Eoins Grab an der Wicklow-Kapelle besuchte. Maeve sah den Rauch, der aus den Kaminen der neu errichteten Bauernhäuser aufstieg, die über ihr Land verstreut lagen. Schafe grasten hinter den Felsenzäunen, die an die Burgruine grenzten. Sie müssten noch einige Jahre Geduld haben, bis sie ausreichend Birnen ernten könnten, aber sie konnte warten.

Der Frieden war es wert, sich in Geduld zu üben.

Eines Tages wäre Irland frei und das Warten würde sich lohnen. Irgendwie wusste Maeve, dass das Meer, das Land und die Burgruine lange bestehen bleiben würden.

„Maeve? Was machst du denn hier draußen?"

Als sie die freundliche Stimme ihres besorgten Vaters vernahm, wandte sie sich um.

„Papa", begrüßte sie ihn, als er neben ihr stehen blieb und ebenfalls die Aussicht genoss. „Es gibt viel zu tun, und ich fürchte, der Tag hat nicht genug Stunden, um alles zu schaffen, was ich mir vorgenommen habe."

Lord Chryn betrachtete sie einen Moment, dann nickte er.

Seine Hemdsärmel blähten sich in der Meeresbrise auf, die an dem hochgekrempelten Leinenstoff zerrte. Er hatte die Weste ausgezogen und sein Gesicht strahlte eine tiefe Zufriedenheit aus. Er hatte ebenfalls gearbeitet. Er hatte gearbeitet und war deshalb wieder guten Mutes.

„Wir haben viel zu tun, das stimmt. Aber im Moment kümmert sich der junge Foley um die Pferde." Er zog eine Taschenuhr aus seiner Weste und klappte den goldenen Deckel auf, um nachzusehen, wie spät es war. „Und es wird höchste Zeit für ein anständiges Abendessen."

„Wer sagt denn, dass wir uns um das kümmern müssen, was anständig ist?"

„Du ganz gewiss nicht, meine Liebe. Aber ich glaube, du wirst im Haus erwartet. Der junge Herr wird unruhig, und Mrs Finnegan hat mich gebeten, die ‚Frau des Piraten' zu holen, damit sie ihren Pflichten als Mutter nachkommt." Er musste über die Launen ihrer Haushälterin herzhaft lachen.

Eoin hätte breit gegrinst, wenn er das gehört hätte.

„Ich komme sofort." Maeve lächelte ebenfalls und hob ihren Rock an, als sie durch das hohe Gras schlenderte. „Ich will auf keinen Fall Schuld sein, wenn unter unseren treuesten Bediensteten eine Meuterei ausbricht. Und ich will dem kleinen Eoin George auch unbedingt erzählen, wie viel er sowohl von seinem Papa als auch von seiner Mama hat."

Lord Chryn von *Ashford Manor* nahm sie am Ellbogen, wie er es früher getan hatte, wenn er sie bei gesellschaftlichen Ereignissen in einen Raum geführt hatte. Und als hätten Stolz und Zuneigung und Vergebung nie infrage gestanden.

Sie gingen an den Ställen vorbei und stiegen langsam zum Haus hinauf, während sich die Schatten der Dämmerung über das Land legten.

„Stört es dich sehr, dass Cian nicht zu uns zurückkommen wird?" Sie schaute ihn fragend an. „Es beunruhigt dich gewiss, dass dein einziger Sohn so weit weg ist."

„Cian hat sich für England und wir haben uns für Irland entschieden. Ich bereue es nicht, dass ich bei deiner Mutter und bei George geblieben bin. Aber ich will vor allem wegen der Lebenden bleiben und bin sehr stolz darauf, dass ich dich über dein Land führen kann. Über unser Land, das nicht wegen der anglo-irischen Spannungen in Brand gesetzt wurde, sondern allein aus Habgier und wegen falscher Vorurteile. Das habe ich durch dich und deinen Mann erkannt. Wenn du einem törichten alten Mann vergeben kannst, verspreche ich, dein Land bis ans Ende meiner Tage zu verteidigen."

„Mein Land, sagst du?" Sie lachte. „Ich habe es immer als das Land unserer Familie betrachtet, nie als mein persönliches Land. Cian ist der Erbe. Das wissen wir beide. Ich bin damit zufrieden, es zu bearbeiten, und muss es nicht besitzen."

„Mir gefällt das alte irische Erbrecht, wonach das Erbe an den Sohn *oder* die Tochter übergeht, je nachdem, wer sich als würdig erweist. Es mag selten vorkommen, aber ich werde mich dafür einsetzen, dass dieses Land und sein Titel an meinen Enkel übergehen. Durch seine Mutter."

„Und wenn Cian das Parlament einschaltet, um das Land zu bekommen?"

„Dann wird er verlieren." Er tat diese Möglichkeit mit einem kurzen Kopfschütteln ab. „Heute ist eine Lieferung eingetroffen."

Bei diesem abrupten Themenwechsel blieb sie stehen. „Oh? Ich hoffe, keine Birnen, die eine monatelange Irrfahrt auf dem Meer hinter sich haben."

„Nein, Tochter. In ein paar Jahren werden wir unsere eigenen Birnen haben. Darauf können wir warten."

„Was ist es dann?"

„Ein Pianoforte." Er drehte sich zu ihr um, als sie ihre Schritte verlangsamte.

„Ein Pianoforte? Für wen denn?"

„In dem beiliegenden Schreiben steht, dass es ein Hochzeitsgeschenk ist."

„Oh." Sie atmete stockend aus und Tränen schossen ihr in die Augen. „Eoin hat gesagt, dass er etwas gekauft hat. Ich hatte es ganz vergessen."

„Die Lieferung ist an ‚Der O'Byrne, County Wicklow' adressiert. Die Dorfbewohner haben es zu uns gebracht, weil sie dich unter diesem Namen kennen – du bist jetzt ‚die O'Byrne'. Ich war einmal davon überzeugt, dass der O'Byrne dieses Anwesen übernehmen würde, und daran hat sich bis heute nichts geändert, denn genau das hast du auch getan."

Maeves Blick wanderte von ihm zu der Bleiglasfront am anderen Ende des Schlosses und zu dem Musikzimmer, das früher so voller Leben gewesen war, aber seit Georges Tod seine Lieder verloren hatte. Eoin hatte dies gewusst. Und er hatte gewollt, dass sie wieder Musik hören würde.

„Ich denke, wir sollten es vorerst ins Musikzimmer stellen. Und für jeden O'Byrne und jeden Ashford, der in diesem Haus geboren wird, kaufen wir ein neues Klavier. Bis unser Haus eines Tages so voller Musik ist", flüsterte sie und genoss, wie der Kerzenschein durch die Fenster im Musikzimmer drang, die Dunkelheit durchbrach und sanft die Burgruine beschien, deren Umrisse sich vor dem Abendhimmel abzeichneten, „dass wir irgendwann sogar eines in den Turm stellen müssen. Nicht, weil wir uns an diesem Ort vor dem Frieden und der Freude verstecken, sondern weil wir so viel Frieden und Freude haben, dass unten der Platz nicht ausreicht."

VIERUNDDREISSIG

GEGENWART
ASHFORD MANOR
COUNTY WICKLOW

Schiefergraue und stahlblaue Farben überzogen den Himmel mit stürmischen Strichen, die am Horizont, wo sich der Himmel und das Meer trafen, miteinander verschwammen. Ellie saß auf einem großen Stein vor der Burgruine und genoss den Anblick.

Laine trat zu ihr und legte ihrer Freundin eine Quiltdecke um die Schultern. Ellie drehte sich ein Stückchen um und hielt mit einer Hand die Kapuze ihrer Regenjacke fest.

„Hi.“ Laine hielt eine Thermoskanne hoch. „Willst du einen Kaffee?“

„Du weißt doch, dass ich mich immer zu einem Kaffee überreden lasse. Setz dich.“ Ellie rückte zur Seite, damit Laine neben ihr Platz nehmen konnte, und überließ ihr die Hälfte der wärmenden Decke. „Quinn will eigentlich nicht, dass ich bei diesem Wetter hier draußen bin, aber er hilft mit, drinnen alles fertigzumachen. Er gibt den Kuratoren noch letzte Anweisungen für den faszinierenden Fund.“

Laine goss Kaffee ein und reichte ihr die dampfende Tasse.

„Es ist kaum zu glauben, was alles passiert ist. Und was alles noch passieren wird. Wenn die Echtheit der Fotos bestätigt ist und die internationale Presse davon erfährt, wird es einen großen Medienrummel geben. Dollys Familienchronik steht auf den ersten Seiten der Bibel, die wir im Turmzimmer gefunden haben. Daneben die Zeitungsartikel über die erste Fotojournalistin der *Irish Times*: eine Issy O'Connell von *Ashford Manor*. Cormac ist nicht besonders wild darauf, im Rampenlicht zu stehen, aber er sollte sich lieber daran gewöhnen."

„Er und Quinn haben jetzt wenigstens etwas, an dem sie gemeinsam arbeiten können. Laine, so etwas habe ich mir immer für meinen Mann gewünscht: etwas, das eine Brücke zu seinem Bruder schlagen kann. Der Rest wird mit der Zeit schon kommen. Aber der Anfang ist gemacht."

Das ist auch für Cormac gut. Er braucht diesen Frieden.

Sie saßen nebeneinander und tranken ihren Kaffee. Dabei lauschten sie dem Lied der Grünen Insel. Genossen die Aussicht. Manchmal konnte Freundschaft so einfach sein wie eine Thermoskanne mit Kaffee und das Meer. Stille. Und *Zeit*, die sie brauchten, um diesen Moment in ihrem Herzen zu bewahren.

In diesen ruhigen Augenblicken wurde die Zeit zum Kostbarsten, was sie hatten.

„Ich muss nach Hause fahren, Laine." Ellie senkte den Blick und ließ den Kaffee in ihrer Tasse kreisen.

„Damit hatte ich schon gerechnet. Ich weiß, dass sich durch den Fund im Turmzimmer alles verzögert hat. Ehe wir uns versehen, ist Weihnachten." Sie bedachte Ellie mit einem Lächeln, das ihrer Freundin vermittelte: *Ich kann deine Gedanken immer noch lesen.* „Ich habe die gepackten Koffer im Loft gesehen. Ihr fliegt also bald nach Frankreich?"

„Nein." Ellie schüttelte den Kopf, ohne den Blick vom Meer abzuwenden. „Ich meinte *nach Hause*. Nach Michigan.

Ich brauche noch weitere Behandlungen, und Quinn meint, dass ich diese lieber in den Staaten durchführen lassen sollte. Ehrlich gesagt, wollte ich auch Oma Violas Häuschen wiedersehen. Ich bin schon sehr lange fort. Sicher werden meine Erinnerungen mir Trost schenken – wenn ich wieder an einem Ort bin, an dem ich weiß, dass ich geliebt wurde. Deshalb haben Quinn und ich beschlossen, Weihnachten in Frankreich bei seiner Familie zu verbringen und das neue Jahr dann zu Hause. In meinem ersten richtigen Zuhause."

„Aber du gibst doch den Traum, das Dornröschenschloss zu restaurieren, nicht auf?"

„Machst du Witze? Niemals. Dieses Schloss ist mir ans Herz gewachsen. Und Quinn auch. Selbst wenn er so tut, als wäre es ihm gleichgültig, weiß ich genau, dass es ihm genauso wichtig ist, es wieder zum Leben zu erwecken, wie mir. Träume haben die Macht, das Leben schön zu machen, selbst wenn man weder ein Schloss hat noch ein märchenhaftes Happy End erlebt. Wir können das Schöne genießen, auch wenn wir gerade mit dem Traurigen ringen."

Ellie griff nach dem zusammengeknoteten Ende des weinrot gepunkteten Kopftuches und verteidigte es gegen die Launen des Windes. Es war ihr Lieblingstuch, das erste Geschenk, das sie von Quinn bekommen hatte. Laine hatte sie noch nie ohne dieses Tuch gesehen. „Im Moment sieht mein Traum so aus, dass Quinn in meinem Chemozimmer auf seiner Gitarre zupft, bis ich einschlafe. Er kann mich zum Lachen bringen, wenn ich am liebsten nur weinen will. Und wenn ich den Kampf aufgeben will, weil es so hart ist. Und dass Quinn meine Hand hält und mir sagt, dass ich schön bin, obwohl ich genau weiß, dass Operationsnarben und Übelkeit alles andere als reizvoll sind.

Ich lerne immer mehr, dass genau das eine Ehe ausmacht. Wenigstens die Art von Ehe, die ich führen will. Ich hatte gesagt, dass unser Märchen für eine Weile auf Eis gelegt ist, aber inzwischen sehe ich das anders. Genau *das ist* unser Märchen. Wir leben es gerade.

Bei den realen Märchen geht es eigentlich nie um ein perfektes Ende. Das, worauf es ankommt, ist das tägliche Leben. Dieses Szenario gefällt mir sowieso besser. Wenigstens ist es echt."

Ellie gab das tiefste Seufzen von sich, das Laine je von ihr gehört hatte. Dann drehte sie sich um und schaute ihre Freundin mit feuchten Augen an. „Deshalb weiß ich auch, dass du klarkommen wirst."

„Damit, dass du nach Hause fährst?"

„Nein, Laine. Ich spreche von *dir*. Und von Cassie. Ihr werdet beide klarkommen."

Laine senkte den Blick und starrte auf ihre Hände. „Wie lange weißt du es schon?"

„Ich habe vor ein paar Monaten deine Mutter angerufen, als du in den sozialen Medien nichts mehr gepostet hast und als ich immer weniger von dir gehört habe." Ellie lehnte sich an sie. „Ich habe mir Sorgen gemacht. Wie eine Glucke um ihr Küken, du weißt schon."

„Und meine Mutter ist bestimmt zu Höchstform aufgelaufen. Eine ihrer Töchter sitzt im Gefängnis, und jetzt muss sie anderen erklären, dass die Ehe ihrer zweiten Tochter gescheitert ist. Ich will mir gar nicht vorstellen, was sie im Country Club erzählt."

„Sei nicht zu streng mit ihr. Ich musste es ihr förmlich aus der Nase ziehen. Und ob du es glaubst oder nicht: Dieses Mal wollte sie nicht den Moralapostel spielen. Sie hat gesagt, wenn du nach Frankreich kommst, soll ich dir sagen, es tue ihr leid, dass sie sich verplappert hat."

„Ach, Ellie. Sei mir bitte nicht böse, weil ich es dir nicht früher erzählt habe. Aber du hattest dir gerade in Frankreich ein neues Leben aufgebaut und dann hast du Oma Viola verloren. Ich wollte mit meinen schlechten Nachrichten keinen dunklen Schatten auf deine Hochzeit werfen. Und bei allem, was danach kam, wollte ich dich nicht auch noch zusätzlich mit meinen Problemen belasten."

„Ich bin dir nicht böse. Ich verstehe dich. Ich habe dir ja auch nicht sofort von meinem Krebs erzählt, oder? Manchmal kommt es uns so vor, als fühle sich die Wahrheit nicht so real an, wenn wir nicht darüber sprechen. Und nur damit du es weißt: Cormac hat nur mit Mühe die Trauung durchgestanden, bevor er seine neue Schwägerin nach der attraktiven Blondine in der Kapelle gefragt hat." Sie zwinkerte. „Das sind meine Worte, nicht seine."

„Was?!"

Ellies Lachen verblasste und sie wand sich unbehaglich. Schließlich drehte sie den Kopf und schaute ihr in die Augen. „Ich ging davon aus, dass du und er –"

„Du willst damit sagen, dass Cormac es die ganze Zeit wusste? Aber du hast doch gesagt, dass du ihm erzählt hast, ich wäre verheiratet."

„Ich habe ihm erzählt, dass du verheiratet *warst*. Und dir habe ich nur gesagt, dass ich ihm von Evan erzählt habe. Das kann man so oder so interpretieren."

„Interpretieren? Du sprichst hier schließlich von meinem Leben!" Laine erhob sich und fühlte, wie sich ihr Magen verkrampfte. „Das ist doch nicht zu fassen! Die ganze Zeit –"

Sie dachte an den Abend nach der Hochzeit – in der Küche auf dem Weingut. An ihren Spaziergang durch die Straßen von Dublin an ihrem ersten Abend in Irland. An den Tag, als Cassie aufgewacht war und er um zwei Uhr nachts Grillkäse gemacht hatte. Und als er die Hand ihres kleinen Mädchens auf den Stufen vor *Ashford Manor* ergriffen hatte. Und an den Besuch im Friseursalon, noch bevor sie in *St. Audoen's* gewesen waren.

Cormac hatte es die ganze Zeit gewusst. *Alles.*

Laine konnte in diesem Moment nur an eines denken. „Glaubst du, Quinn ist für heute hier fertig?"

Ellie trat neben sie. „Wahrscheinlich. Warum?"

„Weil ich mit euch zum Pub fahren will. Sofort."

„Welche Klause?" Laine riss die Eingangstür so stürmisch auf, dass sie die Glocke, die über der Tür hing, fast abriss.

Cormac wollte gerade den Empfang eines Pakets quittieren und blickte überrascht vom Tresen auf. Der Paketbote schaute sie ebenfalls erstaunt an. Und das galt auch für die Stammgäste, die auf den

Barhockern an der Theke saßen. Einige zogen die Brauen hoch, andere versuchten erfolglos, ihr Schmunzeln hinter einem neugierigen Lächeln zu verbergen.

Sie baute sich vor Cormac auf, und es interessierte sie nicht im Geringsten, ob die anderen sie für verrückt hielten. Sie würde hier so lange stehen bleiben wie nötig.

„Laine." Cormac drückte mit dem Daumen auf den Kugelschreiber und ließ die Mine hervorschnellen. „Ich dachte, du bleibst heute draußen auf *Ashford*."

„Ich habe gesagt: Welche Klause, Cormac Foley? Die Männer- oder die Frauenklause? In eine der beiden gehen wir zwei nämlich jetzt. Du kannst sie dir aussuchen. Aber überlege es dir gut, denn die Mädels da drüben an der Theke fallen vielleicht in Ohnmacht, wenn du ihren heiligen Raum betrittst."

Cormac kritzelte schnell eine Unterschrift auf einen Zettel auf dem Klemmbrett, wich dem belustigten Blick des Paketboten aus und trat eilig um den Tresen herum. „Du willst also reden, ja?"

Laine wandte den Blick nicht von seinen grünen Augen ab, sondern starrte ihn wortlos an, um keine Zweifel daran aufkommen zu lassen, wie ernst sie es meinte.

„Ja. Du bist wütend. Ähm … Dann sollten wir reden." Er sah nervös aus. Er klang nervös. Wenn Laine nicht so sauer gewesen wäre, wäre sie vielleicht auch nervös gewesen. „Dann gehen wir in die Männerklause."

Laine bedachte die Westenträger an der Theke mit einem finsteren Blick. Wehe einer von ihnen wagte es, ihr den Zutritt zur Männerklause zu verwehren! Die Männer legten schnell die Hände um ihre Biergläser. Einer trank einen kräftigen Schluck. Die übrigen – wahrscheinlich zu gleichen Teilen fasziniert und verängstigt – erwiderten ihren Blick. Alle warteten gespannt, was passieren würde.

Ein Mann, der augenscheinlich der Wortführer der Gruppe war, hob sein Glas. „Nur zu, Mädchen."

„Nach dir." Cormac räusperte sich und ließ ihr mit ausgestrecktem Arm höflich den Vortritt in die Klause am Ende der Theke. „Wir sind gleich wieder da, Leute." Dann schloss er die Tür hinter ihnen.

„Ich weiß nicht, was passiert ist, dass du so außer dir bist, aber –"

Laine hatte in ihrem ganzen Leben noch nie einen Mann am Hemd gepackt. Sie hatte es aber schon hundertmal in Filmen gesehen, auch wenn sie keine Ahnung hatte, wie es den Schauspielerinnen im Film gelang, ihre Emotionen so echt und so spontan aussehen zu lassen. Aber sobald Cormac sich umgedreht hatte, stand ihre Entscheidung fest. Die Knöpfe, der Stoff, ihr war einfach alles egal. Sie griff zu, zog ihn zu sich herab und presste ihren Mund auf seinen.

Keine Worte. Kein Gespräch. Keine Erklärung. Laine wollte nur fühlen, wie er seine Arme um sie schlang, wollte mit dem Rücken an das Klavier gedrückt in einem irischen Pub einen Kuss bekommen, der längst überfällig war. Sie hielt ihn fest und vergaß die Welt außerhalb dieser Wände aus poliertem Holz und Glas.

Und, oh, diese Iren konnten vielleicht küssen!

Cormac hielt sie in seinen Armen, trat aber nur so weit zurück, dass sie sich in dem beengten Raum nicht den Kopf anstießen. „Also … was du damit sagen willst: Du willst eigentlich gar nicht reden." Er atmete zweimal kräftig durch. „Du bist also gar nicht sauer. Sehe ich das richtig? Du bist nicht sauer."

Sie lächelte ihn an. Ihr Übermut war in der Hitze seines Kusses dahingeschmolzen. „Nein, ich bin nicht sauer."

„Schön. Das ist gut." Cormac nickte und wurde sich bewusst, dass sie gerade eine Grenze überschritten hatten. Er lächelte nun ebenfalls und küsste sie noch einmal. „Du bist zwar keine Irin, aber du hast definitiv irisches Temperament. Ich schätze, du hast gerade alle Männer da draußen beeindruckt, und das will was heißen."

„Du wusstest es? Schon bevor ich es dir in der Kirche erzählt habe?"

Cormac trat einen Schritt zurück, ließ sie jedoch nicht los. Seine Hände lagen immer noch um ihre Taille. „Ja. Ich wusste es." Er schaute sie ernst an und gestand ihr die Wahrheit. „Ich habe nicht einmal gewartet, bis alle dem Brautpaar gratuliert hatten, bevor ich Ellie löcherte. Ich erinnere mich dunkel, dass ich irgendwann auch ‚Herzlichen Glückwunsch' zu der Braut gesagt habe, aber ich musste wissen, wer du bist."

„Du wusstest es seit der Hochzeit, aber du hast kein Wort gesagt? Und Ellie wusste es auch. Ich gehe also davon aus, dass Quinn es auch weiß. Und ich dachte, es wäre ein großes Geheimnis. Dabei wussten längst alle Bescheid!"

„Es tut mir leid. Ellie war fest davon überzeugt, dass es an dir ist, diese Geschichte zu erzählen. Das Ganze sollte eigentlich nie ein Geheimnis sein, aber dann hast du ein Geheimnis draus gemacht. Und glaub mir: An dem Tag im Friseursalon erkannte ich, dass es mich umbringen würde, wenn ich nicht bald etwas sagen könnte. Aber dann hast du es mir von selbst erzählt. Ich wusste, dass dir das sehr schwerfiel. Und dann ging alles so schnell: Wir fuhren zur Markthalle und in das Musikgeschäft und dann fanden wir Dollys verlorenen Schatz. Ich konnte nicht mehr klar denken."

Sie dachte an Cormac, der bei der Hochzeit seine Unsicherheit hinter einem selbstsicheren Lächeln und einem eleganten Anzug versteckt hatte. Oder wie er sie aus dieser Klause mit dem alten Klavier herausgeholt hatte. Und dass er bei alldem doch eigentlich gewollt hatte, dass sie ehrlich zueinander waren. Das alles sollte ihr nicht so nahegehen. Aber sie war dagegen machtlos. Es berührte sie auf eine Weise, die sie nie für möglich gehalten hatte. In dieser kleinen irischen Klause hatte sie plötzlich das Gefühl, nach Hause gekommen zu sein.

Weiter als bis zu diesem Moment wagte sie nicht zu hoffen.

„Als Cassie vor der Burgruine nach deiner Hand griff und als du mich im Friseursalon mit diesem Blick angesehen hast, konnte ich es einfach nicht für möglich halten, dass du *so* für uns empfindest. Schließlich dachte ich, niemand sonst wüsste, was passiert ist. Dass Evan uns verlassen hat. Dass er *mich* verlassen hat. Dass er kein Kind wollte, das nicht sein eigenes ist. Obwohl wir Cassie unseren Namen geben und sie bei uns hätten aufnehmen können, wollte er uns nicht. Es mag falsch sein, aber ich schämte mich, weil ich so kläglich versagt hatte."

Er trat näher und schaute ihr unverwandt in die Augen. „Nicht du hast hier versagt."

„Aber es fühlte sich so an. Es *fühlt* sich so an."

„Ellie hat mir an dem Abend nach der Hochzeit erzählt, dass du alles aufgegeben hast, um Cassie zu adoptieren. Du hast deine Arbeit verloren, weil du mit ihr zu Arztterminen gegangen bist. Du hast dein Zuhause verloren. Selbst deine Ehe. Sie wollte dir einfach Raum geben, damit diese Verletzungen heilen können und du wieder neu vertrauen kannst. Gott weiß, dass ich das auch wollte. Seit dem ersten Abend, als du in diesen Strümpfen in die Küche kamst, war es um mich geschehen."

Laine schüttelte den Kopf und konnte die Tränen nicht länger zurückhalten. Sie wischte eine Träne weg, die an ihren Wimpern hing. „Mein Leben ist ein einziges Chaos, Cormac."

„So geht es doch jedem. Einige können es nur besser verbergen."

„Ich dachte, es würde mir gelingen, es zu verstecken."

„Aber das brauchst du doch gar nicht. Glaubst du, bei mir liefe alles rund? Tagsüber kämpfe ich in der Küche und abends mit den Büchern. So was wie ein Privatleben habe ich gar nicht – in meinem Leben war kein Raum für etwas anderes. Obwohl ich meinen Vater und meinen Bruder und meine Schwester und auch das Andenken an unsere Mutter immer ehren werde, ist all das auch der Grund, warum mir das Schloss so viel bedeutet. Ich werde die Tage, die ich mit dir und Cassie dort verbracht habe, nie vergessen. Du hast mich gewissermaßen aufgeweckt, Laine. Ich hätte sonst mein ganzes Leben verschlafen."

„Im Moment kommt es mir so vor, als könnte ich keine Pläne mehr schmieden, als könnte ich nur einen Tag nach dem anderen bewältigen."

„Und wenn wir es zusammen versuchen? Ich weiß jetzt, was ich will. Und wenn ich jetzt vor dir stehe und dir sage, dass ich dich nicht verlassen werde?“

„Ich suche immer noch nach einem Weg, wie ich den Alltag mit einer Tochter bewältige, mit einer Tochter, die mit ihren eigenen Verletzungen zu kämpfen hat und Heilung braucht. Vielleicht wird das immer so sein. Aber ich werde sie nicht im Stich lassen. Du willst doch nicht wirklich sagen, dass du bereit bist, das alles auf dich zu nehmen?“

„Laine, ich wäre überglücklich, wenn Gott mir genau das schenken würde.“ Er strich mit den Fingern über die Haarsträhne, die ihr in die Stirn gefallen war. „Es gibt Menschen, die dich nicht im Stich lassen, die nicht die Koffer packen.“

„Aber es gibt auch welche, die genau das tun.“

Er legte seine beiden Hände sanft und zärtlich an ihre Wangen und erweckte das, was ihr Herz tief vergraben hatte, zu neuem Leben. „Ja, aber ich nicht.“

FÜNFUNDDREISSIG

9. Mai 1916
Castle Chryn
County Wicklow

Issy lehnte sich an den Fensterrahmen von *Castle Chryn* und berührte das kurzgeschnittene Haar in ihrem Nacken, während ihr Blick über die Irische See schweifte.

Noch vor einem Tag hatte sie in einer Zelle im *Kilmainham*-Gefängnis gestanden und sich gefragt, ob sie ihre geliebte Ruine je wiedersehen würde. Es war ein sonderbares Gefühl, wieder hier zu sein, nachdem sich in so kurzer Zeit so vieles verändert hatte. Sie stand hier, wo sich die Umrisse alter Steine vor dem Morgenhimmel abzeichneten und das Meer so unendlich weit und so blau war und so stürmisch gegen die Klippen krachte, wie sie es in Erinnerung hatte.

„Ich dachte mir schon, dass ich dich hier finden würde."

Issy drehte sich hastig um. Vor ihr stand Sean, unversehrt und lebendig und genauso frei wie sie selbst. Er lächelte sie im Sonnenlicht an. Sie warf sich in seine Arme.

„Es ist also wahr? Nur deinetwegen haben sie mich und auch Levi und Rory freigelassen?"

Er war so aufgewühlt, dass er nicht gleich antworten konnte. Sean hielt sie im Wind, der hier oben über den Klippen wehte, genauso leidenschaftlich fest wie sie ihn.

„Sie haben dich *deinetwegen* freigelassen, Issy."

Die junge Frau lehnte sich zurück und schaute ihn an. Sie hatte nichts dafür getan, dass die Soldaten Sean noch einmal in ihre Zelle gelassen und sie beide dann ohne großes Aufheben aus dem *Kilmainham*-Gefängnis geschickt hatten.

„Ich verstehe das alles nicht. Wer war der Zeuge?"

„Ich habe ein Geschenk für dich." Sean zog einen Umschlag aus der Innentasche seiner Jacke.

Issy nahm den Umschlag in die Hand. Er hatte Postkartengröße, war mit einem Datumstempel versehen und mit dem vertrauten Faden zusammengebunden, den sie von Fotogeschäften kannte.

„Wie hast du das geschafft? Es wurden doch so viele Geschäfte zerstört?"

„Ich musste nach Wexford fahren, um ein Fotogeschäft zu finden, das den Film sofort entwickeln konnte. Mein kluges Mädchen wusste, dass uns die Bilder einmal würden retten können."

Es waren tatsächlich die Fotos aus dem Herzen des Aufstands. Unverfälscht und unversehrt lagen sie in ihren Händen.

Sie blätterte die postkartengroßen Erinnerungen durch: der Anfang des Aufstands, der Tag, an dem das *GPO* eingenommen wurde. Pearse, wie er die Proklamation vorlas. *Clery's* in der Sackville Street, die Grafton Street und die Schützengräben im *Green*. Das berührende Bild von Pearse an jenem letzten Abend im *GPO* und das Foto von der verhängnisvollen Kapitulation, als er neben der Krankenschwester Elizabeth O'Farrell gestanden und seinen Degen, seine Pistole und seine Munition übergeben hatte.

Das letzte Bild war eine Aufnahme von der Burgruine, dem Meer und dem Himmel.

„Du hast das letzte Foto gemacht, obwohl ich dir nie gezeigt habe, wie die Kamera funktioniert."

„Aber ich habe dir hundertmal zugesehen. Und ich brauchte noch ein letztes Foto, um die Filmrolle voll zu machen. Welches Motiv hätte da besser sein können als dein Lieblingsort? Ich habe gehofft, eine Erinnerung einzufangen, die du sonst vielleicht vergessen würdest."

Sie stellte fest, dass einige Fotos fehlten. Die wichtigsten von ihren zehn Bildern waren nicht dabei. Ihr Herz schlug schneller. Waren diese Aufnahmen misslungen?

„Drei Bilder fehlen."

„Ja. Diese drei wollten mich die Engländer nicht behalten lassen. Sie wussten natürlich nichts von den anderen, die ich ihnen sowieso nicht ausgehändigt hätte. Du hast selbst deine Freilassung erwirkt. Mit deinen Fotos von Skeffys Verhaftung auf der *Portobello Bridge*, von den Hinrichtungen in der Kaserne und von Leutnant Corley, als er drei unbewaffnete Maurer mit der Waffe bedrohte."

„Aber woher wusstest du das? Ich habe niemandem erzählt, dass ich diese Aufnahmen gemacht habe."

„Issy, ich weiß mittlerweile, was du denkst und fühlst. Und ich habe gespürt, wie sich dieses Objektiv gedreht hat, als ich auf der *Portobello Bridge* den Arm um dich gelegt hatte. Ich wusste, selbst wenn mich Corleys Kugel treffen würde, hättest du auf einem Foto den Beweis, der dich letzten Endes retten würde. Darauf hätte ich gewettet, und ich hatte recht."

„Du und deine Wetten!" Sie lächelte und konnte nur staunen, wie gut er sie kannte. „Ich würde dir wegen dieses Lasters ja ins Gewissen reden, wenn es uns dieses Mal nicht gerettet hätte. Aber wir haben so viel über Überzeugungen geredet. Du warst meinetwegen gezwungen, gegen deine wichtigste Überzeugung zu handeln. Ich hätte nie gedacht, dass ich den Tag erleben würde, an dem du eine Pistole auf einen anderen Menschen richtest."

„Ganz so kann man es nicht sehen. Die Pistole war ja nicht geladen."

„Nicht geladen?" Issy schüttelte den Kopf und konnte im ersten Moment gar nicht glauben, wie man so mutig sein konnte, einem Offizier mit einer ungeladenen Waffe gegenüberzutreten. Außer Sean würde wahrscheinlich niemand so etwas machen.

„Ich konnte meine Kamera mit dem Werkzeug hineinschmuggeln, da den Soldaten der kleine Lederkoffer in der Schubkarre nicht auffiel. Aber woher hatte Levi plötzlich eine Pistole, mit der er auf Corley schießen konnte?"

„Niemand kam am Kasernentor auf die Idee, einen Pfarrer zu durchsuchen."

„Du hast sie Levi gegeben, als wir flohen. Aber Rory hast du keine gegeben?"

Er schüttelte den Kopf. „Nein. Ich konnte nicht zulassen, dass er Corley tötet. Notwehr ist eine Sache, aber kaltblütiger Mord ist etwas ganz anderes. Ich entschuldige das, was mein Bruder getan hat, nicht, aber er hat uns das Leben gerettet. Er und Rory, der sich vor uns warf und Corleys Kugel abfing."

„Was ist mit den Soldaten, die an jenem Tag auf der Brücke waren? Du hast gesagt, dass Rory oder Levi des Mordes beschuldigt wurden, aber keiner der beiden den anderen verraten hat."

„Einer der Soldaten wurde später in *Four Courts* getötet. Und der andere gab auf, als er mit den Fotos konfrontiert wurde. Er hatte gesehen, dass Corley zuerst geschossen hatte und dass ihn erst danach eine Kugel traf. Ohne eindeutige Beweise war der Richter angesichts deiner Fotos gezwungen, die Möglichkeit in Erwägung zu ziehen, dass ein Scharfschütze den Leutnant erschossen hat."

„Deshalb wurden Rory und Levi freigelassen."

„Und wegen der Empörung, die die vielen Hinrichtungen in *Kilmansham* in der irischen Bevölkerung ausgelöst haben. Der Krone blieb keine andere Wahl, als in ganz Dublin die Zellentüren zu öffnen. Levi und Rory sind also genauso frei wie du. Mir tut es nur leid, dass das Ende viel tragischer war, als wir erhofft hatten, und dass der Traum von einem unabhängigen Irland wieder in weite Ferne gerückt ist."

„Vielleicht sind wir hier freier, als uns bewusst ist." Issy blickte sich um und ließ ihren Blick erneut über die Irische See und die Steine schweifen, die seit Generationen hier standen.

„Ich muss zugeben, dass ich Rory falsch eingeschätzt habe. Er hatte vor, Corley zur Strecke zu bringen, aber nicht, indem er ihn umbrachte. Ich bin stolz, dass er an diesem Tag seinen Verstand gebraucht hat und nicht seine Waffe. Wir wussten nicht, dass er zum Beweis dafür die Ziegelsteine mitgenommen hatte, in denen die Kugeln steckten. Ich verstehe immer noch nicht, wie er es geschafft hat, diese Steine zu schleppen, obwohl er sich kaum auf den Beinen halten konnte. Einen dieser Steine werde ich als Andenken behalten. Und wenn die Geschichte bekannt wird und der richtige Zeitpunkt kommt, werde ich ihn Skeffys Witwe schicken und ihr berichten, was passiert ist. Sie verdient es, die Wahrheit zu erfahren und welches Opfer ihr Mann gebracht hat."

„Und der andere Stein?"

„Ich schlage vor, dass *wir* ihn aufbewahren. Bis der Tag kommt, an dem Irland frei ist und die Welt für die Wahrheit offen ist. Rory wird Honor heiraten und mit ihrer Familie *Foley's Pub* betreiben."

„Waren sie schon bei dir und haben einen Hochzeitstermin festgelegt?"

Er lachte. Sein fröhliches, schönes, vertrautes Lachen gab Issy das Gefühl, zu Hause zu sein.

„Das war das Erste, was Rory getan hat, als er wieder auf freiem Fuß war." Er nahm ihre Hand, da er wusste, dass sie nichts dagegen hatte, wenn er seine Finger zwischen ihre schob. „Ist es nicht sonderbar, dass fast die gesamte Sackville Street niederbrannte und nur der vordere Raum eines Pubs verschont blieb mit seinen uralten Klausen, in denen seit Generationen Ehen ausgehandelt und Geschichten erzählt werden? Wenn sie eine Tochter bekommen, soll sie *Aisling* heißen. Das ist Gälisch und bedeutet ‚Traum'. Vielleicht geht es vor allem darum: um einen Traum, an den sich Irland klammern kann."

Issy hatte plötzlich eine Idee. Sie lehnte sich an seine Brust und hielt die Fotos zwischen ihnen, die sie wie beim Kartenspiel aufgefächert hatte.

„Wir sollten diese Bilder verstecken. Und auch den Stein. Wir sollten das alles aufbewahren, bis Irland dafür bereit ist. Hier auf Ashford, unter dem wachsamen Auge der Burgruine, sind sie sicher. Wir sollten sie bis nach dem Krieg verstecken und warten, bis Gard nach Hause kommt. Der Ärger meiner Eltern auf Rory und auf mich wird sich mit der Zeit legen. Der Aufstand ist vorüber. Wir sind in Sicherheit. Und wer weiß? Vielleicht marschiere ich demnächst in das Gebäude der *Irish Times* und erkläre ihnen, dass sie mich einstellen müssen. Schließlich bin ich eine arbeitende Frau mit Berufserfahrung und einer Kamera."

„Ich denke, Issy, es gibt nur eine einzige Sache, die mich dazu bewegen könnte, dir zuzustimmen." Er betrachtete die Bilder und wählte sorgfältig das letzte Bild aus, das er fotografiert hatte.

„Dieses Bild will ich behalten." Er zog das Foto von der Burgruine aus dem Stapel. „Ich fände es schön, wenn es für immer in der Klause des *Foley's* hängen würde, wo Ehen ausgehandelt und Lebensgeschichten erzählt werden. Es könnte ein Symbol dafür sein, dass die Byrnes und die Foleys auf ewig eng miteinander verbunden sind."

Dann kniete er vor ihr nieder und ihr Herz überschlug sich fast.

„Lady Isolde Byrne, es ist mein größter Wunsch, dass sich diese Verbindung auch auf die O'Connells ausweitet. Gibst du einem einfachen Pfarrer die Ehre und nimmst meinen Heiratsantrag dieses Mal an?"

Die Burgruine war Zeuge, als Issys Ja den Gesang des Windes übertönte und Sean sie in seine Arme nahm und glücklich herumwirbelte.

Die alten Mauern wurden ein weiteres Mal stumme Zeugen eines bedeutenden Ereignisses: Hier hatte Issy Bilder von blühenden Wiesenblumen fotografiert, hier rauschte das Meer, die Birnbäume wuchsen und waren ein Symbol des Friedens und der Hoffnung, dass eine künftige Generation die Geschichte der Freiheit weiterschreiben würde.

Eines Tages würde Irland frei sein.

EPILOG

GEGENWART
ASHFORD MANOR
COUNTY WICKLOW

Dollys Geheimnisse hatten zwar jahrzehntelang geschlummert, aber seit sie das Turmzimmer entdeckt hatten, war es mit der beschaulichen Ruhe in ihrem Schloss vorbei. Reporter, Historiker und Vertreter staatlicher Stellen waren von *Ashford Manor* begeistert. Es kam Laine und Cormac so vor, als wäre während der letzten Tage, die sie zusammen verbracht hatten, halb Dublin im Schloss gewesen.

Die Erinnerungen an einige angenehme Momente zu zweit in einer Klause und an das hoffnungsvolle Gespräch, das sich daraus ergeben hatte, wurden dadurch in den Hintergrund gedrängt. Es sah so aus, als würde Cormacs Zukunft über die polierten Holzwände eines Dubliner Pubs hinausreichen und sich auf ein Schloss erstrecken, in dem er Touristen aus aller Welt begrüßen konnte. Es gab nur wenige andere Gebäude in Irland, die von so historischer Bedeutung für das Land waren wie *Ashford Manor*.

Laine strich mit den Fingerspitzen über die zarten Blütenblätter der gelben Wiesenblumen, die um die Schlossmauern herum wuchsen, und spürte die stacheligen Stiele unter ihrer Haut. Weich und gleichzeitig stark, überzogen sie das Glen, die Wiesen bis zu den Bergen und die raue Winterlandschaft entlang der Klippen.

So wollte sie Irland in Erinnerung behalten: wild und frei und mit der Hoffnung, dass ein neues Leben möglich war, wenn man bereit war, dafür zu kämpfen.

„Quinn hat gesagt, dass sie fertig sind und zum Flughafen fahren können. Sie haben mich geschickt, um dich zu holen."

Laine drehte sich halb zu Cormac herum. „Ich komme gleich. Ich wollte nur noch ein letztes Mal diesen Blick genießen." Sie kniete nieder und versuchte, eine Blume zu pflücken, ohne sich in die Finger zu stechen. „Wie heißen diese gelben Blumen eigentlich? Ich bewundere sie schon, seit Ellie und ich zum ersten Mal hier auf der Straße spazieren gegangen sind. Sie blühen auch zwischen den Birnbäumen im Tal."

„Das sind irische *Aiteann*, gelber Ginster. Sie verbreiten sich wie ein Buschbrand und blühen hier bei der Burgruine. Na ja, eigentlich blühen sie auf dem gesamten Gelände. Cassie hat mir gesagt, dass sie gern wiederkommen und sehen will, wie die gelben Blumen blühen. Vielleicht, wenn die Birnen erntereif sind."

Laine drehte sich um. Sie hatte gar nicht mitbekommen, dass Cassie sich nicht länger bei Ellie aufhielt, sondern mit Cormac zur Ruine gekommen war. „Das hast du mir gar nicht erzählt, Liebes. Vielleicht können wir ja irgendwann wiederkommen."

Laine sah zu Cormac. Sie strich sich das Haar aus der Stirn und blickte mit zusammengekniffenen Augen gegen die Sonne. „Wann blühen sie denn wieder?"

„Oh, Ginster blüht manchmal das ganze Jahr hindurch."

„Selbst im Winter?"

„Einige schon. Wenn alles andere abgestorben ist, bemerkt man manchmal, dass an Stellen, an denen man es nicht erwartet hat, etwas aufblüht. Du hast wahrscheinlich gedacht, dass diese Burgruine im Winter ausgesprochen farblos ist. Aber sie freut sich genauso über euren Besuch wie ich. Und ich kann euch nicht kampflos gehen lassen. Ich liebe euch."

Laine richtete sich hastig auf. Sie musste sich an der alten Burgmauer festhalten, sonst hätten ihre Knie unter ihr nachgegeben. Cormac durchschaute sie. Er lächelte Cassie zu und ließ dann ihre Hand los.

Er trat langsam über den Ginster auf sie zu. „Ich sollte dir wahrscheinlich erzählen, dass Cassie und ich im Pub ein ernstes Gespräch geführt haben, bevor wir hierhergefahren sind. Wir haben in der Klause eine Abmachung getroffen, denn dort werden seit über zweihundert Jahren Hochzeiten ausgehandelt. Allerdings hat sie unsere Abmachung nicht mit einem traditionellen Bier besiegelt. Aber ihr Wort ist trotzdem bindend. Wir haben uns mit Handschlag darauf geeinigt und die Männer an der Theke waren unsere Zeugen. Wenn wir im *Foley's* unser Gesicht wahren wollen, können wir keinen Rückzieher machen."

„Cormac, es war doch geplant, dass wir nach Michigan zurückfliegen. Mit Ellie und Quinn. Sie haben gesagt, dass Cassie und ich in ihrem Haus wohnen können, bis wir etwas Eigenes gefunden haben."

„Das weiß ich. Und ich will dich zu nichts zwingen, das du nicht willst. Es dauert eben seine Zeit, bis man innerlich heil ist und wieder neu Vertrauen fassen kann. Aber ich kann dich nicht in dieses Flugzeug steigen lassen, ohne dir vorher zu sagen, dass ich das Versprechen, das ich Cassie gegeben habe, halten will. Denn sie will einen Papa, Laine." Er schaute sie durchdringend an. „Und Gott weiß, dass ich euch beide auch will."

Er wartete und sie hielt ebenfalls die Luft an. Laine konnte kaum glauben, dass er diese Worte tatsächlich gesagt hatte. Ihr Herz raste wie wild.

„Bitte zwing mich nicht, diesem alten Griesgram in der Markthalle in Cork auch nur eine einzige Birne zu verkaufen. Wenn du nicht den richtigen Preis aushandelst, stehe ich bei diesem Mann auf verlorenem Posten."

Der Wind pfiff um die Schlossmauern und öffnete Laine die Augen für alles, was hier vor ihr lag. Eine jahrhundertealte Geschichte, die in den Menschen weiteratmete und weiterlebte. Es war ein unbeschreibliches Gefühl. Hier wurde ein Märchen Wirklichkeit. Ein Märchen, bei dem es um Rebellion, Krieg und Freiheit ging.

„Ich erinnere mich an das, was du an jenem ersten Abend in Dublin gesagt hast." Laine trat einen Schritt näher. Sie hielt Cassie die Hand hin, um gemeinsam mit ihr Schritt für Schritt zu ihm zu gehen. Dann ergriff sie seine Hand und lud ihn mit dieser Geste, deren tiefe Bedeutung er sich bewusst war, in einen heiligen Raum ein, wo ihn die Zuneigung einer verletzten Frau erwartete. Sie öffnete ihm die Tür zu ihrem Herzen, die sie für immer verschlossen geglaubt hatte.

„Ich habe ziemlich viel gesagt."

„Du hast gesagt, dass Irland tausend Vergangenheiten hat und unzählige Geschichten birgt. Und wenn man lange genug bleibt, erfährt man sie alle."

Cormac nickte, und sie stellte sich auf Zehenspitzen, bis ihre Lippen nur einen Hauchbreit von seinem Mund entfernt waren.

„Dann nehmen wir deine Einladung an", flüsterte sie und besiegelte ihre Worte mit einem sanften Kuss. „Wir wollen diese Geschichten gemeinsam mit dir erleben, Cormac Foley."

„In Irland gibt es ein altes Sprichwort: Wenn der Ginster nicht länger blüht, ist auch die Zeit des Küssens vorüber."

„Tatsächlich?" Laine zog eine Braue hoch.

Die irischen Blumen waren widerstandsfähig, aber schön. Ein Sinnbild für den Weg, den sie hinter sich hatten. Laine bückte sich, um eine Blume zu pflücken. Dann drehte sie sich zu Cassie herum. Vorsichtig steckte sie ihr die Blume hinters Ohr, immer darauf bedacht, ihre Tochter nicht mit den Dornen zu verletzen.

Sie standen im Schatten der Burgruine von Castle Chryn, wo trotz Wind und Wetter und durch alle Ereignisse hindurch immer wieder neues Leben wuchs. Cassie ergriff die Hände der beiden.

Cormac lächelte. „Nur gut, dass ich das ganze Jahr über Gelegenheit habe, zu beweisen, dass dieses Sprichwort nicht stimmt."

ANMERKUNG DER AUTORIN

Dublin und ich lernten uns offiziell kennen, als die Glocken der *Christ Church Cathedral* läuteten und mich an meinem ersten Morgen in Irland aus dem Schlaf rissen.

Ich lehnte mich an den Fensterrahmen unseres Hotelzimmers, wärmte meine Hände an einer Tasse mit irischem Tee und lauschte mit geschlossenen Augen der melodischen Begrüßung, die Reisende seit über tausend Jahren vernehmen. Auch wenn die Personen in diesem Roman einen sehr ungünstigen Moment wählten, um zum Leben zu erwachen (während eines Langstreckenflugs über den Atlantik nach Dublin), glaube ich nach wie vor, dass ihre Geschichte an jenem ersten Morgen begann, als ich gemeinsam mit meiner Familie nach Irland reiste, um Recherchen zu betreiben.

Ab dem Augenblick als unser Flugzeug an diesem Morgen irischen Boden berührte und ein Taxi uns durch die stillen Straßen zu unserem Hotel brachte, spürte ich, wie sich eine Geschichte entspann. Wie alle guten irischen Taxifahrer zeigte er seinen amerikanischen Touristen Dublins Sehenswürdigkeiten und betonte vor allem drei Dinge: die Vorzüge von einem Glas Guinness am Tag, die Geschichte des Osteraufstands und wie stolz die Iren auf ihre Republik sind, und zwar in dieser Reihenfolge.

An unseren ersten Tagen in Dublin gingen wir, ohne es zu wissen, die gleichen Wege wie die Personen in dieser Geschichte. Es gibt Videoaufnahmen, auf denen wir durch die O'Connell Street schlendern und am *GPO* vorübergehen, wo Pádraig Pearse am 24. April 1916 die Proklamation vorgelesen hat. Wir gingen an der Stelle vorüber, an der früher *Clery's* stand. Das Gebäude, das heute dort steht, wurde neu errichtet, nachdem das ursprüngliche Warenhaus beim Osteraufstand 1916 den Flammen zum Opfer fiel. Wir überquerten die *O'Connell Bridge* an der Stelle, an der Issy mutig durch die Stadt lief und dem Beschuss englischer Soldaten ausweichen musste, um den Rebellen eine Nachricht zu überbringen. Auf dem Boden, in dem irische Rebellen im *St. Stephen's Green Park* vielleicht Schützengräben ausgehoben hatten, spielten unsere Söhne Football. Wir setzten uns an einem regnerischen Abend in eine Kirchenbank der *St. Audoen's Church.* Unser erstes irisches Essen nahmen wir im *Grand Central Pub* in 10/11 O'Connell Street ein. An der Stelle, an der ich eines Tages *Jack Foley's Pub* platzieren würde.

Es war das erste Mal, dass ich die Gelegenheit hatte, in den Spuren der Historie zu wandeln und um dieses Erlebnis herum eine Geschichte zu spinnen. Den Schauplatz mit meinen eigenen Sinnen zu erleben, die Stimmen der Menschen zu hören, die Erde unter meinen Schuhen zu spüren und die salzige Meeresluft zu riechen. Die Schönheit und das Vermächtnis des Landes ließ Laines Geschichte auf eine ganz besondere Weise lebendig werden.

In seinem Kern ist dieser Roman eine Geschichte der Rebellion. Doch es geht nicht nur um den Kampf der Iren für Freiheit, sondern um den rebellischen Geist, der in jedem von uns erwacht, wenn wir mit den Kämpfen in unserem eigenen Leben fertigwerden müssen. Die Personen in diesem Roman zeigen Mut und Resilienz, als in ihrem Leben Schlimmes passiert und die Realität anders verläuft als im Märchen. Statt zu jammern und über das zu klagen, was „hätte sein könnte", stellen sie sich auf die Hinterbeine und halten sich an dem einen fest, das ihnen Kraft gibt: an ihrem Glauben.

Von den Revolutionen sowohl in den Vereinigten Staaten als auch in Frankreich inspiriert, kam es 1798 und dann wieder 1803 in Irland zu Aufständen, die jedoch jedes Mal von den Engländern rasch niedergeschlagen wurden. Nach dem Ausbruch des Ersten Weltkriegs war England jedoch so „abgelenkt“, dass Irland es noch einmal versuchte.

Bis zum Frühling 1916 war eine zunehmende Radikalisierung verschiedener Gruppierungen festzustellen: der *Irish Volunteers*, der *Irish Citizen Army (ICA)*, der *Irish Republican Brotherhood (IRB)* und eines kleineren Netzwerks aus Organisationen wie *Na Fianna Éireann and Cumann na mBan*, einer militärischen Frauenorganisation, die parallel zu den *Irish Volunteers gegründet wurde*, einer Männerorganisation. Aus diesen Gruppierungen erwuchsen die Anführer, die die Proklamation verfassten und unterzeichneten, in der sie eine unabhängige Irische Republik ausriefen. Zu den Unterzeichnern gehörten Thomas Clarke, Seán MacDiarmada, Thomas MacDonagh, Éamonn Ceannt, Joseph Plunkett, James Connolly und Pádraig Pearse – der zum Kopf der provisorischen Regierung erklärt wurde.

Alle Unterzeichner der Proklamation wurden als Anführer des Aufstands zwischen dem 3. und dem 12. Mai 1916 im Gefängnis *Kilmainham Gaol* hingerichtet.

Doch an diesem Kampf für eine unabhängige Republik Irland waren auch starke Frauen beteiligt, ohne die diese Geschichte unvollständig wäre. Namen wie Maria Winifred „Winnie“ Carney, Elizabeth O'Farrell, Julia Grenan, Lily Kempson, Mary Hyland und Constance Georgine Markievicz (die als Gräfin Markievicz in die Geschichte einging) sind heute Synonyme für die großen irischen Aufstände. In Organisationen wie der *Cumann na mBan* – auf Deutsch *Rat der Irinnen* – gab es Suffragetten, Nationalistinnen, Unionisten, Sozialistinnen und Aktivistinnen, die für die irische Unabhängigkeit kämpften, um nur einige wenige zu nennen. Und auch wenn dieses Buch keine politische Aussage darüber macht, auf welcher Seite der Geschichte die Anführer des Aufstands standen, betrachten wir sie durch die Erfahrungen der fiktiven Personen Maeve Ashford und Issy Byrne, die nicht nur Seite an Seite mit den Männern kämpften, sondern auch dafür eintraten, dass Männer und Frauen, Protestanten und Katholiken die gleichen Rechte bekommen sollten.

Auch wenn es keine Beweise dafür gibt, dass James Connollys Adjutantin, Winnie Carney, etwas zu dem Bulletin beitrug, das Pearse schrieb und als *Irish War News* herausgab, hatte die von den Rebellen gedruckte Zeitung nur eine einzige Ausgabe, die am Dienstag, den 25. April 1916 erschien. Diese Zeitung enthielt zwar vermutlich eine Mischung aus Fakten und Fiktion (aus der Sicht der Rebellen), aber sie gibt einen Einblick in die ersten 24 Stunden des Kampfs. Als die Zeitungen am 30. April Berichte über den Aufstand brachten, nachdem sich die Situation wieder beruhigt hatte (mit später nachgestellten Fotos), wurde weder auf korrekte Berichterstattung geachtet noch darauf, dass es in den Reihen der Aufständischen einige authentische Fotografien gab.

Ich habe mir zwar die Freiheit genommen, Orte wie *Ashford Manor* und *Castle Chryn* in der Grafschaft Wicklow, die *Portobello Church* am Dubliner *Portobello Quay* und die Person des englischen Leutnants Corley zu erfinden, aber die Hinrichtung des irischen Schriftstellers und Pazifisten Francis Sheehy-Skeffington sowie der Journalisten Thomas Dickson und Patrick MacIntyre auf Befehl von Hauptmann John Bowen-Colthurst entspricht den Tatsachen. Die Hinrichtungen und der Versuch, das Geschehen in der Kaserne *Portobello Barracks* zu vertuschen, erschütterten die Bewohner von Dublin. Bowen-Colthurst wurde später angeklagt und wegen Mordes verurteilt, dann allerdings für unzurechnungsfähig erklärt.

Die „Maurer" in unserer Geschichte sind zwar ein Produkt meiner Fantasie, aber es gibt tatsächlich Berichte, dass Maurer geholt wurden, um die Beweise für die Morde zu vertuschen. Einem dieser Arbeiter gelang es wirklich, einen Stein herauszuschmuggeln, in dem eine Kugel steckte. Dieser Stein wurde Francis Sheehy-Skeffingtons Witwe zusammen mit einem Beleg für seine Echtheit 1935 von einem Pfarrer übergeben.

Hanna Sheehy-Skeffington spendete den Stein 1937 dem *National Museum of Ireland*, wo er seither Teil der Dauerausstellung ist.

Obwohl es viele Fakten und noch mehr Mythen gibt, weiß nur die Geschichte, welcher Weg zur Gründung der Republik Irland geführt hat. Selbst wenn die blutigen Kämpfe weitergingen, bis der Irische Freistaat (1921–1922) und später die Republik Irland (1949) entstanden, und die gewaltsamen Auseinandersetzungen zwischen einzelnen Gruppierungen noch jahrzehntelang fortgesetzt wurden, sind Berichte aus erster Hand und Artefakte wie das Foto von Pearses Kapitulation (aus dem die Krankenschwester Elizabeth O'Farrell interessanterweise herausretuschiert wurde) oder der Skeffington-Stein wichtige Bestandteile der Historie.

Es ist so, wie Cormac Foley es so treffend formuliert: „Irland hat tausend Vergangenheiten und birgt unzählige Geschichten. Wenn du lange genug bleibst, erfährst du sie alle."

MIX
Papier aus verantwortungsvollen Quellen
FSC® C014496
www.fsc.org

Die amerikanische Originalausgabe erschien
im Verlag Thomas Nelson, Nashville,
unter dem Titel „Castle on the Rise“.

1. Auflage 2021
Bestell-Nr. 817777
ISBN 978-3-95734-777-0

Bearbeitung: Nicole Schol
Umschlaggestaltung: Joana Kielhorn
Umschlagfoto: Getty Images / Shutterstock
Satz: Greiner & Reichel, Köln
Druck und Verarbeitung: GGP Media GmbH, Pößneck
Printed in Germany

www.gerth.de